NATSUO KIRINO

Die Umarmung des Todes

Buch

Viel Zeit für die schönen Dinge des Lebens bleibt der 34jährigen Yayoi Yamamoto nicht: Sie versorgt einen Haushalt mit zwei Kindern, und da sie und ihr Mann Kenji von einer eigenen kleinen Wohnung träumen, arbeitet Yayoi nachts in einer Lunchpaket-Fabrik am Rande von Tokio. Bis in die frühen Morgenstunden schuftet sie am Fließband in der kalten Fabrikhalle, und ihr einziger Trost ist die Aussicht auf eine bessere Zukunft für sich und ihre Familie. Dass ihre Ehe schon länger nicht mehr glücklich ist, wagt sie sich dabei kaum einzugestehen. Doch als Yayoi eines Abends herausfinden muss, dass ihr Mann die gesamten gemeinsamen Ersparnisse verspielt hat, begeht sie im Affekt eine Tat, die nicht nur ihr eigenes Leben aus der Bahn werfen wird. Zusammen mit drei Kolleginnen aus der Fabrik tut sie einen unwiderruflichen Schritt hinaus aus der Normalität, aus der Gesellschaft – und gelangt damit an einen Punkt, von dem aus es kein Zurück mehr geben kann …

Autor

Natsuo Kirino wurde 1951 in Kanazawa geboren. Sie studierte Rechtswissenschaften an der Seikei University, bevor sie sich für eine Karriere als Schriftstellerin entschied. Bereits für ihren Debütroman erhielt sie den Edogawa-Rampo-Preis, den renommiertesten japanischen Preis für Kriminalliteratur. Der ganz große Durchbruch in Japan gelang ihr aber mit ihrem Roman »Die Umarmung des Todes«. Seitdem gilt sie als eine der angesehensten zeitgenössischen Autorinnen ihres Landes.

Natsuo Kirino

Die Umarmung des Todes

Roman

Aus dem Japanischen
von Annelie Ortmanns

桐野夏生

GOLDMANN

Die Originalausgabe erschien 1997 unter dem Titel
»OUT«
bei Kodansha Ltd., Tokio

Umwelthinweis:
Alle bedruckten Materialien dieses Taschenbuches
sind chlorfrei und umweltschonend.

Einmalige Sonderausgabe April 2006

Umschlaggestaltung: Design Team München
Umschlagfoto: doublepointpictures
Druck und Einband: GGP Media GmbH, Pößneck
Printed in Germany
ISBN-10: 3-442-46237-1
ISBN-13: 978-3-442-46237-7

www.goldmann-verlag.de

Inhalt

Der Weg in die Verzweiflung besteht
in der Weigerung, jegliche Art von Erfahrungen
zu machen.

FLANNERY O'CONNOR

ERSTES KAPITEL

Nachtschicht

1 Sie erreichte den Parkplatz vor der verabredeten Zeit. Als sie aus dem Wagen stieg, hüllte sie die dichte Finsternis der extrem feuchten Julinacht ein, die ihr wohl wegen der drückenden Schwüle undurchdringlich und zäh vorkam.

Masako Katori spürte, wie ihr das Atmen schwer fiel, und sah zum sternlosen Nachthimmel auf. Ihre von der Klimaanlage im Auto trockene, abgekühlte Haut war auf der Stelle von klebrigem Schweiß benetzt.

In die Autoabgase, die vom Shin-Oume-Highway herüberdrangen, mischte sich schwach der ölige Geruch nach Frittiertem, der typisch war für die Lunchpaket-Fabrik, in der Masakos Schicht bald beginnen würde.

Ich will zurück, schoss es ihr durch den Kopf, als ihr der Gestank in die Nase stieg. Wie sie darauf kam und wohin sie zurück wollte, wusste sie nicht. Sicher nicht in das Haus, das sie eben erst verlassen hatte. Aber warum nicht nach Hause zurück? Und wohin denn sonst? Masako hatte das irritierende Gefühl, vom Weg abgekommen zu sein.

Die langen Stunden von Mitternacht bis fünf Uhr dreißig würde sie ohne Pause damit verbringen müssen, am Fließband Lunchpakete zu packen. Für einen Teilzeitjob war der Stundenlohn hoch, doch die Arbeit im Stehen war hart. Es wäre nicht das erste und auch nicht das zweite Mal, dass sich hier draußen bei dem Gedanken an die bevorstehende Plackerei alles in ihr zusammengekrampft hätte, weil sie sich körperlich nicht wohl fühlte. Aber dieses ziellose Gefühl heute, das war etwas anderes.

Masako zündete sich wie immer eine Zigarette an, und es kam

ihr dabei zum ersten Mal der Gedanke, dass sie das nur tat, um den Fabrikgeruch zu übertünchen.

Die Lunchpaket-Fabrik stand einsam und verlassen am Ende der Straße entlang der grauen Mauer eines riesigen Automobilwerks im Herzen von Musashi-Murayama-City, umgeben von staubigen Feldern und Ansammlungen kleinerer Autowerkstätten. Eine flache Gegend, wo man den Himmel gut überblicken konnte. Der Parkplatz lag noch einmal etwa drei Minuten zu Fuß von der Fabrik entfernt, hinter dem verwüsteten Areal der alten, stillgelegten Fabrik.

Der Parkplatz war einfach ein notdürftig planiertes, großes, freies Stück Land. Die einzelnen Stellplätze hatte man zwar provisorisch mit Klebeband markiert, aber die Linien waren durch Sand und Staub verwischt und kaum mehr zu erkennen. Die Kleinbusse und Pkw, mit denen die Arbeiter herkamen, parkten kreuz und quer.

Man würde es kaum bemerken, wenn sich jemand im Gebüsch oder im Schatten der Autos versteckt hielte. Ein unheimlicher Ort. Masako sah sich vorsichtshalber genau um, während sie den Wagen abschloss.

Sie hörte Räder, die sich in den Boden fraßen, und für einen kurzen Augenblick erleuchteten gelbe Scheinwerfer das Gebüsch. Ein grünes Golf Cabriolet fuhr mit aufgeklapptem Verdeck auf den Parkplatz. Auf dem Fahrersitz thronte die füllige Kuniko Jōnouchi.

»Entschuldige, ich bin spät dran«, begrüßte sie Masako mit einer höflichen Kopfbewegung und parkte ihren Golf achtlos neben den stumpfen roten Toyota Corolla von Masako. Es kümmerte sie nicht, dass der Wagen weit nach rechts ausgeschwenkt stand. Die Geräusche – wie sie die Handbremse zog, die Autotür zuschlug oder das Verdeck einschnappen ließ – gerieten ihr unnötig laut, alles an ihr war grell und schrill.

Masako trat die Zigarette mit der Spitze ihres Turnschuhs aus. »Ein schickes Auto hast du da.«

Sogar in der Fabrik sorgte der Golf für Gesprächsstoff.

»Ja, findest du?« Sichtlich erfreut fuhr sich Kuniko mit der Zunge über die Lippen. »Trotzdem ganz schön blöd, mir deswegen Schulden aufzuhalsen.«

Masako lachte vage. Für Kunikos Schulden war offensichtlich

nicht allein das Auto verantwortlich. Sie hatte eine Schwäche für Kosmetik und Kleidung, am liebsten teure Markenartikel.

»Komm schon, lass uns gehen!«

Seit Anfang des Jahres hatte auf der Strecke zwischen dem Parkplatz und der Lunchpaket-Fabrik des Öfteren ein Grabscher sein Unwesen getrieben und schon mehrere Nachtschichtarbeiterinnen ins dunkle Gebüsch gezerrt und belästigt. Erst gestern hatte die Firmenleitung noch davor gewarnt, ohne Begleitung zur Arbeit zu kommen.

Gemeinsam bogen Masako und Kuniko in den unbeleuchteten, vollkommen dunklen, ungepflasterten Weg ein. Rechter Hand reihten sich willkürlich Wohnblocks und Bauernhöfe mit großen Gärten aneinander; ein wildes Durcheinander zwar, aber man spürte die Nähe von Menschen. Die linke Seite war eine einsame, verwilderte Gegend: Jenseits eines von Gräsern überwucherten unterirdischen Kanals lagen dort die alte, stillgelegte Lunchpaket-Fabrik, eine Bowlingbahn, die geschlossen worden war, und andere verlassene Gebäude. Es hieß, die Teilzeit arbeitenden Hausfrauen, die Opfer des Grabschers geworden waren, seien auf das Grundstück der stillgelegten Fabrik verschleppt worden. Wachsam flog Masakos Blick nach rechts und links, während sie schnellen Schrittes neben Kuniko herging.

Aus dem kleinen Wohnblock hinten rechts waren die Stimmen eines Mannes und einer Frau zu hören, die sich auf Portugiesisch stritten. Neben Hausfrauen wie Masako, die als Teilzeitkräfte beschäftigt waren, arbeiteten viele japanischstämmige oder weiße Brasilianer in der Fabrik. Darunter waren auch viele Ehepaare.

»Sie sagen, der Grabscher wäre einer der Brasilianer«, meinte Kuniko und zog im Dunkeln die Brauen zusammen. Masako reagierte nicht darauf und ging schweigend weiter. Es spielte keine Rolle, aus welchem Land der Mann kam: Solange er in dieser Fabrik arbeitete, würden die in Körper und Seele aufgestauten Frustrationen durch nichts zu lindern sein und zwangsläufig ein Ventil suchen. Den Frauen blieb nur übrig, sich so gut es ging selbst zu verteidigen.

»Es soll ein großer Mann sein. Mit ungeheurer Kraft und ohne ein Wort soll er sich an einen klammern.« In Kunikos Tonfall schwang fast so etwas wie Sehnsucht mit.

Hinter ihnen war das Quietschen einer Fahrradbremse zu hören. Angespannt drehten sie sich um und erkannten eine ältere Frau von kleiner Statur.

»Ach, ihr beide seid das. Morgen zusammen!« Es war Yoshië Azuma, das Arbeitstier. Sie hatte die fünfundfünfzig überschritten und war Witwe. Wegen ihrer flinken, geschickten Hände und weil sie für zwei arbeitete, wurde sie von den Kolleginnen in der Fabrik leicht spöttisch »Meisterin« genannt.

Masako begrüßte sie erleichtert: »Gott sei Dank, du bist es! Morgen, Meisterin!«

Kuniko trat einen halben Schritt zurück, als sei Yoshië nicht ganz ihr Fall.

»Jetzt sag du nicht auch noch Meisterin zu mir!« Yoshië, die nicht den Eindruck machte, als sei es ihr wirklich unangenehm, wenn man sie so nannte, stieg vom Rad und gesellte sich zu Fuß zu ihnen. Ihre Statur war wie geschaffen für körperliche Arbeit: klein, aber kräftig – wie ein Krebs. Doch ihr im Verhältnis zum Körper zu schmal geratenes Gesicht schwebte kreideweiß durch die dunkle Nacht und wirkte irgendwie verbittert und leer, was ihr einen unglückseligen Ausdruck verlieh.

»Euch hat wohl das Geschwätz um den Grabscher dazu gebracht, zusammen zur Arbeit zu kommen, was?«

»Genau. Kuniko ist noch jung.«

Kuniko kicherte; sie gab vor, 29 zu sein.

Yoshië wich einer Pfütze aus, die in der Dunkelheit schimmerte, und sah Masako ins Gesicht: »Na, du gehörst ja wohl auch noch nicht zum alten Eisen. Du bist doch erst dreiundvierzig, oder?«

»Ach, hör auf mit dem Blödsinn«, antwortete Masako ohne ein Lächeln. In letzter Zeit war es kaum mehr vorgekommen, dass sie sich ihrer Weiblichkeit in irgendeiner Weise bewusst geworden wäre.

»Bist du etwa schon vertrocknet? Kalt und welk?« Yoshië hatte das scherzhaft gemeint, aber Masako dachte, dass es sich genau so anfühlte. Kalt und ausgetrocknet kroch sie am Boden. Ihre gegenwärtige Daseinsform war die eines Reptils.

»Sag mal, bist du heute nicht ziemlich spät dran, Meisterin?«, wechselte Masako das Thema.

»Ach ja, die alte Dame hat wieder mal Probleme gemacht.« Yoshië, die ihre bettlägerige Schwiegermutter pflegte, wollte offenbar nicht weiterreden und verzog das Gesicht.

Masako fragte nicht nach und blickte nach vorn. Da, wo auf der linken Seite die Reihe der stillgelegten Gebäude endete, stand ein Pulk weißer Lastwagen zur Express-Auslieferung der Lunchpakete in die 24-Stunden-Läden bereit. Dahinter ragte, um Mitternacht taghell erleuchtet im bläulich weißen Licht der Neonröhren, die Lunchpaket-Fabrik auf.

Sie warteten auf Yoshië, die ihr Rad auf den angrenzenden Fahrradabstellplatz brachte, und stiegen dann zu dritt die grünen, mit abgewetztem künstlichen Rasen ausgelegten Stufen der Außentreppe hinauf.

Im ersten Stock war die Eingangshalle, rechts davon das Büro. Am Ende des Flurs lagen Aufenthalts- und Umkleideraum. Die Fließbänder standen im Erdgeschoss, und so mussten die Arbeiter wieder einen Stock tiefer gehen, nachdem sie sich umgezogen hatten.

Der rote Teppichboden in der Eingangshalle, den man mit Straßenschuhen nicht betreten durfte, schluckte das Neonlicht, so dass der Flur düster wirkte. Auch dem Teint der drei Frauen verlieh die rote Farbe einen finsteren, trüben Anstrich. Ob ich selbst wohl auch so aussehe, dachte Masako, als sie die müden Gesichter ihrer Kolleginnen betrachtete.

Vor dem Schuhschrank wartete der Hygiene-Kontrolleur mit einer Fusselrolle in der Hand. Mit missmutigem Gesicht fuhr der wortkarge Komada einer nach der anderen mit dem Kleberoller über den Rücken, um zu verhindern, dass von draußen Staub und Schmutz hereingetragen wurden.

Sie betraten den großen, mit Tatami ausgelegten Aufenthaltsraum. Die Arbeiter saßen in Grüppchen zusammen und schwatzten. Sie trugen alle bereits die weiße Arbeitskleidung und warteten, Süßigkeiten essend oder Tee schlürfend, auf den Beginn der Schicht. Einige hatten sich auch hingelegt und die Augen geschlossen, um sich wenigstens ein bisschen Ausgleich für ihren Schlafmangel zu verschaffen.

Von den beinahe hundert Beschäftigten der Nachtschicht kamen ein Drittel aus Brasilien, etwa zu gleichen Teilen Männer und Frauen. In den Semesterferien stieg der Anteil jobbender Studenten, aber das Gros der Schicht stellten Teilzeit arbeitende Hausfrauen zwischen vierzig und sechzig.

Die drei Frauen bahnten sich einen Weg zum Umkleideraum und tauschten hier und da einen Gruß mit Dienstälteren aus, als sie Yayoi Yamamoto bemerkten, die alleine in einer Ecke des Raumes saß. Als läge ihr irgendetwas auf der Seele, kauerte sie in sich zusammengesunken auf den Tatami und lächelte selbst dann nicht, als sie ihre Kolleginnen erkannte.

Masako sprach sie an: »Guten Morgen, Yama-chan!«

Ein Lächeln der Erleichterung erschien auf Yayois Gesicht, verschwand aber gleich wieder wie eine zerplatzte Seifenblase.

»Du siehst müde aus.«

Yayoi nickte, presste die Lippen aufeinander und machte ein bedrücktes Gesicht. Sie war die schönste von den vier Frauen, nein, von allen Arbeiterinnen der Nachtschicht. Ihr Gesicht vereinigte perfekt geformte Komponenten: eine hohe Stirn, Brauen und Augen, die in anmutiger Balance zueinander standen, eine nach oben geschwungene Nase und volle Lippen. Auch ihr Körper war schön: klein, doch die Proportionen stimmten. Weil sie in der Fabrik derart hervorstach, wurde sie gehänselt und verhätschelt zugleich.

Masako beschützte Yayoi. Im Unterschied zu sich selbst, die alles Unvernünftige nach Kräften auszuschalten suchte, trug Yayoi Gefühlsballast im Überfluss mit sich herum. Für Masako war Yayoi, die unbewusst alles das besaß, was sie selbst mit der Zeit gelernt hatte, als deprimierend abzuwerfen, eine niedliche kleine Frau, die bereitwillig Einblicke in immer neue Winkel ihres komplizierten Herzens gewährte.

»Na, was ist denn los heute, dir scheint es ja gar nicht gut zu gehen.« Yoshië gab ihr mit ihrer geröteten Hand einen Klaps auf die Schulter. Yayoi schrak zusammen und zitterte am ganzen Leibe. Verwundert über diese Reaktion, drehte Yoshië sich zu Masako um. Die bedeutete den beiden anderen mit den Augen, doch schon weiterzugehen, und setzte sich vor Yayoi hin.

»Ist dir vielleicht schlecht?«

»Nein, es ist nichts.«

»Hast du dich mit deinem Mann gestritten?«

»Ach, wenn's nur das wäre«, sagte Yayoi bedeutungsvoll und starrte mit verschwommenem, düsteren Blick auf einen unbestimmten Punkt hinter Masako. Während sie sich, um Zeit zu sparen, schon einmal ihr schulterlanges Haar mit einer Spange zusammenband, fragte Masako: »Was ist denn passiert?«

»Erzähl ich später.«

»Erzähl's mir jetzt«, drängte sie, während ihr Blick prüfend zur Uhr an der Wand ging.

»Nein, lass mich, es würde zu lange dauern.«

Für einen winzigen Augenblick flackerte Zorn in Yayois Gesicht auf und war sofort wieder verschwunden. Masako gab auf und erhob sich: »Wie du willst.«

Sie hastete in den Umkleideraum und suchte ihre Arbeitskleidung heraus. Umkleideraum war zu viel gesagt, es handelte sich um einen lediglich durch einen Vorhang vom Aufenthaltsraum abgeteilten Bereich. Wie beim Schlussverkauf im Kaufhaus reihten sich dort auf engstem Raum robuste Kleiderständer aneinander, an denen die Arbeitsanzüge auf privaten Bügeln hingen. Auf der einen Seite hingen die weißen Arbeitssachen, die die Beschäftigten der Tagschicht abgelegt hatten, auf der anderen die bunte Privatkleidung der Nachtschichtarbeiter, die sich bereits umgezogen hatten.

»Wir gehen schon vor.« Mit Haarnetz und Haube für den Kopf in der Hand gingen Yoshië und Kuniko gemeinsam hinaus. Es war höchste Zeit für die Stechuhr. Zwischen 23 Uhr 45 und 24 Uhr musste man die Stechkarte stempeln lassen und unten am Fabrikeingang auf Einlass warten, das war Vorschrift.

Masako fand ihren Bügel, auf dem eine Art kurzer, weißer Kittel mit Reißverschluss vorne und eine Arbeitshose mit Gummizug im Bund hingen. Rasch zog sie sich den Kittel über das T-Shirt, die Jeans aus und die Hose an, immer auf der Hut vor eventuellen Männerblicken aus dem Aufenthaltsraum. Hier gab es keine getrennten Umkleidekabinen für Männer und Frauen, und obwohl sie seit fast zwei Jahren in der Fabrik arbeitete, hatte sie sich immer noch nicht an diese mangelnde Achtung der Privatsphäre gewöhnt.

Sie streifte das schwarze Netz über die von der Spange gehaltenen Haare und setzte die von allen nur »Kochmützchen« genannte Haube aus Zellstoff auf, die der Form nach einer Duschkappe glich. Als sie mit der langen Schürze aus durchsichtigem Vinyl in der Hand aus dem Umkleideraum kam, saß Yayoi immer noch apathisch am selben Fleck.

»Schnell, Yama-chan, komm!«

Als sie sah, wie Yayoi sich schwerfällig in Bewegung setzte, erfasste sie weniger Ungeduld als eine diffuse Sorge. Fast alle Arbeiter hatten den Aufenthaltsraum bereits verlassen. Nur noch ein paar brasilianische Männer saßen müde, die langen Beine ausgestreckt, mit dem Rücken an die Wand gelehnt da und rauchten.

Einer von ihnen hob die Hand, einen kurzen Zigarettenstummel zwischen den Fingern, und grüßte sie: »Guten Morgen!« Masako nickte ihm mit einem kleinen Lächeln zu. Auf seinem Namensschild an der Brust stand zwar der japanische Name »Kazuo MIYAMORI«, aber seine dunkle Hautfarbe und das längliche Gesicht mit den hochgezogenen Augenbrauen gaben ihn unweigerlich als Ausländer zu erkennen. Sicher war Kazuo für die schwere Arbeit zuständig, den gekochten weißen Reis auf Transportwagen heranzufahren und in die automatische Abfüllmaschine zu füllen.

»Guten Morgen!« Kazuo grüßte auch Yayoi, doch die war in Gedanken ganz woanders und wandte sich ihm nicht einmal zu. Enttäuschung grub sich in Kazuos Gesicht.

Nach dem Gang zur Toilette setzten sie den Mundschutz auf und banden die Schürzen um. Dann schrubbten sie sich mit einer Bürste Hände und Arme ab und tauchten sie in Desinfektionsmittel. Sie stempelten ihre Stechkarten ab und schlüpften in die weißen Arbeitsschuhe. Bevor es die Treppe zur Fabrik hinunterging, passierten sie den zweiten Hygiene-Check. Wieder fuhr Komada ihnen mit der Fusselrolle über den Rücken und prüfte mit strengen Augen Hände, Finger und Nägel.

»Verletzungen, Kratzer, Wunden?«

Wenn man auch nur den kleinsten Schnitt an den Händen hatte, durfte man die Lebensmittel nicht berühren. Die beiden Frauen zeigten ihre Hände vor und passierten die Kontrolle. Offenbar ohne es zu merken, wankte Yayoi beim Gehen.

»Schaffst du die Arbeit heute wirklich?«

»Es wird schon irgendwie gehen.«

»Was ist mit den Kindern?«

Sie vermied eine Antwort.

Masako schaute Yayoi noch einmal forschend ins Gesicht. Haube und Mundschutz gaben nur die kraftlosen Augen frei. Yayoi schien die prüfenden Blicke nicht einmal zu bemerken.

Als sie zur Fabrik im Erdgeschoss hinabstiegen, roch es wegen der extrem kalten Luft und den verschiedenen Essensgerüchen, als hätte man einen Kühlschrank aufgemacht. Die Kälte kroch einem über den Betonboden entgegen. Ein Arbeitsplatz, an dem man selbst im Sommer fror.

Am Eingang zur Fabrik reihten sie sich ans Ende der Schlange von Arbeitern ein, die darauf warteten, dass das Tor geöffnet wurde. Yoshië und Kuniko, die ganz vorne standen, drehten sich um und gaben ihnen mit den Augen Zeichen. Die vier Frauen arbeiteten immer zusammen und halfen sich gegenseitig, denn nur so war diese schwere Arbeit zu schaffen.

Das Tor ging auf. Die Arbeiter strömten hinein und wuschen und desinfizierten sich noch einmal Hände und Unterarme. Auch die bis zu den Knöcheln reichende Schürze musste mit Desinfektionsmittel abgerieben werden. Als die sich nur schleppend bewegende Yayoi und Masako, die auf sie wartete, das Händewaschen und -desinfizieren endlich erledigt hatten und vor das Fließband traten, hatten die anderen bereits mit den Arbeitsvorbereitungen begonnen.

»Schnell! Ihr seid spät dran!«, fuhr Yoshië Masako ungeduldig an. »Nakayama ist schon unterwegs!«

Nakayama war der verantwortliche Vorarbeiter für diese Nachtschicht, die als Frühschicht bezeichnet wurde. Ein junger Spund, der die dreißig noch nicht oder kaum überschritten hatte und der wegen seines gehässigen Mundwerks und seines penetranten Bestehens auf Erfüllung des Arbeitspensums von den Nachtschichtarbeitern gehasst wurde.

Masako ging sich rasch Wegwerfhandschuhe aus Vinyl und Trockentücher für die desinfizierten Hände holen und brachte dasselbe auch für Yayoi mit. Die starrte auf die Dinge, die ihr in die Hand gedrückt worden waren, als sähe sie sie zum ersten Mal.

»Yama-chan, reiß dich zusammen!«

»Ja. Danke.«

Als Masako an den Kopf des Bandes zurückgekehrt war, zeigte ihr Yoshië den mit Fotos versehenen Arbeitsplan.

»Zuerst Curry-Lunch. Tausendzweihundert Stück. Ich gebe Reis auf. Du reichst mir wie immer die Schalen an. Klar?«

Derjenige, der Reis aufgab, hatte die Schlüsselposition inne, am Kopf einer Produktionsreihe den Arbeitsrhythmus festzulegen. Die erfahrene Yoshië übernahm grundsätzlich das Reisaufgeben und bestimmte die Geschwindigkeit des Bandes. Sie sorgte dafür, dass die zuverlässige Masako die Aufgabe bekam, ihr die Lunchschalen nacheinander anzureichen.

Während Masako die übereinander gestapelten Plastikschalen schon einmal voneinander löste, damit sie leichter anzureichen waren, schaute sie sich nach Yayoi um. Die war nicht fix genug und ließ sich gerade die einfache Arbeit, Curry aufzugeben, von jemand anderem wegnehmen. Kuniko, die diese Arbeit auf der anderen Seite des Bandes für sich selbst hatte sichern können, zuckte die Achseln. Was sollte sie machen, wenn die Kollegin, der sie helfen wollte, einfach nicht mitzog?

»Was hat denn die Kleine bloß? Ist ihr vielleicht schlecht?« Yoshië zog die Brauen zusammen. Masako schüttelte schweigend den Kopf. Yayois Zustand heute war nicht normal. Nachdem sie wie erwartet aus der Arbeitsreihe herausgefallen war und nicht wusste, wohin, blieb ihr nichts anderes übrig, als wieder nach vorne zu kommen und das Reisplätten zu übernehmen, zu dem sich noch niemand gefunden hatte. Masako verkniff es sich, mit der Zunge zu schnalzen, und flüsterte ihr, als sie sich neben sie ans Band stellte, zu: »Das ist doch zu schwer für dich!«

»Weiß ich.«

Nakayama, der Vorarbeiter, kam auf sie zugeschossen.

»Stellt das Band an, na wird's bald, blödes Pack, was denkt ihr euch!«

Da er über dem Kochmützchen noch eine Arbeitskappe mit Schirm trug, konnte man seinen Gesichtsausdruck kaum erkennen, aber die kleinen Augen hinter der schwarz umrandeten Brille blitzten drohend.

»Siehste, da ham' wir den Salat!« Yoshië schnalzte mit der Zunge.

»Ach, dieses Ekel!«, zischte Masako leise, wütend, dass sie es sich bieten lassen mussten, als blödes Pack beschimpft zu werden. Der herablassende Nakayama war ihr grundzuwider.

»Ehm, mir wurde gesagt, ich soll das Reisplätten übernehmen – was heißt das, was muss ich machen?«, fragte eine Frau mittleren Alters, die offenbar neu war, schüchtern.

»Also, du stellst dich hier hin und drückst den Reis flach. Zuerst fülle ich den Reis in die Schale, so. Dann muss er mit der Hand auseinander gedrückt werden, damit man den Curry drübergeben kann. Die da gegenüber von dir macht dasselbe, guck's dir einfach bei ihr ab.« Für ihre Verhältnisse freundlich, wies Yoshië die Frau an und zeigte dabei mit dem Finger auf Yayoi, die auf der anderen Seite des Fließbands stand.

»Aha.« Die Frau, die immer noch nicht begriff, worum es ging, blickte hilflos fragend um sich. Doch Yoshië schaltete erbarmungslos das Fließband ein. Mit einem lang gezogenen dumpfen Ton setzte sich das Band in Bewegung. Masako überzeugte sich mit einem Seitenblick davon, dass Yoshië eine höhere Geschwindigkeit als gefordert eingestellt hatte. Die Arbeitsgeschwindigkeit tendierte dazu, langsamer zu werden, und Yoshië baute dem rigoros vor.

Mit routinierten Handgriffen begann Masako, Yoshië eine Schale nach der anderen anzureichen. Aus der Füllmaschine plumpste eine viereckige Portion Reis. Yoshië fing sie mit der Lunchschale auf, die sie dann erst auf der Waage absetzte, um sie nach kurzer Prüfung des Gewichts nach unten aufs Band gleiten zu lassen. Runde, tadellose Bewegungen.

Eine, die den viereckigen Reiskloß flach drückt, eine, die den Curry darüber gibt, eine, die frittierte Hähnchen zerteilt, eine, die die Stücke auf den Curry legt, eine, die eine Portion eingelegtes Gemüse auswiegt und in ein Töpfchen füllt, eine, die den Plastikdeckel aufdrückt, eine, die einen Löffel mit Klebestreifen daran befestigt, eine, die das Frischesiegel aufklebt – viele kleine aufeinander folgende Schritte am Fließband, bis endlich ein Curry-Lunchpaket fertig war.

Die Schicht hatte begonnen. Masako warf einen kurzen Blick auf die Uhr an der Wand. Erst fünf nach zwölf. Fünfeinhalb Stunden noch mussten sie auf dem kalten Betonboden stehen und weiterarbeiten. Selbst, wenn sie zur Toilette wollten, mussten sie sich einzeln auswechseln lassen. Manchmal dauerte es fast zwei Stunden, bis man an die Reihe kam, nachdem man sich gemeldet hatte. Deshalb musste man mit den eigenen Kräften haushalten, kameradschaftlich helfen und sich helfen lassen und anstrengende Bewegungen möglichst vermeiden. Das war das Geheimnis, eine solche Arbeit lange durchhalten zu können, ohne sich körperlich kaputtzumachen.

Nach etwa einer Stunde war die Neue offenbar am Ende. Ihre Leistungsfähigkeit sank zusehends. Die Reihe drohte sich zu verlangsamen. Da nahm Yayoi der Neuen hastig einen Teil der Arbeit ab, indem sie ihr zwischendurch immer wieder einen Reiskloß flach drückte. Sie ist zu gutmütig, dachte Masako. Sie hatte an sich selbst zu denken. Gerade heute, wo sie so erschöpft war!

Jeder, der lange genug dabei war, wusste, was für eine anstrengende Arbeit das Reisplätten war. Denn der weiße Reis war nicht frisch gekocht, sondern kalt und fest. Um einen festen, viereckigen Reisklumpen in einem kurzen Augenblick flach zu drücken, brauchte man Kraft im Handgelenk und in den Fingern, und weil man diese Bewegung in vorgebeugter Haltung ständig wiederholen musste, zogen einem die Schmerzen bis in den Rücken hinein. Nach einer Stunde tat vom Rücken bis hinauf in den Oberarm alles weh, bis man irgendwann den Arm nicht mehr heben konnte. Deshalb wurde diese Arbeit den Neuen überlassen, die keine Ahnung hatten. Aber Yayoi machte mit resignierten, traurigen Augen stoisch weiter.

Als tausendzweihundert Portionen Curry-Lunch fertig waren, musste die Arbeitsgruppe rasch das Band freiräumen, säubern und sofort an ein anderes Band wechseln.

Als Nächstes waren zweitausend Portionen »Gourmet-Theaterpausen-Lunch« herzustellen. Wegen der größeren Anzahl verschiedener Bestandteile verlängerte sich hierbei auch die Produktionsreihe. Brasilianische Arbeiter mit blauen Kochmützchen schlossen sich hinten an.

Yoshië und Masako übernahmen nach wie vor das Reisaufgeben. Die gewiefte Kuniko zeigte sich rücksichtsvoll und sicherte Yayoi die leichteste Arbeit des Einsoßens der Schweinefleisch-Nuggets. Man nahm je ein Stück paniertes, frittiertes Schweinefleisch in jede Hand und tunkte sie in einen Bottich mit Soße.

Dann drückte man die beiden Nuggets mit der eingetunkten Seite aneinander und legte sie in die Schale. Eine gute Arbeit, bei der man der Hektik des Bandes ein wenig entfliehen konnte. Das dürfte selbst für Yayoi heute zu schaffen sein, dachte Masako und wandte sich beruhigt ihrer Arbeit zu.

Aber als das letzte Lunchpaket gerade durchgerollt war und man schon mit dem Aufräumen begonnen hatte, ließ ein heftiges Poltern die Leute in der Halle zusammenzucken. Yayoi war über den Behälter mit der Schweinebratensoße gestolpert und war hingefallen. Der Metalldeckel war scheppernd bis zum Fließband nebenan gerollt, und um Yayoi hatte sich ein Meer aus glänzender, dicker, brauner Soße gebildet.

Der Fabrikboden klebte und glitschte nur so von herabgetropftem Fett und verschütteter Soße. Die Arbeiter fürchteten diese Schweinerei und gaben Acht. So ein Missgeschick kam deshalb nur höchst selten vor.

»Was ist denn hier los, verdammt!« Nakayama kam knallrot vor Wut auf sie zugeschossen und brüllte herum. »Aach, nun seht euch die Sauerei an!«

Männer mit Wischmops rannten herbei.

»Entschuldigung. Ich bin ausgerutscht.« Yayoi saß völlig ratlos mit dem Hintern in der Soße und machte keinerlei Anstalten, aufzustehen. Masako stürzte zu ihr hin und griff ihr unter die Arme. »Schnell, steh schon auf!«

Unter Yayois hochgeschlagenem Arbeitskittel entdeckte Masako einen großen, blauschwarz angelaufenen Fleck im Bereich der Magengrube. Ob das der Grund dafür war, dass es Yayoi heute nicht gut ging? Als hätten die Götter ihr ein Unglücksmal aufgedrückt, stach der Fleck auf dem weißen Bauch überdeutlich ins Auge. Masako schnalzte mit der Zunge und beeilte sich, den Saum von Yayois Arbeitskittel hinunterzuziehen, um den blauen Fleck vor den Augen der anderen zu verbergen.

Selbst wenn sie in den Umkleideraum zurückginge – sie hätte keinen Kittel zum Wechseln gehabt, also arbeitete Yayoi weiter, Hintern und beide Ärmel voller klebriger Schweinebratensoße. Die dicke Soße erstarrte auf dem weißen Stoff sofort zu einer braunen Masse, ohne nach innen durchzudringen. Doch der Gestank war atemberaubend.

Fünf Uhr dreißig. Die Schicht war zu Ende, keine Überstunden. Die Arbeiter strömten in den ersten Stock zurück. Für gewöhnlich holten sich die vier Frauen, nachdem sie sich umgezogen hatten, noch etwas zu trinken aus dem Automaten im Aufenthaltsraum und hielten für etwa zwanzig Minuten ein Schwätzchen, bevor sie nach Hause fuhren.

»Was ist denn heute los mit dir? Was hast du?« Yoshië, die den Fleck nicht gesehen hatte, sah Yayoi ahnungslos an. Nach getaner Nachtarbeit hatte sich die Müdigkeit in Yoshiës Gesicht gegraben und ließ sie exakt so alt aussehen, wie sie war.

Yayoi trank einen Schluck Kaffee aus ihrem Pappbecher und dachte eine Weile nach, bevor sie antwortete. »Ich hab mich gestern mit meinem Mann gestritten.«

»Meine Güte, streiten tut sich doch jeder einmal, nicht wahr?« Yoshië lachte Kuniko an und wartete darauf, dass sie ihr beipflichtete. Eine dünne Mentholzigarette frivol im Mundwinkel, die Augen halb geschlossen, stimmte Kuniko unverbindlich mit ein: »Versteht ihr euch denn nicht gut zu Hause? Wo ihr doch ständig mit den Kindern rausfahrt und so.«

»In letzter Zeit nicht mehr«, murmelte Yayoi.

Masako starrte schweigend in Yayois Gesicht. Sie hatte das Gefühl, wenn sie sich erst hinsetzte, würde sie sich wohl längere Zeit nicht rühren können, so sehr lastete die Erschöpfung auf ihr.

»Tja, solche Phasen kommen eben auch vor. Im Leben gibt es immer Höhen und Tiefen...«

Als Yoshië, die Witwe, das Thema schon mit solchen Floskeln beenden wollte, brach es aus Yayoi heraus, und sie sagte scharf: »Ach was, der Kerl kommt an und sagt, er hätte unser gesamtes Erspartes ausgegeben! Da bin ich ausgerastet!«

Die Heftigkeit von Yayois Worten und deren ernster Inhalt ließen alle verstummen.

»Wofür hat er es ausgegeben?«, fragte Masako, wobei sie sich eine Zigarette in den Mund steckte und anzündete.

»Verspielt, sagt er. Beim Bakkarat, oder wie dieses Glücksspiel heißt.«

Erstaunt riss Yoshië die Augen auf: »Aber dein Mann scheint doch ein ganz solider Angestellter zu sein. Wieso hat er sich plötzlich aufs Spielen eingelassen?«

»Tja ...« Yayoi schüttelte kraftlos den Kopf. »Er hat da wohl eine Stammkneipe. Aber ich weiß es nicht so genau.«

»Wie viel hattet ihr denn so ungefähr gespart?« Kuniko konnte ihre Neugier nicht verbergen, ihre Augen leuchteten.

»So etwa fünf Millionen«,* antwortete Yayoi mit ersterbender Stimme.

Kuniko schluckte und zog einen Moment lang ein neidisches Gesicht. »So was kann man wirklich nicht durchgehen lassen!«

Als Kuniko das sagte, kam bei Yayoi wieder der Zorn zum Vorschein, den Masako zuvor schon bemerkt hatte: »Ja, eben! Und dann hat er mich auch noch in den Bauch geschlagen!« Sie hob ihr Oberteil hoch und zeigte allen den blauen Fleck. Yoshië und Kuniko sahen sich an.

»Mittlerweile bereut er das bestimmt schon«, lenkte Yoshië ein. »Ich habe unzählige Ehekräche hinter mir, glaub mir, und wir haben uns dabei jedes Mal geschlagen. Aber mein Mann war gewalttätig – deiner ist doch nicht so.«

»Da bin ich mir nicht mehr so sicher!«, zischte Yayoi und strich sich über dem T-Shirt mit der Hand über die Magengrube.

Draußen war es schon hell. Der zu Ende gegangenen Nacht schien ein ebenso schwüler, heißer Tag zu folgen. Vor der Eingangshalle der Fabrik verabschiedeten sich Masako und Kuniko von Yoshië und Yayoi, die mit dem Fahrrad nach Hause fuhren, und gingen Richtung Parkplatz.

»Dieses Jahr scheint die Regenzeit trocken zu bleiben.«

»Das gibt bestimmt Wassermangel.« Kuniko sah zum trüben Himmel auf. Ihr fettes Gesicht wirkte schwammig und glänzte.

»Wahrscheinlich, wenn es so weitergeht.«

»Hör mal, Masako, was, glaubst du, wird Yayoi denn jetzt machen?«

Masako zuckte die Achseln.

Kuniko gähnte laut und fuhr fort: »Also, ich würde mich scheiden lassen. Da soll man nicht ausrasten! Wenn der eigene Mann die ganzen Ersparnisse verpulvert, für sich allein!«

* 5 000 000 Yen = ca. 40 000 Euro; 100 Yen entsprechen ungefähr 0,80 Euro. (A. d. Ü.)

»Ja, da hast du Recht.« Sie tat so, als wäre sie ganz Kunikos Meinung, aber Yayois Kinder waren erst fünf und drei Jahre alt; da konnte man nicht so einfach alles hinschmeißen. Es war schwer, einen Schlussstrich zu ziehen, wenn man nicht wusste, wohin man gehen sollte.

Die beiden Frauen gingen schweigend bis zum Parkplatz und schlossen die Türen ihrer Autos auf.

»Na dann, gute Nacht, schlaf gut!«

»Gute Nacht!«

Seit wann wünscht man sich morgens eine Gute Nacht, dachte Masako, als sie sich tief in den Sitz fallen ließ. Die Müdigkeit stürmte jetzt mit aller Macht auf sie ein, sie blickte zum Himmel auf, doch das Tageslicht war so grell, dass ihr die Augen wehtaten.

2

Kuniko drehte den Zündschlüssel um. Der Golf sprang sofort an, und das laute Motorengeräusch hallte zuverlässig über den Parkplatz. Sie war froh, endlich ein einwandfrei funktionierendes Auto zu besitzen. Letztes Jahr hatte sie über 200 000 Yen für Reparaturen ausgeben müssen.

Auf dem Parkplatz neben ihr hob Masako, die im Allgemeinen mit Höflichkeiten geizte, kurz die Hand und fuhr in ihrem Corolla davon. Kuniko senkte den Kopf, wartete artig, bis das Auto der Älteren verschwunden war, und atmete dann erleichtert auf. Masako, die ihr wie ein Wesen von einem anderen Stern vorkam und von der man nie wusste, was sie dachte, war ihr nicht ganz geheuer.

Kaum hatte sich Kuniko von ihren Arbeitskolleginnen verabschiedet, fiel die dicke Maske, hinter der sie sich verschanzte, von ihr ab, und ihr wahres Gesicht kam zum Vorschein. Wie kann sie bloß ein so uraltes Auto fahren, dachte Kuniko, während sie auf das verbeulte und verkratzte Heck des Corollas starrte, der noch an der Ampel jenseits der Parkplatzausfahrt wartete. Der rote Lack war so stumpf, der ganze Wagen so verdreckt, dass er mindestens Hunderttausend auf dem Buckel haben musste. Und dann auch noch der rote Sticker auf der Scheibe, der zu vorsichtigem Fahren mahnte! Konnte sich dieses Weib nicht wenigstens einen anständigen, nicht ganz so betagten Gebrauchtwagen anschaffen, so wie sie selbst, oder ein neues Auto auf Kredit kaufen! Und überhaupt – für ihr Alter hatte Masako noch ein passables Gesicht und eine gute Figur, aber sie machte nichts daraus, das war ihr Fehler.

Kuniko schob eine Kassette in den Radiorekorder. Augenblicklich war das Wageninnere von einer schrillen Frauenstimme erfüllt, die einen Popsong wie japanische Volksmusik vortrug. Unerträglich heiß war es hier drinnen! Kuniko nahm die Kassette sofort wieder heraus. Sie hatte überhaupt keine Lust auf Musik. Froh, endlich von der harten Arbeit erlöst zu sein, hatte sie bloß einmal an den Funktionen ihres Autos herumspielen wollen.

Nachdem sie die Fächer der Klimaanlage so verstellt hatte, dass der Wind direkt auf ihren Körper gerichtet war, öffnete sie das Verdeck. Wie eine Schlange, die sich häutet, schob die Plane sich langsam zusammen. Kuniko liebte diesen aufregenden Augenblick, in dem sich das scheinbar Banale in etwas Außergewöhnliches verwandelte. Ach, wenn es doch im Leben genauso zuginge!

Ihre Gedanken wanderten wieder zu Masako. Diese komische Type trug immer bloß Jeans und ein verwaschenes T-Shirt oder Polohemd ihres Sohnes. Im Winter darüber ein Sweatshirt, einen schlichten Pullover oder, was noch schlimmer war, eine Daunenjacke, deren Löcher sie mit Klebeband geflickt hatte, damit die Federn nicht austraten!

Die kahlen Bäume im Winter hatten sie an Masako erinnert, die Ähnlichkeit war frappierend. Ihr Körper, ohne jedes überflüssige Gramm, der ziemlich dunkle Teint. Die scharfen Augen, die zierliche Nase und die schmalen Lippen – kein Millimeter zu viel. Wenn sie sich nur ein wenig schminken und etwas teurere Kleidung tragen würde, so wie sie selbst – sie könnte so hübsch aussehen und fünf, sechs Jahre jünger wirken. Welch eine Verschwendung! Kuniko geriet in einen komplizierten Gemütszustand, der zwischen Neid und Verachtung schwankte.

Dafür bin ich hässlich, hässlich und fett, dachte sie. Sie betrachtete sich im Rückspiegel, und wieder packte sie das allgegenwärtige Gefühl der Verzweiflung.

Trotz ihres großen Gesichts mit dem breiten Kinn hatte sie klcine Augen. Die Nase war platt und ausladend, der Mund dagegen zusammengezurrt und spitz. Ihr Gesicht war eine einzige Katastrophe, missgebildet, alles daran war entweder zu groß oder zu klein. Und am Morgen nach einer Nachtschicht sah sie besonders furchtbar aus. Kuniko zog ein Reinigungstissue aus dem Kosmetiktäschchen von Prada und tupfte sich damit die fettig glänzenden Stellen ab.

Sie wusste nur zu gut, dass eine Frau ohne besondere Qualifikationen keine besser bezahlte Stelle bekam, wenn sie nicht gut aussah. Deshalb schob sie ja die elende Nachtschicht in der Fabrik. Und vor lauter Stress aß sie immer mehr. Und wurde dicker und dicker.

Plötzlich packte Kuniko die Wut auf alles und jeden. Mit voller Wucht stieß sie den Automatikhebel in Fahrposition, riss den Fuß vom Bremspedal und ließ den Motor aufheulen. Mit einem Satz schoss der Golf aus dem Parkplatz. Sie freute sich über die Staubwolke, die sie kurz im Rückspiegel sah.

Kuniko folgte dem Shin-Oume-Highway eine Weile Richtung Zentrum, bis sie an einer Ampel rechts Richtung Kunitachi abbog. Linker Hand, jenseits der Birnbaum-Plantage, lag die alte Mietskaserne mit den viel zu eng geschnittenen Wohnungen: Kunikos Zuhause.

Sie hasste es, dort zu wohnen. Aber bei ihrem und Tetsuyas – der Mann, mit dem sie in wilder Ehe zusammenlebte – Einkommen konnten sie sich derzeit keine andere Wohnung leisten. Kuniko wünschte nichts sehnlicher, als eine andere Frau zu sein und an einem anderen Ort mit einem anderen Mann ein anderes Leben zu führen. »Anders« – damit meinte sie natürlich um etliche Klassen besser. Ob sie irgendwie verrückt war, weil sie sich ständig um ihren Status sorgte und an nichts anderes mehr denken konnte als an diesen Traum?

Kuniko parkte ihren Golf in der für sie reservierten Lücke auf dem Parkplatz der Mietskaserne. Um sie herum standen nur Kleinwagen und einheimische Massenfabrikate. Voller Stolz auf ihren Golf schlug sie die Wagentür zu, dass es knallte. Soll das Pack doch wach werden, geschieht ihnen nur recht! Aber sie wusste auch, dass sie sich unterwürfig entschuldigen würde, wenn jemand käme und sie deswegen anbrüllte. Man musste schließlich einen klaren Kopf bewahren und sich geschickt verhalten, auch wenn das manchmal Mühe kostete.

Sie stieg in den mit Graffiti beschmierten Aufzug, schlurfte im vierten Stock den unansehnlichen Flur entlang, vorbei an Dreirädern, Styroporkisten aus dem Supermarkt und dergleichen, die überall vor den Türen standen, bis sie vor ihrer eigenen ankam. Sie schloss auf, trat in die dunkle Wohnung und hörte schon das viehische Schnarchen aus dem hinteren Zimmer. Alles wie immer, es kümmerte sie schon gar nicht mehr. Sie legte die Zeitung, die sie draußen aus dem Briefschlitz gezogen hatte, auf den Esstisch mit der beschichteten Spanplatte, den sie per Teleshopping gekauft hatte.

Außer dem Fernsehprogramm las sie die Zeitung überhaupt nicht. Und Tetsuya las auch nur die Seite »Vermischtes« und den Sportteil. Eigentlich war es Geldverschwendung, und sie würde sie liebend gerne abbestellen, aber sie brauchte die Anzeigen. Sie nahm den Teil mit den vereinzelten Stellenangeboten für Frauen inmitten lauter Immobilienanzeigen heraus und legte ihn beiseite. Nachher wollte sie ihn in Ruhe durchsehen.

Im Zimmer war es stickig schwül. Sie stellte die Klimaanlage an und machte den Kühlschrank auf. So, ohne etwas im Magen, würde sie nie im Leben einschlafen können. Gähnende Leere schaute ihr entgegen. Wo waren die Packung Kartoffelsalat und die O-Nigiri* geblieben, die sie gestern Abend erst im Supermarkt gekauft und hineingelegt hatte? Tetsuya musste ihr einfach alles weggefressen haben!

Wütend riss Kuniko eine Bierdose auf, machte sich über eine Tüte Chips her und schaltete den Fernseher ein. Sie zappte durch die Kanäle, bis sie eines der morgendlichen Boulevardmagazine gefunden hatte. Die Skandalgeschichten aus der Welt der Prominenten ergötzten sie sofort. Jetzt wartete sie nur noch auf die Wirkung des Alkohols.

Da brüllte Tetsuya von hinten: »Stell den Scheißkasten gefälligst leiser, ich will schlafen!«

»Du musst doch sowieso gleich aufstehen!«

»Ich hab noch mindestens zehn Minuten!«

Damit kam etwas auf sie zugeflogen und traf sie am Arm. Ein

* O-Nigiri: gefüllte, mit getrocknetem Seetang umwickelte Reisklöße – das »Butterbrot« der Japaner. (A. d. Ü.)

Plastikfeuerzeug. Die Stelle am Arm wurde rot. Mit dem Feuerzeug in der Hand baute sie sich neben Tetsuyas Bett auf.

»Fauler Sack! Ich bin müde, begreifst du das nicht!«

»Was willst du?« Tetsuya hatte die Augen offen. In seinem Gesicht war Furcht zu lesen. »Ich bin auch müde.«

»Und deshalb glaubst du, mir dieses Ding hier an den Kopf werfen zu können!« Kuniko machte das Feuerzeug an und hielt es Tetsuya vors Gesicht.

»Hör auf!« Tetsuya schlug ihr das Feuerzeug aus der Hand. Es sprang von den Tatamimatten zurück und rollte weg. Wie wild schlug Kuniko nach Tetsuyas Hand.

»Was fällt dir ein! Ich hab's satt, hörst du, satt! Sieh mich an, los, sieh mich gefälligst an!«

»Lass mich, hör auf, es ist doch noch so früh!«

»Ach, halt's Maul, du fauler Sack! Du hast meinen Kartoffelsalat und alles gefressen!«

»Kannst du dir nicht endlich mal diesen Ton abgewöhnen!« Der schmächtige Tetsuya, der ein ganzes Stück kleiner war als Kuniko, verzog angewidert das Gesicht. Vor zwei Jahren hatte er endlich eine Stelle als Pharmavertreter für Krankenhäuser bekommen und sich das schulterlange Haar kurz schneiden lassen. Seitdem sah er noch mickriger aus. Kuniko missfiel das sehr. Damals, als sie noch zusammen den Boulevard von Shibuya unsicher gemacht hatten… da war er zwar genauso blöd, aber wenigstens gut aussehend gewesen. Sie hatten sich kennen gelernt, als Kuniko in einer Spielothek in Shibuya arbeitete.

Damals war sie viel schlanker gewesen als heute, und Männer wie Tetsuya hätte sie zehn an jedem Finger haben können. Obwohl die Schulden, die sie damals gemacht hatte, um sich all die teuren Kleider und Modeaccessoires zu kaufen, für das Leben am Rande des Ruins verantwortlich waren, das sie jetzt führen musste.

»Gib zu, dass du mir alles weggefressen hast, und entschuldige dich!«

Entschlossen setzte Kuniko sich rittlings auf den von einem Frotteelaken bedeckten Tetsuya. Ihr Gewicht ließ ihn flehentlich aufstöhnen: »Hör auf, lass mich doch, bitte!«

»Na los! Wenn du brav bist und alles zugibst, verzeihe ich dir auch!«

»Ja, es tut mir Leid, ich hab's gegessen. Als ich nach Hause kam, war nichts anderes da!«

»Du kannst dir doch selbst was besorgen!«

»Ja, ja, hab ja schon verstanden!«

Tetsuya drehte sein Gesicht zur Seite, aber Kuniko griff ihm ohne Umschweife zwischen die Beine. Kraftlos hing sein Geschlecht herab. »Na, was ist, Schlappschwanz! Hast du denn nicht mal mehr 'ne Morgenlatte?!«

»Ach, hau doch ab!«, stieß Tetsuya angewidert hervor. »Lass mich endlich in Ruhe, du bist zu schwer! Ist dir überhaupt klar, wie viel du mittlerweile wiegst?«

»Was soll das denn heißen, he!«

Kuniko nahm seine schmächtige Halspartie zwischen die Oberschenkel und drückte zu. Verzweifelt versuchte Tetsuya, ein »Entschuldige« herauszupressen.

»Ach!« Ruckartig ließ Kuniko los und rutschte unsanft von ihm herunter. In letzter Zeit war ihr Sexleben mit diesem Schlappschwanz nur noch zum Verzweifeln. Dabei war er doch so viel jünger als sie.

Verdrossen stapfte sie ins Wohnzimmer zurück und sah zu, wie Tetsuya sich benommen aufsetzte.

»Mist, ich komm zu spät!«

Kuniko wandte sich gelangweilt ab und zündete sich eine Zigarette an. Nur mit einem T-Shirt und unmöglichen Shorts bekleidet, trottete Tetsuya heran, kratzte sich mit einer Hand am Hals und zog mit der anderen eine von Kunikos Mentholzigaretten aus der Schachtel auf dem Tisch.

»Das sind meine. Wehe, du rauchst eine davon!«

»Bitte, nur eine Einzige. Ich hab keine mehr.«

»Dann gib mir zwanzig Yen!« Sie streckte die Hand aus.

Das war kein Scherz, und Tetsuya seufzte. Als er fünfzehn Minuten später wortlos zur Arbeit ging, legte sich Kuniko in die für ihren massigen Körper viel zu kleine Kuhle im Bett.

Es war kurz vor zwei nachmittags, als sie wieder aufstand.

Sofort schaltete sie den Fernseher ein. Während sie auf die Bilder des Boulevardmagazins starrte, rauchte sie eine Zigarette und wartete darauf, dass ihr Körper langsam aufwachte. Es waren dieselben Berichte, die sie morgens schon gesehen hatte, aber das störte sie nicht.

Sie hatte Hunger. Ohne sich auch nur das Gesicht zu waschen, verließ sie die Wohnung, um etwas zu essen zu kaufen. An der Einfahrt zur Mietskaserne war ein 24-Stunden-Laden. Wie der Zufall es wollte, eine Filiale der Kette, in der die in ihrer Fabrik produzierten Lunchpakete verkauft wurden.

Sie nahm eine Portion »Gourmet-Theaterpausen-Lunch« in die Hand. Auf dem Etikett stand: »Miki Foods, Higashi-Yamato-Fabrik, Auslieferung: 7:00 Uhr«. Ohne Zweifel eine der von ihrer eigenen Reihe abgepackten Portionen. Kuniko hatte die einfache Aufgabe gehabt, Rührei aufzugeben. »Nicht so viel Ei!«, hatte Nakayama sie noch angebrüllt. Dieser Mistkerl musste einem immer noch einen reinwürgen, sonst war er nicht zufrieden!

Die Schicht letzte Nacht war ungewöhnlich bequem gewesen. Wenn sie sich an Yoshië und Masako hielt, fiel für sie eine einfache Arbeit ab. So wollte sie es in Zukunft immer machen. Kuniko entschlüpfte ein leises Lachen.

Sie kehrte in ihre Wohnung zurück, setzte sich vor den Fernseher, schaute weiter das Boulevardmagazin und aß das Lunchpaket, dazu trank sie Oolong-Tee. Als sie sich ein von Soße braun durchtränktes Schweinefleisch-Nugget in den Mund schob, fiel ihr wieder ein, wie Yayoi Yamamoto über den Soßenbottich gestolpert war. Die war ja vielleicht tapsig heute Morgen, dachte Kuniko und schnalzte mit der Zunge. Vollkommen aus der Welt, da konnte man ihr gar nicht helfen. So ein Quatsch, sich von seinem Mann schlagen zu lassen! Sie selbst hätte zurückgeschlagen!

Kuniko aß die Schweinefleisch-Nuggets auf, und während sie Sojasoße auf die hart gewordenen chinesischen Teigtaschen – Gefrierware – tröpfelte und sie mit Senf bestrich, sah sie Yayois Gesicht vor sich. Wenn man so schön war, brauchte man sich doch nicht mit Nachtschichtarbeit abzugeben! Sie selbst würde sich ja zumindest einen Job in einem kleinen Restaurant oder einer Kneipe suchen. Sie hätte auch nichts gegen ein noch besseres Einkommen in irgendeinem halbseidenen Laden. Leider fehlte ihr dazu das Vertrauen in ihr Aussehen und ihre Figur – das war alles.

Im Fernsehen lief gerade eine Reportage über Oberschülerinnen. Kuniko legte die Wegwerfstäbchen zur Seite und schaute gebannt zu. Interviewt wurde eine auffallend gestylte Schülerin mit braun gefärbten, glatten, langen Haaren, deren Gesicht man unkenntlich gemacht und deren Stimme man verfremdet hatte.

»Die Opas sind Geldbörsen, Geldbörsen auf zwei Beinen. Was ich von den Opas bekommen hätte? Ein Kostüm, zum Beispiel. Eins für vierhundertfünfzigtausend Yen.«

»Willst du mich verarschen?! Nun schau dir diese Schlampe an, man fasst es nicht!«, schrie Kuniko plötzlich ins Fernsehen. Ein Kostüm für vierhundertfünfzigtausend Yen… wahrscheinlich von Chanel oder Armani. Sie hätte auch gern ein Chanel-Kostüm. Aber da neuerdings überall diese blutjungen, niedlichen Dinger herumliefen, sank ihr eigener Marktwert ins Bodenlose. »Wartet nur, ihr sollt mich noch kennen lernen«, murmelte Kuniko einige Male vor sich hin.

Das einzig Gute an dem Job in der Lunchpaket-Fabrik ist, dass ich Masako begegnet bin, dachte Kuniko, als sie den kalten Reisklumpen mit aufgedrücktem Wellenmuster verspeiste. Es hieß, Masako sei zuvor Büroangestellte in einer soliden Firma gewesen, habe aber im Zuge einer Umstrukturierung ihre Stelle verloren. Kuniko hatte es im Gefühl, dass eine Frau wie Masako sich nicht für immer und ewig mit der harten Schichtarbeit in der Fabrik zufrieden geben würde. Über kurz oder lang könnte sie durchaus zur Festangestellten aufsteigen. Sogar ein Posten in der Verwaltung oder im Management war nicht ganz und gar auszuschließen. Und wenn sie sich im entscheidenden Moment an Masako hielt, könnte auch für sie selbst etwas Besseres herausspringen. Was ihr allerdings nicht gefiel, war der Eindruck, dass Masako ihr nicht allzu sehr zu trauen schien.

Kuniko schmiss die leere Plastikschale, die sie so sauber ausgekratzt hatte, dass man sie nicht mehr hätte abwaschen brauchen, in den Mülleimer neben der Spüle. Dann sah sie die Seiten mit den Stellenangeboten aus der Zeitung durch. Mit dem mickrigen Lohn aus der Fabrik konnte sie gerade mal die Zinsen ihres Schuldenbergs begleichen – an Rückzahlung war nicht zu denken. Aber der Stundenlohn für Teilzeitarbeit tagsüber war noch schlechter. Für acht Stunden am Tag würde sie genauso viel bekommen wie für die fünfeinhalb Stunden in der Nacht, deshalb wäre es dumm, die Nachtschicht aufzugeben. Nur brauchte sie dann tagsüber ihren Schlaf. Ein einziger Teufelskreis! Kuniko wollte sich nicht eingestehen, dass sie ein Faulpelz war.

Aber sie wollte auch nicht darüber nachdenken, wie hoch ihre Schulden mittlerweile waren. In letzter Zeit war sie sogar mit den Zinszahlungen in Rückstand geraten; sie hatte keine Ahnung, ob sich die Kreditsumme verringerte – sie wusste ja nicht einmal, auf wie viel sich diese überhaupt belief.

Gegen Abend schminkte sie sich, zog ein Kostüm an – ein Chanel-Imitat – und verließ die Wohnung. Sie hatte genau das Richtige gefunden: einen Job, den sie machen konnte, bevor sie um halb zwölf zur Nachtschicht musste.

Beim Fahrradabstellplatz traf sie die Frau von nebenan, die gerade heimkehrte. Sie sah müde aus, trug ein billiges Sommerkostümchen, ein Fummel, wie sie ihn im Supermarkt verschleudern, und schleppte sich an Einkaufstaschen ab. Wahrscheinlich wurde sie von ihrer Firma nach Strich und Faden ausgenutzt.

Als Kuniko ihr kurz zunickte, grüßte sie mit einem Lächeln zurück, wobei sie ein paar Mal schnüffelnd die Nasenflügel hob. Wahrscheinlich staunt sie über mein Parfüm, dachte Kuniko. Heute hatte sie »Coco« aufgelegt. Die da kannte womöglich nicht einmal den Namen. In der Fabrik war es verboten, Parfüm zu tragen, aber sie würde vor der Schicht sowieso noch ein Bad nehmen.

Kuniko stieg aufs Fahrrad und fuhr schwerfällig die enge Hauptstraße entlang, auf der ununterbrochen Autos an ihr vorbeirasten. Der Nachtclub lag nahe dem Bahnhof des Nachbarviertels Higashi-Yamato. Wenn es einen Nachteil an dem Job gab, dann war es, dass sie mit dem Fahrrad hinfahren müsste, da es dort wahrscheinlich keine Parkplätze gab. Was sollte sie bei Regen machen? Mit der Bahn fahren war auch unbequem, der nächste Bahnhof war zu weit von ihrem Mietshaus entfernt. Wenn alles glatt läuft und sie mich nehmen, kann ich ja umziehen, dachte Kuniko.

Nach zwanzig Minuten stand sie vor dem Laden. Ein Etablissement mit dem Namen »Velfarre«. Sie war mit dem Gedanken hergekommen, dass es sowieso aussichtslos sein würde, doch wer weiß? In einem Club so weit außerhalb des Zentrums dürfte sogar sie Chancen haben. Mut stieg in ihr auf, und zum ersten Mal seit langer Zeit bekam sie Herzklopfen.

»Floor-Lady im Alter zwischen 18 und 30 Jahren gesucht. 3600 Yen Stundenlohn, Uniform wird gestellt. Arbeitszeit: 17 bis 1 Uhr, Heimfahrdienst vorhanden. Alkoholunverträglichkeit nicht unerwünscht.«

In Gedanken ging sie noch einmal die Arbeitsbedingungen durch und erwog sogar, den Job in der Fabrik ruhig sausen zu lassen, falls sie genommen wurde. Hier verdiente sie in läppischen zwei Stunden so viel wie dort in einer ganzen Nacht harter Arbeit. Vergessen war, dass sie sich eben erst geschworen hatte, Masako überallhin zu folgen – diese Art von Sinneswandel war bei ihr ganz normal.

»Ich komme wegen Ihrer Anzeige. Ich habe vorhin schon angerufen…«

Im Eingang standen mehrere junge Männer, die Anzüge in schreienden Farben trugen, und eine junge Frau in einem – wohl um Gäste anzulocken – extrem kurzen Minirock. Der Mann, den sie angesprochen hatte, schaute sie erstaunt an.

»Ach so. Dann gehen Sie doch bitte zum Hintereingang.«

»Ja, danke.«

Kuniko spürte, dass die Männer ihr nachsahen und ein Lachen unterdrücken mussten. Sie ging in die Richtung, die man ihr gewiesen hatte, und bog in eine Hintergasse ein, wo sie eine Aluminiumtür fand, an der ein kleines Schild mit der Aufschrift »Velfarre« angebracht war.

Vorsichtig öffnete sie die Tür und schaute hinein. »Entschuldigen Sie bitte. Ich habe vorhin angerufen und…« Ein Mann mittleren Alters in schwarzer Kleidung saß dort an einem Schreibtisch und legte gerade den Telefonhörer auf. Er strich sich mit der Hand über die wie eingemeißelten Falten auf der Stirn und musterte Kuniko dabei von oben bis unten.

»Ah, ja, ja. Bitte!«

Sein Blick machte ihr Angst, aber seine Stimme klang tief und freundlich. Er deutete auf das Sofa vor seinem Schreibtisch.

»Treten Sie doch ein, setzen Sie sich!«

Steif setzte sich Kuniko in kerzengerader Haltung auf die Vorderkante des Sofas. Der Mann überreichte ihr seine Visitenkarte:

»Manager« hieß es da. Er deutete eine Verbeugung an, doch als er den Blick wieder hob, spürte sie, wie seine Augen sie noch einmal blitzschnell von unten bis oben taxierten. Sie fühlte sich immer unbehaglicher. Nervös brachte sie hervor: »Ja, also, ich möchte mich um die Stelle als Floor-Lady bewerben, die Sie in der Zeitung ausgeschrieben haben…«

»Vielen Dank für Ihr Interesse. Tja, dann wollen wir uns mal ein wenig unterhalten«, sagte er diplomatisch jovial und setzte sich ihr gegenüber auf einen Stuhl.

»Wie alt sind Sie?«

»Neunundzwanzig.«

»Ah, ja. Haben Sie einen Ausweis da?«

»Oh, das tut mir Leid, im Moment habe ich nichts dabei…«

Sofort wurde der Ton des Mannes abweisend: »Aha. Irgendwelche Vorkenntnisse für diese Art von Tätigkeit?«

»Nein, es wäre das erste Mal.«

Kuniko befürchtete noch, dass es nun hieße, Hausfrauen kämen nicht in Frage, und überlegte schon, wie sie reagieren sollte, doch der Mann stellte keine weiteren Fragen mehr, sondern stand auf: »Tja, um ehrlich zu sein – auf die Anzeige heute Morgen haben sich bereits sechs Neunzehnjährige gemeldet. Das Amateurhafte ist unser Markenzeichen, das stimmt, aber die Gäste sind mehr an jungen Mädchen interessiert, wissen Sie, das zieht einfach besser.«

»Oh. Ja, verstehe.«

Das war sicher nicht die ganze Wahrheit. Augenblicklich sank Kunikos Stimmung auf den Tiefpunkt, so, als führe sie in rasantem Tempo mit einem Fahrstuhl nach unten. Wenn sie ein hübsches Gesicht und eine gute Figur hätte, würde es sicher keine große Rolle spielen, dass sie ein wenig älter war. Nein, ihr Alter war bestimmt nicht das Problem. Der Komplex, der sich in ihrem Innern eingenistet und tiefe Wurzeln geschlagen hatte, zeigte seine Fratze.

»Deshalb – es tut mir Leid, dass Sie sich extra herbemüht haben, aber für heute muss ich Sie leider enttäuschen… Was machen Sie denn im Augenblick?«

»Teilzeitarbeit hier in der Nähe.«

»Das ist auch sicher besser für Sie. Die Arbeit hier bei uns ist ziemlich hart. Die Gäste erwarten schon etwas, wenn sie in einer Stunde zehn-, zwanzigtausend Yen ausgeben – ohne Gegenleistung gehen sie nicht nach Hause. Sie verstehen, was ich meine? Und in Ihrem Alter … Sie wollen doch sicher nicht links liegen gelassen werden! Das wäre nicht schön, meinen Sie nicht auch?« Der Mann lachte obszön. »Na, also. Es tut mir wirklich Leid, Sie herbemüht zu haben. Hier, eine kleine Entschädigung für Ihren Fahraufwand.«

Er drückte ihr einen kleinen, dünnen Umschlag in die Hand. Höchstens tausend Yen, schätzte sie, als der Mann sie zweifelnd fragte: »In Wirklichkeit haben Sie die Dreißig doch längst überschritten, nicht wahr?«

»Nein, überhaupt nicht!«

»War auch nur ein Scherz.« Der Mann verbarg seine Missachtung nicht.

Enttäuscht trat Kuniko aus dem Hintereingang. Wenn sie vorne herum zurückginge, stünden da sicher noch diese Männer, die Gäste anwarben. Ihre Blicke wollte sie nicht ein zweites Mal ertragen müssen, also ging sie lieber die Hintergasse entlang bis zur Ecke, wo ein kleiner Gyūdon-Imbiss* war. Von dort aus wollte sie versuchen, zu ihrem Fahrrad zurückzukommen.

Plötzlich überfiel sie ein Bärenhunger. Sie betrat den Imbiss in der Absicht, das gerade erhaltene Fahrgeld zu verbraten.

»Einmal Gyūdon, bitte.«

Nachdem sie bestellt hatte, schaute sie sich um – und blickte hinter sich in einen großen Spiegel. Sie sah ihren dicken, breiten Rücken, ihr blödes, plumpes Gesicht. Ihr wahres Alter von dreiunddreißig Jahren, unverkennbar, für alle sichtbar. Sofort drehte sie sich wieder nach vorne. Auch vor den Kolleginnen in der Fabrik hatte sie sich jünger ausgegeben, als sie war.

Kuniko seufzte und öffnete den Umschlag. Es waren zweitausend Yen. Schwein gehabt, wenigstens etwas! Sie steckte sich eine Mentholzigarette zwischen die Lippen.

Es blieb noch etwas Zeit, bis sie sich auf den Weg in die Fabrik machen musste.

* Gyūdon: gebratene, dünne Rindfleischstreifen und Zwiebel in einer pikanten Soße auf Reis. (A. d. Ü.)

3 Behutsam, um ja kein Geräusch zu machen, schloss Yoshië die Haustür auf, und sofort stieg ihr der schwache Geruch von Cresol und Exkrementen in die Nase. Wie oft sie auch lüftete, wie gründlich sie die Tatami mit einem gut ausgewrungenen Lappen abrieb – dieser Geruch ließ sich aus ihrem Haus einfach nicht vertreiben.

Yoshië drückte die Fingerspitzen auf ihre vor Übermüdung zuckenden Lider. Es würde noch einige Zeit vergehen, bis sie sich endlich ein paar kurze Stunden Schlaf gönnen konnte.

Aus dem engen, zementierten Eingang trat man über eine Stufe direkt in ein drei Matten kleines Tatami-Zimmer. Es war mit einem niedrigen Esstischchen, einem uralten Geschirrschrank und einem Fernseher so voll gestellt, dass man kaum wusste, wo man die Füße hinsetzen sollte. Hier war das Wohnzimmer von Yoshië und ihrer Tochter Miki, hier aßen sie oder sahen fern.

Da es ohne eigene Tür unmittelbar am Eingang lag, konnte jeder, der kam, sofort hineinsehen, und im Winter pfiff der Wind kalt durch die Ritzen. Miki beschwerte sich bitterlich darüber, aber in diesem winzigen Haus gab es einfach keine andere Möglichkeit.

Yoshië stellte die Papiertüte mit dem weißen Kittel und der Arbeitshose, die sie zum Waschen aus der Fabrik mit nach Hause gebracht hatte, in die Ecke und schaute durch die offen stehende Schiebetür in das angrenzende Sechs-Matten-Zimmer. Die Vorhänge waren zugezogen, der Raum lag im Dunkeln, trotzdem nahm sie sofort die kleinen Bewegungen in dem Futon wahr, der dort ausgebreitet lag. Ihre Schwiegermutter, die nun schon seit sechs Jahren bettlägerig war, dürfte also bereits wach sein.

Doch Yoshië sprach sie nicht an, sondern blieb wie gelähmt mitten im Zimmer stehen. In der Fabrik konnte sie sich zusammenreißen und ganz auf die Arbeit konzentrieren, doch sobald sie nach Hause kam, spürte sie genau, dass sie ausgelaugt und kaputt war wie ein löchriger Putzlappen. Wenn sie sich jetzt doch nur ein einziges Stündchen aufs Ohr legen könnte, das wäre so wunderbar! Während sie sich die kräftigen, steifen Schultern massierte, sah sie sich in ihrem vergilbten, heruntergekommenen Zuhause um, in das nicht einmal das Morgenlicht fiel.

Die Schiebetür zu dem Viereinhalb-Matten-Raum rechts von ihr war fest zugezogen, wie um jeden Zutritt abzuweisen. Das war Mikis Zimmer.

Solange ihre Tochter noch zur Mittelschule gegangen war, hatte sie mit der Schwiegermutter im Sechs-Matten-Zimmer schlafen müssen, aber jetzt, in dem schwierigen Alter, konnte man ihr das unmöglich weiter zumuten. Also hatte Yoshiё ihren eigenen Futon neben den der Schwiegermutter gelegt, aber dort kam sie kaum zur Ruhe und schlief schlecht. Wahrscheinlich war sie einfach schon zu alt. Yoshiё ließ sich auf die einzige freie Stelle auf dem Tatami-Boden fallen, die in dem engen Zimmer auszumachen war.

In der Kanne auf dem Esstischchen waren immer noch die Blätter von dem grünen Tee, den sie selbst gestern Abend vor der Arbeit getrunken hatte. Doch in Anbetracht der Mühe, sie extra ausspülen zu gehen, störte sie das nicht. Wenn es um Arbeit für andere ging, war ihr nichts zu viel, aber für sich selbst war ihr alles egal. Sie goss die Blätter noch einmal mit dem mittlerweile lauwarmen Wasser aus der Thermoskanne neben sich auf, und während sie den dünnen Tee schlürfte, starrte sie eine Weile nur vor sich hin. Es gab etwas, das ihr große Sorgen bereitete.

Ihr Vermieter war vorbeigekommen, um ihr anzukündigen, dass er das alte Holzhaus, in dem das Wohnen doch sicher unbequem sei, abreißen und an seine Stelle ein schickes Apartmenthaus setzen wolle. Yoshiё befürchtete, dass es sich nur um eine Ausrede handelte, um sie hinauszuwerfen. Falls man sie an die Luft setzte, wüssten sie nicht, wohin. Und selbst wenn sie in den Neubau einziehen könnten, würde sich sicher die Miete erhöhen, und ein vorübergehender Umzug in eine andere Wohnung würde auch eine Menge Geld verschlingen, das war klar. Doch dazu fehlten ihr bei den knappen finanziellen Verhältnissen, in denen sie lebte, einfach die Rücklagen.

Wenn ich doch Geld hätte!, dachte Yoshiё verzweifelt. Die magere Versicherungssumme, die ihr nach dem Tod ihres Mannes ausgezahlt worden war, hatte sie längst für die bettlägerige Schwiegermutter verbraucht, auch ihre Ersparnisse waren dafür draufgegangen. Sie selbst besaß nur einen Mittelschulabschluss, da hatte sie wenigstens dafür sorgen wollen, dass Miki aufs College gehen konnte, aber daran war nun nicht mehr zu denken, geschweige denn an die eigene Altersvorsorge.

Deshalb konnte sie auch unmöglich die anstrengende Nachtschicht in der Lunchpaket-Fabrik aufgeben. Und natürlich würde sie gerne tagsüber noch eine andere Arbeit machen, aber wer sollte dann die Schwiegermutter pflegen? Yoshië war am Ende. Trotz aller Tüchtigkeit wusste sie einfach nicht mehr, wie es weitergehen sollte.

Ihr musste wohl ein allzu tiefer Seufzer entfahren sein, denn aus dem Sechs-Matten-Zimmer drang die dünne Stimme ihrer Schwiegermutter: »Bist du da, Yoshië?« Kraftlos, so als habe sie es eben geschafft, die Laute herauszubringen.

»Ja, ich bin zurück.«

»Meine Windel ist nass!« Beherrscht, und doch mit einem Unterton, der keinen Widerspruch duldete.

»Ja, ich komme gleich.«

Yoshië nippte noch einmal an dem lauwarmen, dünnen Tee und zwang sich aufzustehen. Sie hatte längst vergessen, wie hässlich die Schwiegermutter sie in der ersten Zeit ihrer Ehe behandelt hatte. Jetzt war sie nur noch eine arme alte Frau, die ohne ihre Hilfe nicht überleben konnte.

Ohne sie lief nichts. Dieser Gedanke war Yoshiës einziger Trost, dafür lebte sie. Auch in der Fabrik war das so. Man nannte sie die Meisterin, und am Band hörte alles auf ihr Kommando. Das war die Motivation, mit der sie die harte Arbeit aushalten konnte, das war ihr ganzer Stolz.

Im Grunde ihres Herzens wusste sie, dass sie den Tatsachen nicht ins Auge sah – sie hätte es nicht ertragen, erkennen zu müssen, dass *ihr* niemand half. Stattdessen ließ sie sich durch etwas namens Stolz zu härtester Arbeit antreiben. Yoshië verschloss die Augen vor der Wahrheit und machte Fleiß zum obersten Prinzip ihres Lebens, das ihr half durchzuhalten.

Wortlos betrat sie das Sechs-Matten-Zimmer. Der strenge Geruch von Kot schlug ihr entgegen. Sie unterdrückte ihren Ekel, zog die Vorhänge auf und öffnete sachte das Fenster, um die stickige, stinkende Luft zu vertreiben.

Direkt gegenüber, nur einen knappen Meter entfernt, war das Küchenfenster des Nachbarhauses, ebenfalls ein alter, kleiner Holzbau. Sofort, als habe sie es geahnt, schlug die Nachbarin, eine Hausfrau, die immer früh auf den Beinen war, lautstark ihr Küchenfenster zu, wie um ihrem Unmut Luft zu machen. Wut flammte in Yoshië auf. Doch sie konnte auch verstehen, dass es kaum auszuhalten war, schon am frühen Morgen den Kot eines kranken Menschen riechen zu müssen.

»Ziehst du mich bitte endlich um!« Die Schwiegermutter, die von all dem nichts mitbekommen hatte, rutschte ungeduldig auf ihrem Futon herum.

»Lieg still, sonst verrutscht die Windel noch.«

»Aber es fühlt sich so unangenehm an!«

»Ich weiß, du hast ja auch hineingemacht.«

Wenn es doch nur Babywindeln wären, dachte Yoshië sehnsüchtig, während sie die dünne Sommerdecke zurückschlug und der Schwiegermutter das Nachthemd aufmachte. Bei einem Baby hatte sie es nie als ekelhaft empfunden, wenn beim Windelwechseln Kot an ihre Hände oder Urin an ihre Kleidung gekommen war. Warum waren einem dann die Ausscheidungen alter Menschen nur so zuwider?

Plötzlich musste Yoshië an Yayoi Yamamoto denken. Yayois Kinder waren noch klein. Hatte sie sich nicht vor kurzem erst darüber gefreut, dass ihr Jüngster endlich aus den Windeln war? Yoshië wusste noch genau, wie glücklich man sich dann fühlte.

Und trotzdem war sie heute so merkwürdig gewesen. Ihr Mann habe sie in den Bauch geschlagen, hatte sie gesagt, aber ob er sie nicht auch mit Worten tief verletzt hatte?

Eine fleißige Frau zu haben war bequem, aber einem faulen Mann konnte sie auch leicht ein Dorn im Auge sein, davon wusste sie ein Lied zu singen. Yoshië dachte an ihren Mann zurück, der fünf Jahre zuvor an Leberzirrhose gestorben war. Je besser sie ihre Schwiegermutter versorgte, je mehr sie durch Nebenjobs dazuverdiente, je perfekter sie den Haushalt in Schuss hielt, desto missmutiger und unverschämter war ihr Mann geworden.

Vielleicht gefiel es auch Yayois Ehemann nicht, dass seine Frau so tüchtig war. Wahrscheinlich war er genauso selbstsüchtig, wie ihr eigener Mann es gewesen war. Aus welchen Gründen auch immer war das der Lauf der Welt: Die fleißigsten Frauen gerieten an die egoistischsten Männer. So war das nun einmal, es half alles nichts, man musste die Zähne zusammenbeißen und das Beste daraus machen. Yoshiё hatte sich in den Kopf gesetzt, dass Yayoi ihr in so manchen Punkten ähnelte.

Mit geübten Handgriffen wechselte sie die Windel. Jetzt musste sie das verschmutzte Tuch in der Toilette entleeren und dann im Bad auswaschen gehen. Natürlich gab es die bequemeren Wegwerfwindeln, aber die konnte sie sich nicht leisten.

Als sie aus dem Zimmer ging, hörte Yoshiё hinter sich die drängende Stimme der Schwiegermutter: »Aber ich bin doch auch so verschwitzt!«

»Ja, ich komme gleich. Eins nach dem anderen.«

»Aber du weißt doch, wie unangenehm das ist. Nachher erkälte ich mich noch!«

»Ja, sofort, wenn ich hiermit fertig bin.«

»Du machst das mit Absicht so langsam!«

»Aber nein doch!« Noch während sie das erwiderte, stieg etwas wie Mordlust in Yoshiё auf. Sollte sie sich doch erkälten! Sollte sie sich doch auf der Stelle eine Lungenentzündung holen und daran verrecken! Dann wäre sie sie endlich los! Aber wie immer unterdrückte die fleißige Yoshiё dieses Gefühl schnell wieder. Undenkbar! Einem Menschen, der von einem abhängig war, den Tod zu wünschen! Dafür konnte einen die Strafe des Himmels treffen.

In dem Viereinhalb-Matten-Zimmer nebenan klingelte der Wecker. Es war schon kurz vor sieben. Zeit für Miki, aufzustehen. Sie ging auf die Städtische Oberschule.

»Miki, es ist Zeit!«, rief Yoshiё. Die Schiebetür ging auf, und Miki erschien in T-Shirt, Shorts und mit schlecht gelauntem Gesicht.

»Ja, ja, weiß ich doch!« Angewidert wandte sie sich ab. »Mutter! Wolltest du etwa mit dem da in der Hand in mein Zimmer kommen?! Wie kannst du nur!«

»Tut mir Leid«, entschuldigte sich Yoshiё und verschwand im engen Bad neben der Küche. Trotzdem war sie schockiert über Mikis Rücksichtslosigkeit. Früher war sie doch so ein liebes Kind gewesen und hatte ihr geholfen, wo sie nur konnte. Natürlich verstand Yoshiё, dass Miki mittlerweile in einem Alter war, in dem man sich mit seinen Freunden verglich – und da schämte sie sich offenbar für ihr Zuhause.

Ihr war auch bewusst, dass sie nicht die Stärke besaß, sich mit Miki auseinander zu setzen und sie zu fragen, was es da zu schämen gab. Sie hatte einfach nicht den Mut, ihre Tochter darauf anzusprechen. Weil sie sich selbst erbärmlich vorkam, weil sie sich am allermeisten für sich selbst schämte.

Aber es nutzte alles nichts. Wer sollte ihr schon helfen? Man musste schließlich weiterleben. Auch wenn sie sich wie eine Sklavin fühlte, auch wenn sie sich wie das ewige Dienstmädchen vorkam – wenn *sie* die Arbeit nicht machte, machte sie niemand. Ihr blieb nichts anderes übrig, als sich tüchtig anzustrengen, um alles so gut wie möglich zu bewältigen. Sonst traf einen die Strafe des Himmels. Bevor Yoshiё überhaupt dazu kam, über Lösungswege nachzudenken, hatte ihr Fleiß längst das Ruder übernommen.

Miki stand am Waschbecken und wusch sich das Gesicht mit nagelneuem Reinigungsschaum. Yoshiё hatte es sofort bemerkt, denn er roch anders, viel besser als Seife. Die Kontaktlinsen, das modische Haarmousse – ihre Tochter schien sich das alles von dem Geld leisten zu können, das sie beim Jobben verdiente. Im Morgenlicht glänzte Mikis Haar bräunlich.

Als sie die Windel fertig ausgewaschen und sich die Hände desinfiziert hatte, sprach Yoshiё Miki, die sich mit ernstem Gesicht vor dem Spiegel die Haare bürstete, darauf an: »Hast du dir die Haare gefärbt?«

»Ja, ein bisschen«, antwortete Miki, ohne mit dem Bürsten aufzuhören.

»So was – das schickt sich doch nicht!«

»›Schickt sich nicht‹ – das ist ja Steinzeitvokabular!« Miki musste sich das Lachen verkneifen. »Heute färben sich doch alle die Haare! Du bist wirklich die Einzige, die noch etwas dabei findet!«

»Wirklich?« In letzter Zeit machte sie sich Sorgen, weil ihre Tochter sich für ihren Geschmack allzu auffällig zurechtmachte.

»Hast du für die Sommerferien schon einen Job?«

»Klar.« Miki besprühte ihr langes Haar mit transparentem Spray.

»Wo denn?«

»In dem Fast-Food-Restaurant am Bahnhof.«

»Wie viel verdienst du da in der Stunde?«

»Oberschüler kriegen achthundert Yen, hieß es.«

Das versetzte Yoshië einen Schlag, so dass sie eine Weile nichts mehr sagen konnte. Siebzig Yen mehr, als man in der Lunchpaket-Fabrik in der Tagschicht bekam! Sollte das etwa heißen, dass allein das Jungsein schon seinen Wert hatte?

»Was ist?« Verwundert sah Miki sie an.

»Ach, nichts. War gestern Nacht mit Oma alles in Ordnung?«, wechselte Yoshië das Thema.

»Sie hat schlecht geträumt und ständig nach Opa gerufen, das hat vielleicht genervt!«

Gestern Nacht war die Schwiegermutter aus irgendeinem Grunde trotzig wie ein Kleinkind gewesen und hatte Yoshië einfach nicht zur Arbeit gehen lassen. Du willst mich bloß loswerden, alleine hier zurücklassen willst du mich, ich bin dir doch nur lästig, hatte sie gejammert, sobald Yoshië Anstalten gemacht hatte, das Haus zu verlassen. Ein Gehirnschlag, durch den sie rechtsseitig gelähmt war, hatte sie vollkommen verwandelt und beinahe umgänglich werden lassen, doch in letzter Zeit benahm sie sich eigensinniger als ein Baby.

»Merkwürdig. Ob sie allmählich verkalkt?«

»Ist mir egal. Verschon mich bloß damit, ich halt's eh nicht mehr aus!«

»Hör auf, so zu reden! Wenigstens den Schweiß abwischen könntest du ihr ab und zu!«

»Bin ich denn verrückt? Ich will meine Ruhe haben!«, schleuderte Miki ihr entgegen, holte eine Aluminiumdose aus dem Kühlschrank, steckte einen Strohhalm hinein und trank daran. Yoshië hatte lange nicht begriffen, dass es sich dabei um ein Getränk handelte, das neuerdings überall in den 24-Stunden-Läden angeboten wurde und das Frühstück ersetzen sollte. Miki kaufte es, weil ihre Freundinnen es auch taten, es war eben Mode, wie sie sagte.

Statt diesen Kram zu trinken, sollte sie lieber den Reis mit der Miso-Suppe zum Frühstück essen, dachte Yoshië. Wozu habe ich das gestern Abend extra vorgekocht? Die reinste Verschwendung! Früher hatte Miki auch immer eine Dose mit Resten für die Pausen mitgenommen. Heute schien sie stattdessen mit ihren Freundinnen in Fast-Food-Restaurants zu gehen. Woher hatte sie bloß das Geld dafür? Unbewusst betrachtete Yoshië ihre Tochter mit argwöhnischen Augen.

»Was guckst du so?« Wie um ihren Blick abzuwehren, sah Miki ihre Mutter böse an.

»Nichts.«

»Ach übrigens, das Geld für die Klassenfahrt – was ist jetzt damit? Wir sollen es bis morgen mitbringen.«

Yoshië, die das ganz und gar vergessen hatte, hob überrascht die Brauen. »Wie viel war das noch mal?«

»Dreiundachtzigtausend Yen.«

»So viel?«

»Aber das weißt du doch schon lange!«, schrie Miki wütend.

Eine solche Summe konnte sie beim besten Willen nicht aufbringen. Yoshië verfiel ins Grübeln, während Miki sich rasch anzog und das Haus verließ. Es machte ihr Herz noch schwerer, dass Miki diese Summe von ihr haben wollte, obwohl sie genau wusste, wie knapp das Geld war.

»Yoshië!«, hörte sie die fordernde Stimme der Schwiegermutter.

Mit einem frisch gewaschenen Nachthemd auf dem Arm lief sie ins Sechs-Matten-Zimmer. Nachdem sie die Schwiegermutter mühsam umgezogen, sie gefüttert, ihr noch einmal die Windel gewechselt und den Berg dreckiger Wäsche gewaschen hatte, breitete Yoshië endlich ihren Futon neben dem der alten Frau aus und ließ sich darauf fallen. Mittlerweile war es fast neun Uhr.

Die Schwiegermutter war wieder eingenickt, trotzdem fand Yoshië keine richtige Ruhe, denn bald schon war es Mittag, da würde die alte Frau aufwachen und unruhig werden, weil sie ihr Mittagessen haben wollte.

So kam Yoshië nur auf ein paar Stunden Schlaf am Tag. Nachmittags nutzte sie die Pflegepausen für kleine Nickerchen. Außerdem konnte sie meist noch etwas schlafen, kurz bevor sie zur Nachtschicht musste. Wenn man jeden kleinen Fetzen mitzählte, kam sie insgesamt vielleicht auf knapp sechs Stunden. Ein Leben, das sie mit Mühe und Not, mit letzter Kraft aufrechterhalten konnte, das war Yoshiës Alltag, und irgendwann würde alles zusammenbrechen. Genau davor hatte sie Angst.

Yoshiё rief bei der Verwaltung der Lunchpaket-Fabrik an, um zu fragen, ob sie nicht einen Vorschuss haben konnte. Bis zur Überweisung ihres Lohns am Monatsende war es noch lange hin.

»Wir machen prinzipiell keine Ausnahmen«, sagte der Buchhalter kalt.

»Das weiß ich ja, aber sehen Sie, ich arbeite nun schon so lange in der Fabrik …«

»Ja, ich weiß. Trotzdem: Prinzip ist Prinzip.« Der Buchhalter war nicht zu erweichen. »Und noch etwas, Frau Azuma: Sie müssen in Zukunft einen Tag in der Woche freinehmen, es geht nicht anders, das Gewerbeaufsichtsamt besteht darauf.«

»Oh!« Yoshiё ging derzeit täglich in die Fabrik, ohne einen einzigen Tag Pause, denn sie wollte sich keinen Tageslohn entgehen lassen.

Verächtlich schleuderte der Buchhalter ihr die Worte entgegen: »Achten Sie gefälligst darauf, auch zu Ihrem eigenen Besten. Sie bekommen doch sicher Sozialhilfe. Wenn Sie die Einkommensgrenze überschreiten, sieht es schlecht für Sie aus!«

Nun musste sie sich auch noch entschuldigen! Unter Verbeugungen legte Yoshiё den Hörer auf. Jetzt blieb ihr nur noch Masako, an die sie sich wenden konnte. Sie hatte ihr schon mehrmals aus der Patsche geholfen.

»Ja?«, meldete sich eine leise Stimme. Masako selbst, die ein wenig verschlafen klang.

»Ich bin's. Hab ich dich geweckt?«

»Ach, die Meisterin! Ja, aber das macht nichts.«

»Ich habe eine Bitte. Sag aber offen und ehrlich, wenn es dir nicht möglich ist, ja?«

»Aber sicher. Um was geht's?«

Masako würde tatsächlich rundheraus ablehnen, dachte Yoshiё und zögerte ein wenig. Masako hasste übertriebene Rücksichtnahme und Höflichkeitsfloskeln. In der Fabrik konnte sie sie manchmal immer noch mit ihrer Direktheit in Staunen versetzen.

»Könntest du mir Geld leihen?«

»Wie viel ungefähr?«

»Dreiundachtzigtausend Yen. Die Kosten für Mikis Klassenfahrt. Ich bin im Moment völlig blank.«

»Geht in Ordnung.«

Yoshië war froh, dass Masako, die mit Sicherheit nicht aus dem Vollen schöpfte, ihrer Bitte ohne viele Worte entsprochen hatte.

»Danke! Ich stehe in deiner Schuld. Du hast mir wirklich sehr geholfen!«

»Ich geh zur Bank und bring es heute Nacht mit.«

Yoshië atmete auf und ließ sich ins Sitzkissen zurückfallen. Sie fühlte sich miserabel, bei Masako Schulden machen zu müssen, aber sie war auch froh, eine solche Freundin zu haben.

Sie schreckte auf, als es an der Tür läutete. Den Kopf auf das Esstischchen gestützt, war sie wohl im Sitzen eingeschlafen. Sie öffnete, und Masako stand da, die Abendsonne im Rücken. Aus ihrem ungeschminkten Gesicht mit dem leicht dunklen Teint sah sie sie unverwandt an.

»Ich hab noch mal nachgedacht, Meisterin: In der Fabrik kann man das Bargeld ja nirgends hintun, deshalb bringe ich es dir lieber jetzt schon vorbei.«

Masako streckte ihr den Bankumschlag entgegen. Offenbar war ihr das beim Geldabheben aufgefallen, und sie war gleich hergefahren. Typisch Masako, immer praktisch, immer flexibel. Außerdem hätte es in der Fabrik jemand sehen können. Auch das schien sie bedacht zu haben, und Yoshië fiel auf, wie umsichtig und rücksichtsvoll Masako war.

»Danke. Am Monatsende zahle ich es dir auf jeden Fall zurück.«

»Du kannst es mir ruhig in Raten wiedergeben.«

»Nein, kommt nicht in Frage. Ihr müsst doch euren Kredit bedienen.«

»Das geht schon in Ordnung.« Masako lächelte ein wenig. Auf der Arbeit zeigte sie fast nie ihr gelöstes Gesicht, deshalb war Yoshië wie bezaubert von diesem seltenen Anblick.

»Aber ...«

»Mach dir keine Gedanken, Meisterin«, sagte Masako entschieden, und ihr Gesicht wurde wieder ernst. Da erschien auf ihrer Stirn neben der linken Augenbraue die kleine steile Falte, die wie eine Narbe aussah und die Yoshië immer wieder verwirrte, da sie sie für ein Zeichen von Kummer hielt. Sie wusste nicht, worum es ging. Und selbst wenn sie es wüsste – Yoshië befürchtete, dass eine einfache Frau wie sie es wohl kaum verstehen könnte.

»Warum arbeitet jemand wie du bloß in so einer Fabrik?«

»Was redest du da! – Tschüs, bis nachher!« Masako hob kurz die Hand, drehte sich um und ging Richtung Hauptstraße, wo sie ihren roten Corolla abgestellt hatte.

Nur einen Augenblick später kam Miki aus der Schule heim, und Yoshië gab den Umschlag sofort an sie weiter: »Hier, das Geld.«

Sie nahm ihn wie selbstverständlich entgegen und schaute kurz hinein. »Wie viel ist drin?«

»Dreiundachtzigtausend Yen.«

»Thanks.« Gleichgültig stopfte Miki den Umschlag in die Seitentasche ihres schwarzen Rucksacks. Dann meinte Yoshië einen Ausdruck von »Ich hab's geschafft« über ihr Gesicht huschen zu sehen, und für einen kurzen Moment kam ihr der Verdacht, die Reisekosten könnten in Wahrheit wesentlich niedriger sein. Doch wie immer vermied sie es instinktiv, der Wirklichkeit ins Auge zu sehen. Miki würde sie doch niemals belügen! Die eigene Tochter, die tagtäglich mitansah, wie sie sich abstrampeln musste? Unvorstellbar!

4 Wie hypnotisiert verfolgten Mitsuyoshi Satakes Augen die silberne Kugel.

Heute würden die neuen Automaten aufgestellt, hatte es geheißen, deshalb war er früh aufgestanden, hatte sich angestellt und diesen hier ergattert. Er spielte nun schon über drei Stunden, bald dürfte er ihn geknackt haben. Bis dahin war Geduld angesagt. Er war übermüdet, hatte kaum geschlafen, und von den grellbunten Farben des Pachinko-Automaten taten ihm die Augen weh, aber was soll's. Satake nahm die Augentropfen aus dem italienischen Necessaire, das vor ihm lag. Er machte eine Spielpause und tröpfelte sich die Flüssigkeit in beide Augen. Die Tropfen brannten auf der trockenen Hornhaut, bis seine Augen tränten. Satake, der seit der Kindheit nicht mehr geweint hatte, genoss, wie die heiße Flüssigkeit ihm die Wangen hinunterrann, und ließ es einfach geschehen.

Die junge Frau mit geschultertem Rucksack, die neben ihm spielte, streifte Satakes Gesicht mit ihrem Blick. Er sah ihr unmissverständlich an, was in ihr vorging: Zwar verspürte sie ein gewisses Interesse für ihn, wollte aber mit einem Mann, an dessen auffälliger Kleidung man gleich erkennen konnte, in welchen Kreisen er sich bewegte, nichts zu tun haben. Durch tränenverschleierte Augen betrachtete Satake die festen, straffen Wangen der jungen Frau. Knappe zwanzig, höchstens. Er hatte die Angewohnheit, bei jeder Frau, die ihm begegnete, sofort das Alter abzuschätzen.

Satake war dreiundvierzig. Ein kräftiger Hals verband seinen kurz geschorenen Schädel mit seinem stämmigen Körper, wodurch sein Gesamteindruck grobschlächtig war. Aber seine kleinen, mandelförmigen Augen wirkten gescheit, seine Nase war gerade und wohlgeformt, und er besaß erstaunlich schöne Hände mit langen, feingliedrigen Fingern. Ein Kraftmensch mit einem feinen Gesicht und zarten Händen – dieses Ungleichgewicht verlieh ihm eine rätselhafte, unheimliche Ausstrahlung.

Satake zog mit seinen schönen Händen ein teures Markentaschentuch aus der Tasche seiner schwarzen, hochglänzenden Hose und tupfte sich damit Augen und Wangen ab. Auf seinem passend zur Hose maßgefertigten Hemd aus schwarzer Seide hatten die herabgetropften Tränen Flecken hinterlassen. Satake tupfte auch diese Stellen sachte mit dem Taschentuch ab. Die auffälligen Sachen, wie auch die Gucci-Slipper, die er barfuß trug, waren nichts weiter als Berufskleidung für ihn. Trüge er einen Business-Anzug, die junge Frau von nebenan hätte weitaus mehr Interesse für ihn gezeigt, dessen war er sich bewusst.

Satake sah auf die Rolex aus reinem Gold, die er am rechten Handgelenk trug. Schon kurz vor zwei, Zeit, sich auf den Weg zu seiner Verabredung zu machen. Er schnalzte mit der Zunge und blickte auf die übrig gebliebenen Kugeln in seiner Schale hinunter – im selben Moment knackte er den Jackpot. Die Kugeln prasselten in die Schale und hüpften lustig auf den Boden.

»Verdammt!«, schimpfte Satake über das schlechte Timing und stieß den Arm der Frau neben ihm mit dem Ellbogen an. Erstaunt wandte sie sich ihm zu.

»Ich habe keine Zeit mehr. Wenn Sie mögen, spielen Sie doch hier weiter.«

»Was – wirklich!« Sie schien sich zu freuen, blieb aber auf der

Hut, beobachtete sein Gesicht und machte nicht eher Anstalten, seinen Platz einzunehmen, bis er tatsächlich aufbrach. Satake grinste süffisant, nahm sein Necessaire in die Hand und stand mit einer geschmeidigen Bewegung auf. Während er den Gang der Pachinko-Halle entlangging, durch die dumpfer, tiefer Rap dröhnte, dachte er darüber nach, was die junge Frau jetzt wohl von ihm halten mochte.

Kaum hatte er einen Schritt vor die automatische Tür der lärmerfüllten Spielhalle gesetzt, umfing ihn eine andere Art von Trubel: Kinowerbung, Männergeschrei, Schlagermusik, die aus Karaoke-Kabinen auf die Straße drang. Obwohl es ihn irgendwie beruhigte, in die Atmosphäre von Kabuki-chō* einzutauchen, die ihm schon in Fleisch und Blut übergegangen war, spürte er doch auch ein gewisses Unbehagen, nicht hierher zu gehören. Satake sah zu dem schmalen, von schmutzigen Häusern eingefassten Stück Himmel auf. Er hatte das trübe, wolkenverhangene, drückend schwüle Wetter satt, bei dem es jeden Moment zu regnen anfangen konnte.

Das Necessaire unter den Arm geklemmt, beeilte er sich voranzukommen. Kurz vor dem *Koma*-Theater störte ihn ein Kaugummi, der ihm unter der Ledersohle klebte, und er versuchte, ihn an der Bordsteinkante abzustreifen. Doch die hohe Luftfeuchtigkeit hatte den Kaugummi quellen lassen, die klebrige Masse ließ sich nicht so ohne weiteres entfernen, was Satake wütend machte.

Die ganze Nacht lungerten hier Jugendliche herum und übersäten den Gehweg mit ihren Abfällen, überall lauerten dunkle, klebrige Flecken. Er musste so Acht geben, nicht hineinzutreten, dass er fast in eine Schlange älterer Frauen gelaufen wäre, die für ein Schlagerfestival im *Koma*-Theater anstanden. Er hob die rechte Hand, damit sie ihn durchließen, aber die Frauen waren so sehr ins Schwatzen vertieft, dass sie ihn gar nicht wahrnahmen. Er schnalzte leise mit der Zunge, doch dann machte er lächelnd einen Bogen um sie. Was sollte er sich über Leute aufregen, mit denen er nichts zu tun hatte. Da ärgerte ihn der Kaugummi unter seiner Schuhsohle weitaus mehr.

Die Verteiler von Werbezetteln, die Kundenfänger für Rotlicht-

* Kabuki-chō: Vergnügungsviertel im Tōkyōter Bezirk Shinjuku. (A. d. Ü.)

Etablissements, die in Grüppchen herumspazierenden, schlampig aufgetakelten Oberschülerinnen ließen ihn geflissentlich in Ruhe. Diese Sorte Leute spürte die gefährlichen Schwingungen genau, die er aussandte. Mit beiden Händen in den Hosentaschen und mürrischem Gesicht bog er in eine Nebengasse ein.

Satakes Club, das »Mika«, war in einem Gebäude in einer Seitenstraße der Kuyakusho-dōri, der Straße, in der die Bezirksverwaltung von Shinjuku lag. Flink wie ein wildes Tier rannte er die Treppe in den ersten Stock hinauf und stieß die schwarze Flügeltür zum »Mika« am Ende des Flurs auf. Drinnen war alles hell erleuchtet, und zusammen mit dem Tageslicht, das matt durch die mit Reliefs im Stil griechischer Statuen geschmückten Milchglasfenster einfiel, ließ die Beleuchtung den Raum seltsam weiß erscheinen. Eine Frau saß an einem Tisch nahe dem Eingang und wartete auf ihn. Ein Beweis dafür, dass sie nur zu gut wusste, wie sehr Satake, die Pünktlichkeit in Person, es hasste, wenn man ihn zur verabredeten Zeit warten ließ.

»Danke, dass Sie gekommen sind.«

»Der Dank ist ganz auf meiner Seite, Satake-san«, erwiderte Lì-huá Zhàng in, trotz einiger Intonationsschwächen, perfektem Japanisch. Die Taiwanesin war die »Mama-san« in Satakes Club, die Geschäftsführerin. Lì-huá hatte die fünfunddreißig schon überschritten, eine reife Frau also, doch ihre reine weiße Haut war ihr ganzer Stolz, deshalb trug sie eine tief ausgeschnittene Bluse, die ihren Hals und Brustansatz freigab, und als Make-up nur tiefroten Lippenstift. Um ihren langen weißen Hals trug sie eine Kette mit einem kunstvoll gravierten Jadeanhänger und einer großen Goldmünze. Sie schien sich gerade eine Zigarette angezündet zu haben, denn als sie sich zum Gruß leicht vor Satake verbeugte, stieß sie den Rauch aus.

»Verzeihen Sie, dass ich Ihnen die Zeit stehle.«

»Keine Ursache, Sie rufen, ich komme, wann immer Sie wünschen.«

Er bemerkte sehr wohl die Koketterie in ihrem Ton, ließ es sich aber nicht anmerken und setzte sich. Zufrieden schaute er sich in seinem Nachtclub um. Die Einrichtung war im Grundton Dunkelrosé gehalten, die Möblierung im Rokoko-Stil. Im Eingangsbereich standen die Karaoke-Anlage, ein weißes Klavier und vier

Tische. Dahinter ging es eine Stufe hinab zum Hauptbereich mit zwölf Tischen – alles in allem ein Shanghai-Club von passabler Größe. Lì-huá wandte sich Satake zu, wobei sie die Hände mit den weißen, schlanken Fingern faltete. An einer Hand leuchtete ein weiterer großer Jadestein. Wie um ihre Erwartungen zu durchkreuzen, deutete Satake auf die großen Blumenvasen, die an verschiedenen Stellen des Raumes aufgestellt waren.

»Lì-san, so geht das aber nicht! Das Blumenwasser muss regelmäßig ausgetauscht werden, sorgen Sie dafür!«

Casablanca-Lilien, Rosen, Orchideen – allesamt edle, luxuriöse Blumen, doch ließen sie die Köpfe hängen, da das Wasser trübe und faul geworden war.

»Wie? Ah, ja.« Lì-huá folgte seinem Blick.

»Und vergessen Sie nicht, die Stängelenden abzuschneiden!«

Er hatte die Mahnung lächelnd ausgesprochen, insgeheim ärgerte ihn Lì-huás mangelnde Sorgfalt in diesen Dingen jedoch ständig. Aber mit dem Gedanken, dass eine ähnlich geschäftstüchtige Frau wie sie schwer zu finden sein dürfte, wandte er sich ihr wieder zu.

Lì-huá wollte offenbar das Thema wechseln und fragte mit einem süßen Lächeln: »Was wollten Sie mit mir besprechen? Geht es um den Umsatz?«

»Nein, um einen Gast. Es scheint da in letzter Zeit Probleme gegeben zu haben, nicht wahr?«

»In welcher Hinsicht?« Lì-huá machte ein Gesicht, als durchforstete sie rasch ihr Gedächtnis.

»Anna hat mir davon erzählt.« Satake lehnte sich vor. Er spürte, wie eine Welle der Anspannung Lì-huá durchlief. Anna Lee aus Shanghai war die Top-Hostess des »Mika«, die Haupteinnahmequelle des Clubs. Satake nahm Anna sehr ernst, er fürchtete, dass sie ihm abgeworben wurde, und tat alles, um das sie ihn bat.

»Anna-chan? Was hat sie denn gesagt?«

»Es geht um einen Gast, der Yamamoto heißt.«

»Yamamoto? Der Name kommt häufiger vor… Ach ja, ich glaube, ich weiß, wen sie meint«, nickte Lì-huá, als erinnere sie sich jetzt. »Den Gast, der sich bis über beide Ohren in Anna-chan verliebt hat, nicht wahr?«

»Ja, das sagte sie. Es ist zwar schön, wenn er sein Geld bei uns lässt, aber er scheint Anna auf dem Heimweg aufzulauern und ihr nachzustellen.«

»Wirklich?« Lì-huá lehnte sich zurück, als hörte sie das zum ersten Mal.

»Ja. Und gestern rief sie mich an, dass er sogar vor ihrer Wohnung gestanden habe. Weiß der Himmel, wie er ihre Adresse herausbekommen hat.«

»Wie unangenehm! Ein Habenichts also!« Lì-huá war offenkundig fassungslos.

»Scheint so. Der Kerl ist wohl noch zu blöd dazu, seine Ausgaben hier als Spesen abzusetzen. Sorgen Sie deshalb bitte dafür, dass er wieder verschwindet; wenn er das nächste Mal hier auftaucht, lassen Sie ihn am besten gar nicht erst herein. Ich will nicht, dass Anna sich mit so einem armen Schlucker abgeben muss.«

»Ja, verstehe – aber wie soll ich das machen?«

»Lassen Sie sich was einfallen, das ist schließlich Ihre Aufgabe als Mama-san!«, ließ Satake sie kalt abblitzen. Lì-huá presste die Lippen aufeinander, als wäre sie aus einem Traum erwacht und wieder auf dem harten Boden der Tatsachen angekommen. Augenblicklich verwandelte sich ihre Miene in aufmerksame Geschäftsmäßigkeit.

»Verstehe. Ich werde es dem Manager einschärfen.«

Auch der Manager war Taiwanese, ein junger Mann, der jedoch seit gestern wegen einer Erkältung fehlte.

»Und rufen Sie ihr in Zukunft ein Taxi, wenn sie den Club ohne Begleitung eines Gastes verlässt!«

»Ja, Sie können sich auf mich verlassen.« Lì-huá nickte ein paar Mal. Für Satake war das Gespräch damit beendet, er erhob sich. Lì-huá begleitete ihn zur Tür, wie sie es mit einem Gast tun würde.

Vorsichtshalber erinnerte Satake sie noch einmal: »Und vergessen Sie mir das Blumenwasser nicht, Lì-san!« Beim Anblick ihres unbestimmten Lächelns nahm er sich vor, sich so bald wie möglich nach einer anderen fähigen Mama-san umzusehen. Die Hostessen wählte er grundsätzlich nach Schönheit, Jugend und Anmut aus, das war etwas anderes. Sie waren für ihn nur lebendige

Ware, mit der die Mama-san geschickt zu handeln hatte. Sie musste nichts weiter sein als eine geschäftstüchtige Verkäuferin.

Satake verließ das »Mika« und nahm die Treppe zu seinem anderen Etablissement, das ein Stockwerk höher gelegene »Amusement Parco«, ein Bakkarat-Kasino. Auch dafür hatte er einen Manager engagiert, der nach außen hin die Geschäfte führte; er als Eigentümer ließ sich nur etwa drei Mal die Woche dort sehen.

Vor einem Jahr ungefähr hatte er bemerkt, dass die Mah-Jongg-Höhle auf der Etage über dem »Mika« nicht mehr gut lief, also hatte er die Räume angemietet, um ein Bakkarat-Kasino daraus zu machen, in das die Gäste des »Mika« gehen konnten, wenn der Club schloss. Eine Lizenz nach dem Unterhaltungsgewerbegesetz hatte er nicht eingeholt; es sollte nur ein Versuch sein, ein kleines Zusatzgeschäft, offen für Clubgäste und solche, die durch Mundpropaganda davon erfuhren, doch der Plan ging auf, und das Kasino wurde ein unerwarteter Erfolg.

Zunächst hatte er klein angefangen, mit zwei Mini-Bakkarat-Tischen, doch als sich immer mehr interessierte Gäste einfanden, hatte er eine Reihe fähiger junger Croupiers eingestellt, zusätzlich einen regulären Bakkarat-Tisch aufstellen lassen und den Mindesteinsatz erhöht – der Laden boomte. Anfänglich hatte er das Kasino nur betrieben, nachdem das »Mika« schloss, doch inzwischen war es durchgehend von abends neun bis in die Morgenstunden hinein geöffnet.

Satake rollte das ausgesteckt herabbaumelnde weiße Stromkabel der Leuchtreklame ordentlich auf und polierte den von Fingerabdrücken verschmierten goldenen Türknauf mit seinem Taschentuch. Er kämpfte mit dem Impuls, hineinzugehen und zu inspizieren, wie das Personal den Laden hinterlassen hatte. Sein Herz hing an der kleinen Spielhölle – außerdem war sie eine Goldgrube.

Da klingelte das Handy in dem Necessaire, das unter seinem Arm klemmte.

»O-nii-chan, wo bleibst du denn?! Ich muss doch zum Friseur!«, flötete Anna ihm in ihrem süßen, gebrochenen Japanisch ins Ohr. Sie nannte ihn immer »O-nii-chan«, »mein großer Bruder«, ohne dass ihr das jemand beigebracht hätte. Anna verstand es fabelhaft, sich bei Männern einzuschmeicheln. Satake betrachtete das als Himmelsgabe und amüsierte sich darüber.

»Ja, warte nur, ich komme sofort.«

Er beschäftigte etwa dreißig Chinesinnen als Hostessen, aber Anna stach sie alle mit ihrer Schönheit und Klugheit aus. Gerade stand alles so günstig, ein reicher Gönner interessierte sich für sie und war kurz davor anzubeißen. Auch bisher hatte Satake immer dafür gesorgt, dass sie die richtigen Kunden bekam. Einen lästigen Habenichts, der ihr nachstieg, konnte er in ihrer Nähe absolut nicht gebrauchen.

Satake durchquerte Kabuki-chō und kehrte zu seinem weißen Mercedes-Benz zurück, den er in der Tiefgarage des Hygeia-Health-Plaza abgestellt hatte. Nach zehnminütiger Fahrt erreichte er Annas Wohnung in Ōkubo. Das Apartmenthaus war neu, aber es hatte keine automatische Schließanlage. Vielleicht sollte er in Anbetracht des Kerls, der sie belästigte, dafür sorgen, dass sie umzog. Mit diesen Gedanken drückte Satake auf den Knopf der Gegensprechanlage neben der Tür zu Annas Wohnung im fünften Stock.

»Ich bin's, Satake.«

»Es ist offen«, hörte er ihre rau säuselnde Stimme.

Kaum hatte er die Tür aufgedrückt, sprang ihm Annas Zwergpudel kläffend um die Füße; würde man ihm einen Tritt versetzen, er fiele höchstwahrscheinlich auf der Stelle tot um. Offenbar hatte er Satakes Schritte gehört und hinter der Tür schon auf ihn gewartet. Er mochte den Köter nicht, aber Anna liebte ihr Schoßhündchen heiß und innig. Also musste er wohl oder übel nett zu ihm sein. Während er den Pudel mit der Schuhspitze zurückdrängte, rief er nach hinten: »Hey, bist du nicht ein bisschen leichtsinnig?«

»Was heißt ›leicht-sin-nig‹?«, rief Anna zurück.

Satake antwortete nicht, sondern wartete lieber, bis sie erschien, während er den sich vor Freude windenden, zappelnden Witz von einem Hund weiter mit der Schuhspitze foppte. Im Schuhregal der kleinen Eingangsdiele vor der Stufe zum Wohnraum standen dicht gedrängt unzählige Pumps und Pantoletten in allen erdenklichen Farben und Formen ordentlich nebeneinander. Satake selbst hatte Ordnung ins Chaos gebracht und die Schuhe für Anna sortiert, damit sie beim Verlassen der Wohnung nicht mehr so lange nach dem passenden Paar suchen musste.

Anna hatte ihr sanft gelocktes, langes, schwarzes Haar zu einem Pferdeschwanz gebunden, ihr ungeschminktes Gesicht war hinter einer Sonnenbrille von Chanel verborgen. Sie trug ein großes, Lamé-besticktes T-Shirt zu Leggings mit Leopardenmuster – eine auffällige Aufmachung. Trotz der großen Brille erkannte man die Schönheit ihrer Züge, ihre reine weiße Haut, die Make-up gar nicht nötig hatte. Ihre vollen Lippen wölbten sich ein wenig, aber das war gut so, denn es gefiel den Männern. Satake ließ seinen Blick wieder einmal auf Annas Gesicht ruhen.

»Zum üblichen Laden?«

»Ja.«

Anna schob ihre nackten Füße mit den rot lackierten Nägeln in ein Paar Pantoletten aus Lackleder. Der Hund ahnte, dass er alleine zurückgelassen würde, stellte sich auf die Hinterbeine und fing wie verrückt zu bellen an. Anna tröstete ihn wie ein kleines Kind: »Ach Juwelchen, ja, ist ja schon gut, Mama ist böse zu dir, ich weiß, aber es geht nicht anders, du musst hier bleiben …«

Sie traten auf den Flur hinaus und warteten auf den Fahrstuhl. Annas normaler Tagesablauf sah folgendermaßen aus: Sie stand am frühen Nachmittag auf, ging Einkaufen oder zur Kosmetikerin, ließ sich dann beim Friseur die Haare machen und ging nach einem leichten Abendessen zur Arbeit ins »Mika«. Wann immer er Zeit hatte, brachte Satake sie überall hin und holte sie auch wieder ab. Man konnte nie wissen, wo und wann die Headhunter der Konkurrenz lauerten. Als er gerade mit ihr in den Aufzug stieg, klingelte wieder sein Handy.

»Satake-san?«

»Ah, Kunimatsu!« Satake schaute kurz zu Anna hinab. Kunimatsu war der Mann, den er als Manager für das »Amusement Parco« angestellt hatte. Anna sah flüchtig zu ihm auf, begutachtete dann aber desinteressiert ihre im gleichen Rot wie die Fußnägel lackierten Fingernägel. »Was gibt's?«

»Entschuldigen Sie die Störung, aber ich habe etwas Geschäftliches mit Ihnen zu besprechen. Hätten Sie heute vielleicht kurz Zeit?« Metallisch tönte Kunimatsus schrille Stimme durch den engen, geschlossenen Raum des Fahrstuhls. Satake hielt das Handy etwas weiter vom Ohr weg, als er antwortete: »Okay, wie wäre es jetzt gleich, das passt mir gut. Ich bringe gerade Anna zum Friseur, wir können uns treffen, während sie dort ist.«

»Wo ist das?«

»In Nakano. Nehmen wir irgendein Café in der Nähe.«

Nachdem sie Zeit und Ort ausgemacht hatten, schaltete Satake das Handy ab. Der Fahrstuhl war längst unten angekommen. Anna, die vor ihm ausstieg, drehte sich mit einschmeichelndem Lächeln zu ihm um: »Hast du mit der Mama-san gesprochen, O-nii-chan?«

»Ach ja, der Kerl wird keinen Fuß mehr in den Club setzen, verlass dich drauf. Du kannst ganz beruhigt deine Arbeit machen.«

»Gut.« Erleichtert schaute Anna über den Rand ihrer Sonnenbrille zu ihm auf. »Aber auch wenn er nicht mehr in den Club hineinkommt – hierher kann er immer noch kommen, oder?«

»Keine Angst, ich pass schon auf dich auf, Anna-chan!«

»Aber ich möchte lieber umziehen!«

»Ja, ich weiß. Sollte das noch länger so weitergehen, überleg ich mir was, gut?«

»Gut.«

»Wie führt der Kerl sich denn eigentlich im Club auf?« Satake ließ sich für gewöhnlich nur selten im »Mika« sehen.

»Ach, er hängt ständig an mir und wird sogar wütend, wenn eins der anderen Mädchen ihn anspricht.« Anna verzog das Gesicht. »Er geht wirklich allen auf die Nerven. Und neuerdings will er auch noch anschreiben lassen. Schrecklich! Der Spaß hat schließlich seinen Preis, und Spielregeln sind Spielregeln!«, sagte Anna naseweis, als sie sich auf den Beifahrersitz des Mercedes setzte. Sie sah zwar aus wie ein hübsches Püppchen, aber sie wusste genau, was sie wollte. Sie war eine waschechte Shanghaierin, selbstständig, solide und gescheit. Seit vier Jahren lebte sie in Japan. Sie hatte eine Sprachschule besucht und ließ auch jetzt noch jedes halbe Jahr ihr Studienvisum unter dem Vorwand verlängern, weiterhin Japanisch zu lernen.

Satake brachte Anna zum Friseur und ging zu dem Café, in dem er verabredet war.

»Hier.« Kunimatsu, der bereits auf ihn wartete, hob an einem der hinteren Tische verhalten die Hand.

»Danke für die Umstände.« Satake ließ sich in das weich gepolsterte Sofa sinken, während Kunimatsu, in Poloshirt und Golfhose, ihn höflich anlächelte. Er sah aus wie der Trainer aus einem Fitness-Club und war noch keine vierzig, hatte aber schon reichlich Erfahrung im Glücksspielgewerbe. Er hatte lange in einer Mah-Jongg-Höhle auf der Ginza assistiert, wo Satake ihn abgeworben hatte.

»Also, was gibt's?« Satake zündete sich eine Zigarette an und sah Kunimatsu in die Augen.

»Ach, nichts Weltbewegendes, nur ein Gast, der mir Sorgen macht.«

»Nun sagen Sie schon, worum es geht. Ist es ein Bulle?«

Nägel, die herausstehen, werden eingeschlagen – das Sprichwort traf nirgends mehr zu als in diesem Geschäft. Man konnte nicht ausschließen, dass sich ein Polizist, dem die guten Umsätze des »Parco« zu Ohren gekommen waren, eingeschleust hatte, um Satake aus dem illegalen Glücksspielbetrieb einen Strick zu drehen.

»Nein, nein, keine Sorge, das ist es nicht«, winkte Kunimatsu ab und ließ seine Hand mit den langen Fingern durch die Luft flattern. »Nur ein Gast, der so gut wie jede Nacht kommt und von einer Pechsträhne in die nächste stolpert.«

»Es gibt niemanden, der jeden Tag Bakkarat spielt und gewinnt!« Satake, der das am eigenen Leibe erfahren hatte, lachte. Kunimatsu ließ sich davon anstecken und lachte ebenfalls, während er seinen Orangensaft mit dem Strohhalm umrührte. Beide tranken grundsätzlich keinen Alkohol. Satake nahm einen Schluck von dem Eiskaffee, den er bestellt hatte. »Wie viel hat er denn schon verloren?«

»Mhm, in den letzten zwei Monaten vielleicht vier bis fünf Millionen. Das geht ja noch, im Vergleich zu den wirklich hoffnungslosen Fällen; da sind hundert Millionen weg wie nichts.«

»Dann kann er ja bloß kleine Einsätze gemacht haben – das sind Peanuts. Und, was beunruhigt Sie daran so?«

»Tja, also gestern Abend kam er plötzlich an und wollte, dass ich ihm den Einsatz vorstrecke.«

In Satakes Bakkarat-Kasino war es grundsätzlich nicht üblich, Kredit einzuräumen. Ausnahmen wurden nur für gute Stammkunden gemacht, denen man schon einmal Beträge von ein paar hunderttausend Yen vorstreckte. Diese Praxis musste der Gast zufällig beobachtet haben.

»Schmeißen Sie ihn raus!« Satake grinste höhnisch.

»Das habe ich ja. Das heißt, ich bin noch höflich geblieben, aber unmissverständlich, und wenn er nicht ganz begriffsstutzig ist, dürfte er die Drohung verstanden haben. Er ist jedenfalls fluchend wie ein Rohrspatz abgezogen.«

»Tja, nichts zu machen. Was ist er denn von Beruf?«

»Ach, nur ein Angestellter, in irgend so einer kleinen Firma. Aber wenn das alles wäre, hätte ich Sie ja gar nicht erst belästigt, Satake-san. Doch vorhin habe ich mit der Mama-san telefoniert, weil ich mir schon dachte, dass es sich um denselben Typen handeln könnte, der im ›Mika‹ Ärger macht. Und tatsächlich, es ist der Mann, dem Sie dort heute Hausverbot erteilt haben!«

»Ach, Yamamoto? Frauen *und* Geld!« Satake seufzte und drückte seine Zigarette aus. Es gab eine Menge Gäste, die wegen einer jungen, schönen, chinesischen Hostess den Kopf verloren. Doch sobald das Geld versiegte, war auch mit der Liebe Schluss. Dann hieß es, die Frau aufzugeben, aber offenbar hatte Yamamoto gehofft, das Geld für die Frau beim Bakkarat zu gewinnen. Oder er war entsetzt über die verbrauchte Summe und wollte sie sich beim Glücksspiel zurückholen. Wie dem auch war, er schien schon jedes Maß verloren zu haben. Hatte man diesen Punkt einmal überschritten, verlor sowohl die Frau als auch das Spiel den Charakter des Vergnügens und wurde bitterer Ernst. Dafür hatte Satake mehr Beispiele gesehen, als ihm lieb war. Yamamoto konnte für Anna und seine Geschäfte eine größere Gefahr bedeuten, als er gedacht hatte. Er begann sich Sorgen zu machen.

»Deshalb habe ich mir überlegt, ob nicht Sie als Besitzer ein Wörtchen mit ihm wechseln könnten, falls er doch wieder erscheint.«

»Ja, das wird das Beste sein. Rufen Sie mich an, wenn er auftauchen sollte. Ich bezweifle nur, ob Worte bei so einem genügen.«

»Ach, das wird klappen, da habe ich keine Bedenken. Dem ersten Anschein nach wirken Sie nämlich wie ein Yakuza. Der wird sich nicht noch einmal blicken lassen, verlassen Sie sich darauf!«

Satake lachte nur und sagte nichts, doch in einer dunklen Ecke seiner schmalen Augen blitzte es bedrohlich auf.

Kunimatsu bemerkte nichts davon und fügte scherzhaft hinzu: »Doch, doch, Sie haben eine außerordentliche Wirkung!«

»Finden Sie?«

»Ja, Sie brauchen ihn in diesem Aufzug nur einmal scharf anzusehen, das reicht, ich garantiere es Ihnen!« Kunimatsu lachte. »Sie können einem ganz schön Angst machen!«

»Ja? Wodurch denn?«

»Mhm… Vielleicht, weil Sie freundlich aussehen, man aber trotzdem nicht dahinter kommt, woran man bei Ihnen ist.« Wie um Kunimatsus Lachen zu ersticken, klingelte in diesem Augenblick das Handy in Satakes Necessaire. Es war Anna.

»O-nii-chan? Ich bin fertig, hörst du, hol mich ab, ja?«

Annas leise Stimme, als sie »… hörst du, hol mich ab, ja?« sagte, hatte in Satakes Ohren einen winzigen Moment lang wie das geflüsterte »… hörst du, hol den Arzt, ja?« geklungen, und es lief ihm so kalt den Rücken herunter, dass er beinahe aufgeschrien hätte.

Die Frau keuchte unter Satakes mächtigem Körper, der über und über mit der dunklen, heißen, klebrigen Flüssigkeit verschmiert war. Glitschig fühlte sich das an, fast komisch. Wie gefangen klebte er einige Zeit später an dem erkaltenden Leib der Frau fest, als wären sie eins geworden…

Die Frau schwankte zwischen Ekstase und Schmerz. Satake presste seine Lippen auf ihren Mund, damit sie still war und er ihr undefinierbares Stöhnen, die Lust- oder Schmerzenslaute, nicht mehr hören musste. Er steckte seine Finger tief in das Loch, das er selbst in ihre Seite gebohrt hatte. Aber das Blut, das sie beide besudelte und ihren Akt in Grauen verwandelte, quoll unaufhörlich daraus hervor. Er wollte immer weiter in die Frau dringen, wollte eins werden mit ihr, verschmelzen. Genau in dem Moment, da er im Begriff war zu kommen und die Lippen von ihrem Mund nahm, hatte die Frau ihm ins Ohr geflüstert: »Hilf mir, hörst du… hol den Arzt, ja?«

»Vergiss es, halt's Maul!«

Den Klang seiner eigenen Stimme hatte er noch genauso deutlich im Ohr wie den der ihren.

Satake hatte eine Frau umgebracht.

Irgendwann als Oberschüler hatte er seinen Vater niedergeprügelt, war von zu Hause abgehauen und nie mehr heimgekehrt. Er schlug sich als Mah-Jongg-Spieler durch und lernte dabei bald Männer eines Syndikats kennen, die ihn mochten. Das Syndikat verdiente einen Haufen Geld mit Prostitution und dem illegalen Vertrieb von Amphetaminen. Satake bekam die Aufgabe, dafür zu sorgen, dass die Prostituierten sich nicht absetzten, bis eines Tages dieser grässliche Vorfall passierte. Die Frau, die er zu Tode quälte, gehörte einer zwielichtigen Jobagentur an, die versuchte, Prostituierte heimlich bei einem anderen Ring vorzustellen. Satake war damals sechsundzwanzig Jahre alt. Dass er für dieses Verbrechen über sieben Jahre im Gefängnis gesessen hatte, wussten weder Kunimatsu, noch Lí-huà, noch Anna. Und genau das war auch der Grund dafür, warum Satake nicht an die Öffentlichkeit trat, warum er die Geschäftsführung des Nachtclubs Lí-huà und dem taiwanesischen Manager und die des Spielkasinos Kunimatsu überließ.

Es war fast zwanzig Jahre her, aber er erinnerte sich immer noch an jedes Detail. An den Gesichtsausdruck der Frau in Todesqualen, an den Klang ihrer Stimme. Wieder durchfuhr es Satake kalt, als kröchen ihm ihre eisigen Finger über den Rücken.

Warum hatte er erst töten müssen, um an seine eigenen Grenzen zu stoßen – warum? Einerseits verspürte er heftige Reue, andererseits hatte ihn diese Tat seine Neigung zum Sadismus überhaupt erst erkennen lassen. Er wusste nun, dass es ihm Lust bereitete zu quälen, und dass der Freudenrausch, dem Tod beizuwohnen, überwältigend war.

»Du bist zu weit gegangen«, sagten selbst die Männer des Syndikats, die mit Frauen nicht gerade zimperlich umgingen. Sie, die gewöhnlich vor keiner Grausamkeit zurückschreckten, hatten ihn entsetzt angestarrt. Nie würde er den Ausdruck der Verachtung und des Abscheus in ihren Gesichtern vergessen. Aber Satake war überzeugt: Niemand außer der Frau und ihm selbst würde jemals verstehen können, was damals passiert war.

Im Zuchthaus quälten ihn die lebhaften Bilder der Erinnerung daran, wie er die Frau in den Tod getrieben hatte. Aber nicht, weil ihn Schuldgefühle geplagt hätten, sondern weil ihm die Lust zusetzte, dasselbe noch einmal erleben zu wollen.

Doch als er endlich entlassen wurde, lehrte ihn die Ironie des Schicksals, dass er nicht mehr imstande war, mit einer realen Frau zusammen zu sein. Er war impotent geworden. Es dauerte lange, bis er begriff, dass die mit dem Töten verbundene Ekstase so groß und so tief gewesen war, dass ihn dieses Erlebnis für immer verschlossen hatte.

An die eigenen Grenzen zu stoßen hatte nichts anderes zur Konsequenz, als die Träume wegzusperren. Nachdem er das erkannt hatte, achtete er peinlich darauf, dass die Versiegelung nur ja keine Risse bekam. Die damit verbundene Einsamkeit und Selbstbeherrschung konnte sich verständlicherweise niemand vorstellen. Nur: Die Frauen, die sein wahres Gesicht nicht kannten, lieferten sich ihm schutzlos aus, boten sich an, umwarben ihn. Deshalb waren sie, die das Siegel zu seinen Träumen nicht zu brechen vermochten, für ihn nichts weiter als niedliche Schoßtierchen.

Die einzige Frau, die ihn wirklich verstanden, die ihn in den Himmel und in die Hölle gebracht hatte, war die Frau, die er getötet hatte, das wusste er. Satake konnte nur noch in der Fantasie mit einer Frau verkehren, einen Rausch der Sinne würde er nicht mehr erleben. Und das war gut so. Einen Zuhälter, der seine Frauen besser behandelte als er, dürfte es kaum geben auf der Welt. Wer ahnte schon, dass auf dem Grunde seines Herzens das Gesicht einer Frau schlummerte, die er zu Tode gefoltert hatte. Das Gesicht einer Frau, die er nicht einmal gekannt hatte, der er damals zum ersten Mal begegnet war.

Aber das Leben konnte verflucht heimtückisch sein: Ein paar Worte von Anna hatten genügt, um den Deckel zum Höllenkessel seiner Seele einen Spalt von seinem Platz zu schieben, obwohl er keinerlei Neigung verspürte, ihn jemals wieder zu öffnen. Satake trat der Schweiß auf die Stirn, und er fuhr sich unauffällig mit der Hand darüber, damit Kunimatsu ihm nichts anmerkte.

Als er beim Friseurladen vorfuhr, um Anna abzuholen, wartete sie bereits draußen.

Er öffnete ihr die Beifahrertür und ließ sie einsteigen. Als er ihr frisch frisiertes Haar sah, das im Stil der siebziger Jahre hoch auftoupiert war, musste er lachen.

»Deine Frisur macht einen ja ganz nostalgisch. Als ich jung war, haben sich alle Frauen so zurechtgemacht!«

»Das muss ganz schön lange her sein.«

»Natürlich. Mehr als zwanzig Jahre. Da warst du noch gar nicht geboren.«

Satake sah Anna mit gesenkten Lidern an. Ein Wunder, dass so eine schöne Frau auf der Welt war und auch noch Köpfchen und Mut besaß. In letzter Zeit war auch noch der Stolz dazugekommen, die Beste zu sein, so dass sie bisweilen sogar eine unnahbare Würde ausstrahlte. Im Stillen bedauerte Satake die Männer regelrecht, die Anna verfallen waren.

Während der Fahrt blickte er zum Beifahrersitz auf die Spalte zwischen ihren straffen, von den engen Leggings umhüllten Schenkeln. Er konnte die sanfte und doch pralle Üppigkeit ihres festen Fleisches erahnen.

»Kümmere du dich nur darum, für immer so schön zu bleiben, ich werde dich schon beschützen!« Eine Bemerkung, die er in dem Bewusstsein machte, dass Schönheit vergänglich war und dass er sich eine neue Anna suchen würde, sobald sie älter geworden war.

»Ja? Dann schlaf doch einmal mit mir, O-nii-chan!« Ihr Tonfall war verführerisch, nicht scherzhaft. Satake wusste, dass er bei seinen Angestellten, die nichts von seiner Vergangenheit ahnten, hinter vorgehaltener Hand als eiserne Persönlichkeit galt.

»Das geht nicht, Anna-chan. Du bist meine kostbarste Ware.«

»Bin ich denn ein Ding?«

»Ja. Du bist wie ein wunderschöner Traum, ein Spielzeug.« Als er das Wort »Spielzeug« aussprach, tauchte wieder das Gesicht jener Frau vor ihm auf. Doch es verschwand sofort, als die Bremslichter des vor ihm fahrenden Autos seine Aufmerksamkeit auf sich zogen. »Ein sehr teures Spielzeug, das nur für reiche Männer zu haben ist.«

»Und für den, in den ich mich verliebe!«

»Aber Anna, das wirst du doch nicht tun, oder?« Satake sah sie an und schaute in ein zu allem entschlossenes Gesicht.

»Doch.«

Anna griff nach seiner rechten Hand, die auf dem Lenkrad lag, und drückte sie sanft. Satake umschloss ihre Finger und führte sie auf ihre weichen Schenkel zurück. Nein, er hielt den schwarzen Dämon in seinem Inneren fest unter Verschluss und brauchte niemanden außer der Frau, die er umgebracht hatte. Seine jetzigen Freuden bestanden darin, sein hübsches Püppchen tanzen zu lassen, es noch schöner zu machen und den Männern anzubieten, die damit spielen wollten. Er sorgte dafür, dass alles glatt lief, und es machte ihm Spaß. Er wünschte sich, dass seine beiden Geschäfte blühten, und dazu musste er als Nächstes diesen Yamamoto aus dem Weg schaffen.

Als Satake sich an jenem Abend in seiner Wohnung in West-Shinjuku zum Ausgehen fertigmachte, rief Kunimatsu an.

»Gerade ist Yamamoto hereingekommen. Er will spielen, für zwanzig-, dreißigtausend. Was soll ich machen? Ihn rausschmeißen?«

»Nein, lassen Sie ihn erst mal machen. Ich komme sofort.«

Satake verließ das Haus in einem brandneuen maßgeschneiderten Anzug aus grauem, perlmuttern schillerndem Stoff. Dazu trug er ein Hemd mit Stehkragen.

Er fuhr seinen Mercedes auf den Parkplatz des Shinjuku-Batting-Centers in Kabuki-chō und schaute zunächst im »Mika« vorbei. Anna sah von hinten zu ihm herüber und hob kurz die Hand. Sie hatte ihr geschäftsmäßiges Gesicht aufgesetzt: unermesslich rein und unschuldig und doch betörend reizvoll. Auch die anderen Hostessen standen ihr nicht nach, alle sahen wunderschön aus. Nachdem er die Frauen zu seiner Zufriedenheit gemustert hatte, gab Satake Lì-huá ein Zeichen, zu ihm zu kommen. Sie näherte sich ihm unauffällig, während sie weiter Gäste begrüßte.

»Entschuldigen Sie nochmals die Störung heute Mittag. Ich habe mittlerweile auch mit Kunimatsu gesprochen. Danke, dass Sie ihn unterrichtet haben.«

»Gut zu hören, dann hat sich ja alles aufgeklärt. Ich wusste gar nicht, dass er oben auch verkehrt!«

»Ja, und überall macht er Schwierigkeiten!«

Lì-huá lachte leise auf. Sie trug ein jadegrünes chinesisches

Kleid und wirkte so jung und zuverlässig wie nie, doch Satake warf einen Blick auf eine der Vasen, mit denen die Raumecken dekoriert waren. Das Wasser war nach wie vor trübe, und die Blumen ließen ihre Köpfe noch tiefer hängen als zu Mittag. Aber er verließ den Club ohne ein weiteres Wort, denn er wollte so schnell wie möglich den Mann zu Gesicht bekommen, der Anna belästigte: Yamamoto.

Satake stand vor der massiven Holztür zum »Amusement Parco«. Aus Furcht vor einer Razzia blieb die Leuchtreklame einstweilen ausgeschaltet, doch sobald man die Tür öffnete, schlugen einem der typische Lärm und die aufgeregte Atmosphäre einer Spielhalle entgegen.

Ruhig und unauffällig betrat er das Kasino und sah sich mit den prüfenden Augen des Besitzers um. Auf einer Fläche von gut fünfundsechzig Quadratmetern standen zwei Mini-Bakkarat-Tische für jeweils sieben Spieler und ein regulärer Bakkarat-Tisch, an dem bis zu vierzehn Gäste mit höherem Einsatz spielen konnten. Alle Tische waren voll besetzt. Einschließlich Kunimatsu gab es drei Croupiers in schwarzen Uniformen. Drei Mädchen in Bunny-Kostümen servierten Getränke und Hors-d'œuvres. Alle arbeiteten geschäftig und angespannt.

Der Croupier an einem der Mini-Bakkarat-Tische bemerkte Satake und nickte ihm höflich zu, während er weiter Plastikbillets stapelte. Satake nickte zurück. Der junge Mann hatte, wie er selbst, zuvor als Mah-Jongg-Profi sein Geld verdient – eine exzellente Schule, denn er machte seine Sache gut. Das Kasino schien exzellent zu laufen. Satake war zufrieden.

Bakkarat war ein einfaches Spiel. Die Gäste setzten entweder auf Bank oder Spieler, der Croupier behielt lediglich fünf Prozent der Gewinnsumme der Bank als Kommission ein – die so genannte Tischmiete. Einen guten Croupier zeichnete die Fähigkeit aus, die Gäste geschickt gegeneinander anzusetzen, doch die Einfachheit der Regeln sorgte dafür, dass die Leute ohnehin rasch einem Spielrausch verfielen und den Einsatz bereitwillig erhöhten. Hierin lag das Geheimnis des Erfolgs.

Ähnlich wie beim Siebzehnundvier bestand das Spielziel darin, dass die Summe der Kartenwerte einer bestimmten Punktzahl – dort 21, hier 9 – entsprechen oder möglichst nahe kommen sollte.

Ob man jedoch eine dritte Karte ziehen durfte, unterlag mehreren Regeln. Hatte der Spieler nach dem Ziehen zweier Karten neun oder acht Punkte erreicht, hatte er entweder gewonnen, oder es kam zum Gleichstand. Der Halter der Bank durfte dann keine dritte Karte mehr ziehen. Kam der Spieler auf sechs oder sieben Punkte, musste er das Ergebnis des Bankhalters abwarten, hatte er fünf oder weniger, durfte er eine dritte Karte ziehen. Darüber hinaus gab es nur noch ein paar detaillierte Unterregeln für bestimmte Summen der beiden Gegenspieler.

Die Gäste waren größtenteils junge Firmenangestellte, die nach der Arbeit vorbeikamen, darunter auch zahlreiche Frauen. Die Atmosphäre war elegant und nicht mit dem Hinterzimmer einer Spelunke zu vergleichen, trotzdem war Satake bewusst, dass mehr als die Hälfte seiner Gäste spielsüchtig oder schon geschäftsunfähig waren – armselige Kreaturen. Sie sollten sich nur nicht gerade in seinem Laden vollends zugrunde richten.

»Der da drüben. Heute hat er schon wieder gut und gerne zehntausend verloren«, flüsterte Kunimatsu ihm zu und deutete auf einen Mann, der, mit der Wange in die Hand gestützt, am Kopf eines der beiden Mini-Bakkarat-Tische saß, Whiskey-Soda trank und den anderen Gästen beim Setzen zusah. Satake blieb in seiner Ecke stehen und beobachtete Yamamoto eine Weile unauffällig.

Er schätzte ihn auf Mitte dreißig. Weißes, kurzärmliges Hemd, schlichte Krawatte, graue Hose. Ein Nullachtfünfzehn-Gesicht ohne jede Besonderheit, eine vollkommen nichts sagende Erscheinung. Man ging an ihm vorüber und könnte ihn schon eine Sekunde später nicht mehr von den anderen Angestellten unterscheiden.

Dieser Niemand war also hinter Anna her, seiner Anna, die, erst dreiundzwanzig Jahre alt, unter den ausgesuchten Schönheiten des »Mika« mit Abstand die Schönste, die absolute Nummer eins war. Wie sie gesagt hatte: Jedes Vergnügen hatte seine Spielregeln, die eingehalten werden mussten, das war nicht anders als hier beim Bakkarat. Satake, der sich jederzeit eisern unter Kontrolle hielt, brauchte einen Gast wie Yamamoto nur anzusehen, um wütend zu werden.

Das Spiel an Yamamotos Tisch näherte sich dem Ende. Noch ein, zwei Runden, und alle Karten waren ausgegeben. Entschlossen setzte Yamamoto die wenigen Chips, die er noch übrig hatte, allesamt auf Spieler. Die anderen Gäste sahen das und setzten ausnahmslos auf die Bank. Sie hatten seine Pechsträhne längst bemerkt und wollten sich nicht anstecken lassen. Geübt und mit unbewegter Miene verteilte der Croupier die Karten.

Die Spieler-Seite bekam zwei Bildkarten, also null Punkte – Bakkarat. So ein Pechvogel, dachte Satake. Die Bank erhielt drei Punkte. Beide Seiten mussten eine dritte Karte ziehen. Nachdem Yamamoto die an ihn ausgegebene Karte vorschriftsmäßig an zwei Ecken angehoben hatte, um sie zu sehen, schmiss er sie resigniert vor sich auf den Tisch. Eine Bildkarte. Auf den Gesichtern derer, die auf die Bank gesetzt hatten, erschien ein erleichtertes Lächeln. Sie hatten eine Vier. Null gegen sieben – die Bank hatte haushoch gewonnen. Es war der letzte Durchgang gewesen, und das Glück hatte Yamamoto vollends im Stich gelassen.

»Nun sieh sich einer diese hoffnungslose Bakkarat-Lusche an«, murmelte Satake vor sich hin, und Kunimatsu, der neben ihm stand, lachte verstohlen auf. An Yamamotos Tisch wechselte der Croupier; eine junge Frau übernahm die Spielleitung. Auch einige Gäste standen auf, und neue nahmen ihre Plätze ein, doch Yamamoto blieb verstockt sitzen, obwohl er gar keine Chips mehr hatte. Eine Frau, die hinter ihm gewartet hatte und nach einer Dame aus dem Rotlichtmilieu aussah, warf Kunimatsu Hilfe suchend einen klagenden Blick zu. Jetzt ist er reif, sagte sich Satake, gab Kunimatsu einen Wink und ging auf Yamamoto zu.

»Verzeihen Sie, mein Herr…«

»Was denn!« Überrascht sah Yamamoto Satake an, musterte seine stämmige Erscheinung, das freundliche Gesicht, die unverwechselbare Kleidung, die Ärger verhieß. Aber es änderte nichts an seiner achtlos störrischen Miene. Wahrscheinlich waren seine Sinne bereits völlig abgestumpft.

»Ich darf Sie höflich bitten, Ihren Platz freundlicherweise der Dame hier zu überlassen, wenn Sie nicht weiterspielen.«

»Wieso?!«

»Weil sie gewartet hat, bis sie an der Reihe ist.«

»Sie kann doch stehen bleiben und zuschauen!«

Yamamoto war betrunken. Er schien sich überreichlich an dem Whiskey-Soda bedient zu haben, der im Kasino kostenlos gereicht wurde. Auf dem Tisch vor ihm lag Zigarettenasche verstreut. Satake rief den jungen stellvertretenden Manager zu sich, damit er die Spielplatte säuberte, und sagte leise zu Yamamoto: »Verzeihen Sie, aber würden Sie mir bitte folgen, ich habe etwas mit Ihnen zu besprechen.«

»Das können Sie doch auch hier!«

Die anderen Gäste am Tisch sahen Yamamoto entgeistert an. Einigen unter ihnen flößte Satakes Erscheinung offensichtlich Angst ein, denn sie hielten stumm den Kopf gesenkt.

»Nein. Bitte folgen Sie mir.«

Satake führte den demonstrativ widerspenstigen, empört fluchenden Yamamoto aus dem Kasino hinaus auf den schummrigen Flur des Gebäudes, wo er sich vor ihm aufbaute: »Dem Vernehmen nach haben Sie hier gestern Kredit verlangt. Da wir grundsätzlich kein Geld verleihen, möchte ich Sie bitten, sich Ihr Geld zum Spielen woanders zu beschaffen, wenn Sie keines besitzen, und erst dann wieder herzukommen.«

»Ohoho, soll das etwa guter Service sein! Unverschämt!« Yamamoto schaute trotzig drein wie ein Kind und schmollte.

»Genau das ist guter Service. Und noch eins: Unterlassen Sie es in Zukunft, Anna nachzustellen. Sie ist noch jung und fürchtet sich leicht.«

»Woher nehmen Sie das Recht, so mit mir zu reden!« Gekränkt verzerrte sich Yamamotos Gesicht. »Ich bin schließlich Ihr Kunde! Wissen Sie eigentlich, wie viel Geld ich bei Ihnen gelassen habe!«

»Ja, und ich danke Ihnen. Aber hören Sie auf, Anna zu belästigen. Außerhalb der Bar sind die Frauen tabu.«

»Was soll das denn heißen?« Yamamoto grunzte verächtlich. »Dass ich nicht lache! Das sind doch sowieso alles Huren!«

Satake verlor die Beherrschung und wurde deutlich: »Du wirst sie nie in die Finger bekommen, Freundchen, ist das klar? Und jetzt hau ab, und lass dich nie wieder blicken – hast du das endlich kapiert, oder bist du zu blöd dazu?«

»Wie redest du mit mir, du Scheißkerl!« Plötzlich schlug Yamamoto zu. Satake fing den Schlag mit seinem massigen linken Arm ab und packte Yamamoto beim Kragen. Dann rammte er ihm das Knie zwischen die Beine und drückte ihn an die Wand. Unfähig sich zu regen, hing Yamamoto da wie aufgespießt und schnappte nach Luft.

»Verschwinde endlich, oder muss ich dir erst Beine machen!«

Eine Gruppe Firmenangestellter kam die Treppe herauf. Sie sahen die beiden und verzogen sich ängstlich ins »Parco«. Satake lockerte seinen Griff. Es wäre schädlich fürs Geschäft, wenn durch so etwas auch noch das abstruse Gerücht entstünde, das Kasino würde von einer gewalttätigen Organisation betrieben.

Dieser kleine Moment der Unaufmerksamkeit genügte. Yamamoto holte zu einem Verzweiflungsschlag aus und traf ihn mit der Faust am Kinn. Satake stöhnte vor Schmerz auf.

»Jetzt reicht's, du Würstchen, dir werd ich's zeigen!« Rasend vor Wut, versetzte Satake ihm mit dem Ellbogen einen unbarmherzigen Hieb in die Magengrube und trat den zusammengesunkenen Yamamoto seitwärts die Treppe hinunter. Das Blut brauste ihm noch in den Ohren, als er zusah, wie sich dieser überschlug und mit dem Hintern auf dem Treppenabsatz aufkam, und für einen Augenblick kostete er noch einmal das erfrischende Gefühl aus, das er aus seiner Jugend kannte, als er sich von einer Prügelei in die nächste gestürzt hatte. Doch es dauerte nur ein paar Sekunden, da hatte er sich wieder im Griff und drängte die Emotionen hinter den Panzer aus umsichtiger Selbstkontrolle zurück.

»Wenn ich dich noch einmal hier sehe, bring ich dich um, du dämlicher Hund!«

Satake wusste nicht, ob Yamamoto seine messerscharfe Drohung noch mitbekommen hatte, denn der saß nur benommen da und fuhr sich über seinen blutenden Mundwinkel. Genau in dem Moment kamen zwei junge Frauen die Treppe herauf, kreischten und rannten wieder hinunter. Satakes einziger Gedanke galt dem Ärgernis, dass er bedauerlicherweise die Mädchen verschreckt hatte, und er strich sich seelenruhig den Anzug glatt. Er konnte natürlich nicht ahnen, welches Schicksal Yamamoto an diesem Abend noch ereilen sollte.

5

Es war Hass. Purer Hass – das war es, was sie fühlte, als Yayoi Yamamoto ihren nackten, vierunddreißigjährigen Körper in dem großen Spiegel betrachtete. In der Mitte, etwa im Bereich der Magengrube setzte sich deutlich das runde, blauschwarze Mal von ihrem weißen Leib ab. Dort hatte sie in der vergangenen Nacht die Faust ihres Mannes Kenji getroffen.

Mit diesem Schlag hatte das Gefühl in ihrem Inneren Gestalt angenommen. Nein, es war vorher schon da gewesen. Yayoi schüttelte immer wieder den Kopf, und die nackte Frau im Spiegel tat es ihr gleich. Es war vorher schon da gewesen. Sie hatte ihm nur noch keinen Namen geben können.

Sobald es diesen Namen hatte, breitete es sich aus wie eine dunkle Regenwolke und eroberte im Nu Yayois Herz. Dort gab es nun nichts mehr als puren Hass.

»Das verzeihe ich ihm nicht, niemals!« Kaum hatte sie diesen Satz über die Lippen gebracht, konnte sie den Tränen freien Lauf lassen. Sie stürzten ihr aus den Augen, benetzten ihre Wangen und rannen das Tal zwischen ihren kleinen, aber wohlgeformten Brüsten hinab. Als sie die Magengrube erreichten, wurde Yayoi erneut von einer Welle atemberaubenden Schmerzes gepackt, die sie auf die Knie zwang; sie krümmte sich auf den Tatami. Es tat weh, einfach nur weh, egal ob ein Lufthauch über die Stelle strich oder Tränen dort entlangrannen. Nichts und niemand konnte diesen Schmerz lindern.

Die beiden Kinder, die in ihren kleinen Futons schliefen, schienen etwas davon mitbekommen zu haben, denn sie wurden unruhig. Hastig stand Yayoi auf, wischte sich die Tränen aus dem Gesicht und wickelte sich rasch in ein Badetuch. Die Kinder durften den Fleck auf keinen Fall zu Gesicht bekommen. Und auch nicht, dass ihre Mutter weinte.

Mit diesem Gedanken überkam sie ein brennendes Gefühl der Verlassenheit, in dieser schrecklichen Welt ganz auf sich gestellt zu sein und mit der unerhörten Behandlung durch ihren Mann alleine fertig werden zu müssen. Wieder füllten sich Yayois Augen mit Tränen. Am unerträglichsten für sie war, ausgerechnet von dem Menschen so bitter verletzt zu werden, der ihr am nächsten stand. Wie sollte sie jemals aus dieser Hölle entkommen? Sie wusste es nicht. Sie kämpfte mit dem Impuls, laut aufschluchzen zu wollen wie ein kleines Kind.

Ihr fünfjähriger ältester Sohn runzelte schlaftrunken die Stirn und warf sich auf die andere Seite. Davon angesteckt drehte sich sein dreijähriger kleiner Bruder auf den Rücken. Wenn die

Kinder jetzt aufwachten, konnte sie nicht zur Arbeit. Auf allen vieren kroch Yayoi vom Spiegel weg aus dem Schlafzimmer. Behutsam, um ja kein Geräusch zu machen, zog sie die Schiebetür hinter sich zu, betete, dass die Jungen ruhig weiterschliefen, und löschte das Licht.

Leise schlich sie sich ins Wohnzimmer mit der angrenzenden winzigen Küche und suchte aus dem Berg frisch gewaschener Wäsche, die, noch gefaltet und in Stapeln zusammengelegt, auf dem Esstisch lag, Unterwäsche für sich heraus. Eine schlichte Unterhose und einen schmucklosen BH – billiges Zeug, das sie im Supermarkt im Angebot gekauft hatte. Als sie noch alleine lebte, hatte sie sich nur schöne Dessous mit Spitze gekauft, fiel ihr ein. Weil Kenji das so mochte.

Damals hätte sie sich niemals träumen lassen, was aus ihnen einmal werden würde: ein hirnloser Ehemann, der den Kopf wegen einer anderen Frau verlor, die für ihn unerreichbar war, und eine Ehefrau, die diesen Mann hasste – zwei Königskinder auf entgegengesetzten Ufern, getrennt durch ein tiefes, schwarzes Wasser. Und sie konnten auch nie wieder zusammenkommen. Denn Yayoi würde Kenji niemals verzeihen.

Auch heute würde er wohl wieder nicht nach Hause kommen, bis sie zur Arbeit musste. Sie hatte schon jetzt eine Heidenangst davor, die Kinder mit der Ungewissheit alleine zu lassen, ob ihr unzuverlässiger Mann nicht allzu spät heimkäme.

Außerdem brachte Kenji schon seit drei Monaten kein Gehalt mehr nach Hause. Mit Mühe und Not hielt sie sich und die beiden Kinder mit dem bisschen Geld von der Nachtschicht über Wasser.

Was für ein Leben!

Ein verschlagener Ehemann, der sich ins Haus schlich und im Futon verkroch, während sie auf Nachtschicht war. Die unendlichen, immer gleichen Wortgefechte am Morgen, wenn sie kaputt von der Arbeit nach Hause kam. Die kalten, stechenden Blicke, die sie einander zuwarfen. Wie leid sie das alles war! Yayoi stieß einen tiefen Seufzer aus und beugte sich vor, um in die Unterhose zu steigen. Sofort spürte sie den stechenden Schmerz in der Magengrube. Unwillkürlich schrie sie auf. Milky, die Hauskatze, die sich auf dem Sofa zusammengerollt hatte, hob den Kopf, spitzte die Ohren und sah Yayoi an. Gestern Nacht hatte sie sich vor Angst unters Sofa verkrochen und einen langen, dünnen Klagelaut ausgestoßen.

Das Blut wich aus Yayois Gesicht, als sie sich daran erinnerte. Eine Welle aus Hass und Zorn, die dunkelsten aller Gefühle, überflutete sie. Niemals zuvor hatte sie so für einen anderen Menschen empfunden. Yayoi stammte aus einer Kleinstadt und hatte als einzige Tochter einfacher, aber liebevoller Eltern eine sorgenfreie Kindheit gehabt.

Nachdem sie das College in Yamanashi absolviert hatte, war sie nach Tōkyō gekommen und hatte eine Stelle als Vertriebsassistentin bei einem Fliesenhersteller angenommen. Die hübsche, liebens würdige Yayoi wurde von den männlichen Angestellten der Firma verehrt und auf Händen getragen. Wenn sie jetzt daran zurückdachte, war diese Zeit der Höhepunkt ihres Lebens gewesen. Damals hätte sie jeden haben können, aber sie hatte ihr Herz an Kenji gehängt, den Vertreter eines einfachen Baustofflieferanten, der im Büro des Fliesenherstellers ein und aus ging.

Denn Kenji hatte ihr heftiger als jeder andere den Hof gemacht. Bis zur Hochzeit war die Liebe mit ihm ein Traum in Rosarot gewesen. Er hatte sie auf ein Podest gestellt und verehrt, ihr die Zukunft in den schönsten Farben ausgemalt und ihr den Himmel auf Erden versprochen. Aber schon bald nach der Hochzeit war Yayois Traum vom Prinzessinnenleben zerplatzt. Kenji ließ sie fallen, fing zu trinken und zu spielen an und hielt sich immer mehr von zu Hause fern. Er gehörte zu der Sorte Mann, die irgendwann unweigerlich einer für sie unerreichbaren anderen Frau verfallen musste, aber das hatte Yayoi natürlich erst kürzlich bemerkt. Damals hatte er sie begehrt, weil Yayoi das süße Firmenmaskottchen gewesen war. Kaum hatte er das Ziel, sie zu besitzen, erreicht, war sein Interesse schnell verflogen. Kenji war ein Unglücksmensch, der immer einem Traumbild hinterherjagen musste.

Am Abend zuvor war Kenji durch welche Fügung des Schicksals auch immer schon kurz vor zehn nach Hause gekommen.

Yayoi war gerade dabei gewesen, in der Küche möglichst geräuschlos den Abwasch zu machen, damit sie die Kinder, die endlich eingeschlafen waren, nicht wieder aufweckte, als sie sich aus einer Ahnung heraus umdrehte. Kenji stand wie angewurzelt dicht hinter ihr. Mit angewidertem Gesicht starrte er auf ihren Rücken, als betrachte er etwas höchst Abscheuliches. Erschrocken ließ Yayoi den nassen Spülschwamm ins Becken fallen.

»Mensch, hast du mich erschreckt!«

»Was denn, hast du etwa mit einem anderen Mann gerechnet?« Kenji war ausnahmsweise nicht betrunken, hatte jedoch furchtbar miese Laune. Aber an seine Launen war sie bis zur Genüge gewöhnt.

»Ja, habe ich, wenn du's genau wissen willst. Dich sehe ich ja nur noch, wenn du schläfst«, zischte sie bissig, während sie den Schwamm aus dem Spülwasser fischte. Und seine gereizte, düstere Fratze wollte sie möglichst gar nicht mehr sehen. »Wieso kommst du denn heute so früh?«

»Weil ich kein Geld mehr habe.«

»Als ob ich das nicht wüsste! Du hast ja schon seit Wochen keinen Yen mehr nach Hause gebracht!« Sie hatte ihm immer noch den Rücken zugewandt, als sie das sagte, aber sie spürte, dass er hämisch grinste.

»Jetzt bin ich aber wirklich pleite. Selbst das Sparbuch hab ich durchgebracht.«

»Durchgebracht?«, fragte sie mit zitternder Stimme. Zusammen mussten sie über fünf Millionen Yen angespart gehabt haben. Es hatte nicht mehr viel gefehlt, und sie hätten das nötige Eigenkapital für eine Eigentumswohnung beisammengehabt. Wofür hatte sie sich denn die ganze Zeit in der Fabrik abgerackert? »Das kann doch wohl nicht wahr sein! Wie ist das möglich, wo du dein ganzes Gehalt für dich hattest?«

»Verspielt. Beim Bakkarat.«

»Du machst doch Witze, oder?« Das war alles, was sie vor Entsetzen sagen konnte.

»Nein, mach ich nicht.«

»Aber es war doch gar nicht alles dein Geld!«

»Deins aber auch nicht.«

Da sie nach dieser Ungeheuerlichkeit sprachlos blieb, fügte er noch hinzu: »Soll ich hier abhauen? Ja? Wäre das besser, ja? Komm, sag schon!«

Was gab ihm das Recht, so grob zu werden, was passte ihm nicht? Warum musste er die Familie jedes Mal, wenn er nach Hause kam, mit seinem selbstsüchtigen Donnerwetter überziehen? Bis heute hatte sie immer stillgehalten und alles stumm ertragen, doch diesmal war es anders, diesmal musste sie sich wehren. Eiskalt gab Yayoi zurück: »Mit Abhauen wirst du nicht davonkommen, jetzt nicht mehr!«

»Womit dann, he? Na, sag schon, womit dann?«

Er wollte sie vor vollendete Tatsachen stellen, die Falschheit stand ihm im Gesicht geschrieben. Das weißt du ganz genau, dachte sie wütend und fuhr ihn an: »Hoffentlich lässt sie dich bald endlich fallen, das ist doch der Grund allen Übels!«

Plötzlich bohrte sich etwas Hartes, Schweres in ihre Magengrube. Heftiger Schmerz durchfuhr sie, dass sie fast die Besinnung verlor, und Yayoi ging zu Boden. Sie konnte kaum mehr atmen, begriff aber nicht, was passiert war. Zusammengekrümmt lag sie da wie eine Krabbe und stieß undefinierbare Laute aus, da spürte sie die Tritte auf ihrem runden Rücken und schrie auf.

»Blöde Schlampe!«, brüllte Kenji, und als sie aus den Augenwinkeln zusah, wie er sich die rechte Hand rieb, begriff sie, dass ihr Mann sie mit dieser Faust geschlagen hatte. Vor Schmerz wimmernd, blieb Yayoi am Boden liegen. Aus dem Bad, in das Kenji verschwunden war, hörte sie lautes Wasserrauschen.

Als sie endlich wieder zu Atem kam, hob sie mit ihrer schaumigen Hand – offenbar hatte sie die ganze Zeit den Spülschwamm umklammert – ihr T-Shirt an. In ihrer Magengrube sah man deutlich den blauschwarz verfärbten Fleck. Er kam ihr vor wie der Stempel, der das Ende ihrer Ehe besiegelte, und sie atmete tief aus. Da ging die Schiebetür zum Schlafzimmer auf und Takashi, ihr ältester Sohn, schaute sie ängstlich an.

»Mama, was ist?«

»Nichts, ich bin bloß hingefallen. Alles in Ordnung, geh schnell wieder ins Bett, ja?« Sie war froh, die Worte hervorbringen zu können. Takashi schien die Situation irgendwie erfasst zu haben und schob stumm die Schiebetür wieder zu. Sie wusste sofort, dass er sich um sein schlafendes Brüderchen sorgte. Wenn selbst so ein kleiner Junge schon Rücksicht auf andere nehmen konnte, wie war es dann möglich, dass ein erwachsener Mann wie Kenji sich derart daneben benahm? Er hatte sich vollkommen verändert. Oder war er immer schon so gewesen?

Yayoi presste die Hand auf die Magengrube und schaffte es irgendwie, sich an den Esstisch zu setzen. Sie verbiss sich den Schmerz und konzentrierte sich darauf, langsam und regelmäßig ein- und auszuatmen. Aus dem Bad hörte sie ein Poltern – Kenji hatte offenbar gegen die Plastikschüssel getreten. Yayoi grinste verbittert und vergrub ihr Gesicht in beide Hände. Mehr noch als die Wut hatte sie das Elend der Frage niedergestreckt, warum sie bloß mit so einem Mann zusammenlebte.

Als sie aus ihren Gedanken erwachte, merkte sie, dass sie immer noch in Unterwäsche war. Sie zog sich ein Poloshirt über den Kopf und stieg in ihre Jeans. Die Hose hing ihr auf den Hüftknochen, da sie in letzter Zeit drastisch abgenommen hatte. Yayoi suchte sich einen Gürtel heraus.

Sie hatte nur noch wenig Zeit, bis sie aufbrechen musste. Sie wollte nicht in die Fabrik, aber wenn sie heute Nacht nicht zur Schicht erschien, würden Masako und die Meisterin sich Sorgen machen. Masako. Diese Frau übersah nichts, sie merkte einem jede Veränderung sofort an. Einerseits machte ihr das Angst, andererseits verspürte sie den unwiderstehlichen Drang, ihr alles zu sagen. Warum bloß? Man konnte ihr trauen. Wenn es jemanden gab, auf den sie sich in der Not verlassen konnte, dann war das Masako. Dieser Hoffnungsschimmer am Horizont machte Yayoi Mut und spornte sie an.

Sie hörte ein Geräusch an der Haustür. Kenji? Einen Moment lang stand sie still und horchte – nichts, er erschien auch nicht im Wohnzimmer. Ein Fremder, der einfach eingedrungen war? Sie rannte in die Diele.

Kenji saß auf dem Absatz, ihr den Rücken zugewandt. Mit hängenden Schultern starrte er vor sich auf den Betonboden. Sein Hemd war hinten schmutzig. Er schien sie gar nicht wahrzunehmen, denn er rührte sich nicht. Yayoi erinnerte sich an den gestrigen Abend, und plötzlich wallte Hass in ihr auf.

Sollte er doch für immer wegbleiben, sie wollte ihn sowieso nie mehr wieder sehen!

»Ach, du…« Kenji drehte sich kurz zu ihr um. »Wieso bist du noch nicht weg?«

Ob er sich geprügelt hatte? Seine Lippe war geschwollen und

blutete. Doch Yayoi schwieg still und blieb wie angewurzelt stehen. Sie wusste nicht, wie sie den reißenden Strom des Hasses in ihrem Innern unter Kontrolle bringen sollte.

Da murmelte Kenji: »Was glotzt du so! Manchmal könntest du ruhig ein bisschen nett zu mir sein!«

In dem Augenblick machte es *ratsch* – und Yayois Geduldsfaden riss. In einer Geschwindigkeit, die sie selbst nicht für möglich gehalten hätte, hatte sie sich den Ledergürtel von der Hose gezogen und Kenji um den Hals gelegt.

»Hey …?« Überrascht versuchte Kenji, sich zu ihr umzuschauen. Yayoi zog den Gürtel schräg nach hinten auf sich zu.

»Oh, aah, ah …« Kenji versuchte, den Gürtel zu greifen, aber das Leder hatte sich schon so tief in seinen Hals gefressen, dass er die Finger nicht mehr dazwischen bekam. Yayoi sah nüchtern zu, wie Kenji hektisch daran herumkratzte. Dann zog sie mit verstärkter Kraft rückwärts. Es war lustig anzuschauen, wie Kenjis Hals sich nach hinten dehnte und seine Hände, die schon aufgegeben hatten, nach dem Gürtel zu greifen, vergeblich in der Luft ruderten. Er müsste noch viel mehr leiden. So ein Mann hatte es gar nicht verdient, auf der Welt zu sein, sie wollte ihn nicht mehr da haben. Yayoi setzte ihren noch nackten linken Fuß fest auf den Boden auf und stemmte mit dem rechten Kenjis Schulter nach vorne. Tief aus seiner Kehle drangen jetzt Laute wie das Quaken eines Frosches. Ein herrliches Gefühl! Sie wunderte sich selbst maßlos, woher sie die tobende Raserei, die brutale Grausamkeit nahm, die irgendwo in ihr geschlummert haben musste, aber eines stand fest: Sie auszukosten war ein unendlich erfrischendes, befreiendes Gefühl.

Kenji war am Ende. Die Schuhe immer noch an den Füßen, hingen seine Beine von den Knien abwärts auf den Betonboden des Eingangsbereichs herunter, sein Hintern thronte plump auf dem Absatz, sein Kopf ragte verdreht in die Luft.

»Nein, ich verzeih dir nicht, noch lange nicht!«, entfuhr es ihr. Yayoi zog noch einmal fester zu. Soll er doch verrecken, hier, auf der Stelle, dachte sie, aber das gab ihr Gefühl nur unzureichend wider: Sie wollte sein Gesicht nicht mehr sehen, sie wollte sein Gefasel nicht mehr hören – das war es, was sie sich von ganzem Herzen wünschte.

Wie viele Minuten waren verstrichen? Kenji lag auf dem Rücken und rührte sich nicht mehr. Yayoi legte die Hand an seinen Hals, um nach dem Puls zu fühlen. Nichts. Vorne an seiner Hose war ein nasser Fleck, wahrscheinlich hatte er den Urin nicht bei sich halten können. Yayoi lachte.

»*Du* hättest lieber nett zu *mir* sein sollen!«

Sie wusste nicht, wie lange sie dort neben ihm sitzen geblieben war. Erst das leise Miauen von Milky brachte sie wieder zur Besinnung.

»Ich hab ihn umgebracht, Milky, was mach ich jetzt?«, murmelte sie, und die weiße Katze stieß einen klagenden Laut aus. Auch Yayoi schrie kurz auf. Sie hatte etwas getan, was nicht rückgängig zu machen war. Aber sie bereute es nicht, kein bisschen. Es ist gut, es ist gut so, ich konnte nicht anders, es war das einzig Richtige, flüsterte sie sich selbst immer wieder zu.

Sie ging ins Wohnzimmer zurück und schaute in aller Seelenruhe auf die Uhr an der Wand. Genau elf. Zeit, zur Arbeit zu gehen. Sie rief bei Masako zu Hause an.

»Katori.«

Masako selbst, zum Glück. Yayoi atmete tief ein und begann: »Ich bin's, Yayoi Yamamoto.«

»Ach, Yama-chan! Was ist – kommst du heute nicht zur Arbeit?«

»Ich weiß nicht. Ich weiß nicht, was ich tun soll.«

»Wieso?«, fragte Masako, und in ihrem Ton schwang so etwas wie Sorge mit. »Ist etwas passiert?«

»Ja. Ich…«, begann Yayoi und antwortete dann entschlossen: »Ich hab ihn umgebracht.«

Nach kurzem Schweigen hörte sie Masako leise sagen: »Ist das auch wirklich wahr?«

»Ja, es ist die Wahrheit. Ich hab ihn gerade erwürgt.«

Masako schwieg wieder. Diesmal lange, es gab eine Pause von ungefähr dreißig Sekunden, doch Yayoi konnte spüren, dass sie nicht erschrocken war, sondern nachdachte. Wie zum Beweis dafür erwiderte Masako endlich mit noch leiserer Stimme als zuvor: »Und – was *möchtest* du tun?«

Im ersten Moment verstand Yayoi die Bedeutung der Frage nicht und blieb stumm. Masako fuhr fort: »Ich meine, kannst du mir nicht sagen, was du jetzt am liebsten machen würdest? Ich werde dir dabei helfen.«

»Ich? Ich will einfach so weiterleben wie bisher. Die Kinder sind ja auch noch klein, und …« In diesem Moment, als die Wirklichkeit sie wieder einholte, kamen ihr doch noch die Tränen.

Masako unterbrach sie: »Ja, verstehe. Ich komme sofort zu dir nach Hause. Hat von der Sache auch niemand etwas mitbekommen?«

»Ich weiß nicht …«, antwortete sie und grübelte nach, bis ihr Blick auf Milky fiel, die sich wieder unter dem Sofa verkrochen hatte. »Nur die Katze.«

»So, so, die Katze.« Der Hauch eines Lächelns hatte sich in Masakos freundlichen Tonfall geschlichen. »Warte auf mich, hörst du?«

»Ja, danke.« Yayoi legte den Hörer auf und hockte sich dort, wo sie war, auf den Boden. Ihre angezogenen Knie stießen an die Magengrube, aber sie spürte schon keinen Schmerz mehr.

6

Als sie aufgelegt hatte, sah sie die Schrift auf dem Kalender, der vor ihr an der Wand hing, doppelt. Es war das erste Mal, dass ihr vor Schock schwindelig wurde.

Sicher, Yayois Zustand gestern Nacht hatte ihr Sorgen gemacht, aber sie hatte ihre Nase nicht in anderer Leute Angelegenheiten stecken wollen. Und doch war sie gerade dabei, Yayoi die helfende Hand entgegenzustrecken. Ob das auch wirklich richtig war? Masako hielt sich an der Wand fest und wartete, bis ihre Augen wieder scharf sahen; dann drehte sie sich um, um zu schauen, ob jemand in der Nähe war.

Ihr Sohn Nobuki, der bis vorhin noch auf dem Sofa im Wohnzimmer gelegen und ferngesehen hatte, war nicht mehr da. Er schien sich nach oben in sein Zimmer verzogen zu haben, ohne dass sie es bemerkt hatte. Ihr Mann Yoshiki war nach einem Schlummertrunk früh zu Bett gegangen – sie musste also nicht befürchten, dass jemand von der Familie etwas von dem Inhalt des Telefonats mitbekommen hatte. Erleichtert dachte sie darüber nach, was nun zu tun war. Doch für gründliche Überlegungen blieb keine Zeit. Sie musste schnell handeln. Masako beschloss, sich während der Fahrt Gedanken zu machen.

Den Autoschlüssel schon in der Hand, rief sie ihrem Sohn im

ersten Stock zu: »Ich bin schon zur Arbeit, hörst du? Pass auf, dass du das Haus nicht in Brand setzt, ja?«

Keine Antwort. Masako wusste, dass Nobuki in letzter Zeit während ihrer Abwesenheit heimlich Alkohol trank und rauchte. Sie musste ihren Sohn, der in diesem Sommer siebzehn wurde, ohne dass ihm klar war, was er in Zukunft machen wollte, was aus ihm werden sollte, der keine Perspektive besaß und sich für nichts begeisterte, im Auge behalten.

Nobuki war gleich im ersten Frühling auf der Städtischen Oberschule mit Party-Tickets erwischt worden, die ihm irgendein anderer Schüler aufgezwungen hatte, und das allein war der Schulleitung Grund genug gewesen, ihn wegen Beihilfe zum Weiterverkauf von der Schule zu verweisen. Diese drakonische Strafe, mit der man wohl nur ein Exempel statuieren wollte, hatte ihm offenbar einen solchen Schock versetzt, dass er verstummt war. Niemand wusste, wie man das Herz ihres Sohnes, der seither kein Wort mehr gesprochen hatte, wieder öffnen konnte. Wahrscheinlich war er selbst nicht minder ratlos angesichts der fest zugeschlagenen Tür, bestimmt sogar, doch die Zeit, da Masako verzweifelt nach dem passenden Schlüssel gesucht hatte, war vorbei. Sie hatte eingesehen, sich damit abfinden zu müssen, dass es schon in Ordnung war, wenn er nur jeden Tag zu seiner Arbeit als Bauhilfsarbeiter ging. Kinder zu haben hieß, in einer menschlichen Verbindung zu stehen, die nicht zu lösen war, auch wenn es nicht so lief, wie man sich das vorgestellt hatte.

Masako blieb vor dem kleinen Zimmer neben dem Eingang stehen. Durch die Sperrholztür drang das leise Schnarchen ihres Mannes. Seit wann schlief er jetzt schon in diesem Zimmer, das Richtung Norden lag und aus dem sie eigentlich einen Abstellraum hatten machen wollen? Masako verharrte dort in der Diele und dachte nach. Getrennte Schlafzimmer hatten sie schon gehabt, bevor sie in dieses Haus zogen, als sie noch in ihrer Firma beschäftigt gewesen war. Es kam ihr längst nicht mehr unnatürlich, traurig oder einsam vor, sie hatte sich daran gewöhnt, dass alle drei Familienmitglieder die Nacht in ihren eigenen Zimmern verbrachten.

Yoshiki arbeitete in einem Bauunternehmen, das zu einem der großen Immobilienkonzerne gehörte. Dem Namen nach war es immer noch ein angesehenes, erfolgreiches Unternehmen, aber die Wirklichkeit sah anders aus: Die Firma war von der Rezession gezeichnet, und die Belegschaft litt unter einem starken Minderwertigkeitskomplex gegenüber dem Mutterkonzern – so hatte Yoshiki es einmal ausgedrückt. Wie er selbst als Angestellter im Vertrieb damit umging, wusste Masako nicht; ihr Mann verzog schon widerwillig das Gesicht, sobald sie nur den Namen der Firma in den Mund nahm, so sehr hasste er es, darüber zu reden.

Sie hatte Yoshiki, der zwei Jahre älter war als sie, in der Oberschule kennen gelernt. Sie schätzte die weltfremde Gutmütigkeit, die ihm eigen war und die man auch als Reinheit des Herzens bezeichnen konnte. Yoshiki, der es verabscheute, andere Menschen zu betrügen und zu übervorteilen, eignete sich nicht für das harte Geschäft in der Baubranche. Das bewies die Tatsache, dass er ein kleiner Angestellter geblieben und längst jede Aufstiegsperspektive eingebüßt hatte. Seine bitteren Erfahrungen machten es ihm offenbar unmöglich, sich mit der Welt zu arrangieren. In der Art jedenfalls, wie er sich an freien Tagen voller Verachtung für die schnöde Außenwelt wie ein Einsiedler in diesem Zimmer verschanzte, ähnelte er durchaus dem verstummten Nobuki. Nachdem ihr das bewusst geworden war, hatte Masako aufgehört, ihren Mann ohne triftigen Grund anzusprechen.

Nobuki, ihr Sohn, Yoshiki, ihr Mann, und schließlich sie selbst, Masako, deren Stelle wegrationalisiert worden war und die nun in einer Fabrik Nachtschicht schob – eine Familie aus gerade mal drei Personen, die alle in ihrem eigenen Zimmer schliefen, ihre eigene Last trugen und sich einsam mit der Wirklichkeit herumschlugen.

Yoshiki hatte sich mit keinem Wort dazu geäußert, dass sie sich, weil sie keine andere Anstellung finden konnte, letztendlich entschlossen hatte, als Teilzeitkraft in einer Lunchpaket-Fabrik Nachtschicht zu machen. Nicht, weil ihm der Mut dazu gefehlt hätte; er hatte es nur aufgegeben, sich mit so etwas Sinnlosem wie Kämpfen abzugeben, und stattdessen begonnen, sich in einen Kokon einzuspinnen, das fühlte sie. In diesen Kokon ließ er niemanden hinein, auch Masako nicht. Seine Hände, die ihren Körper schon lange nicht mehr berührt hatten, waren unermüdlich damit beschäftigt, an dieser Festung zu bauen. Die Verweigerungshaltung ihres Mannes, die nicht einmal vor seiner Frau und seinem Sohn Halt machte, weil auch sie für ihn nur schnöde Außenwelt waren, verletzte Masako.

Sie war ja nicht einmal in der Lage, ihre eigene Familie in Ordnung zu bringen, was mischte sie sich da in die Angelegenheiten von Yayoi ein! Mit sich selbst hadernd, öffnete Masako die dünne Haustür und trat hinaus. Die Luft fühlte sich bei weitem frischer an als gestern Nacht, und sie sah zum Himmel auf, wo ein roter, wolkenverhangener Mond schwebte. Masako hielt das für ein böses Omen und wandte die Augen ab.

Der kleine Vorhof zu ihrem Haus hatte mit Mühe und Not für den engen Parkplatz gereicht, auf dem ihr Corolla jetzt stand. Masako zwängte sich geschickt durch den Spalt der Fahrertür, die nicht ganz zu öffnen war, zündete und fuhr sofort los. Nachts hallte das Motorengeräusch besonders laut durch die abgelegene, von Feldern durchsetzte Wohngegend. Von den Leuten hier befürchtete sie weniger Beschwerden über den Lärm als das inquisitorische Aushorchen, weshalb sie denn seit geraumer Zeit jede Nacht zu dieser Stunde noch wegführe.

Yayois Haus lag ganz in der Nähe der Lunchpaket-Fabrik in Musashi-Murayama. Plötzlich fiel ihr die Verabredung mit Kuniko ein. Sie hatten doch ausgemacht, jeden Abend um halb zwölf auf dem Parkplatz aufeinander zu warten, um dann zusammen zur Fabrik zu gehen. Heute würde sie sich wahrscheinlich verspäten. Sie wollte hoffen, dass die argwöhnische, mit sicherem Instinkt ausgestattete Kuniko keinen Wind von der Sache bekam.

Aber es hatte keinen Zweck, sich jetzt schon über alles Mögliche Sorgen zu machen – vielleicht hatten Leute aus der Nachbarschaft längst mitbekommen, was sich im Hause Yamamoto abgespielt hatte, vielleicht war Yayoi auch mittlerweile selbst zur Polizei gerannt. Außerdem war immer noch denkbar, dass sie sich das alles nur zusammengesponnen hatte. Ungestüm trat Masako aufs Gaspedal.

Der süße Duft der blühenden Gardenienhecke, an der sie gerade vorüberfuhr, drang kurz durch das offene Wagenfenster herein und war im nächsten Augenblick schon wieder in die Dunkelheit entschwunden. Mit ihm verflog plötzlich ihr Mitleid mit Yayoi, und für einen Moment war Masako die ganze Sache sogar lästig. Doch auch dieser Gedanke verflüchtigte sich schnell, und sie beschloss, Yayoi ins Gesicht zu sehen und dann zu entscheiden, ob sie ihr helfen wollte oder nicht.

Vor der Betonmauer an der Ecke der kleinen Straße, in der Yayoi wohnte, sah sie eine weiße Gestalt stehen. Eine Frau. Schnell trat Masako auf die Bremse.

»Masako-san!«, hörte sie Yayoi verzweifelt rufen. Sie trug ein weißes Polo-Hemd und eine viel zu weite Jeans. Das weiße Hemd hob sich von der Dunkelheit der Nacht ab und verlieh ihr einen solchen Ausdruck von Hilflosigkeit, dass Masako schlucken musste.

»Was machst du denn hier!«

»Die Katze ist weggelaufen.« Mit Tränen in den Augen stand Yayoi neben Masakos Auto. »Die Kinder lieben sie doch so sehr, aber jetzt hat sie Angst vor mir, weil sie alles mitangesehen hat, und ist weggelaufen.«

Masako schwieg und legte nur den Zeigefinger an die Lippen. Yayoi schien endlich zu begreifen und sah sich in der Gegend um, doch ihre Hand auf dem heruntergekurbelten Wagenfenster zitterte leicht. Als Masako das sah, fiel die Entscheidung, Yayoi aus der Klemme zu helfen.

Langsam fuhr sie wieder an und schaute sich durch das Autofenster die Häuserreihen der Nachbarschaft an. Es war nach elf an einem Werktag, und bei den meisten Häusern drang nur noch aus einem Fenster, vermutlich dem Schlafzimmer, schwaches Licht – alles schien still und ruhig. Heute Nacht war es relativ kühl, und so hatten viele Leute die Klimaanlage ausgestellt und die Fenster geöffnet. Sie durften also möglichst keinen Lärm machen. Yayoi trug Sandalen, und Masako hörte besorgt, wie sie mit klackernden Schritten näher kam.

Das Haus der Yamamotos lag ganz am Ende der kleinen Straße. Es war eines jener einstöckigen Fertighäuser, wie sie vor etwa fünfzehn Jahren erstmals angeboten worden waren: mit wenig Platz und schlechtem Zuschnitt. Außerdem war die Miete hoch, und das Ehepaar Yamamoto hatte offenbar gespart, um endlich von hier wegziehen zu können. Das war nun alles umsonst gewesen. Menschen begingen Dummheiten, wenn sie in Versuchung geführt wurden. Welche Versuchung hatte Yayoi heimgesucht? Oder war es die Wut auf ihren Mann gewesen, der sie hintergangen hatte, weil er durch etwas in Versuchung geführt worden war? Mit diesen Gedanken stieg Masako lautlos aus dem Wagen und sah ihrer Freundin entgegen, die auf sie zugelaufen kam.

»Erschrick jetzt nicht, hörst du?« Plötzlich verhalten und unsicher, öffnete Yayoi die Haustür. Doch dann begriff Masako, dass sich ihre Worte nicht auf das bezogen, was sie getan hatte, sondern auf den Anblick, der sich gleich hinter der Tür bot: Kenji lag dort, Gesicht und Körper leblos erschlafft, den braunen Ledergürtel noch um den Hals geschlungen, die Zunge schaute zwischen den Lippen hervor, und seine Augen standen halb offen. Er war tot. Das Blut hatte sich nicht im Kopf gestaut, im Gegenteil, sein Gesicht war wachsbleich.

Masako hatte sich auf einen Schock gefasst gemacht, doch als sie dann wirklich vor der Leiche stand, spürte sie nur eine erstaunliche Kälte und Gelassenheit. Vielleicht, weil sie Kenji nicht persönlich gekannt hatte, blieb sein toter Körper für sie nichts weiter als ein regloser Mensch mit einem komisch schlaffen Gesicht. Nur an die Tatsache, dass Yayoi, die sie für das Musterbeispiel einer guten Ehefrau und liebevollen Mutter gehalten hatte, eine Mörderin war, konnte sie sich nicht so schnell gewöhnen.

»Er ist noch warm.« Yayoi berührte Kenjis Schienbein, das die hochgerutschte Hose freigab. Wie um sich von seinem Tod zu überzeugen, fuhr ihre Hand immer wieder daran auf und ab.

»Es ist also wirklich wahr«, sagte Masako mit belegter Stimme, während sie Yayois Hand beobachtete.

»Hast du etwa gedacht, ich würde lügen? Du weißt doch, dass ich das nicht kann!« Ganz entgegen Masakos gedrückter Stimmung lächelte Yayoi. Vielleicht hatte sie aber auch nur die Mundwinkel verzogen.

»Und, was willst du jetzt machen? Willst du dich wirklich nicht stellen?«

»Nein.« Yayoi schüttelte entschieden den Kopf. »Vielleicht bin ich verrückt geworden, aber ich hab überhaupt nicht das Gefühl, etwas Böses getan zu haben. Ich finde es richtig, dass er tot ist, es geschieht ihm recht. Deshalb habe ich beschlossen zu denken, dass er nicht nach Hause gekommen, sondern irgendwohin verschwunden ist.«

Masako dachte nach und warf dabei einen Blick auf ihre Armbanduhr. Es war schon fast zwanzig nach elf. Egal, wie spät es war – bis viertel vor zwölf mussten sie in der Fabrik sein. »Es gibt viele, die einfach so verschwinden und nicht mehr wiederkommen. Aber hat auch wirklich niemand gesehen, wie dein Mann nach Hause gekommen ist?«

»Ich glaube nicht. Auf der Strecke vom Bahnhof bis hierher sind ja kaum Leute unterwegs.«

»Wenn er nur auf dem Heimweg irgendwen angerufen hat, ist es schon aus!«

»Dann kann ich trotzdem noch behaupten, dass er nicht nach Hause gekommen ist«, beharrte Yayoi.

»Ja? Bist du wirklich in der Lage, die Unwissende zu spielen und dir nichts anmerken zu lassen, auch wenn die Polizei dich ausfragt?«

Yayoi sah sie mit großen Augen an und nickte: »Ja. Du wirst schon sehen, ich werd's dir beweisen! Deshalb …«

Ihrem niedlichen Gesicht sah man die vierunddreißig nicht an. Bei solch einem entzückenden Äußeren würde sie vielleicht wirklich niemand verdächtigen. Aber der Einsatz war zu hoch, um darauf zu wetten. Masako blieb vorsichtig: »Deshalb was? Was schlägst du vor?«

»Könnte ich ihn erst mal in deinem Kofferraum verstecken? Dann …«

»Dann was?«

»Morgen schaffe ich ihn dann schon weg.«

Es gab offenbar keine andere Lösung. Wohl oder übel stimmte Masako zu. »Okay. Ich helfe dir, ihn rauszutragen, wir haben wenig Zeit.«

»Danke. Ich werde mich irgendwann erkenntlich zeigen.«

»Geld brauche ich nicht.«

»Aber wieso hilfst du mir dann?«, fragte Yayoi, während sie ihre Arme unter Kenjis Achseln schob.

»Tja – das überleg ich mir später.« Masako packte die kraftlosen Beine des Mannes, der einmal Yayois Ehemann gewesen war, bei den Knöcheln und hob ihn an. Obwohl nicht größer als sie selbst – ein Meter achtundsechzig ungefähr –, war Kenji schwer, offenbar fiel der männliche Knochenbau ins Gewicht. Zu zweit schafften sie es gerade, ihn vor die Tür zu tragen. Sein erschlaffter Gesichtsausdruck und der lang gestreckte Hals hätten genauso gut auf einen Sturzbetrunkenen schließen lassen, den zwei Frauen in die Mitte genommen hatten. Der Gürtel, der ihm um den Hals hing, schleifte über dem Boden. Masako sah wortlos zu, wie Yayoi ihn abnahm und sich um die Hüfte band.

»Ist auch nichts von ihm im Haus zurückgeblieben, ein Kleidungsstück oder sonst irgendwas?«

»Nein, er hatte heute nichts dabei, und an Kleidung trug er nur das, was er jetzt anhat.«

Als sie Kenji mit geknickten Gliedmaßen im Kofferraum verstaut hatten, sagte Masako zu Yayoi: »Wir dürfen auf keinen Fall auf der Arbeit fehlen. Du musst dir schließlich ein Alibi verschaffen. Deshalb lassen wir ihn am besten die Nacht über auf dem Parkplatz, klar? In der Fabrik können wir überlegen, was wir mit ihm machen.«

»Verstehe. Ich fahre also am besten wie immer mit dem Fahrrad hin, oder?«

»Natürlich. Und denk dran: Tu so, als ob nichts wäre!«

»Dann darf ich dir also Kenji jetzt überlassen, nicht wahr, Masako-san?« Nachdem die Leiche aus dem Haus war, wurde Yayoi plötzlich förmlich. Auf ihrem Gesicht lag sogar so etwas wie ein Ausdruck der Befreiung, als hätte sie eine schwere Arbeit zu Ende gebracht.

Glaubte sie denn allen Ernstes daran, dass Kenji einfach so vom Erdboden verschwunden war? Yayoi war nicht wiederzuerkennen, und allmählich bereitete Masako diese Verwandlung Unbehagen. Sie stieg in den Wagen ein, legte den Sicherheitsgurt an und flüsterte eindringlich: »Und hör auf, über beide Ohren zu strahlen, sonst fliegt alles auf!«

»Sehe ich denn etwa so aus?« Yayoi legte eine Hand auf den Mund, als müsste sie ihr Entsetzen unterdrücken.

Masako sah ihr vom Fahrersitz aus fest in die großen Augen. »Schon, um ehrlich zu sein.«

»Noch etwas, Masako-san: Was soll ich denn jetzt wegen der

Katze unternehmen? Die Kinder werden einen Aufstand machen! Wie schrecklich, was mach ich denn bloß!«

»Sie wird schon wieder auftauchen.«

Aber Yayoi schüttelte mit dem Ausdruck felsenfester Überzeugung den Kopf und wiederholte: »Wie schrecklich, was mach ich denn bloß!«

Masako fuhr los und ließ Yayois Haus schnell hinter sich. Nach einer Weile bereitete ihr Kenjis Leiche im Kofferraum plötzlich Sorgen. Was, wenn sie zufällig in eine Polizeikontrolle geriet oder ihr von hinten jemand aufführe? Dann wäre alles aus, sie wäre verloren! Diese Gedanken hätten sie eigentlich dazu veranlassen müssen, äußerst vorsichtig zu fahren, doch Masako beschleunigte und brauste durch die nächtlichen Straßen, als wäre jemand hinter ihr her. Tief in ihrem Herzen wusste sie, dass es der reglose Körper in ihrem Kofferraum war, der sie verfolgte. Ruhig Blut, versuchte sie sich einzuschärfen.

Endlich erreichte sie den Parkplatz. Kunikos Golf stand wie immer schief auf ihrem angestammten Platz. Sie war wohl schon vorgegangen, um nicht zu spät zu kommen. Masako stieg aus, zündete sich eine Zigarette an und sah sich um. Aber an diesem Abend stieg ihr ausnahmsweise weder der Geruch nach Frittiertem noch der Gestank der Autoabgase in die Nase. Vielleicht war sie einfach zu aufgeregt dazu.

Sie ging ums Auto herum nach hinten und starrte auf den Kofferraum. Dort hinein hatte sie eine Leiche gelegt, die sie morgen beseitigen würde. Sie war dabei, Dinge zu tun, die sie sich bislang nicht einmal hatte vorstellen können. Der weitere Verlauf ihres Lebens, den sie bis zu einem gewissen Grad zu kennen geglaubt hatte, war damit wieder völlig offen. Und mit diesem Gedanken kam ihr Yayois Befreiungsgefühl nicht mehr ganz so unverständlich vor.

Masako überprüfte noch einmal, ob der Kofferraum auch wirklich fest verschlossen war, und machte sich mit der Zigarette in der Hand auf den Weg über den dunklen Pfad zur Fabrik. Ihr blieb nicht mehr viel Zeit. Gerade heute musste alles so sein wie immer, sie durfte unter keinen Umständen auffallen.

Als sie eiligen Schrittes die stillgelegte Fabrik passieren wollte, kam plötzlich aus dem Dunkel links von ihr ein Mann mit einer Kappe auf dem Kopf auf sie zugeschossen und packte sie am Arm. Masako erschrak zu Tode. Das Gerede um den Grabscher hatte sie vollkommen vergessen.

Alles geschah so plötzlich: Bevor sie noch schreien konnte, versuchte der Mann sie schon mit aller Kraft unter das baufällige Vordach der Fabrikruine am Wegesrand zu ziehen.

»Lassen Sie mich los!«, brachte sie endlich hervor. Ihre Stimme schien die Dunkelheit zu zerreißen, so schrill klang sie. Hektisch umfasste der Mann sie von rechts, hielt ihr den Mund zu und versuchte, sie in das Dickicht aus Wiesengras zu stoßen. Doch Masako war groß, und so konnte sie seinen Arm mit der Schulter beiseite stoßen, so dass die Hand sich ein wenig von ihrem Mund löste. Sie nutzte die Gelegenheit, um mit der Tasche um sich zu schlagen, und konnte so verhindern, dass sich seine Hand erneut auf ihren Mund legte. Ihren linken Arm jedoch hatte er nach wie vor fest im Griff, er konnte sie jeden Augenblick umstoßen. Der Mann war nicht so groß, wie Kuniko erzählt hatte, doch von seinem kräftigen, muskulösen Körper ging ein würziger Geruch aus.

»Was wollen Sie denn von mir! Es gibt doch hier genügend jüngere Frauen!«, brüllte sie und spürte ein leichtes Zögern in der Hand, die ihren linken Arm umklammert hielt. Masako war sich nun sicher, dass es sich um einen Mann aus der Fabrik handelte, der sie kannte. Sie versuchte, ihn von ihrem Arm abzuschütteln und zum Weg zurückzulaufen. Schnell hatte der Mann Masako umrundet und trieb sie weiter in das verwilderte Areal hinein. Irgendwo hier musste die baufällige Kanalanlage sein, die einen fauligen Fluss abdeckte. Sie wusste, dass die Betondecke hier und da eingebrochen war. Auf keinen Fall durfte sie in eines der Löcher fallen. Hektisch suchte sie im Gestrüpp nach festem Halt unter den Füßen, während sie gleichzeitig immer wieder verzweifelt einen Blick in das Gesicht des Mannes riskierte. Seine Züge konnte sie nicht erkennen, aber im trüben Schein des roten Mondes sah sie flüchtig seine schwarzen Augen unter der Kappe.

»Sie sind Miyamori, nicht?«, riet sie aufs Geratewohl, doch der Mann reagierte augenscheinlich entsetzt.

»Sie heißen doch Kazuo Miyamori, nicht wahr?«, beharrte Masako. »Ich werd's niemandem verraten, wenn Sie mich jetzt loslassen. Heute will ich nicht zu spät kommen. Wir können uns ein anderes Mal treffen. Wirklich, das meine ich ernst.«

Bei Masakos unverhofften Worten hatte der Mann den Atem angehalten und schien nun nachzudenken. Sie wiederholte es noch einmal: »Ich bitte Sie, lassen Sie mich heute gehen. Wir treffen uns ein anderes Mal, nur wir beide!«

Da antwortete der Mann auf Japanisch mit deutlichem Akzent: »Wirklich? Wann?«

Kein Zweifel, von der Stimme her ist es tatsächlich Miyamori, dachte Masako. »Morgen Abend, hier.«

»Um wie viel Uhr?«

»Um neun.«

Anstatt zu antworten, drückte der Mann Masako plötzlich fest an sich und presste seine Lippen auf ihren Mund. Sein Körper war wie ein harter Fels, und er hielt sie so fest, dass sie fast keine Luft mehr bekam. Sie zappelte und wand sich, beide stolperten, und als sie zusammen gegen das verrostete Rolltor vor der Einfahrt zur stillgelegten Fabrik schlugen, schepperte es laut. Bei dem ohrenbetäubenden Lärm schrak der Mann zusammen, hielt inne und sah sich ängstlich um. Masako ergriff die Gelegenheit, um ihn zurückzustoßen, hob die Tasche vom Boden auf und rannte davon. Sie trat auf eine herumliegende Aluminiumdose, die sie zum Straucheln brachte. Wütend fluchte sie: »Such dir gefälligst eine Jüngere für deine Spielchen!«

Der Mann stand benommen da und ließ die Arme hängen. Masako wischte sich seinen Speichel mit dem Handrücken von den Lippen und bahnte sich ihren Weg durch das hohe Gras.

»Ich warte morgen hier«, hörte sie hinter sich den Mann noch leise und flehentlich sagen, als sie mit dem Fuß nach der Betondecke über dem Abwasserkanal tastete. Sie überquerte ihn, lief zum Weg und rannte verzweifelt los. Ausgerechnet heute musste sie überfallen werden, wo sie immer so aufgepasst hatte! Der Ärger über die eigene Unvorsichtigkeit mischte sich mit Zorn, und sie fühlte seit langem wieder pechschwarze Wut in sich aufsteigen. Also war Kazuo Miyamori der Grabscher! Im Nachhinein ärgerte sie sich sogar darüber, dass sie ihn gestern Nacht noch flüchtig gegrüßt hatte.

Während sie sich die zerzausten Haare glatt strich, rannte sie die Treppe in den ersten Stock der Lunchpaket-Fabrik hinauf. Komada, der Hygiene-Kontrolleur, wollte gerade seinen Posten verlassen.

»Guten Morgen!«, brachte sie außer Atem hervor.

Komada, der sich erstaunt zu ihr umdrehte, drängte: »Schnell! Sie sind die Letzte!« Ganz gegen seine Art fing er an zu lachen, als er ihr mit dem Kleberoller über den Rücken fuhr: »Na, sagen Sie mal, wo kommen Sie denn her? Sie sind ja voller Gras und Erde!«

»Ach, ich hab mich so beeilen müssen, dass ich hingefallen bin.«

»Auf den Rücken? Wie unangenehm! Haben Sie auch keine Verletzungen an den Händen?«

Schnell untersuchte Masako Finger und Handflächen: Sie hatte Dreck unter den Nägeln, entdeckte aber keine Verletzungen. Erleichtert schüttelte sie den Kopf, denn Komada hätte sie sonst nicht durchgelassen.

Sie durfte sich unter keinen Umständen anmerken lassen, dass sie dem Grabscher begegnet war. Masako lächelte Komada unverbindlich zu und stürzte in den Umkleideraum, der schon völlig verlassen war. Rasch warf sie sich den weißen Kittel über, schlüpfte in die Arbeitshose und lief mit Plastikschürze und Kochmützchen in der Hand zur Toilette. Als sie in den Spiegel sah, entdeckte sie etwas Blut an der Lippe. »Verdammter Mist«, schimpfte sie laut vor sich hin und wusch es mit kaltem Wasser ab. Am linken Oberarm hatte sie außerdem einen blauen Fleck, der entstanden sein musste, als Miyamori versucht hatte, sie ins Gebüsch zu ziehen. Sie wollte jegliche Spuren dieses Mannes auf ihrem Körper tilgen und hätte große Lust gehabt, sich auf der Stelle nackt auszuziehen, um nachzusehen, aber wenn sie jetzt trödelte, würde sie sich auf ihrer Stechkarte den Nachweis der Verspätung einhandeln. Verzweifelt unterdrückte Masako ihre Nervosität. »Ich warte morgen hier« – Miyamoris Worte fielen ihr wieder ein, und sie wurde umso wütender, als ihr bewusst wurde, dass sie sich in einer Lage befand, in der sie ihn nicht einmal zur Verantwortung ziehen konnte.

Sie verließ die Toilette, schrubbte sich sorgfältig die Hände und rannte die Treppe zur Fabrik hinunter. Die Stechuhr druckte 23:59 auf ihre Karte. Sie hatte es zwar gerade noch rechtzeitig geschafft, trotzdem war die Abweichung gegenüber ihrem normalen Verhalten augenfällig.

Die Schlange der Arbeiter bewegte sich gerade langsam durch das Fabriktor, vorne hatte man schon mit dem Desinfizieren der Arme und Hände begonnen. Yoshië und Kuniko, die dort eingereiht standen, entdeckten sie und winkten ihr zu. Masako hob die Hand und nickte. Plötzlich stand Yayoi neben ihr, mit umgebundenem Mundschutz und Haube auf dem Kopf, so dass sie ihren Gesichtsausdruck nicht erkennen konnte, und sagte leise: »Mensch, bist du spät! Ich hab mir schon Sorgen gemacht!«

»Tut mir Leid.«

»Ist etwas passiert?« Yayoi sah ihr forschend in die Augen.

»Nein, nichts. Aber wie steht's mit dir? Hast du auch wirklich keine Kratzer an den Händen? Du weißt ja, wenn doch, kommt das in die Akten!«

»Keine Sorge, alles okay.« Yayoi starrte durch das Tor in die Fabrik hinein, die wie ein riesiger Kühlschrank wirkte. »Ich fühle mich jetzt irgendwie stärker, weißt du.«

Doch Masako hatte das leichte Zittern in ihrer Stimme nicht überhört. »Reiß dich zusammen. Vergiss nicht, du hast dir das selbst ausgesucht.«

»Ich weiß.«

Sie stellten sich an das hintere Ende der Schlange zur Desinfektion an. Yoshië stand schon am Kopf eines Bandes und sah sich ständig nach ihnen um. Ungeduldig mahnte ihr Blick sie zur Eile.

»Hör mal«, flüsterte Masako, während sie Arme und Hände gründlich von den Ellbogen bis zu den Fingerspitzen mit Wasser abspülte, das in einem kräftigen Strahl aus dem Hahn schoss, »wie soll es denn jetzt weitergehen?«

»Weiß nicht«, sagte Yayoi mit leerem Blick, als verspürte sie zum ersten Mal einen Anflug von Müdigkeit.

»Es ist deine Angelegenheit, zerbrich dir darüber gefälligst auch deinen eigenen Kopf!«, zischte Masako und ging auf Yoshië zu, die am Kopf des Fließbandes auf sie wartete. Unterwegs sah sie sich vorsichtig unter den brasilianischen Arbeitern um, die blaue Kochmützchen aufhatten: Kazuo Miyamori war nicht darunter. Kein Zweifel, Masako war sicher, dass Miyamori der Grabscher gewesen sein musste.

»Vielen Dank noch mal für vorhin.« Erstaunt sah Masako, wie Yoshië sich unversehens vor ihr verbeugte.

»Wofür denn?«

»Du bist gut! Für das Geld, das du mir heute Abend geliehen hast. Du hast es mir doch noch extra vorbeigebracht. Damit hast du mir einen großen Gefallen getan, wirklich! Ich werde es dir auch sofort zurückzahlen, sobald der Lohn auf meinem Konto eingegangen ist.« Yoshië stieß ihr mit dem Ellbogen in die Seite, während sie ihr den Arbeitsplan reichte: Rippchen auf koreanische Art, 850 Portionen. Doch für Masako waren die Ereignisse vom frühen Abend bereits graue Vorzeit. Unwillkürlich grinste sie.

»Was war denn heute?«, fragte Kuniko, die ihr, gerissen wie sie war, die Arbeit des Schalenanreichens weggeschnappt hatte, da Masako später als sonst ans Band gekommen war.

»Ach, tut mir Leid. Es hat so lange gedauert, bis ich von zu Hause weggekommen bin.«

»So? Komisch, ich hab vorsichtshalber bei dir angerufen, bevor ich losgefahren bin.«

»Ist niemand rangegangen? Dann werde ich schon weg gewesen sein.«

»Ja, aber dafür bist du ziemlich spät.«

»Ich war noch einkaufen«, sagte sie bestimmt, und Kuniko gab endlich Ruhe, doch ihre Zudringlichkeit ging Masako auf die Nerven. Man musste sich wirklich in Acht nehmen vor ihrem erstaunlich guten Riecher.

Ihr fiel auf, dass Yoshië, während sie die Vorbereitungen zum Reisaufgeben traf, immer wieder zu Yayoi weiter unten am Band hinübersah. Masako folgte ihrem Blick: Yayoi stand wie angewurzelt da und starrte geistesabwesend vor sich hin. Sie trug denselben weißen Kittel, mit dem sie am Vortag in die Schweinebratensoße gefallen war. Die Soße war zwar längst getrocknet, hatte aber an Hüfte und Rücken große, braune Flecken hinterlassen, die sofort ins Auge fielen.

»Was ist los mit euch beiden, ist irgendetwas passiert?«, fragte Yoshië.

»Wieso?«

»Na ja, die Kleine ist völlig von der Rolle, und du kommst so spät…«

»Sie war doch auch gestern schon so. Stell lieber schnell das Band an, Meisterin, bevor Nakayama antanzt!«, drängte Masako und übernahm die Position des Fleischglättens, eine Arbeit, nach der sich niemand drängte. Yoshië stellte keine weiteren Fragen mehr, nickte kurz und schaltete das Fließband ein. Zuerst machte der Arbeitsplan die Runde. Dann hörte man das dumpfe Klacken, mit dem die Reisfüllmaschine ansprang. Aus der stählernen Tülle plumpste der erste, viereckige Reisklumpen in die Plastikschale, die Kuniko Yoshië angereicht hatte. Die harte, lange Schicht hatte begonnen.

Während Masako die aneinander klebenden, verdrehten, kalten Rippenfleischscheiben auseinander zog und flach drückte, spürte sie auf einmal Blicke und hob den Kopf. Ihr gegenüber am Band, ebenfalls in der Position des Fleischglättens, stand urplötzlich Yayoi und sah sie an.

»Was ist? Was hast du?«

»*So* würde ihn niemand mehr erkennen, meinst du nicht?«, sagte sie und senkte den Blick immer wieder bedeutungsvoll auf das Fleisch. In ihren Augen lag ein Glanz, der durchaus an Wahnsinn erinnerte.

»Sei still!«, schimpfte Masako leise. Verstohlen schaute sie auf die Arbeiterinnen neben sich, aber niemand schien Notiz von ihrem Gespräch genommen zu haben. Tadelnd sah sie Yayoi an. Die bemerkte ihren bohrenden Blick und machte ein ängstliches Gesicht. Erst war sie übermütig, dann fühlte sie sich ertappt, schmollte, war zu Tode betrübt und konnte jeden Moment in Tränen ausbrechen. Masako hatte ernste Zweifel, ob Yayoi die bevorstehenden Schwierigkeiten zu meistern imstande war. Und damit bekam auch sie selbst ein Problem, weil sie ihr geholfen hatte.

7

Die Fabrik war wie ein Kasten aus rostfreiem Edelstahl, vom Wetter draußen bekam man nichts mit.

Als die Schicht um fünf Uhr dreißig endlich vorbei war und Masako ihre müden Füße die Treppe zum ersten Stock hinaufschleppte, hörte sie, wie eine Arbeiterin weiter oben erstaunt ausrief: »Ach je, es regnet ja!« Sofort schoss ihr das Bild ihres Corolla in den Kopf, auf dessen Kofferraum der Regen niederprasselte. Sie mussten rasch entscheiden, wie es weitergehen sollte.

»Hast du es besonders eilig heute?«, fragte Yoshië Masako, während sie sich den Wegwerf-Mundschutz vom Gesicht riss und sich dann damit über die fettbespritzten Schuhe wischte.

»Wieso fragst du?«, entgegnete Masako, die es ihr gleichtat und sich mit dem Mundschutz über die beschmutzten Seiten ihrer Stan-Smiths fuhr, die sie extra für die Fabrikarbeit gekauft hatte.

»Wieso ›wieso‹? Du machst so ein beängstigendes Gesicht!« Die klein gewachsene, eckige Yoshië schaute kurz zu ihrer völlig anders gebauten Kollegin auf. Aber Masako verstaute die Tennisschuhe im Schuhschrank unter dem Fenster und sah in den grauen Morgenhimmel hinaus. Entgegen ihrer Vorstellung benetzte lediglich feiner, sanfter Nieselregen die Teststrecke der Autofabrik auf der gegenüberliegenden Straßenseite und schwärzte den Asphalt der Steilkurven.

»Ich mach mir halt Sorgen. Irgendetwas geht dir doch durch den Kopf, deine Stirn ist ja schon ganz runzelig vor lauter Falten«, sagte Yoshië, als würde sie ihr ein Kompliment machen.

»Ich hab was Wichtiges zu erledigen«, murmelte Masako und dachte weiter nach. Yayoi schien sich vorgenommen zu haben, heute gleich nach der Arbeit Kenjis Leiche fortzuschaffen, doch vielleicht wäre es besser, wenn sie nach Hause zurückkehrte und die besorgte Ehefrau spielte. Aber dann musste sie sich selbst um Kenji kümmern. Dazu war sie bereit, doch alleine konnte sie die Leiche nicht einmal aus dem Kofferraum heben. Masako starrte eine Weile auf die adrett gezupften, dünnen Augenbrauen in Yoshiës Gesicht und sagte dann entschlossen: »Meisterin, ich habe eine Bitte.«

»Nur zu, du weißt doch, für dich tue ich alles. Ich stehe schließlich in deiner Schuld.« Yoshië, die nie nein sagen konnte, wenn sie jemand um etwas bat, klang richtig glücklich. Masako reihte sich in die Schlange zum Abstempeln der Stechkarten ein und überlegte hin und her, wie sie es Yoshië beibringen sollte. Wo blieb Yayoi? Sie entdeckte sie auf der Treppe, die sie als Allerletzte mit schleppenden Schritten heraufkam. Kuniko dagegen war längst oben. Typisch! Sie schien genau zu spüren, dass zwischen ihr und

Yayoi etwas vorgefallen war. Womöglich war sie beleidigt, weil man sie nicht einweihte. Yoshië stellte sich hinter Masako an.

»Sag aber bitte niemandem etwas darüber, ja?«, betonte Masako vorsichtig.

»Warum sollte ich?«, entrüstete sich Yoshië. »Um was geht's?«

Masako brachte trotzdem nichts heraus, stempelte ihre Stechkarte ab und blieb eine Weile wortlos mit verschränkten Armen stehen.

»Ich sag's dir später. Unter vier Augen.«

»Wie du willst«, sagte Yoshië leichthin, drehte sich um und inspizierte durchs Fenster den Himmel. Sie kam mit dem Fahrrad zur Fabrik und wollte offenbar nicht im Regen nach Hause fahren.

»Und verrat vor allem Kuniko nichts davon, hörst du?«

»Okay.« Vielleicht ahnte sie etwas, jedenfalls verfiel Yoshië hiernach in Schweigen. Zusammen überquerten sie den Flur zum Aufenthaltsraum. Da hörten sie die Stimme von Komada, dem Hygiene-Kontrolleur, der Yayoi gerade verwarnte.

»Waschen Sie gefälligst Ihren Kittel, Frau Yamamoto, oder wollen Sie uns auch morgen noch mit Soßengestank beglücken!«

»Nein, verzeihen Sie«, entschuldigte sich Yayoi, nahm das Kochmützchen ab, löste ihr Haar aus dem Netz und kam auf Masako zu. Sie hatte Ränder unter den Augen, wirkte aber noch schöner als sonst. Ein junger Mann mit blond gefärbten Haaren, wahrscheinlich ein Student, der hier jobbte, schaute gebannt in ihr von Mundschutz und Haube befreites Gesicht.

»Hör mal«, sagte Masako und zog Yayoi in eine ungestörte Ecke. »Am besten, du gehst sofort nach Hause und bleibst heute den ganzen Tag da.«

»Aber…«

»Ich kümmere mich mit der Meisterin darum, wir werden uns schon irgendwas einfallen lassen.«

»Die Meisterin?« Ohne ihre Verblüffung zu verbergen, warf Yayoi einen forschenden Blick in den Umkleideraum am anderen Ende des Aufenthaltsraums. »Hast du es ihr erzählt?«

»Noch nicht. Aber für mich allein ist er zu schwer. Sollte die Meisterin ablehnen, werde ich doch noch auf dich zurückgreifen müssen. Aber vernünftig durchdacht, liegt die Sache doch auf der Hand: Dich wird man als Erste verdächtigen. Du musst also unter allen Umständen so tun, als hättest du nicht die leiseste Ahnung.«

Yayoi seufzte, als wäre ihr das jetzt erst klar geworden. »Ja, da hast du Recht.«

»Du wirst also jetzt nach Hause gehen und dich ganz normal verhalten, wie immer. Gegen Mittag rufst du in der Firma deines Mannes an und fragst, ob er zur Arbeit gekommen ist. Wenn sie dir sagen, dass er dort nicht erschienen ist, sagst du, dass er die ganze Nacht nicht zu Hause war und du dir schreckliche Sorgen machst. Wenn sie dir dann empfehlen, eine Vermisstenanzeige aufzugeben, machst du das brav, ist das klar? Sonst stehst du sofort unter Verdacht!«

»Ja, ich mache alles so, wie du sagst.«

»Und ruf mich heute nicht an. Wenn etwas sein sollte, werde ich dich irgendwie verständigen.«

»Ja. Aber was hast du denn jetzt vor, Masako, was willst du mit ihm machen?«

»Das hast du doch selbst vorgeschlagen.« Masako verzog das Gesicht zu einer Grimasse. »Und genau so werde ich es machen.«

Im Nu wurde Yayoi leichenblass. »Das ist doch nicht dein Ernst?«

Masako sah ungerührt zu, wie alles Blut aus einem menschlichen Antlitz wich. »Doch. Ich werd's jedenfalls versuchen.«

»Danke.« Yayois Augen füllten sich wieder mit Tränen. »Ich danke dir. Dass du das für mich tun willst, hätte ich nie für möglich gehalten!«

»Ob es klappen wird, weiß ich nicht, wir werden sehen. Diese Lösung kommt mir jedenfalls besser vor, als irgendwo in den Wald zu fahren, ein Loch zu schaufeln und ihn dort zu begraben. Damit wäre das Corpus Delicti nicht beseitigt. Wir dürfen nicht den Hauch eines Beweises hinterlassen, unter keinen Umständen.« Der Gedanke, dass Yayois Idee gar nicht so verkehrt war, war ihr während der Schicht gekommen, als sie an der Reihe war, ihre Toilettenpause zu nehmen. Auf dem Weg zu den Klos in der Ecke der Fabrik war sie an den großen, blauen Müllkübeln vorbeigekommen, die zur Entsorgung der Lebensmittel dienten, die während der Arbeit auf den Boden fielen.

»Aber damit würdest du eine Straftat begehen. Zu der ich dich angestiftet habe …«, murmelte Yayoi bedauernd.

»Natürlich, das ist mir klar. Und ich weiß auch, dass es eine scheußliche Arbeit sein wird, eine Leiche endgültig verschwinden zu lassen. Aber man kann sie als Abfall betrachten, der entsorgt werden muss. Ja, das wird das Beste sein. Vorausgesetzt, du bist damit einverstanden und kannst es ertragen, dass dein Ehemann auseinander genommen und wie Müll weggeschmissen wird. Kannst du das?«

»Klar.« Yayoi verzog den Mund, wie sie es schon ein paar Mal getan hatte. Man hätte meinen können, sie lächelte. »Geschieht ihm recht.«

»Du wirst mir langsam unheimlich.« Masako starrte Yayoi an. »Wirklich, du kannst einem Angst einjagen.«

»Du auch.«

»Nein, bei mir liegt die Sache doch wohl etwas anders.«

»Wie anders?«

»Ich betrachte das als Arbeit, die erledigt werden muss.«

Yayoi machte ein verwundertes Gesicht. »Was bist du nur für ein Mensch, Masako-san.«

»Genauso einer wie du: Ich habe einen Mann, ein Kind, Arbeit, aber ich bin einsam.«

In dem Moment ließ Yayoi plötzlich die Schultern hängen und sah zu Boden, vielleicht um die Tränen zu verbergen, die ihr in die Augen stiegen.

»Nun heul nicht.« Masako klopfte ihr auf die Schulter. »Das ist ja jetzt vorbei. Du selbst hast schließlich den Schlussstrich gezogen.«

Yayoi nickte wie in Trance; Masako legte ihr die Hand auf den Rücken und schob sie in den Aufenthaltsraum zurück, wo Yoshië und Kuniko, die sich schon fertig umgezogen hatten, bei einem Kaffee zusammensaßen. Mit einer dünnen, langen Zigarette im Mundwinkel und argwöhnischen Augen sah Kuniko ihnen beiden entgegen.

»Fahr nur schon nach Hause, Kuniko. Ich habe mit der Meisterin noch etwas zu besprechen.«

Kuniko sah Yoshië forschend an. »Ihr wollt mich ausschließen? Was habt ihr denn so Wichtiges zu bereden, wo ich nicht dabei sein darf?«

»Geld, es geht um Geld, das ich mir von ihr leihen will.«

Kuniko nickte widerwillig, hing sich die Handtasche mit Goldkette – ein Chanel-Imitat – über die Schulter und stand auf. »Na, dann – entschuldigt mich.«

Masako hob die Hand zum Gruß und verschwand in den Umkleideraum. Yoshië, die Kuniko so geschickt abgeschüttelt hatte, schlürfte genüsslich an ihrem Pappbecher mit stark gesüßtem Kaffee.

Masako tauschte die weiße Arbeitskleidung schnell gegen Jeans und Polohemd aus, nahm wie selbstverständlich zwei Vinyl-Schürzen von Arbeiterinnen, die schon einige Zeit nicht mehr zur Schicht erschienen waren, an sich und verstaute sie in ihre Papiertüte. Unten in der Fabrik hatte sie sich mehrere Paare Wegwerfhandschuhe besorgt, die nun in ihrer Hosentasche steckten. Mit unbewegtem Gesicht ging sie in den Aufenthaltsraum zurück, setzte sich auf die Tatami-Stelle, die noch warm war von Kunikos Hintern, und holte ihre Packung Zigaretten heraus. Yayoi, die ebenfalls fertig umgezogen war, wollte sich schon zu ihnen setzen, doch Masako gab ihr mit den Augen zu verstehen, dass sie schleunigst nach Hause gehen sollte.

»Tja dann, ich hab's eilig«, murmelte Yayoi, doch während sie den Aufenthaltsraum verließ, sah sie sich immer wieder unsicher zu Masako um. Die Angst schien ihr wie ein großer Brocken auf den Schultern zu lasten.

Im Moment, da ihr Rücken verschwand, fragte Yoshië mit gedämpfter Stimme: »Nun mal raus mit der Sprache: Was ist los? Ich bin ja schon ganz nervös von deiner Heimlichtuerei!«

»Hör zu, aber erschrick nicht.« Masako sah Yoshië fest in die Augen. »Die Kleine hat ihren Mann umgebracht.«

Yoshië öffnete den Mund. Ihre Lippen waren aufgesprungen, man sah die feinen senkrechten Risse. Nach einer Weile murmelte sie endlich: »... aber das ist ja furchtbar!«

»Ja. Aber sie hat es nun einmal getan, daran ist nichts mehr zu ändern – passiert ist passiert. Und deshalb habe ich mich entschlossen, ihr zu helfen. Machst du mit?«

»Bist du noch bei Trost!«, rief Yoshië aus, dämpfte dann aber mit Rücksicht auf die Umgebung ihre Stimme: »Sag ihr, sie soll sich so schnell wie möglich stellen, das ist das Beste, was sie tun kann!«

»Aber ihre Kinder sind doch noch so klein! Außerdem hat er sie geschlagen und so weiter, und da hat sie einfach die Nerven verloren. Eine Verzweiflungstat, schau dir nur ihr Gesicht an, sie fühlt sich unschuldig.«

»Trotzdem, dass sie ihn gleich umbringen musste …« Yoshiē schluckte.

»Als ob du nicht auch schon oft genug daran gedacht hättest, deine Schwiegermutter umzubringen, Meisterin!« Mit Augen, die alles zu wissen schienen, schaute Masako in Yoshiēs erstarrte Miene.

»Ja, das stimmt. Aber es ist immer noch ein Unterschied, ob man daran denkt oder es wirklich tut.« Laut schlürfend trank Yoshiē ihren Kaffee aus.

»Das ist wahr. Aber aus irgendeinem Grund ist es mit der Kleinen durchgegangen, und sie hat diese Grenze überschritten. Hältst du das denn wirklich für so undenkbar, Meisterin? Außerdem glaube ich, dass ich es irgendwie vertuschen kann.«

»Wie denn, um Himmels willen!« Yoshiēs Ausruf klang wie ein Hilfeschrei. Die anderen Arbeiter, die noch in Grüppchen im Aufenthaltsraum beisammensaßen, sahen sich verwundert nach ihr um. Selbst die brasilianischen Männer, die wie immer in der Ecke saßen, wo sie ihre Rücken gegen die Wand lehnen konnten, hörten zu reden auf und schauten neugierig zu ihr herüber. Yoshiē wurde ganz klein.

»Verrückt, ganz und gar verrückt«, murmelte sie.

»Verrückt oder nicht, ich werde es versuchen.«

»Wieso willst du das für sie tun, was bringt dich dazu, Beihilfe zu einem Mord zu leisten? Mit so etwas will ich nichts zu tun haben!«

»Es ist keine Beihilfe. Wir haben ihn schließlich nicht umgebracht.«

»Ja, aber Beseitigung einer Leiche, oder wie man das nennt.«

»Wahrscheinlich Strafvereitelung und Beseitigung der Beweismittel in Tateinheit mit Leichenschändung«, sagte Masako.

Yoshiē schien nicht zu begreifen und fuhr sich ein paarmal mit der Zunge über die Lippen. »Wovon sprichst du? Was hast du vor?«

»Ich will ihn zerstückeln und wegwerfen. Und Yama-chan lebt weiter, als wüsste sie von nichts. Ihr Mann ist eben einfach nicht mehr nach Hause gekommen. Dann kann sie ihn als vermisst melden.«

Yoshië schüttelte bockig den Kopf. »Ohne mich. Ich kann das nicht, nein, nie im Leben!«

»Dann gib mir mein Geld zurück!« Masako streckte ihr die offene Hand über dem Tisch entgegen. »Zahl mir sofort die dreiundachtzigtausend Yen zurück, die ich dir gestern geliehen habe, die ganze Summe!«

Yoshië machte ein verzweifeltes Gesicht und verfiel ins Grübeln. Masako drückte ihre Zigarette in Yoshiës leerem Pappbecher aus. In dem Gemisch aus Zucker und Pulverkaffee erzeugte die nasse Kippe einen entsetzlichen Gestank. Doch Masako zündete sich gelassen die nächste Zigarette an.

Endlich schien Yoshië einen Entschluss zu fassen. »Ich kann dir das Geld nicht zurückzahlen. Deshalb bleibt mir nichts anderes übrig, als mitzumachen.«

»Danke. Ich wusste, dass ich mich auf dich verlassen kann, Meisterin«, sagte Masako artig.

»Aber...« Yoshië hob den Kopf, um zu widersprechen. »Ich mache es nur, weil ich dir einen Gefallen schuldig bin. Weil ich keine andere Wahl habe. Aber es bleibt mir ein Rätsel, warum du das alles für Yama-chan tust.«

»Das weiß ich selbst nicht. Aber ich würde es auch für dich tun.«

Yoshië war sprachlos.

Fast alle Arbeiter hatten die Fabrik bereits verlassen, als Masako mit Yoshië in den frühen Morgen hinaustrat. Es nieselte sanft. Yoshië suchte sich ihren Schirm aus dem Ständer vor der Eingangstür heraus. Da Masako dort keinen Schirm deponiert hatte, würde sie wohl auf dem Weg zum Parkplatz nass werden müssen.

»Na dann, bis um neun bei mir.«

»Ja, ja. Ich werde da sein, bestimmt.«

In gedrückter Stimmung fuhr Yoshië auf ihrem Fahrrad durch den Regen davon. Masako sah ihr nach und machte sich dann mit eiligen Schritten auf den Weg zum Parkplatz. In dem Moment bemerkte sie einen Mann, der im Schatten der Platanenpflanzung stand. Es war Kazuo Miyamori. In Jeans, einem weißen T-Shirt und mit einer schwarzen Kappe auf dem Kopf stand er im Regen und sah zu Boden. In der Hand hielt er einen durchsichtigen Plastikschirm, den er aber nicht aufgespannt hatte.

»›Dreckiges Schwein‹ – was heißt das auf Portugiesisch?«, schimpfte Masako, während sie an ihm vorbeiging. Kazuo guckte betreten und wusste nicht wohin mit seinem Blick. Sie kümmerte sich nicht darum und ging weiter.

Kazuo kam hinter ihr her. »Schirm«, sagte er und hielt ihr den Schirm hin.

»Brauch ich nicht!« Masako schlug danach, und der Schirm fiel auf den betonierten Gehweg, dessen Rand bröckelte. Kein Mensch war in der Nähe, auf der Straße entlang der langen, grauen Mauer der Autofabrik fuhr nicht einmal ein Auto vorüber. Das Geräusch, mit dem der Plastikschirm auf dem Boden aufschlug, erschien überlaut, und Masako spürte, wie Kazuo zusammenzuckte. Der verletzte Ausdruck auf seinem Gesicht erinnerte Masako an vorgestern Nacht, als Yayoi seinen Gruß nicht beachtet hatte.

Er war noch jung. Masako drehte sich zu Kazuo um, der verloren und verzweifelt hinter ihr herlief, und seine Jugend erschien ihr auf einmal als beschwerliche, drückende Last. Seine schwarzen, glänzenden Augen unter der Kappe waren dieselben, die sie gestern Nacht im Schein des roten Monds hatte aufleuchten sehen.

»Hör auf, mir nachzulaufen!«

»Es tut Leid!« Schnell hatte Kazuo sie überholt und stand nun plötzlich vor ihr, beide Hände an seine kräftige Brust gelegt. Sie verstand sofort, dass er sie von Herzen um Verzeihung bitten wollte, aber sie beachtete ihn nicht, sondern bog rechts in den Weg ein, auf dem der Grabscher sein Unwesen trieb. Sie wusste instinktiv, dass Kazuo immer noch hinter ihr herlief. Es ging ihr so schon miserabel genug, da fehlte es ihr gerade noch, an gestern Nacht erinnert zu werden.

»Kommen Sie heute Abend nicht?«

»Wieso sollte ich!«

»Aber…«

Masako lief los, um Kazuo abzuschütteln, als rechter Hand die stillgelegte Fabrik in Sicht kam. Das verrostete braune Rolltor, gegen das Kazuo sie gestoßen hatte, war nicht einmal verbeult, sein Braun wirkte im Regen umso kräftiger. Das Wiesengras, das sie niedergetrampelt zu haben glaubte, stand wieder üppig und aufrecht da, als sei nichts gewesen. Dass sich nichts verändert hatte, brachte Masako auf einmal zur Weißglut. Die Gefühle der Demütigung und Selbstverachtung, die sie in der vergangenen Nacht empfunden hatte, kamen mit aller Macht zurück.

Masako blieb stehen und wartete, bis Kazuo sie eingeholt hatte. Sie war außer sich vor Wut. Kazuo, den Schirm in der Hand, blickte in Masakos Gesicht und blieb wie angewurzelt stehen.

»Hör gut zu: Wenn du das noch einmal machst, geh ich zur Polizei. Und ich sage es deinem Chef, damit du deine Arbeit verlierst, hast du mich verstanden?«

»...ja.« Kazuo nickte erleichtert, um dann verwundert den dunkelhäutigen Kopf zu heben. Er hatte offenbar zutiefst befürchtet, dass sie ihn anzeigen würde.

»Glaub nur nicht, dass ich dir verziehen habe. Und werd ja nicht übermütig, kapiert?« Nachdem sie das losgeworden war, drehte Masako sich auf dem Absatz um. Kazuo folgte ihr nun nicht mehr. Als sie den Parkplatz erreicht hatte und schließlich doch zurückblickte, sah sie ihn immer noch wie angewurzelt an derselben Stelle stehen.

Idiot!, wollte sie ausrufen, doch sie unterdrückte den Impuls und überlegte, was oder wem dieser Fluch eigentlich gelten sollte, während sie den Blick langsam auf ihren Corolla lenkte. Der stand natürlich noch genau dort, wo sie ihn in der Nacht abgestellt hatte.

Als sie sich vorstellte, was sich in seinem Kofferraum befand – das leblose, bewegungslose Ding –, kam es ihr schier unfassbar vor, dass es wieder Tag geworden war, dass es jetzt regnete. Sie verstieg sich sogar zu dem Glauben, dass selbst der eigennützige junge Mann, der sie noch bis eben verzweifelt um Verzeihung gebeten hatte, nur dazu da war, ihr die Leiche in ihrem Kofferraum ins Bewusstsein zurückzurufen. Der Fluch hatte nichts anderem als diesem reglosen Körper gegolten und niemand anderem als ihr selbst, die sich daran zu schaffen machte, anstatt sich aus der Sache herauszuhalten.

Masako schloss den Kofferraum auf. Sie hob den Deckel gut zehn Zentimeter an und spähte vorsichtig hinein. Sie sah die graue

Hose und das behaarte Schienbein. Die Stelle, die Yayoi gestern Nacht berührt hatte, als sie sagte, er sei noch warm. Die Farbe der Haut war aschfahl, und die Beinhaare wirkten schmutzig wie trockene Flusen. »Es ist ein Ding, nichts weiter als ein Ding«, murmelte Masako und machte den Kofferraum zu.

ZWEITES KAPITEL

Im Bad

1 Masako stand in der Tür zum Bad* und lauschte dem Regen jenseits des Fensters.

Nobuki hatte offenbar als Letzter gebadet und aufgeräumt: Das Wasser war abgelassen worden, und die Plastikdeckel lagen ordentlich gestapelt auf dem Wannenrand. Obwohl Wand- und Bodenfliesen bereits vollständig trocken waren, hing noch der Geruch sauberen, warmen Wassers in der Luft. Der ruhige, friedliche Geruch familiärer Häuslichkeit. Masako gab dem plötzlichen Impuls nach, das Fenster aufzureißen, um die schwüle Außenluft hereinzulassen.

Dieses kleine Haus hatte ihr schon so manches abverlangt: Es wollte von oben bis unten sauber gehalten werden, der Gestank nach Zigarettenrauch musste vertrieben, das Unkraut in dem winzigen Garten gejätet werden, und nicht zuletzt mussten die beträchtlichen Schulden zurückgezahlt werden. Trotzdem hatte Masako es nie als ihr Zuhause betrachten können. Warum fühlte sie sich immer noch fremd, als Untermieter, warum kam sie hier einfach nicht zur Ruhe?

Als sie mit Kenjis Leiche im Kofferraum vom Fabrikparkplatz losgefahren war, hatte ihr Entschluss längst festgestanden. Wie zum Beweis war sie, kaum zu Hause angekommen, unverzüglich

* Ein japanisches Bad besteht aus einem Vor- bzw. Umkleideraum (mit Waschbecken, Toilettentisch, Ablageplatz für die Kleider) und einer in sich abgeschlossenen Nasszelle mit einer tiefen Badewanne und freier Dusche. Man badet abends in über vierzig Grad heißem Wasser, das von allen Familienmitgliedern benutzt wird, weshalb man sich vorher außerhalb der Wanne wäscht. Die Wanne selbst kann mit Plastik- oder Holzdeckeln abgedeckt werden, damit das Wasser nicht abkühlt. (A. d. Ü.)

ins Bad gegangen, um in allen Einzelheiten zu überlegen, wie sie Kenji dort hinlegen und dann weiter vorgehen konnte. Ihr eigenes Verhalten kam ihr vollkommen irrational vor, und gleichzeitig stellte diese Situation eine Herausforderung dar, die zu meistern ihr gelingen wollte.

Masako stieg mit nackten Füßen die kleine Stufe auf den gefliesten Boden des Waschplatzes hinab und legte sich probeweise auf den Rücken. Kenji hatte in etwa ihre Größe. Wenn man ihn diagonal hinlegte, würde er problemlos hineinpassen. Wie gut, dass das Bad auf Yoshikis Wunsch hin beim Bau des Hauses so großzügig veranschlagt worden war, dachte sie zynisch.

Die Kühle der trockenen Fliesen im Rücken, sah Masako zum Fenster auf. Der Himmel war grau verhangen und besaß keine Tiefe. Ihr fiel die regennasse Gestalt von Kazuo Miyamori wieder ein. Sie krempelte den Ärmel ihres Polohemds hoch und besah sich den blauen Fleck am linken Oberarm. Zweifellos der Abdruck von Kazuos dickem Daumen. Nie hatte ein Mann sie so hart angefasst, dass ein Mal auf ihrer Haut zurückgeblieben war.

»He, was treibst du denn da?«, hörte sie plötzlich eine Stimme aus dem Halbdunkel sagen; Masako setzte sich auf. Im Vorraum zum Bad stand Yoshiki im Pyjama und schaute fragend auf sie herab.

»Was machst du denn da bloß?«, wiederholte er. Hastig stand Masako auf, rollte den Ärmel ihres Polohemds herunter und blickte Yoshiki dabei ins Gesicht. Er war offenbar gerade erst aufgestanden, die strohigen Haare standen ihm zu Berge, er hatte seine Brille noch nicht aufgesetzt und blinzelte sie voller Unbehagen an. Seine Augen, zu Schlitzen verengt, damit er schärfer sehen konnte, ähnelten denen Nobukis sehr.

»Nichts. Ich überlege nur, ob ich kurz unter die Dusche soll.«

Die schlechte Lüge schien ihn nicht zu überzeugen, misstrauisch sah er aus dem Fenster. »Heute ist es doch gar nicht so heiß. Es regnet.«

»Ja, aber bei der Arbeit in der Fabrik bin ich ins Schwitzen gekommen.«

»Aha. Ist ja auch egal. Einen Moment lang dachte ich schon, du hättest den Verstand verloren.«

»Wieso?«

»Na ja, erst bleibst du völlig abwesend hier im Dunkeln stehen, dass ich mich frage, was es da zu sehen gibt, und dann wirfst du dich plötzlich auf den Boden – da soll man keinen Schreck kriegen!«

Masako fand es unverschämt, dass Yoshiki sie hinter ihrem Rücken beobachtet hatte, ohne etwas zu sagen. In letzter Zeit kam es immer häufiger vor, dass er sie und Nobuki aus dieser ganz bestimmten Distanz heraus betrachtete, die er sich mit seiner Festung aus Luft schuf. »Du hättest mich ruhig ansprechen können!«

Statt zu antworten, zuckte Yoshiki mit den Achseln. Masako trat aus dem Bad und schlüpfte durch den engen Spalt zwischen Yoshiki und der Waschmaschine, ohne eines von beiden zu berühren.

»Du willst doch sicher frühstücken, oder?« Sie bekam keine Antwort, ging aber in die Küche und schüttete Kaffeebohnen in die Kaffeemaschine mit integrierter Mühle, die einen Höllenlärm machte. Wie immer würde es Toast und Rührei zum Frühstück geben. Die Zeiten, da sie abends den Timer des Reiskochers eingestellt hatte, damit sie morgens der Duft von kochendem Reis in der Küche empfing, waren lange vorbei. Seit Nobuki so plötzlich keine Lunchbox für die Schule mehr brauchte, kochte sie morgens keine große Reisportion mehr.

»Der Regen macht alles so verdammt düster«, murmelte Yoshiki, als er sich an den Tisch setzte, nachdem er aus dem Bad ins Wohnzimmer gekommen war und von der Veranda einen Blick nach draußen geworfen hatte. Das trifft nicht nur auf das Wetter, sondern auch auf die Stimmung in diesem Haus zu, dachte Masako. Es erstickte sie fast, an einem verregneten Morgen alleine mit ihrem Mann zusammenzusitzen, ohne das Radio oder den Fernseher anzumachen. Masako massierte sich mit beiden Händen die vor Müdigkeit pochenden Schläfen. Yoshiki trank einen Schluck Kaffee und schlug die Zeitung auf. Raschelnd fiel eine Werbebeilage heraus. Sie griff nach dem schweren Bündel aus Hochglanzpapier, schob es auseinander und überflog die Supermarktangebote.

»Was hast du denn mit deinem Arm gemacht?«

Verständnislos blickte Masako auf.

»Na, dein Arm! Du hast doch da einen blauen Fleck«, sagte Yoshiki und zeigte auf ihren linken Oberarm.

Zwischen Masakos Brauen bildeten sich kleine, steile Falten. »Ich hab mich in der Fabrik gestoßen.«

Sie konnte nicht erkennen, ob er sich damit zufrieden gab oder nicht, er sagte jedenfalls nichts weiter. Sie hatte an Kazuo Miyamoris Daumen gedacht, während sie im Bad den blauen Fleck betrachtet hatte. Yoshiki, feinfühlig wie er war, musste Verdacht geschöpft haben. Aber er versuchte nicht einmal nachzuhaken. Er wollte es einfach nicht wissen. Resigniert zündete sich Masako eine Zigarette an. Yoshiki, der Nichtraucher war, wandte sich angewidert zur Seite, um dem Rauch zu entgehen.

Sie hörten, wie jemand schwungvoll die Treppe heruntergerannt kam. Fast unmerklich spannte Yoshiki alle Muskeln an und erstarrte. Masako sah zur Tür. Nobuki, in einem übergroßen T-Shirt und einer knielangen, ausgebeulten Schlotterhose, die ihm lose um die Hüften hing, erschien im Esszimmer. Nichts war mehr zu spüren von dem explosiven jugendlichen Elan, mit dem er die Treppe heruntergekommen war; sie wusste, dass er urplötzlich seine Totenmaske aufgesetzt hatte. Doch seine Augen blitzten scharf, als wollten sie seinen Widerwillen gegen alles und jeden hinausschreien, und sein großer Mund war fest verschlossen, zum Zeichen, dass er nicht gedachte, irgendetwas zu sagen. Hätte es diesen Ausdruck wilder Entschlossenheit nicht gegeben – sein junges Gesicht hätte exakt so ausgesehen wie das seines Vaters in jüngeren Jahren. Nobuki marschierte schnurstracks zum Kühlschrank, machte die Tür auf, holte eine PET-Flasche mit Mineralwasser heraus und setzte sie an den Mund.

»Nimm ein Glas!«, wies Masako ihn zurecht, aber Nobuki beachtete sie nicht und trank weiter. Als sie sah, wie sein mittlerweile deutlich erkennbarer Adamsapfel sich auf- und abbewegte wie ein wildes Tier, hielt Masako es nicht mehr aus: »Auch wenn du stumm bist – hören kannst du ja wohl noch!«

Plötzlich war sie aufgestanden und wollte ihm die Flasche aus der Hand nehmen. Doch ohne einen einzigen Laut von sich zu geben, stieß Nobuki Masako gewaltsam mit dem Ellbogen beiseite. Der Stoß tat weh, denn ihr Sohn war in letzter Zeit ziemlich in die Höhe geschossen und hatte, seit er auf dem Bau arbeitete, eine viel kräftigere Statur bekommen. Masako prallte mit dem Hüftknochen heftig gegen die Spüle. Mit unbewegter Miene schraubte Nobuki unterdessen langsam den Verschluss auf die Plastikflasche und stellte sie in den Kühlschrank zurück.

»Wenn du nicht reden willst – auch gut, aber hör gefälligst auf, dich zu benehmen, als wärst du hier alleine!«

Nobuki verzog angeödet den Mund und blickte entnervt auf Masako herab. Der eigene Sohn kam ihr plötzlich wie ein Fremder vor, wie jemand, dem sie nie zuvor begegnet und der ihr noch dazu unsympathisch war. Ehe sie sich versah, landete ihre rechte Hand auf seiner Wange. Im kurzen Augenblick der Berührung fühlte sie dünnes, straffes Fleisch – die zarte Jungenwange gab es nicht mehr. Ihr tat die Hand weh, mit der sie ihn geschlagen hatte. Bestürzt blieb sie wie versteinert stehen; da ging Nobuki an ihr vorbei und verschwand schnell im Bad. Kein einziges Wort war über seine Lippen gekommen.

Was immer sie erwartet hatte – das, was sie gesagt und getan hatte, war genauso sinnlos gewesen, wie glühend heißen Wüstenboden mit Wasser zu besprengen. Masako starrte auf ihre gerötete rechte Handfläche und wandte sich dann zu Yoshiki um. Doch der saß nach wie vor reglos da, die Augen auf die Zeitung geheftet, als existierte Nobuki gar nicht.

»Lass ihn in Ruhe. Es hat keinen Zweck.«

Yoshiki schien beschlossen zu haben, Nobuki zu ignorieren, bis er wieder zur Besinnung gekommen war. Bei seinem übertriebenen Verlangen nach Vernunft konnte ihn ein unreifer Mensch derart irritieren, dass er Härte und Strenge an den Tag legte. Und Nobuki hatte seinem Vater nie verziehen, dass er ihm damals bei dem Vorfall in der Oberschule jede Unterstützung versagt hatte. Sie alle drei lebten aneinander vorbei, und man konnte sich fragen, weshalb sie überhaupt noch unter einem Dach wohnten.

Wie die beiden wohl reagieren würden, wenn sie ihnen mitteilte, dass im Kofferraum ihres Wagens eine Leiche lag? Ob Nobuki sich endlich zu einem Ausruf des Erstaunens hinreißen ließe? Ob bei Yoshiki doch noch die Gefühle durchbrächen und er ihr eine knallen würde? Unsinn, wahrscheinlich würden beide ihr nicht einmal glauben. Und plötzlich bekam Masako das untrügliche Gefühl, sie selbst sei diejenige, die sich am meisten von ihrer Familie entfernt, die sich auf den weitesten Weg von allen gemacht hatte. Aber sie empfand deshalb weder Trauer noch Einsamkeit.

Als ihr Mann und ihr Sohn schließlich zur Tür hinaushetzten, um zur Arbeit zu gehen, wurde es wieder still im Haus. Masako trank ihren Kaffee aus und legte sich im Wohnzimmer aufs Sofa, um vielleicht noch ein Nickerchen zu machen.

Sie hatte kein Auge zugetan, da läutete es an der Tür.

»Ich bin's«, hörte sie Yoshië zögerlich sagen.

Halb hatte sie damit gerechnet, dass sie nicht kommen würde, aber Yoshië war eine ehrliche Haut. Masako öffnete ihr die Tür. Sie trug dieselben schäbigen Sachen wie am Morgen – die an den Knien ausgebeulte Jersey-Hose und das verwaschene pinkfarbene T-Shirt – und spähte mit furchtsamen Augen ins Haus hinein.

»Nicht hier. Da, im Kofferraum!« Als Masako auf das Auto deutete, das direkt neben der Haustür stand, wich Yoshië erschrocken davor zurück.

»Nein, ich kann das einfach nicht, beim besten Willen nicht. Ich möchte ablehnen, bitte, lass mich doch gehen!«, sagte Yoshië, trat in den Eingang und fiel plötzlich vor ihr auf die Knie.

Masako starrte auf die herausgewachsene Dauerwelle der sich wie eine Kröte vor ihr auf dem Boden duckenden Yoshië. Sie war nicht sonderlich überrascht, denn sie hatte mit etwas in der Art gerechnet.

»Läufst du zur Polizei, wenn ich dir sage, dass das nicht geht?«

Auf Masakos Worte hin hob Yoshië den Kopf. Ihr Gesicht war leichenblass. »Nein. Das tue ich nicht«, sagte sie und schüttelte den Kopf.

»Aber das Geld kannst du mir auch nicht zurückgeben, stimmt's? Ich meine, was soll das: Obwohl ich deiner Tochter zu ihrer Klassenfahrt verholfen habe, schlägst du es mir ab, wenn ich dich ein einziges Mal um etwas bitte!«

»Ja, aber … Es ist ja auch keine gewöhnliche Bitte! Du verlangst von mir, dass ich bei einem Mord mithelfe!«

»Es ist mein einziger Wunsch, verdammt noch mal!«

»Es ist Mord!«

»Ach, alles andere wäre also okay, ja? Diebstahl oder Raub zum Beispiel? Wo ist denn da der große Unterschied?!«

Masako verfiel ins Brüten, und Yoshiё warf ihr einen verblüfften, empörten Blick zu. Dann lachte sie leise auf: »Das ist natürlich ein himmelweiter Unterschied, das weiß doch jeder!«

»Wieso? Wer sagt das?«

»Das sagt niemand, das ist einfach so in unserer Gesellschaft!«

Masako schaute Yoshiё schweigend an. Yoshiё blickte zu Boden und fuhr sich mehrmals mit beiden Händen durch das widerborstige Haar. Das machte sie immer, wenn sie nicht mehr weiterwusste, Masako kannte diese Angewohnheit. »Okay, schon gut, verstehe. Aber hilf mir wenigstens, ihn hereinzutragen. Alleine schaffe ich es nicht bis ins Bad!«

»Ich muss aber gleich wieder nach Hause, die Schwiegermutter wird wach!«

»Es dauert nicht lange.«

Masako schlüpfte in Yoshikis Sandalen und trat nach draußen. Es regnete noch; Fußgänger waren daher kaum unterwegs. Außerdem schienen die Arbeiten an der Baustelle direkt gegenüber gerade zu ruhen, man sah nur die Haufen ausgehobenen roten Lehms. Die Nachbarhäuser grenzten zu beiden Seiten dicht an, doch Masakos Haustür lag im toten Winkel, so dass der Eingangsbereich von dort nicht einzusehen war.

Die Faust mit dem Autoschlüssel in der Hosentasche, ließ Masako ihre Augen rasch über die Umgebung gleiten. Auf der Straße war gerade niemand zu sehen – jetzt oder nie. Doch Yoshiё war im Eingang stehen geblieben. Ungehalten zischte Masako ihr zu: »Was ist jetzt, hilfst du mir nun oder nicht!«

»Aber nur beim Tragen, hörst du?«, sagte Yoshiё und kam widerwillig zum Vorschein.

Masako hob die stabile Freizeitdecke aus blauem Plastik auf, die sie vor der Haustür schon bereitgelegt hatte. Yoshiё blieb immer noch unschlüssig unter dem Vordach stehen. Masako lief zum Wagenheck und schloss den Kofferraum auf.

»Oh!« Sie hörte, wie Yoshiё hinter ihr schluckte und den Atem anhielt. Sie hatte ihr über die Schulter geschaut, direkt in Kenjis nach wie vor schlaffes, totes Gesicht mit den halb offen stehenden Augen hinein. Speichel, der ihm im Mund gestanden haben musste, war ihm in einem dünnen Rinnsal über die Wange gelaufen und angetrocknet. Seine Glieder waren starr, die Knie leicht gebeugt, beide Arme in die Luft gestreckt, die Finger gekrümmt, so als wolle er nach irgendetwas greifen. An seinem unnatürlich lang gezogenen Hals sah man deutlich die frischen, roten Striemen der Würgemale. Sie erinnerten Masako daran, wie Yayoi in der vergangenen Nacht ihren Gürtel von Kenjis Hals gezogen und sich wieder um die Taille gebunden hatte. Hinter ihr murmelte Yoshië irgendetwas vor sich hin.

»Was hast du gesagt?«, fragte Masako und drehte sich zu ihr um. Yoshië hatte die Hände vor der Brust gefaltet, hob die Stimme ein wenig und wiederholte immer wieder: »*Namu Amidabutsu, Namu Amidabutsu …*« Sie betete zu Buddha. Masako tippte ihr an die gefalteten Hände: »Lass das, das fällt doch auf! Hilf mir lieber, ihn schnell ins Haus zu schaffen!«

Ohne sich weiter um Yoshiës finstere Miene zu kümmern, schlug sie Kenji sorgfältig die Freizeitdecke um und packte das Bündel oben an, wo Arme und Kopf hervorragten. Mach schon, schnell!, bedeutete sie Yoshië mit den Augen. Die fasste widerwillig unten bei den Füßen an und zog. Sich leise Anweisungen zurufend, hoben sie Kenji gemeinsam aus dem Kofferraum. Die Leiche ließ sich jetzt leichter tragen, da sie steif geworden war, trotzdem brachte ihr Gewicht und ihre Unförmigkeit die beiden Frauen unversehens ins Taumeln. Doch bis zur Haustür waren es nur ein paar Meter, und bald hatten sie es irgendwie über die Schwelle geschafft.

Außer Atem rief Masako: »Bis ins Bad, Meisterin!«, und Yoshië schleuderte ihre Leinenschuhe, die wie Kinderpantoffeln aussahen, im Eingang ab und stieg die Stufe zum Wohnbereich hoch. »Wo ist denn dein Bad?!«

»Da, ganz hinten!«

Nachdem sie im Flur mehrmals hatten Pause machen und ihre Last absetzen müssen, schafften es die beiden Frauen endlich, Kenji in den Vorraum zum Bad zu tragen. Masako zog die Freizeitdecke von der Leiche ab und legte den Fliesenboden im Bad damit aus, denn sie wollte vermeiden, dass sich Fleischstückchen in den Fugen festsetzten.

»Komm, wir legen ihn hier drauf!«

Yoshiё nickte brav, als hätte sie ihren Widerstand schon aufgegeben. Noch einmal hoben sie ihn gemeinsam an, und wie Masako gedacht hatte, passte Kenji in Seitenlage, so, wie er auch im Kofferraum gelegen hatte, genau auf die Diagonale des rechteckigen Waschplatzes.

»Der Arme, er tut mir richtig Leid! Dass er so enden musste! Er hat sicher nicht im Traum daran gedacht, von seiner eigenen Frau umgebracht zu werden, was meinst du? Hoffentlich findet seine Seele Ruhe und kann ins Nirwana eingehen, ohne als Geist umherirren zu müssen!«

»Tja, wer weiß?«

»Du bist doch wirklich herzlos«, sagte Yoshiё vorwurfsvoll, und ihre Stimme klang schon wieder etwas ruhiger.

Sofort nutzte Masako die Gelegenheit für eine weitere Bitte: »Ich hole eine Schere, um seine Kleider zu zerschneiden. Hilf mir doch noch, ihn nackt auszuziehen, ja?«

»Wieso – und dann?«

»Dann werde ich ihn in kleine Stücke zerteilen und wegwerfen.«

Yoshiё stieß einen langen Seufzer aus, doch ihr Tonfall klang gefasst. »Ich glaube, er hat etwas in seiner Hosentasche.«

»Ja. Sein Portemonnaie oder die Monatskarte vielleicht, sieh doch inzwischen nach!«

Als Masako mit ihrer großen Zuschneideschere in der Hand aus dem Schlafzimmer zurückkam, hatte Yoshiё alles, was sie in Kenjis Taschen gefunden hatte, auf der Stufe zum Bad aufgereiht: ein an den Ecken abgewetztes schwarzes Lederportemonnaie, einen Schlüsselbund, eine Monatskarte, etwas Kleingeld.

Masako untersuchte den Inhalt des Portemonnaies. Es enthielt einige Kreditkarten und etwa dreißigtausend Yen in bar. Bei den Schlüsseln dürfte es sich um die zu Yayois Haus handeln. »Wir müssen das alles spurlos verschwinden lassen.«

»Was machen wir mit dem Geld?«

»Das kannst du haben.«

»Aber eigentlich gehört es doch Yama-chan«, sagte Yoshiё und fügte wie zu sich selbst hinzu: »Aber macht man das… es der Ehefrau zurückgeben, die ihn umgebracht hat? Nein, das sähe auch merkwürdig aus…«

»Genau. Betrachte das Geld doch als Lohn für deine Arbeit.«

Ein Ausdruck der Erleichterung erschien auf Yoshiës Gesicht. Masako packte den Schlüsselbund, das Etui mit der Monatskarte, in dem sich auch der Firmenausweis befand, das leere Portemonnaie und die Kreditkarten in einen kleinen Plastikbeutel. Hier in der Umgebung gab es viele Felder und brachliegende Grundstücke, dort konnte sie die Sachen unauffällig vergraben und verschwinden lassen.

Yoshië steckte sich mit bedauernder Miene das Bargeld in die Hosentasche. Dann sagte sie ehrlich betrübt: »Der Arme, hat immer noch die Krawatte so fest um den Hals gebunden, wo er doch erwürgt worden ist! Zu traurig!«, und machte sich daran, Kenjis Krawattenknoten aufzubinden. Der Knoten hatte sich anscheinend fest zugezogen – es dauerte endlos. Masako verlor die Geduld.

»Lass das, für solche Sperenzchen haben wir keine Zeit! Es kann immer jemand früher nach Hause kommen, man weiß nie! Schneid sie doch einfach mit der Schere durch!«

»Hast du denn gar keinen Anstand, keinen Respekt vor den Toten?«, erzürnte sich Yoshië. »Du benimmst dich ja wie eine Bestie! Nie im Leben hätte ich das von dir erwartet, wirklich nicht!«

»Respekt vor den Toten?«, gab Masako zurück, während sie Kenji die Schuhe auszog und in einen Plastikbeutel verstaute. »Das ist nichts weiter als ein Ding, so sehe ich das!«

»Ein Ding! Was redest du denn da? Das ist ein Mensch!«

»Es war mal ein Mensch, aber jetzt ist es ein Ding. Ich habe mich entschlossen, es so zu sehen.«

»Das ist falsch.« Masako hatte Yoshië noch nie so empört erlebt. Ihre Stimme bebte. »Und was ist dann die Schwiegermutter, um die ich mich kümmere?«

»Sie lebt ja noch, also ist sie ein Mensch.«

»Nein. Wenn dieser Mann hier ein Ding ist, dann ist auch die Schwiegermutter zu Hause eins. Dann sind wir alle nur Dinge, wie wir da sind, alle. Einen Unterschied gibt es nämlich nicht!«

Vielleicht hatte sie Recht. Masako fühlte sich durch Yoshiës Worte getroffen, und ihr fiel wieder ein, was sie frühmorgens gedacht hatte, als sie auf dem Parkplatz ihren Kofferraum aufschloss. Ein neuer Tag war angebrochen, es regnete, sie selbst lebte, veränderte sich. Aber die Leiche war gleich geblieben. Deshalb hatte sie versucht, sie einfach als Ding zu betrachten. Ein bequemer, aus Angst geborener Gedanke.

Yoshiё redete weiter: »Deshalb ist es falsch von dir zu denken, ein Mensch wäre nur lebendig ein Mensch und eine Leiche wäre ein Ding. Das ist anmaßend!«

»Ja, du hast Recht. Es wäre mir dann nur leichter gefallen.«

»Wieso?«

»Ich hatte Angst, deshalb hab ich mir einzureden versucht, es wäre nur ein Ding, aber vielleicht geht es auch so, vielleicht bin ich ja auch dazu fähig, wenn ich weiß, dass es sich um einen Menschen wie mich selbst handelt.«

»Wozu fähig?«

»Ihn zu zerstückeln.«

»Aber wieso um Himmels willen! Ich verstehe einfach nicht, warum du das unbedingt tun willst!«, schrie Yoshiё. »Du wirst bestraft! Wir werden alle beide bestraft! Die Strafe Gottes wird uns treffen!«

»Das ist mir egal.«

»Wieso? Wieso ist dir das egal?!«

Weil sie wissen wollte, wie es war, wenn einen die Strafe Gottes traf, weil sie genau diese Erfahrung machen wollte. Ein Mensch wie Yoshiё würde diesen Wunsch, würde das Gefühl, das sie so weit gebracht hatte, sowieso nicht verstehen. Masako antwortete nicht, sondern machte sich daran, Kenji die schwarzen Socken auszuziehen.

Die Haut der Leiche fühlte sich so kalt an, dass ihr schauderte, als sie sie zum ersten Mal mit bloßen Händen berührte. Ob sie wirklich dazu fähig war, diesen toten Körper zu zerstückeln? Es würde reichlich Blut geben, die Eingeweide würden hervorquellen – eine widerwärtige Angelegenheit. Plötzlich welkte die Stimmung des Morgens, sich selbst auf die Probe stellen zu wollen, dahin. Sie bekam Herzklopfen, ihr Realitätssinn schwand. Es schien ihr mit einem Mal völlig gegen den menschlichen Instinkt zu sein, eine Leiche zu betrachten, sie anzufassen.

Yoshiё hatte offenbar denselben Gedanken, denn plötzlich fragte sie scheu: »Hör mal, mir graut davor, ihn mit bloßen Händen anzufassen. Hast du keine Handschuhe?«

Masako fielen die Wegwerf-Handschuhe wieder ein, die sie sich in der Fabrik besorgt hatte. Sie ging sie holen und brachte auch gleich die beiden Vinyl-Schürzen mit. Inzwischen hatte Yoshiё die Krawatte fein säuberlich gefaltet und war nun dabei, die Knöpfe von Kenjis Hemd einzeln von unten nach oben aufzuknöpfen. Masako reichte ihr die Handschuhe, zog sich selbst welche an und begann, ihm die Hose vom Saum aufwärts aufzuschneiden. Bald war Kenji nackt. Auf der Seite seines Körpers, auf der er im Kofferraum gelegen und sich das Blut gestaut hatte, waren violette Flecken zu sehen.

Mit Blick auf sein verschrumpeltes Glied murmelte Yoshië: »Damals, als mein Mann gestorben ist, habe ich ihn auch so ausgezogen und gewaschen, weißt du. Ob Yama-chan ihn wirklich nicht noch einmal sehen muss – seinen letzten Anblick, zum Abschied, meine ich? Ob es wirklich richtig ist, dass wir das hier machen?« Dabei hielt sie die Plastikschürze in der Hand.

Masako war Yoshiës Gefühlsduselei langsam leid: »Ja doch! Sie hat es so gewollt, das hat sie selbst gesagt. Wenn sie später Gewissensbisse bekommt oder was weiß ich, ist das ihr Problem!«

Yoshië schaute sie mit ängstlichen Augen an und stieß einen langen Seufzer aus.

Das reizte Masako so, dass sie mit Absicht sagte: »Lass uns zuerst den Kopf abmachen. Es ist unangenehm, wenn man sein Gesicht sehen kann, das stößt einen schon rein physisch ab.«

»Stößt einen physisch ab ... wie du dich wieder ausdrückst!«

»Hätte ich sagen sollen, dann trifft uns die Strafe Gottes?«

»Nein, das nicht, aber ...«

»Na, dann zeig mal, was du kannst, Meisterin!«

»Um Himmels willen, nein!« Yoshië war entsetzt. »Ich kann das nicht, das hab ich doch gesagt!«

Es würde eine Knochenarbeit sein, die Leiche alleine zu zerlegen. Deshalb wollte sie Yoshië unbedingt dazu bringen, dass sie ihr half. Masako hatte schon einen Plan: »Yama-chan hat gesagt, dass sie sich erkenntlich zeigen will, wir können also Geld verlangen. Na, wie sieht's aus, machst du dann mit?«

Yoshië stutzte und hob den Kopf. In ihren leeren Augen machte sich Verlegenheit breit.

»Ich hab ihr Angebot zwar abgelehnt, aber je länger ich darüber nachdenke, wäre es vielleicht doch besser, es anzunehmen. Eine Bezahlung macht die Sache in jedem Fall geschäftsmäßiger.«

»Um wie viel handelt es sich denn ungefähr?«, fragte Yoshië mit leiser Stimme, während sie angewidert in Kenjis glanzlose Augen mit den erweiterten Pupillen blickte.

»Wie viel willst du? Ich handele es für dich aus.«

»So hunderttausend?«

»Viel zu wenig. Wie wäre es mit fünfhunderttausend?«

»Wenn ich die hätte, könnte ich ja vielleicht umziehen...«, murmelte Yoshië. »Du willst mich ködern, nicht? Deshalb wedelst du mir mit dem Geld vor der Nase herum, stimmt's?«

Genauso war es. Doch Masako antwortete nicht, sondern setzte sicherheitshalber noch einen drauf: »Hilf mir doch, Meisterin! Ich bitte dich!«

»Also gut, ich mach's. Du lässt mich ja doch nicht mehr gehen!« Yoshië schien so verzweifelt Geld zu brauchen, dass sie sich letztlich doch mit dem Gedanken abfand. Sie band sich die Plastikschürze um, zog ihre weißen Socken aus und krempelte sich routiniert die Jersey-Hose hoch. »Du wirst dir alles blutig machen. Zieh deine Hose besser aus.«

Folgsam zog sich Masako die Jeans aus und trat vom Bad in den Vorraum, wo sie den Wäschekorb nach ihrer kurzen Hose durchwühlte. Während sie sie anzog, fiel ihr Blick in den Spiegel vor sich: Sie hatte sich noch nie mit einem so finster entschlossenen Gesichtsausdruck gesehen. Sie wandte sich zu Yoshië um, die im Gegensatz dazu ein vollkommen ratloses, verwirrtes Gesicht machte.

Als sie wieder im Bad war, inspizierte sie Kenjis Hals, um herauszufinden, an welcher Stelle sie die Säge ansetzen sollte. Widerwillig fiel ihr sein großer Adamsapfel ins Auge, der sie an den von Nobuki erinnerte, wie er sich heute Morgen so kraftvoll auf und ab bewegt hatte. Masako wischte das Bild weg und fragte Yoshië: »Ob sich der Kopf wohl am besten mit einer Säge abtrennen lässt?«

»Eine Säge frisst sich ins Fleisch, deshalb wird es besser sein, vorher mit einem Fisch- oder Fleischmesser einen Einschnitt zu machen. Falls es dann immer noch nicht klappt, werden wir weiter sehen.«

Yoshië schien auf Arbeit umgeschaltet zu haben und übernahm plötzlich das Kommando wie in der Fabrik, wenn sie am Kopf des Fließbands stand. Masako ging rasch in die Küche und holte ihr schärfstes Sashimi-Messer und den Werkzeugkasten, in dem die Säge war. Außerdem brauchten sie noch Plastikbeutel für Hausmüll. Am besten, sie füllten die Fleischstücke sofort hinein, sobald sie abgeschnitten worden waren. Masako zählte ihren Vorrat an Mülltüten durch und kam auf rund hundert Stück. Sie hatte sie im Supermarkt in der Nachbarschaft gekauft, aber es waren die von der Stadt Tōkyō empfohlenen, ganz gewöhnlichen, mit Kalziumkarbonat versetzten Polyethylen-Beutel, so dass man ihre Spur wohl nicht würde zurückverfolgen können.

»Wenn wir die Tüten doppelt nehmen, können wir gut fünfzig Hausmüll-Portionen abpacken. Was meinst du, Meisterin, wie sollen wir es am besten anfangen?«

»Wir durchtrennen erst mal die Gelenke, und dann müssen wir zusehen, möglichst kleine Stücke hinzukriegen«, antwortete Yoshië, während sie die Schärfe des Sashimi-Messers prüfte. Ihre Hand zitterte leise.

Masako suchte mit den Fingerspitzen die Lücke zwischen den Halswirbeln unterhalb des Adamsapfels, setzte entschlossen das Messer an und schnitt. Sofort stieß sie auf Knochen, also schnitt sie darum herum – und ein Schwall von dickem, schwärzlich dunklem Blut quoll ihr entgegen. Erschrocken über die große Menge, hielt sie inne.

»War das die Halsschlagader?«

»Wird wohl.«

Blitzschnell war die Plastikdecke ein Meer von Blut. Masako nahm rasch das Sieb vom Abfluss. Die zähflüssige Masse kam in den Sog und floss ab. Es war ein merkwürdiges Gefühl, darüber nachzudenken, ob Kenjis Blut im Abwasser mit dem Badewasser vom vergangenen Abend zusammenfloss, das aus einer anderen Welt zu stammen schien. Im Nu klebten die Gummifinger ihrer Handschuhe zusammen, so dass sie sie nicht mehr bewegen konnte. Yoshië fischte nach dem Duschschlauch, schloss ihn an den Wasserhahn an und spülte ihr das Blut ab. Doch von dem Gestank blieb ihnen in dem engen Bad beinahe die Luft weg.

Mit der Säge war es einfach, den Kopf abzutrennen. Als Kenjis

Schädel mit dumpfem, hässlichen Ton zu Boden rollte, hatte sich sein toter Körper in ein bizarr geformtes Ding verwandelt. Masako zog zwei schwarze Mülltüten übereinander, verpackte den Kopf darin und setzte ihn auf die Abdeckung der Badewanne.

»Wir sollten ihn vielleicht besser ausbluten lassen.«

Beherzt packte Yoshië die kopflose Leiche bei den Knöcheln und hob sie hoch. Die Luftröhre klaffte auf, man sah rotes Fleisch, und aus der Schlagader quoll immer noch ununterbrochen das Blut. Bei diesem Anblick standen Masako sämtliche Haare zu Berge, und sie dachte: Teufelswerk ist das, und wir sind die Teufel. Aber vom Gefühl her blieb sie erstaunlich kühl und wünschte nur, die Arbeit schnell zu Ende zu bringen. Sie wusste, wenn sie sich zwang, nur an die Abfolge von Handgriffen zu denken, würde sie den widerspenstigsten Teil ihrer Nerven lahm legen können, der wahrscheinlich blanke Angst war.

Als Nächstes setzte Masako das Fischmesser im Bereich eines der Hüftgelenke an. Die gelbe Fettschicht machte das Messer glitschig. »Das ist ja genau wie bei einem Hähnchen«, murmelte Yoshië. Als sie auf den Oberschenkelknochen getroffen war, stellte Masako ihren linken Fuß auf Kenjis Schenkel, nahm die Säge und durchtrennte den dicken Knochen wie einen Baumstamm. Es dauerte zwar eine Weile, aber die Beine ließen sich einfacher als erwartet zerlegen.

Die Schultergelenke hingegen bereiteten Schwierigkeiten, da sie nicht wusste, wo sie die Einschnitte machen sollte. Außerdem erschwerte die Totenstarre die Arbeit. Auf Masakos Stirn bildeten sich dicke Schweißperlen.

Yoshië wurde ungeduldig. »Wenn wir nicht schnell machen, wacht meine Schwiegermutter noch auf!«

»Das weiß ich ja, du könntest mir auch etwas mehr beim Zerlegen helfen!«

»Aber es ist doch nur eine Säge da!«

»Ich hätte dich bitten sollen, von zu Hause eine mitzubringen!«

»Dann wäre ich gar nicht erst hergekommen«, erwiderte Yoshië verdrossen.

»Auch wieder wahr.«

Plötzlich verspürte Masako den Impuls zu lachen. Das Ganze hatte etwas Albernes. Sich über solche Sachen aufzuregen, während sie Kenji, mit dem sie absolut nichts zu tun hatten, portionierten! Die beiden Frauen ließen die blutverschmierten Arme sinken, und ihre Blicke trafen sich über dem toten Körper in ihrer Mitte.

»Wann wird bei euch der Hausmüll abgeholt?«

»Donnerstags, also morgen.«

»Bei uns auch donnerstags, das heißt, morgen früh müssen wir alles rausstellen. Das wird nur gehen, wenn du die Hälfte übernimmst.«

»Du willst sagen, ich soll mit den ganzen Tüten da am Lenker nach Hause fahren?! Ich könnte sie ja nicht mal alle tragen!«

»Ich bring sie mit dem Auto bei dir vorbei.«

»Dann werden sie sagen, ein rotes Auto ist gekommen und hat all die Mülltüten abgeladen. Der Müllplatz wird doch von den Nachbarn mit Argusaugen bewacht!«

»Stimmt auch wieder.« Masako begriff, dass sie sich die Abfallentsorgung zu einfach vorgestellt hatte, und biss sich auf die Lippen.

Yoshië drängte. »Lass uns das hier lieber schnell beenden. Über die Mülltüten können wir uns nachher noch den Kopf zerbrechen!«

»Einverstanden.«

Sie griff zur Säge und durchtrennte die Schultergelenke. Nachdem die Arme abgeschnitten waren, mussten sie sich um die Eingeweide kümmern. Masako fasste sich ein Herz, nahm das Sashimi-Messer in die Hand und zog es in einem Schnitt vom Halsansatz bis zum Schambein hinunter. Die aschgrauen Gedärme quollen heraus: Sofort verbreitete sich der Gestank von verwesenden Innereien und Alkohol, den Kenji offenbar vergangene Nacht zu sich genommen hatte, und die beiden Frauen hielten entsetzt den Atem an.

»Komm, wir spülen das einfach hinunter.« Masako machte Yoshië ein Zeichen, den Deckel vom Abfluss zu nehmen, besann sich dann aber, da ihr einfiel, dass er verstopfen könnte, und entschloss sich doch dazu, die Gedärme ebenfalls in Mülltüten zu packen.

In dem Augenblick klingelte es an der Haustür, und die beiden Frauen hielten inne. Es war bereits nach halb elf.

»Jemand von deiner Familie?«, fragte Yoshiё erschrocken.

Masako schüttelte den Kopf. »Unwahrscheinlich. Um die Zeit sollte keiner von beiden zurückkommen.«

»Dann mach einfach nicht auf.«

»Selbstverständlich nicht.« Es klingelte noch ein paar Mal, dann blieb alles still.

»Wer kann das nur gewesen sein?«, sagte Yoshiё, ohne ihre Furcht zu verbergen.

»Ach, bestimmt irgendein Vertreter. Wenn mich jemand darauf ansprechen sollte, sage ich einfach, ich hätte geschlafen.« Masako nahm die fettverschmierte Säge wieder in die Hand. Sie musste noch eine Weile in dieser Hölle ausharren und das Teufelswerk zu Ende bringen, sie konnte nicht zurück – dafür war es jetzt zu spät.

2

Etwa zur gleichen Zeit, als Masako und Yoshiё sich in ihren verzweifelten Kampf mit der Leiche stürzten, fuhr Kuniko Jōnouchi ziellos durch die flachen Straßen von Higashi-Yamato-City.

Sie hatte niemanden, zu dem sie gehen, an den sie sich wenden konnte, und war für ihre Verhältnisse ziemlich am Boden zerstört. Sie parkte ihren Wagen neben dem gerade erst erbauten Springbrunnen auf dem Bahnhofsvorplatz. Der Anblick des Springbrunnens an diesem verregneten Morgen deprimierte sie noch mehr. Sinnlos – genauso sinnlos, wie alles, was ich hier veranstalte, dachte sie in einem seltenen Anflug von Einsicht, der sie höchstens einmal im Jahr überkam und der ihr unangenehm war.

Sie schaute sich immer wieder verzweifelt zu der Telefonzelle um, die jenseits des Baustellenzauns vor dem Bahnhof zu sehen war, und überlegte hin und her. Sollte sie sich ein Herz fassen, Masako einfach anrufen und um Geld bitten? Ja, das würde sie tun, was dachte sie noch lange nach, sie fürchtete sich zwar insgeheim vor Masako, aber jetzt hatte ihr das Hemd näher zu sein als der Rock: Sie musste heute noch Geld auftreiben, daran ging kein Weg vorbei.

Kuniko stieg aus und spannte ihren Schirm auf. In dem Moment schüchterte sie das Pschu-schu einer Luftdruckbremse ein; es klang, als würde der neben ihr haltende Bus sie beschimpfen. Da riss der

Fahrer auch schon das Fenster auf und brüllte sie an: »Hier ist Parken verboten!«

Ach, lass mich doch in Ruhe, Blödmann, dachte sie bei sich, doch selbst die im Stillen ausgestoßenen Flüche klangen nicht so munter wie sonst. Kuniko kehrte zu ihrem Golf zurück, der mit dem nassen, durchhängenden Verdeck auch schon ganz erbärmlich aussah, und ließ den Motor an. Kopflos fuhr sie wieder auf die völlig verstopfte Hauptstraße, wo sie natürlich keine Telefonzelle mehr entdecken konnte. Aufgrund des Regens war der Verkehr ungewöhnlich stark, und so blieb sie bald darauf im Stau stecken.

Wie sollte es denn jetzt bloß weitergehen? Kuniko spähte durch die wenigen freien Stellen der wegen des schlecht funktionierenden Gebläses beschlagenen Windschutzscheibe auf die Straße hinaus und seufzte. Die Ausweglosigkeit ihrer Situation machte sie wahnsinnig.

Als sie am frühen Morgen von der Nachtschicht nach Hause gekommen war, hatte sie das Bett leer vorgefunden. Von Tetsuya keine Spur, auch sonst in der Wohnung nicht. Offenbar hatte er aus Wut wegen ihrer ständigen Kräche irgendwo anders übernachtet. Pah, sollte er doch, konnte ihr sowieso gestohlen bleiben, der Blödmann, hatte sie sich getröstet und war früh ins Bett gekrochen, doch als sie gerade eindösen wollte, klingelte das Telefon. Um sieben Uhr morgens!

Schlecht gelaunt meldete sich Kuniko, und der Mann am anderen Ende sagte mit ausgesuchter Höflichkeit: »Spreche ich mit Frau Kuniko Jōnouchi? Bitte verzeihen Sie die frühe Störung!«

»Ja, ja. Was gibt's?«

»Hier ist das Verbraucherzentrum Million.«

Fast hätte Kuniko aufgeschrien, ihre Müdigkeit war wie weggeblasen. Wie hatte sie nur so etwas Wichtiges vergessen können?! Sie verfluchte sich selbst, während der Mann ungerührt seinen üblichen Text abspulte: »Sicher wird es nur Ihrer Aufmerksamkeit entgangen sein, deshalb möchte ich Sie telefonisch daran erinnern, dass am Zwanzigsten, also gestern, die Frist für Ihre monatliche Rate abgelaufen ist, ohne dass auf unserem Konto eine Zahlung eingegangen wäre. Wie Ihnen sicherlich bekannt sein dürfte, beläuft sich die vierte Rate auf fünfundfünfzigtausendzweihundert Yen. Falls Sie die Summe nicht im Verlaufe des heutigen Tages überweisen, sehen wir uns leider gezwungen, Verzugszinsen zu erheben, deshalb möchte ich Sie dringend um Begleichung ersuchen. Haben Sie vielen Dank für Ihr Verständnis, und verzeihen Sie nochmals die frühe Störung!«

Es war der Geldverleiher vom Bahnhofsviertel, ein Kredithai. Neben dem Darlehen für ihr Auto war die Summe, die sie im Laufe der Zeit über ihre Kreditkarte aufgenommen hatte, so stark angeschwollen, dass Kuniko bereits mehrere Jahre den Rückzahlungen hinterherjagte. Im letzten Jahr war ihr dann aufgefallen, dass sie nur noch die Zinsen beglich, ohne dass sich die Kreditsumme verringerte. Als sie selbst damit in Verzug geraten war, hatte sie wie verrückt Verbraucherkredite aufgenommen und damit mit Ach und Krach die Zinsen begleichen können, doch nun bedrängten sie natürlich auch noch die Rückzahlungsforderungen der Konsumkreditfirmen. Es kam, wie es kommen musste: Die doppelte Verschuldung führte irgendwann dazu, dass sie sowohl von der Kreditkartengesellschaft als auch von den Konsumkreditfirmen auf die schwarze Liste gesetzt und mit Mahnungen überhäuft wurde.

In dieser hoffnungslosen Lage hatte sie auf der Einkaufsstraße den schönen Werbespruch eines Geldverleihers gesehen: »Leiden Sie unter Ihren monatlichen Rechnungen? Wir bieten schnelles Geld für eilige Leute!«, hatte sich dort Hals über Kopf Geld geliehen und war damit endgültig in die Tretmühle geraten. »Ihre Lage ist ja wirklich unzumutbar!«, hatte die ältere Frau in dem Büro scheinheilig freundlich zu ihr gesagt und ihr nur gegen Vorlage ihres Führerscheins und unter Angabe des Firmennamens ihres Mannes einen Kredit über dreihunderttausend Yen gewährt. Damit hatte sie so gerade die aufgelaufenen Zinsen bei der Kreditkartengesellschaft und den Konsumkreditfirmen bedienen können, doch nun türmten sich die Schulden bei dem Geldverleiher.

Kein Wunder, denn sie hatte nicht im Traum damit gerechnet, dass man ihr, wie es in dieser Branche üblich war, für eine Kreditsumme von nur dreihunderttausend Yen vierzig Prozent Zinsen abnehmen würde. Sie lebte immer von jetzt auf gleich, dachte keinen Schritt voraus und scherte sich nicht um die Folgen ihres

Handelns. Tetsuya hatte ihr aus der Patsche geholfen, und als sie das Geld zurückzahlen ging, hatte die Frau ihr sofort ein neues Angebot gemacht: »Wir können Ihnen fünfhunderttausend zur Verfügung stellen«. Und natürlich hatte Kuniko die Hand aufgehalten.

Sie schaute in die Keksdose mit dem Haushaltsgeld. Es war nur noch etwas Kleingeld darin. Merkwürdig, wie habe ich das so schnell ausgeben können, dachte sie misstrauisch, griff in ihre Handtasche und holte ihr Portemonnaie – ein Gucci-Imitat – heraus. So kurz vor dem Zahltag waren nur noch ein Zehntausender und ein paar Tausend-Yen-Scheine darin. Dann musste sie eben irgendwie Tetsuya zu fassen bekommen und das Geld aus ihm herauspressen.

»Wo steckt der Kerl bloß?«

Kuniko schlug in ihrem Notizbuch nach und rief in Tetsuyas Firma an, aber so früh am Morgen meldete sich dort noch niemand. Vielleicht sogar besser so, ein Anruf würde ihn bloß vorwarnen, so dass er sich wieder drücken könnte. Langsam wurde Kuniko nervös. Wenn sie heute nicht einzahlte, würden sie ihr bestimmt ein paar zwielichtige Gestalten, womöglich Yakuza, auf den Hals hetzen, die bis in ihre Wohnung kämen, um das Geld einzutreiben. Das fürchtete Kuniko am meisten, denn aller Durchtriebenheit zum Trotz war sie doch im Grunde ihres Herzens ein Angsthase.

Sie stürzte ins Schlafzimmer und riss die unterste Schublade der Kommode auf. Für den äußersten Notfall hatte sie dort zwischen Strümpfen und Unterwäsche eine eiserne Reserve versteckt. Doch wie sehr sie das mit Nylons, Büstenhaltern und Slips voll gestopfte Fach auch durchwühlte – das Geld war einfach nicht mehr da.

Ein schrecklicher Verdacht keimte in ihr auf. Sie riss die anderen Schubfächer und die Schranktüren auf – Tetsuyas Unterwäsche, seine gesamte Kleidung war verschwunden. Es dauerte noch eine ganze Weile, bis sie endlich begriffen hatte, dass er ausgezogen war und aus Rache für ihre ewigen Anfeindungen alles Bargeld aus der Wohnung mitgenommen hatte.

An Schlaf war nicht mehr zu denken. Sie setzte sich ins Auto und raste zum Bahnhof, um am Geldautomaten nachzusehen, wie viel noch auf ihrem gemeinsamen Bankkonto war: Auf dem Display erschien eine stattliche Null. Tetsuya musste alles abgehoben haben. Jetzt würde sie nicht einmal mehr die Miete bezahlen können. Vor lauter Wut raufte Kuniko sich die Haare.

Um dem Stau endlich zu entkommen, bog Kuniko an einer Ampel links ab und näherte sich einem städtischen Wohngebiet mit lauter heruntergekommenen, einstöckigen Reihenhäusern. Da fiel ihr eine Telefonzelle ins Auge, die sich brandneu vor diesem Hintergrund absetzte. Kuniko hielt an und rannte darauf zu, ohne auch nur den Schirm aufzuspannen.

»Hallo, ist dort die Max-Pharma-GmbH? Könnte ich bitte Herrn Jōnouchi vom Vertrieb sprechen?«

Die Antwort, die sie bekam, erwischte sie kalt: »Es tut mir Leid, aber Herr Jōnouchi ist seit letzten Monat nicht mehr bei uns.« Tetsuya hatte sie doch tatsächlich hereingelegt! Der Mann, den sie nicht für voll genommen, den sie als hirnlosen Tölpel verachtet und verspottet hatte! Glühende Wut stieg in Kuniko auf und trieb sie dazu, das an den Ecken zerfledderte Telefonbuch auf den Boden der Zelle zu schmeißen und mit ihren regennassen Schuhen darauf herumzutrampeln. Die dünnen Seiten rissen, Papierfetzen wirbelten durch die Telefonzelle. Aber sie hatte noch nicht genug: In blinder Zerstörungswut hängte sie sich mit ihrem ganzen Gewicht an die Gabel und riss mit aller Kraft daran herum.

Ihr Zorn verrauchte natürlich auch dadurch nicht. Scheiße, Scheiße, Scheiße! Was machte sie denn jetzt bloß, wohin sollte sie sich verkriechen, wenn sie heute kämen, um das Geld einzutreiben!

Masako war ihre einzige Rettung, sie musste sie bitten, ihr etwas zu leihen, beschloss Kuniko. Schließlich schien diese Yoshië heute früh dasselbe getan zu haben. Dann konnte sie das doch wohl genauso gut, was war denn schon dabei? Wenn Masako ihr nicht aushelfen würde, dann doch nur aus purer Gehässigkeit! Musste doch selbstverständlich für sie sein, ihr auch etwas zu leihen, folgerte Kuniko selbstsüchtig, denn sie sah sich immer als Nabel der Welt.

Sie steckte ihre Telefonkarte wieder in den Apparat und drückte Masakos Nummer. Aber es tat sich nichts; wie oft sie die Karte auch hineinsteckte, sie kam immer wieder zurück. Kuniko schnalzte mit der Zunge, gab auf und beschloss, direkt bei Masako vorbeizufahren.

Ihr Haus konnte nicht mehr allzu weit von hier weg sein, überlegte Kuniko. Sie war zwar bloß ein einziges Mal dort gewesen und erinnerte sich nur dunkel daran, aber sie würde es schon irgendwie wiederfinden. Sie kehrte zu ihrem Auto zurück und fuhr, als sie irgendwann rechts die große Mietskaserne erkannte, auf den Shin-Oume-Highway auf.

Masakos Haus war zwar klein, aber ein relativ neues, nach individuellen Wünschen gebautes Eigenheim. Wenn ich so eins bloß erst hätte, dachte Kuniko neidisch. Aber wenn man bedachte, wie wenig Masako auf ihre Kleidung hielt, konnte es mit dem Wohnen auch nicht so weit her sein – luxuriös war sie bestimmt nicht eingerichtet, tröstete sich Kuniko, die ja immerhin als Bittstellerin gekommen war.

Gegenüber wurde wohl gerade ein Feld in Bauland umgewandelt. Kuniko parkte ihr Auto neben einem der Lehmhaufen, die dort aufgeschüttet waren, und ging auf Masakos Haus zu. Vor der Tür stand ein Fahrrad, das ihr bekannt vorkam.

Die Meisterin! Die Meisterin war bei Masako. Offensichtlich war Yoshië ihr gerade zuvorgekommen, um bei Masako abzukassieren, schloss Kuniko voreilig und wurde hektisch. Yoshië brauchte das Geld bestimmt nicht so bitter nötig wie sie – die Meisterin musste schließlich heute keine letzte Zahlungsfrist einhalten! Da würde sie Masako doch wohl bitten können, ihr, Kuniko, das Geld zuerst zu geben! Ja, das würde sie tun, so würde sie es formulieren.

Kuniko klingelte. Die Gegensprechanlage blieb still. Sie klingelte wieder und wieder, aber im Haus rührte sich nichts. Ob sie weggegangen waren? Aber dann stünde doch Masakos Corolla nicht vor der Tür! Und Yoshiës Fahrrad! Merkwürdig. Ob die beiden sich hingelegt hatten und schliefen? Sogar auf diesen Gedanken kam Kuniko, weil sie selbst völlig übermüdet war. Nein, Yoshië hatte doch die bettlägerige Schwiegermutter zu Hause, da konnte sie unmöglich ihre Zeit damit vertrödeln, bei jemand anderem ein Nickerchen zu halten!

Misstrauisch geworden lief Kuniko mit aufgespanntem Schirm ums Haus. Vom Garten aus konnte sie in den Raum jenseits der Veranda hineinsehen, vermutlich das Wohnzimmer – dort war alles düster und still. Aber ganz hinten im Flur brannte Licht, das konnte sie durch die Spitzengardinen gerade noch erkennen. Vielleicht waren sie irgendwo da hinten und hatten die Klingel nicht gehört.

Sie ging zur Haustür zurück und versuchte es diesmal von der anderen Seite her. Ein Fenster auf der hinteren Hausseite war erleuchtet, offenbar das Bad. Als sie näher kam, hörte sie die gedämpften Stimmen von Masako und Yoshië. Was in aller Welt trieben sie denn da? Sie schob die Hand durch das Fenstergitter aus Aluminium und klopfte an die Scheibe.

»Hallo, ich bin's, Kuniko.«

Hinter der Scheibe war plötzlich alles still.

»Entschuldige bitte, Masako, dass ich einfach so vorbeigekommen bin, aber ich habe eine kleine Bitte an dich. Die Meisterin ist auch da, nicht wahr?«

Wieder blieb es eine Weile still, dann ging urplötzlich das Fenster auf, und Masakos Gesicht erschien mit finsterer Miene.

»Was machst du hier, was willst du?«

»Ich möchte dich um einen Gefallen bitten.«

Kuniko bemühte sich nach Kräften, ihre Stimme möglichst hilflos und liebenswürdig klingen zu lassen. Sie musste Masakos Mitleid erregen, damit sie ihr das Geld lieh. Allermindestens fünfundfünfzigtausendzweihundert Yen, aber sie brauchte dringend mehr, um über die Runden zu kommen – wovon sollte sie denn leben?

»Was?«

»Das kann ich hier schlecht sagen…« Kuniko wandte ihren Kopf zum eng angrenzenden Nachbarhaus um. Direkt hinter ihr lag offenbar die dortige Toilette, das kleine Fenster stand einen Spalt offen.

»Im Moment ist es schlecht, ich bin beschäftigt. Nun sag schon!«, drängte Masako sie ungeduldig.

»Aber…« Erst jetzt kam es Kuniko wirklich verdächtig vor, was Masako und Yoshië da drinnen trieben. Ein leicht süßlicher, roher, unangenehmer Geruch drang schwach zu ihr nach draußen.

Als sie die Nasenflügel hob, wollte Masako das Fenster schon zuschlagen.

»Warte doch, bitte, Masako!« Verzweifelt drückte Kuniko von außen gegen die Scheibe. Sie durfte nicht locker lassen, sie musste Masako einfach dazu bringen, sie anzuhören. »Ich sitze fürchterlich in der Klemme, wirklich!«

»Ja, ja, verstehe. Geh schon zur Haustür, ich mach dir gleich auf.« Ob es ihr unangenehm war, dass man Kunikos Stimme in der Nachbarschaft hörte? Kuniko fiel jedenfalls ein Stein vom Herzen, als Masako sich geschlagen gab. Sie atmete auf, doch da war ihr Blick schon durch den Spalt ins Badinnere gefallen, für einen winzigen Moment nur, bevor das Fenster ihr vor der Nase zugeschlagen wurde. Sie hatte dort etwas höchst Merkwürdiges gesehen, und ihr Herz fing wie wild zu klopfen an. Etwas, das aussah wie Fleischklumpen. Zerlegten die beiden da drinnen etwa Fleisch zum Essen? Aber dafür war die Menge doch viel zu groß gewesen! Außerdem machte man so was ja nicht im Bad – seltsam, sehr seltsam! Yoshië hatte sich die ganze Zeit nicht blicken lassen, obwohl sie doch da sein musste, und Masakos Verhalten war auch äußerst merkwürdig.

Den Kopf schief gelegt, stand Kuniko vor der Haustür und wartete, dass man ihr endlich aufmachte, aber Masako kam und kam nicht. Kuniko wurde es allmählich leid. Sie ging zum Badezimmerfenster zurück und horchte: Wasserrauschen. Sie schienen jetzt irgendetwas zu waschen. Außerdem hörte sie die beiden immer noch miteinander reden. Kuniko wollte jetzt unbedingt herausfinden, was die zwei da drinnen trieben. Irgendwie roch das Ganze nach Geld.

Plötzlich hörte sie, wie jemand das Bad verließ. Schnell lief sie zur Haustür zurück, setzte ihre Unschuldsmiene auf und wartete. Da endlich ging die Tür einen Spalt weit auf, und dahinter erschien Masako in Polohemd und Shorts. Sie löste ihr hinten zusammengebundenes Haar und wirkte jetzt noch unverschämter als beim Abschied am frühen Morgen. Kuniko schreckte ein wenig zurück.

»Also, was ist?«

»Kann ich nicht kurz reinkommen?«

»Wozu? Was willst du?«

Sie ließ sie also immer noch abblitzen. Kuniko kramte ihre Schmeichelstimme heraus und sagte: »Das kann ich hier draußen schwer sagen.«

»Gut, komm.« Mit widerwilliger Miene zog Masako ihr die Tür weiter auf. Kuniko trat ein und sah sich in der Diele um. Nicht gerade geräumig, aber sauber und ordentlich. Doch es gab keinerlei Schmuck, weder ein Bild, noch Blumen. Das sah Masako ähnlich.

»Und?« Die große, schlanke Masako stellte sich vor Kuniko hin, als wollte sie sagen, bis hierher und nicht weiter, und versperrte ihr den Blick ins Hausinnere. Einmal mehr wurde sich Kuniko der Erniedrigung bewusst, die sie immer in Masakos Gegenwart verspürte, und sie merkte, wie ein klein wenig Hass in ihr aufstieg.

»Entschuldige bitte, wenn ich dich einfach so frage, aber kannst du mir vielleicht etwas Geld leihen? Ich hab die Frist für eine Ratenzahlung total verschwitzt, sie ist gestern abgelaufen, und jetzt habe ich nicht einen Yen im Haus!«

»Du hast doch einen Mann, frag doch ihn!«

»Das ist es ja! Er ist abgehauen und hat alles Geld, was wir zu Hause hatten, mitgenommen!«

»Abgehauen?«, wiederholte Masako, und ihre angespannten Wangen schienen sich ein wenig zu lösen. Als Kuniko das sah, regte sich erneut der Hass in ihr. Aber das durfte sie sich auf keinen Fall anmerken lassen. Mit Leidensmiene und hängenden Schultern antwortete sie: »Ja! Spurlos verschwunden! Und ich weiß jetzt überhaupt nicht, was ich machen soll!«

»Aha. Wie viel brauchst du denn?«

»Fünfzigtausend, nein, vierzigtausend würden auch schon reichen.«

»So viel Geld habe ich nicht hier, ich müsste zur Bank.«

»Würdest du das für mich tun? Bitte!«

»So plötzlich geht das nicht.«

»Aber der Meisterin hast du doch auch etwas geliehen!«

Von Kuniko so verzweifelt bedrängt, zog Masako missbilligend die Augenbrauen zusammen. »Ich frag dich ganz ehrlich: Kann ich mich bei dir darauf verlassen, dass ich es zurückbekomme?«

»Ja, natürlich!«, log Kuniko. Ihr Betteln schien Masako langsam weich zu machen, denn sie legte die Hand ans Kinn und dachte nach. Unter ihren Fingernägeln klebte eine schwarzrote Masse, die aussah wie Blut. Kuniko erstarrte.

»Aber heute geht es wirklich nicht. Kannst du nicht bis morgen warten, dann sehe ich, was sich machen lässt.«

»Morgen ist es zu spät! Wenn ich das Geld heute nicht einzahle, kommen diese schrecklichen Kerle!«

»Dafür kann ich nichts, das hast du zu verantworten!«

Darauf schwieg Kuniko. Masako hatte ja Recht, aber musste sie denn immer gleich alles beim Namen nennen, konnte sie nicht ein Mal taktvoll sein?

Plötzlich hörte sie von irgendwo hinter Masako Yoshiës Stimme. »Du magst es vielleicht anmaßend finden, wenn gerade ich das sage, aber borg ihr doch was, sie ist schließlich unsere Kollegin!«

Mit unverhohlenem Zorn drehte Masako sich um. Sie schien nicht so sehr über das erbost, was Yoshië gesagt hatte, als darüber, dass sie überhaupt dazugekommen war. Yoshië war noch genauso angezogen wie in der Fabrik, aber die dunklen Ränder unter ihren Augen fielen jetzt wesentlich stärker auf; man sah ihr an, dass sie am Ende ihrer Kräfte war.

Kein Zweifel, die beiden waren mit etwas beschäftigt, wovon sie nichts wissen sollte. Kuniko sah ihre Chance zum Gegenschlag gekommen: »Was habt ihr da eigentlich gemacht?«

Masako antwortete nicht. Yoshië wandte hastig den Blick ab. Kuniko fragte noch einmal: »Was habt ihr da im Badezimmer gemacht?«

»Was glaubst du denn?« Seltsamerweise bekam Kuniko am ganzen Körper Gänsehaut, als Masako sie hämisch grinsend ansah.

»Wieso – ich weiß es nicht.«

»Hast du was gesehen?«

»Na ja, schon. Etwas, das wie Fleisch aussah…«

»Komm mit, ich zeig's dir!«

Entsetzt stieß Yoshië einen Protestschrei aus. Mit festem Griff packte Masako Kuniko beim Handgelenk. Der Angsthase in ihrem Inneren flüsterte ihr zu: Schnell, mach dich schleunigst aus dem Staub! Aber seine Stimme wurde übertrumpft von der Neugierde, es sehen zu wollen, und der Hoffnung, dass da womöglich etwas im Gange war, was Geld versprach. Beides zusammen ließ ein Lustgefühl entstehen, wie Kuniko es noch nie in ihrem Leben verspürt hatte.

Yoshië zog Masako am Arm und fragte sie eindringlich: »Hör mal, weißt du auch, was du da tust? Hältst du das wirklich für richtig?«

»Ja. Sie kann uns helfen.«

»Ich hab dich jedenfalls gewarnt!«, rief Yoshië eingeschnappt, aber es klang wie ein Hilfeschrei.

Hektisch versuchte es Kuniko auch bei Yoshië: »Bei was helfen, Meisterin?«

Yoshië antwortete nicht, sondern verschränkte die Arme vor der Brust und starrte zu Boden. Masako zog Kuniko am Handgelenk hinter sich her, den Flur entlang zum Bad. Hilflos stolperte sie hinterher und wäre fast in Ohnmacht gefallen, als sie schließlich auf dem Boden des hell erleuchteten Waschplatzes ein menschliches Bein liegen sah.

»Was, was ist das…!«

»Yama-chans Ehemann«, sagte Masako, während sie langsam den Rauch der Zigarette ausstieß, die sie sich angezündet hatte. Kuniko erinnerte sich an das angetrocknete Blut unter Masakos Fingernägeln und den süßlich üblen Geruch und wollte sich übergeben. Sie presste die Hand auf den Mund und versuchte mit allen Mitteln, den Brechreiz zu unterdrücken.

»Aber wieso, wieso!« Sie wollte nicht wahrhaben, was sie da sah, hielt das Ganze für einen schlechten Scherz, für irgend so ein Ding aus dem Gruselkabinett, das die beiden hier hindrapiert hatten, um ihr einen Schreck einzujagen.

»Yama-chan hat ihn wohl umgebracht«, seufzte Yoshië.

»Aber wieso macht ihr dann so was damit!«

Genervt fuhr Masako herum: »Ich habe beschlossen, es als Job anzusehen, sachlich und nüchtern.«

»Aber das ist doch kein Job! Das…«

»Ist es doch!«, unterbrach Masako sie barsch. »Und wenn du Geld haben willst, wirst du mitmachen müssen!«

Das Wort »Geld« aktivierte in Kuniko einen anderen Schaltkreis. »Was heißt das, ›mitmachen‹… was muss ich da tun?«

»Wenn wir ihn zerlegt und in Mülltüten verpackt haben, brauchst du ihn nur noch wegwerfen zu gehen, das ist alles.«

»Ich muss ihn also wirklich nur wegwerfen?«

»Ja.«

»Und wie viel krieg ich dafür?«

»Wie viel willst du? Ich werde mit Yama-chan verhandeln. Dafür hängst du dann aber als Mittäter mit drin. Du darfst kein Sterbenswörtchen darüber verraten, zu niemandem!«

»Ich weiß, das ist mir klar«, sagte Kuniko. Sie konnte nicht anders und merkte perplex, dass sie Masako, die sie nur zum Schweigen bringen wollte, in die Falle gegangen war.

3

Nachdem sie die Fabrik früher als die anderen Frauen verlassen hatte, trat Yayoi Yamamoto, den alten roten Schirm aufgespannt, in die Pedale ihres Fahrrads.

Das verschossene Rot des Schirms tauchte ihre nackten Arme in rosarotes Licht, eine fröhliche, aufmunternde Farbe. Vielleicht leuchten meine Wangen ja genauso rosig, dachte Yayoi, wie die eines jungen Mädchens.

Aus diesem rosaroten Sehfeld, das sich im langsamen Tempo ihrer Tritte mit ihr fortbewegte, wirkte alles andere bedrohlich düster, voll dunkler Schatten: der regennasse, schwarze Asphalt, die in jungem Grün stehenden Bäume zu beiden Seiten der Straße und die Wohnhäuser, hinter deren fest verschlossenen Fensterläden die Bewohner noch zu schlafen schienen.

Unter ihrem Schirm war es rosig, doch die Außenwelt hatte sich in eine bedrohliche Landschaft verwandelt, die Yayoi umzingelte. Sie symbolisierte die Welt nach dem Mord an ihrem Mann Kenji, sie ließ sie unentwegt daran denken. Yayoi verkroch sich tiefer unter ihren Schirm, als wollte sie nichts mehr davon sehen.

Sie erinnerte sich noch ganz genau daran, wie sie Kenji umgebracht hatte. Sie hatte ihn eigenhändig erwürgt. Doch andererseits gewann die Illusion mehr und mehr an Kraft, er sei einfach irgendwohin verschwunden. Dass sie sich da ein für sie selbst bequemes Trugbild zurechtzimmerte, kam ihr nicht in den Sinn. Denn Kenjis Seele war längst weit weg von ihrem Haus, von sich und ihren beiden Söhnen. Deshalb konnte die Illusion jetzt ungehindert die Tatsache des Mordes an ihrem Mann überdecken.

Der Nylonschirm hatte sich mit Regenwasser voll gesogen und

wurde schwer. Yayoi ließ ihre linke Hand, mit der sie den Schirm hielt, langsam sinken und sah zu, wie sich die rosarote Welt davonstahl und die Wohngegend mit den Reihen kleiner, immer gleicher Häuser ihre gewohnte Farbe zurückgewann. Der sanfte Regen benetzte ihren Körper. Bald war ihr Haar, ihr Gesicht vollkommen durchnässt. Yayoi fühlte sich wie neu geboren, und Mut stieg in ihr auf.

Als sie sich der Betonmauer an der Ecke zu ihrer Straße näherte, fiel ihr wieder ein, wie sie gestern Nacht hier auf Masakos Wagen gewartet hatte. Masako hatte sie nicht im Stich gelassen, sie hatte ihr geholfen. Die Rührung darüber würde sie ihr ganzes Leben nicht vergessen. Für Masako würde sie alles tun. Auch Kenjis Leiche war bei ihr in guten Händen, sie würde schon dafür sorgen, dass alles glatt lief. Yayoi fühlte sich, als sei ihr eine Last von den Schultern genommen worden.

Sie schloss die Tür zu ihrem Haus auf und trat in die noch dunkle Diele. Sie war wieder zu Hause, dort, wo alles durchdrungen war von dem vertrauten Geruch, wie nach Hundewelpen, die in der Sonne lagen – ob das von den Kindern kam? Und es war nun ihr Haus, ganz allein ihres und das ihrer beiden Jungen, die sie liebte. Yayoi atmete auf. Kenji würde nie mehr wiederkommen. Er war tot, aber niemand durfte ihr anmerken, dass sie das wusste, darauf musste sie von jetzt an höllisch aufpassen. Ihre größte Sorge war, ob sie auch in der Lage war, überzeugend genug die treue Ehefrau zu spielen, die sich um ihren verschollenen Mann sorgte.

Wenn sie dagegen an Kenjis totes Gesicht zurückdachte, nachdem sie ihm auf dem Absatz im Eingang von hinten den Hals zugezogen hatte, fühlte sie sich immer noch fabelhaft, direkt schadenfroh.

Hab ich dich erwischt, geschieht dir nur recht!, triumphierte sie insgeheim. Früher hätte sie sich nie zu so niederer, gehässiger Ausdrucksweise hinreißen lassen, und im Jagen besaß sie erst recht keine Erfahrung, aber woher kam dann plötzlich diese wilde Grausamkeit, wieso fühlte sie sich wie nach der Jagd, als hätte sie auf dem Feld irgendwelches Kleinvieh zur Strecke gebracht? War sie in Wahrheit immer schon so ein Mensch gewesen?

Kühl schaute sie sich im Eingang um, ob ihr Mann auch wirklich nichts zurückgelassen hatte, während sie sich die Schuhe auszog. Da sie nicht mehr wusste, welche Schuhe Kenji bei seinem Tod getragen hatte, sah sie im Schuhschrank nach. Seine neuen Schuhe fehlten, das beruhigte sie. Nicht, weil Kenji so wenigstens in neuen Schuhen aus der Welt geschieden wäre, sondern weil sie Masako dann nicht auch noch die Entsorgung dreckiger Treter zumutete.

Zuallererst ging Yayoi ins Schlafzimmer, um nach den Kindern zu schauen. Erleichtert sah sie, dass beide Jungen noch friedlich schliefen. Während sie dem Kleinsten, der sich freigestrampelt hatte, behutsam die Frotteedecke über die Schultern zog, tat es ihr ein wenig Leid, dass sie ihren Söhnen den Vater für immer entrissen hatte.

»Aber Papa hatte sich verändert. Es war nicht mehr der Papa, der er einmal gewesen war«, murmelte sie leise. Plötzlich schlug Takashi, ihr fünfjähriger, älterer Sohn die Augen auf. Vor Schreck blieb ihr fast das Herz stehen. Der Kleine blinzelte unruhig nach seiner Mutter. Yayoi klopfte ihm sachte auf den Rücken und sagte: »Mama ist wieder da, alles ist gut, schlaf ruhig weiter!«

»Aber Papa ist doch auch da, oder?«

»Nein, Papa ist noch nicht nach Hause gekommen.«

Takashi wollte sich besorgt aufsetzen, aber Yayoi klopfte ihm weiter leise auf den Rücken, bis der Junge wieder in Schlaf fiel. In Anbetracht der Dinge, die ihr an diesem Tag bevorstanden, hielt sie es für besser, sich selbst auch noch ein wenig hinzulegen, und kroch auf den noch ausgebreiteten Futon gleich neben denen der Kinder. Sie rechnete gar nicht damit, wirklich schlafen zu können, doch während sie sich über die Magengrube mit dem blauen Fleck strich, übermannte sie die Müdigkeit, und sie war mit einem Schlag eingenickt.

»Mama, Mama, wo ist Milky?!«

Yukihiro, ihr Kleinster, kam ungestüm auf ihren Futon geklettert und riss Yayoi gewaltsam aus der Welt ihrer Träume in die Wirklichkeit zurück. Hektisch sah sie auf den Wecker: Es war schon nach acht. Sie musste die Kinder noch vor neun zum Hort bringen. Yayoi sprang auf. Sie hatte in ihren Kleidern geschlafen und war verschwitzt; anscheinend war es wieder ein wenig wärmer geworden. Sie wischte sich mit der Hand über die Stirn.

»Mama, Milky ist weg!«, beklagte sich Yukihiro noch einmal.

»Ja, wirklich? Hat sie sich nicht irgendwo versteckt?«

Während sie die Futons zusammenlegte und wegräumte, rekapitulierte sie noch einmal, was gestern Abend geschehen war. Endlich fiel ihr wieder ein, dass die Katze vor ihr davongelaufen war, nachdem sie Kenji umgebracht und die Haustür einen Spaltbreit geöffnet hatte. Merkwürdig, alles kam ihr so weit weg vor, mit vielen Unwägbarkeiten, wie Ereignisse aus grauer Vorzeit.

»Aber wenn ich's doch sage, sie ist nicht da, nirgendwo!« Ihr Jüngster verzog das Gesicht zum Weinen. Er war ein ungestümes Kind, aber die Katze liebte er heiß und innig. Yayoi machte sich auf die Suche nach seinem friedfertigen älteren Bruder, damit er sich um den Kleinen kümmerte.

»Takashi, wo bist du? Such doch eben mit Yukihiro nach Milky!«

Takashi kam ihr mit betrübtem Gesicht im Schlafanzug entgegen: »Ist Papa schon zur Arbeit gegangen?«

Schon lange schlief Kenji, der immer spät von der Arbeit kam, alleine in dem kleinen Zimmer neben dem Hauseingang. Takashi hatte offenbar sofort nach dem Aufwachen dort nachgesehen.

»Nein, er scheint irgendwo anders übernachtet zu haben. Er ist gestern Abend nicht nach Hause gekommen…«

»Du lügst, Papa ist wohl nach Hause gekommen!«

Erschrocken sah Yayoi ihren Sohn an. Sein Gesicht mit dem für einen Jungen blassen Teint und den feinen Zügen war kummervoll verzogen. Während sie einmal mehr feststellte, wie sehr es ihrem eigenen ähnelte, wenn sich die Augenwinkel so traurig senkten, fragte sie ihn: »Und wann soll das gewesen sein?«

Sie merkte, wie ihre Stimme bei den Wortendungen ins Schwanken geriet, und wusste, dass sie das irgendwie abstellen oder überspielen musste, denn das hier war nur ein kleines Vorgefecht zu dem, was noch kommen sollte.

»Die Uhrzeit weiß ich nicht«, antwortete Takashi wie ein Erwachsener, »aber ich habe gehört, wie er heimgekommen ist, jedenfalls hat es sich genauso angehört.«

»Ach, die Geräusche? Das war bestimmt, als Mama zur Arbeit gegangen ist! Meinst du nicht, dass du es damit verwechselt hast? So, und jetzt beeil dich, sonst kommen wir zu spät!«

»Ja, aber…«

Takashi gab sich immer noch nicht zufrieden, doch Yayoi kümmerte sich nicht weiter um ihn, sondern ermahnte auch den kleinen Yukihiro, der überall herumlief und nachschaute, ob sich die Katze nicht vielleicht unter dem Sofa oder hinter dem Geschirrschrank in der Küche versteckt hatte: »Mama sucht nachher schon nach Milky, komm jetzt, wir müssen bald los!«

Nachdem sie ihren beiden Söhnen ein schnelles Frühstück gemacht, ihnen die Regencapes angezogen, einen vorne und einen hinten auf ihr Fahrrad gesetzt und sie in den Kinderhort gebracht hatte, geriet Yayoi in einen Zustand zerstreuter Ratlosigkeit. Eigentlich hatte sie große Lust, sofort bei Masako anzurufen, um zu erfahren, wie alles gelaufen war – nein, am liebsten wäre sie gleich auf der Stelle mit dem Fahrrad hingefahren und hätte sich selbst überzeugt. Aber Masako hatte ihr aufgetragen zu warten, bis sie sich mit ihr in Verbindung setzen würde. Yayoi fügte sich und fuhr auf schnellstem Wege durch das Wohngebiet nach Hause.

In der Gasse vor ihrer Straße traf sie auf eine ältere Frau aus der Nachbarschaft, die mit aufgespanntem Schirm dabei war, die Müllsammelstelle sauber zu machen. Über die Bewohner des nahen Mietshauses schimpfend, fegte sie verstreuten Müll zusammen. Yayoi blieb nichts anderes übrig, als sie freundlich zu grüßen: »Guten Morgen! Sie machen sich immer solche Mühe!«

Als die Frau sie erkannte, sagte sie etwas, mit dem Yayoi nicht gerechnet hatte: »Ach, sehen Sie mal, da drüben, ist das nicht Ihr Kätzchen?« Die Frau zeigte auf einen Strommast, hinter dem eine weiße Katze kauerte. Kein Zweifel, es war Milky.

»Ja wirklich, so was! Komm, Milky, komm her!« Yayoi streckte die Hand aus, doch die weiße Katze drückte ängstlich ihr Hinterteil auf den Boden und stieß ein spitzes Miauen aus.

»Komm, Milky, komm schnell wieder ins Haus, du wirst ja pitschnass!« Die Katze rannte davon.

»Ach herrje, was hat sie denn nur? Das ist ja seltsam!«, rief die Nachbarsfrau erstaunt. Ihre Gegenwart machte Yayoi insgeheim nervös; verzweifelt rief sie immer wieder nach der Katze. Milky, Milkylein, sei brav, Milky, komm, komm her, wo steckst du denn, Milkylein … Doch die Katze war längst über alle Berge, irgendwo im Regen verschwunden. Wie Kenji würde sie wohl nie mehr wiederkommen.

Yayoi führte ein Leben gegen den normalen Rhythmus: Wenn sie frühmorgens von der Nachtschicht nach Hause kam, blieb sie auf, um für Kenji und die Kinder das Frühstück vorzubereiten und mit ihnen zu essen, bevor sie die beiden Jungen zum Hort brachte. Danach erst konnte sie in Ruhe schlafen.

Sie war nicht eben erpicht darauf gewesen, in Nachtschicht zu arbeiten, doch als Mutter mit zwei kleinen Kindern blieb ihr kaum etwas anderes übrig. Es gab einfach keine Firmen, die ihr, die ständig wegen irgendwelcher Kinderkrankheiten und anderer Unwägbarkeiten zu Hause bleiben musste, eine Vollzeitstelle geben würden. Bevor sie in der Lunchpaket-Fabrik angefangen hatte, war sie halbtags als Kassiererin in einem Supermarkt beschäftigt gewesen. Doch man hatte ihr schnell wieder gekündigt, nachdem sie es abgelehnt hatte, sonntags zu arbeiten, und mehrmals gefehlt hatte, weil die Kinder plötzlich krank geworden waren. Die Nachtarbeit war zwar körperlich anstrengend, aber der Stundenlohn besser als tagsüber, und sie besaß den Vorteil, dass sie in Ruhe zur Arbeit gehen konnte, während die Kinder schliefen. Außerdem hatte sie dabei Freundinnen wie Masako und Yoshië gefunden.

Doch von nun an würde Kenjis Einkommen fehlen. Wie sollte es nur weitergehen? Aber dann besann sie sich darauf, wie sie den Haushalt ja die ganzen letzten Monate bereits ohne sein Geld mit Mühe und Not über die Runden gebracht hatte: Schlimmer konnte es kaum kommen. Es würde schon irgendwie gehen, sie würde beweisen, dass sie sich durchschlagen konnte. Seit der vergangenen Nacht hielt sich Yayoi für stark und selbstsicher.

Am liebsten hätte sie ihren besorgten Anruf in Kenjis Firma sofort hinter sich gebracht. Aber es könnte verdächtig wirken, wenn sie es zu früh täte. Also folgte sie, um Zeit zu schinden, ihrem normalen Tagesablauf, nahm eine halbe Schlaftablette und legte sich hin. Doch diesmal fiel sie nicht so leicht in Schlaf, und als sie endlich glaubte, eingenickt zu sein, träumte sie, dass Kenji quicklebendig neben ihr läge. Schweißgebadet wälzte sie sich hin und her.

Irgendwann, als sie schließlich doch noch eingeschlafen war, weckte sie das ferne Läuten des Telefons. Das war vielleicht Masako! Überstürzt sprang sie auf. Die Wirkung des Schlafmittels hatte wohl noch nicht ganz nachgelassen, denn ihr wurde schwindelig.

»Mein Name ist Hirosawa, ist Ihr Mann zu Hause?«, meldete sich ein Angestellter der kleinen Baustofffirma, bei der Kenji beschäftigt war. Jetzt ist es also so weit, dachte Yayoi und atmete tief durch.

»Nein, ist er denn nicht zur Arbeit gekommen?«

»Nein, er ist noch nicht hier…«

Yayoi hatte es geschafft, verwirrt und erschrocken zu klingen. Sie drehte sich um und schaute auf die Uhr an der Wohnzimmerwand. Es war kurz nach eins.

»Ich will offen mit Ihnen sein: Er ist die ganze Nacht nicht zu Hause gewesen. Ich weiß nicht, wo er übernachtet hat, aber ich hatte gehofft, dass er direkt zur Arbeit gegangen ist. Ich hab mich kaum getraut, in der Firma anzurufen und nachzufragen, denn dann wäre er womöglich wütend geworden. Ich war vollkommen ratlos…«

»…ja, verstehe«, warf Hirosawa, bei dem sich offenbar das Solidaritätsgefühl mit einem seiner Geschlechtsgenossen bemerkbar machte, hastig ein. »Sie machen sich sicher Sorgen!«

»So etwas ist schließlich noch nie vorgekommen, und ich weiß gar nicht, wie ich mich verhalten soll. Gerade habe ich noch überlegt, ob es nicht doch langsam besser wäre, in der Firma anzurufen…« Hirosawa war der Vertriebsleiter, Kenjis direkter Vorgesetzter also, erinnerte sich Yayoi, und während sie an seine ausgemergelte, armselige Erscheinung dachte, musste sie sich zwingen, weiterhin die zwischen Scham und Sorge hin- und herschwankende Ehefrau zu spielen.

»Bestimmt ist alles nur halb so wild. Er hat wahrscheinlich zu tief ins Glas geguckt und schläft jetzt irgendwo seinen Rausch aus. Ich weiß, das wird Sie auch nicht trösten, aber sehen Sie, Yamamoto hat noch nie unentschuldigt gefehlt, da wird er einmal über die Stränge geschlagen haben. Das kennen wir doch alle – zu viel Stress, bis irgendwann mal der Drang kommt, einfach auszubrechen.«

»Ohne der eigenen Familie Bescheid zu sagen?«, warf Yayoi ein.

»Mhmm«, brummte Hirosawa verlegen und schwieg.

»Aber was soll ich denn jetzt machen?«

»Warten Sie doch erst einmal ab bis heute Abend, Frau Yamamoto. Wenn er sich bis dahin immer noch nicht gemeldet hat, wäre es vielleicht doch besser, eine Vermisstenanzeige aufzugeben.«

»Wo macht man das denn? Bei der Polizeiwache hier im Viertel?«

»Nein, ich glaube kaum, dass diese kleinen Dienststellen für so etwas zuständig sind. Machen wir es doch so: Ich werde mich hier einmal erkundigen, und Sie bleiben zu Hause und warten, bis ich mich wieder melde. Machen Sie sich nicht so viele Sorgen, Frau Yamamoto, es wird sich sicher bald alles aufklären. Männer machen manchmal dumme Sachen, er wird schon nicht gleich spurlos verschwunden sein.«

Hirosawa hatte aufgelegt. Plötzlich war alles so still im Zimmer, und Yayoi sah sich darin um, bis ihr auffiel, dass es draußen endlich zu regnen aufgehört hatte. Auf einmal spürte sie ihren leeren Magen. Sie hatte seit gestern Abend nichts mehr gegessen. Es war noch Reis im Reiskocher, und sie machte ihn sich zusammen mit den Resten vom Frühstück der Kinder zurecht, doch als sie das Essen vor sich stehen sah, konnte sie nichts herunterbringen. Während sie noch mit ihren Stäbchen darin herumstocherte, klingelte wieder das Telefon.

»Frau Yamamoto? Hier ist noch einmal Hirosawa.«

»Haben Sie etwas herausfinden können?«

»Wir hier in der Firma glauben, dass Sie erst einmal bis morgen früh abwarten sollten, was denken Sie?«

»Meinen Sie wirklich?«, seufzte Yayoi. »Weil es zu peinlich wäre, alle Welt unnötig in Aufregung zu versetzen?«

»Nein, das nicht, wir halten es im Moment nur für das Beste. Falls er bis morgen früh nicht nach Hause gekommen ist, sollten Sie die Polizei verständigen, denn es wäre ja schlimmstenfalls möglich, dass er einen Unfall hatte.«

»Die Polizei?«

»Ja, den Notruf 110.«

Das bedeutete, sie würde die Angelegenheit morgen Vormittag bei der Polizei melden müssen. Denn Kenji würde auf keinen Fall nach Hause kommen.

»Aber ich mache mir solche Sorgen! Ich rufe lieber schon heute Abend an.«

»Bei der Polizei?«

»Ja. Stellen Sie sich vor, er hatte wirklich einen Unfall, dann liegt der Arme jetzt vielleicht alleine in irgendeinem Krankenhaus! Nein, es lässt mir einfach keine Ruhe, so etwas ist schließlich noch nie vorgekommen!«

»Nun ja, wenn Sie sich dabei wohler fühlen, ist es sicher besser so. Aber vielleicht steht er ja schon bald mit schuldbewusstem Gesicht vor der Tür!«

Das wird er nicht, nie mehr – worauf du dich verlassen kannst!, entgegnete sie Hirosawa im Stillen und beschloss, noch im Laufe des Tages bei der Polizei anzurufen. Denn das würde den Eindruck verstärken, das Verschwinden ihres Mannes hätte sie wirklich aus der Fassung gebracht. Auf einmal konnte Yayoi kühl kalkulieren.

Kurz nach vier, als sie gerade das Haus verlassen wollte, um die Kinder im Hort abzuholen, klingelte wieder das Telefon.

Eine leise Stimme sagte schroff: »Ich bin's.« Es war Masako.

In das Gefühl der Erleichterung mischte sich die Sorge, dass etwas schief gegangen sein könnte, und Yayoi fragte ängstlich: »Gut, dass du dich meldest. Wie ist es gelaufen?«

»Alles erledigt, du brauchst dir keine Sorgen zu machen. Die Situation hat sich nur ein wenig geändert.«

»Inwiefern?«

»Die Meisterin und Kuniko haben mir geholfen.«

Yayoi war darauf gefasst gewesen, dass Masako Yoshië einweihen würde, aber dass auch Kuniko mitgeholfen hatte, traf sie völlig unvorbereitet. In der Fabrik waren sie gute Kolleginnen, ja, aber sie traute der geltungssüchtigen Kuniko einfach nicht über den Weg. Plötzlich bekam Yayoi Angst.

»Kuniko? Meinst du wirklich, sie ist in Ordnung? Wird sie nicht reden?«

»Genau darum geht es. Sie stand plötzlich vor der Tür und hat uns mitten bei der Arbeit erwischt. Dann ist mir klar geworden, dass sie sowieso schon zu viel weiß: Sie hat mitbekommen, dass du von deinem Mann in den Bauch geschlagen wurdest und dass er euer ganzes Geld beim Bakkarat verspielt hat. Das heißt, wenn sie das der Polizei erzählt, wirst du ohnehin verdächtigt.«

Genau so ist es, dachte Yayoi und erblasste. Man brauchte nur die einzelnen Fäden zu entwirren, und alles würde nach und nach wie von selbst ans Tageslicht kommen. Aber vorgestern Nacht, als sie den anderen in der Fabrik davon erzählt hatte, hatte sie ja im Traum noch nicht daran gedacht, Kenji umzubringen – daran war nun nichts mehr zu ändern. Masako hatte Recht, es war genau, wie sie gesagt hatte. Auf sie war eben Verlass.

»Sie hat uns bei der Arbeit gesehen, also habe ich sie als Mittäterin verpflichtet. Aber da ist noch etwas: Beide, Kuniko und die Meisterin, wollen Geld. Das kommt jetzt plötzlich, ich weiß, aber könntest du fünfhunderttausend Yen beschaffen?«

Damit hatte sie nicht gerechnet, aber sie wollte alles tun, was Masako für richtig hielt.

»Reichen denn fünfhunderttausend für beide?«

»Ja, die Meisterin bekommt vierhunderttausend und Kuniko hunderttausend. Kuniko hilft sowieso nur bei der Müllentsorgung. Das wird sie beide zufrieden stellen, denke ich. Betrachte es doch so: Du hast ihn umgebracht und zahlst dafür, dass die Leiche beseitigt wird.«

»Verstehe. Ich werde meine Eltern bitten, mir das Geld zu leihen.«

Yayois Elternhaus in Yamanashi war nicht besonders wohlhabend, ihr Vater ein einfacher Angestellter kurz vor der Pensionierung. Ihn um Geld zu bitten war ihr unangenehm, aber früher oder später würde sie es ohnehin tun müssen, denn jetzt, wo auch das Ersparte weg war, würde sie kaum alleine den Lebensunterhalt bestreiten können. Es war nur noch eine Frage der Zeit.

»Mach das. Und, wie ist es bei dir gelaufen?« Masako fackelte nicht lange.

»Vorhin hat jemand aus der Firma angerufen, weil er nicht zur Arbeit erschienen ist. Ich soll eine Vermisstenanzeige aufgeben, wenn er bis morgen früh nicht nach Hause kommt. Aber ich hab gesagt, dass ich es vor Sorge kaum aushalte und lieber heute Abend schon die Polizei anrufen will.«

»Das hört sich doch gut an, dann glauben sie, dass dir die Situation vollkommen neu ist, und niemand wird dich für abgebrüht halten. Zur Arbeit kommst du heute sicher nicht, oder?«

»Nein.«

»Das ist auch besser so. Tja dann, bis morgen, ich rufe wieder an.« Für Masako schien alles Wichtige besprochen zu sein, sie wollte auflegen, doch Yayoi hielt sie hastig zurück: »Nein, warte, Masako!«

»Ja?«

»Was habt ihr damit gemacht?«

»Ach ja, es war eine Heidenarbeit, aber wir haben es geschafft, ihn schön zu portionieren. Wir haben ihn unter uns drei aufgeteilt und werden ihn morgen in aller Frühe wegwerfen gehen, denn donnerstags wird ja immer der brennbare Hausmüll abgeholt. Wir haben ihn vorschriftsmäßig in die mit Kalziumkarbonat versetzten Müllbeutel verpackt, es wird also kaum auffallen.«

»Aber wohin bringt ihr die Beutel?«

»Auf die Müllsammelstellen in der Nachbarschaft. Ich weiß, das ist ein wenig heikel, weil wir uns ja nicht allzu weit von unseren Häusern entfernen können, deshalb wollen wir versuchen, die Beutel möglichst unauffällig zwischen anderem Müll abzustellen, wo sie nicht so leicht ins Auge fallen.«

»Verstehe. Bis dann, hoffentlich geht alles gut!« Yayoi musste an die Nachbarsfrau denken, die sie eben noch schimpfend beim Fegen der Müllsammelstelle gesehen hatte, und konnte nur hoffen, dass alles gut ging.

Nachdem sie aufgelegt hatte, nahm sie den Hörer sofort wieder in die Hand und drückte entschlossen zweimal die Eins und dann die Null – eine Nummer, die sie noch nie im Leben gewählt hatte.

»Notrufzentrale. Was kann ich für Sie tun?«

»Ja also, mein Mann ist nicht nach Hause gekommen …«

Sie hatte damit gerechnet, abgewimmelt zu werden, doch der Mann am anderen Ende behandelte sie ganz geschäftsmäßig. Zunächst nahm er ihren Namen und ihre Adresse auf, dann bat er sie, kurz zu warten, und stellte sie zu jemand anderem durch.

Es meldete sich wieder eine männliche Stimme: »Hier ist die Einsatzstelle für häusliche Sicherheit. Seit wann vermissen Sie Ihren Mann?«

»Seit gestern Abend. In seiner Firma ist er heute auch nicht erschienen, wie man mir sagte.«

»Hat es im Vorfeld irgendwelche Probleme gegeben?«

»Nein, nicht dass ich wüsste.«

»Dann tun Sie Folgendes: Warten Sie noch eine Nacht ab. Wenn er bis morgen früh immer noch nicht da ist, kommen Sie aufs Revier und machen Meldung. Das Musashi-Yamato-Polizeirevier – Sie wissen, wo das ist?«

»Aber ich kann nicht länger warten. Ich habe einfach keine Ruhe mehr.«

»Hier können wir im Moment auch nichts anderes tun, als Ihre Meldung aufzunehmen. Wir haben vorerst keine Möglichkeit, nach ihm zu suchen.« Die Stimme des Mannes war sanfter geworden. Yayoi seufzte hörbar.

»Aber ich mache mir solche Sorgen! So etwas ist noch nie vorgekommen!«

»Nun ja, es handelt sich weder um ein Kind noch um eine ältere Person – bitte, warten Sie noch eine Nacht ab, und kommen Sie dann vorbei.«

»Ja, gut, wenn Sie meinen.«

Damit war alles erledigt, was sie heute zu tun hatte. Yayoi atmete tief durch, nachdem sie aufgelegt hatte.

Als sie mit den Kindern beim Abendessen saß, fragte Takashi plötzlich: »Gehst du heute arbeiten?«

»Nein, heute nicht.«

»Warum nicht?«

»Ich mache mir Sorgen, weil Papa nicht nach Hause kommt.«

»Da bin ich aber froh! Du machst dir also doch Sorgen deswegen!«, erwiderte Takashi erleichtert, und Yayoi war vor Schreck wie vor den Kopf gestoßen. Es hatte nur den Anschein, als würden Kinder nicht auf so etwas achten, aber in Wahrheit durchschauten sie die menschlichen Beziehungen ganz genau, musste Yayoi sich eingestehen, und ihr wurde immer unheimlicher zumute. War es möglich, dass der Junge alles mitangehört hatte, was gestern Abend passiert war, als Kenji nach Hause kam? Blanke Angst packte sie. Wenn dem so war, musste sie unbedingt dafür sorgen, dass er den Mund hielt. In ihre Gedanken hinein beklagte sich Yukihiro schmollend: »Mama, hör mal, Milky ist im Garten, und ich habe gerufen und gerufen, aber sie will einfach nicht hereinkommen!«

Da platzte Yayoi und brüllte: »Dann lass sie doch! Immer diese blöde Katze! Mama kann sich jetzt nicht auch noch um so was kümmern!«

Vor Schreck über das wutverzerrte Gesicht der sonst so liebevollen Mutter ließ Yukihiro seine Stäbchen fallen. Takashi senkte den Blick, als wollte er nichts davon gesehen haben.

Angesichts der Reaktion der Kinder bereute Yayoi ihren Ausbruch sofort. Sie musste unbedingt mit Masako über Takashi und die Sache mit der Katze reden. Gut, dass sie sich mit allem und jedem auf Masako verlassen konnte.

Sie hatte schon völlig vergessen, dass sie sich früher, als sie sich noch gut verstanden, auch von Kenji in dieser Weise abhängig gemacht hatte.

4

Masako breitete eine weitere Plastikplane auf der abgedeckten Badewanne aus und stellte die insgesamt dreiundvierzig Müllbeutel in Reih und Glied darauf auf. Die Plastikdeckel bogen sich unter dem Gewicht genau so, wie sie es getan hätten, wenn ein Mann daraufgestiegen wäre.

»Immer noch ganz schön schwer, obwohl so viel Blut abgeflossen ist!«, hatte sie wie zu sich selbst gesagt, als Kuniko unter Kopfschütteln seufzte: »Widerlich, wirklich unglaublich!«

Sofort schnappte Masako zurück: »Was hast du da eben gesagt?!«

»Unglaublich ist das, hab ich gesagt! Ich finde es unglaublich, wie du mit ungerührter Miene dastehen kannst, nachdem du so etwas getan hast!« Kuniko zog einen Schmollmund und sah Masako herausfordernd an.

»Ach ja, findest du? Das hat mit ungerührt überhaupt nichts zu tun, wenn du mich fragst«, gab Masako zurück. »Außerdem: Deine Nerven möchte ich haben! Rennst herum, machst überall Schulden, fährst trotzdem einen ausländischen Wagen und kommst dann zu mir, um dir Geld zu leihen! Das finde ich viel unglaublicher!«

Sofort füllten sich Kunikos ungeschminkte, kleine Augen mit Tränen. Sonst hatte sie immer ausgiebig Make-up aufgelegt, aber selbst dazu schien sie heute Morgen keine Zeit mehr gehabt zu haben. So sah sie jedenfalls weitaus jünger und natürlicher aus.

»So, meinst du? Dass ich nicht lache – der Vergleich hinkt ja wohl gewaltig. Ich bin immer noch zehnmal besser als du. Wer hat mich denn hier hineingezogen? Du hast mich doch hereingelegt!«

»Ach nein! Verstehe, dann brauchst du also gar kein Geld!«

»Doch, das Geld brauche ich. Es ist mein Untergang, wenn ich es nicht kriege!«

»Du wirst sowieso untergehen, glaub mir, auch ohne diese Sache hier! Leute wie dich kenne ich zur Genüge!«

»Wieso?«

»Auf meiner alten Stelle habe ich zu viele von deiner Sorte sehen müssen!« Masako hielt Kunikos Blick ruhig stand. Bei einem nichtsnutzigen Weib wie Kuniko konnte man nichts als draufhauen, und sie genoss es, ihr schonungslos die Wahrheit zu sagen. Zum Glück gab es in ihrer Umgebung noch genügend zwischenmenschliche Beziehungen, bei denen sie nach Lust und Laune reinen Tisch machen konnte.

»Was meinst du damit? Wo hast du denn früher gearbeitet?« Kunikos Neugier schien geweckt.

Masako schüttelte den Kopf: »Das geht dich nichts an, und es tut nichts zur Sache.«

»Tut es wohl! Antworte mir gefälligst, anstatt so geheimnisvoll drum herumzureden!«

»Ich rede nie drum herum: Wenn du Geld willst, dann tu etwas dafür!«

»Mach ich ja. Aber es gibt Grenzen, der Mensch hat seine Grenzen, das will ich nur gesagt haben.«

»Es wird dir bloß nichts nützen.« Masako lachte, und Kuniko, die offenbar an die Geldeintreiber des Kredithais denken musste, verbiss sich schnell jedes weitere Wort. Die Tränen waren getrocknet, stattdessen sah man jetzt, wie sich auf den auffällig großen Poren ihrer Nasenspitze die Schweißperlen bildeten.

»Du wolltest Geld und hast mitgemacht. Wenn das kein klarer Fall von Beihilfe ist! Führ dich also nicht auf, als wärst du was Besseres!«

»Ja, aber…«, begann Kuniko, schwieg dann aber, wobei ihr wieder die Zornestränen in die Augen traten.

»Ich will euch ja nicht unterbrechen, aber ich muss nach Hause.« Yoshië, der man den Schlafmangel an der aufgequollenen unteren Augenpartie ansah, hielt es offenkundig für ganz und gar unpassend, sich jetzt zu streiten, und drängte. »Die Oma ist längst wach. Für mich ist der Arbeitstag noch längst nicht zu Ende, ich hab noch unendlich viel zu tun.«

»Ich weiß, Meisterin, geh ruhig schon, aber nimm ein paar davon mit.« Als Masako mit dem Finger auf die Beutel mit den Fleisch- und Knochenstücken deutete, verzog Yoshië mit unverhohlenem Widerwillen das Gesicht.

»Ich bin doch mit dem Fahrrad! Willst du, dass ich die da in den Korb setze! Den Schirm muss ich auch noch halten!«

Masako sah aus dem Fenster. Es hatte aufgehört zu regnen, und hier und da schaute blauer Himmel zwischen den Wolken hervor. Bald würde die Temperatur wieder steigen. Wenn sie nicht schnell machten, würde die Verwesung weiter fortschreiten. Bei den Eingeweiden hatte sie schließlich schon eingesetzt.

»Es regnet nicht mehr.«

»Ich will aber nicht!«

»Und wie sollen wir die Beutel dann loswerden, könnt ihr mir das mal verraten?« Masako verschränkte die Arme vor der Brust, lehnte sich mit dem Rücken an die gekachelte Badwand und schaute Kuniko an, die wie versteinert im Vorraum stand: »Du nimmst auch welche mit!«

»Heißt das, ich soll das da in meinen Kofferraum tun!«

»Natürlich! Oder hast du etwa Angst, dir deinen schicken Schlitten schmutzig zu machen!« Masako war aufgebracht. Dachten sie denn überhaupt nicht mit? »Hier geht es nicht zu wie in der Fabrik, wo die Arbeit zu Ende ist, sobald das Band stillsteht! Die Beutel müssen an geeigneten Stellen weggeworfen werden, und wir müssen dafür sorgen, dass sie nicht entdeckt werden. Dann bekommt ihr euer Geld, und dann erst ist Schluss. Für den Fall, dass man die Beutel doch entdeckt, ist zu hoffen, dass die Identität der Leiche nicht zu ermitteln ist, und falls das auch noch passiert, sollte man nicht herausbekommen, was wir damit zu tun haben.«

»Und was ist, wenn Yayoi redet?«

»Dann können wir behaupten, sie hätte uns dazu gezwungen.«

»Tja, dann darf ich ja ruhig sagen, dass Masako mich gezwungen hat«, sagte Kuniko, die einfach nicht zurückstecken konnte.

»Darfst du, darfst du. Nur kriegst du eben kein Geld von mir, wenn du das von vornherein vorhast.«

»Du bist schrecklich, Masako, wirklich schrecklich«, schluchzte Kuniko mit gequetschter Stimme und wechselte das Thema: »Der Ärmste hier kann einem richtig Leid tun. Niemand ist traurig, weil er tot ist, niemand findet es schlimm, was mit ihm passiert ist.«

»Hör auf!«, brüllte Masako. »Das geht uns gar nichts an! Das ist einzig und allein eine Sache zwischen Yama-chan und ihm selbst!«

»Aber es stimmt auch nicht, glaube ich«, fiel Yoshië ihr nachdrücklich ins Wort, und Masako und Kuniko schauten sie an. »Es mag vielleicht merkwürdig klingen, aber es kommt mir immer mehr so vor, als würde sich die verstorbene Seele sogar darüber freuen, dass wir das mit ihm gemacht haben. Wenn ich bisher von einem Mord gehört habe, bei dem man die Leiche zerstückelt hat, habe ich mir das immer als schrecklich grausamen, brutalen Akt vorgestellt. Aber das stimmt nicht. Man behandelt die verstorbene Seele anständig, wenn man die Leiche geschickt und sorgfältig zerlegt!«

Da ist sie wieder, Yoshiës unnachahmliche Art der Selbstrechtfertigung, mit der sie sich die Dinge so lange zurechtbiegt, bis sie damit leben kann, dachte Masako. Doch ganz von der Hand zu weisen war es sicher nicht, dass das Abpacken der Fleischklumpen in dreiundvierzig Plastiktüten etwas von anständiger, sorgfältiger Arbeit gehabt hatte. Masakos Augen wanderten wieder zu den Müllbeuteln auf der abgedeckten Badewanne.

Zunächst hatten sie den Kopf abgetrennt, dann die Arme und Beine, die sie wiederum an den Gelenken zerteilt hatten. Füße, Unter- und Oberschenkel hatten sie jeweils in zwei Teile gestückelt und jedes Bein auf sechs Müllbeutel verteilt. Für die Arme hatten sie je fünf Beutel gebraucht. Die Finger konnten ihnen wegen der Abdrücke gegebenenfalls gefährlich werden, deshalb hatte sie Yoshië angewiesen, die Knochen nach Sashimi-Manier auszulösen und die Fingerhaut in hauchdünne Scheiben zu schneiden. So hatten sie allein für Arme und Beine zweiundzwanzig Beutel gebraucht.

Problematischer war der Rumpf gewesen, der sie viel Zeit gekostet hatte. Zunächst hatten sie einen Längsschnitt gemacht, um die Eingeweide herauszuholen, die acht Beutel gefüllt hatten. Dann hatten sie die äußere Fleischschicht in Streifen von Rippen und Wirbelsäule geschnitten, die Knochen herausgebrochen und in Ringe zersägt. Insgesamt benötigten sie für den Rumpf noch einmal zwanzig Tüten, kamen also, wenn man den Beutel mit dem Kopf mitrechnete, alles in allem auf dreiundvierzig. Drei Stunden hatte die ungewohnte Arbeit gedauert; sie hatten sie erst nach ein Uhr mittags beendet. Und sie waren dabei an die Grenzen ihrer zeitlichen wie auch körperlichen Möglichkeiten gestoßen.

Sie hatten nur die von der Stadt Tōkyō empfohlenen, mit Kalziumkarbonat versetzten Polyethylen-Müllbeutel verwendet und über jede oben zugebundene Tüte noch einmal in umgekehrter Richtung eine weitere gezogen, so dass man nicht mehr hindurchsehen konnte. Einwandfrei verpackter »brennbarer Müll«, der problemlos entsorgt werden würde, solange man den Inhalt nicht entdeckte. Jeder Beutel wog deutlich mehr als ein Kilo, und damit man nicht auf den ersten Blick erkennen konnte, dass es sich um Teile eines menschlichen Körpers handelte, hatten sie dafür gesorgt, dass alle möglichst verschiedene Stücke enthielten: Eingeweide und Fußrist, Fingerspitzenscheiben und Schulterstück – und so weiter. Das nachträgliche Mischen hatte Kuniko besorgt, obwohl sie sich unter Tränen dagegen gesträubt hatte. Yoshië hatte noch vorgeschlagen, die einzelnen Stücke in Zeitungspapier einzuwickeln, doch Masako hatte sich dagegen entschieden, weil sie fürchtete, dass man über die Zeitungen möglicherweise das Auslieferungsgebiet bestimmen konnte. Die Frage war nun, wo sie die Müllbeutel am besten abstellen sollten.

»Da du nur den Drahtesel hast, brauchst du nur fünf Beutel mitzunehmen, Meisterin. Kuniko kriegt fünfzehn, ich übernehme den Rest und überlege mir eine Lösung für den Kopf. Und achtet darauf, die Beutel nur mit Handschuhen zu berühren, da ihr sonst Fingerabdrücke hinterlasst!«

»Was willst du denn mit seinem Haupt machen, Masako?«, fragte Yoshië und blickte mit verstörter Miene auf das runde Etwas, das als Einziges in einem schwarzen Beutel verpackt war. Tatsächlich, mit der Würde eines menschlichen Hauptes thronte Kenjis Schädel, den sie als Allererstes abgetrennt hatten, auf der Badewannenabdeckung und beherrschte das Bild.

»Mit seinem Haupt?« Yoshiës Ausdrucksweise verleitete Masako zum Lachen. »Ich werde es später irgendwo vergraben. Eine andere Lösung fällt mir nicht ein. Wenn der Kopf gefunden wird, fliegt alles auf.«

»Aber er verwest doch …«, sagte Yoshië.

»Ja, aber man kann die Identität auch dann noch an Spuren von Zahnbehandlungen und so weiter feststellen«, unterbrach sie Kuniko mit fachmännischem Gesicht. »Das machen sie doch bei Flugzeugabstürzen und ähnlichen Katastrophen immer so.«

»Geht die Beutel jedenfalls an Müllsammelplätzen abstellen, möglichst weit weg von eurem Wohnort und auf mehrere Stellen verteilt. Und achtet darauf, dass euch niemand dabei beobachtet – aber ich denke doch, dass euch das klar ist.«

»Dann wäre es vielleicht am besten, es heute Nacht zu tun, wenn wir zur Schicht fahren, oder?«

»Aber dann hätten Katzen oder Raben die ganze Nacht Zeit, sich darauf zu stürzen«, bemerkte Kuniko. »Morgen früh nach der Schicht wäre vielleicht doch besser.«

»Ganz egal, solange es nur Stellen sind, die von niemandem bewacht werden. Trotzdem, erledigt das möglichst schnell.«

»Um noch mal auf unser Gespräch von eben zurückzukommen, Masako-san«, begann Kuniko vorsichtig, »kann ich nicht doch jetzt schon etwas Geld bekommen? Fünfzig-, nein, fünfundvierzigtausend würden fürs Erste reichen. Damit wäre ich wenigstens die Geldeintreiber los. Aber dann hätte ich nichts mehr zum Leben und müsste mir morgen wieder eine Kleinigkeit leihen …«

»Mir wird wohl nichts anderes übrig bleiben.« Masako holte das Geld und gab es Kuniko. »Ich zieh's dir von deinem Anteil ab!«

»Mein Anteil, wie viel wäre das denn?« Vorwitzig blitzte die Gier in Kunikos Augen auf, die gerade noch kurz vorm Weinen gestanden hatten. Unangenehm berührt stopfte Yoshië den Inhalt ihrer Hosentasche mit dem Daumen weiter nach unten. Nur Masako wusste, dass sie Kenjis Taschengeld an sich genommen hatte.

»Tja, du hast bloß beim Abpacken geholfen, an der Dreckarbeit warst du nicht beteiligt, also dürften hunderttausend genügen. Die Meisterin bekommt vierhunderttausend. Aber ich weiß noch nicht, ob Yama-chan überhaupt so viel auftreiben kann.«

Für einen Augenblick trafen sich Kunikos und Yoshiës Augen. Gleichzeitig erschien in beiden Gesichtern ein eindeutiger Ausdruck von Verzweiflung, aber – sei es, weil Yoshië sich mit dem Bonus zufrieden gab, den sie schon erhalten hatte, sei es, weil Kuniko nur froh war, dass sie wenigstens die schlimmste Arbeit nicht hatte machen müssen, oder weil beide einfach Angst vor Masako hatten – keine widersprach.

»Tja, dann will ich mal«, sagte Yoshië und verließ geschwind das Haus, ohne nur ein einziges Mal zurückzublicken.

Kuniko machte ebenfalls Anstalten, zu gehen, drehte sich jedoch noch einmal um: »Ach, Masako-san, warten wir heute Abend auf dem Parkplatz wieder aufeinander?«

»Das wird nicht nötig sein. Lass uns ruhig getrennt gehen«, antwortete Masako, während sie die Müllbeutel, die Kuniko mitnehmen sollte, in einem großen schwarzen Plastiksack verstaute.

Kuniko sah ihr argwöhnisch in die Augen: »Ist gestern Abend noch irgendwas gewesen? Du warst so spät …?«

»Nein, nichts.«

»Aha. Ja dann«, sagte sie und ließ ihre Augen wie zufällig von oben bis unten über Masakos Körper gleiten, als hätte sie da einen ganz bestimmten Verdacht.

Nachdem die beiden Frauen gegangen waren, brachte Masako ihren Anteil an Mülltüten, Kenjis zerschnittene Kleidungsstücke und seine anderen Habseligkeiten zum Auto und verstaute alles im Kofferraum. Heute Abend vor der Schicht würde sie herumfahren, um geeignete Stellen ausfindig zu machen, wo sie die Sachen noch in der Nacht oder morgen früh verschwinden lassen konnte.

Danach nahm sie einen Schrubber und machte sich daran, das Bad gründlich zu reinigen.

Aber wie oft sie die Fliesen auch mit den harten Borsten abscheuerte, immer blieb das Gefühl, die zähe Blutmasse hätte sich in den Fugen festgesetzt, und wie weit sie das Fenster auch öffnete, wie lange sie auch den Ventilator laufen ließ – der Gestank nach Blut und verwesenden Gedärmen schien einfach nicht zu verschwinden.

Alles Einbildung, dachte Masako, Sinnestäuschungen, die von

Feigheit genährt werden. Yoshië hatte ihre Hände so lange mit Cresol abgerieben, bis ihr fast die Haut abgefallen war, weil sie glaubte, der Ekel erregende Geruch, der daran haftete, würde nie wieder weggehen. Kuniko, die ja nur die Fleischstücke auf die Tüten verteilen sollte, war beim Anblick des zerstückelten Kenji sofort zum Klo gerannt und hatte sich – unter Schwüren, nie im Leben mehr Fleisch zu essen – übergeben; dann hatte sie unter Tränen die Müllbeutel gepackt. Sie selbst hatte das Ganze doch noch vergleichsweise gefasst hinter sich gebracht.

Den Badboden schrubbte sie einzig und allein deshalb mehrfach mit Scheuerpulver ab, weil sie den Luminol-Test fürchtete, falls es eventuell doch zu einer polizeilichen Untersuchung käme. Dass sie unter Verfolgungswahn leiden könnte, bedeutete eine Schmach für Masako, die alles Unvernünftige prinzipiell auszuschalten suchte.

An der Wand klebte ein Kopfhaar. Ein hartes, kurzes Männerhaar. Masako nahm es zwischen die Finger und überlegte, ob es von ihrem Mann, ihrem Sohn oder doch von Kenjis Leiche stammte. Hatte sie denn den Verstand verloren? Es war nichts weiter als ein Kopfhaar, wie man es im täglichen Leben eben jederzeit verlor, und solange man keine DNA-Analyse machte, würde niemand seine Herkunft feststellen können. Verrückt! Es war Abfall, ganz gleich ob es einem lebenden Mann ausgefallen war oder der Leiche. Sie spülte es den Abfluss hinunter. Und jagte den Verfolgungswahn gleich hinterher.

Nachdem sie Yayoi angerufen und mit ihr die Sache mit dem Geld besprochen hatte, konnte sie sich endlich ins Bett legen. Es war bereits nach vier Uhr nachmittags. Normalerweise ging sie morgens um neun ins Bett und stand um vier wieder auf. Jetzt war ihr Körper zwar völlig übermüdet, aber die Nerven lagen blank und machten sie hellwach. Der erlösende Schlaf wollte und wollte nicht kommen.

Masako holte sich eine Dose Bier aus dem Kühlschrank und trank sie in einem Zug leer. So aufgedreht war sie nicht mehr gewesen, seit sie in der Firma aufgehört hatte. Sie legte sich wieder hin, doch im Sommer, so kurz vor der Abenddämmerung, war es stickig schwül im Schlafzimmer, und sie warf sich nur im Bett hin und her.

Sie hatte nur für ein paar Stündchen die Augen zumachen wollen, doch als sie wach wurde, strich feuchte Nachtluft durchs offen stehende Fenster herein. Sie schaute auf die Armbanduhr an ihrem Handgelenk – es war acht – und stand auf. Obwohl es kühler geworden war, war ihr T-Shirt nass von Schweiß. Sie hatte schlecht geträumt, aber wovon genau wusste sie nicht mehr.

Sie hörte, wie jemand die Haustür aufschloss. Yoshiki oder Nobuki. Sie war nicht dazu gekommen, etwas zum Abendessen vorzubereiten. Schlaftrunken schlich Masako ins Wohnzimmer.

Nobuki saß am Esstisch und aß ein Lunchpaket aus dem 24-Stunden-Laden. Er musste schon einmal zu Hause gewesen sein, hatte wohl gesehen, dass nichts zu essen da war, und war noch einmal losgegangen, um sich etwas zu besorgen. Er blieb stumm, als Masako an den Tisch trat, nur seine Miene verhärtete sich. Doch dann blickte er erschrocken in die Leere hinter Masakos Rücken, als könne er spüren, dass die Atmosphäre sich irgendwie verändert hatte. Als Masako ihn so sah, erinnerte sie sich wieder daran, was für ein empfindsames Kind er gewesen war.

»Hast du auch für mich was mitgebracht?«, sprach sie ihn an, doch Nobuki senkte den Blick auf das Lunchpaket und setzte seine verstockte Miene auf, so als müsse er sich verteidigen. Was gab es da zu schützen, gegen was oder wen wollte er sich denn noch wehren? Seine Mutter jedenfalls hatte ihre Fürsorge für ihn längst über Bord geworfen!

»Schmeckt's?«

Nobuki antwortete nicht, sondern legte die Wegwerfstäbchen hin und starrte auf sein angefangenes Lunchpaket. Masako nahm den Plastikdeckel, an dem Reiskörner klebten, und schaute auf das Etikett: »Miki Foods, Higashi-Yamato-Fabrik, Auslieferung: 15:00 Uhr«. Ob es Zufall war oder Nobukis Absicht, es handelte sich jedenfalls zweifellos um einen »Theaterpausen-Lunch« aus ihrer Fabrik, das die Tagschicht abgepackt hatte. Das gab ihr einen Stich, und Masako schaute sich in ihrem ordentlich aufgeräumten Wohnzimmer um. Es kam ihr wie ein einziger Schwindel vor, was sie tagsüber unter diesem Dach angerichtet haben sollte. Nobuki nahm die Stäbchen wieder in die Hand und aß still weiter.

Masako setzte sich ihm gegenüber an den Tisch und schaute ihrem stummen Sohn gedankenverloren beim Essen zu. Wieder beschlich sie das Gefühl, das sie heute schon Kuniko gegenüber gehabt hatte. Sie erinnerte sich an die fast barbarische Lust, reinen Tisch zu machen unter ihren zwischenmenschlichen Beziehungen, und begriff, dass sie hier einen Fall vor sich hatte, bei dem sie absolut machtlos war: An dieser Beziehung ließ sich nichts ändern, auch wenn sie es noch so wollte. Hilflose Ohnmacht befiel sie.

Masako stand auf und ging ins Badezimmer, das im Dunkeln lag. Sie machte Licht, und das Bad, das sie von oben bis unten mit Scheuerpulver abgeschrubbt und gewienert hatte, erstrahlte augenblicklich in reinstem, trockenen Glanz. Sie ließ Wasser in die Wanne einlaufen.

Während sie vom Vorraum aus zuschaute, wie sich die Wanne langsam füllte, zog sie sich aus, stieg dann die kleine Stufe zum Waschplatz hinunter und duschte sich im Stehen. Sie erinnerte sich wieder daran, wie sehr sie sich gestern Nacht auf der Fabriktoilette gewünscht hatte, Kazuo Miyamoris Spuren augenblicklich von ihrem Körper tilgen zu können. Seither hatte sie bis zum Knöchel in Kenjis Blut gestanden, seine Haut-, Fleisch- und Knochenzellen hatten sich beim Zerstückeln unter ihren Fingernägeln festgesetzt. Trotzdem waren es immer noch Kazuo Miyamoris Spuren, die sie sich jetzt hier unter der Dusche abwaschen wollte. Sie ließ sich noch einmal Yoshiës Worte von der prinzipiellen Gleichheit lebender und toter Menschen durch den Kopf gehen und nickte, während ihr das Wasser auf den Körper prasselte. Eine Leiche fühlte sich widerlich an, aber sie bewegte sich nicht. Der lebendige Kazuo dagegen hatte sie bedrängen, auf sie einwirken können. Ja, die Lebenden störten sie weitaus mehr.

Zwei Stunden früher als gewöhnlich verließ Masako das Haus und ging zum Wagen, in dessen Kofferraum die Beutel mit Kenjis Kopf und seinen verschiedenen Körperteilen verstaut waren. Yoshiki war noch nicht nach Hause gekommen. Masako war froh darüber. Vielleicht, weil sie so noch vermeiden konnte, für ihn die gleichen Gefühle zu entwickeln wie gegenüber Kuniko, denn er gehörte zu jenen Beziehungen, an denen sich etwas ändern ließ.

Sie fuhr Richtung Tōkyō-Zentrum auf den nächtlichen Shin-Oume-Highway auf. Auf der Spur Richtung Stadtmitte war wenig los, aber Masako hatte es nicht eilig. Beim Fahren schaute sie sich rechts und links die Umgebung an und verbannte alle Gedanken an den Beginn der Nachtschicht und den Inhalt ihres Kofferraums aus dem Kopf, denn sie wollte herausfinden, wie die altvertraute Umgebung nun auf sie wirken würde.

Sie überquerte die große Überführung, unter der links die Kläranlage lag. Von der Brückenspitze aus sah sie in weiter Ferne die Lichter des Riesenrads im Seibu-Vergnügungspark, die wie der Umriss einer gigantischen Münze am Nachthimmel glitzerten. Sie hatte diesen Anblick schon ganz vergessen. Als Nobuki klein war, waren sie mit ihm dort gewesen und mit dem Riesenrad gefahren, aber das war lange, lange her. Genau wie ihr Sohn, der sich längst in einen erwachsenen Mann verwandelt hatte und ihr fremd geworden war, hatte nun auch sie selbst ihre Grenzen überschritten und würde sich verändern.

Rechts säumte die Betonmauer des Friedhofs von Kodaira-City eine Weile die Straße. Als der Golf-Übungsplatz in Sicht kam, der wie ein riesiger Vogelkäfig aussah, bog Masako rechts ab, nach Tanashi-City hinein. Nachdem sie ein Wohngebiet inmitten von Feldern passiert hatte, fuhr sie direkt auf ein großes Apartmenthaus zu.

In Tanashi war die Firma gewesen, in der sie früher gearbeitet hatte, deshalb kannte Masako sich hier aus. Sie wusste noch, dass das Apartmenthaus viele Wohneinheiten, eine schlechte Verwaltung und im Hof einen Müllabstellplatz hatte, den man jederzeit ohne weiteres betreten konnte. Sie parkte ihren Wagen direkt daneben, stieg aus und nahm fünf Beutel aus ihrem Kofferraum. Es standen mehrere große blaue Mülltonnen dort, die durch Schilder mit der Aufschrift »brennbarer Müll« oder »unbrennbarer Müll« gekennzeichnet waren. Beide Containersorten waren fast voll, drinnen herrschte ein heilloses Durcheinander aus Abfallbeuteln, Papierfetzen und dergleichen. Sie teilte den Müllberg in einem der Container und stopfte ihre Beutel tief nach unten hinein. Kenjis Körperteile waren nun nicht mehr von dem brennbaren Hausmüll der Mietparteien zu unterscheiden.

Danach fuhr sie jedes große Apartmenthaus an, das sie entdeckte, suchte den Müllabstellplatz, prüfte, ob man problemlos hineinkonnte, und ließ dort unauffällig ein paar Beutel oder Kleidungsstücke verschwinden. Sie fuhr gemächlich durch unbekannte nächtliche Wohnstraßen, und mischte an jeder einsamen Müllsammelstelle, die sie finden konnte, einige ihrer Beutel unter die schon dort stehenden. Somit war Kenjis Körper nicht nur zerstückelt worden, sondern bald auch sang- und klanglos an verschiedenen Stellen entsorgt. Übrig blieben nur noch sein Kopf und die paar Habseligkeiten aus seiner Hosentasche.

Wenn sie nicht zu spät kommen wollte, wurde es langsam Zeit, zur Fabrik zu fahren. Je mehr sich ihr Kofferraum leerte, desto leichter wurde ihr ums Herz. Der Gedanke, wie Yoshiē, die ja kein Auto besaß, ihren Anteil wohl verschwinden lassen würde, machte Masako ein wenig unruhig, aber bei der kleinen Menge würde sie es schon irgendwie schaffen. Außerdem: Auf Yoshiē war Verlass. Das Problem war Kuniko. Wie leichtfertig von mir, dieser unzuverlässigen Person fünfzehn Beutel anzuvertrauen! Masako bereute das jetzt und nahm sich vor, sie ihr wieder abzunehmen und selbst zu entsorgen, falls Kuniko das noch nicht erledigt hatte.

Masako fuhr in die Richtung zurück, aus der sie gekommen war, und hatte nach gut dreißig Minuten den Parkplatz der Fabrik erreicht. Kuniko war noch nicht da. Sie blieb eine Weile im Auto sitzen und wartete, doch das auffällige grüne Golf Cabriolet erschien nicht. Vielleicht hatten die heutigen Ereignisse sie so sehr geschockt, dass sie zu Hause geblieben war. Masako ärgerte sich, besann sich dann aber darauf, dass es nicht viel ausmachte, wenn Kuniko heute die Schicht schwänzte.

Die Luft war ziemlich trocken für Juli, fiel ihr auf, als sie aus dem Wagen stieg. Im Vergleich zum Morgen sogar deutlich kälter. Unverkennbar stieg ihr jetzt auch wieder der Geruch nach Frittiertem in die Nase.

Da erinnerte sie sich an die baufällige Betondecke über dem Abwasserkanal vor der stillgelegten Fabrik. Niemand würde es bemerken, wenn sie Kenjis Schlüsselbund und Portemonnaie in eines der Löcher werfen würde. Seinen Kopf könnte sie im Verlaufe des morgigen Tages irgendwo in den Wäldern um den Sayama-See vergraben.

Masako wollte Kenjis Sachen so schnell wie möglich loswerden. Als ihr Blick auf das hohe Wiesengras und das Rolltor vor der Einfahrt zur stillgelegten Fabrik fiel, erinnerte sie sich dunkel daran, wie Kazuo Miyamori gestern Nacht gesagt hatte: »Ich warte morgen hier.« Ihr Zusammentreffen am Morgen dürfte ihm diese Flausen wohl ausgetrieben haben, trotzdem sah sie sich vorsichtshalber genau in der Gegend um; es schien jedoch wirklich niemand da zu sein.

Sie näherte sich dem Rand des Kanals und suchte im Dunkeln angestrengt nach Löchern in der Betondecke, von denen sie eine ganze Reihe an den Nahtstellen der Bauelemente fand. Sie nahm Kenjis leeres Portemonnaie und seinen Schlüsselbund aus ihrer Tasche und warf beides hinein. Beruhigt hörte sie, wie die Sachen unten aufschlugen, und entfernte sich in Richtung Lunchpaket-Fabrik, die hell erleuchtet aus der Dunkelheit der Nacht vor ihr aufragte.

Sie hatte nicht die leiseste Ahnung, dass Kazuo Miyamori die ganze Zeit im Schatten des verrosteten Rolltors hockte, gegen das er sie in der vergangenen Nacht gepresst hatte.

5 Sobald sie Masakos Haus verlassen hatte, gönnte sich Kuniko ein lang ersehntes, befreites Durchatmen.

Das Wetter zeigte Anzeichen von Besserung, zwischen den Wolken schimmerte hier und da sogar blauer Himmel durch. Als die nach dem Regen feuchte, aber reine Luft an ihren Nasenwänden vorbeistrich, kam sie endlich wieder etwas zu Atem. Wenn nur der schwarze Plastiksack in ihrer rechten Hand nicht wäre, voll gepackt mit diesen widerlichen Sachen! Kuniko schüttelte sich und verzog das Gesicht. Sofort kam ihr auch die Luft, die sie gerade eingeatmet hatte, wieder lauwarm und eklig vor.

Sie setzte den Sack auf dem Boden ab und öffnete umständlich den Kofferraum ihres Golfs. Als ihr das typische Gemisch aus Staub- und Benzingeruch entgegenschlug, überfiel sie wieder der Brechreiz. Während sie die auf dem Filzboden des Kofferraums verstreuten Sachen – Werkzeug, Schirm, Schuhe – auf eine Seite räumte, um für die grässliche Fracht neben sich Platz zu schaffen, konnte sie immer noch nicht glauben, was sie da eben getan hatte.

Dieses unheimliche, eklige Gefühl, das sich ihren Händen durch die Gummihandschuhe hindurch vermittelt hatte, als sie die rosafarbenen Fleischstücke anfassen musste. Die bleichen Schnittflächen der durchsägten Knochen. Die bläulich weiße Haut, in der noch die Körperhaare steckten. All diese Details, die sich ihrem Hirn eingebrannt hatten, traten ihr jetzt wieder überdeutlich vor Augen, und, obwohl sie sowieso nicht kochen konnte, nahm sie sich fest vor, unter keinen Umständen jemals ein Fleischgericht zuzubereiten.

Vor Masako hatte sie zwar glaubwürdig versichert, alles gewissenhaft zu erledigen, aber daran brauchte sie sich jetzt nicht mehr zu halten; sie wollte dieses unheimliche Zeug nur noch auf schnellstem Wege loswerden. Nicht eine Sekunde wollte sie es in ihrem geliebten Auto haben. Bald würde es zu verwesen beginnen und die Luft mit seinem schrecklichen Gestank verpesten, der sich dann womöglich in die glatten, weichen Lederbezüge ihrer Sitze fressen und sie auf ewig belästigen würde. Nicht auszudenken! Sicher wäre jedes Raumspray machtlos dagegen. Je mehr sie sich diese Dinge vorstellte, desto weniger ertrug sie den schwarzen Sack neben sich. Sie überlegte, ob sie ihn nicht gleich hier in der Nähe irgendwo wegschmeißen konnte, und sah sich in der Gegend um.

Sie befand sich auf einer Anhöhe inmitten von Feldern, offenbar hatte man hier erst vor kurzem angefangen, Bauland zu erschließen, denn es gab nur das eine Häuflein kleiner, nagelneuer Häuser, zu der Masakos gehörte. Doch wie der Zufall es wollte, hatte sie Glück: An der Grenze zwischen Bau- und Ackerland entdeckte sie eine durch ein Betonmäuerchen eingefasste Müllsammelstelle. Kuniko drehte sich zu Masakos Haus um und vergewisserte sich, dass die sie nicht beobachtete: Die Luft war rein. Sie nahm den schweren Plastiksack und trug ihn zur Sammelstelle.

Würde er hier entdeckt werden, könnte man ihnen leicht auf die Spur kommen, aber das war Kuniko egal. Hatte sie etwa darum gebeten, ihn entsorgen zu dürfen! Sie warf den schwarzen Sack einfach über das Mäuerchen auf den sauber gefegten Platz. Das Plastik riss an der Seite ein wenig auf, und durch den Spalt konnte man die milchigen, durchscheinenden Beutel darin erkennen, aber Kuniko warf den Kopf herum, um nicht hinsehen zu müssen, und wollte sich gerade wieder davonmachen, als sie eine männliche Stimme hinter sich hörte und erschrocken stehen blieb.

»Einen Moment mal!«

Vor dem Müllsammelplatz war urplötzlich ein braun gebrannter älterer Mann in Arbeitskleidung aufgetaucht, dem der Zorn im Gesicht geschrieben stand. »Wohnen Sie etwa hier?«

»Ehm…«

»Das geht doch nicht, was Sie da machen!« Der Alte hob den Plastiksack, den Kuniko gerade weggeschmissen hatte, mühelos hoch und hielt ihn ihr vor die Nase. Dann deutete er mit der anderen Hand und einer Miene, als wolle er sagen: »Ätsch, hab ich dich erwischt!«, auf das Feld: »Unverschämte Leute wie Sie tauchen hier oft genug auf, deshalb behalte ich den Platz von dort aus im Auge!«

»Tschuldigung.« Kuniko, die es nicht ertragen konnte, wenn man sie beschimpfte, nahm den Sack, den der Mann ihr hinhielt, und machte sich schleunigst davon. Als sie bei ihrem Auto angekommen war, warf sie das schwarze Ungetüm ohne zu zögern in den Kofferraum und ließ hektisch den Motor an. Ein ängstlicher Blick in den Rückspiegel verriet ihr, dass der Alte sie immer noch von weitem beobachtete. Überstürzt fuhr sie los.

»Blöder alter Sack, soll dich doch der Teufel holen!«, fluchte sie in den Rückspiegel hinein und trat aufs Gas, ohne zu wissen, wo sie überhaupt hinwollte. Als sie eine Weile gefahren war, wurde ihr bewusst, wie schwierig es sein würde, die verfluchten Müllbeutel unbemerkt wegzuwerfen, und ihre Stimmung verfinsterte sich empfindlich. Auf was hatte sie sich da nur eingelassen! Ganze fünfzehn Beutel hatte Masako ihr aufs Auge gedrückt! Allein schon das Gewicht! Sie konnte unmöglich damit herumspazieren, das würde auffallen. Aber sie wollte sie unbedingt so schnell wie möglich loswerden. Kuniko überlegte hin und her, hielt sich krampfhaft am Lenkrad fest und ließ ihre Blicke nervös umherschweifen. Die Ungeduld verleitete sie zu unkonzentriertem Fahren; mehrfach blieb sie vor grünen Ampeln stehen und wurde von hinten angehupt.

Sie kam wieder an dem städtischen Wohngebiet mit den kleinen Einfamilienhäusern vorbei, durch das sie am Morgen schon gefahren war. Ihr Blick fiel auf junge Mütter, die ihre Kinder auf einem armseligen Spielplatz spielen ließen. Gerade warf eine von ihnen eine leere Bonbontüte in den Abfalleimer neben der Bank. Plötzlich hatte Kuniko eine fabelhafte Idee: Sie konnte das Zeug in einem Park wegschmeißen! Dort gab es überall Abfalleimer, und so viele Leute würden da auch nicht herumlaufen, niemand würde etwas bemerken. Genau, ein Park war die Lösung, am besten ein großer, öffentlicher, zu dem man jederzeit freien Zutritt hatte.

Begeistert von ihrem Geistesblitz, erhellte sich Kunikos Laune wieder, und ein Lied summend, fuhr sie weiter, den Blick stur nach vorne gerichtet.

Mit den Leuten von der Fabrik war sie einmal zur Kirschblüte im Koganei-Park gewesen. War das nicht überhaupt der größte Park von Tōkyō? Wenn sie dort den grässlichen Müll wegwerfen ginge, würde es wohl kaum herauskommen.

Kuniko parkte ihren Wagen am Flussufer des Shakujiigawa hinter dem Park. Nachmittags, an einem normalen Werktag, hielt sich dort glücklicherweise gerade niemand auf. Kuniko fielen die Gummihandschuhe wieder ein, die sie von Masako bekommen hatte. Sie zog sie an und nahm den schwarzen Plastiksack mit den Leichenteilen aus dem Kofferraum. Dann ging sie damit zum Hintereingang der Anlage. In dem naturbelassenen Park wuchs dichter Wald mit Gehölz und hohen Bäumen; das ganze junge Grünzeug erstickte einen fast mit seinen Ausdünstungen. Sie hatte sich vom Weg entfernt und schlug sich durch das vom Regen feuchte Unterholz, wobei ihre weißen Halbschuhe pitschnass wurden. Es war heiß, und ihre Hände in den Gummihandschuhen schwitzten. Dieses ekelhafte Gefühl und das Gewicht des Plastiksacks brachten sie zum Keuchen. Gab es denn hier nicht endlich mal einen Platz, wo sie die Müllbeutel unbemerkt loswurde? Das war alles, woran sie denken konnte. Aber in diesem Dickicht war kein einziger Abfalleimer zu finden.

Das Gehölz lichtete sich, und vor ihren Augen öffnete sich eine große Wiese. Es hatte eben erst aufgehört zu regnen, deshalb waren kaum Leute da, kein Vergleich mit dem Menschenauflauf zur Kirschblütenzeit! Zwei junge Männer, die Catchball spielten. Ein Mann, der gemütlich herumspazierte. Ein Pärchen in Badekleidung, das auf dem nassen Rasen eine silberfarbene Freizeitdecke ausgebreitet hatte und miteinander flirtete. Eine Gruppe Hausfrauen, die ihre kleinen Kinder spielen ließen. Ein älterer Mann, der seinen großen Hund auf dem Parkweg ausführte. Das war alles, mehr Leute konnte Kuniko nicht entdecken. Der ideale Ort, dieses Zeug hier zu entsorgen. Kuniko lachte sich ins Fäustchen.

Sie schlich sich von Baum zu Baum, um nicht aufzufallen, und durchkämmte die Gegend nach Abfallkörben. Als Erstes fiel ihr ein großer Drahtkorb neben einem Tennisplatz ins Auge; dort deponierte sie einen Beutel. Die nächsten beiden schmiss sie in einen Abfalleimer neben einem Kinderspielplatz mit Klettergeräten. Dort wurde sie durch eine Gruppe alter Leute gestört, die an ihr vorbeispazierten, worauf sie mit Unschuldsmiene ins Gebüsch abtauchte. Mit dieser Methode – durch den Park streifen, Abfallkörbe ausfindig machen, einen unbeobachteten Moment abwarten, Beutel hineinwerfen – brauchte sie eine knappe Stunde, bis sie alle fünfzehn Mülltüten entsorgt hatte.

Plötzlich überfiel sie der Hunger, vielleicht, weil sie sich erleichtert fühlte. Sie hatte den ganzen Tag noch nichts gegessen. Kuniko entdeckte einen Kiosk und eilte darauf zu, während sie die Gummihandschuhe und den leeren schwarzen Plastiksack zusammenknüllte und in ihre Handtasche stopfte. Sie kaufte sich einen Hot Dog und eine Cola, setzte sich auf eine Holzbank und aß. Als sie den Pappteller und den Pappbecher in den Abfalleimer werfen wollte, sah sie, wie sich dort ein Haufen Schmeißfliegen über einen Rest gebratene Nudeln hermachte. Sie dachte an die Müllbeutel. Wenn sie rissen und der Inhalt herausplatzte, würde es darauf augenblicklich nur so wimmeln vor Schmeißfliegen. Das Zeug würde verwesen, ganze Schwärme von Schmeißfliegen anziehen, und bald würden die Maden darauf herumkrabbeln... Wieder bekam sie das Gefühl, sich übergeben zu müssen, und Kunikos Mund füllte sich mit saurem Speichel.

Sie wollte nur noch nach Hause und schlafen. Sie stand auf, steckte sich eine Mentholzigarette zwischen die Lippen und lief über das nasse Gras zum Auto.

Als sie, ganz schwindlig vor Übermüdung, dem Schock über das, was sie in Masakos Haus hatte sehen müssen, und der anstrengenden Arbeit im Park, vor ihrer Wohnungstür stand, löste sich ein junger Mann aus einer Flurecke des offenen Treppenhauses und kam langsam auf sie zu. Ahnungslos sah sich Kuniko den Mann an. Mit dem schlichten Anzug und dem schwarzen Aktenkoffer wirkte er wie ein Vertreter. Das fehlte noch! Hastig schloss sie die Tür auf und wollte schon in ihrer Wohnung verschwinden, aber da hatte der Mann sie schon angesprochen:

»Frau Jōnouchi?« Die Stimme kam ihr bekannt vor.

Wieso wusste er ihren Namen? Kuniko warf ihm einen misstrauischen Blick zu. Freundlich lächelnd näherte er sich ihr. Zu dem schlicht karierten Leinenanzug trug er eine gelb gemusterte Krawatte. Er schien Geschmack zu haben, war schlank und hatte sein Haar braun gefärbt – schlecht sah er nicht aus. Er hatte durchaus etwas von diesen jungen, hübschen Serienschauspielern im Fernsehen. Kuniko wurde neugierig.

»Entschuldigen Sie, dass ich Sie einfach so anspreche. Mein Name ist Jūmonji.«

Der Mann griff in die Brusttasche seines Jacketts und überreichte ihr mit geübter Handbewegung seine Karte. Kuniko blickte darauf und konnte einen entsetzten Schrei nicht unterdrücken. Denn auf der Karte stand: »Verbraucherzentrum Million. Akira Jūmonji. Geschäftsführender Direktor«.

Obwohl sie es geschafft hatte, sich bei Masako fünfzigtausend zu leihen, hatte sie vor lauter Aufregung über diese verdammte Wegwerfaktion doch tatsächlich verschwitzt, zur Bank zu fahren! Wozu hatte sie denn den ganzen Stress überhaupt auf sich genommen?! Sie war wirklich zu blöd! Kuniko, die sich sonst immer aufspielte, als ginge sie nichts etwas an, konnte ihre Nervosität kaum verbergen.

»Ach je, entschuldigen Sie bitte. Ich habe das Geld, aber ich habe vollkommen vergessen, es zu überweisen. Also… ich, ich habe es, wirklich, warten Sie!«

Als sie ihr Portemonnaie aus der Handtasche zog, fiel einer der Wegwerfhandschuhe heraus und landete auf dem schmutzigen Betonboden. Jūmonji bückte sich, hob ihn auf und reichte ihn ihr zurück, nachdem er ihn mit einiger Verwunderung betrachtet hatte.

Kuniko geriet immer mehr aus der Fassung, nahm aber andererseits mit einiger Erleichterung zur Kenntnis, dass man ihr als Geldeintreiber nicht, wie befürchtet, einen Yakuza, sondern einen überraschend galanten jungen Mann geschickt hatte. Das ließ sie sich gefallen, mit ihm würde sie sich schon irgendwie einigen können, und insgeheim gewann sie wieder etwas von ihrer gewohnten Zuversicht zurück.

»Es waren doch fünfundfünfzigtausendzweihundert Yen, nicht wahr? Können Sie mir auf sechzigtausend herausgeben?«

Kuniko holte die fünf Zehntausend-Yen-Scheine von Masako und den einen, den sie selbst noch hatte, aus ihrem Portemonnaie und hielt sie Jūmonji hin. Der schüttelte den Kopf.

»Aber doch nicht hier!«

»Ach so, Sie möchten lieber, dass wir jetzt gleich zur Bank fahren und es auf Ihr Konto einzahlen?«

Kuniko sah auf ihre Armbanduhr. Es war kurz vor vier, am Automaten würde man noch überweisen können.

»Nein, nein, das ist nicht nötig, ich kann das Geld durchaus auch hier entgegennehmen. Ich hatte nur Bedenken wegen Ihrer Nachbarschaft…«

»Ach so, ja, daran habe ich überhaupt nicht gedacht, entschuldigen Sie.« Kuniko senkte betreten den Kopf.

»Nein, nein, ich kann Sie gut verstehen, Sie befinden sich in einer schwierigen Lage, und ich weiß Ihren guten Willen durchaus zu schätzen!« Jūmonji überreichte ihr das Wechselgeld und eine Quittung und flüsterte dann besorgt: »Übrigens soll Ihr Mann ja seine Stelle bei der pharmazeutischen Firma aufgegeben haben, nicht wahr?«

»Oh, ja, das ist richtig.« Das wussten sie also schon! Warum machten sie sich die Mühe und stellten so genaue Nachforschungen an? Insgeheim erschüttert fügte Kuniko hinzu: »Sie wissen ja sehr gut Bescheid!«

»Ja, verzeihen Sie, aber unter den gegebenen Umständen erlauben wir uns vorsichtshalber immer, die näheren Hintergründe ein wenig zu beleuchten. Und wo arbeitet Ihr Mann jetzt, wenn ich fragen darf?«, wollte Jūmonji, nach wie vor freundlich lächelnd, wissen.

Obwohl sie spürte, wie er sie mit seiner geschmeidigen Sprache und seinem zuvorkommenden Auftreten einzuwickeln versuchte wie eine Spinne ihre Beute, plauderte sie aus, was er auf keinen Fall wissen durfte: »Also, das … das weiß ich nicht.«

»Wie meinen Sie das bitte?« Jūmonji legte den Kopf schief, als würde er nicht begreifen.

Er sah so reizend dabei aus – wie die jungen Prominenten im Fernsehquiz, die schon bei den einfachsten Fragen verlegen den Kopf hin- und herdrehten! Von dem Impuls getrieben, es ihm zu erklären, ließ sie sich gar zu völlig überflüssigen Äußerungen hinreißen: »Er ist gestern Abend nicht nach Hause gekommen. Ich mache mir Sorgen, ich fürchte, er hat mich verlassen.«

»Verzeihen Sie die indiskrete Frage, aber: Sie sind doch rechtmäßig verheiratet, oder?«

»Nein, also … wir leben nur zusammen.«

Als Kuniko das mit leiser Stimme gesagt hatte, atmete Jūmonji tief aus: »Puh, so ist das also.«

Nebenan ging die Wohnungstür auf, und die Nachbarin erschien mit ihrem Baby auf dem Rücken und einem zusammengeklappten Buggy in der Hand. Sie nickte Kuniko kurz zu, wobei sie mit unverhohlen neugierigen Blicken den Mann musterte, mit dem ihre Nachbarin da wohl sprach. Unverbindlich nickend wartete Jūmonji rücksichtsvoll ab, bis die Nachbarin verschwunden war. Als wäre er ernsthaft besorgt um Kunikos guten Ruf.

»Was werden Sie denn machen, falls sich Ihre Befürchtung bewahrheiten sollte und Ihr Mann Sie wirklich verlassen hat? Verzeihen Sie, wenn ich Ihnen zu nahe trete, aber haben Sie auch genug Geld zum Leben?«

Kuniko war untröstlich. Genau das war ja der Punkt! Die gut hundertzwanzigtausend Yen, die sie monatlich in der Fabrik verdiente, reichten gerade mal für die Kreditzinsen. Was ihren Lebensunterhalt anging, hatte sie sich ganz auf Tetsuyas bescheidenes Einkommen verlassen. Wenn er wirklich abgehauen war, würde sie mit dem Nachtschichtlohn alleine natürlich nicht mehr auskommen.

»Nein, Sie haben Recht. Vielleicht werde ich mir eine weitere Arbeit suchen müssen.«

»Hm …«, machte Jūmonji und, als müsse er überlegen, legte den Kopf wieder in diesem unnachahmlichen Winkel schief. »Auch mit einer weiteren Stelle werden Sie vielleicht gerade den Lebensunterhalt bestreiten können. Verzeihen Sie meine Offenheit, aber das Problem sind doch Ihre Schulden, nicht wahr?«

»Ja.« Bedrückt verstummte Kuniko.

»Wenn Sie möchten, könnten wir uns vielleicht jetzt gleich einmal über Ihren weiteren Rückzahlungsplan unterhalten – was halten Sie davon?«

Jūmonji machte Anstalten, Kunikos Wohnung zu betreten. Kuniko wurde hektisch vor Verlegenheit. Drinnen herrschte ein heilloses Durcheinander, da sie heute Morgen in ihrer Wut alles stehen und liegen gelassen hatte und kopflos aus der Wohnung gestürzt war. Einem gut aussehenden Mann wie ihm konnte sie doch dieses Chaos unmöglich zumuten!

»Ja, aber …«

»In der Nähe gibt es doch sicher ein Family-Restaurant. Wollen wir uns vielleicht besser dort zusammensetzen? Ich bin mit dem Auto da.«

Kuniko beruhigte sich und wurde unvorsichtig: »Tja, einverstanden, aber könnten Sie vielleicht einen Moment warten? Ich muss nur kurz in meine Wohnung.«

»Natürlich. Ich warte unten im Wagen auf Sie. Es ist der dunkelblaue Nissan Maxima, der auf dem Parkplatz steht.« Daraufhin entschuldigte sich Jūmonji mit einer knappen Verbeugung, begleitet von dem liebenswürdigsten Lächeln, und verschwand.

Der dunkelblaue Maxima auf dem Parkplatz! Über den weiteren Rückzahlungsplan unterhalten! In einem Family-Restaurant zusammensetzen!

Vor lauter Aufregung vergaß Kuniko sogar, was heute in Masakos Haus geschehen war, und lief in ihre Wohnung. Wieso hatte sie ausgerechnet heute ungeschminkt das Haus verlassen! Wieso hatte sie ausgerechnet heute diese dumme Jeans und ein uraltes T-Shirt angezogen! Sie sah ja aus wie die Meisterin!

Und außerdem: Wie war sie bloß auf den Gedanken verfallen, bei den Männern, die Geld eintrieben, könne es sich nur um Yakuza handeln! Mit einem so jungen, gut aussehenden Mann hatte sie im Leben nicht gerechnet! Während Kuniko sich hastig Foundation auftrug, holte sie noch einmal Jūmonjis Karte hervor und las: »Verbraucherzentrum Million. Akira Jūmonji. Geschäftsführender Direktor« hieß es da.

»Geschäftsführender Direktor« war so gut wie Chef. Kuniko wunderte sich weder darüber, dass ein Firmenchef höchstpersönlich auftauchte, um sich nach ihrem Befinden zu erkundigen, noch über den fragwürdigen Namen, der wie ein Künstlerpseudonym klang – sie interessierte sich nur noch für den hinreißenden jungen Mann, der sie mit seiner Erscheinung völlig geblendet hatte.

6

Jūmonji nippte an dem dünnen, abgestandenen Kaffee des Family-Restaurants und musterte das Gesicht der ihm genau gegenübersitzenden Kuniko.

Sie hatte ihm offenbar die Gunst erwiesen, Make-up aufzulegen, während er im Wagen auf sie warten musste – na ja, jetzt sah sie immerhin ein klein wenig erträglicher aus als im schummrigen Außenflur der öffentlichen Mietskaserne. Aber der dicke, verschmierte Lidstrich um die Augen, die ungleichmäßig aufgetragene Foundation, überhaupt das dicke Make-up betonten noch den Eindruck von einer fragwürdigen Frau undefinierbaren Alters und undurchsichtiger Persönlichkeit.

Jūmonji, der sowieso keine Frauen über zwanzig mochte, hegte eine grundlose Abneigung gegen Kuniko. Sie kam ihm wie die Verkörperung seiner Überzeugung vor, dass Frauen mit jedem Lebensjahr verdorbener wurden.

Noch so ein fauler Schuldner, dachte Jūmonji, während er auf die etwas vorstehenden Zähne von Kuniko starrte, die ihm gerade ihr Leid über die ach so harte Arbeit in der Lunchpaket-Fabrik klagte. Ihre Schneidezähne waren mit rosarotem Lippenstift verschmiert.

»Ja, haben Sie denn keine Lust, tagsüber zu arbeiten, Frau Jōnouchi?«

»Doch, aber es gibt leider nichts Passendes für mich«, antwortete Kuniko frustriert.

»Was schwebt Ihnen denn vor?«

»Büroarbeit wäre nicht schlecht, aber es gibt einfach keine Stellenangebote für das, was ich machen möchte.«

»Ach, Sie müssen nur suchen, dann werden Sie schon etwas finden!« Während er sie automatisch mit den üblichen Floskeln abspeiste, dachte er: Selbst wenn es Stellen geben sollte – *du* würdest nie im Leben eine bekommen. Dass Kuniko eine verantwortungslose Schlampe war, lag offen zutage wie das Innerste einer Qualle. Er war zwar erst einunddreißig Jahre auf der Welt, aber Leute wie sie hatte er zur Genüge gesehen. Sie gehörte genau zu den Typen, die Büromaterial mitgehen ließen und Privatgespräche führten, sobald man sie einen Moment aus den Augen ließ, die ständig unentschuldigt fehlten, ohne sich etwas dabei zu denken, und die ohne Skrupel unterschlugen, was das Zeug hielt, solange sie nicht erwischt wurden. Nie und nimmer würde er eine wie sie einstellen, wenn er darüber zu entscheiden hätte.

»Nun, Frau Jōnouchi, das bedeutet also, Sie wollen weiter allein mit Ihrer nächtlichen Tätigkeit auskommen?«

»Na, hören Sie mal, so wie Sie das sagen, klingt das ja, als wäre ich im Rotlichtmilieu tätig!« Kuniko lachte kokett.

Dabei gab es da gar nichts zu lachen. Als ob du zu fein wärst, um in diesem Gewerbe zu arbeiten! Wo du bis zum Hals in Schulden steckst! Na warte, dachte Jūmonji angewidert und stellte die dicke, schwere Kaffeetasse abrupt auf den Unterteller zurück. Dieses Weib war ihm mittlerweile unerträglich! »Darf ich offen mit Ihnen sein?«

»Ja…« Kunikos Gesicht wurde ernst.

»Auch wenn es unhöflich erscheinen mag, aber ich muss Sie leider fragen: Werden Sie die nächste Rate begleichen können?« Jūmonji setzte sein besorgtes, untröstliches Gesicht auf, indem er die wohlgeformten, wie gemalt wirkenden Augenbrauen hob, so dass sie einen großen Bogen bildeten. Er war stolz auf diese Miene, die ihm eine aufrichtige, fast naive Ausstrahlung verlieh. Die Frauen wurden weich, wenn er sie so anschaute, das wusste er. Erwartungsgemäß schmolz Kuniko dahin und wand sich vor Verlegenheit. Als wenn es einen unschuldigen Geldverleiher geben könnte! In welcher Welt lebt sie denn!, dachte der gehässige Jūmonji hämisch.

»Das wird schon gehen, ich verspreche es. Ich werde sie Ihnen ja schließlich bezahlen müssen!«

»Ja, da haben Sie Recht. Aber wie wollen wir nun weiter verfahren? Wenn Sie nicht herausfinden, wo Ihr Mann sich aufhält, werden Sie auch einen neuen Bürgen brauchen.«

Kunikos verschwundener Mann war zwar erst seit zwei Jahren

dauerhaft beschäftigt, aber er hatte in einer Firma gearbeitet, die immerhin an der Zweiten Sektion der Tōkyōter Börse notiert war. Nur deshalb hatten sie ihr jedes Mal sofort Kredit gegeben, wenn sie angetanzt kam, insgesamt achthunderttausend. Kuniko hatte sich vielleicht eingebildet, sie bräuchte bloß vorbeizukommen und schon bekäme sie Geld geliehen, wie im Schlaraffenland, aber wenn ihr Mann – wilde Ehe hin oder her – als Garant nicht gewesen wäre, hätte sie nie einen Yen gesehen. Wenn der Mann jetzt in der Firma gekündigt und sich in Luft aufgelöst hatte, war das für ihn gleichbedeutend mit dem Wegfall der Aussicht, das Geld jemals wieder zurückzubekommen. Jūmonji hätte angesichts Kunikos Einfalt mit den Zähnen knirschen können. Wer würde einem nichtsnutzigen Weib wie ihr schon ohne weiteres Geld leihen!

»Ja, aber es fällt mir niemand ein, der das machen könnte.« Kuniko schien noch keinen Gedanken an einen Bürgen verschwendet zu haben. Ratlose Bestürzung breitete sich auf ihrem Gesicht aus.

»Ihre Eltern leben auf Hokkaidō, nicht wahr?« Jūmonji blickte auf das mitgebrachte Vertragsformular. Zum Wohnort und Arbeitsplatz ihrer Eltern hatte Kuniko Angaben gemacht, aber die Rubrik »Verwandtschaft« war leer.

»Mh, ja, mein Vater lebt dort, aber er ist krank.«

»Aber er wird Ihnen doch sicher helfen, wenn er hört, dass sein Töchterchen in Schwierigkeiten steckt!«

»Völlig aussichtslos. Er ist so gut wie ständig im Krankenhaus. Außerdem hat er selbst kein Geld.«

»Aber irgendwen werden Sie doch haben, einen Verwandten oder Freund, ganz gleich, ich brauche nur seine Unterschrift und seinen Namensstempel, ein einfacher Serienstempel reicht, er muss nicht beglaubigt sein.«

»Es gibt aber niemanden.«

»Wie unangenehm, was machen wir denn da bloß«, sagte Jūmonji und stieß einen übertrieben tiefen Seufzer aus. »Ihren Wagen haben Sie auf Raten gekauft, nicht wahr? Wann wird er abbezahlt sein?«

»In zwei Jahren, nein, erst in drei, glaube ich.«

»Und was ist mit Ihrer Kreditkarte?«

»Daran möchte ich gar nicht denken!«

Nachdem sie ihn mit dieser zum Auswachsen vagen Antwort abgespeist hatte, starrte Kuniko plötzlich nur noch abwesend vor sich hin und vergaß sogar das Rauchen. Ihr Blick schien auf das Hacksteak gefallen zu sein, das die Kellnerin, die man in eine pinkfarbene Uniform gesteckt hatte, gerade vorbeitrug. Verwundert sah Jūmonji zu, wie sich auf Kunikos Stirn fettige Schweißperlen bildeten.

»Was haben Sie denn, ist Ihnen nicht gut?«

»Ach nein, das Fleisch sah nur so grässlich aus.«

»Mögen Sie kein Fleisch?«

»Es schmeckt mir nicht besonders.«

»Dafür haben Sie aber eine stattliche Figur!« Jetzt hatte er sich doch noch zu einer unnötig bissigen Bemerkung hinreißen lassen. Jūmonji brachte ein gequältes Lächeln zustande, aber er war kurz davor, jede Rücksicht auf Kuniko fahren zu lassen. Dabei hatte er sich allein darauf zu konzentrieren, wie er aus dieser Frau, die mit den Gedanken woanders schien und gar nicht erkannte, in welcher Lage sie sich befand, am besten Geld herausholen konnte.

Gesetzt den Fall, er würde sie tatsächlich in ein Bordell stecken, wenn die Zahlungen ins Stocken gerieten – viel Geld ließe sich mit diesem Gesicht und diesem Körper kaum machen. Und wenn er sie zu irgendeinem schwachköpfigen Kredithai schickte, der ihr Geld lieh, das er selbst dann einstreichen konnte? Einen solchen Dummen zu finden würde schwierig sein, jedenfalls, solange ihr Mann nicht da war. Das entscheidende Problem war letztlich der Aufenthaltsort des Mannes, da half alles nichts. Ungehalten dachte Jūmonji an die Mühe, die es kosten würde, ihn ausfindig zu machen. Da hob Kuniko plötzlich den Kopf.

»Aber ich hätte da doch noch eine Möglichkeit, an Geld zu kommen. Ja, ich glaube, das könnte gehen. Außerdem werde ich mir sofort eine Arbeit für tagsüber besorgen, bestimmt!«

»Aha. Um was für eine Möglichkeit handelt es sich denn da? Um einen kleinen Nebenjob oder so etwas in der Art?«

»Hm, nun ja, so könnte man sagen.«

»Wie viel könnten Sie denn damit beschaffen?«

»Zweihunderttausend bestimmt.«

Wenn du mir da nur nicht irgendeine Lüge auftischst, um mich zufrieden zu stellen, dachte Jūmonji und sah ihr in die Augen, bis sie nicht mehr wusste, wohin sie blicken sollte. Doch tief unten hatte er darin einen wilden, animalischen Glanz entdeckt, der ihm ein wenig unheimlich war.

Früher, als er noch keine eigene Firma hatte und bei einem Kreditinstitut als Geldeintreiber für faule Schuldner zuständig gewesen war, waren ihm eine ganze Reihe bedenklicher Gestalten untergekommen, meistens Männer. Sie hatten keine Torheit unversucht gelassen, um aus der Sache herauszukommen, Brüche gemacht oder sich im Betrugsgeschäft versucht. Wenn Männer in die Enge getrieben wurden, dann explodierten sie, richteten ihre Aggressivität nach außen. Bei Kuniko war diese Art von Waghalsigkeit kaum zu erwarten, eher spürte er so etwas wie einen modrigen, geheimnisvollen Schatten, der über ihr lag. Auf einmal fiel ihm wieder der Fall einer Frau ein, bei der ihn ein ähnliches Gefühl beschlichen hatte. Jūmonji kramte in den Schubladen seiner Erinnerung nach ihrem Gesicht. Sie hatte, nachdem er ihr mit einem seiner Kollegen einen Besuch abgestattet hatte, einen ellenlangen, vorwurfsvollen Abschiedsbrief verfasst, ihre Kinder bei lebendigem Leibe von einer Brücke in einen Fluss geworfen und dann Selbstmord begangen. Ihr Mann war alleine zurückgeblieben.

Solche Frauen verstanden es wunderbar, ihre eigenen Fehler zu verdrängen und alle Schuld auf die anderen zu schieben. Sie blähten die Illusion, Opfer zu sein, immer weiter auf, und, was noch schlimmer war, rissen unschuldige Personen mit in ihren eingemachten Sumpf, nur um nicht alleine zu sein.

Jūmonji bekam das Gefühl, dass eine unheilvolle, fast dämonische Aura von Kuniko ausging. Hastig wandte er die Augen ab und starrte auf die nackten Beine von Oberschülerinnen, die an einem der Nachbartische saßen und rauchten. Die weißen Kniestrümpfe zu ihren Schuluniformen hingen lose bis auf die Knöchel herab, wie es gerade Mode war.

»Vielleicht auch fünfhunderttausend, Jūmonji-san...«, begann Kuniko leise lächelnd.

Er unterbrach sie: »Könnte daraus ein regelmäßiges Einkommen werden?«

»Das nicht, aber...« Kuniko sah zur Seite. »Nein, kein regelmäßiges Einkommen, aber so etwas Ähnliches schon, denke ich.«

Vielleicht besaß sie ja wirklich eine geheime Geldquelle, einen

Goldesel, den sie melken konnte. Sollte sie doch irgendeinen Opa um seine Ersparnisse bringen oder ihren Körper verscherbeln, ihm konnte das egal sein. Jūmonji hielt es für besser, nicht allzu tief in den Angelegenheiten dieser Frau herumzustochern. Solange sie das Geld zurückzahlte, war ihm alles recht. Vorläufig würde er sich damit begnügen, einen Bürgen für sie dingfest zu machen, dann würde er weitersehen.

»Gut. Noch sind Sie ja nicht in Verzug geraten. Machen wir es doch so: Kommen Sie morgen oder übermorgen in unser Büro. Wenn Sie möchten, kann ich auch noch einmal bei Ihnen vorbeischauen. Bis dahin besorgen Sie sich bitte Stempel und Unterschrift eines Bürgen«, verfügte er und überreichte ihr das entsprechende Formular.

»Ist denn ein Bürge jetzt noch nötig, wo ich das Geld doch nun in Aussicht habe?«, beklagte sich Kuniko und zog einen Schmollmund.

»Ich fürchte, ja. Sie müssen verstehen, die Sache mit Ihrem Mann bedeutet einen Unsicherheitsfaktor für uns. Ich bitte Sie also dringend, sich möglichst noch im Verlaufe des heutigen Abends nach jemand Geeignetem umzusehen.«

»Wenn Sie unbedingt meinen…« Kuniko nickte unwillig.

»Gut, das wäre dann vorerst alles.«

»Ah.« Kuniko schlug die Augen nieder und fuhr sich mit der Zungenspitze über die Lippen, als wolle sie ihren rosaroten Lippenstift abschmecken.

»Nun, dann möchte ich mich empfehlen.« Jūmonji nahm die Rechnung und stand auf. Kuniko war sichtlich enttäuscht, dass er keine Anstalten machte, sie nach Hause zu bringen, doch er ließ sie ungerührt sitzen und verließ rasch das Lokal. Ihr den Kaffee zu bezahlen war Verschwendung genug gewesen! Wie um die bedrückende Stimmung abzuschütteln, die ihn immer befiel, wenn er es mit einem faulen Schuldner zu tun hatte, pickte er sich am Ausgang eine Fluse vom Anzug.

Nicht, dass ihm die Tätigkeit des Geldeintreibens verhasst gewesen wäre, im Gegenteil: Die meisten Menschen versuchten sich irgendwie zu drücken, obwohl sie wussten, dass ihre Schulden sich nicht einfach so in Luft auflösten. Er musste dem vorbeugen, ihre Schritte voraussehen, entsprechende Maßnahmen ergreifen und sie dazu zwingen, das Geld herauszurücken. Es machte ihm Spaß, Menschen in die Enge zu treiben, er liebte es geradezu.

Als er auf dem übertrieben großen Parkplatz des Family-Restaurants zu seinem gebrauchten Maxima zurückkam, fiel ihm auf der Parklücke nebenan eine schwarze Limousine auf, ein Nissan Gloria, dessen Scheiben mit Klebefolie abgedunkelt waren. Er zog den Autoschlüssel aus seiner Hosentasche und wollte gerade die Fahrertür aufschließen, als ein Fenster des Gloria heruntergekurbelt wurde und das Gesicht eines hageren Mannes erschien.

»He, Akira! Ich fress 'nen Besen, wenn das nicht Akira ist!«

Es war Soga, ein alter Bekannter aus Schulzeiten in Adachi, dem nördlichsten Bezirk von Tōkyō. In der Mittelschule von Takenozuka, ihrem Viertel, war er zwei Klassen über ihm gewesen, hatte nach dem Abschluss einer Motorradgang angehört und war dann, soweit Jūmonji wusste, reguläres Mitglied einer Yakuza-Vereinigung geworden.

Überrascht wandte Jūmonji sich ihm zu. »Ach, Soga-san! Freut mich, Sie wiederzusehen!« Es musste jetzt ungefähr fünf Jahre her sein, seit sie sich zuletzt zufällig in irgendeinem Imbiss in Adachi getroffen hatten und zusammen einen trinken gegangen waren. Soga war nach wie vor mager, sein Gesicht spitz und von bläulich gelbem Teint, als habe er es an der Leber. Damals war er noch ein blutiger Anfänger am untersten Ende der Yakuza-Hierarchie gewesen, doch jetzt schien er die Karriereleiter hinaufgefallen zu sein. Jūmonji betrachtete seine großspurige Aufmachung: Soga hatte die Haare mit Pomade streng nach hinten gekämmt und trug zu einem himmelblauen Anzug ein bohnenrotes Hemd, dessen Manschetten ein wenig unter den Ärmeln seines Jacketts herausschauten.

»›Freut mich, Sie wiederzusehen‹... Pah, lass doch das Gesülze! Verrat mir lieber, was dich in diese gottverlassene Gegend verschlagen hat.« Mit breitem Grinsen stieg Soga aus der Limousine. »Na, habt ihr hier etwa eine Versammlung?«

»Versammlung! In der Gang bin ich doch schon lange nicht mehr!« Jūmonji lachte auf. »Ich mach jetzt meine eigenen Geschäfte!«

»Soso, Geschäfte! Was denn für Geschäfte?« Mit beiden Händen in den Hosentaschen spähte Soga in Jūmonjis Wagen hinein.

Alles war peinlich sauber und aufgeräumt, nur ein Autoatlas lag auf dem Sitz. Soga sagte spöttisch: »Mann, du hast dir die Karre ja nicht mal ordentlich zurechtfrisiert! Kein Sportlenkrad, kein Lederbezug, nicht mal ein Fuchsschwanz!«

»Wo denken Sie hin! Das ist doch alles Schnee von gestern!«

»Mann, und dann dieser Haarschnitt! Wie willst du dir denn damit Respekt verschaffen, wenn's drauf ankommt! Siehst ja aus wie ein Grünschnabel!« Soga starrte abfällig auf Jūmonjis Mittelscheitelfrisur.

»Ich sag doch, ich hab so was nicht mehr nötig, ich mach jetzt was Ordentliches!«

»Sag bloß, du hast dich in einen stinknormalen Spießer verwandelt!« Mit hämischem Grinsen packte Soga ihn beim Kragen seines Jacketts.

»Ich bin im Finanzierungsgeschäft, Kleinkredite und so.«

»Na, das hört sich ja schon besser an! Du warst schließlich schon immer ein unverbesserlicher Geizkragen! Wie sagt man so schön: Irgendwann kommt jeder auf das, was zu ihm passt!«

»Und Sie, Soga-san?«, fragte Jūmonji und wich etwas vor ihm zurück.

»Ich bin jetzt hierbei«, sagte Soga und formte mit den Fingern ein Yakuza-Wappen. Es war das einer Untervereinigung der Tekiya-Gruppe, die den Adachi-Bezirk beherrschte.

»Das war mir bereits bekannt«, sagte Jūmonji und grinste. »Ich meine, was führt Sie hierher?«

»Tja …« Soga sah zur Seite. Jūmonji folgte seinem Blick. Am Rande des Parkplatzes standen zwei Autos. Er sah genauer hin. Die Situation wirkte wie nach einem Auffahrunfall. Ein Mann mittleren Alters blickte eingeschüchtert zu Boden. Vor ihm hatte sich ein junger, auffällig gekleideter Mann aufgebaut und brüllte auf ihn ein. Die Stoßstange des einen Autos, ein japanisches Fabrikat, war stark verbeult.

»Ein Unfall?«

»Ja, stell dir vor, die blinde Nuss ist uns einfach hinten draufgefahren!«

»Aha.« Jūmonji erinnerte sich jetzt, schon davon gehört zu haben, dass in letzter Zeit vermehrt Banden, die auf die Inszenierung von Auffahrunfällen spezialisiert waren, von der Innenstadt in die Außenbezirke drängten. Vor kurzem noch hatte ihm ein Geschäftsfreund per e-mail die Kfz-Kennzeichen der Autos durchgegeben, mit denen die betreffenden Banden operierten.

Man suchte sich ein Opfer aus, setzte sich vor dessen Wagen, zog urplötzlich die Handbremse und ließ ihn von hinten auffahren. Wenn der Fahrer dann aufgeregt herausstürzte, konnte man ihn in aller Ruhe begutachten und an seiner Reaktion abschätzen, wie viel und auf welche Weise Geld aus ihm herauszuholen war. Jūmonji kannte die gängige Methode solcher Banden, doch dass Sogas Vereinigung auch bei diesem Geschäft die Finger im Spiel hatte, war ihm neu.

»Ich hab schon davon gehört, die Masche ist berüchtigt. *Sie* ziehen da also die Fäden!«

»Ach, die Leute reden viel, wenn der Tag lang ist. Alles bloß üble Nachrede! Der Tölpel ist uns hinten draufgefahren, und wir sind die Geschädigten«, erwiderte Soga wehleidig und spielte das Unschuldslamm. Am Restaurantausgang erschien Kuniko und schaute ängstlich zu ihnen herüber. Als sie seinen Blick bemerkte, drehte sie sich auf dem Absatz um und gab Fersengeld. Das dürfte gereicht haben. Jetzt wird sie sich mit Sicherheit sofort nach einem Bürgen umsehen, dachte Jūmonji, hochzufrieden über diesen unverhofften Nebeneffekt seines Zusammentreffens mit Soga.

Der junge Kerl, der den Mann mittleren Alters in die Mangel genommen hatte, kam auf sie zu, um seinem Chef Meldung zu machen: »Soga-san, wir fahren dann jetzt zum Krankenhaus.« Ein weiteres Bandenmitglied hockte noch vor dem Auto auf dem Boden und hielt sich mit übertriebener Geste den Nacken. Der Mann mittleren Alters redete zaghaft auf ihn ein. Der lässt sich ganz schön in die Pfanne hauen, dachte Jūmonji. Mitleid hatte er nicht. Leute, die so blöd waren, hatten es nicht anders verdient.

»Ach ja, Akira«, sagte Soga gönnerhaft und streckte ihm die sehnige Hand entgegen: »Gib mir doch mal deine Karte.«

»Oh, verzeihen Sie, dass ich nicht daran gedacht habe.« Jūmonji zog eine Visitenkarte aus der Brusttasche und reichte sie Soga mit geschäftsmäßiger Gebärde. »Wenn ich mich Ihnen empfehlen darf.«

»Oh, was sehe ich denn da?!« Soga prustete los, kaum dass er einen Blick auf die Karte geworfen hatte. »Dein Nachname war doch nie im Leben Jūmonji!«

Jūmonji hieß eigentlich Akira Yamada. Doch das war ihm viel zu gewöhnlich gewesen, deshalb hatte er kurzerhand den Nachnamen seines Lieblings-Radrennfahrers angenommen und sich für seinen Vornamen ein ausgefalleneres Schriftzeichen ausgesucht.

»Finden Sie das komisch?«

»Du bist gut! Klar ist das komisch! Ein Künstlername! Aber von mir aus, wenn's dir Spaß macht. Du warst ja immer schon so ein eitler Fatzke.« Soga stopfte sich die Karte in seine Brusttasche. »Trotzdem, dass wir uns hier getroffen haben – wenn das kein Wink des Schicksals ist! Lass uns mal wieder ordentlich was losmachen, wie in alten Zeiten, ja?«

»In Ordnung«, sagte Jūmonji, um die Harmonie nicht zu stören. Zwar tat er jetzt alles, damit man ihm nichts mehr davon ansah, aber früher hatte Jūmonji zur selben Motorradgang gehört wie Soga.

»Ja, lass uns das wirklich mal in Angriff nehmen! Wenn du willst, borg ich dir einen meiner jungen, starken Kerle zum Geldeintreiben aus.«

»Danke, vielleicht komme ich auf das Angebot zurück, wenn wirklich einmal Not am Mann ist. Aber viel zu holen ist da nicht, alles *peanuts* – meine Kunden sind kleine Leute!« Wenn man es übertrieb, machten sie sich bloß aus dem Staub, und man konnte die Zinsen *und* sein Geld abschreiben, wollte er damit sagen. Beim Geldeintreiben musste man Angsthasen auch wie Angsthasen behandeln. Gerade darin bestand die Schwierigkeit in diesem Geschäft, genau das war seine Kunst.

»Nur zu, keine falsche Bescheidenheit, komm ruhig zu mir, wenn Not am Mann ist. Aber ich weiß ja, was für ein ausgekochtes Früchtchen hinter diesem Adonis-Gesicht steckt«, sagte Soga und tätschelte Jūmonji dabei auf die Wange. »Ein gerissener Hund bist du. Einen wie dich könnte ich gut in meiner Truppe gebrauchen! Die da sind alle blöd wie Schifferscheiße, wirklich, ich hab's nicht leicht, wenn du wüsstest, was ich durchmachen muss! Am liebsten würde ich sie alle zur Abhärtung in unsere alte Gang stecken.« Soga warf seinen Jungs einen finsteren Blick zu.

»Was ich noch fragen wollte, Soga-san, haben Sie nicht zufällig ein einträgliches Geschäft für mich auf Lager?«

»Du machst mir Spaß! Als ob wir das nicht alle brauchen könnten!« Soga löste seinen Blick von Jūmonji und ging mit ernstem Gesicht zu seiner Limousine zurück. Dort hatte die ganze Zeit ein junger Bursche mit blond gefärbten Haaren, dessen Funktion offenbar hauptsächlich darin bestand, den Chauffeur zu spielen, mit gesenktem Kopf die Tür aufgehalten und gewartet. Jūmonji verabschiedete sich und sah Sogas Wagen hinterher, bis er den Parkplatz verlassen hatte. Erst dann fuhr er selbst los. Anstatt ihm diese ungehobelten Gassenjungen anzubieten, sollte er lieber etwas Kapital rüberwachsen lassen, wünschte sich Jūmonji inständig. Geld konnte man schließlich nie genug haben.

In einer Nebengasse des Bahnhofs von Higashi-Yamato lag ein kleiner, heruntergekommener Sushi-Laden, der sich aus Mangel an Kundschaft aufs Auslieferungsgeschäft verlegt hatte. Der geschlitzte Vorhang in der Ladentür war schmuddelig, und der Motorroller für die Essenslieferungen starrte vor hochgespritztem Straßendreck. Hinter dem Laden schrubbte ein junger Bursche gerade die Lacktabletts mit einer Klobürste aus. Nur noch eine Frage der Zeit, bis die Aufsichtsbehörden den Laden schließen würden.

Seitlich davon führte eine Treppe, der man ansah, dass sie erst vor kurzem gebaut worden war, in den ersten Stock hinauf, geradewegs auf Jūmonjis Firmenbüro zu. Mit Schwung nahm er die knarrende Treppe und öffnete die Sperrholztür, auf der ein weißes Schild mit der Aufschrift »Verbraucherzentrum Million« prangte.

»N'Abend!«, begrüßten ihn seine beiden Angestellten und wandten sich ihm zu. Es gab einen Computer, mehrere Telefonapparate, einen jungen Mann mit gelangweiltem Gesicht und eine Frau mit Wuschelkopf im »Sauvage Look« der frühen Achtziger, für den sie längst zu alt geworden war.

»Ja, n'Abend zusammen. War was los?«

»Fehlanzeige. Heute Nachmittag gar nichts.«

Obwohl er wusste, wie aussichtslos das war, beauftragte Jūmonji seinen jungen Angestellten damit, den Aufenthaltsort von Kunikos Mann Tetsuya herauszufinden.

»Das wird nicht viel bringen, glaube ich, aber okay.«

»Na ja, wahrscheinlich hast du Recht, und es wird uns nur Geld kosten – gut, lass es sein!«

Mit einem Gesicht, als hätte er sowieso nicht vorgehabt, einen Finger dafür krumm zu machen, nickte der junge Mann erleichtert. Die Frau im »Sauvage Look« hatte währenddessen mit unbeteiligter Miene ihre rot lackierten Fingernägel begutachtet und stand nun auf: »Chef, kann ich jetzt gehen? Eigentlich hab ich ja um fünf Schluss…«

»Ja, danke, bis morgen dann.«

Er hatte schon öfter daran gedacht, sie durch eine junge Angestellte zu ersetzen, den Plan aber verworfen, weil eine Jüngere ihm kaum etwas nützen würde. Er wusste, dass viele Kunden nur anbissen, weil der erste Kontakt über eine ältere Frau lief. Dann würde er den jungen Mann wohl oder übel feuern müssen. In letzter Zeit zerbrach er sich bloß noch darüber den Kopf, wie er mit seinen Einnahmen die laufenden Kosten decken konnte.

Neugierig, was für eine Geldquelle Kuniko da wohl aufgetan haben könnte, sah Jūmonji zum Fenster hinaus. Er blickte genau auf das eingezäunte, von Gras und Gestrüpp überwucherte Baustellengelände vor dem Bahnhof. Dahinter ging gerade die Sommersonne unter.

7

Überall um ihn herum zirpten die Grillen. Ein satter, behäbiger Ton, der einen sofort an das vom Nachttau feuchte Gras denken ließ. In São Paulo war das anders. São Paulo war heiß und trocken, und im Sommer machten die Grillen einen wunderschönen, hellen Ton, wie Glöckchen, die im Wind bimmelten.

Kazuo Miyamori hockte im hohen Wiesengras und hatte die Arme um die Knie geschlungen. Ein paar lästige Streifenmücken schwirrten seit längerem um ihn herum und wollten ihn nicht in Ruhe lassen. Er wusste nicht, wie oft sie ihn schon in die nackten Arme gestochen hatten, die sein T-Shirt freigab, aber er durfte sich nicht bewegen – so lautete die Prüfung, die er sich auferlegt hatte. Er dachte sich immer irgendwelche Prüfungen aus, die er bestehen musste, das war seine Art, sich über Wasser zu halten. Denn er glaubte ein Mensch zu sein, der bald verloren wäre, wenn er sich nicht ständig auf die Probe stellte.

Als er in die Dunkelheit hineinlauschte, konnte er neben dem Zirpen der Grillen noch das entfernte Geräusch von fließendem Wasser vernehmen. Kein leises Plätschern, auch kein dröhnendes Rauschen, sondern ein träges Gluckern, das schlammige Dickflüssigkeit verhieß. Kazuo wusste, dass es sich um das unerträglich stinkende, verfaulte Abwasser des unterirdischen Kanals handelte. Erstaunlich, wie selbst dieses trübe, durch Exkremente, Tierleichen und allerlei Abfälle stockende Wasser noch den Eindruck unermüdlichen Fließens vermitteln konnte!

Wind kam auf, fuhr in die Gräser und ließ sie rascheln. Gleichzeitig hörte er das verrostete Rolltor hinter sich rumoren, als wäre es ein Lebewesen, das aufbegehrte. Ein trauriger Ton, der ihn sofort an die gottverlassene Leere der stillgelegten Fabrik denken ließ, die sich wie eine Kellergruft dahinter erstreckte. Gegen dieses Tor hatte er die Frau mit aller Kraft gedrückt. Kalter Schweiß lief Kazuo den Rücken hinunter. Was hatte er da nur getan, was war nur gestern Nacht mit ihm los gewesen? Wie von Sinnen, wie ein verkommenes Subjekt hatte er sich benommen, und das passierte nur, wenn er einmal vergaß, sich Prüfungen aufzuerlegen.

Kazuo pflückte einen der Fuchsschwanz-Halme, die direkt vor ihm wuchsen, riffelte ihn ab und spielte mit der Ährenspitze, die sich wie der Schwanz eines kleinen Kätzchens anfühlte.

Kazuo Miyamoris Vater stammte aus der Präfektur Miyazaki auf Kyūshū und war 1953, als es nach dem Krieg für Japaner wieder möglich wurde auszuwandern, ganz alleine nach Brasilien gegangen. Er war damals erst neunzehn Jahre alt gewesen. Gekommen war er, um seinen Verwandten, die in einem Vorort von São Paulo auf einer landwirtschaftlichen Kolonie japanischer Einwanderer arbeiteten, die Revolution zu bringen, doch die Unterschiede zwischen dem Bewusstsein der Generation japanischer Einwanderer, die vor dem Krieg herübergekommen waren und sich mit Mühe und Not hatten durchschlagen müssen, und seiner eigenen, die die freiheitliche Erziehung der Nachkriegsjahre genossen hatte, erwiesen sich als zu groß. Bald schon hielt es Kazuos Vater, der einen stark ausgeprägten Unabhängigkeitssinn besaß, nicht mehr dort aus. Er verließ die Japanersiedlung und schlug sich in den Straßen von São Paulo durch, wo er keine Menschenseele kannte.

Dort half ihm nicht etwa jemand aus der Gemeinde japanischer Einwanderer, denen man doch ein so starkes Zusammengehörigkeitsgefühl nachsagte, sondern ein gutmütiger brasilianischer Barbier, der Kazuos Vater als Lehrling einstellte. Mit über dreißig übernahm er dessen Friseurladen. Als sein Leben damit in ruhigeres Fahrwasser gekommen war, heiratete er eine schöne Mulattin – wie man dort die Mischlingskinder mit einem weißen und einem schwarzen Elternteil nannte –, und bald schon wurde der kleine Roberto Kazuo geboren. Aber als Kazuo kaum zehn Jahre alt war, starb der Vater plötzlich an den Folgen eines Unfalls. Das war der Grund, warum er kaum etwas über die Sprache und Kultur des Heimatlandes seines Vaters wusste. Alles, was ihm von Japan blieb, war die Staatsbürgerschaft und sein zweiter Vorname Kazuo.

Eines Tages, nachdem er die Oberschule absolviert und in São Paulo eine Stelle in einer Druckerei angetreten hatte, sah er auf der Straße ein Werbeposter. »Die Chance Ihres Lebens! Bewerben Sie sich um einen Arbeitsplatz in Japan!«, stand dort zu lesen. Weiter wies man darauf hin, dass japanischstämmige Brasilianer mit japanischer Staatsangehörigkeit nicht einmal ein Visum brauchten, um nach Japan einzureisen, und so viele Jahre dort arbeiten konnten, wie sie wollten. Außerdem sei in Japan gerade Hochkonjunktur, es mangele an Arbeitskräften, und japanischstämmige Brasilianer seien sehr begehrt.

Er fragte einen Bekannten, der ebenfalls ein japanisches Elternteil hatte, ob das auch stimmte, und der antwortete ihm, es gäbe auf der Welt kein reicheres Land als Japan. In den Läden gäbe es alles zu kaufen, was das Herz begehrte, und ein Wochenlohn in Japan wäre annähernd so hoch wie sein ganzes Monatsgehalt in der Druckerei. Kazuo war überwältigt und stolz, japanisches Blut in den Adern zu haben. Und er wünschte sich, irgendwann einmal die Heimat seines Vaters mit eigenen Augen zu sehen.

Einige Jahre später fuhr der Bekannte, mit dem er sich über Japan unterhalten hatte, in einem nagelneuen Auto bei ihm vor. Er sei gerade aus Japan zurückgekehrt, wo er zwei Jahre in einem

Automobilwerk gearbeitet habe, um sich seinen Traum von einem eigenen Auto zu erfüllen. Kazuo beneidete ihn von ganzem Herzen. In Brasilien herrschte eine nicht enden wollende Flaute. Von dem geringen Lohn, den er in der Druckerei verdiente, würde er sich nie im Leben ein Auto leisten können; es würde ein Traum in unerreichbar weiter Ferne bleiben. Kazuo fasste den Entschluss, nach Japan zu gehen. Wenn er genügsam blieb und dort zwei Jahre anständig arbeitete, würde er sich ein Auto kaufen können. Und wenn er noch mehr Geduld aufbrächte und fleißig sparte, würde er sich sogar ein Haus leisten können. Außerdem wollte er das Land seines Vaters kennen lernen.

Kazuo eröffnete seiner Mutter, dass er nach Japan gehen wollte. Im Stillen hatte er schon befürchtet, sie würde dagegen sein, doch wider Erwarten befürwortete sie seinen Plan vehement: Mach das, mein Junge, unbedingt. Auch wenn du kein Japanisch kannst und sie dort eine ganz andere Kultur haben – dein Blut ist zur Hälfte japanisch, also bist du ein *patrício,* ein Landsmann, und *patrícios* behandelt man überall gut, das gebieten Anstand und Menschlichkeit.

Er war zwar japanischer Abstammung, aber die Kinder erfolgreicher Einwanderer aus Japan hatten die Universität besucht, eine teure Ausbildung genossen und stiegen auch in Brasilien zur obersten Elite auf. Bei ihm war das anders. Er war nur der Sohn eines kleinen Barbiers aus der Unterstadt. Deshalb musste er in das Land seines Vaters gehen, sparen und mit diesem Geld nach Brasilien zurückkehren, um dann hier seinen Weg zu machen. Das würde ohnehin besser zu dem Sohn eines Mannes wie seinem Vater passen, der so voller Unabhängigkeitsgeist gewesen war.

Kazuo kündigte also in der Druckerei, wo er sechs Jahre gearbeitet hatte, und landete schließlich – es war jetzt ein halbes Jahr her – auf dem Flughafen in Narita. Seine Rührung kannte keine Grenzen, als er an seinen Vater dachte, der mit neunzehn mutterseelenallein nach Brasilien ausgewandert war. Er selbst war schon fünfundzwanzig und nur als Gastarbeiter hier, der sich eine Frist von zwei Jahren gesetzt hatte.

Doch die Menschen im Heimatland seines Vaters betrachteten Kazuo, der doch dessen Blut in den Adern hatte, keineswegs als ihren *patrício.* Auf dem Flughafen, in der Stadt – jedes Mal, wenn er wieder ein Augenpaar auf sich ruhen fühlte, das ihn als *gaijin,* als Ausländer, abstempelte, hätte er schreien mögen: »Ich bin doch zur Hälfte einer von euch! Ich besitze die japanische Staatsbürgerschaft!«

Aber die Japaner würden jemanden, der andere Gesichtszüge hatte als sie, der kein Japanisch sprach, nie und nimmer als einen der ihren anerkennen. Kazuo stellte fest, dass Japaner letztendlich nach dem Äußeren urteilten. Überhaupt war das *patrício*-Bewusstsein bei den Menschen dieses Landes nur schwach ausgeprägt. Obwohl sich der Begriff des Landsmanns doch eher auf metaphysischer Ebene definierte, war diese Erkenntnis hier so gut wie nicht vorhanden. Kazuo, der einsehen musste, dass er allein aufgrund seines Gesichts und seines Körpers auf ewig ein *gaijin* bleiben würde, war von Japan enttäuscht. Auch die Arbeit in der Lunchpaket-Fabrik war im Vergleich zu der in Brasilien stupide und hart, sie erstickte jede Motivation und Begeisterung.

Deshalb hatte Kazuo beschlossen, die Tage in Japan als Prüfung zu betrachten. Als Prüfung, die er bestand, wenn er zwei Jahre lang durchhielt und ordentlich für ein Auto sparte. Doch er hatte eine andere Auffassung davon als seine Mutter, die eine strenggläubige Katholikin war. Er betrachtete die Prüfung als einen Akt des Verzichts und der Selbstbeherrschung, der seinem freien Willen entsprang und zweckgerichtet war, nicht als etwas, das Gott ihm auferlegt hatte. Nur gestern Nacht hatte er sich ausnahmsweise vergessen und die eigenen Regeln übertreten.

Den Fuchsschwanz-Halm im Mund, legte Kazuo sich ins Gras und schaute zum Himmel auf. Verglichen mit Brasilien waren so wenige Sterne zu sehen, dass er es kaum glauben mochte.

Gestern war sein freier Tag gewesen. Die brasilianischen Arbeiter bekamen im Turnus jeden fünften Tag frei. Doch das widersprach ihrem gewohnten Wochenrhythmus, so dass es die innere Uhr außer Kraft setzte. Deshalb waren alle merkwürdig geschafft, wenn der freie fünfte Tag vor der Tür stand.

Obwohl es also sein lang ersehnter Urlaubstag gewesen war, hatte Kazuo am liebsten den ganzen Tag im Bett bleiben wollen, da er sich vollkommen ausgelaugt fühlte. Aus irgendeinem Grund war er so deprimiert, dass er sich kaum zu helfen wusste. Die japanische Regenzeit, die er zum ersten Mal erlebte, setzte ihm zu. Die hohe Luftfeuchtigkeit ließ sein glänzendes schwarzes Haar am Schädel kleben und seine leicht dunkle Gesichtsfarbe schmutzig und finster erscheinen. Sie sorgte dafür, dass die Wäsche nicht trocknete, und drückte die Stimmung.

Kurzerhand entschloss sich Kazuo, in die Stadt an der Grenze zwischen den Präfekturen Gunma und Saitama zu fahren, die »Little Brazil« genannt wurde. Dann hätte er einen Ausflug gemacht und gleichzeitig die notwendigen Einkäufe erledigt. Mit dem Auto wäre es nicht weit gewesen, aber Kazuo besaß ja weder Wagen noch Führerschein. Mit Bahn und Bus brauchte er fast zwei Stunden dorthin.

Er blätterte in dem Buchladen im *Brazilian Plaza* die Fußball-Zeitschriften durch, kaufte die nötigsten brasilianischen Lebensmittel ein und sah sich im Videoladen um. Als es Zeit wurde, nach Musashi-Murayama zurückzukehren, hielt er es vor Heimweh kaum noch aus. Er sehnte sich nach São Paulo. Um die Rückfahrt noch ein wenig aufzuschieben, ging er in ein Restaurant und trank eine Menge brasilianisches Bier. Von seinen Freunden war zwar niemand dort, aber es machte ihm schon Spaß, sich einfach mit unbekannten Brasilianern zu unterhalten. Das vermittelte ihm das Gefühl, in der Altstadt von São Paulo zu sein.

Neben der Fabrik, zu Fuß nur zwei Minuten entfernt, stand ein Wohnheim, das die Lunchpaket-Firma für brasilianische Gastarbeiter gemietet hatte. Ehepaare bekamen ein Apartment für sich, aber Junggesellen wie Kazuo mussten sich zu zweit ein Sechs-Matten-Zimmer mit kleiner Wohnküche, Bad und Klo teilen. Kazuo lebte mit einem Mann namens Alberto zusammen. Als er kurz nach neun angetrunken aus Little Brazil in das dunkle Zimmer zurückkam, war Alberto wohl zum Essen ausgegangen; jedenfalls war er nicht da. Kazuo, der frei hatte und sich mittlerweile, wahrscheinlich auch durch den Alkohol, entspannt und locker fühlte, kletterte auf die obere Ebene des Etagenbetts hinauf und schlief ein.

Etwa eine Stunde später weckte ihn ein Stöhnen. Alberto musste irgendwann zurückgekommen sein. Er lag eng umschlungen mit seiner Freundin auf dem unteren Bett. Die beiden schienen nicht bemerkt zu haben, dass Kazuo oben schon schlief, denn sie hielten sich in keiner Weise zurück. Es war lange her, seit er das süße, lustvolle Stöhnen einer Frau so nah an seinem Ohr gehört hatte. Kazuo hielt sich die Ohren zu, aber es war schon zu spät: Ihm war, als sei in seinem Körper ein Feuer ausgebrochen. Um diese Art von Prüfung zu bestehen, hatte er extra alles Pulver ganz tief vergraben, aber was nützte ihm das, wenn doch zweifellos die Zündschnur in seinem Körper noch existierte? Falls sie Feuer fing, würde die Explosion bald folgen. Kazuo meinte verrückt zu werden; verzweifelt hielt er sich die Ohren zu, presste die Lippen aufeinander und wand sich auf seinem oberen Bett in dem hoffnungslosen Bemühen, jeden Laut zu vermeiden.

Für die beiden wurde es Zeit, zur Schicht zu gehen. Sie zogen sich an und verließen unter leidenschaftlichen Küssen das Zimmer. Kazuo stürzte zur Straße hinaus und irrte auf der Suche nach einer Frau durch die Nacht. Er hatte Feuer gefangen, so viel stand fest. Er musste dem dichten Rauch, den dieses brennende Verlangen verursachte, irgendwie entkommen, sonst würde er ersticken. Eine solche Not hatte er bisher noch nie erlebt. Wenn er daran dachte, auf welch grausame Weise die selbst auferlegte Prüfung diesem Feuer jetzt auch noch Nahrung zuführte, packte ihn das blanke Entsetzen, doch er konnte den Brand einfach nicht mehr löschen.

Mittlerweile befand sich Kazuo auf dem dunklen Weg vom Wohnheim zur Fabrik. Neben ihm tauchten die geschlossene Bowlingbahn und die stillgelegte Fabrik auf, alles war einsam und verlassen. Hier konnte er warten, dann würden vielleicht noch ein, zwei Hausfrauen vorbeikommen, die zur Nachtschicht mussten, überlegte er. Die meisten von ihnen waren mindestens so alt wie seine Mutter, wenn nicht älter, das wusste er, aber es war ihm egal. Anscheinend war es ohnehin schon zu spät, denn es kam niemand mehr.

Gott sei Dank, dachte er erleichtert, doch gleichzeitig schüttelte ihn der wilde Unmut eines Jägers, der vergebens auf Beute wartet. Mit diesen komplizierten Gefühlen starrte Kazuo auf den dunklen Weg, als plötzlich diese Frau aus der Dunkelheit auftauchte und mit eiligen Schritten näher kam.

Sie schien völlig in Gedanken versunken, denn selbst, als er auf sie zuging, um sie anzusprechen, bemerkte sie ihn nicht. Deshalb packte er sie kurzerhand am Arm. Reflexartig schüttelte sie ihn ab, doch trotz der Dunkelheit sah er Angst in ihren Augen aufblitzen, und Kazuo zog sie weiter ins Gebüsch hinein.

Ob er lügen würde, wenn er behauptete, dass er nicht den Hauch von Lust verspürt hatte, sie zu vergewaltigen? Kazuo hatte nichts weiter gewollt, als von einer Frau zärtlich in den Arm genommen zu werden. Er hatte nur einmal ihren weichen Körper, ihre zarte Haut mit seinen Händen berühren wollen. Und doch hätte er sie am liebsten brutal niedergeworfen, als er ihren Widerstand spürte.

Die Frau kannte sein Gesicht und sagte kalt: »Sie sind Miyamori, nicht?«

Augenblicklich überfiel ihn Angst. Er sah genauer hin und bemerkte, dass er sie ebenfalls kannte. Es war die große Frau, die immer mit der Hübschen zusammen war und fast nie lachte. Beim Anblick ihrer Gesichtszüge hatte er sich immer gedacht, dass sie vielleicht auch eine schwere Prüfung auszuhalten hatte, genau wie er. Ausgerechnet diese Frau! Kazuos Angst wurde von starker Reue verdrängt, da ihm klar wurde, dass er im Begriff stand, ein Verbrechen zu begehen.

Als sie ihm dann plötzlich sagte: »Wir können uns ein anderes Mal treffen, nur wir beide!«, hatte er sich an dieses Versprechen geklammert. Für einen Augenblick hatte er wirklich große Lust bekommen, mit dieser viel älteren Frau zu schlafen, so viel stand fest. Doch bald hatte er begriffen, dass die Frau das nur so gesagt hatte, um sich aus ihrer Lage zu befreien, und sofort war rabenschwarzer Zorn in ihm aufgestiegen.

Er war doch nur traurig und einsam, konnte sie das denn nicht verstehen? Er wollte sie doch nicht vergewaltigen! Er wollte doch nur ein bisschen Zärtlichkeit, wieso konnte sie ihm das denn nicht zugestehen? Ohne zu wissen, wie er mit diesem reißenden Strom der Gefühle umgehen sollte, hatte Kazuo die Frau gegen das Tor gedrückt und ihr einen Kuss aufgezwungen.

Jetzt schämte er sich dafür.

Bei der bloßen Erinnerung daran schlug Kazuo die Hände vors Gesicht, weil er die Schande kaum ertragen konnte. Denn das, was danach passierte, war ihm fast noch peinlicher.

Nachdem die Frau ihn abgeschüttelt hatte und davongelaufen war, befürchtete Kazuo, dass sie ihn bei der Firmenleitung und der Polizei anzeigen würde. Denn er hatte sich plötzlich wieder an die Gerüchte um einen Grabscher erinnert, die seit einer Weile im Umlauf waren. Selbst unter den brasilianischen Arbeitern wurde viel über den Sittenstrolch debattiert, der in letzter Zeit die Gegend um die Fabrik unsicher machte. Einige redeten sogar nur noch davon, wenn sie zusammensaßen: ob es sich vielleicht um nichts weiter als um eine böswillige Verleumdung handelte, oder wer sich denn wohl verdächtig benähme, und so weiter. Jedenfalls war *er* sicher nicht der Täter, das musste er dieser Frau unbedingt klar machen, und er musste sie um Verzeihung bitten.

Unruhig lief er die ganze Nacht in der Gegend herum und wartete auf den nächsten Morgen. Es fing zu regnen an, in trüben, feinen japanischen Regenfäden, die Kazuo so hasste. Er holte seinen einzigen Schirm aus dem Zimmer und wartete vor dem Eingang der Fabrik auf die Frau. Doch als sie dann endlich erschien, behandelte sie ihn furchtbar kalt und abweisend, obwohl er mittlerweile vom Warten schon völlig durchnässt war. Nicht nur, dass sie keinerlei Anstalten machte, seine Entschuldigung auch nur anzuhören, er schaffte es nicht einmal, ihr glaubhaft zu versichern, dass er nicht der Grabscher war.

Aber war das verwunderlich? Wenn er sich vorstellte, seiner Freundin oder seiner Mutter wäre so etwas passiert – er würde doch selbst nicht eher ruhen, bis er den Verantwortlichen halb tot geprügelt hätte! Er hatte große Schuld auf sich geladen. Dafür legte er sich selbst die Buße auf, die Frau so lange um Verzeihung zu bitten, bis sie seine Entschuldigung annahm. Eine neue, schwere Prüfung. Deshalb wartete er nun schon seit abends um neun, der verabredeten Zeit, reglos hier im hohen Gras. Sie würde vielleicht nicht kommen, aber dann hätte er wenigstens sein Versprechen gehalten.

Da hörte er vom Parkplatz her Schritte. Kazuo schrak zusammen und duckte sich. Die Gestalt einer großen Frau kam näher, genau auf ihn zu. Sie ist es!, dachte Kazuo, während er ihr aus dem Gebüsch entgegenspähte, und sein Herz tat einen kleinen Hüpfer. Er dachte schon, sie würde einfach vorübergehen, doch die Frau blieb genau vor dem Dickicht aus Wiesengras stehen, in dem er sich versteckt hielt. Ob sie vielleicht doch noch zu ihrer Verabredung kommen wollte?

Aber sofort darauf musste er erkennen, dass diese freudige Annahme nur seinem süßen Wunschdenken entsprungen war. Ohne das Gebüsch, in dem Kazuo sich verborgen hielt, auch nur eines Blickes zu würdigen, holte die Frau etwas aus ihrer Tasche und warf es durch eine Ritze in der Betondecke des Kanals. Kazuo konnte hören, dass es sich um etwas Metallenes handeln musste, denn neben dem Platschen des Wassers vernahm er ein klirrendes Geräusch, mit dem der Gegenstand auf dem Grund aufschlug. Merkwürdig, wunderte sich Kazuo. Ob sie ihn wohl an der Nase herumführen wollte, weil sie wusste, dass er sich hier versteckt hielt? Nein, sie hatte ganz bestimmt nichts von ihm bemerkt. Morgen früh, wenn es hell war, würde er in aller Ruhe nachsehen, was sie da im Abwasserkanal hatte verschwinden lassen.

Als die Frau aus seinem Blickfeld verschwunden war, streckte Kazuo seine eingeschlafenen Beine aus und stand auf. Mit der erhöhten Blutzirkulation fingen die Mückenstiche unerträglich zu jucken an. Kratzend bemühte er sich, in der Dunkelheit die Zeiger seiner Armbanduhr auszumachen. Es war halb zwölf – auch für ihn allmählich Zeit, zur Fabrik zu gehen.

Wenn er daran dachte, dass die Frau in derselben Schicht mit ihm arbeitete, erfasste ihn eine Mischung aus schüchterner Nervosität und froher Erwartung. Zum ersten Mal in der trüben, freudlosen Zeit, die er als Prüfung ansah, hatte Kazuo das Gefühl, lebendig zu sein.

Er betrat den Aufenthaltsraum. Sofort stach ihm die Frau ins Auge, denn sie stand mit der älteren Frau, mit der sie immer zusammen war, vor dem Getränkeautomaten direkt am Eingang. Die beiden waren mit gedämpften Stimmen in ein Gespräch vertieft.

Über der Jeans trug sie ein großes, verwaschenes Dungaree-Shirt und hatte die Arme vor der Brust verschränkt. In dieser legeren Kleidung sah sie eigentlich aus wie immer, trotzdem war Kazuo verblüfft, denn sie machte einen völlig veränderten Eindruck als noch am frühen Morgen nach der Schicht. Verwundert starrte er in ihr Gesicht. Die Frau sah ihn ebenfalls an. Kazuo wich vor ihrem scharfen Blick zurück, brachte aber dann doch noch mit knapper Not einen Gruß zustande: »Guten Morgen!«

Die Frau erwiderte nichts, sondern ignorierte ihn. Aber ihre kleine, ältere Kollegin lächelte ihn an und nickte ihm zu. Dass sie von den anderen »Meisterin« genannt wurde, weil sie allen hier in Erfahrung und Arbeitsleistung haushoch überlegen war, hatte sich auch unter den Brasilianern herumgesprochen.

Kazuo hätte gerne weitergeredet, doch während er in seinem begrenzten japanischen Wortschatz noch nach etwas Passendem kramte, waren die beiden Frauen längst in Richtung Umkleideraum verschwunden. Enttäuscht folgte Kazuo ihnen dorthin, suchte den Bügel mit seiner Arbeitskleidung heraus und zog sich rasch um. Dann setzte er sich unauffällig zu den anderen in die gewohnheitsmäßig von brasilianischen Arbeitern okkupierte Ecke des Aufenthaltsraums, steckte sich eine Zigarette zwischen die Lippen und spähte immer wieder verstohlen zur Frauenseite des Umkleideraums hinüber, wobei ihm sein Herzklopfen schwer zu schaffen machte.

Der Vorhang zum Umkleideraum war nie ganz zugezogen, und so konnte man den Frauen zwischen den Bügeln mit Arbeitsanzügen und Straßenkleidung beinahe ungehindert beim Umziehen zuschauen. Kazuo entdeckte jetzt das strenge Profil der Frau. Sie presste die Lippen aufeinander, und man sah die Falten um ihre Mundwinkel. Ihm wurde klar, dass sie noch älter sein musste, als er gedacht hatte. Wahrscheinlich war sie nicht viel jünger als seine Mutter, die bald sechsundvierzig wurde. Einer Frau wie ihr, bei der man nie wusste, was sie gerade dachte, begegnete Kazuo zum ersten Mal. Bisher war die jüngere Schöne, die sonst immer mit ihr zusammen war, mehr nach seinem Geschmack gewesen, doch inzwischen ließ sich die starke Anziehungskraft, die diese rätselhafte Frau auf ihn ausübte, kaum noch leugnen, das spürte er genau.

Er beobachtete, wie sie ihre Jeans auszog, und seine Finger, zwischen denen er die Zigarette hielt, zitterten leicht. Reflexartig schlug er die Augen nieder, nur um gleich darauf wieder den Kopf zu heben, weil er sie doch anschauen wollte – da traf er ihren Blick. Sie hatte gerade die Arbeitshose hochgezogen, ihre Jeans lag zusammengesunken auf dem Boden. Vor Scham wurde Kazuo rot. Aber die Frau starrte wie durch ihn hindurch auf die Wand hinter ihm. Ausdruckslos. Dass sie ganz anders wirkte als noch heute Morgen, hatte er zunächst auf ihren verrauchten Zorn ihm gegenüber zurückzuführen gehofft. Aber das war es nicht – nein, sie beachtete ihn nun gar nicht mehr, was viel schlimmer war.

Die Frau und die Meisterin kamen mit den weißen Kochmützchen in der Hand wieder in den Aufenthaltsraum. Sie wollten anscheinend sofort zur Fabrik hinunter und gingen wortlos an ihm vorbei. Rasch prägte Kazuo sich die Gestalt der Schriftzeichen ein, die auf dem Namensschild an ihrem Kittel standen.

Die meisten Beschäftigten waren schon die Treppe zur Fabrikebene hinuntergegangen. Kazuo suchte am Brett neben der Stechuhr die Karte der Frau heraus. Dann sah er sich nach einem brasilianischen Kollegen um, der Japanisch konnte, und fragte ihn: »Wie liest man das bitte?«

»Ka-tori, Masa-ko.«

Als er sich bei dem Mann bedankte, der vor dreißig Jahren nach Brasilien ausgewandert und nun wieder nach Japan zurückgekommen war, zog der ihn auf: »Was denn, hast du dich etwa in die verguckt? Sie ist doch viel zu alt für dich!«

Kazuo erwiderte mit ernstem Gesicht: »Ich muss ihr etwas zurückgeben, was ich mir geliehen habe.«

»Geld?« Der Mann lachte.

Wenn es doch bloß um Geld ginge! Kazuo kümmerte sich nicht weiter um ihn, sondern ging verstohlen zum Brett zurück, um die Stechkarte wieder an ihren Platz zu stecken.

Masa-ko Ka-tori – das Wissen um ihren Namen vergrößerte die Sonderstellung noch, die die Frau bei ihm einnahm. Anhand der Eintragungen auf der Stechkarte, die er sich genau ansah, bevor er sie zurücksteckte, war zu ersehen, dass sie jeden Samstag frei hatte. Unter dem gestrigen Datum stand als Eintrittszeit 23:59 Uhr. Das war zweifellos seine Schuld gewesen, aber es war auch der einzige Beweis für eine Verbindung zwischen ihnen. In dem mit »Katori, Masako« beschrifteten Fach des Schuhschranks stand ein verbeultes, ausgetretenes Paar Turnschuhe. Kazuo meinte ihre Wärme spüren zu können.

Rasch schrubbte und desinfizierte er sich Arme und Hände, beeilte sich, durch den Hygiene-Check zu kommen, und ging dann langsam die Treppe zur Fabrik hinunter. Denn er wusste, dass die Arbeiterinnen sich vor Schichtbeginn direkt dort unten stauten. Wie erwartet reichte die Schlange der Teilzeitkräfte, die darauf warteten, dass das Tor endlich aufging, bis zum Treppenende. Kazuo suchte nach Masako, doch das war schwierig, denn mit Haube und Mundschutz sahen alle ziemlich gleich aus.

Sie stand direkt vor ihm. Sie war als Einzige aus der Reihe ausgeschert und starrte auf einen Punkt weiter vorne. Kazuo folgte ihrem Blick und war erstaunt, dort die blauen Plastikkübel zu entdecken, in denen der Abfall entsorgt wurde. Ob sich darin etwas befand, das sie irgendwie beschäftigte? Kazuo beugte sich über das Geländer und spähte hinein. Es lagen nur Lebensmittelreste darin, die bei der Arbeit in der Betriebsküche auf den Boden gefallen waren: Schweinefleisch-Nuggets, fertig frittierte Tempura-Happen und Ähnliches. Als er sich wieder umdrehte, erfassten ihn Masakos Augen, und es traf ihn der kühle Hauch, der von ihrem Blick ausging. Kurz entschlossen sprach Kazuo sie an: »Bitte, also…«

»Was?«, erwiderte Masako mit tiefer, durch den Mundschutz undeutlicher Stimme.

»Bitte, es tut Leid – es tut *mir* Leid!«, brachte Kazuo nur hervor, da er keine anderen Worte wusste, um auf Japanisch um Verzeihung zu bitten. Unbeholfen fügte er noch hinzu: »Ich, ich will mit Ihnen sprechen!«

Aber er konnte nicht erkennen, ob die letzten Worte Masakos Ohren noch erreicht hatten, denn sie hatte sich brüsk von ihm abgewandt und blickte mit harter, unnahbarer Miene wieder starr nach vorne auf das Tor. Kazuo versetzte es einen Schlag, derart ignoriert zu werden, und er kam sich erbärmlich vor, weil er so zuversichtlich gewesen war, zu glauben, er würde es schon irgendwie schaffen, Masakos Verständnis zu erringen.

Das Tor ging auf, es schlug zwölf – Schichtbeginn. Die Frauen strömten nacheinander hinein und begannen mit der Reinigung und Desinfektion der Hände und Unterarme. Kazuo gehörte zu der Truppe von Arbeitern, die die Lunchpaket-Zutaten auf Transportwagen aus der Küche heranschaffen und nachfüllen mussten, deshalb hatte er sich zu Schichtbeginn in der Betriebsküche seitlich der Fabrik einzufinden. Er entfernte sich von der Schlange der Arbeiterinnen und ging dorthin.

Plötzlich freute er sich regelrecht auf seine Arbeit, die er bisher immer als Qual empfunden hatte. Er hatte die Aufgabe, den kalten, schweren Reis, der in Kübeln in der Küche bereitstand, in die automatischen Abfüllmaschinen am Kopf jeder Fließbandreihe zu füllen. Eine verantwortungsvolle, harte Arbeit, denn wenn er zu spät kam, stand die Reihe still. Aber er würde oft in Masakos Nähe sein können, da sie mit der Meisterin zusammen immer vorne am Fließband stand.

Als er die Kübel mit dem weißen Reis in die Fabrik fuhr, führten Masako und die Meisterin wie erwartet die mittlere Arbeitsreihe an.

»Schnell, es ist schon fast nichts mehr drin«, drängte ihn die Meisterin. Kazuo stemmte den schweren Kübel mit beiden Händen hoch und füllte den kalten Reis in die Maschine. Masako, die mit Stapeln von Plastikschalen hantierte, würdigte ihn keines Blickes. Aus seiner Position, keinen Meter von ihr entfernt, blickte Kazuo von der Seite verstohlen in ihr Gesicht. Er konnte nur die Augen erkennen, der Rest war von Kochmützchen und Mundschutz verdeckt: Sie hielt die Lider gesenkt, als bedrückte sie etwas. Auch die Frau, die Meisterin genannt wurde und sonst immer so aufbrauste, viel mehr lachte und schimpfte, war heute merkwürdig still.

Kazuo fiel auf, dass die beiden anderen Frauen, die junge Schöne und die Dicke, die gewöhnlich mit Masako und der Meisterin in derselben Reihe arbeiteten, fehlten.

8

»Endlich! Wo hast du bloß so lange gesteckt, Mutter!« Eine Stimme, mit der sie im Leben nicht gerechnet hätte, überraschte Yoshië, als sie völlig fertig und am Ende ihrer Kräfte von Masako nach Hause kam. Ungeduldig riss sie sich am Eingang die Schuhe von den Füßen und stürzte ins Wohnzimmer. Tatsächlich: Kazuë war da!

Ihre Kolleginnen in der Fabrik wussten nichts davon, aber Yoshië hatte zwei Töchter. Von Kazuë hatte sie ihnen nie etwas erzählt, weil es ihr unerträglich gewesen wäre, obwohl sie doch ihr eigen Fleisch und Blut war.

Inzwischen musste Kazuë einundzwanzig sein. Im Alter von achtzehn Jahren hatte sie die Oberschule abgebrochen und war mit einem älteren Mann durchgebrannt; seither hatte sie sich nicht ein einziges Mal blicken oder auch nur etwas von sich hören lassen – ganze drei Jahre hatte sie ihre Tochter nicht gesehen. Aus Freude, aber auch, weil sie ahnte, dass da wieder eine Menge Unannehmlichkeiten auf sie zukommen würden, seufzte Yoshië tief. Missratene Tochter hin oder her, sie war trotzdem erleichtert, Kazuë wiederzusehen. Sie versuchte, ihre Überraschung und Verwirrung so gut es ging in den Griff zu bekommen, und studierte zum ersten Mal seit drei Jahren das Gesicht ihrer Tochter.

Kazuës glattes, in einem unnatürlichen Kastanienbraun gefärbtes Haar reichte ihr bis zu den Hüften, wo ein kleiner Junge mit beiden Händen in den Spitzen hing und zu Yoshië aufschaute. Das musste ihr erstes Enkelkind sein, das vor etwa zwei Jahren geboren worden war, wie sie nur vom Hörensagen wusste. Es ähnelte diesem dahergelaufenen Nichtsnutz aufs Haar. Yoshië betrachtete den Jungen ohne besonderes Wohlgefallen. Er war mager, hatte eine ungesunde Gesichtsfarbe, und es lief ihm, was man heutzutage bei Kindern nur noch selten sah, grüner Rotz aus der Nase. Kazuës Freund war ein unzuverlässiger Kerl, der nichts Vernünftiges gelernt hatte, keiner anständigen Arbeit nachging und sich auf der Straße herumtrieb. Als ob es ihre Gefühle erahnen könnte, blickte das Kind misstrauisch in das müde Gesicht seiner Großmutter, die wie aus heiterem Himmel vor ihm stand.

»Wo warst du die ganze Zeit? Nicht ein einziges Mal hast du angerufen! Wieso tauchst du jetzt plötzlich hier auf? Ich weiß wirklich nicht, was ich davon halten soll!«, fuhr sie ihre Tochter barsch an. Die Zeiten, da sie vor Kummer und Wut nicht mehr ein noch aus gewusst hatte, waren längst vorbei. Jetzt sorgte sie sich insgeheim nur noch darum, dass ihre jüngste Tochter genauso werden könnte. Und wenn Kazuë sich wieder hier einnisten sollte, würde das mit Sicherheit schlechten Einfluss auf Miki ausüben. Außerdem war sie selbst gerade zum Mittäter eines Verbrechens geworden, dessen Spuren noch beseitigt werden mussten.

»Na, das ist ja eine feine Begrüßung! Deine Tochter kommt nach drei Jahren nach Hause, und du freust dich nicht einmal. Guck mal hier, das ist dein kleines Enkelchen!« Kazuë hob übertrieben die Augenbrauen, die sie dünn nachgezogen hatte wie eine Oberschülerin. Sie wollte mädchenhaft jung erscheinen, doch man sah auf den ersten Blick, dass das Leben bereits deutliche Spuren hinterlassen hatte: Die Erschöpfung stand ihr im Gesicht geschrieben.

Beide, Mutter und Kind, trugen alte, ärmliche Kleidung und wirkten heruntergekommen.

»Aha, mein Enkel. Wie heißt er denn?«, fragte Yoshië mit verbittertem Unterton, denn nicht einmal das hatte sie sie wissen lassen.

»Issey. Geschrieben mit den Zeichen für ›ganzes Leben‹, weißt du, wie bei Issey Miyake, dem berühmten Modeschöpfer.«

»Kenn ich nicht«, erwiderte Yoshië missmutig, und Kazuë verzog das Gesicht. Ihre fahrige Sprechweise erinnerte sie an früher.

»Was soll das? Da komm ich extra nach Hause, und du verbreitest so 'ne miese Stimmung. Da wird einem ja schlecht! Nun sieh sich einer diese Fratze an! Was hast du bloß? Du siehst total müde aus. Oder kommt das von deiner schlechten Laune?«

»Ich hab die ganze Nacht gearbeitet, ich mache Nachtschicht in einer Lunchpaket-Fabrik.«

»Und das hat bis jetzt gedauert?«

»Nein, ich war noch bei einer Freundin.« Siedend heiß fielen Yoshië die Beutel mit den Leichenteilen ein, die Masako ihr mitgegeben hatte. Sie hatte sie in eine stabile Papiertüte zusammengepackt. Sie erfand einen Vorwand für Kazuë und versteckte die Tragetasche hinter dem Mülleimer in der Küche.

»Wann schläfst du denn eigentlich? Du machst dich ja ganz kaputt!« Kazuë, die um die Hüften herum etwas zugelegt hatte und gegenüber früher gesetzter wirkte, heuchelte Besorgnis. Dabei hatte sie damals, genauso wie Miki heute, dieses enge Haus mit der bettlägerigen alten Frau gehasst und nichts Besseres zu tun gehabt, als abzuhauen. Jetzt half es auch nichts mehr, ihr all den Kummer aufzutischen, den sie ihr damit bereitet hatte. Alles, was ihr nicht passte, was sie nicht hören mochte, worüber sie sich ihr Köpfchen nicht zerbrechen wollte, hatte sie doch zeitlebens bei ihrer Mutter abgeladen. Selbst in Yoshië, die den Fleiß zum obersten Prinzip erhoben hatte, regte sich nun plötzlich der Widerspruch gegen die rücksichtslose Tochter.

»Und wer soll sich dann um deine Oma kümmern? Tagsüber ist doch niemand zu Hause! Hast du mir etwa jemals geholfen?«

»Ach, hör schon auf!«

»Eben. Es ist halt nicht zu ändern. Verrat mir lieber, wie's Oma geht – ist alles in Ordnung?«

Beunruhigt schaute Yoshië, die ihrer Schwiegermutter nur schnell das Frühstück gefüttert und die Windel gewechselt hatte, bevor sie Hals über Kopf zu Masako gefahren war, in das hintere Sechs-Matten-Zimmer hinein. Die alte Frau lag ruhig da und schien dem Gespräch zu lauschen, denn ihre Augen waren weit offen.

»Tut mir Leid, dass es so spät geworden ist.«

Kaum hatte Yoshië sich entschuldigt, verzog die alte Frau den Mund. »Pah! Wo warst du denn so lange, was hast du die ganze Zeit gemacht? Lässt mich hier einfach liegen! Ich wäre fast gestorben!«

Plötzlich wirbelte der Zorn in Yoshië auf und entlud sich in einem Orkan. Wieso bildeten sich eigentlich alle ein, sie könnten mit ihr umspringen, wie sie wollten? Ja, glaubten sie denn, sie wäre ein Roboter aus Stahl? Bevor sie noch etwas dagegen tun konnte, brüllte Yoshië los: »Dann krepier doch, um Himmels willen! Und wenn du dann endlich tot bist, werde ich dich zerstückeln und in den Müll schmeißen! Ja, und als Erstes werde ich dir den runzligen Hals abschneiden, hast du mich verstanden?!«

Nach ein paar Schrecksekunden fing die Schwiegermutter laut zu weinen an, doch es kamen ihr nur einige wenige Tränen. Sie jammerte und schrie aus Leibeskräften, dazwischen murmelte sie wie ein endloses Stoßgebet: »Endlich zeigst du dein wahres Gesicht. Du bist wie der Teufel, eine teuflische Hexe bist du! Machst ein braves Gesicht, aber innen drin, da bist du bösartig und schlecht! Mach nur so weiter, ja, verkauf nur deine Seele an den Teufel, du wirst schon sehen, was du davon hast!«

Die alte Hexe musste gerade reden! Yoshië, deren Groll sich noch nicht wieder beruhigt hatte, stand wie versteinert da und starrte auf das verblasste Wickenmuster des Sommerfutons. Nach und nach legten sich die Wellen im Ozean ihrer Gefühle, und es befiel sie eine fast schmerzliche Reue.

Was hatte sie da bloß gesagt! Zu welchen Ungeheuerlichkeiten hatte sie sich hinreißen lassen! Ob sie sich denn so verändert hatte? Das kam alles nur, weil Masako sie in diese Drecksarbeit hineingezogen hatte. Masako war schuld. Nein, Yayoi, die ihren Mann umgebracht hatte. Nein, nein, nein, sie selbst, die mitgemacht hatte, weil sie Geld wollte. Genau das war die Quelle allen Übels: dass sie kein Geld hatte.

Kazuë, die die ganze Zeit schweigend am Esstischchen gesessen hatte, sagte auf einmal: »Na, na, nun beruhig dich mal wieder, Brüllen hilft dir auch nicht weiter.«

»Ja, da hast du Recht.« Mit diesen Worten schlich Yoshië kraftlos ins Wohnzimmer zurück. Die Schwiegermutter weinte immer noch vor sich hin.

Wie um den Streit zu schlichten, sagte Kazuë: »Ich hab ihr eben noch die Windel gewechselt, Mutter.«

»Ach so, ja. Danke.« Mutlos und erschöpft setzte Yoshië sich vor das Tischchen. Um sie herum lagen lauter kleine Spielzeugautos, die der Junge mitgebracht hatte, so dass sie nicht wusste, wo sie die Füße lassen sollte. Unwirsch fegte Yoshië einen detailgetreu nachgebauten Streifenwagen und ein Feuerwehrauto unter den Tisch. Der Junge merkte nichts davon, weil er zum Spielen einfach in Mikis Zimmer gelaufen war.

»Hast du denn noch nicht bei der Stadt nachgefragt, ob sie dir keine Pfleger schicken können? Das soll es jetzt geben, für einige Stunden in der Woche.«

»Hab ich schon. Aber sie kommen nur drei Stunden in der Woche, und das reicht gerade mal zum Einkaufen.«

»Ach so.«

Yoshië, die noch kein Auge zugetan hatte, drehte ihren pochenden Schädel hin und her. Dann sprach sie an, was sie schon die ganze Zeit beunruhigte: »Nun, warum bist du heute hergekommen?«

»Tja, also ...« Kazuë fuhr sich unruhig mit der Zunge über die Lippen. Yoshië erinnerte sich daran, dass das immer schon ihre Angewohnheit gewesen war, wenn sie log. »Er arbeitet jetzt in Ōsaka. Deshalb möchte ich nun auch gern arbeiten gehen, und da hab ich mir überlegt, ob du mir nicht ein bisschen Startkapital vorstrecken könntest ...«

»Aber du weißt doch, dass ich kein Geld habe. Wenn er nach Ōsaka gegangen ist, hättest du doch mitgehen können. Ein Kind muss bei beiden Eltern aufwachsen.«

»Aber ich weiß doch nicht, wo er hin ist!«

Yoshië saß mit aufgesperrtem Mund da. Im Klartext hieß das

also, dass der Kerl sie mit dem Jungen sitzen gelassen hatte. Was sollte sie nur machen, wenn jetzt auch noch ihre älteste Tochter mitsamt Kind in dieses enge Haus einfiele? Yoshië wurde nervös.

»Bring ihn doch in einen Kinderhort, dann kannst du arbeiten gehen.«

»Das will ich ja, deshalb brauche ich etwas Geld.« Kazuë streckte die Hand aus. »Bitte, leih mir doch ein bisschen! Du hast doch sicher ein wenig gespart. Als ich eben mit Oma geredet habe, hat sie mir erzählt, dass sie das Haus abreißen und neue Apartments bauen wollen. Dann könnten wir doch hier einziehen und mit euch zusammenwohnen.«

»Und woher soll ich bitte das Geld für den Umzug nehmen?«

»Ach, hör doch auf!«, schrie Kazuë ungehalten. »Du hast die Sozialhilfe und den Lohn von der Schicht. Miki schickst du jobben, und Pflegegeld kriegst du auch noch. Ich bitte dich, im Moment hab ich nicht mal genug Geld, um Issey einen Hamburger zu kaufen!«, flehte sie mit Tränen in den Augen. Das Kind kam mit kleinen, unsicheren Schritten herangetrippelt und schaute verwundert in das weinerliche Gesicht seiner Mutter.

Yoshië griff in die Hosentasche und zog das Geld heraus, das Kenji bei sich gehabt hatte. Insgesamt waren es fast achtundzwanzigtausend Yen.

»Hier, nimm das. Damit musst du dich begnügen. Es ist alles, was ich im Moment besitze. Für Mikis Klassenfahrt hab ich sogar Schulden machen müssen!«

»Ach, danke, du rettest mich!« Kazuë steckte das Geld sorgsam in die Tasche und stand auf, als wäre der Zweck ihres Besuchs damit erledigt.

»Tja, dann werde ich mir jetzt eine Arbeit suchen gehen.«

»Wo wohnst du denn eigentlich?«

»Ziemlich weit von hier, in Minami-Senjū. Hab ganz schön viel Fahrgeld blechen müssen, um hierher zu kommen«, sagte Kazuë, während sie schon im Eingang stand und sich die billigen Sandalen mit dicken Korksohlen anzog.

»Und der Junge?«

»Kannst du nicht so lange auf ihn aufpassen, Mutter?«

»Moment mal, wie stellst du dir das eigentlich vor?«

»Och, bitte. Ich komme ihn auch sofort wieder abholen«, sagte sie leichthin, als würde sie ein Gepäckstück bei ihr abstellen, und hatte schon den Türknauf in der Hand. Das verblüffte Kind begriff, dass es zurückgelassen werden sollte, und schrie los.

»Issey, bleib schön bei Oma und sei brav, ja? Mama kommt bald wieder zurück.«

Yoshië konnte nichts mehr sagen. Stumm schaute sie ihrer Tochter hinterher, als diese eilig durch die Tür verschwand. Sie war nicht einmal überrascht, denn sie hatte schon mit so etwas gerechnet. An Kazuës Rücken entdeckte sie nicht die Spur eines schlechten Gewissens, ihr Kind zurückzulassen, stattdessen strotzte ihre Haltung nur so vor befreiter Erleichterung. Yoshië hätte sich liebend gerne genauso verhalten. Liebend gerne hätte sie alle Last, alles Unliebsame, allen Ärger von sich geworfen und mitsamt diesem heruntergekommenen Haus hinter sich gelassen. Wie benommen vor Neid auf Kazuë, starrte Yoshië vor sich hin.

Das Kind stand da, ließ beide Arme sinken, sein Spielzeugauto auf den Boden fallen und schrie: »Mama, Mama!«

»Komm mal her, Oma nimmt dich auf den Arm.«

Aber das Kind riss sich mit unvermuteter Kraft von Yoshië los, warf sich auf den Bauch und weinte bitterlich. Aus dem hinteren Zimmer war immer noch das kraftlose Jammern der Schwiegermutter zu hören.

Todmüde sank Yoshië zu Boden und legte sich mitten in die Unordnung auf den Tatami schlafen; sie war mit ihrer Kraft am Ende. Mit geschlossenen Augen hörte sie eine Weile still den beiden Weinenden zu. Das Kind beruhigte sich als Erstes. Vor sich hin murmelnd, begann es bald wieder, mit seinen Autos zu spielen. Offenbar war es daran gewöhnt, bei fremden Leuten zurückgelassen zu werden. Doch auch das war für Yoshië kein Grund, Mitleid mit ihrem Enkel zu haben.

Mitleid hatte sie mit sich selbst. Tränen liefen ihr die Wangen hinunter. Was sie betrübte, war der Gedanke, auf welch erbärmliche Weise sie das schöne Geld des armen Kenji, der von seiner Frau umgebracht und von Masako und ihr selbst zerstückelt worden war, zum Fenster hinausgeworfen hatte.

Sie hatte eine Grenze überschritten. Ob Yayoi wohl ähnlich zumute gewesen war, als sie ihren Mann ermordet hatte?

Als Yoshië am selben Abend, nachdem sie das Kind der meuternden Miki anvertraut hatte, zur Arbeit in die Fabrik kam, wartete Masako schon auf sie.

Sie waren am Rande des Aufenthaltsraums stehen geblieben und schauten sich lange schweigend ins Gesicht. Masako schien längst jedes Gefühl des Aufgewühltseins überwunden zu haben, ihre Miene wirkte grimmiger denn je. Vielleicht ist das ihr wahres Gesicht, dachte Yoshië eingeschüchtert, als sie sie betrachtete. Wie wohl ihr eigenes Gesicht in Masakos Augen wirken mochte? Yoshië hätte das zu gern gewusst.

»Wie fühlst du dich, Meisterin?«, begann Masako das Gespräch. Ihre Miene war kühl, aber in ihrer Stimme lag ein sanfter Ton.

»Furchtbar!« Sie brachte es einfach nicht fertig, ihr zu erzählen, dass ihre spurlos verschwundene Tochter plötzlich wieder aufgetaucht war, ihr ein Kind aufs Auge gedrückt und Kenjis Geld mitgenommen hatte.

»Hast du geschlafen?« Masakos Fragen waren wie immer knapp und präzise. Yoshië nickte, obwohl sie fast kein Auge hatte zumachen können.

»Was hast du mit dem Müll gemacht?«

»Alles in Ordnung, ich hab die Beutel auf dem Weg hierher an verschiedenen Sammelplätzen entsorgt.«

»Danke. Ich wusste, dass du das zuverlässig erledigen würdest, Meisterin. Sorgen mache ich mir nur wegen Kuniko.«

»Mhm.«

Sie sahen sich nach ihr um. Es war kurz vor zwölf, höchste Zeit, aber Kuniko war nicht zur Arbeit erschienen.

»Sie ist nicht da.«

»Vielleicht schläft sie ihren Schock aus«, mutmaßte Yoshië, aber Masako schnalzte leise mit der Zunge.

»Ob ich nicht besser bei ihr vorbeifahre, um nachzusehen, was los ist?«

»Ja, mach das besser.«

»Wenn ich bei ihr auftauche, kriegt sie wahrscheinlich den Schreck ihres Lebens.«

»Ja, aber wenn durch sie alles auffliegt, sieht es schlimm aus für uns«, antwortete Yoshië, während sie auf die Anzeige »Kein Wechselgeld« starrte, die gerade an dem Getränkeautomaten aufleuchtete. Es würde das Ende bedeuten, wenn alles herauskäme. Allmählich bekam sie Angst. Ob nicht auch die Warnleuchte ihres Lebens schon längst aufblinkte?

»Das gilt für sie genauso, deshalb glaube ich nicht, dass sie zur Polizei läuft. Sorgen mache ich mir nur, weil sie so leicht unter Druck zu setzen ist.« Masako verfiel ins Grübeln, und die kleinen, steilen Falten zwischen ihren Augenbrauen vertieften sich bedenklich.

»Ich überlass das jedenfalls alles dir. Wie steht es eigentlich mit dem Geld von Yama-chan? Das geht doch in Ordnung, oder?«, fragte Yoshië völlig ungeniert. Jetzt, wo es schon so weit gekommen war, hielt sie es für besser, Masako die Denkarbeit und die Sorgen zu überlassen. Yoshië, die diese Rolle zu Hause schon zur Genüge erfüllen musste, begann es als angenehm zu empfinden, sich auf Masakos Stärke zu verlassen. Außerdem galt ihr größtes Interesse sowieso nur dem Geld, das ihr in Aussicht gestellt worden war.

»Ja, das ist alles geklärt. Sie will es sich von ihren Eltern leihen und auf jeden Fall bezahlen. Spätestens morgen gibt sie die Vermisstenanzeige auf.«

Während sie so eng zusammenstanden und sich leise berieten, kam ein junger Brasilianer auf sie zu, den sie vom Sehen her kannte, und grüßte sie. Er schien japanischer Abstammung zu sein, aber sein Körperbau war stämmig, und man sah sofort, dass er Ausländer war. Yoshië erwiderte seinen Gruß automatisch, aber Masako würdigte ihn keines Blickes. Verwundert fragte sie: »Was hast du denn?«

»Wieso?«

»Warum bist du so unfreundlich zu ihm?«

Auf dem Weg in den Umkleideraum sah Yoshië noch einmal kurz zu dem Brasilianer hinüber. Er stand einen Moment ratlos da und folgte ihnen dann. Masako kümmerte sich nicht darum, sondern fragte sie: »Weißt du, wo Kuniko wohnt?«

»Ja. In der großen Mietskaserne in Kodaira, soviel ich weiß.«

Masako schien im Kopf bereits den Stadtplan auszubreiten und das weitere Vorgehen zu planen. Yoshië konnte spüren, dass diese Angelegenheit für sie reine Geschäftssache war. Eine Geschäftssache, die sie auf keinen Fall vermasseln wollte. Für sie selbst jedoch, die ja am Anfang Yayois Mordtat so scharf verurteilt hatte, verwandelte sich das Ganze in Geldmacherei. Yoshië schämte sich, und wieder bestürmte sie der Gedanke, wie erbärmlich sie doch war.

»Menschen können ziemlich leicht ins Straucheln geraten, findest du nicht auch?«, murmelte Yoshië, und Masako sah sie mitleidig an.

»Ja. Und dann ist es, als würde man auf einem Fahrrad ohne Bremsen einen Abhang hinunterrollen.«

»Du meinst, nichts und niemand kann einen dann noch stoppen?«

»Ja. Es sei denn, man fährt irgendwo gegen.«

Was würde sie zum Halten bringen, wogegen würden sie fahren? Was lauerte hinter der nächsten Kurve auf sie? Yoshië bebte vor Angst.

DRITTES KAPITEL

Raben

1 Yayoi stand in der Küche und schälte Kartoffeln für ein bescheidenes Abendessen, als ihr plötzlich die Westsonne in die Augen schien. Geblendet fuhr sie sich mit der Hand, in der sie noch das Messer hielt, an die Stirn und wandte sich ab.

Nur jetzt, in der kurzen Zeit mit den längsten Tagen im Jahr, fiel die tief stehende Sonne gegen Abend direkt durch das Küchenfenster herein. Einen Moment lang hatte sie schon geglaubt, Gott habe sein Urteil über sie gefällt und wolle sie nun für das schwere Verbrechen bestrafen, dessen sie sich schuldig gemacht hatte, indem er sein Licht wie einen Laserstrahl auf sie richtete, um das Böse in ihrem Innern auszumerzen. Dann würde sie jetzt sterben müssen. Weil sie eine böse Sünderin war, die ihren Ehemann umgebracht hatte.

Sie dachte das mit dem letzten Rest Vernunft, zu der sie noch fähig war, denn eigentlich kam es ihr, seit sie in jener Nacht dem mit der Leiche beladenen Wagen von Masako hinterhergeblickt hatte, die ganze Zeit so vor, als wäre Kenji einfach in der Dunkelheit verschwunden. Wenn die Kinder nach dem Papa fragten, antwortete sie: »Ja wirklich, wo er bloß stecken mag!«, und mit jedem Mal dauerte es ein klein wenig länger, bis ihr die dunklen Schatten jener Nacht wieder in den Sinn kamen. Wie war es nur möglich, dass sogar die Erinnerung daran, wie es sich angefühlt hatte, Kenji mit der Kraft dieser beiden Hände zu erwürgen, mehr und mehr verblasste, obwohl es doch kaum drei Tage her war?

Das Gesicht immer noch abgewandt, zog Yayoi rasch die selbst genähten Baumwollvorhänge zu, um die Sonne abzuhalten. Der dunkelblaue Stoff – ein Rest, der übrig geblieben war, als sie den

Kindern Lunchbox-Beutel genäht hatte – versperrte dem Licht sofort den Weg und machte die Küche düster. Yayoi blieb eine Weile wie benommen stehen und hielt sich die Augen zu, die sich nicht so schnell an die veränderten Lichtverhältnisse gewöhnen konnten.

Die Unruhe, von der sie sich mit den Kindern und der Hausarbeit hatte ablenken wollen, stieg in ihr hoch wie tausend kleine Luftbläschen vom Grunde eines Sumpfs und sprengte ihr fast das Herz.

Aber es war nicht der Mord an Kenji, der sie so beklommen machte. Die neuerliche Wurzel ihrer Unruhe war Kuniko.

Kuniko war gestern Nachmittag urplötzlich vorbeigekommen, ohne auch nur vorher anzurufen.

»Hallo, ist jemand zu Hause?«

Durch die Gegensprechanlage hatte Yayoi die Stimme einer Frau gehört und die Haustür geöffnet: Vor ihr stand Kuniko, groß herausgeputzt in einem weißen, ärmellosen Minikleid, wie es gerade Mode war, und weißen Pantoletten. Aber die Sachen standen ihr nicht, sie war zu dick und zu blass dafür.

»Ach, du bist es!« Yayoi war so überrumpelt von dem unerwarteten Besuch, dass sie nicht wusste, ob sie sie hereinlassen sollte oder besser nicht. Es war früher Nachmittag, die Kinder hielten im Hort gerade ihren Mittagsschlaf.

»Na, krank siehst du ja nicht gerade aus!« Kuniko schaute sie abfällig an. Ihrem Tonfall war ein deutliches Überlegenheitsgefühl zu entnehmen, als wollte sie sagen: Bemüh dich nicht, ich weiß genau Bescheid über das, was du getan hast! Sofort regte sich Abwehr in Yayoi. In ihrem Inneren hallte wie aus einem tiefen Brunnen eine Stimme zu ihr herauf: Unerträglich, diese Miss Piggy in Weiß! Da wird einem ja schon vom Hinschauen übel!

»Es geht schon irgendwie«, erwiderte Yayoi irritiert. »Was führt dich zu mir?«

»Nennen wir es doch Krankenbesuch – du bist lange nicht in der Fabrik gewesen, Yamamoto-san!«

»Ja, äh, danke.« Was wollte sie von ihr, wieso war sie hier? Kuniko würde ihr doch nie im Leben einen Krankenbesuch abstatten. Mit wachsendem Misstrauen starrte Yayoi in Kunikos eingefallene

Schweinsäuglein. Aber sie konnte darin beim besten Willen keinen bestimmten Ausdruck entdecken, der Lidstrich war zu dick.

Ohne sich um Yayois Zögern zu kümmern, riss Kuniko die Sperrholztür an sich und sagte: »Darf ich hereinkommen?«

Widerwillig trat Yayoi von der Tür zurück und ließ Kuniko herein. Die sah sich um und fragte mit gedämpfter Stimme: »Sag mal, wo hast du ihn denn abgemurkst?«

»Wie?«, gab Yayoi unwillkürlich zurück, und Kuniko starrte sie an.

»Ich hab dich gefragt, wo du ihn kaltgemacht hast!« In der Fabrik hatte sie immer die Jüngere gespielt, sie höflich angeredet und nie ihre Zurückhaltung verloren. Wer war bloß dieses Weib mit dem unverschämten Grinsen, das da vor ihr stand? Yayoi wurde nervös, ihre Handflächen klebrig vor Schweiß.

»Ich weiß nicht, was du meinst.«

»Jetzt spiel mir nicht die Unschuld vom Lande!« Kuniko schnaufte verächtlich. »Ich musste schließlich mit diesen beiden Händen das widerliche Fleisch deines Göttergatten in Müllbeutel verpacken und wegschmeißen – ich weiß schon, wovon ich rede!«

Yayoi spürte, wie ihr die Kräfte schwanden. Das war alles nur Masakos Schuld, warum hatte sie dieses Weib auch zur Komplizin machen müssen?

Kuniko schleuderte die Pantoletten von den Füßen und stieg ohne zu fragen den Absatz zum Wohnbereich hinauf. Ihre Schritte schmatzten, als klebten die verschwitzten Fußsohlen an den Holzbohlen fest. »Also: Wo hast du ihn umgebracht? Man sieht doch ab und zu diese Fotos vom Tatort. Es heißt ja, die Geister der Toten würden gerne an diesen Stellen herumspuken«, sagte Kuniko, ohne zu ahnen, dass sie genau auf dem Platz stand, wo Kenji sein Leben ausgehaucht hatte.

Du kommst keinen Schritt weiter in mein Haus, dachte Yayoi und stellte sich der viel stämmigeren Kuniko in den Weg: »Was willst du? Du bist doch nicht gekommen, um mich das zu fragen!«

»Puh, ist das heiß hier. Hast du keine Klimaanlage?« Kuniko schob Yayoi einfach beiseite und trat in das enge Wohnzimmer, wo die Klimaanlage ausgeschaltet war, um Strom zu sparen. »Da ist ja eine! Warum machst du sie denn nicht an? Wie du das bloß aushältst!«

Nicht auszudenken, wenn man sie draußen reden hörte! Yayoi stürzte hinter ihr her, schaltete die Klimaanlage ein und schloss hastig alle Fenster. Kuniko baute sich im kühlen Wind des Ventilators auf und sah amüsiert zu, wie Yayoi hektisch herumlief. Auf ihrer Stirn glänzten dicke Schweißperlen, die ihr nach und nach die Schläfen herunterrannen.

»Sag endlich, warum du gekommen bist«, bat Yayoi noch einmal, ohne ihre Unruhe verbergen zu können.

Kuniko machte aus ihrer Verachtung keinen Hehl: »Ich muss schon sagen, Yamamoto-san, du hast mich ganz schön überrascht! Macht so ein niedliches, unschuldiges Gesicht und bringt kaltblütig ihren Mann um die Ecke! Ich bin entsetzt, wirklich! Tja ja, der Schein trügt, man kann eben nicht hineinschauen in die Menschen. Aber dass du den Vater deiner Kinder umbringen konntest! Alle Achtung! Was wirst du denn machen, wenn die Kleinen erst groß sind und erfahren, dass die eigene Mutter die Mörderin ihres Vaters ist? Hast du darüber überhaupt schon nachgedacht?«

»Hör auf! Ich will nichts davon hören!«

Yayoi hielt sich die Ohren zu. Da packte Kuniko sie am linken Handgelenk. Ihre verschwitzte Haut fühlte sich unangenehm klebrig an, und Yayoi wand sich in dem verzweifelten Versuch, ihrem Griff zu entkommen, aber es half nichts, Kuniko war einfach stärker.

»Es ist mir egal, ob du das hören willst oder nicht, Yamamoto-san! Man hat mich gezwungen, die Fleischstücke deines Gatten mit diesen beiden Händen anzufassen und in Mülltüten zu füllen. Kannst du dir vorstellen, was für ein grässliches, ekelhaftes Gefühl das ist? He, kannst du dir das vorstellen? Antworte gefälligst!«

»… ja.«

»Nein, gar nichts kannst du dir vorstellen!« Kuniko griff nun auch nach ihrem anderen Handgelenk. Yayoi stieß einen Schmerzensschrei aus. »Lass mich!«, rief sie, aber Kuniko ließ nicht locker.

»Die beiden haben ihn zerstückelt, hörst du, in kleine Teile geschnitten! Du hast ja keine Ahnung, was für eine Schweinerei das ist! Du warst dir doch sicher noch zu fein dazu, einen Blick auf die Leiche zu werfen, nachdem du deinen Mann abgemurkst hast, stimmt's! Ich dagegen hab wie oft kotzen müssen! So widerlich war das, und dann der Gestank! Wirklich, es war das Schlimmste, was ich je erlebt habe. Danach ist man nicht mehr dieselbe, das kannst du mir glauben, das verändert einen fürs Leben!«

»Ich bitte dich, hör auf, bitte!«

»Ach, du kannst betteln und wimmern, so lange du willst, ich muss das einfach mal loswerden! War ich etwa verpflichtet, so etwas für dich zu tun?!«

»Entschuldige, verzeih mir, bitte!« Yayoi krümmte sich wie ein kleines Tier und fiel auf die Knie.

Kuniko ließ sie jäh los und lachte gehässig. »Schon gut, was soll's, dazu bin ich schließlich nicht hier. Ich hab gehört, du willst der Meisterin und mir Geld dafür zahlen – stimmt das?«

»Ja, ich bezahle euch, ganz bestimmt!« Ob sie deswegen gekommen war? Im Glauben, Kunikos Absicht durchschaut zu haben, ließ Yayoi erleichtert beide Arme sinken, die sie zum Schutz um ihren Kopf gelegt hatte. Beinahe schon gelassen, beobachtete sie, wie im kühlen Wind der Klimaanlage der Schweiß auf Kunikos Stirn im Nu verschwand und ihre Haut trocken, rau und rissig wurde.

Ob Kuniko wirklich erst neunundzwanzig war? Plötzlich kam ihr das wie eine glatte Lüge vor. Wahrscheinlich war sie älter als sie selbst. Das sah ihr ähnlich, eitel wie sie war – wegen solch lächerlicher Äußerlichkeiten sogar ihre Kolleginnen zu belügen! Yayoi verspürte tiefen Abscheu gegen Kuniko.

»Wann krieg ich das Geld?«

»So viel habe ich nicht, ich muss es mir erst bei meinen Eltern leihen. Kannst du nicht noch ein wenig warten?«

»Aha. Bekomme ich wirklich hunderttausend?«

»Nun ja, das hat Masako so festgesetzt…«, stammelte Yayoi. »Dann wird es wohl auf diese Summe hinauslaufen.«

Als Masakos Name fiel, verschränkte Kuniko eingeschnappt die Arme über ihrem dicken Bauch. Ihre Sprache wurde plötzlich derber: »Und sie, wie viel kriegt sie von dir dafür, na, raus damit!«

»Sie will gar nichts.«

Ungläubig verdrehte Kuniko die Augen. »Was denkt die sich eigentlich! Immer muss sie rumkommandieren und tun, als wäre sie was Besseres!«

»Aber sie hat mir geholfen.«

»Ja, ja, sie hat dir geholfen.« Kuniko nickte genervt und wechselte das Thema. »Wenn das so ist, kannst du mir ja ruhig fünfhunderttausend statt hunderttausend geben!«

»…ja.« Was hatte sie ihr entgegenzusetzen? Yayoi mußte es wohl oder übel schlucken. »Es wird aber eine Weile dauern, bis ich so viel Geld beschaffen kann.«

»Wie lange ungefähr?«

»Ich muss erst mit meinem Vater sprechen. Zwei Wochen, vielleicht länger. Außerdem wird das nur in mehreren Raten gehen…« Fünfhunderttausend waren mehr, als die Meisterin bekam – würde die sich dann nicht beschweren? Besorgt stutzte Yayoi. Kuniko schien für einen winzigen Moment in Gedanken versunken.

»Lassen wir das, darüber können wir später noch verhandeln. Unterschreib mir jetzt lieber erst mal diesen Wisch hier. Und setz deinen Stempel drunter, ein unbeglaubigter reicht.« Kuniko griff in ihre kunstlederne Umhängetasche, zog ein Blatt Papier heraus und legte es auf den Esstisch.

»Was ist das?«

»Ein Bürgschaftsvertrag.«

Kuniko zog sich einen Stuhl heran, setzte sich und zündete sich ohne zu fragen eine ihrer schrecklichen Mentholzigaretten an. Yayoi holte den Aschenbecher für Gäste, stellte ihn vor Kuniko hin und nahm dann mit ungutem Gefühl das Blatt Papier zur Hand. Soweit sie dem Formular entnehmen konnte, hatte Kuniko sich offenbar bei einer Firma, die sich »Verbraucherzentrum Million« nannte, zu einem Zinssatz von vierzig Prozent Geld geliehen. Im Kleingedruckten stand etwas von »gleichem Zinssatz bei Zahlungsverzug« und anderes, was Yayoi nicht so recht verstand; die Spalte »Bürge« war leer. Dort hatte jemand mit Bleistift ein dünnes Kreuz gemacht, wie um sie aufzufordern, hier ihren Stempel hinzusetzen.

»Wieso sollte ich so etwas unterschreiben?«

»Weil ich einen Bürgen brauche. Keine große Sache, du verpflichtest dich nicht zu Solidarhaftung oder so was, du wirst bloß einfache Garantieperson, reg dich also nicht auf. Mein Mann ist weg, ich bin auch in Schwierigkeiten. Wer den Bürgen spielt, ist denen ganz egal, sagen sie. Sie nehmen auch die Unterschrift einer Mörderin.«

Yayoi überhörte die letzten Worte und hakte nach: »Dein Mann ist weg, sagst du? Wieso das?«

»Wieso wieso? Das geht dich gar nichts an«, blaffte Kuniko und grinste überheblich: »Ich hab ihn jedenfalls nicht umgebracht.«

»Ja, aber …«

»Nun komm schon, ich hab nicht vor, dir meine Schulden anzuhängen, ganz bestimmt nicht! So hinterhältig bin ich auch nicht. Du gibst mir doch die fünfhunderttausend, oder? Damit ist dann alles erledigt, jetzt setz endlich deinen Stempel drunter!«

Halbwegs beruhigt durch Kunikos Versicherung, drückte Yayoi ihren Namensstempel auf das Formular und unterschrieb. Was hätte sie denn machen sollen? Sie wäre dieses Weib sonst nie losgeworden, und bald war es Zeit, die Kinder vom Hort zu holen. Außerdem wollte sie nicht, dass Kuniko womöglich wieder hier hereinplatzte, wenn die Kinder daheim waren, und das wäre mit Sicherheit zu befürchten gewesen, wenn sie sich geweigert hätte. »Bist du nun zufrieden?«

»Thanks.« Kuniko drückte die Zigarette aus und stand auf, als hätte sie bekommen, was sie wollte. Yayoi folgte ihr zum Eingang. Kuniko stieß die Füße in ihre Pantoletten, drehte sich dann aber wieder um, als wäre ihr noch etwas eingefallen: »Hör mal, was ist das eigentlich für ein Gefühl, wenn man jemanden umbringt?«

Yayoi antwortete nicht, sondern starrte benommen auf den Schweißfleck unter dem Ärmelloch von Kunikos Kleid. Sie hatte endlich begriffen, dass sie erpresst worden war.

»Na, sag schon, was ist das für ein Gefühl?«

»Wie soll ich das beschreiben …?«

»Versuch es«, beharrte Kuniko, »komm, verrat's mir, wie war's?«

»Ich … irgendwie … Ich dachte nur: Hab ich dich erwischt, geschieht dir nur recht!«, antwortete Yayoi leise, und Kuniko wich zum ersten Mal einen Schritt vor ihr zurück, so als sei sie ihr auf einmal unheimlich geworden. Dabei knickte sie mit den gut zehn Zentimeter hohen Absätzen ihrer Pantoletten um und wäre fast gestürzt, wenn sie nicht im letzten Moment noch eine Ecke des Schuhschranks zu fassen bekommen hätte. Dann sah sie Yayoi mit entsetzten Augen an.

»Direkt hier hab ich ihm den Hals umgedreht«, sagte Yayoi und stampfte dabei ein paarmal mit dem Fuß auf den Boden. Kuniko starrte auf die Stelle zu Yayois Füßen, und in ihren Augen erschien Angst. Yayoi war überrascht, dass sie mit dem, was sie getan hatte, sogar einem unverschämten Weib wie Kuniko Furcht einflößen konnte. Dass seit jener Nacht vielleicht etwas in ihr selbst abgestumpft war, kam ihr nicht in den Sinn.

»Dann kommst du also vorläufig nicht mehr zur Schicht?« Kuniko versuchte ihre Schwäche wieder auszugleichen und reckte hochmütig ihr Kinn in die Luft.

»Ich würde schon gerne, aber Masako sagt, ich soll erst mal zu Hause bleiben.«

»Masako, Masako, immer nur Masako! Seid ihr Lesben, oder was?«, schrie Kuniko verächtlich und stürmte ohne Gruß aus dem Haus.

Ja, hau nur ab, du fettes, weißes Schwein!, fluchte Yayoi im Stillen und blieb wie versteinert auf dem Absatz stehen. Dort, wo nur zwei Nächte zuvor ihr Mann sein Leben gelassen hatte.

Sie hatte schon den Hörer in der Hand, um Masako anzurufen und ihr zu erzählen, was gerade geschehen war, fürchtete dann aber, von ihr ausgeschimpft zu werden, weil sie die Bürgschaft unterschrieben hatte, und legte schnell wieder auf, während es noch läutete.

Auch der heutige Tag war vergangen, ohne dass sie mit jemandem darüber geredet hatte.

Es half nichts, sie musste sich wegen dieser Sache mit Masako beraten, auch wenn sie dafür Schelte bekäme. Endlich fasste sie sich ein Herz, tat die geschälten Kartoffeln in einen Kessel mit Wasser und ging zum Telefon.

In dem Moment klingelte es an der Haustür. Yayoi fuhr zusammen und stieß einen kleinen Schrei aus. Ob das wohl wieder Kuniko war? Ängstlich schlich sie zur Gegensprechanlage und meldete sich. Die belegte Stimme eines Mannes sagte: »Ich komme vom Musashi-Yamato-Polizeirevier.«

»Oh ... ja, einen Moment.« Die Polizei! Rasendes Herzklopfen befiel sie.

»Sind Sie es, Frau Yamamoto?« Der Tonfall des Mannes klang

höflich und freundlich, aber Yayoi verlor die Nerven. Wieso kamen sie jetzt schon? Was war passiert? Ein schrecklicher Verdacht kam ihr in den Sinn: War Kuniko etwa gestern noch zur Polizei gelaufen und hatte sie verraten? Dann war alles zu spät, es war aus. Am liebsten hätte sich Yayoi auf der Stelle umgedreht und wäre davongerannt.

»Könnte ich eben mit Ihnen sprechen?«

»Ja, sofort.« Yayoi riss sich zusammen und öffnete die Tür. Davor stand ein freundlich lächelnder, armselig aussehender Mann mit angegrauten Haaren und einem Mantel über dem Arm. Es war Herr Iguchi, der Leiter der Einsatzstelle für häusliche Sicherheit.

»Ah, guten Abend, Frau Yamamoto. Ist Ihr Mann inzwischen nach Hause gekommen?«

Iguchi hatte ihr, da der zuständige Beamte gerade nicht am Schalter war, als sie die Suchanzeige aufgeben wollte, höflich und ausführlich das Meldeverfahren erklärt. Er war es auch gewesen, der ihr erstes Telefonat entgegengenommen hatte, und Yayoi hatte einen guten Eindruck von ihm, da er sie immer freundlich und zuvorkommend behandelt hatte.

»Nein, noch immer nicht«, antwortete Yayoi, während sie ihr wachsendes Unbehagen zu überspielen suchte.

»Oh, das tut mir Leid.« Iguchis Gesicht bewölkte sich ein wenig. »Ich muss Ihnen leider mitteilen, dass man heute Morgen im Koganei-Park die zerstückelte Leiche eines Mannes gefunden hat.«

Übelkeit befiel Yayoi, als sie das hörte. Alles Blut schien aus ihrem Körper zu weichen, ihr wurde schwarz vor Augen, sie verlor die Kontrolle und begann zu schwanken. Sie lehnte sich an die Tür, um nicht zusammenzubrechen. Es war also tatsächlich ans Tageslicht gekommen. Was sollte sie bloß tun?

Aber Iguchi schien die Symptome der Angst als Sorge einer Ehefrau um ihren vermissten Mann zu deuten. Wie um sie zu trösten, fügte er hastig hinzu: »Beruhigen Sie sich, Frau Yamamoto, das muss noch lange nicht heißen, dass es sich um Ihren Mann handelt!«

»... meinen Sie?«

»Wir statten lediglich allen Haushalten in der näheren Umgebung, die eine Such- oder Vermisstenanzeige aufgegeben haben, einen Besuch ab, um eingehendere Ermittlungen einzuleiten.«

»Verstehe.« Sie brachte ein kleines Lächeln der Erleichterung zustande, doch in Wahrheit war sie außer sich vor Angst, da sie ja wusste, dass es sich nur um Kenji handeln konnte.

»Dürfen wir Sie einen kleinen Moment stören?« Iguchi hielt die Haustür mit der Fußspitze auf und schob seinen hageren Körper geschmeidig daran vorbei. Erst jetzt bemerkte Yayoi die Männer in blauer Uniform, die hinter ihm standen.

»Es ist ziemlich dunkel hier«, stellte Iguchi fest, als er das Wohnzimmer betrat. Die Küchenvorhänge waren immer noch zugezogen, um die Westsonne abzuhalten. Ein düsteres Haus wirkte unanständig, wenn es draußen noch hell war. Yayoi fühlte sich angegriffen und lief schnell zum Fenster, um die Vorhänge aufzuziehen. Die Abendsonne stand schon sehr tief und tauchte das Zimmer in glühend rotes Licht.

»Die Westsonne brennt sonst so«, entschuldigte sie sich, während Iguchis Blick auf die geschälten Kartoffeln fiel.

»Ach ja, Ihre Küche liegt Richtung Westen. Dann wird es im Sommer sicher sehr heiß hier.« Iguchi zog ein Taschentuch heraus und wischte sich den Schweiß vom Gesicht, als störe ihn die Hitze im Zimmer. Schnell lief Yayoi zur Klimaanlage, schaltete sie ein und machte alle Fenster zu. Genau wie am Tag zuvor, als Kuniko da gewesen war.

»Machen Sie sich keine Umstände, Frau Yamamoto«, sagte Iguchi leichthin, ließ seine Blicke jedoch aufmerksam überall im Raum umherschweifen. Als seine Augen schließlich auf Yayoi ruhten, verspürte sie eine lähmende Angst in der Magengrube. Zum ersten Mal kam ihr die Schwerkraft wie eine drückende Last vor, die sie bewegungsunfähig machte. Die Magengrube! Sie würde außerdem den eindeutigen Beweis für ihren Streit mit Kenji liefern. Davon durfte sie sich auf keinen Fall etwas anmerken lassen. So natürlich wie möglich verschränkte Yayoi die Arme vor der Brust.

»Können Sie mir den behandelnden Zahnarzt Ihres Mannes nennen? Außerdem bräuchten wir seine Finger- und Handtellerabdrücke.«

Endlich antwortete Yayoi mit belegter Stimme: »Sein Zahnarzt ist Doktor Harada am Bahnhof.«

Iguchi schrieb den Namen schweigend in sein Notizbuch. Die Männer in Uniform waren sicher Beamte vom Erkennungsdienst.

Sie waren hinter Iguchi stehen geblieben und schienen auf seine Anweisungen zu warten.

»Nun bräuchten wir eine Tasse oder einen anderen Gegenstand des täglichen Lebens, den Ihr Mann zuletzt benutzt hat.«

»Ja, sofort.« Mit zittrigen Beinen führte Yayoi die Männer zum Waschbecken im Vorraum zum Bad. Als sie auf Kenjis Toilettensachen zeigte, holten die Männer ein weißes Pulver heraus und begannen mit der Arbeit. Sie kehrte ins Wohnzimmer zurück und fand Iguchi wider Erwarten gelöst am Fenster stehend vor. Er betrachtete das Dreirad und die anderen Spielsachen, die verstreut draußen im winzigen Garten lagen.

»Ihre Kinder sind noch klein?«

»Ja. Zwei Jungen, fünf und drei Jahre alt.«

»Sind sie zum Spielen bei Freunden?«

»Nein, im Kinderhort.«

»Verstehe, dann arbeiten Sie also – darf ich fragen, wo?«

»Früher war ich eine Zeit lang Kassiererin in einem Supermarkt, jetzt mache ich Nachtschicht in einer Lunchpaket-Fabrik.«

»Oh, Nachtschicht. Ist das nicht anstrengend?« Iguchi sah sie mitleidig an.

»Schon, aber ich kann ja schlafen, während die Kinder im Hort sind.«

»Tja, in letzter Zeit scheinen das immer mehr Frauen so zu machen. Da drüben, ist das Ihre Katze?«

Erstaunt schaute Yayoi in die Richtung, in die Iguchi gedeutet hatte. Neben dem Dreirad kauerte Milky, die nicht wusste wohin, und blickte zu ihnen herüber. Ihr weißes Fell war schon leicht schmutzig geworden.

»Ach ja, sie gehört zu uns.«

»Eine weiße Katze. Sollten Sie sie nicht lieber hereinlassen?« Iguchi dachte wohl an die Fenster und Türen, die sie für ihn fest verriegelt hatte, um die Klimaanlage anzustellen.

»Nein, das ist nicht nötig. Sie mag es, draußen zu sein.« Yayoi hasste das Tier, seit es in jener Nacht vor ihr davongelaufen war und danach kein einziges Mal Anstalten gemacht hatte, ins Haus zu kommen. Der Tonfall war ihr deshalb etwas zu abfällig geraten. Doch das schien Iguchi nicht aufgefallen zu sein. Er sah auf seine Armbanduhr.

»Es ist sicher bald Zeit, die Kinder abzuholen, nicht wahr?«

»Ja… Was meinten Sie eigentlich vorhin mit ›Handtellerabdrücken‹?« Die Frage hatte sie schon die ganze Zeit beschäftigt.

»Man kann einen Menschen auch anhand der Abdrücke der Handinnenflächen identifizieren. Die Finger der Leiche, die wir gefunden haben, sind so fein abgehobelt worden, dass man keine Abdrücke mehr nehmen kann. Aber es sind intakte Teile der Handflächen vorhanden, mit denen wir versuchen werden, die Identität festzustellen. Wir wollen hoffen, dass es sich nicht um Ihren Gatten handelt, aber Blutgruppe und Alter stimmen überein, so viel kann ich Ihnen schon mitteilen.« Iguchi hatte sehr schnell gesprochen und schlug nun die Augen nieder.

»Zerstückelt, sagten Sie?«, murmelte Yayoi.

»Ja.« Iguchi fuhr in dozierendem Tonfall fort: »Im Koganei-Park wurden insgesamt fünfzehn Beutel mit Leichenteilen gefunden, die einzelnen Stücke etwa in dieser Größe. Doch zusammen bilden sie höchstens ein Fünftel eines menschlichen Körpers. Derzeit ist man dabei, den gesamten Park noch einmal gründlich nach weiteren Teilen zu durchsuchen. Die Raben haben uns auf die Spur gebracht.«

»Raben?« Yayoi verstand nicht.

»Ja, Raben. Eine ältere Frau, Reinigungskraft im Park, wollte die Raben füttern und hat die Abfallkörbe nach brauchbaren Essensresten durchsucht. Dabei ist sie auf einige der Beutel gestoßen und hat die Polizei verständigt. Ohne die Raben hätten wir vielleicht nie etwas davon bemerkt.«

Yayoi versuchte verzweifelt, sich nichts von ihrer inneren Aufregung anmerken zu lassen. »Falls es sich tatsächlich um meinen Mann handelt, wieso sollte ihm so etwas zugestoßen sein?«

Iguchi antwortete nicht, sondern fragte sie: »Ist Ihr Mann in letzter Zeit nicht doch in irgendwelche Schwierigkeiten verwickelt gewesen? Fällt Ihnen wirklich nichts in dieser Richtung ein? Hat er vielleicht irgendwo Schulden gemacht?«

»Nicht dass ich wüsste.«

»Bleibt er abends öfter länger weg?«

»Nein, er achtet immer darauf, zu Hause zu sein, bis ich zur Nachtschicht muss.«

»Hat er irgendwelche Laster, Glücksspiel oder andere Vergnügungen?«

Als das Wort »Glücksspiel« fiel, dachte sie sofort an Bakkarat und legte den Kopf schief. »Davon weiß ich nichts, aber in letzter Zeit geht er häufiger trinken.«

»Verzeihen Sie, wenn ich Ihnen zu nahe trete, aber haben Sie öfter Streit?«

»Nun ja, das kommt zwar hin und wieder einmal vor, aber er hat… er liebt die Kinder sehr und… ist ein guter Ehemann.« Fast hätte sie die Vergangenheitsform benutzt und war ins Stocken geraten. Dann erinnerte sie sich daran, dass Kenji den Kindern wirklich ein guter Vater gewesen war, und Tränen stiegen ihr in die Augen.

Iguchi, der offenbar eine rührselige Szene befürchtete, erhob sich. »Verzeihen Sie, aber falls sich, was wir auf keinen Fall hoffen wollen, tatsächlich herausstellen sollte, dass es sich bei der Leiche um Ihren Gatten handelt, müsste ich Sie noch einmal aufs Revier bitten.«

»Ja, natürlich.«

»Ich hoffe wirklich das Beste für Sie. Für die kleinen Kinder wäre es zu furchtbar, wenn sich der Verdacht bewahrheiten sollte.«

Als sie den Kopf hob, sah sie, wie Iguchis Augen wieder auf dem Dreirad ruhten. Daneben saß immer noch die Katze.

Nachdem Iguchi und seine Männer gegangen waren, rief Yayoi unverzüglich Masako an. Sie zauderte keine Sekunde mehr.

»Was ist passiert?«, fragte Masako sofort. Sie schien an ihrem Tonfall erkannt zu haben, dass etwas Unvorhergesehenes eingetreten war. Yayoi berichtete ihr, dass die Polizei im Koganei-Park eine zerstückelte Leiche gefunden hatte.

»Das haben wir wahrscheinlich Kuniko zu verdanken. Es war wirklich zu leichtfertig von mir, mich auf diese Schlampe zu verlassen«, sagte Masako mit vor Reue bedrückter Stimme. »Und dann auch noch Raben!«

»Was soll ich denn jetzt tun?«

»Wenn man jemanden mit Handtellerabdrücken identifizieren kann, werden sie zweifellos herausfinden, dass es sich um deinen Mann handelt. Es ist nur noch eine Frage der Zeit. Dann wirst du von jetzt an die Unwissende spielen und diese Rolle auf Biegen oder Brechen durchhalten müssen. Einen anderen Ausweg gibt es nicht. Er ist nicht nach Hause gekommen, du hast ihn morgens das letzte Mal gesehen, als er zur Arbeit ging, die eheliche Beziehung war normal.«

»Aber was mache ich, wenn jemand gesehen hat, wie er an dem Abend heimgekommen ist?« Wider Erwarten versetzte das Gespräch mit Masako Yayoi mehr und mehr in Unruhe.

»Aber du hast doch selbst gesagt, dass das nicht zu befürchten sei!«

»Ja, aber ...«

»Reiß dich zusammen. Noch ist nicht mehr passiert als das, womit wir ohnehin rechnen mussten.«

»Ob uns auch niemand beobachtet hat, als wir ihn zum Auto getragen haben?«

Wie es offenbar ihre Angewohnheit war, schwieg Masako und dachte genau nach, bevor sie endlich eine Antwort gab, die Yayoi aber keinesfalls beruhigte: »Das kann ich nicht mit Bestimmtheit sagen.«

»Den blauen Fleck in der Magengrube muss ich doch sicher verheimlichen, nicht wahr?«

»Auf jeden Fall! Es wird schon klappen – du hast schließlich ein Alibi für diese Nacht, und Autofahren kannst du auch nicht. Du bist in der Fabrik gewesen, und am nächsten Morgen hat man dich doch sicher auch im Kinderhort gesehen, oder?«

»Ja, natürlich. Danach habe ich auch noch eine Nachbarin getroffen und ein paar Worte mit ihr gewechselt, an der Müllsammelstelle«, fügte Yayoi hinzu, wie um sich selbst zu beruhigen.

»Sei unbesorgt. Es gibt keine auffällige Verbindung zwischen dir und mir. Und das Bad in deinem Haus können sie so lange untersuchen, wie sie wollen – sie werden nichts finden.«

»Ja, das stimmt«, sagte Yayoi, um noch einmal eine Bestätigung zu hören. Da fiel ihr die Sache mit Kuniko ein. Eine Sorge mehr! Endlich war sie so weit, es Masako zu erzählen: »Hör mal, gestern war übrigens Kuniko hier, um mich unter Druck zu setzen.«

»Was hat sie gewollt?«

»Ich soll ihr statt der hunderttausend fünfhunderttausend geben.«

»Das sieht ihr ähnlich! Raffgierig wie sie ist, obwohl sie alles vermasselt hat!«

»Und dann hat sie mich noch gezwungen, eine Bürgschaft für ihre Schulden zu unterschreiben.«

»Was für Schulden?«

»Es scheint sich um einen Kredithai zu handeln, aber ich weiß es nicht so genau.«

Damit schien auch Masako nicht gerechnet zu haben. Es wurde wieder still am anderen Ende der Leitung. Mit klopfendem Herzen wartete Yayoi auf das Donnerwetter, das nun wahrscheinlich folgen würde. Aber Masako sagte ganz ruhig: »Das ist wirklich gar nicht gut. Wenn bekannt wird, was mit deinem Mann passiert ist, und der Kredithai auf diesen Vertrag stößt und ihn womöglich weitergibt, kommt jeder sofort auf die Idee, dass Kuniko dich unter Druck gesetzt haben könnte. Du hattest schließlich überhaupt keine Veranlassung dazu, für sie den Bürgen zu spielen.«

»Das ist wahr.«

»Aber ich denke nicht, dass so einer an die Öffentlichkeit geht. Außerdem, Kuniko hat doch bestimmt nicht von dir verlangt, ihre Schulden sofort zurückzuzahlen, oder? Sie ist zwar pleite bis auf die Knochen und wahrscheinlich nicht mehr geschäftsfähig, aber das ist auch schon alles.«

»Als ich sagte, dass ich sie zwar gerne auszahlen würde, aber das Geld erst noch beschaffen müsste, hat sie nur noch verlangt, dass ich unterschreibe.«

Aber natürlich konnte Yayoi nicht alles für bare Münze nehmen, was Kuniko ihr versichert hatte. Während sie sich noch verzweifelt bemühte, die aufbrausende Angst in ihrer Brust irgendwie im Zaum zu halten, sagte Masako mit ruhiger Stimme: »Da fällt mir gerade etwas ein: Ein Gutes hat es wenigstens, wenn sie deinen Mann identifizieren.«

»Und das wäre?«

»Du wirst die Versicherungssumme bekommen. Dein Mann hatte doch sicher eine Lebensversicherung, nicht wahr?«

Yayoi war wie vor den Kopf gestoßen. Kenji hatte tatsächlich eine Lebensversicherung mit einer Versicherungssumme von fünfzig Millionen abgeschlossen. Da hatte sie im Streit ihren Mann umgebracht und zerbrach sich den Kopf, wie sie die Entschädigung dafür bezahlen sollte, dass man ihr die Leiche abgenommen, zerstückelt und entsorgt hatte – dabei hatte ihr Schicksal längst diese unerwartete Wendung genommen!

Benommen stand Yayoi alleine im Dämmerlicht des Zimmers und hielt den Hörer fest umklammert.

2

Sobald sie aufgelegt hatte, schaute Masako auf die Uhr. Es war zwanzig nach fünf.

Plötzlich hingen bedrohliche Schatten über diesem frühen Abend, den sie so gemütlich ohne Mann und Sohn, von denen sie nicht wusste, wann sie nach Hause kommen würden, und in dem Bewusstsein verbracht hatte, heute Nacht nicht in die Fabrik zu müssen. Unerwartet schnell war die Situation umgeschlagen. Während sie sich noch in trügerischer Sicherheit gewiegt und geglaubt hatte, alles sei gut gegangen, schien ihr Scheitern schon vorprogrammiert gewesen zu sein. Gefahr lauerte nun plötzlich am Horizont, um ihr Knüppel zwischen die Beine zu werfen. Aber jetzt galt es zu zeigen, was es hieß, Schwierigkeiten zu meistern. Von jetzt an könnte sich bei jedem Schritt, an jeder Ecke rabenschwarze Finsternis auftun, die nur darauf wartete, sie alle zu schlucken. Masako spannte sämtliche Nerven an, als würde sie mit peinlicher Sorgfalt lauter Bleistifte mit harten Minen spitzen.

Sie griff nach der Fernbedienung auf dem Tisch, schaltete den Fernseher ein und zappte durch alle Programme, doch für Nachrichten war es noch zu früh. Vielleicht hatte es ja schon in der Abendausgabe gestanden, und sie hatte den Artikel beim Durchblättern übersehen? Masako machte den Fernseher aus und nahm die Zeitung wieder zur Hand, die noch aufgeschlagen auf dem Sofa lag.

Auf der unteren Hälfte der Seite drei entdeckte sie eine kleine Notiz mit der Überschrift »Zerstückelte Leiche in Park gefunden«. Wieso war ihr das nicht eben schon aufgefallen? Sie machte sich Vorwürfe, dass sie alles auf die leichte Schulter genommen hatte, und überflog die wenigen Zeilen.

Demnach war heute am frühen Morgen in einem Abfallkorb einer Tōkyōter Parkanlage von einer Reinigungskraft ein Plastikbeutel mit Leichenteilen gefunden worden. Die Polizei hatte daraufhin den Park durchsucht und war auf insgesamt fünfzehn Beutel mit Körperteilen eines männlichen Erwachsenen gestoßen. Mehr stand nicht da.

Nach Ort und Anzahl zu urteilen, handelte es sich eindeutig um Kunikos Anteil. Nachdem sie ihr die Beutel aufgezwungen hatte, war ihr das Ganze offenbar lästig geworden, und da hatte sie die Mülltüten einfach in die Abfallkörbe eines Parks geworfen. Es war ein großer Fehler gewesen, Kuniko zur Komplizin zu machen. Sie hatte ihr doch von vornherein nicht über den Weg getraut, da hätte sie ihr die Beutel gar nicht erst überlassen dürfen. Was für eine Riesendummheit von mir, dachte Masako und kaute seit langem wieder nervös an den Fingernägeln.

Es war nur eine Frage der Zeit, bis herauskäme, dass es sich bei dem Leichenfund im Park um Kenji handelte. Passiert war passiert, daran ließ sich nun nichts mehr ändern, aber um weitere Patzer zu verhindern, musste sie Kuniko einen Denkzettel verpassen. Dieser Denkzettel konnte nur in massiver Einschüchterung bestehen, alles andere würde nichts nützen. Zunächst jedoch schien es ihr ratsam, Yoshië über die veränderte Lage in Kenntnis zu setzen.

Yoshië würde heute wahrscheinlich zur Schicht wollen, deshalb sollte sie das so schnell wie möglich erledigen, dachte Masako und stand auf. Masako und die beiden anderen nahmen ihren freien Tag regelmäßig Freitagnacht, beziehungsweise Samstag früh. Das lag einfach daran, dass man für eine Sonntagsschicht zehn Prozent mehr Stundenlohn bekam, weshalb alle lieber den Samstag zu ihrem Ruhetag machten. Nur Yoshië war so versessen auf jeden Yen, dass sie sich keinen einzigen Tageslohn in der Woche entgehen ließ.

Sie drückte auf den billigen Klingelknopf aus vergilbtem Plastik, und sofort ging mit unangenehmem Knarren und Quietschen die Tür zu Yoshiës Haus auf.

»Du? Wieso…?«

Yoshië schien gerade das Abendessen vorzubereiten, denn aus dem Haus schlugen ihr Dunstschwaden von kochender Brühe entgegen. Außerdem roch es wie immer schwach nach Cresol.

»Kannst du für einen Moment nach draußen kommen, Meisterin?«, fragte Masako vorsorglich leise, denn direkt am Eingang lag das Wohnzimmer, in dem Miki in Shorts vor dem Fernseher saß. Die Arme um die nackten Beine geschlungen, war sie wie ein kleines Kind in einen Trickfilm vertieft und drehte sich nicht einmal zu Masako um.

»Ja, in Ordnung. Was ist passiert?« Yoshië schien etwas zu ahnen, denn alle Farbe war aus ihrem Gesicht gewichen. Es war von einem dünnen Schweißfilm überzogen, und die Zeichen der Erschöpfung hatten sich so überdeutlich hineingegraben, dass es fast wehtat hinzuschauen. Masako wandte sich ab, ging ein paar Schritte zurück und wartete, dass Yoshië ihr nach draußen folgte.

Neben dem Eingang zu Yoshiës Haus lag ein winziger Garten, der zum Gemüsebeet umfunktioniert worden war. Masako betrachtete verwundert die Tomatensträucher, die voller roter Früchte hingen.

»Da bin ich. Was schaust du da?« Yoshië spähte ihr von hinten fragend über die Schulter.

»Ach, ich bewundere nur deine reiche Tomatenernte.«

»Wenn ich könnte, würde ich sogar Reis anbauen!«, sagte Yoshië mit Blick auf den winzigen, kaum einen Fuß breiten Erdstreifen unter der Dachrinne. »Tomaten habe ich so viele, dass ich sie schon fast nicht mehr sehen kann. Aber offenbar eignet sich der Boden dafür, sie sind unglaublich süß. Hier, nimm doch eine mit!«

Yoshië pflückte die dickste Tomate ab und legte sie Masako in die Hand. Das Haus war so verwittert und abgewirtschaftet wie seine Bewohnerin, nur ihre Früchte wuchsen im Überfluss, glänzten und waren prall und fest. Masako blieb eine Weile schweigend mit der Tomate in der Hand stehen.

»Sag schon: Was ist los?«, drängte Yoshië.

»Hach«, seufzte Masako und wandte sich zu ihr um, »hast du die Abendausgabe schon gelesen, Meisterin?«

»Wir bekommen keine Zeitung«, erwiderte Yoshië beschämt.

»Ach so. Tja, im Koganei-Park haben sie einige von unseren Beuteln entdeckt.«

»Im Koganei-Park? Das war ich nicht!«, schrie Yoshië entsetzt.

»Das weiß ich doch, Meisterin. Es war Kuniko, ohne Zweifel.

Jedenfalls ist die Polizei heute bei Yama-chan aufgetaucht, weil sie ja eine Vermisstenanzeige aufgegeben hat.«

»Ja, wissen sie denn schon, dass es sich um ihren Mann handelt?«

»Nein, noch nicht«, antwortete Masako, während sie zusah, wie Yoshiё die Brauen zusammenzog. Die Ringe unter ihren Augen waren jetzt noch dunkler als gestern Nacht in der Fabrik.

»Was machen wir denn jetzt?«, fragte Yoshiё bestürzt. »Es wird alles herauskommen!«

»Die Identität der Leiche wird herauskommen, aber das ist noch kein Problem.«

»Wie meinst du das? Wie sollen wir uns verhalten?«

»Gehst du heute zur Schicht, Meisterin?«

»Mhm.« Yoshiё war verwirrt. »Eigentlich wollte ich, aber jetzt, alleine… Ich weiß nicht recht, sollte ich denn?«

»Ja, geh ruhig. Am besten, wir benehmen uns ganz normal wie immer und vermeiden alles Ungewöhnliche. Und da ist noch etwas: Es weiß doch niemand, dass du an dem betreffenden Tag bei mir warst, oder?«

Yoshiё schien ein wenig zu überlegen, schüttelte dann aber ein paarmal den Kopf: »Nein.«

»Verrat es bitte keinem, aber das ist dir ja hoffentlich klar. Und denk dran: Yama-chan wird wahrscheinlich als Erste verdächtigt, deshalb darfst du auf keinen Fall etwas von den Ehestreitigkeiten und den Prügeln erzählen, falls die Polizei bei dir auftaucht, hörst du? Andernfalls passiert das hier mit uns.« Masako tat, als würden ihr Handschellen angelegt.

»Verstehe.« Yoshiё schluckte und starrte auf Masakos knochige Handgelenke. In dem Moment kam ein kleines Tier unsicher zwischen ihren Füßen hervorgekrochen.

»Oma.« Das Lebewesen konnte sprechen, vielmehr lallen. Ein abgemagerter kleiner Junge klammerte sich an Yoshiёs Hose mit den durchgescheuerten Knien fest. Er schien ihr aus dem Haus nachgelaufen zu sein. Er hatte nur ein Höschen an, Oberkörper und Füße waren nackt.

»Wo kommt denn das Kind her?«

»Es ist mein Enkel«, murmelte Yoshiё verschämt, während sie den Kleinen fest an die Hand nahm, damit er nicht plötzlich loslaufen konnte.

»Du hast ein Enkelchen? Davon wusste ich ja gar nichts«, sagte Masako überrascht und strich dem Jungen über den Kopf. Das feine, weiche Haar kräuselte sich um ihre Finger, und sie musste verträumt an die Zeit zurückdenken, als Nobuki noch ein Baby war.

»Ich hab dir nichts davon erzählt, aber ich habe noch eine andere Tochter. Das ist ihr Sohn.«

»Hat sie ihn bei dir gelassen?«

»Ja«, sagte Yoshië und blickte seufzend auf den Jungen herab. Der Kleine streckte die Hand nach Masakos Tomate aus.

Masako gab ihm die Frucht, und als sie sah, wie er daran schnupperte und sie sich an die Wange drückte, murmelte sie: »Ein richtiges Bündel Leben, nicht?«

»Ja«, gab Yoshië zu. »Aber ich kann dir sagen, es hat mich einiges an Nerven gekostet, mich um ihn kümmern zu müssen, nachdem wir das da, du weißt schon, gemacht haben – seltsam, nicht?«

»Ein Kind in dem Alter macht eben viel Arbeit. Er trägt doch sicher noch Windeln, oder?«

»Ja. Jetzt hab ich schon zwei, die in Windeln stecken.« Yoshië lachte, aber Masako durchschaute sie: Tief unten in ihren Augen konnte sie das Entsetzen und den Gram eines Menschen sehen, dem man den Tod und das Leben anderer aufgebürdet hatte.

»Tja dann, wenn noch etwas sein sollte, werde ich wieder vorbeikommen.«

Masako wollte schon gehen, doch Yoshië hielt sie zurück. Zögerlich und mit gedämpfter Stimme, als würde sie sogar die Ohren ihres kleinen Enkels fürchten, fragte sie: »Hör mal, was hast du denn nun mit dem Haupt gemacht?«

Der Junge war ganz damit beschäftigt, die Tomate, die er mit beiden Händen kaum fassen konnte, wie einen großen Schatz herumzutragen, und achtete nicht auf das Gespräch der Erwachsenen. Masako drehte sich zur Straße um, wartete ab, bis ein Fahrradfahrer vorbeigefahren war, und antwortete dann: »Alles in Ordnung, ich hab ihn am nächsten Tag vergraben.«

»Wo hast du ihn vergraben?«

»Es ist besser, wenn du das gar nicht weißt.«

Damit ließ Masako Yoshië stehen und ging zur Hauptstraße, wo sie ihren Corolla geparkt hatte. Sie wollte Yoshië weder davon in

Kenntnis setzen, dass Kuniko Yayoi erpresst hatte, noch, dass Yayoi eventuell Kenjis Lebensversicherung ausbezahlt bekam. Was half es schon, wenn sie sie damit noch mehr in Unruhe versetzte? Doch in Wahrheit traute Masako niemandem mehr, auch Yoshië nicht.

Irgendwo in der Nähe tutete die Hupe eines Tōfu-Wagens. Aus den offenen Fenstern der Häuser drangen das Klirren von Geschirr und die Geräusche laufender Fernseher. Es war die Zeit, da die Hausfrauen in der Küche standen und geschäftig das Abendessen vorbereiteten. Masako dachte an ihre eigene, verwaiste, aufgeräumte Küche und an das Bad, in dem sie jene Arbeit erledigt hatten. Das trockene, kalte, blitzblanke Bad passte mittlerweile besser zu ihr als die Küche.

Sie schaute auf dem Stadtplan nach, wo Kunikos Mietskaserne lag. Sie befand sich am Rande von Kodaira-City, der Nachbargemeinde.

Unten am Eingang reihten sich schmuddelige hölzerne Briefkästen aneinander. Sie klebten voller verschrammter Abziehbilder für Kinder oder zerkratzter »Keine Sex-Werbung bitte!«-Aufkleber. Wahrscheinlich wechselten hier ständig die Mieter, denn jedes Namensschild war mehrfach überklebt oder überschrieben worden. Am schlimmsten waren die, bei denen der mit Filzstift geschriebene Name des alten Mieters durchgestrichen und wieder ein anderer Name mit Filzstift daneben oder darüber geschrieben worden war. Wie Masako dem Briefkastengewirr entnehmen konnte, wohnte Kuniko im vierten Stock.

Der Aufzug sah kaum besser aus als die Briefkästen. Sie stieg ein, und der schwankende, ratternde Kasten fuhr sie in den vierten Stock hinauf. Vor Kunikos Wohnungstür drückte sie mehrmals auf die Klingel, aber niemand machte auf. Der grüne Golf stand unten auf dem Parkplatz, also konnte sie nur irgendwo in der Nähe sein, zum Einkaufen vielleicht. Masako beschloss, auf Kuniko zu warten, und stellte sich unauffällig in eine Ecke des Außenflurs der Mietskaserne.

Angelockt von dem bläulich weißen Licht, flogen kleine Insekten immer wieder gegen die Neonröhren, bis sie zu Boden fielen. Masako holte ihre Zigaretten heraus, steckte sich eine an und zählte die toten Insekten zu ihren Füßen, während sie auf Kuniko wartete.

Nach etwa zwanzig Minuten sah sie sie aus dem Aufzug steigen und, bepackt mit Tüten aus dem 24-Stunden-Laden, auf sich zukommen. Obwohl es doch so drückend heiß war, hatte sie sich ganz in Schwarz herausgeputzt und war offensichtlich bester Laune. Fehlte nur noch, dass sie ein Liedchen summte! Ihre Aufmachung erinnerte Masako an die Raben im Park.

Kuniko zuckte zusammen, als sie Masako plötzlich in der schummrigen Flurecke stehen sah: »Ah! Hast du mich erschreckt!«

»Ich muss mit dir reden.«

»Was ist denn jetzt schon wieder?« Kuniko blickte Masako missmutig an.

»Du machst mir Spaß! Du hast alles vermasselt, das ist jetzt schon wieder!« Masako riss die Abendausgabe mit Gewalt aus dem Briefschlitz an Kunikos Wohnungstür, dass es durch den ganzen Flur hallte, und hielt sie ihr vor die Nase. Unruhig sah Kuniko sich um, ob auch kein Nachbar in der Nähe war.

»Worum geht es denn?«

»Wirf einen Blick hinein, dann wirst du schon sehen!«

Masakos grimmige Miene machte ihr offenbar Angst; hektisch schloss Kuniko die Wohnungstür auf. »Es ist zwar nicht aufgeräumt, aber komm rein. Hier draußen kann uns jeder hören!«

Masako folgte ihr in die Wohnung. Es war nicht so unordentlich, wie Kuniko angekündigt hatte, doch die Einrichtung zeugte von einem Geschmack, der raffiniert sein wollte, aber doch nur kindisch und primitiv wirkte, genau wie das Wesen ihrer Besitzerin.

»Dafür verschwindest du aber auch bald wieder, hörst du?« Kuniko machte die Klimaanlage an und drehte sich ängstlich zu Masako um.

»Ich bin gleich fertig, keine Bange!«

Masako blätterte die Zeitung auf, suchte den Artikel auf Seite drei heraus und hielt ihn ihr vor die Nase. Kuniko stellte die Tragetüten auf dem Boden ab und überflog schnell die Zeilen. Unter der dick wie eine Maske aufgetragenen Foundation regte sich das Entsetzen. Befriedigt stellte Masako sie zur Rede: »Das bist doch du gewesen, oder? Nur du kannst das Zeug an einem so unmöglichen Ort weggeschmissen haben!«

»Ich dachte, ein Park wäre genau richtig…«

»Bist du bescheuert? Da ist die Aufsicht doch gerade streng! Hab ich nicht gesagt, du sollst die Beutel zum normalen Hausmüll stellen?«

»Das gibt dir noch lange nicht das Recht, mich bescheuert zu nennen!«, empörte sich Kuniko und schmollte.

»Ich sage bescheuert, weil es bescheuert war. Wegen deiner Blödheit ist die Polizei bei Yama-chan gewesen!«

»Was – schon?« Kuniko verzog entgeistert das Gesicht.

»Ja, sie sind schon da gewesen. Sie haben zwar noch nicht herausgefunden, um wen es sich handelt, aber dazu brauchen sie bloß zwei und zwei zusammenzuzählen. Morgen wird es einen Riesenaufstand geben, das kann ich dir flüstern. Und wenn herauskommt, dass Yama-chan ihn umgebracht hat, sind wir wegen Beihilfe dran!«

Fassungslos, als wäre ihre Denktätigkeit vollends zum Erliegen gekommen, starrte Kuniko Masako an. Masako starrte zurück. »Begreifst du überhaupt, was das heißt? Selbst, wenn alles gut gehen sollte und man uns nicht auf die Schliche kommt – wenn sie Yayoi schnappen, könnt ihr das Geld abschreiben.«

Endlich schienen Kunikos Gedanken den Anschluss zu finden.

»Und das ist noch nicht alles: Du hast sie gezwungen, eine Bürgschaft für deine Schulden zu unterschreiben. Das wird ein weiteres Problem für dich werden. Ihr Ehemann ist zerstückelt worden. Du könntest also nicht nur wegen Beihilfe, sondern auch wegen Erpressung belangt werden.«

»Wieso?«, schrie Kuniko. »Das ist nie meine Absicht gewesen!«

»Ach, was du nicht sagst! Hast du sie etwa nicht erpresst?«

»Ich habe schließlich auch meine Schwierigkeiten, ich wollte doch nur, dass sie mir ein bisschen aus der Patsche hilft! Ich habe ihr geholfen, und sie hilft mir, das darf ich doch wohl verlangen, nach allem, was ich für sie getan habe!« Kuniko echauffierte sich so sehr, dass ihr der Schweiß in Bächen die Wangen herunterlief. Masako blickte kühl in ihr zerlaufenes, schwammiges Gesicht. Was sie selbst jetzt am meisten fürchtete, war, dass dieser Geldverleiher kam, um abzukassieren, sobald Kenjis Versicherungssumme ausgezahlt worden war. Der Mord dürfte solchen Leuten verhältnismäßig egal sein.

»Du willst ihr geholfen haben? Dass ich nicht lache! Ihr einen Strick gedreht, das hast du!« Masako streckte die Hand aus. »Wo hast du den Bürgschaftsvertrag? Hol ihn her und zeig ihn mir!«

»Ich hab ihn gerade abgegeben.« Kuniko schaute nervös auf ihre Armbanduhr.

»Wo?«

»Bei dem Geldverleih am Bahnhof. Die Firma nennt sich ›Verbraucherzentrum Million‹.«

»Ein Kredithai also. Ruf sofort dort an, und verlang den Vertrag zurück!«, befahl Masako streng, und Kuniko bekam ein weinerliches Gesicht.

»Das geht doch nicht, unmöglich!«

»Stell dich nicht so an! Je länger du wartest, desto schwieriger wird alles. Wenn morgen der Riesenaufstand losgeht, wird der Geldverleiher sofort bei Yama-chan herumschnüffeln!«

»Na gut.« Kuniko holte umständlich die Visitenkarte aus ihrer Handtasche und griff nach ihrem schnurlosen Telefon, das mit lauter kindischen Stickern beklebt war.

»Jōnouchi hier. Bitte, könnten Sie mir den Vertrag noch einmal zurückgeben, den ich Ihnen eben vorbeigebracht habe?«

Offensichtlich lehnte der Geldverleiher ihr Anliegen rundheraus ab. Kunikos Tonfall wurde immer flehentlicher, aber damit erreichte sie nichts, das Gespräch schien ihr immer mehr zu entgleiten.

Masako legte die Hand auf die Sprechmuschel und befahl: »Sag, dass wir sofort bei ihnen vorbeikommen und sie auf uns warten sollen!«

Danach ließ Kuniko sich auf den Boden sinken, als versagten ihr die Beine. »Muss ich denn mitgehen?«

»Natürlich!«

»Warum?«

»Weil du an allem schuld bist!«

»Wieso, hab ich ihn etwa zerstückelt?«

»Halt den Mund!«, fuhr Masako sie an, während sie mit dem Impuls kämpfte, ihr rechts und links eine zu scheuern. Kuniko verzog das Gesicht zum Weinen.

»Wie viel hast du dir da geliehen?«

»Diesmal fünfhunderttausend.«

Wahrscheinlich die übliche Masche: Erst hatte man ihr dreihunderttausend geliehen, das Rückzahlungsverhalten beobachtet und ihr dann noch einmal fünfhunderttausend zur Verfügung gestellt. Kuniko, die bis zum Hals in Bankschulden steckte, war leicht zu durchschauen: Sie hatten sicher längst Wind davon bekommen, dass sie nur noch die monatlichen Zinsen zahlen konnte.

»Dafür muss man keinen Bürgen beibringen. Die haben dich übers Ohr gehauen!«

Kuniko sah Masako groß an und klagte: »Aber er hat gesagt, wenn ich keinen Bürgen beschaffe, muss ich die ganze Summe sofort zurückzahlen!«

»Du bist einem Betrüger auf den Leim gegangen!«

Kuniko schüttelte ungläubig den Kopf: »So hat er aber gar nicht ausgesehen. Er war freundlich, ein richtiger Gentleman. Überhaupt kein Yakuza-Typ. Heute hat er sich sogar überschwänglich für meine Mühe bedankt.«

»Er passt sein Verhalten natürlich den Opfern an! Es wird ihm wohl nicht verborgen geblieben sein, dass du auf so was abfährst.« Masako war es leid. Sie hätte schreien können angesichts dieser grenzenlosen Dummheit.

Offenbar hatte sie Kuniko nun auf die Palme gebracht, denn sie giftete: »Du kennst dich ja verdammt gut aus in dem Geschäft! Hast wohl einschlägige Erfahrungen, was?«

»Und du so wenig Ahnung, dass man es im Kopf nicht aushält. Schnell, mach dich fertig, wir gehen!«

Mit Kuniko zu reden war nichts als Zeitverschwendung. Masako stürmte zum Eingang und schob ihre Füße in die Turnschuhe mit den heruntergetretenen Fersenkappen. Wie um ihr das Leben extra schwer zu machen, folgte Kuniko ihr mit ausgesuchter Langsamkeit.

Im »Verbraucherzentrum Million« brannte kein Licht mehr. Masako kümmerte sich nicht darum und stieg die Treppe hinauf. Als sie an die dünne Tür klopfte, rief eine männliche Stimme: »Es ist offen!«

Masako drückte die Klinke herunter und betrat mit Kuniko das Büro. Auf dem Sofa unter dem Fenster lümmelte sich ein junger Mann. Er saß im Halbdunkel und rauchte gemütlich eine Zigarette. Auf dem schmuddeligen Couchtisch lag eine zerknitterte Sportzeitung, daneben stand eine verklebte Dose Milchkaffee, an der die Tropfen herunterliefen.

»Ah, kommen Sie nur herein. Was kann ich für Sie tun?« Der Mann stand freundlich lächelnd auf, als er sie beide sah. Er trug einen grauen Anzug, dazu eine weinrote Krawatte. Seine äußere Erscheinung war so tadellos, dass sie in dieser Umgebung schon fehl am Platz wirkte, nur das hellbraun gefärbte Haar passte nicht zur Kleidung und gab ihm etwas Unseriöses. Er schien nicht damit gerechnet zu haben, dass Kuniko wirklich noch einmal auftauchen würde, denn er wirkte einigermaßen verwirrt.

»Ja, also, Herr Jūmonji: Mein Bürge, also die Person, die den Vertrag unterschrieben hat, den ich Ihnen eben gebracht habe, hat es sich nun anders überlegt und will das Schreiben unbedingt zurück.«

»Handelt es sich dabei um Sie?«, fragte Jūmonji mit Blick auf Masako. In seinen Augen lag unverhohlene Neugier und Wachsamkeit.

»Nein, ich bin nur ihre Freundin. Sie ist Hausfrau und kommt durch diese Sache in arge Verlegenheit. Geben Sie uns den Vertrag zurück?«

»Das wird kaum möglich sein.«

»Nun, dann zeigen Sie ihn uns bitte.«

»Gut, wenn Sie wollen.«

Jūmonji ging widerwillig zum Schreibtisch, zog eine Schublade auf und reichte Masako ein Formular. Sie warf einen kurzen Blick darauf und sagte dann: »Von Rechts wegen ist man gar nicht verpflichtet, nachträglich eine Sicherheit beizubringen, das wissen Sie. Denn Sie haben ihr den Kredit gewährt, ohne dass diese Bedingung erfüllt war. Zeigen Sie mir bitte den Kreditvertrag!«

»Sie irren sich!« Augenblicklich wurde Jūmonjis Gesicht ernst. Er zog die wohlgeformten Brauen zusammen, was ihm einen gefährlich drohenden Ausdruck verlieh. Er nahm den Kreditvertrag aus der Akte und zeigte Masako eine bestimmte Stelle: »Hier, sehen Sie, da heißt es: … erlischt, sofern schwerwiegende Veränderungen bezüglich der Bonität des Kreditnehmers eintreten. Frau Jōnouchis Gatte hat seine Stelle aufgegeben und ist spurlos verschwunden. Nennen Sie das etwa keine schwerwiegende Veränderung?«

Masako lächelte nur, als sie Jūmonjis fadenscheinige Ausflucht hörte. »Das können Sie nennen, wie Sie wollen, es tut nichts zur Sache. Tatsache ist, dass Frau Jōnouchi sich nur ein einziges Mal mit den Ratenzahlungen verspätet hat, und zwar um genau einen Tag. Und das rechtfertigt Ihr Vorgehen in keinster Weise.«

Jūmonji, der nicht mit einem Gegenangriff gerechnet zu haben schien, blickte Masako erstaunt an. Kuniko sah sich ständig nervös im Zimmer um, als befürchte sie, dass jeden Moment jemand aus einer Ecke gestürmt käme, um sie zu bedrohen. Jūmonji studierte eingehend Masakos Gesicht, bis er schließlich sagte: »Kennen wir uns nicht irgendwoher?«

»Nein.« Masako schüttelte entschieden den Kopf.

»Wirklich nicht?« Jūmonji hielt immer noch zweifelnd den Kopf schief und sagte dann in etwas entspannterem Ton: »Nun, es tut mir wirklich Leid, das sagen zu müssen, aber im vorliegenden Fall entbehrt der Rückzahlungsplan jeglicher Glaubwürdigkeit.«

»Ich werde dafür sorgen, dass sie den Zahlungen nachkommt«, versicherte Masako.

»Sie werden also die Bürgschaft übernehmen?«

»Das nicht, aber ich werde dafür sorgen, dass sie Ihnen das Geld zurückzahlt, und wenn sie es sich dafür bei einem anderen Kredithai leihen muss.«

»Aha. Nun gut, warten wir das weitere Zahlungsverhalten ab, dann werden wir weitersehen.« Jūmonji schien aufgegeben zu haben. Er kehrte zum Sofa zurück und ließ sich breitbeinig hineinfallen. Perplex schaute Kuniko zu Masako herüber, als könnte sie es kaum fassen, den Bürgschaftsvertrag tatsächlich zurückbekommen zu haben.

»Wir gehen!« Masako drängte zum Aufbruch. Da rief Jūmonji ihr hinterher: »Jetzt weiß ich wieder: Sie sind doch Frau Katori, nicht wahr?«

Masako drehte sich um. Plötzlich tauchte Jūmonji, so, wie er früher ausgesehen hatte, vor ihrem inneren Auge auf: ein Halbstarker vom Typ angehender Yakuza mit ausrasierten Brauen. Natürlich, das war der Kerl, der für ihre frühere Firma im Untervertrag über ein Inkassobüro säumige Schulden eingetrieben hatte. An seinen gewöhnlichen Namen konnte sie sich nicht mehr erinnern, Jūmonji hatte er damals jedenfalls nicht geheißen, einzig der Blick, der sich je nach Gegenüber laufend verändern konnte, war derselbe geblieben. »Ach … Ihr Name hat sich geändert, deshalb habe ich Sie nicht gleich erkannt.«

Jūmonji lachte verschmitzt: »Katori-san! Kein Wunder, mit Ihnen habe ich es ja noch nie aufnehmen können!«

»Woher kennst du den denn?«

Kuniko, die vor ihr die Treppe hinuntergegangen war, drehte sich um und schaute sie an, als wäre sie fast geplatzt, bis sie ihr endlich diese Frage stellen konnte.

»Aus der Firma, in der ich früher gearbeitet habe. Wir hatten öfter mit ihm zu tun.«

»Und was hast du da gemacht?«

»Finanzierung.«

»Verbraucherkredite und so?«

Masako sagte nichts weiter. Kuniko schaute sie noch eine Weile an; dann machte sie sich mit schnellen Schritten und vorgerecktem Hals davon, als wollte sie aus diesem verlassenen, inzwischen völlig dunklen Viertel fliehen.

Masako hingegen, die so unvermutet einem alten Bekannten begegnet war, kam sich wie gefangen vor in dieser staubigen Hintergassenfinsternis. Was wartete da draußen noch auf sie? Auf einmal packte sie die Angst und trieb sie in die entgegengesetzte Richtung, immer weiter in die engen, schmuddeligen Straßen des Bahnhofsviertels hinein. Am liebsten hätte sie sich auf der Stelle hingehockt und die Arme um den Kopf geschlagen. Denn ein Heim gab es nicht mehr für sie, keinen Ort, an den sie hätte zurückkehren können.

3

Wieso konnte sie im Traum mit ihm reden, obwohl sie doch wusste, dass er tot war?

Sie lag in seichtem Schlaf und träumte, sie sähe ihren verstorbenen Vater im Garten stehen und auf den schrecklich kahlen Rasen blicken. Ihr Vater, der diese Welt wegen einer bösartigen Geschwulst am Unterkiefer hatte verlassen müssen, stand einfach so da, verloren unter bewölktem Himmel, bekleidet mit dem Yukata, den er im Krankenhaus immer getragen hatte. Da bemerkte er Masako auf der Veranda, und seine durch die vielen Operationen verzogenen Wangen entspannten sich.

»Was machst du da?«

»Ich wollte mir ein bisschen die Füße vertreten.«

Im Traum sprach ihr Vater ganz klar und deutlich, obwohl er doch kaum mehr ein verständliches Wort hatte herausbringen können, als es mit ihm zu Ende gegangen war.

»Aber es kommen doch gleich Gäste!«

Was für Gäste das waren, wusste Masako nicht, aber sie lief schon die ganze Zeit geschäftig im Haus herum, um alles für ihren Empfang vorzubereiten. Der Garten war der des alten Holzhauses in Hachiōji, in dem ihre Eltern zur Miete gewohnt hatten, doch das Haus war seltsamerweise ihr eigenes, Yoshikis und Masakos neues Eigenheim. Außerdem hing der noch kleine Nobuki an ihrem Hosenbein.

»Dann musst du vorher aber unbedingt das Bad putzen«, hörte sie ihren Vater besorgt sagen, und Masako bebte innerlich. Denn das Bad war übersät mit Kenjis Haaren. Wieso wusste ihr Vater davon? Bestimmt, weil er auch tot war. Die Begründung überzeugte Masako im Traum. Sie schüttelte Nobukis kleine Hand ab und begann, sich wie verrückt zu rechtfertigen. Da kam der Vater auf seinen staksigen, bis auf die Knochen abgemagerten Beinen auf sie zu. Sein Blick war leer, das Gesicht bläulich dunkel verfärbt. Es war sein Totengesicht.

»Lass mich sterben, Masako!«, hörte sie seine Stimme nun dicht an ihrem Ohr. Vor Schreck riss Masako die Augen auf.

Er hatte nicht mehr sprechen und keinen Bissen mehr essen können, aber diese Worte hatte er ihr, als die Schmerzen am Ende unerträglich wurden, deutlich zu verstehen gegeben. Seine Stimme, die in den Tiefen der Erinnerung verschwunden gewesen war, nun wieder lebensecht an ihrem Ohr zu hören, ließ Masako vor Furcht zittern, als wäre sie einem Geist begegnet.

»He, Masako!«

Yoshiki stand neben ihrem Bett. Normalerweise kam er nicht ins Schlafzimmer, während sie schlief. Masako, die noch nicht ganz aus dem Alptraum erwacht war, starrte Yoshiki verständnislos und ungläubig an.

»Steh auf und schau dir das an! Ist das nicht eine Bekannte von dir?«

Yoshiki zeigte auf einen Artikel in der Zeitung, die er in der Hand hielt. Masako fuhr hoch und sah genauer hin: Der Aufmacher auf Seite drei trug die Überschrift: »Zerstückelte Leiche im Park als Angestellter aus Musashi-Murayama identifiziert«. Wie Masako vorausgesehen hatte, war es der Polizei also tatsächlich gestern Abend noch gelungen, Kenjis Identität festzustellen. Als gedruckter Text verloren die Fakten an Überzeugungskraft, alles kam ihr plötzlich seltsam unwirklich vor. Während sie sich noch darüber wunderte, las Masako den ganzen Artikel.

»Yayoi Yamamoto, die Ehefrau des Opfers, die als Teilzeitkraft in einer nahe gelegenen Fabrik beschäftigt ist, war in der Nacht, als ihr Mann Kenji spurlos verschwand, nicht zu Hause, da sie in Frühschicht arbeitete. Die Ermittlungsbehörden gehen derzeit allen Spuren nach, die Aufschluss über den Verbleib Kenji Yamamotos nach Verlassen seiner Firma geben könnten«, hieß es nur; Genaueres stand nicht da. Das Hauptinteresse des Artikels galt dem bizarren Umstand, dass die Leiche zerstückelt und in Einzelteilen weggeworfen worden war.

»Na? Du kennst sie doch, oder?«

»Ja, natürlich, aber woher weißt du das?«

»Hat sie nicht schon öfter hier angerufen? ›Hier ist Yamamoto aus der Fabrik‹, so meldet sie sich immer. Außerdem steht da, dass sie hier in der Nähe Nachtschicht macht, und da gibt es doch nur eine Möglichkeit.«

Ob er nicht auch das Telefongespräch an jenem Abend mitbekommen hatte, als Yayoi anrief und sie um Hilfe bat? Unwillkürlich schaute Masako ihm in die Augen. Beschämt, dass er so aufgeregt war, wandte Yoshiki sich ab.

»Ich dachte nur, dass du so schnell wie möglich davon erfahren solltest…«

»Ja, danke.«

»Was da nur passiert sein mag? Ob irgendjemand ihn denn so sehr gehasst hat?«

»So ein Typ schien er mir gar nicht gewesen zu sein. Tja, was kann da nur vorgefallen sein?«

»Du verstehst dich doch gut mit Frau Yamamoto, oder? Solltest du nicht mal bei ihr vorbeischauen?« Yoshiki blickte Masako, die so gar nicht aus der Fassung geraten war, verwundert an.

»Mal sehen«, antwortete sie ausweichend und sagte nichts weiter, sondern tat so, als sei sie in die Zeitung vertieft, die vor ihr auf dem Bett lag. Yoshiki, der das einigermaßen merkwürdig zu finden schien, ging zu ihrem gemeinsamen Kleiderschrank, der sich im Schlafzimmer befand, und holte einen seiner Anzüge heraus. Offensichtlich wollte er in die Firma gehen, obwohl er samstags eigentlich frei hatte. Masako stand hastig auf und machte noch im Schlafanzug das Bett.

»Nein wirklich, meinst du nicht, du solltest besser bei ihr vorbeigehen und dich ein wenig um sie kümmern?«, wiederholte Yoshiki, Masako den Rücken zugewandt. »Sie wird es jetzt nicht leicht haben, mit der Polizei im Haus, Presse und Fernsehen belagern sie sicher auch schon, sie kann einem richtig Leid tun!«

»Gerade deshalb sollte man sie vielleicht nicht auch noch belästigen, sondern lieber in Ruhe lassen«, antwortete sie, und Yoshiki zog sich schweigend das T-Shirt aus. Masako betrachtete ihn von hinten. Die Muskulatur war erschlafft, sein ganzer Körper machte einen eingefallenen Eindruck. Er hatte sich schon zum abgeklärten alten Mann entwickelt, seelisch wie körperlich. Als spürte er ihre Blicke, versteifte sich Yoshiki.

Ihre Erinnerungen an die Zeit, da sie einander nahe gestanden hatten, waren nicht etwa verblasst, weil sie aufgehört hatten, sich zu berühren, sondern weil sie irgendwann verschiedene Wege eingeschlagen hatten und sich nun an verschiedenen Orten befanden. Sie waren nicht mehr Mann und Frau, nicht einmal mehr Vater und Mutter, sondern gingen in die Firma, zur Schicht, machten die Hausarbeit – sie erfüllten die notwendigen Pflichten, um dieses Haus zu erhalten, mehr nicht. Sie selbst waren dabei langsam, aber sicher kaputtgegangen, glaubte Masako.

Yoshiki zog ein weißes Hemd über seinen nackten Oberkörper

und drehte sich zu ihr um. »Dann ruf sie doch wenigstens an. Du bist wirklich gefühllos!«

Masako ließ sich dieses Wort durch den Kopf gehen. Vielleicht war sie tatsächlich dabei, ihr Gefühl für die normalen zwischenmenschlichen Verhaltensweisen zu verlieren, da sie allzu eng in das Geschehen verwickelt war. Die Gepflogenheiten außer Acht zu lassen war gefährlich. »Gut, ich werde sie anrufen«, lenkte sie ein.

Yoshiki sah ihr unverwandt ins Gesicht, als wolle er ein Urteil über sie fällen. »Jeden, von dem du glaubst, er ginge dich nichts mehr an, versuchst du sofort loszuwerden.«

»Das ist nicht meine Absicht.«

Masako sah Yoshiki an. Sie merkte, dass er ihr Verhalten der letzten Tage verurteilte. Ihm war nicht verborgen geblieben, wie sehr sie sich seit der Sache mit Yayoi verändert hatte.

»Ich hab vielleicht zu viel gesagt, entschuldige.« Yoshiki verzog das Gesicht, als hätte er auf etwas Bitteres gebissen, und sah sie an. Sie trugen beide eine Kälte in ihren Herzen und wollten sich in den Augen des anderen vergewissern, ob sie auch bei ihm vorhanden war. Masako ließ ihren Blick sinken und zog die Tagesdecke über das Bett. Während er sich die Krawatte umband, sagte Yoshiki: »Du hast eben im Schlaf gestöhnt.«

Während sie dachte, dass die Farbe der Krawatte nicht zum Anzug passte, antwortete Masako: »Ich hab schlecht geträumt.«

»Wovon denn?«

»Von meinem toten Vater. Er kam im Traum auf mich zu und hat allerlei gesagt.«

»Aha«, brummte Yoshiki nur und steckte sich schweigend die Monatskarte und das Portemonnaie in die Hosentasche. Er hatte sich immer gut mit ihrem Vater verstanden. Dass er trotzdem nicht weiter nach dem Inhalt ihres Traums fragte, musste Masako als Zeichen der Ablehnung deuten. Er wollte nicht in sie dringen, damit sie ihm ihr Herz ausschüttete. Vielleicht hielt er es gar nicht mehr für nötig, dass sie sich ihm anvertraute. Vielleicht hielt auch sie selbst das nicht mehr für nötig. Umständlich schlug Masako die Enden der Tagesdecke um die Matratze und dachte über ihre verlorene Ehe nach.

Nachdem Yoshiki das Haus verlassen hatte, rief Masako bei Yayoi an.

»Ja, bitte, Yamamoto hier«, meldete sich eine unwillige, völlig erschöpfte Stimme, als wollte sie sagen: Wer ist es denn nun schon wieder! Sie ähnelte der Yayois, war es aber nicht. Die Stimme klang älter und war mundartlich gefärbt.

»Mein Name ist Katori. Ist Yayoi da?«

»Sie hat Tabletten genommen und schläft jetzt. Wer sind Sie bitte?«

»Ich bin eine Arbeitskollegin aus der Fabrik. Ich habe gerade die Zeitung gelesen und mache mir nun große Sorgen um Yayoi.«

»Vielen Dank. Es ist wirklich unfassbar, was da passiert ist, Yayoi ist mit den Nerven am Ende. Seit gestern Abend liegt sie nur noch im Bett.«

Ihr Tonfall klang schroff und abgestumpft. Wie viele Male mochte das Telefon an diesem Morgen schon geklingelt, wie oft mochte sie dieselben Fragen schon beantwortet haben? Verwandte, Kenjis Arbeitskollegen, Yayois Freunde, die Nachbarschaft, die Massenmedien. Sie schien die immer gleichen Worte zu wiederholen wie das Tonband eines Anrufbeantworters.

»Sind Sie die Mutter von Yayoi?«

»Ja«, antwortete die Mutter kurz angebunden, als hätte sie sich geschworen, bloß nicht unvorsichtig zu sein.

»Es ist furchtbar, wirklich furchtbar. Wir alle machen uns große Sorgen um sie, bitte sagen Sie ihr das. Sie soll sich schonen, wir wünschen ihr gute Besserung.«

Sie wird sich an meinen Anruf erinnern, und das ist gut so, dachte Masako. Nicht anzurufen wäre tatsächlich unnatürlich gewesen. Jetzt musste sie nur noch nach Kräften dafür sorgen, dass nichts herauskam, mehr konnte sie im Moment nicht tun.

Als sie den Hörer auflegte, kam Nobuki herunter. Stumm aß er sein Frühstück und verließ gleich darauf das Haus; ob er zur Arbeit musste oder sich irgendwo amüsieren ging, wusste sie nicht. Als sie alleine war, machte sie den Fernseher an und zappte sich auf der Suche nach Nachrichten durch die Programme. Doch alle Sender meldeten dasselbe, es schien noch keine neuen Entwicklungen gegeben zu haben.

Yoshiё rief mit gedämpfter Stimme an. Anders als Masako, war sie von der Nachtschicht zurückgekehrt, hatte die Hausarbeit erledigt und offenbar einen Zeitpunkt abgepasst, da die Schwiegermutter in Schlaf gefallen war, um in Ruhe mit Masako sprechen zu können.

»Es ist tatsächlich alles so gekommen, wie du vorausgesagt hast. Ich hab mich fürchterlich erschrocken, als ich gerade den Fernseher eingeschaltet hab!« Ihr Tonfall klang bedrückt.

»Ja. Die Polizei wird nun sicher auch bald in der Fabrik auftauchen.«

»Ob mit unseren Beuteln alles klargegangen ist?«

»Wahrscheinlich«, antwortete Masako.

»Hör mal, was sollen wir der Polizei denn jetzt sagen?«

»Dass wir nichts wissen, weil Yama-chan seit jenem Abend nicht mehr zur Arbeit gekommen ist.«

»Ja, stimmt, du hast Recht, das wird reichen.«

Yoshiё stellte immer wieder dieselben Fragen und wollte von Masako immer wieder dieselben Antworten hören, das schien der einzige Grund ihres Anrufs zu sein. Offenbar brauchte sie das zur Beruhigung. Bitte, verschon mich doch damit, dachte Masako nur entnervt.

Vom anderen Ende der Leitung drang das Quengeln eines Kleinkinds zu ihr herüber. Masako erinnerte sich wieder an den Traum vom Morgen. An das allzu reale Gefühl, wie Nobuki mit aller Kraft an ihrer Jeans gezogen hatte. Masako war nun überzeugt, dass sie das nur geträumt hatte, weil sie Yoshiës Enkelkind gesehen hatte. Wenn sie es schaffte, alle Bestandteile des Alptraums auf diese Weise zu analysieren, würde sich ihre Angst bald in Luft aufgelöst haben.

»Ja, aber ...«, hörte sie wieder Yoshiës ängstliche Stimme. »Wir sehen uns heute Abend«, unterbrach sie sie und legte den Hörer auf. Kuniko hatte noch nicht angerufen. Aber sie war feige, und nach der Aktion gestern, bei der sie sie gehörig unter Druck gesetzt hatte, dürfte sie sich eine Weile brav verhalten.

Während Masako dreckige Wäsche zum Waschen zusammensuchte, dachte sie an Jūmonji, dem sie gestern Abend nach all den Jahren wiederbegegnet war. Er dürfte sich in der Zwischenzeit mit unlauteren Geldgeschäften durchgeschlagen und satt am Ruin seiner Kunden verdient haben. Was aus Kunikos Schulden werden würde, interessierte Masako herzlich wenig, aber eines war klar: Wenn Jūmonji Zeitung las, Yayois Namen aufschnappte und feststellte, dass sie diejenige war, die Kunikos Bürgschaft unterschrieben hatte, dann würde das Ärger bedeuten.

Was für ein Mensch war Jūmonji gewesen? Masako kramte in den Tiefen ihres Gedächtnisses und versuchte sich seit langem wieder einmal an ihre Firmenzeit zu erinnern. Sie förderte nichts als unschöne Dinge zu Tage, an die sie am liebsten niemals wieder einen Gedanken verschwendet hätte.

Sie ließ Wasser in die Waschmaschine einlaufen und gab Waschpulver dazu, als die Trommel voll genug war. Das weiße Pulver verschwand im Strudel, löste sich auf und ließ kleine Seifenblasen entstehen. Masako starrte darauf und schob langsam den Riegel zu ihrem Herzen auf.

Jedes Mal, wenn sie sich an die Zeit in der Firma erinnerte, fiel ihr zuerst der Sake-Dienst zu Neujahr ein.

Der Sake-Dienst auf der obligatorischen Neujahrsfeier der Spar- und Darlehenskasse Tanashi, bei der Masako nach Abschluss der Oberschule zweiundzwanzig Jahre lang beschäftigt gewesen war. Die Spar- und Darlehenskasse veranstaltete jedes Jahr am Vortag des neuen Arbeitsjahres eine Neujahrsfeier, zu der traditionell die hohen Tiere der wichtigsten Geschäftspartner und der kapitalgebenden landwirtschaftlichen Genossenschaften eingeladen wurden. An diesem Tag mussten die weiblichen Angestellten in festlichen Kimonos zur Arbeit erscheinen. Diese Pflicht galt jedoch nur für die ersten Jahre nach Firmeneintritt, denn sie beschränkte sich natürlich auf die jungen Mitarbeiterinnen.

Die anderen weiblichen Angestellten wurden in den Hintergrund verbannt, mussten Häppchen herrichten, Gläser spülen oder in der Teeküche den Sake warm machen. Für die Kraft erfordernden Arbeiten, wie Bierkästen schleppen oder das Umräumen des Sitzungssaals in einen festlichen Raum, waren die männlichen Angestellten zuständig, doch von morgens bis abends schuften durften die Frauen, denn sie mussten alles vorbereiten, während des Fests bedienen und hinterher aufräumen. Darüber hinaus verlor man durch diese Neujahrsfeier einen Urlaubstag, denn eigentlich waren die Tage zwischen dem alljährlichen Geschäftsschluss am dreißigsten Dezember und dem Arbeitsbeginn am vierten Januar gesetzliche Feiertage. Obwohl also Erscheinen Pflicht war, bekam man mit der Begründung, es handele sich ja schließlich um ein Fest, keinen Lohn dafür.

Irgendwann war Masako die Älteste unter den weiblichen Firmenangestellten, und von da an wurde sie nur noch für den Sake-Dienst eingeteilt. Das kümmerte sie nicht besonders, denn sie hasste es, im Rampenlicht zu stehen, aber den halben Tag in der engen Teeküche zu verbringen und die mit Sake gefüllten Karaffen im Wasserbad warm zu machen war auch kein Vergnügen. Von den alkoholisierten Dampfschwaden wurde einem schwindlig und schlecht. Außerdem kamen immer wieder betrunkene Angestellte herein, die die anderen Frauen zum Einschenken wegholten, so dass sie die meiste Zeit mit der Arbeit alleine dastand, Sake wärmte und Gläser spülte. Es war so erbärmlich, dass es schon fast wieder komisch wurde. In schlimmen Jahren ließ man die Frauen sogar das Erbrochene von besoffenen Angestellten wegputzen. Es gab eine ganze Reihe von Mitarbeiterinnen, die aus lauter Verzweiflung über diese himmelschreiende Ungerechtigkeit ihre Stelle aufgegeben hatten.

Aber die Neujahrsfeier war nur einmal im Jahr – und Masako ließ sich davon nicht ins Bockshorn jagen. Nein, was Masako am meisten ärgerte, war, dass sie in all den Jahren vorbildlicher Arbeit nie einen höheren Posten bekommen hatte und immer noch auf derselben Stelle in der Darlehensverwaltung festsaß, die ihr damals beim Eintritt in die Firma zugewiesen worden war. Der Inhalt ihrer Tätigkeit hatte sich in zehn Jahren nicht für einen einzigen Tag geändert, obwohl sie morgens schon um acht an ihrem Schreibtisch saß und fast jeden Abend bis kurz vor neun Überstunden machte. Wie fleißig sie auch war, alle wichtigen Entscheidungen, wie über die Vergabe von Krediten und dergleichen, trafen grundsätzlich die Männer – Masako durfte immer nur zuarbeiten.

Sämtliche männlichen Kollegen, die im gleichen Jahr wie sie in die Firma eingetreten waren, hatten Masako nach spätestens zehn Jahren überholt: Sie hatten allerlei Schulungen und Weiterbildungskurse in Anspruch nehmen können und waren zumindest auf den Posten eines Unterabteilungsleiters vorgerückt. Danach hatte es nicht mehr allzu lange gedauert, bis man ihr als Chef einen jungen Spund vor die Nase setzte, der später in die Firma eingetreten war als sie.

Eines Tages fiel ihr zufällig der Gehaltsauszug eines männlichen Kollegen derselben Altersstufe in die Hände, und das Blut schoss ihr ins Gesicht. Er bekam im Jahr fast zwei Millionen mehr als sie. Masako, die mittlerweile zwanzig Jahre für die Firma gearbeitet hatte, erhielt ein Jahresgehalt von vier Millionen sechshunderttausend Yen.

Nach einigem Hin- und Herüberlegen hatte sie ihren Abteilungsleiter, der derselben Altersstufe angehörte wie sie selbst, schließlich doch um ein Gespräch unter vier Augen gebeten und verlangt, dass man sie dieselbe Arbeit tun ließ wie ihre männlichen Kollegen. Sie würde sich weiter nach Kräften für die Firma anstrengen, aber sie wolle einen höheren Posten.

Am darauf folgenden Tag begann das offene Mobbing. Mit einem Schlag gingen sämtliche weiblichen Angestellten auf Distanz, da man ihr Anliegen offenbar entstellt weitergegeben und das Gerücht in Umlauf gebracht hatte, sie plane, sich auf Kosten anderer zu profilieren. Sie wurde nicht einmal mehr zu den monatlichen Essen eingeladen, die die Frauen regelmäßig veranstalteten. Plötzlich stand sie vollkommen alleine da.

Wann immer die männlichen Angestellten Kundengespräche hatten, wurde nur noch Masako angewiesen, ihnen Kaffee oder Tee vorbeizubringen, und sie musste wesentlich häufiger als früher Kopien für sie ziehen. Dadurch blieb ihr natürlich immer weniger Zeit für die eigene Arbeit, und sie musste mehr und mehr Überstunden machen. Das brachte ihr bei der Personalbeurteilung eine schlechte Bewertung ihrer Arbeitseffizienz ein, woraufhin eine Beförderung mit Verweis auf ihre schlechten Leistungen abgelehnt und ihr sogar noch ein Tadel erteilt wurde.

Doch Masako hielt alles aus. Sie machte Überstunden bis spät in die Nacht und nahm die Arbeit, die sie nicht erledigt hatte, mit nach Hause. Nobuki, der noch in der Grundschule war, geriet emotional aus dem Gleichgewicht und wurde schwierig, und Yoshiki schimpfte, sie solle doch endlich diese unmögliche Stelle kündigen. Wie ein Pingpong-Ball flog sie jeden Tag zwischen Firma und Familie hin und her, doch beides trieb sie in die Einsamkeit. Nirgends gab es einen Ort, an den sie sich flüchten konnte.

Da passierte es. Masako machte einen Vorgesetzten auf einen Fehler im Zusammenhang mit einer ungedeckten Finanzierung aufmerksam und erntete eine Ohrfeige. Der »Vorgesetzte«, ein völlig unfähiger, wesentlich jüngerer Mann, schlug sie und schrie: »Halt's Maul, du alte Schreckschraube!«

Das Ganze geschah spätabends während der Überstunden und erregte kein Aufsehen, aber es hatte eine tiefe, unsichtbare Wunde in Masakos Selbstwertgefühl hinterlassen. War es denn so bedeutend, ein Mann zu sein? Genügte es, die Universität zu absolvieren? Konnte man ihr in dieser Firma denn gar keine Erfahrung, keinen Ehrgeiz zubilligen? Sie hatte auch vorher schon des Öfteren daran gedacht, die Stelle zu wechseln. Aber sie mochte die Arbeit in einem Geldinstitut. Tja, das war's dann wohl, dachte sie, und tiefe Verzweiflung machte sich in ihr breit.

Der Vorfall mit der Ohrfeige geschah, als die japanische Seifenblasen-Ökonomie noch boomte. Es war die Zeit, da die gesamte Finanzbranche wie von einem Fieber befallen zu sein schien und wie verrückt Darlehen vergab. Beinahe jedem Kunden, selbst solchen, bei denen bei Masako sämtliche roten Lampen aufleuchteten, wurde Geld geliehen, ohne die Kreditwürdigkeit genügend zu prüfen, und als die Seifenblase dann platzte, saß man auf einem Berg fauler Schulden. Die Grundstückspreise fielen ins Bodenlose, die Sicherheiten waren nichts mehr wert. Immobilien wurden massenhaft zur Zwangsversteigerung ausgeschrieben, doch mit den Versteigerungen konnte man längst nicht mehr genügend Geld hereinholen, so dass die Gläubiger auf den Schulden sitzen blieben.

Für die Spar- und Darlehenskasse Tanashi wurde es immer schwieriger, mit den Einnahmen die laufenden Kosten zu decken, und bald mischte sich ein großes Finanzinstitut, das zu einer landwirtschaftlichen Genossenschaft gehörte, in die Betriebsführung ein. Dann ging alles sehr schnell: Übernahmegerüchte machten die Runde, und hinter vorgehaltener Hand sprach man von Umstrukturierung und Stellenkürzungen. Masako war die älteste weibliche Angestellte, und sie hatte sich unbeliebt gemacht, man ging ihr aus dem Weg. Sie rechnete damit, die Erste zu sein, die gefeuert wurde, und ihre Befürchtungen bewahrheiteten sich schnell. Sie wurde ins Personalbüro gerufen.

»Wir möchten Sie in die Filiale nach Odawara versetzen.«

Nobuki musste im nächsten Jahr die Aufnahmeprüfung für die Oberschule machen. Odawara war über hundert Kilometer entfernt, sie würde ihre Familie alleine lassen und sich dort ein Zimmer nehmen müssen. Unmöglich, das konnte sie nicht. Sie lehnte ab. Daraufhin legte man ihr dringend nahe zu kündigen. Sie fühlte sich nicht als Verliererin, aber was danach geschah, tat ihr sehr weh: Ihre Kollegen klatschten in die Hände, als sie hörten, dass sie aufhören würde, der Applaus hallte durch die ganze Firma.

Als die große Seifenblase geplatzt war und immer mehr Kunden ihren Zahlungsverpflichtungen nicht nachkamen, ging Jūmonji bald in der Bank ein und aus. Ein seriöses Kreditinstitut wie die Spar- und Darlehenskasse Tanashi nahm die Dienste von Männern wie ihm in Anspruch, damit sie die Kastanien aus dem Feuer holten. Sie sollten den säumigen Schuldnern gehörig einheizen, sie in die Enge treiben und daran hindern, sich aus dem Staub zu machen.

In den Zeiten der Hochkonjunktur hatte man aus grenzenloser Profitgier freigebig Geld verliehen, doch sobald einem der Stuhl unterm Hintern brannte, kümmerte einen der Anstand herzlich wenig. Masako hatte dieses jämmerliche Trauerspiel der Kleinkreditpraxis aus nächster Nähe mit wachen Augen verfolgt. Sie vermutete, dass Jūmonji ähnlich darüber gedacht hatte wie sie, obschon er ja selbst dabei mitmischte. Sie hatte ihn nie persönlich gesprochen, und er war dem arroganten Verhalten und den großspurigen Reden der Bankleute immer nur mit höflichem Lächeln begegnet, aber in seinen Augen meinte sie Abscheu entdeckt zu haben.

Plötzlich riss sie das Piepen der Waschmaschine aus ihren Gedanken. Das Programm war abgelaufen, ohne dass sie ein einziges Wäschestück eingefüllt hatte, so sehr hatten die Erinnerungen sie abgelenkt.

Die Lauge hatte sich in der Trommel hin- und hergedreht und war abgeflossen, Spülwasser war eingelaufen und wieder abgeflossen, bis der Schleudergang schließlich die letzten Reste hinauskatapultiert hatte ... Leerlauf, so einsam, vergeblich und eigensinnig wie sie selbst in jener Zeit. Masako musste lachen.

4

Jūmonji wachte auf, als er bemerkte, dass sein Arm unter dem Kopf der Frau eingeschlafen war.

Er zog ihn unter ihrem schlanken Hals hervor und machte ein paarmal die Hand auf und zu. Die Frau, der er so unsanft die Kopfstütze entzogen hatte, machte die Augen auf. Verwundert sah sie ihn an; die schmalen Augenbrauen verschwanden fast, wie bei einem Kind – oder einer älteren Frau.

»Was ist denn?«

Er sah auf die Uhr neben dem Bett. Es war acht Uhr morgens – allmählich Zeit aufzustehen. Durch den dünnen Vorhang fiel schon die Sommersonne herein; bald würde sie sich durch das enge Zimmer gefressen und die Luft unerträglich aufgeheizt haben.

»He, steh auf!«

»Will aber nicht!« Die Frau klammerte sich an ihm fest.

»Du musst doch zur Schule!«

Die Frau war sicher allenfalls im ersten Jahr der Oberschule. Von »Frau« konnte man daher kaum sprechen, die Bezeichnung »Mädchen« wäre treffender gewesen, aber da er sich nun einmal nur für blutjunge Dinger erwärmen konnte, war sie für ihn eine Frau.

»Kein Problem, heute ist Samstag, da mach ich blau.«

»Das gilt aber nicht für mich, also steh schon auf!«

Die Kleine gab unwillige Laute von sich und gähnte ausgiebig. Dabei konnte er ihr in den Mund schauen. Weiße Zähne und rosafarbenes Fleisch. Alles an ihrem unreifen, aber schönen Körper war rosig und weiß. Nachdem er sie noch einmal betrachtet hatte und bedauerte, sich von ihr trennen zu müssen, stand er auf und machte die Klimaanlage an. Sofort fächelte ihm staubiger, übel riechender Wind ums Gesicht.

»He, mach Frühstück!«

»Nee, keine Lust.«

»Spinnst du? Du bist die Frau, also ab in die Küche!«

»Ich kann das nicht.«

»Blöde Kuh, da bist du wohl auch noch stolz drauf, was?«

»Hör auf, so zu reden, du verdirbst einem ja die Laune!« Die Kleine schmollte, nahm sich eine von Jūmonjis Zigaretten und steckte sie sich zwischen die Lippen. »Echt nervig, aber von einem Opa wie dir musste so was ja kommen!«

»Wie bitte? Ich bin erst einunddreißig!« Jūmonji wurde ernst.

Die Kleine lachte spöttisch und sagte: »Das ist schon ganz schön alt!«

»Aha, dann verrat mir doch mal, wie alt dein Vater ist!« Jūmonji, der sich für jung hielt, war ernsthaft sauer.

»Einundvierzig oder so.«

»Nur zehn Jahre älter als ich…« Plötzlich kam er sich gealtert vor. Er ging in die Nasszelle neben der Eingangstür seines Apartments, trat vor die Toilette und urinierte. Nachdem er sich auch gleich durchs Gesicht gewaschen hatte, öffnete er die Tür in der Hoffnung, dass sie vielleicht wenigstens Kaffeewasser aufgesetzt hätte. Aber das Mädchen lag noch im Bett, nur die langen, goldbraun gefärbten Haare schauten aus den Laken hervor. Jūmonji sah rot.

»Raus da, steh auf, sofort, und verschwinde von hier!«

»Du hast sie wohl nicht alle, du Affenarsch!« Die Kleine trat ein paarmal wütend mit ihren dicklichen Beinen ins Leere.

Plötzlich fragte Jūmonji: »Wie alt ist denn deine Mutter?«

»Dreiundvierzig. Sie ist älter als mein Vater.«

»Ach ja? Tja, bei Frauen über dreißig ist das Verfallsdatum abgelaufen, sie zählen nicht mehr.«

»Meine Mutter ist noch jung! Und schön ist sie außerdem!«, gab die Kleine trotzig zurück. Sie war eingeschnappt. Jūmonji, der für ältere Frauen absolut nichts übrig hatte, lachte hämisch in sich hinein: Die Rache hatte gesessen. Das Mädchen machte immer noch ein beleidigtes Gesicht, aber er kümmerte sich nicht darum, sondern schob sich eine Zigarette zwischen die Lippen und ging die Zeitung holen.

Als er sich damit aufs Bett fallen ließ, hatte die Kleine die Arme vor der Brust verschränkt und warf ihm von der Seite einen bösen, tadelnden Blick zu. Der Blick wirkte schrecklich erwachsen, und er fragte sich, wie die Kleine später wohl aussehen würde, wenn sie älter war. Er versuchte sich das Gesicht ihrer Mutter vorzustellen, nahm ihr Kinn zwischen die Fingerspitzen, hob ihren Kopf und drehte ihn hin und her, um sie eingehend von vorne und von den Seiten zu betrachten.

»Was soll das, du bist unmöglich, da kann einem ja schlecht werden!«

»Lass mich doch, was ist denn schon dabei?«

»Hör auf! Was guckst du mich so unheimlich an?«

»Ach, ich dachte nur – du wirst auch mal älter.«

»Klar – na und?« Das Mädchen schlug seine Hand weg.

Dreiundvierzig. So alt dürfte mittlerweile auch Masako Katori ungefähr sein, die er gestern zufällig wiedergetroffen hatte. Sie war noch so dünn wie eh und je und hatte sich mehr und mehr zu einer dieser zickigen Tanten entwickelt, vor denen man Angst haben konnte. Aber Masako Katori hatte auf Jūmonji immer schon einen starken Eindruck gemacht.

Masako Katori war Angestellte der Spar- und Darlehenskasse gewesen, die sich einmal in Tanashi-City befunden hatte. Man musste die Vergangenheitsform verwenden, weil die Kasse von einem großen Kreditinstitut übernommen worden war, nachdem ihr im Zuge der Seifenblasen-Ökonomie zu viele Immobiliarkredite geplatzt waren und sie ihr Geld nie wiedergesehen hatte. Jūmonji hatte über ein Inkassobüro, für das er im Untervertrag als Geldeintreiber arbeitete, mit der Spar- und Darlehenskasse und ihrem riesigen Berg fauler Schulden zu tun gehabt und konnte sich noch sehr gut an Masako erinnern, die damals in der Darlehensverwaltung tätig gewesen war.

Masako hatte stets ordentlich und mit Würde in der grauen Uniform, die an ihr immer wie frisch aus der Reinigung wirkte, vor ihrem Online-Terminal gesessen. Nie trug sie auffälliges Make-up wie die anderen weiblichen Angestellten, und sie warf auch nicht mit Artigkeiten um sich, sondern tat immer still ihre eintönige Arbeit. Obwohl sie also eher unscheinbar war und man sich ihr nicht so ohne weiteres nähern konnte, schienen die Männer vom Inkassobüro alle Respekt vor ihr zu haben, denn ihre Anweisungen waren stets vernünftig, präzise und bestimmter als die jedes anderen Angestellten der Bank.

Damals hatte Jūmonji absolut kein Interesse an den inneren Angelegenheiten der Spar- und Darlehenskasse Tanashi gehabt, aber selbst ihm war nicht entgangen, dass Masako, die ja mit zwanzig Jahren Firmenzugehörigkeit eine verdiente Mitarbeiterin war, überall geschnitten wurde. Deshalb sei sie bei der Umstrukturierung auch als Erste entlassen worden, hatte er gerüchteweise noch mitbekommen. Dass da mehr dahinter gesteckt hatte, verriet ihm sein sicherer Instinkt.

Masako hatte immer schon eine Art Barriere umgeben, die niemand zu durchbrechen vermochte. Wie ein Erkennungszeichen wies sie darauf hin, dass hier jemand alleine gegen die ganze Welt kämpfte. Kaum verwunderlich, dass Jūmonji das spüren konnte, der als Yakuza-Verschnitt selbst ein Außenseiter war. Gleich und gleich gesellt sich gern. Vielleicht steckten hinter dem Mobbing gerade die Leute, die keinerlei eigene Erkennungszeichen besaßen.

Aber was in aller Welt sollte Masako Katori mit diesem hochverschuldeten fetten Weib zu tun haben? Das war Jūmonji ein Rätsel.

»He, ich hab Hunger. Lass uns zu McDonald's gehen oder so.«

Die Stimme der Frau unterbrach Jūmonjis Gedanken, und er schlug die Zeitung auf, die er darüber zu lesen vergessen hatte. »Warte noch einen Augenblick.«

»Die blöde Zeitung kannst du doch auch da lesen!«

»Sei still, du störst.«

Während er sich aus den Armen der Frau befreite, die ihn umschlingen wollte, blieben seine Augen bei dem Aufmacher auf Seite drei hängen, weil in der Schlagzeile »Musashi-Murayama« vorkam. Es war ein Artikel über einen Mordfall mit zerstückelter Leiche. Sein Blick fiel auf die Zeile, in der von »Yayoi Yamamoto, der Ehefrau des Opfers« die Rede war. Der Name kam ihm irgendwie bekannt vor: War das nicht der Name dieses Bürgen gewesen?

Eine dunkle Erinnerung nur, weil Masako ihm den Bürgschaftsvertrag weggeschnappt hatte, bevor er noch genauere Nachforschungen über die Person hatte anstellen können. Aber es war dieser Name gewesen, fast sicher. Die Kleine, die ihm über die Schulter sah und mitlas, fing wieder zu plappern an.

»Brrr, ekelhaft! Ich bin gerade noch im Koganei-Park gewesen. Wie gruselig«, sagte sie aufgeregt und versuchte, ihm die Zeitung wegzunehmen. »Ich kenn nämlich so einen Typen, der da immer Skateboard fährt – er hat gebettelt und gebettelt, dass ich mal komme, um mir das anzuschaun, und da bin ich hingegangen…«

»Halt die Klappe!«

Jūmonji riss die Zeitung gewaltsam an sich und begann mit ernstem Gesicht, den Artikel noch einmal von Anfang an zu lesen. Er erinnerte sich, wie Kuniko ihm von der Nachtschicht in einer Lunchpaket-Fabrik erzählt hatte. Das musste dieselbe Fabrik sein, in der auch diese Yayoi Yamamoto arbeitete. Also war sie tatsächlich Kunikos Bürge gewesen, kein Zweifel. Die beiden waren Kolleginnen. Aber wie kam es dann, dass ausgerechnet der Ehemann der Frau, die Kuniko gebeten hatte, den Bürgen für ihre faulen Schulden zu spielen, Opfer in solch einem grausigen Mordfall geworden war? Ob es da einen Zusammenhang gab? Das wäre doch zu abstrus – eine abenteuerliche Geschichte!

Dass Masako Katori extra zu ihm gekommen und mit allen Mitteln dafür gesorgt hatte, dass er ihr den Bürgschaftsvertrag aushändigte, konnte nur bedeuten, dass sie bereits wusste, was bei Yayoi passiert war. Mist! Was war er doch für ein hilfloser Trottel gewesen, ihr den Wisch auch noch sang- und klanglos zu überlassen. Er konnte sich wirklich Leid tun.

Aber halt, immer mit der Ruhe! Jūmonji las den Artikel ein weiteres Mal. Dort stand, das Opfer sei Dienstagabend schon nicht mehr nach Hause gekommen, weshalb die Ermittlungsbehörden annahmen, dass er an diesem Tag ermordet und gleich darauf zerstückelt wurde. Dann hatte Masako Katori den Vertrag also aus Rücksicht auf Yayoi zurückgeholt, die um ihren verschwundenen Mann bangte – ein solches Verhalten wäre nicht weiter verwunderlich. So weit, so gut. Aber warum hatte dann Kuniko ausgerechnet Yayoi, die doch gerade in solchen Schwierigkeiten steckte, um die Unterschrift unter die Bürgschaft gebeten? Und wieso hatte Yayoi dem auch noch zugestimmt? Eine Frau, deren Mann gerade spurlos verschwunden war, wäre doch vor Sorge zu aufgewühlt, als dass sie sich mit so etwas beschäftigen würde.

Und welche Rolle spielte Masako Katori dabei? Dieses ausgekochte Weib war doch nicht der Typ, der sich mir nichts, dir nichts von billigem Mitleid treiben ließ.

Jūmonji nahm sich vor, der Sache auf den Grund zu gehen, faltete die Zeitung zusammen und warf sie auf den staubigen

Teppich. Die Kleine, die die ganze Zeit schweigsam geblieben war, da er sie mit seiner Stimmung offenbar doch noch eingeschüchtert hatte, streckte zaghaft die Hand danach aus und vertiefte sich ins Fernsehprogramm. Abwesend verfolgte Jūmonji ihre Bewegungen und atmete tief durch. Das Ganze roch nach Geld. Sein Herz klopfte vor Aufregung.

Die Zeiten hatten sich geändert, die jungen Leute machten ihre Schulden jetzt an Geldautomaten, da war man als Geldverleiher passé, es war einfach nichts mehr zu holen. Spätestens nächstes Jahr würde das »Verbraucherzentrum Million« bankrott gehen, deshalb hatte er sich schon mit dem Gedanken angefreundet, ins Maklergeschäft umsteigen zu müssen. Und genau in diesem Moment fiel ihm ein solcher Coup vor die Füße. Jūmonji atmete noch einmal tief durch, als schwebten ihm tatsächlich schon die Bündel mit Banknoten vor Augen.

»Hör mal, ich hab jetzt wirklich Hunger. Lass uns endlich irgendwo hingehen!« Die Kleine zog einen Schmollmund.

»Gut, wir gehen!«, antwortete Jūmonji und versetzte sie mit seiner plötzlichen guten Laune in Erstaunen.

5

Yayoi schwebte zwischen Mitleid und Verdächtigung. Wie ein Tennisball wurde sie zwischen diesen beiden starken Gefühlen, die ihr die Leute entgegenbrachten, hin- und herkatapultiert. Das verwirrte sie, denn es nahm ihr jedes Gespür dafür, wie sie sich verhalten sollte.

Es war wie ein ständiger Wechsel der Tonart. Das Mitgefühl, das ihr Herr Iguchi, der Leiter der Einsatzstelle für häusliche Sicherheit im Musashi-Yamato-Polizeirevier, noch am Nachmittag entgegengebracht hatte, schien schon am selben Abend, als sich die Handtellerabdrücke der Leiche als die von Kenji erwiesen hatten, in Verdächtigung umgeschlagen zu sein.

»Die zerstückelte Leiche im Koganei-Park ist aufgrund der Handtellerabdrücke als Ihr Ehemann identifiziert worden. Damit ist der Tatbestand der Leichenschändung und -beseitigung erfüllt, und der Fall wurde der Kriminalpolizei des hiesigen Reviers, Abteilung Eins, und dem Dezernat Eins des Tōkyōter Polizeipräsidiums übergeben, die von nun an die Ermittlungen führen. Aufgrund der Schwere des Delikts wurde eine Sonderkommission mit Hauptquartier im Musashi-Yamato-Revier eingerichtet, die um Ihre tatkräftige Unterstützung bittet, Frau Yamamoto.«

Obwohl er am Nachmittag angekündigt hatte, dass sie dann aufs Revier kommen müsste, war Iguchi noch einmal persönlich vor ihrer Haustür erschienen. In seinen kleinen Augen war nun keine Spur mehr von der Milde zu entdecken, mit der er zuvor das Dreirad im Garten betrachtet hatte, und das allein genügte, um Yayoi das Blut in den Adern gefrieren zu lassen. Aber es sollte erst der Anfang gewesen sein.

Abends kurz nach zehn trafen zwei Kriminalbeamte ein, deren Blicke deutlich anderen Kalibers waren als die von Iguchi. Einer war von der Abteilung Eins der Kripo des Musashi-Yamato-Reviers, der andere vom Dezernat Eins des Tōkyōter Polizeipräsidiums.

»Kinugasa mein Name, ich komme vom Präsidium«, stellte sich der eine vor und zeigte ihr seinen in schwarzes Leder gebundenen Polizeiausweis. Er war Ende vierzig und jugendlich gekleidet, in einem ausgeblichenen schwarzen Polohemd von Lacoste und einer Baumwollhose, aber mit seiner gedrungenen Gestalt, dem Stiernacken und dem Bürstenhaarschnitt hätte er auf den ersten Blick auch als Mitglied einer Yakuza-Bande durchgehen können. Yayoi wusste nicht, was »Präsidium« zu bedeuten hatte oder womit sich das Dezernat Eins beschäftigte, aber es reichte schon, diesem rauen Gesellen gegenüberzustehen, um sie in Angst und Schrecken zu versetzen. Sie zitterte am ganzen Leibe.

Der andere, schmal und mit verschwindend kleinem Kinn, sagte nur: »Ich heiße Imai.« Es musste der Beamte vom hiesigen Revier sein. Er war jünger und schien sich in Kinugasas Gegenwart völlig zurückzunehmen; mehr bekam sie von ihm nicht mit.

Als die beiden eintraten, wandten sie sich sofort an Yayois Vater, der voller Sorge an der Seite seiner Tochter stand, und baten ihn, zusammen mit den Kindern das Haus zu verlassen. Ihre Eltern hatten sich, nachdem Yayoi sie am Abend angerufen hatte, sofort ins Auto gesetzt und waren aus Kōfu herbeigeeilt. Sie standen noch unter Schock. Zusammen mit ihrem quengeligen, völlig übermüdeten jüngsten Enkelkind und seinem vor Aufregung erstarrten größeren Bruder gingen sie aus dem Haus. Sie dachten sicher nicht im Traum daran, dass ihre Tochter unter Verdacht stand. Für sie war alles ein unfassbares Unglück.

»Wir bedauern, Sie in Ihrer Trauer stören zu müssen, Frau Yamamoto, aber wir möchten Ihnen einige Fragen stellen«, gab Imai den Auftakt.

Nachdem die beiden Beamten das Wohnzimmer betreten hatten, kam ihr die Zimmerdecke plötzlich tief und erdrückend vor. Yayoi seufzte. Ausgerechnet jetzt, da Kenji mit seiner ewigen schlechten Laune endlich daraus verschwunden war und sie mit ihren Kindern hier in Frieden leben konnte! Es schnürte ihr die Brust zusammen, so fühlte sie sich von den beiden Männern unter Druck gesetzt.

»Ja, bitte«, antwortete sie mit ersterbender Stimme, und Kinugasa sah sie unverhohlen von oben bis unten an, ohne etwas zu sagen. Wenn der sie richtig in die Mangel nähme, würde sie wahrscheinlich auf der Stelle gestehen. Reflexartig duckte sich Yayoi, und Kinugasa begann mit der Befragung. Sein Atem stank nach Nikotin, und seine Stimme klang unerwartet schrill, aber liebenswürdig. Das irritierte sie.

»Mit Ihrer Hilfe werden wir den Täter bestimmt bald fassen können, Frau Yamamoto.«

»Ja.«

Während er sich mit der Zunge über die dicken Lippen fuhr, sah er Yayoi in die Augen. Er fand es vielleicht verdächtig, dass sie nicht weinte. Das irritierte sie noch mehr. Denn Tränen hatte sie nicht mehr, die Quelle war versiegt.

»Beginnen wir mit Dienstagabend. Unseren Informationen zufolge sind Sie an diesem Abend zur Arbeit gegangen, obwohl Ihr Mann nicht nach Hause gekommen war. Sie haben die Kinder also einfach allein gelassen. Haben Sie sich denn gar keine Sorgen gemacht? Es hätte doch Feuer ausbrechen oder ein Erdbeben geben können!« Kinugasas ohnehin schmale, verschlagen wirkende Augen verengten sich noch mehr. Erst geraume Zeit später bemerkte sie, dass das Ausdruck seines Lächelns war.

»Er kam immer...« Fast hätte sie geantwortet: Er kam immer zu spät, daran war ich gewöhnt, und trotzdem habe ich mir jedes Mal schreckliche Sorgen um die Kinder gemacht. Sie geriet ins Stocken. Wenn sie zugab, dass das der Normalzustand gewesen war, würde doch herauskommen, dass es Unstimmigkeiten zwischen ihnen gegeben hatte! Hastig fing sie noch einmal von vorne an: »Er kam immer rechtzeitig nach Hause, bevor ich los musste, aber an dem Abend war er zu spät, deshalb bin ich unter Sorgen losgegangen. Aber als ich dann am nächsten Morgen zurückkam, war ich völlig entgeistert!«

»Entgeistert, aha. Und warum das?« Kinugasa nahm ein in braunes Plastik gebundenes Notizbuch aus der Gesäßtasche seiner Baumwollhose und schrieb etwas hinein.

»Warum, fragen Sie …?« Plötzlich wurde Yayoi wütend. »Haben Sie denn keine Kinder, Herr Kommissar?«

»Doch. Mein Sohn geht zur Universität, und die jüngere Tochter zur Oberschule. Wie steht's bei dir, Imai?«

»Die beiden älteren sind in der Grundschule und der Kleinste noch im Kindergarten«, antwortete Imai ergeben.

»Dann müssten Sie doch wissen, wovon ich rede. Die beiden kleinen Kinder einfach die ganze Nacht alleine zu lassen! Deshalb war ich zuerst einfach nur wütend.«

Kinugasa schrieb wieder etwas auf. Imai machte den Eindruck, als würde er ganz unter Kinugasas Fuchtel stehen, denn er saß nur schweigend mit aufgeschlagenem Notizbuch da und hörte zu.

»Wütend heißt wütend auf Ihren Mann, nicht wahr?«

»Natürlich, was glauben Sie denn! So spät zu kommen, obwohl er doch weiß, dass ich zur Arbeit muss!«

So spät zu kommen … Plötzlich merkte Yayoi, dass ihr mit der ganzen aufgestauten Wut gegen Kenji ein Satz zu viel herausgerutscht war, und schwieg. Schnell korrigierte sie sich: »… aber dann ist er gar nicht mehr zurückgekommen.«

Sie ließ die Schultern sinken. Ganz so, als wäre ihr nun zum ersten Mal bewusst geworden, dass Kenji niemals wieder nach Hause kommen würde. Du hast ihn doch selbst umgebracht, flüsterte ihr eine innere Stimme zu, aber sie beachtete sie nicht.

»Ja. Ist so etwas denn bisher schon einmal vorgekommen?«

»Dass er nicht heimgekommen ist?«

»Ja.«

»Nein, nie. Das heißt, ab und zu ist es beim Trinken später geworden, so dass er es nicht geschafft hat, bis ich aus dem Haus musste, aber dann hat er sich natürlich jedes Mal beeilt.«

»Nun ja, Männer müssen eben manchmal ausgehen und ihre Bekanntschaften pflegen, da kann es schon einmal spät werden.« Kinugasa nickte mit wissendem, wichtigtuerischem Gesicht.

»Ja, das weiß ich, und er hat mir auch manchmal Leid getan deswegen, weil er doch so eingeengt war durch seine Familie und sich trotzdem immer bemüht hat. Er war ein guter Mann.«

Elende Lügnerin! In Yayoi regte sich der Widerspruch. Nicht ein einziges Mal hatte der Kerl sich beeilt, nach Hause zu kommen, immer war er extra spät heimgekehrt, weil es ihm lästig gewesen war, ihr noch zu begegnen, obwohl er doch genau gewusst hatte, dass sie voller Sorge, die Kinder alleine zu lassen, bis zur letzten Minute wartete und dann jedes Mal schweren Herzens und mit schlechtem Gewissen zur Arbeit gegangen war. Gar nicht hatte er sich um sie und die Kinder bemüht, wirklich, ein schlechter, ein fürchterlicher Mann war er gewesen…!

»Ja, aber wenn es doch das erste Mal war, dass er eine ganze Nacht außer Haus verbracht hat – warum sind Sie dann wütend auf ihn gewesen, Frau Yamamoto? Normalerweise würde man sich dann doch eher Sorgen machen.«

»Zunächst habe ich gedacht, er würde sich einfach irgendwo amüsieren…«, antwortete Yayoi mit leiser Stimme.

»Hatten Sie niemals Streit mit Ihrem Mann?«

»Doch, manchmal schon.«

»Worüber?«

»Nur über Kleinigkeiten.«

»Nun ja, Eheleute streiten sich meistens über Kleinigkeiten. Tja, dann will ich Sie noch einmal nach jenem Dienstag fragen: Sie sagen, Ihr Mann sei an diesem Morgen wie gewöhnlich zur Arbeit gegangen?«

»Ja.«

»Welche Kleidung trug er?«

»Ja, also, ganz normal, wie immer: Er trug einen Sommeranzug…« Als sie schon begonnen hatte zu antworten, fiel ihr plötzlich ein, dass Kenji an jenem Abend kein Jackett getragen hatte. Ganz sicher, er hatte es nicht mehr angehabt, als er nach Hause gekommen war, und über dem Arm hatte er es auch nicht getragen. Vielleicht war es doch noch irgendwo im Haus? Oder aber, er hatte es, besoffen wie er war, irgendwo in der Nachbarschaft fallen gelassen? Das war ihr bisher noch gar nicht in den Sinn gekommen! Ihr wurde angst und bange, die Magengrube begann zu stechen, und sie bekam kaum noch Luft. Mit knapper Not schaffte es Yayoi, Haltung zu bewahren.

»Was ist, Frau Yamamoto, geht es noch?« Wieder verengten sich Kinugasas Augen, und der Gegensatz zwischen diesem scheinbaren Ausdruck der Härte und seinen milden Worten verstörte sie.

»Ja, entschuldigen Sie. Mir ist nur klar geworden, dass ich ihn so zum letzten Mal gesehen habe, und da bin ich traurig geworden…«

»Es ist immer hart, einen Menschen so plötzlich zu verlieren.« Kinugasa sah sich kurz zu Imai um. »In diesem Beruf erleben wir das leider allzu oft. Auch wenn wir selbst nicht betroffen sind – es fällt niemandem leicht, damit umzugehen. Nicht wahr, Imai?«

»Ja, das ist immer schwer.«

Sie taten ganz so, als hätten sie Mitleid mit ihr, aber für Yayoi war klar, dass beide nur auf einen Patzer von ihr warteten.

Sie durfte sich nicht verraten, auf keinen Fall. Sie musste das jetzt durchstehen, und zwar allein. Nicht die kleinste Blöße durfte sie sich geben, alles musste verborgen bleiben.

Da hatte sie die Situation so oft im Kopf durchgespielt, sich alles so genau zurechtgelegt und eingeschärft, bis sie geglaubt hatte, es im Schlaf zu beherrschen. Und nun, unter den bohrenden, misstrauischen Blicken, fühlte sie sich nackt, durchschaut bis auf den blauen Fleck in der Magengrube. Es war so schlimm, dass sie sogar die Lust verspürte, sich auszuziehen und den Fleck vor aller Welt zu zeigen.

Yayoi war verzweifelt, sie stand kurz davor aufzugeben. Plötzlich hatte sie die Hände ineinander gelegt und drückte sie kräftig zusammen, so, als würde sie einen unsichtbaren Putzlappen auswringen und damit den Willen herauspressen, der sie retten würde. Denn ihr Wille war in diesem Fall das einzige Mittel, mit dem sie dem Instinkt folgen konnte, sich die Freiheit zu erhalten.

»Entschuldigen Sie, ich bin etwas durcheinander.«

»Schon gut, machen Sie sich keine Sorgen, das geht allen so. Ich kann Sie gut verstehen. Sie halten sich noch fabelhaft, Frau Yamamoto. Viele andere würden jetzt schreien und weinen und nicht einmal mit uns sprechen können«, tröstete sie Kinugasa und wartete auf ihre nächsten Worte.

»Er trug noch ein weißes Hemd, und eine Krawatte mit schlichtem Muster auf dunkelblauem Untergrund«, setzte sie endlich verhältnismäßig gefasst ihre Angaben zu Kenjis Kleidung fort. »Und schwarze Schuhe.«

»Was war die Farbe des Anzugs?«

»Ein helles Grau.«

»Also Aschgrau.« Kinugasa schrieb in sein Notizheft. »Können Sie uns auch den Namen des Herstellers nennen?«

»Die Marke weiß ich nicht, aber wir kaufen immer alles bei Minami, dem billigen Herrenausstatter, wissen Sie. Auch die Hemden.«

»Und die Schuhe? Waren die auch von dort?«

»Nein. Die Marke hab ich nicht im Kopf, aber ich denke, sie stammen aus dem billigen Discountladen hier in der Nähe.«

»Wie heißt der Laden bitte?«, fragte Imai.

»Tōkyō Schuhcenter, glaube ich.«

»Und die Unterwäsche?«, fragte Imai weiter.

»Die hole ich immer im Supermarkt…«

Als Yayoi verschämt die Augen zu Boden schlug, rief Kinugasa ihn zur Ordnung: »Solche Details können wir doch auch morgen noch im Einzelnen nachfragen, dafür ist die Zeit jetzt zu knapp.«

Imai verfiel wieder in Schweigen, aber er schien verstimmt zu sein.

»Wann hat Ihr Mann für gewöhnlich morgens das Haus verlassen, um zur Arbeit zu gehen?«

»Er ist immer mit dem Regional-Express um sieben Uhr fünfundvierzig Richtung Shinjuku gefahren, jeden Morgen.«

»Und am Dienstag haben Sie ihn danach nicht wiedergesehen, nicht wahr, das heißt, er hat auch nicht noch einmal angerufen?«

»Nein«, antwortete Yayoi und presste, wie von Trauer überwältigt, die Fingerspitzen auf die Augen.

Kinugasa sah sich in dem engen Zimmer um, als sei ihm das gerade erst eingefallen. Überall lagen Spielsachen und Bilderbücher herum, die die Eltern noch schnell für die Kinder besorgt und mitgebracht hatten.

»Wo sind eigentlich die Kinder?«

»Meine Eltern haben sie mit nach draußen genommen.«

»Ach ja, das ist gar nicht gut.« Kinugasa schien wieder eingefallen zu sein, dass er das ja selbst so angeordnet hatte, und sah auf seine Armbanduhr. Es war schon kurz vor elf.

»Ich glaube, sie sind mit ihnen in ein Family-Restaurant in der Nähe gegangen.«

»Ah ja. Trotzdem, lassen Sie uns rasch zum Schluss kommen.«

Imai sah von seinem Notizbuch auf und fragte: »Hm, wo ist Ihr Elternhaus, Frau Yamamoto, und das Ihres Mannes?«

»Mein Mann stammt aus der Präfektur Gunma. Meine Schwiegermutter und mein Schwager müssten eigentlich bald hier eintreffen. Ich selbst komme aus Yamanashi.«

»Sie wussten sicher alle schon von dem Verschwinden Ihres Mannes, nicht wahr?«

»Nein … hm, ich habe …« Yayoi verstummte, »… ich hatte ihnen noch nichts davon gesagt.«

»Und warum nicht?«, fragte Kinugasa und fuhr sich dabei mit beiden Händen über die borstigen Haarstoppeln.

»Warum? Ja also … In der Firma hatte man mir gesagt, so etwas käme bei Männern nun mal öfter vor, ich solle mir keine Sorgen machen, er würde bestimmt bald wiederkommen, und da wollte ich nicht gleich so viel Aufhebens machen.«

Imai schaute verwundert in sein Notizbuch. »Aber Frau Yamamoto, Dienstagnacht ist Ihr Mann nicht nach Hause gekommen. Das heißt, am frühen Mittwochmorgen war er nicht da. Aber am frühen Mittwochabend haben Sie schon bei der Polizei angerufen und wollten eine Suchanzeige aufgeben. Das haben Sie dann am Donnerstagmorgen auch tatsächlich getan. Uns haben Sie also schon recht früh Meldung gemacht, warum haben Sie dann nicht auch zu Hause Bescheid gesagt? Normalerweise bespricht man so etwas doch zuerst mit der Familie.«

»Nun ja, wissen Sie, als wir geheiratet haben, waren beide Familien dagegen, und irgendwie haben wir uns seither nie besonders nahe gestanden, deshalb …«

»Darf ich fragen, warum Ihre beiden Eltern sich gegen die Eheschließung gestellt haben?«

»Ja also, meine Eltern mochten Kenji nicht besonders, und

seine Mutter … wie soll ich sagen, sie hat sich jedenfalls auch quer gestellt …«

Kenjis Mutter und Yayoi standen tatsächlich auf Kriegsfuß miteinander. Es hatte so gut wie keinen Kontakt gegeben. Sie dachte schon mit Schrecken daran, wie sie ihr heute Nacht gegenübertreten sollte, wenn sie gleich völlig außer sich hier eintreffen würde. Vielleicht war es sogar teilweise dem Hass auf diese Frau zu verdanken, dass ihre Liebe zu Kenji auf so schreckliche Weise erkaltet war. Wie oft hatte sie gedacht: Kein Wunder, bei *dieser* Mutter! Auch früher schon … Yayoi verlor sich in Gedanken, die von Kinugasa unterbrochen wurden:

»Wieso mochten denn Ihre Eltern Ihren Mann nicht besonders?«

»Tja …« Yayoi legte den Kopf schief und zögerte mit der Antwort. »Schwer zu sagen – vielleicht, weil ich ihre einzige Tochter bin und sie meine Heirat idealisiert haben?«

»Ja, da mag einiges dran sein, Sie sind schließlich eine Schönheit, Frau Yamamoto.«

»Nein, damit hat das nichts zu tun.«

»So? Womit dann, was meinen Sie?«

Plötzlich war Kinugasa in einen väterlichen Ton verfallen. Es klang wie: Nun sag schon, mein Kind, heraus mit der Sprache, mir kannst du doch alles anvertrauen! Yayoi fühlte sich allmählich immer unwohler in ihrer Haut. Sie hatte nicht damit gerechnet, dass man ihr derlei persönliche Fragen stellte. Sie würden bohren und bohren, bis sie alles über das Ehepaar Kenji und Yayoi ans Tageslicht gezerrt hätten, um es sich dann zurechtzubiegen, wie sie wollten, und nach eigenem Gutdünken zu beurteilen.

»Nun ja. Vor unserer Hochzeit hat mein Mann gerne gewettet, bei Pferderennen, Radrennen und so. Deswegen hat er wohl auch einmal Schulden gemacht, aber nur für ganz kurze Zeit, wirklich. Jedenfalls haben meine Eltern davon gehört und waren gegen die Ehe mit ihm. Aber als er mich kennen lernte, hat er sofort damit aufgehört.«

Als das Wort »wetten« fiel, tauschten die beiden Männer einen kurzen Blick aus. Dann fragte Kinugasa mit Nachdruck: »Und wie war das in letzter Zeit?«

Yayoi war verwirrt. Sollte sie das mit dem Bakkarat erwähnen oder besser nicht? Hatte Masako ihr verboten, davon zu erzählen? Sie konnte sich nicht erinnern. Sie hatte Angst, dass mit dem Bakkarat auch herauskäme, dass Kenji sie geschlagen hatte. Yayoi presste die Lippen aufeinander.

»Kommen Sie, sagen Sie es ruhig, das ist doch nicht schlimm, nur heraus damit!«

»Ja, also…«

»Er hat wieder damit angefangen, Ihr Mann, nicht wahr, Frau Yamamoto?«

»Ja, vielleicht. Er hat irgendetwas von Bakkarat gesagt.«

Die Luft war zum Zerreißen gespannt, der Schreck fuhr ihr in die Glieder. Yayoi zuckte zusammen. Sie konnte natürlich noch nicht wissen, dass diese Aussage sie auf wundersame Weise retten würde.

»Aha, Bakkarat. Haben Sie eine Ahnung, wo er das gespielt haben könnte?«

»Ich meine, er hätte einmal von Shinjuku gesprochen«, antwortete Yayoi mit ersterbender Stimme.

»Na also. Vielen Dank. Wirklich, ich danke Ihnen, dass Sie uns das alles anvertraut haben. Wir werden den Mörder Ihres Mannes finden, bestimmt!«

»Könnte ich meinen Mann nicht vielleicht noch einmal sehen?«, brachte Yayoi zögerlich heraus. Die Befragung schien sich dem Ende zu nähern, und weder Imai noch Kinugasa hatten diesen Punkt bisher angesprochen.

»Eigentlich wollten wir den Bruder Ihres Mannes bitten, die Leiche zu identifizieren. Ich halte es für besser, wenn Sie ihn nicht noch einmal sehen müssten«, sagte Kinugasa bedächtig, holte aber unterdessen einen Umschlag aus seiner abgewetzten Aktentasche hervor. Daraus nahm er einige Schwarzweißfotos im Oktavformat, fächerte sie vor sich auf wie Spielkarten, so dass Yayoi sie nicht einsehen konnte, zog eines heraus und legte es auf den Tisch. »Begnügen Sie sich erst einmal damit, wenn Sie ihn unbedingt noch einmal sehen möchten.«

Ängstlich nahm Yayoi das Foto in die Hand. Zu sehen waren darauf Plastikbeutel und matschige Fleischklumpen. Darunter konnte sie einen Teil von Kenjis Hand erkennen. Die Finger waren nur noch abgeschabte, schwarzrote Stumpen.

»Ah!« Für einen Augenblick verspürte sie Hass auf Masako und die beiden anderen. Das ging zu weit, wie hatten sie ihn so zurichten können! Das war ja entsetzlich! Sie wusste, dass diese Gedanken ungerecht waren, weil sie selbst Kenji umgebracht und Masako gebeten hatte, ihn zu entsorgen. Trotzdem überwältigte sie beim Anblick dieser Fleischklumpen, die von Kenji übrig geblieben waren, eine unbändige Woge von Wut. Sofort lief ihr ein Schwall von Tränen die Wangen herunter, und Yayoi ließ sich mit dem Gesicht auf die Tischplatte fallen.

»Es tut mir Leid, Frau Yamamoto.« Kinugasa sprach tröstend auf sie ein und klopfte ihr auf die Schulter. »Ich weiß, es ist schwer, aber versuchen Sie, sich zusammenzunehmen. Allein schon wegen der Kinder. Sie müssen jetzt stark sein und an die beiden Kleinen denken!«

In den Gesichtern der beiden Kriminalbeamten war Erleichterung darüber zu erkennen, dass die tapfere Ehefrau endlich in Tränen ausgebrochen war. Einige Minuten später hob Yayoi den Kopf und wischte sich mit den Handrücken über die Augen. Sie war immer noch völlig durcheinander. Was Kuniko gesagt hatte, stimmte: »Du hast ja keine Ahnung!« Genau so war es auch. Sie hatte sich eingeredet, dass Kenji einfach irgendwohin verschwunden war, und sich damit alles leicht gemacht.

»Sind Sie in Ordnung?«

»Ja, entschuldigen Sie bitte.«

»Ich möchte Sie bitten, morgen aufs Revier zu kommen«, sagte Kinugasa, während er sich erhob. »Wir müssen alles noch einmal genau aufnehmen.«

»... ja.« Was wollten sie denn noch? War es immer noch nicht genug? Würde die Fragerei denn gar kein Ende nehmen? Benommen drehten sich Yayois Gedanken im Kreis.

Endlich wandte Imai, der sitzen geblieben war und in aller Ruhe noch einmal seine Notizen durchgesehen hatte, sich ihr zu: »Entschuldigen Sie bitte, Frau Yamamoto, noch eine letzte Frage, die wir bisher vergessen haben.«

»Ja?« Mit verweintem Gesicht sah Yayoi zu Imai hinüber. Wie oft sie sie auch wegwischte, die Tränen wollten einfach nicht versiegen. Imai starrte sie an, als studiere er ihre nassen Augen.

»Es geht um den Tag darauf, Mittwoch. Um wie viel Uhr genau

sind Sie von der Fabrik zurückgekommen? Und sagen Sie uns kurz, was Sie an diesem Tag sonst noch gemacht haben.«

»Um halb sechs war die Schicht zu Ende, ich habe mich umgezogen und bin nach Hause gefahren. Um kurz vor sechs war ich hier.«

»Kehren Sie nach der Schicht immer sofort heim?«, fragte Imai kühl.

»Nun ja, normalerweise...« Mit vor Schock immer noch benebeltem Kopf bemühte sich Yayoi während des Antwortens verzweifelt, die Dinge, die sie sagen durfte, von denen zu trennen, die sie nicht verraten sollte. »Manchmal setze ich mich nach der Schicht noch mit den anderen zusammen, auf einen Tee und um ein bisschen zu reden, aber an dem Tag bin ich sofort nach Hause gefahren, aus Sorge, weil mein Mann nicht zurückgekommen war.«

»Ja, das ist verständlich«, sagte Imai und nickte.

»Zu Hause habe ich mich dann für ungefähr zwei Stunden hingelegt, bevor ich die Kinder in den Hort gebracht habe.«

»Mit dem Auto? Am Mittwoch hat es geregnet.«

»Nein, wir besitzen keinen Wagen, und ich habe auch gar keinen Führerschein. Ich bringe sie immer mit dem Fahrrad, einen vorne, einen hinten, wissen Sie.«

Wieder schauten sich die beiden an. Dass sie nicht Autofahren konnte, war ein weiterer Pluspunkt für Yayoi.

»Und dann?«

»Etwa um halb zehn bin ich zurückgekommen, da habe ich an der Müllsammelstelle noch eine Frau aus der Nachbarschaft getroffen, mit der ich kurz geredet habe. Dann habe ich Wäsche gewaschen, aufgeräumt und gegen elf habe ich wieder versucht einzuschlafen. Um eins kam ein Anruf aus der Firma meines Mannes. Sie sagten, dass er noch nicht zur Arbeit erschienen sei, und das hat mich dann völlig aus der Fassung gebracht.«

Die Antworten kamen ihr flüssig über die Lippen, und das beruhigte Yayoi. Jetzt tat es ihr um jede Sekunde Leid, in der sie Hass auf Masako verspürt hatte.

»Ja, vielen Dank, das wäre es dann für den Augenblick. Entschuldigen Sie nochmals.« Imai verbeugte sich höflich und klappte sein Notizbuch zu. Kinugasa stand mit verschränkten Armen da und wartete; er schien ungeduldig zu sein.

Die beiden Beamten zogen sich im Eingang die Schuhe an. Während sie sie verabschiedete, konnte Yayoi förmlich spüren, wie sich ihr anfänglicher Verdacht gegen sie ganz allmählich in Mitleid verwandelte.

»Bis morgen dann.«

Die beiden schlossen die Tür hinter sich und gingen fort. Yayoi sah auf die Armbanduhr. Schon bald würden Kenjis Mutter und ihr Schwager eintreffen. Sie musste sich auf eine rührselige Szene gefasst machen. Yayoi schluckte. Aber die würde sie leicht überstehen können, indem sie ebenfalls weinte. Sie hatte aus der Unterredung mit den beiden Kriminalbeamten gelernt. So schnell würde sie sich durch keine Situation mehr aus dem Konzept bringen lassen.

Mittlerweile fühlte sie sich weder ratlos noch durcheinander. Es war wieder still geworden im Haus. Sie sah sich um und bemerkte plötzlich, dass sie genau auf dem Platz stand, wo Kenji gestorben war. Sie hüpfte darauf herum.

VIERTES KAPITEL

Der schwarze Dämon

1 Die Hundstage schienen da zu sein. Mitsuyoshi Satake stand mit verschränkten Armen am Fenster seiner Wohnung im ersten Stock und schaute durch die Jalousie nach draußen. Er sah vom Sonnenlicht ausgeleuchtete, gleißend helle Stellen und dunkle Schattenflecken. Die hochsommerliche Mittagssonne teilte die ganze Stadt in Schwarz und Weiß. Glänzende Blattflächen der Bäume und Sträucher am Straßenrand, schwarze Blattunterseiten. Die Menschen auf dem Bürgersteig und ihre Schatten. Die weißen Linien des Zebrastreifens, die verbogen aussahen, als wären sie geschmolzen. Satake dachte an das unangenehm klebrige Gefühl, wenn man mit den Absätzen im von der Sonne aufgeheizten, weichen Asphalt versank, und musste schlucken.

Nur ein paar Blöcke entfernt ragte die Hochhausgruppe westlich des Bahnhofs von Shinjuku auf. In den vertikalen Streifen leuchtend blauen Sommerhimmels zwischen den Gebäuden war kein einziges Wölkchen zu entdecken. Überall blitzte und flimmerte es weiß, dass man kaum hinsehen konnte. Reflexartig kniff Satake die Augen zu, doch die Nachbilder des Sommers hatten sich in seine Netzhaut gebrannt und wollten einfach nicht verschwinden.

Satake schloss sorgfältig die Jalousien, um das Licht auszusperren, und wandte sich um. Langsam gewöhnten sich seine Augen an die dunkle Wohnung. Sie hatte zwei, mit alten Tatami ausgelegte Sechs-Matten-Zimmer, die durch eine vergilbte Papierschiebetür unterteilt waren. Mitten im von der Klimaanlage gut durchgekühlten, düsteren Raum stand ein Fernseher, der sein bläulich weißes Flackern aussandte. Außer dem Fernseher waren keine

Möbel vorhanden. Neben dem Eingang besaß die Wohnung zwar eine kleine Küche, in der es aber weder Töpfe noch Geschirr gab, da er so gut wie nie kochte. Ein spartanisches, fast ärmliches Zuhause für einen Mann, der doch nach außen hin so auf eine hervorstechende Erscheinung achtete.

Solange er sich in seinen eigenen vier Wänden aufhielt, kümmerte ihn seine Kleidung genauso wenig wie die Wohnungseinrichtung. Er trug ein weißes Hemd und eine an den Knien ausgebeulte graue Hose. An seinem wahren Gesicht erkannte man, wie sehr er sich vor der Außenwelt in Acht nahm, sobald er einen Schritt vor die Tür setzte, und wie sehr er seine Rolle als Mitsuyoshi Satake, Nachtclub- und Spielkasinobesitzer, nur spielte. Satake krempelte sich die Ärmel seines Hemds hoch und wusch sich mit Leitungswasser über Gesicht und Hände. Das Wasser war lauwarm.

Er trocknete sich mit einem Handtuch ab und hockte sich im Schneidersitz vor den großen Fernsehapparat. Es lief die knisternde Synchronfassung eines alten amerikanischen Spielfilms. Ratlos strich er sich ein paarmal über den kurz geschorenen Schädel und ließ die Augen vom Bildschirm weggleiten. Er wollte gar nicht fernsehen. Er wollte nur die sinnlosen, künstlichen Lichtstrahlen auf sich spüren.

Satake hasste den Sommer. Nicht, weil er die Hitze nicht vertragen konnte, sondern weil er die hochsommerliche Atmosphäre verabscheute, die sich in den Hintergassen der Großstadt breit machte. Die Ereignisse, die sein Leben geprägt hatten, waren beide in dieser Stimmung vorgefallen. Seinen Vater hatte er in den Sommerferien des zweiten Oberschuljahres, bevor er von zu Hause ausriss, so heftig zusammengeschlagen, dass er ihm den Kiefer zerschmettert hatte, und der Gewaltakt, der ihn für immer verändern sollte, war ebenfalls im August geschehen, in einem Zimmer, in dem die ganze Zeit die Klimaanlage geächzt hatte.

Eingehüllt in die mit Abgasen und menschlichen Ausdünstungen angefüllte, drückende Schwüle der Großstadt, verwischte sich die Grenze zwischen Innen und Außen. Die verfaulte Stadtluft drang durch die Poren seiner Haut und beschmutzte ihn; im Gegenzug krochen ihm die aufgeblähten Emotionen aus dem Körper und schwappten auf die Straße. Der Tōkyōter Hochsommer nährte in ihm die Angst, genauso verdorben zu werden wie die gefräßige, liederliche Stadt. Deshalb hätte er sich am liebsten den ganzen Sommer vom Hals gehalten, bevor der sich mit all der von den Klimaanlagen auf die Straßen hinausgepusteten Hitze seiner bemächtigte.

Die Regenzeit war nun endgültig vorbei, der richtige Sommer hatte Einzug gehalten, und das war wohl auch der Grund für die merkwürdige Stimmung, die ihn überkommen hatte. Er musste die Hitze der Stadt so schnell wie möglich aus dieser Wohnung sperren.

Satake stand auf. Er ging in das Zimmer nebenan und öffnete das Fenster. Schnell zog er die Regenläden vor und verriegelte sie, bevor die nach Abgasen stinkende Hitze und der Straßenlärm eindringen konnten. Sofort wurde das hintere Zimmer dunkel. Erleichtert ließ Satake sich auf die vergilbten Tatami fallen.

In diesem Zimmer befanden sich ein Kleiderschrank und ein akkurat zusammengelegter Futon, dessen Ecken genau im rechten Winkel herausstanden, als hätte man ein Winkelmaß angelegt. Jemand, der über ihn Bescheid gewusst hätte, wäre vielleicht auf die Idee gekommen, Satake habe seine Wohnung wie eine Gefängniszelle eingerichtet. Aber im Gefängnis hätte es natürlich keinen Fernseher gegeben.

Während der Haft hatten ihn nicht allein die Erinnerungen an die ermordete Frau gequält. Er hatte auch unter der engen, rechteckigen Zelle gelitten. Deshalb mied er bis heute hermetisch abgeschlossene Räume in Betonbauten, sondern wohnte lieber in einem alten Holzhaus wie diesem. Außerdem war das der Grund, warum bei ihm ständig der Fernseher lief – wie ein offen stehendes Tor zur Außenwelt.

Er ging in das Zimmer mit dem Fernseher zurück und setzte sich wieder im Schneidersitz davor. Da es an den Fenstern dieses Raums keine Regenläden gab, war nicht zu vermeiden, dass durch die Ritzen der Jalousien ein wenig Licht einfiel. Satake schaltete den Ton des Fernsehers ab. Jetzt waren nur noch der Verkehrslärm des nahe gelegenen Yamate-Rings und das leise Surren der Klimaanlage zu hören.

Er zündete sich eine Zigarette an, verzog das Gesicht, als ihm der Rauch in die Augen stieg, und starrte abwesend auf den Bildschirm. Gerade hatte ein Boulevardmagazin angefangen. Der Moderator hielt ein Schaubild in der Hand und erläuterte es mit ernster Miene; offensichtlich war in der vergangenen Woche in einem Vorortpark eine zerstückelte Leiche gefunden worden. Satake, der sich keine Spur dafür interessierte, legte beide Arme um den Kopf, wie um dem Tumult der Außenwelt zu entfliehen, der unerbittlich näher rückte. Als habe es ihn dabei beobachtet, klingelte genau in diesem Moment sein Handy, das neben ihm auf dem Fußboden lag.

»Ja, hallo?« Mit zögerlicher, leiser Stimme bediente Satake das zweite Gerät, das ihn mit der Außenwelt verband. Einerseits wollte er an Tagen wie heute, die seine sorgsam versiegelte Vergangenheit in ihm wachriefen, nichts mit der Welt da draußen zu tun haben, andererseits hatte er sie bitter nötig, um sich ablenken zu können. Die innere Unruhe machte ihn rasend und verdarb ihm die Laune. Er hasste die Großstadt im Hochsommer und konnte doch nur in der Stadt leben.

»O-nii-chan, ich bin's.«

Anna. Satake schaute auf die Rolex an seinem Arm. Genau ein Uhr. Die tägliche Routine rief. Unschlüssig, ob es denn wirklich unbedingt nötig war, bei dieser Affenhitze das Haus zu verlassen, antwortete er: »Was ist? Musst du zum Friseur?«

»Ich dachte, wir könnten vielleicht schwimmen gehen, wo es doch heute so heiß ist…?«

»… schwimmen? Jetzt sofort?«

»Ja. Lass uns ins Freibad gehen, bitte!«

Erinnerungen an Wasser, das nach Chlor stank, an den Moschusduft von Sonnenöl und den frischen, trockenen Wind neben dem Becken wurden in ihm wach. Sie verkörperten zwar nicht die Art von Sommer, der er unbedingt entfliehen wollte, doch ausgerechnet heute hätte er lieber darauf verzichtet. Satake brauchte noch etwas Zeit, um sich an den Sommer zu gewöhnen.

»Ist es dafür nicht schon zu spät? Du kannst doch an deinem freien Tag hingehen.«

»Sonntags ist es doch immer so voll.«

»Das ist nicht zu ändern.«

»Och, lass uns doch gehen! Hast du denn gar keine Lust zu schwimmen? Anna möchte aber so furchtbar gerne!«

Schließlich fasste Satake sich ein Herz und sagte: »Na gut. Ich komme mit.« Nachdem er den Hörer aufgelegt hatte, zündete er sich noch eine Zigarette an. Dann starrte er mit vorgerecktem Kinn und verengten Augen auf die stummen Bilder im Fernseher.

Dort wurde gerade eine Frau mit starrem Gesichtsausdruck gezeigt, offenbar die Ehefrau des Opfers. Sie trug schlichte Kleidung, ein ausgewaschenes T-Shirt und Jeans, hatte ihr Haar hinten zu einem Knoten gebunden und war kaum geschminkt. Satake betrachtete ihr Gesicht genau, denn sie sah unerwartet gut aus, besaß wohlgestaltete Züge. Gewohnheitsmäßig schätzte er sie ab. Zweiunddreißig, dreiunddreißig ungefähr. Wenn man ihr etwas Make-up gab, würde sie noch hoch im Kurs stehen. Aber dafür, dass ihr Mann gerade umgebracht worden war, wirkt sie ziemlich gefasst, dachte er unwillkürlich. Albern, was geht mich das an! Am unteren Bildrand wurde mehrmals der Hinweis »Frau Yamamoto, die Ehefrau des Opfers« eingeblendet. Der Name Yamamoto sagte ihm nichts, und es interessierte ihn auch nicht besonders. Er hatte längst vergessen, dass er an jenem Abend vor ein paar Tagen einen Gast namens Yamamoto aus dem Kasino geworfen und verprügelt hatte.

Was ihn viel mehr bedrückte, war die stickige Luft an solch einem Hochsommernachmittag. Wenn er damals nur irgendeine Vorahnung gehabt hätte, dann wäre das nicht passiert! Wenn er diese Frau nicht getroffen hätte, wäre sein Leben anders verlaufen! Und heute, jetzt, hatte er eine Art Vorahnung, das spürte er deutlich an der merkwürdigen Stimmung, die ihn erfasst hatte.

Eine Viertelstunde später setzte Satake seine Sonnenbrille auf und eilte im Laufschritt auf den Parkturm zu, wo er per Monatsvertrag einen Plattformstellplatz für seinen Wagen gemietet hatte. Die Autos, die in der Ferne vorüberfuhren, wirkten in der flirrenden Hitze verzerrt wie eine Fata Morgana. Satakes kalte, an das dunkle Zimmer gewöhnte Haut litt unter den sengenden Sonnenstrahlen und der schwülen Straßenluft. Sofort brach ihm der Schweiß aus. Satake wischte sich mit dem Handrücken über die Stirn und wartete geduldig, bis sein Wagen mit dem Lift unten angekommen war. Er machte die Tür auf, ließ den Motor an und schaltete sofort die Klimaanlage ein. Das mit schwarzem Leder bezogene Lenkrad fühlte sich noch heiß an, als er längst schon losgefahren war.

An Annas Launen war er gewöhnt. Heute will ich einkaufen gehen, ich brauche etwas Neues zum Anziehen! Ich muss einen anderen Friseur haben! Such mir einen Tierarzt heraus! Für alles Mögliche ließ sie Satake springen. Er wusste, dass sie damit seine Zuneigung zu ihr auf die Probe stellen wollte, wie ein Kind! Ein gequältes Grinsen erschien auf Satakes Gesicht, während er am Steuer darüber nachdachte.

Als er auf die Klingel drückte, öffnete Anna sofort die Tür. Sie war bereits fix und fertig angezogen und schien auf ihn gewartet zu haben. Sie trug einen gelben Hut mit breiter Krempe und ein gleichfarbiges Sommerkleid. Während sie voller Ungeduld die Riemen ihrer schwarzen Lacksandalen zumachte, zog sie einen Schmollmund und sagte: »Du hättest ruhig früher hier sein können!«

»Das geht nicht anders, wenn du so plötzlich anrufst.« Satake zog die Tür weit auf. Der typische Geruch von Annas Wohnung, ein Gemisch aus Kosmetikduft und Hundegestank, schlug ihm entgegen. »Wohin willst du überhaupt?«

»Ins Freibad natürlich, das sag ich doch die ganze Zeit!«, rief Anna, während sie sich weit über das Geländer des Außenflurs lehnte und zum Himmel aufsah, wie um sich zu vergewissern, ob immer noch strahlender Sonnenschein herrschte. Sie war vor Freude so aufgedreht, dass man meinte, sie würde jeden Augenblick losrennen. Von Satakes gedrückter Stimmung schien sie nichts zu bemerken.

»Das meine ich ja – also, in welches Bad willst du, in das vom Keiō Plaza oder ins New Ōtani?«

»Die Hotelbäder sind doch viel zu teuer! Ich bin ja nicht verrückt!«

»Wohin denn dann?«, fragte Satake, während sie schon auf dem Weg waren. Die sparsame Anna duldete keine Verschwendung, obwohl er doch sowieso alles aus seiner Tasche bezahlte.

»Ins Bezirksbad natürlich! Das kostet vierhundert Yen für uns beide.«

Die Bezirksbäder waren zwar billig, aber überfüllt und laut. Da er sich schon damit abgefunden hatte, diese schreckliche Hitze ertragen zu müssen, konnte er es Anna auch recht machen. Also stieg er widerspruchslos in den Fahrstuhl.

Das Freibad war voller Grundschüler und junger Pärchen. Um das Schwimmbecken herum waren Liegeterrassen aus Beton angelegt worden, auf deren oberster Stufe es einige schattige Plätzchen mit Bänken unter Bäumen gab. Als er sich dort oben auf eine Bank gesetzt hatte, kam Anna in einem leuchtend roten Badeanzug aus dem Umkleideraum und winkte ihm zu:

»O-nii-chan!«

Satake betrachtete Annas prächtige Figur, während sie auf ihn zugelaufen kam. Abgesehen von der für diese Badeumgebung zu weißen Haut, waren ihre weiblichen Formen makellos: Brust und Po standen schön heraus, die Beine waren lang, die Oberschenkel üppig, aber straff – die Proportionen stimmten einfach.

»Kommst du nicht mit schwimmen?«, fragte Anna und atmete tief durch, als könne sie sich nicht satt riechen an dem Chlorgeruch des Wassers.

»Ich bleibe lieber hier und schau dir zu.«

»Och, warum denn?« Anna zog ihn am Arm. »Komm doch mit! Bitte!«

»Nein, ich möchte nicht. Nun geh schnell schwimmen, du hast nur ein, zwei Stunden Zeit, dann müssen wir schon zurück!«

»Was, nur so kurz?«

»Das war von Anfang an so abgemacht, du musst schließlich noch zum Friseur.«

Anna maulte noch ein wenig herum, fing sich aber bald wieder und lief ausgelassen davon. Auf dem Weg zum Becken hob sie einen Ball auf, der ihr vor die Füße rollte, und begann mit einer Gruppe kleiner Mädchen Strandball zu spielen. Wie hinreißend sie doch war! Satake lächelte. Eine reizende, unkomplizierte Frau wie sie verwöhnte er gerne, es tat ihm gut, einfach nur in ihrer Nähe zu sein. Sie besänftigte ihn, das war nicht zu bestreiten. Aber selbst Anna würde den Aufruhr nicht niederwerfen können, den seine Vergangenheit, heraufbeschworen durch die plötzliche Sommerhitze, in seinem Herzen ausgelöst hatte. Satake schloss die hinter der Sonnenbrille verborgenen Augen.

Als er sie nach einer Weile wieder öffnete, war von Anna nichts mehr zu sehen. Da entdeckte er in dem Gewühl aus lärmenden Kindern und spritzendem Wasser im Fünfzig-Meter-Becken einen weißen Arm, der ihm im großen Bogen zuwinkte. Sobald sie sicher war, dass Satake ihr zusah, schwamm Anna eine Bahn in unbeholfenem Kraulstil. Er hatte ihre linkischen Schwimmkünste eine Weile verfolgt, als er sah, wie ein junger Mann, der sich in der Nähe der Sprungbretter aufgehalten hatte, auf sie zuschwamm und sie ansprach. Satake schloss die Lider.

Anna kam zu seiner Bank zurück. Überall perlten ihr die Wassertropfen vom Körper. Sie drückte die nassen, schwarzen Haare am Hinterkopf aus und sah sich dabei um. Der junge Mann von vorhin schaute zu ihnen herüber. Er hatte die langen Haare zu einem Pferdeschwanz gebunden und trug einen Ohrring.

»Sieh mal, da beobachtet dich jemand.«

»Ja. Er hat mich eben schon angesprochen.«

»Was macht er denn?«

»Er sagt, er spielt in einer Band oder so«, antwortete Anna, als interessiere sie das nicht besonders, und wandte sich wieder Satake zu, um seine Reaktion abzuwarten. Satake beobachtete, wie die Wassertropfen von ihrer seidigen Haut an Armen und Beinen abperlten. Er saß da und nahm einfach nur Annas Jugend und Schönheit in sich auf.

»Geh doch mit ihm ein paar Runden schwimmen. Zeit hast du noch.«

»Wieso?« Anna schaute Satake entgeistert an.

»Er hat dir doch schöne Augen gemacht, oder?«

»Ärgert dich das denn überhaupt nicht, O-nii-chan?«

»Nein, wieso? Solange du zur Arbeit kommst.«

»Aha.« Es klang, als hätte Anna einen Riegel vor ihr kindlich offenes Herz geschoben. Sie ließ ihr Badetuch zu Boden fallen und lief auf den jungen Mann zu, der am Beckenrand saß und gelangweilt in den Himmel starrte. Er war sichtlich erfreut, als er Anna sah, und drehte sich zu Satake um, wie um sich zu vergewissern, ob das auch alles mit rechten Dingen zuging.

Auf der Rückfahrt sagte Anna kein Wort.

»He, Anna«, sprach Satake sie schließlich an, »ich bring dich gleich beim Friseur vorbei, ja?«

»Ja, aber abholen brauchst du mich nicht.«

»Wieso?«

»Ich nehme ein Taxi.«

»Gut, mach das nur, ich will mich sowieso zu Hause noch duschen, bevor ich im ›Mika‹ vorbeischaue. Wir sehen uns dann heute Abend.«

Er setzte Anna vor dem Friseurladen ab, den sie immer besuchte, und fuhr auf den Yamate-Ring auf. Die Sonne neigte sich schon Richtung Westen und schien ihm direkt in die Augen. Sofort stürmten jene Erinnerungen mit solcher Macht auf ihn ein, dass er selbst davor zurückschreckte. Noch einmal wurde die bis zur Unerträglichkeit aufgestaute Hitze jenes Zimmers lebendig in ihm, während er auf die Straßen von Shinjuku hinausstarrte, auf denen die Schatten allmählich länger wurden. Und wieder befiel ihn eine rasende, unkontrollierbare Nervosität.

Als er abends im »Mika« vorbeischaute, drehten sich alle Hostessen im selben Moment mit dem gleichen aufgesetzten Lächeln zu ihm um, da sie ihn wohl für einen Gast hielten. Dann erkannten sie ihn, und augenblicklich verwandelten sich ihre Mienen wieder in die üblichen gelangweilten Gesichter.

»Was ist los? Sauregurkenzeit?«, fragte Satake seinen Manager Chén, während er sich umsah und keinen einzigen Gast entdecken konnte.

»Sie werden schon noch kommen, es ist noch früh«, antwortete Chén, während er sich hastig die hochgekrempelten Ärmel seines weißen Hemds herabstreifte. Seine Fliege saß schief, und die schwarze Hose war völlig zerknittert.

Satake, der unordentliche Kleidung verabscheute, packte Chén unwirsch am Kragen. »He, pass gefälligst auf, wie du rumläufst!«

»Ja, soll nicht wieder vorkommen, entschuldigen Sie.«

Lì-huá, die »Mama-san«, kam aus der Küche auf ihren schlecht gelaunten Chef zugeeilt. Heute trug sie ein schwarzes Kleid und eine Perlenkette. Satake verzog angesichts dieser Trauerkleidung das Gesicht. Sie sah ja aus wie auf dem Weg zu einer Beerdigung!

»Ah, guten Abend, Satake-san! Es ist so heiß heute, da sind wir wohl alle etwas derangiert.«

»›Derangiert‹, was soll das denn heißen? Haben Sie auch die Stammkunden antelefoniert, Lì-san? Als ob es niemanden gäbe, der heute Abend eine Begleitung will! Unglaublich!« Satake ließ seine Blicke erneut durch den Club schweifen, und als ihm die Vasen ins Auge fielen, in denen die Blumen wieder einmal dahinwelkten, riss ihm endgültig der Geduldsfaden: »Die Blumen! Verdammt noch mal, wie oft muss ich das denn sagen!«

Satake, der seinen Mitarbeitern stets mit seiner Ruhe und Unnahbarkeit Respekt einflößte, war an diesem Abend kaum wiederzuerkennen. Bestürzt über die wutentbrannte Miene seines Chefs, hastete Chén auf die große Kristallvase zu, die ihm am nächsten stand. Die türkischen Prachtglocken darin ließen traurig die Köpfe mit den violetten Blüten hängen. Die Hostessen schauten schweigend von der Vase auf Satake und wieder zurück.

Lì-huá, in dem Bemühen, Satakes Laune zu besänftigen, sagte: »So, Kinder, ihr habt es gehört: Von jetzt an strengen wir uns alle an, verstanden!«

»Ja, bildet ihr euch denn ein, die Gäste kämen vom Rumsitzen und Däumchen Drehen?! Ungeheuerlich, diese Hochnäsigkeit! Bewegt eure Hintern gefälligst raus auf die Straße und lockt die Leute herein!«

»Das werden wir!«, antwortete Lì-huá mit höflichem Lächeln, aber sie sah nicht so aus, als würde sie sich bei dieser Hitze allzu bald in Bewegung setzen. Während er sich bemühte, seine Wut zu unterdrücken, sah sich Satake noch einmal im Club um. Irgend etwas fehlte. Da fiel ihm auf, dass Anna nicht da war.

»He, wo ist denn Anna?«

»Ach, ja, Anna-chan. Nun, sie kommt heute nicht.«

»Und wieso nicht?«

»Sie hat eben angerufen und gesagt, dass ihr von der vielen Sonne im Freibad schlecht geworden ist.«

»So was! Na, da kann man nichts machen. Ich fahr gleich mal hin und schau nach, wie es ihr geht.«

»Ja, tun Sie das«, antwortete Lì-huá erleichtert, und damit löste sich auch die Spannung im Raum. Satake verbiss sich den Ärger und verließ das »Mika«.

Sofort hüllte ihn die schwüle Nacht von Kabuki-chō ein. Die Sonne war lange untergegangen, aber Temperatur und Luftfeuchtigkeit waren kaum gesunken, so dass das gesamte Viertel in einer riesigen Sauna zu stecken schien – wie ein verdreckter alter Mann, in dessen Körper sich die Hitze staute, weil seine Poren sich nicht öffneten und er nicht schwitzen konnte. Satake seufzte tief und stieg viel langsamer als sonst die Außentreppe hoch. Im Club ließ die Disziplin nach; er musste etwas dagegen unternehmen.

Kunimatsu bemerkte ihn sofort, als er die Tür zum »Parco« aufdrückte, und kam auf ihn zugelaufen. Satake grüßte ihn mit gedämpfter Stimme und sah mit Erleichterung an den Spieltischen einige Firmenangestellte sitzen.

»Guten Abend, Satake-san. Sie sind früh heute«, sagte Kunimatsu und schaute dann erschrocken an ihm herab. Satake folgte seinem Blick und bemerkte die Schweißflecken, die sich auf seinem silbergrauen Jackett gebildet hatten. Er zog es aus. Das schwarze Seidenhemd darunter war vollkommen durchnässt und klebte an seiner muskulösen Brust.

»Ist es denn so heiß hier drinnen?«, erkundigte sich Kunimatsu besorgt, als er das Jackett entgegennahm.

»Nein, überhaupt nicht, es ist angenehm so.«

Schwer atmend holte Satake seine Zigaretten heraus. Ein junger Croupier, der auf seinen Einsatz wartete und sich die Zeit mit Training am regulären Bakkarat-Tisch vertrieb, verzog ein wenig das Gesicht, als er Satakes verschwitztes Hemd sah. Satake gefiel sein Blick nicht.

»Wie heißt der Neue da drüben?«

»Yanagi.«

»Er soll gefälligst darauf achten, wie er die Gäste anschaut; wir sind schließlich ein Service-Unternehmen, sagen Sie ihm das!«

»Ja.«

Angesichts von Satakes ungewöhnlich schlechter Laune zog Kunimatsu sich zurück. Satake rauchte im Stehen seine Zigarette zu Ende. Sofort kam eines der Mädchen im Bunny-Kostüm und wechselte den Aschenbecher aus. Satake zündete sich eine weitere Zigarette an und aschte in den frischen Aschenbecher. Aus sicherer Entfernung registrierten seine Mitarbeiter ängstlich alle seine Bewegungen und behielten ihn besser im Auge als jeden der Gäste. Er kam sich irgendwie fehl am Platz vor, obwohl ihm der Laden doch gehörte. Dieses Gefühl beschlich ihn zum ersten Mal.

Kunimatsu kam auf ihn zu: »Hätten Sie vielleicht kurz Zeit, Satake-san?«

»Was denn?«

»Könnten Sie einen Moment mit ins Büro kommen?«

Satake folgte dem hoch gewachsenen, mit einem Smoking bekleideten Kunimatsu in das kleine Hinterzimmer, wo ein Schreibtisch und ein Tresor standen und das vorläufig als Büro des Managers diente.

»Das hier hat ein Gast bei uns liegen gelassen. Was sollen wir damit machen?« Kunimatsu nahm ein graues Jackett, das zu einem einfachen Straßenanzug gehörte, aus dem Wandschrank. Auf einem Bügel dahinter hing Satakes eigenes, silbergraues Jackett, das er eben erst ausgezogen hatte.

»Wem kann das gehören?« Satake nahm die Jacke in die Hand. Sommerwolle, aber billiges Zeug, das erkannte man auf den ersten Blick. »Hat denn niemand danach gefragt?«

»Das ist es ja. Sehen Sie, hier.« Kunimatsu deutete auf den Namen, der mit gelbem Faden maschinell auf die Innentasche gestickt war: »Yamamoto«.

»Yamamoto?«

»Erinnern Sie sich denn nicht? Das ist doch der Kerl, den Sie Anfang letzter Woche vor die Tür gesetzt haben.«

»Ach ja, der.« Jetzt fiel es Satake wieder ein: der Mann, der Anna nachgestellt und den er deswegen hinausgeprügelt hatte.

»Er kommt es einfach nicht abholen – was sollen wir jetzt damit machen?«

»Schmeißen Sie es weg.«

»Wirklich? Ob er sich dann nachher nicht beschwert?«

»Der wird sich nicht wieder blicken lassen, und falls doch, sagen Sie einfach, hier hätte man nichts gefunden.«

»Gut, wenn Sie meinen.« Kunimatsu legte den Kopf ein wenig schief, als wäre er nicht ganz einverstanden damit, sagte aber nichts weiter. Dann sprachen sie nur noch kurz über den Umsatz, und Satake verließ das enge Büro wieder. Kunimatsu folgte ihm, wie um seine Laune zu beschwichtigen. Inzwischen waren zwei junge, auffällig gekleidete Frauen aus dem Rotlichtmilieu im »Parco« aufgetaucht. Beim Anblick der künstlichen, offenbar im Sonnenstudio erworbenen Bräune ihrer Haut musste Satake wieder an Anna denken.

»Ich komme gleich wieder, ich schau nur schnell nach Anna.«

Kunimatsu sagte nichts, sondern nickte ihm nur kurz zu, aber Satake war nicht entgangen, wie ein Ausdruck der Erleichterung über sein Gesicht huschte. In solchen Augenblicken beschlich ihn das Gefühl, als wüssten Lì-huá, Chén, die Hostessen aus dem Club und die Mitarbeiter im »Parco« doch über seine Vergangenheit Bescheid und fürchteten sich insgeheim vor ihm.

Als wüssten sie alle Bescheid über den schwarzen Dämon in ihm, den er all die Jahre verzweifelt unter Kontrolle und mit größter Sorgfalt unter Verschluss gehalten hatte. Er war sicher, es würde jeden in Angst und Schrecken versetzen, der die groben Umrisse davon erführe. Aber nur er selbst und die Frau kannten die Wahrheit über das, was damals passiert war. Niemand sonst würde verstehen können, wonach sich Satake wirklich sehnte. Im Alter von sechsundzwanzig Jahren hatte er das erkennen müssen, und deshalb nahm er die Einsamkeit in Kauf.

Annas Wohnung wirkte irgendwie seltsam, anders als sonst. Er drückte auf den Klingelknopf, aber sie machte nicht auf. Als er gerade sein Handy aus der Tasche nehmen wollte, um sie von vor der Tür aus anzurufen, hörte er endlich ihre Stimme aus der Gegensprechanlage.

»… wer ist da bitte?«

»Ich bin's.«

»… O-nii-chan?«

»Ja. Ist alles in Ordnung mit dir? Mach doch mal auf.«

»Gut.«

Satake hörte, wie sie die Kette löste. Das fand er merkwürdig. Normalerweise legte Anna nie die Kette vor.

»Tut mir Leid, dass ich nicht zur Arbeit kommen kann.«

Anna erschien in der Tür. Sie trug eine kurze Hose und ein T-Shirt, ihr Gesicht war blass. Satake blickte auf den Boden vor der Stufe zum Wohnbereich. Dort stand ein Paar modische Turnschuhe.

»Der Kerl von heute Nachmittag?«

Annas Gesichtsfarbe wurde noch blasser, als sie Satakes Blick folgte. Aber sie machte keinerlei Anstalten zu antworten.

»Ich habe nichts dagegen, dass du dich mit Männern vergnügst. Solange du regelmäßig zur Arbeit kommst. Und solange nichts Dauerhaftes daraus wird.«

Anna trat einen Schritt zurück, als habe er ihr mit seinen Worten einen Schlag versetzt, und sah zu ihm auf: »Du findest also gar nichts dabei, O-nii-chan?«

»Nein.«

Als er sah, wie sich Annas Augen mit Tränen füllten, wusste er, dass Schwierigkeiten auf ihn zukommen würden. Er fand sie reizend und mochte sie, auch außerhalb der Arbeit, aber nur als niedliches Objekt, das er verwöhnen konnte – aus einer Art Besitzerstolz heraus. Die Beziehung zu ihr war wie die Haut, die ihn umgab: rein oberflächlich.

»Schwänz nur nicht wieder hinter meinem Rücken die Arbeit, hörst du?« Besorgt, dass sie wegen dieser ganzen Sache nun vielleicht bei ihm aufhören und zu einem anderen Club wechseln wollte, schloss Satake möglichst behutsam ihre Wohnungstür.

Auf der Rückfahrt dachte er darüber nach, warum heute bloß alles irgendwie schief laufen musste, und wurde nervös. Er spürte die Gefahr; das Siegel drohte Risse zu bekommen. Satake drückte das Tor zu seiner Seele fest zu und schloss sorgfältig ab.

Ohne noch einmal im »Mika« vorbeizuschauen, kehrte Satake gleich ins »Parco« zurück. Kunimatsu machte ihm die Tür auf und fragte: »Was ist mit Anna? Bleibt sie heute zu Hause?«

»Ja, aber es ist nichts Schlimmes, morgen wird sie wieder zur Arbeit kommen.«

»Dann ist ja alles in Ordnung. Übrigens, unten scheint der Laden plötzlich zu laufen. Es ist ziemlich viel Betrieb.«

Beruhigt, das zu hören, zählte Satake noch einmal die Gäste im »Parco«. Fünfzehn Leute insgesamt, etwa zur Hälfte Angestellte und zur anderen Hälfte Männer und Frauen, denen man deutlich ansah, dass sie dem Rotlichtmilieu angehörten. Die Mehrheit waren Stammkunden. Das Kasino war also auch einigermaßen gut besucht. Befriedigt widmete sich Satake in Gedanken wieder dem Problem, wie er Anna in Zukunft bei Laune halten konnte. Er musste verhindern, dass sie auf die Idee kam, wegen dieser Sache zur Konkurrenz überzuwechseln.

Als Satake gerade seine Gelassenheit wiedergewonnen hatte und in aller Ruhe darüber nachdachte, wie er die Situation mit Anna am besten retten konnte, geschah es: Die Tür ging auf, und neue Gäste traten ein. Zwei Männer mittleren Alters in gemusterten, kurzärmeligen Hemden. Beide kamen ihm vom Gesicht her irgendwie bekannt vor, als hätte er sie schon ein paar Mal gesehen und wüsste nur nicht, wo er sie unterbringen sollte. Angestellte? Selbstständige vielleicht? Die Schärfe ihrer Blicke verriet ihm, dass es sich nicht um gewöhnliche Gäste handelte. Satake, der normalerweise jeden Gast sofort einschätzen konnte, versagte in diesem Fall das Gespür. Er vermochte es nicht, die beiden einer bestimmten Kategorie von Gästen zuzuordnen.

»Guten Abend! Treten Sie ein!«, empfing Kunimatsu sie höflich und führte sie zu den hinteren Spieltischen. Auf Bitte des einen Mannes hin erklärte er ihnen dann das Spiel und die Regeln. Als er damit fertig war, holte der von den beiden Männern, der bis dahin nur schweigend zugesehen hatte, ein schwarzes Lederetui aus der Brusttasche, klappte es vor Kunimatsu auf und sagte mit ruhiger Stimme:

»Dezernat für öffentliche Sicherheit, Polizeipräsidium Tōkyō, mein Kollege ist vom Polizeirevier Shinjuku. Wer ist der Betreiber dieses Clubs? Ich bitte Sie alle, Ruhe zu bewahren und auf Ihren Plätzen zu bleiben!«

Die Atmosphäre im Kasino gefror, es wurde mucksmäuschenstill, niemand bewegte sich.

Verdammt, eine Razzia! War es das, fragte sich Satake, was er seit heute Morgen im Gefühl gehabt hatte wie eine böse Vorahnung? Schlagartig wusste er auch, warum ihm die Gesichter der beiden so bekannt vorgekommen waren: Bullenvisagen! Satake nahm ein Bakkarat-Chip in die Hand, um nicht dem Impuls nachzugeben, in lautes Lachen auszubrechen.

2 Satake traute seinen Ohren nicht, als sich der Kriminalbeamte, der neu ins Verhörzimmer gekommen war, vorstellte.

»Kinugasa, Dezernat Eins, Präsidium.«

»Worum geht es hier eigentlich?«

»Das fragst du noch?« Kinugasa lachte. Ein widerlicher Kerl mit bulligem Körperbau und einem Blick, dem nichts zu entgehen schien – ein Kripobeamter wie aus dem Bilderbuch. »Ich möchte dir nur ein paar Fragen zu einem anderen Fall stellen, der mit deinem in Zusammenhang stehen könnte.«

»Und dieser andere Fall wäre?«

Was ging hier eigentlich vor? Satake hatte geglaubt, er würde nur des widerrechtlichen Betreibens eines Spielsalons beschuldigt, aber man hielt ihn nun schon zwei Wochen in Untersuchungshaft fest, und jetzt tauchte plötzlich jemand vom Dezernat Eins auf, noch dazu einer vom Präsidium. Doch auch wenn ihn diese Tatsache sicherlich beunruhigte, nahm er zu diesem Zeitpunkt alles noch eher auf die leichte Schulter. »Verraten Sie mir doch bitte, was ich mit dem Dezernat Eins zu tun haben soll!«

»Es geht um einen Mordfall mit zerstückelter Leiche.«

Kinugasa rieb ein Hundert-Yen-Feuerzeug an der Brust seines schwarzen Polohemds, auf dessen verwaschenem Pikeejersey-Stoff sich weißliche Noppen gebildet hatten. Dann zündete er sich mit dem Feuerzeug eine *Hi-lite* an und inhalierte genüsslich, während er beobachtete, wie Satake reagierte.

»Zerstückelt, sagen Sie?«

»Guck an, da wird er ganz bleich!«

Satake trug ein blaues Hemd, das Lì-huá für ihn abgegeben hatte. Er mochte die Farbe nicht, doch sein schwarzes Seidenhemd war völlig verschwitzt, deshalb war er froh, dass er überhaupt etwas zum Wechseln bekommen hatte. Allerdings war das blaue Hemd nicht eben vorteilhaft für seinen Teint, es machte ihn blass. Satake lachte. »Nein, gar nicht, Sie irren sich.«

»Was soll denn das heißen? Jetzt fängt er auch noch zu lachen an! Die Sorte hab ich besonders gern, lacht und redet sich aus allem heraus!« Kinugasa tat empört und wandte sich mit einem Achselzucken dem neben ihm sitzenden Beamten vom Shinjuku-Revier zu. Der grinste nur gequält, weil ihm das Heft aus der Hand genommen worden war.

»Du bist wohl so sehr an den Knast gewöhnt, dass dich gar nichts mehr aus der Ruhe bringt, was?«

»Nun mal langsam, schön der Reihe nach. Sagen Sie mir endlich, worum es geht!« Satake wurde nervös. Das Ganze war ihm nicht mehr geheuer, ihn befiel eine diffuse Angst. Da hatte er sich die ganze Zeit eingebildet, die Aktion ziele auf sein gut gehendes Spielkasino – nach dem Motto: Nägel, die herausstehen, werden eingeschlagen –, aber es ging gar nicht darum, ihm das Geschäft kaputtzumachen. Entsetzt wurde ihm erst jetzt klar, dass die Razzia vom Dezernat Eins angezettelt worden war. Aufgrund irgendeines abstrusen Missverständnisses hatte man ihm Fallstricke gelegt und war nun drauf und dran, ihn zu Boden gehen zu lassen. Es würde kein Leichtes sein, sich wieder aufzurichten, wenn seine Füße erst im Treibsand steckten, das wusste er nur zu gut.

»Gut, Satake, wenn man dich unbedingt mit der Nase draufstoßen muss: Es geht um einen Gast, der in deinen Etablissements verkehrte, sein Name ist Kenji Yamamoto. Er ist das Mordopfer. Na, erinnerst du dich jetzt?«

»Ich kenne keinen Kenji Yamamoto.«

Satake drehte den Kopf zur Seite. Vom Fenster des Verhörraums im Polizeirevier Shinjuku aus konnte man die Wolkenkratzer auf der Westseite des Bahnhofs und dazwischen Streifen blauen Himmels sehen. Das weiße Sonnenlicht blendete. Satake schloss die Augen. Gleich hier um die Ecke war seine Wohnung. Was hätte er darum gegeben, in das Dämmerlicht seiner vier Wände abtauchen zu können!

»Und was ist hiermit? Hilft dir das vielleicht auf die Sprünge?« Kinugasa zog ein graues Herrenjackett aus der zerknitterten Kaufhaustüte in seiner Hand. Satake entfuhr ein Ausruf des Erstaunens, als er es sah, denn es handelte sich um das Kleidungsstück, das ihm Kunimatsu in der Nacht der Razzia gezeigt hatte. Und Satake hatte ihn angewiesen, es wegzuwerfen.

»Ja, das kenne ich. Ein Gast hat es bei uns liegen lassen...« Satake schluckte. Sicher, Yamamoto! Dieser Idiot hatte sich also ermorden lassen! Da fiel ihm wieder ein, dass er den Namen Yamamoto in der Zeitung und im Fernsehen gesehen hatte – im Zusammenhang mit dem Fund einer zerstückelten Leiche. Das war schlecht, sehr schlecht sogar.

Die beiden Kripobeamten beobachteten ihn mit spöttischen, schadenfrohen Augen. »Na, Satake, willst du uns nicht verraten, was mit deinem Gast passiert ist?«

»Das weiß ich nicht.« Satake schüttelte den Kopf.

»Das weißt du nicht? Wirklich nicht?«, sagte Kinugasa in weibischem Tonfall und grinste.

Was für ein Widerling! Satake schoss das Blut in den Kopf, sein

Hirn war wie gelähmt. Aber er beherrschte sich. Seit seiner Entlassung hatte er schließlich kein einziges Mal die Selbstkontrolle verloren. »Ich weiß es wirklich nicht.«

Kinugasa schlug das Notizbuch auf, das er aus seiner ausgebeulten Gesäßtasche gezogen hatte, und sah es in aller Ruhe durch. »Mehrere Zeugen haben übereinstimmend ausgesagt, dass du dich am Dienstag, dem zwanzigsten Juli, zirka zehn Uhr abends vor dem Eingang zum ›Amusement Parco‹ mit dem Opfer geprügelt hast. Du hast ihn geschlagen und die Treppe hinuntergetreten, nicht wahr?«

»Das … das könnte so gewesen sein.«

»Das könnte so gewesen sein? So so. Und was ist danach passiert?«

»Das weiß ich nicht.«

»Ach, erzähl mir doch keine Märchen! Danach fehlt von dem Opfer jede Spur. Was hast du mit ihm gemacht? Wo bist du gewesen, und was hast du in dieser Nacht getan?«

Satake durchforstete sein Gedächtnis. Er erinnerte sich einfach nicht mehr an jene Nacht. Ihm war, als wäre er nach Hause gegangen, aber genauso gut könnte er auch im Kasino geblieben sein. Er entschied sich für die günstigere Variante.

»Ich hatte noch geschäftlich im ›Parco‹ zu tun.«

»Du lügst! Deine Angestellten bezeugen einstimmig, dass du danach sofort gegangen bist.«

»Aha. Tja, dann wird das wohl stimmen. Ich bin nach Hause gegangen und habe geschlafen.«

Kinugasa verschränkte unwirsch die Arme vor der Brust. »Ja, was denn nun?«

»Ich bin nach Hause gegangen und habe geschlafen.«

»Gewöhnlich bleibst du aber immer bis zum Schluss. Wieso bist du ausgerechnet an diesem Abend so früh nach Hause gegangen? Ist das nicht merkwürdig?«

»An dem Abend war ich müde, also bin ich früher nach Hause gegangen und habe mich sofort hingelegt.«

Das stimmte, er erinnerte sich jetzt. Er war danach sofort in seine Wohnung zurückgekehrt, ohne sich noch einmal in einem seiner Läden oder sonst wo blicken zu lassen. Dann war er vor dem Fernseher eingeschlafen. Wäre er nur im »Parco« geblieben! Aber die Reue half ihm nun auch nichts mehr.

»Allein?«

»Natürlich!«

»Wieso warst du müde?«

»Ich hab den ganzen Morgen Pachinko gespielt, dann musste ich eine der Hostessen herumfahren und hatte einiges mit meinem Manager Kunimatsu zu besprechen. Ich hatte viel zu tun an dem Tag und war abends rechtschaffen müde.«

»Was hast du mit Kunimatsu besprochen? Na? Du hast doch mit ihm darüber geredet, wie ihr das Opfer erledigen könnt, oder etwa nicht? Das hat Kunimatsu jedenfalls ausgesagt.«

»Nein, das stimmt nicht! Wieso sollte ich so etwas Verrücktes tun? Ich betreibe bloß einen Nachtclub und ein Kasino!«

»Willst du mich verarschen, oder was?«, drohte ihm Kinugasa plötzlich mit schriller Stimme. »Du elender Hund, du! Du hast doch schon mal so was gemacht, meinst du, ich wüsste das nicht? ›Ich betreibe bloß einen Nachtclub und ein Kasino‹ – das wagst du mir zu erzählen, bei deiner Vorgeschichte?! Du hast eine Frau zu Tode gequält, oder stimmt das etwa nicht? Wie oft hast du zugestochen? Zwanzig Mal, dreißig Mal? Du hast ihr das Messer in den Bauch gerammt, während dein Schwanz in ihr steckte! Wie hat sich das angefühlt, Satake – gut, ja? Hat dir das Spaß gemacht? Wie eine verdammte Bestie hast du sie zugerichtet! Ich hab mir deine Akte geben lassen und sie genau durchgelesen. Der kalte Schweiß ist mir ausgebrochen dabei! Es will mir einfach nicht in den Kopf, dass eine Bestie wie du nach sieben Jahren schon wieder rauskommen konnte! Ich begreif es nicht, erklär's mir!«

Satake spürte, wie ihm fettiger Schweiß aus allen Poren trat. Der Deckel zu seinem Höllenkessel! Das Siegel, mit dem er die Vergangenheit so sorgsam verschlossen hatte, war mir nichts, dir nichts aufgebrochen worden, einfach so. Das Gesicht der Frau im Todeskampf schwebte ihm wieder vor Augen. Der schwarze Dämon in ihm war zum Leben erwacht, er drängte ans Licht, und das Phantom der Frau schien ihm mit eiskalten Händen den Rücken heraufzukriechen.

»Na, Satake, was ist? Du schwitzt ja wie ein Schwein!«

»Nein, es ist nur ...«

»Komm schon, spuck's aus, danach geht's dir besser!«

»Was für ein Unsinn! Ich bereue, was geschehen ist! Ich werde nie wieder einen Mord begehen!«

»Das sagen sie alle. Aber Lustmörder werden rückfällig, darauf kann man sich verlassen.«

Lustmörder. Das Wort schockierte Satake, und er begegnete Kinugasas Blick: Die kleinen Augen des Kriminalbeamten triumphierten. Das ist nicht wahr!, wollte er brüllen. Lust hatte er verspürt, weil er am Tod der Frau hatte teilhaben dürfen. In dem Augenblick hatte er sie sogar von ganzem Herzen geliebt! Deshalb war sie die Frau seines Lebens geworden, deshalb fesselte sie ihn bis heute. Es war nicht die Lust am Töten gewesen, das stimmte einfach nicht. Und mit dem simplen Wort »Lust« konnte man das, was geschehen war, schon gar nicht beschreiben.

Aber Satake blickte zu Boden und sagte nur leise: »... Das ist nicht wahr.«

»Gut, wie du willst, bleib nur dabei, aber ich kann genauso zäh sein wie du, verlass dich drauf! Ich werde schon genug Beweise gegen dich finden. Ich werde dafür sorgen, dass du unter der Last der Indizien zusammenbrichst und nicht mal mehr piep sagen kannst!« Kinugasa klopfte Satake auf die muskulöse Schulter, als tätschele er ein Tier. Satake duckte und wand sich, um der dicken, schwieligen Pranke zu entgehen.

»Es stimmt nicht, glauben Sie mir! Ich habe ihm bloß gesagt, er soll sich in meinen Läden nicht mehr blicken lassen. Der Kerl hatte sich in meine beste Hostess verknallt und ist ihr nachgestiegen, da habe ich ihm zu verstehen gegeben, dass er das lassen soll, das war alles, ich habe ihn nur gewarnt, mehr nicht. Was danach mit ihm passiert ist, habe ich eben erst von Ihnen erfahren!«

»Ach, warnen nennst du das also, ja? Kann es sein, dass du den Begriff etwas weit fasst?«

»Was meinen Sie damit?«

»Na, denk mal scharf nach! So übel, wie du ihn zugerichtet hast!«

»Ach, reden Sie doch kein wirres Zeug!«

»Wirres Zeug, ja? Du findest doch überhaupt nichts dabei, eine Frau umzubringen, von Zuhälterei zu leben, deine Kunden zu Tode zu prügeln und in Einzelteilen verschwinden zu lassen! Bei dir ist längst alles zu spät, Satake, du benimmst dich ja, als gäbe es gar keine Polizei – also spiel uns hier nicht das Unschuldslamm vor!«

Als Satake schwieg, zündete Kinugasa sich noch eine *Hi-lite* an. Zusammen mit dem Rauch stieß er hervor: »Wen hast du damit beauftragt, ihn zu zerstückeln, Satake?«

»Wie bitte?«

»In deiner Bar arbeiten doch Chinesen. Wie viel muss man der chinesischen Mafia denn zahlen, damit sie so was für einen erledigt? Geht das nach Tagespreis? So wie im Sushi-Laden? Na, wie hoch ist denn der Tarif im Moment?«

»Sind Sie verrückt? An so was hab ich mein Leben noch nicht gedacht!«

»In den Illustrierten steht, es kostet so um die Hunderttausend, einen auseinander nehmen zu lassen. Dann dürfte das für dich ja kein Problem sein, das zahlst du doch locker aus der Portokasse! Ach was, die würde wahrscheinlich für zehn Leichen reichen, was?«

Satake musste lachen. Er war die logischen Sprünge langsam leid. »So viel Geld besitze ich überhaupt nicht.«

»Ach nein? Fährst du etwa keinen Benz?«

»Das ist bloß Imagepflege. Aber für solch verrückte Sachen, von denen Sie reden, würde ich nie im Leben so viel Geld verschwenden!«

»Ach was, nach dem Mord hättest du jede Summe gezahlt, um nicht wieder in den Knast zu wandern! Diesmal könnte dich die Todesstrafe erwarten, das weißt du ganz genau«, sagte Kinugasa mit ernstem Gesicht.

Satake begriff, dass er keine Chance hatte. Sie hatten ihn längst zu Boden gezwungen. Sie waren tatsächlich davon überzeugt, dass er Yamamoto ermordet und irgendjemanden damit beauftragt hatte, die Leiche zu beseitigen. Wie sollte er da jemals wieder herauskommen? Selbst mit verdammt viel Glück würde es schwierig werden. In seinem Kopf tauchte die enge, viereckige Gefängniszelle auf. Die Vorstellung war so schrecklich für ihn, dass ihm wieder der klebrige Schweiß ausbrach.

In dem Moment wandte sich der andere Kriminalbeamte, der bisher nur still zugeschaut und das Verhör ganz Kinugasa überlassen hatte, ihm zu und sagte: »Haben Sie überhaupt schon einmal an Yamamotos Frau gedacht, Satake? Sie arbeitet in einer Lunchpaket-Fabrik und muss ihre beiden kleinen Kinder jetzt mit dem bisschen Lohn von der Nachtschicht großziehen! Tut sie Ihnen denn gar nicht Leid?«

»Seine Frau?« Satake fielen die Bilder von der Ehefrau des Mordopfers wieder ein, die er zufällig in dieser Sondersendung gesehen hatte. Für einen Langweiler wie Yamamoto war sie unerhört hübsch gewesen.

»Ja. Ihre beiden Jungen sind noch klein. Sie verstehen das vielleicht nicht, Sie haben ja keine Kinder, aber sie wird es jetzt verdammt schwer haben!«

»Das geht mich nichts an, dafür kann ich nichts.«

Satakes Ton reizte den Kripobeamten zum Widerspruch: »Das geht Sie also nichts an. Wirklich nicht?«

»Nein.«

»Wie Sie das so einfach behaupten können!«

»Aber wenn ich es doch sage: Es geht mich nichts an, weil ich nichts damit zu tun habe, wirklich nicht! Ich habe keine Ahnung!«

Kinugasa beobachtete sie beide bei ihrem stockenden Wortwechsel, wobei er sich immer wieder mit der Zunge über die Unterlippe fuhr. Satake fühlte sich belästigt; er sah ihn grimmig an, um seinen Blick abzuschütteln. In Satakes Kopf hatte sich ein Gedanke festgesetzt: Die Idee, dass diese Ehefrau der wahre Täter sein könnte. Gesetzt den Fall, ihr Ehemann wäre plötzlich verschwunden und dann zerstückelt aufgefunden worden – würde eine Ehefrau dann so gelassen aussehen wie diese Frau Yamamoto? Satake versuchte sich verzweifelt an den merkwürdigen Missklang zu erinnern, den er bei ihrem Anblick verspürt hatte. Als würde man beim Muschelessen plötzlich auf Sand beißen. Dieser Frau stand etwas im Gesicht geschrieben, das nur jemand lesen konnte, der eine ähnliche Erfahrung gemacht hatte. Eine Art Stolz, etwas vollbracht zu haben, am Ziel seiner Wünsche zu sein.

Außerdem war Yamamoto verrückt nach Anna gewesen und hatte seine täglichen Besuche im »Mika« aus eigener Tasche bezahlt. Nach dem Erscheinungsbild der Frau zu urteilen, hatten sie nicht gerade in üppigen Verhältnissen gelebt. Da wäre es nicht verwunderlich, wenn sie ihren Mann gehasst hätte – man hätte es ihr nicht einmal verdenken können...

»Na, Satake, was geht uns denn durch den Kopf?«, fragte Kinugasa spöttisch, und Satake ließ sich provozieren. Noch ehe er nachdenken konnte, verriet er seine Gedanken: »Was ist eigentlich mit dieser Ehefrau, hat sie eine weiße Weste?«

Wütend fuhr Kinugasa ihn an: »Das lass nur unsere Sorge sein, Satake, darüber brauchst du dir deinen Kopf nicht zu zerbrechen! Die Frau des Opfers hat erstens ein Alibi und zweitens niemanden, der ihr hätte Beihilfe leisten können. Kümmere dich lieber um dich selbst: Du bist unser Mann!«

Dieser Äußerung musste Satake entnehmen, dass Kinugasa die Ehefrau bereits aus dem Kreis der Verdächtigen ausgeschlossen hatte und in diese Richtung keine weiteren Ermittlungen mehr anstellen würde. Für Kinugasa schien Satake schon als Täter festzustehen, er hatte sich ganz auf ihn versteift. Eine völlige Fehleinschätzung, aber das machte seine Lage keineswegs besser. Vor lauter ohnmächtiger Wut biss Satake die Zähne zusammen.

»Entschuldigen Sie meine unbedachte Äußerung. Aber ich habe wirklich nichts mit der Sache zu tun, glauben Sie mir. Ich schwöre!«

»Ja, ja, quatsch du nur dumm rum!«

»Ach, selber Quatschkopf!«, zischte Satake in Richtung Fußboden. Doch Kinugasa hatte offenbar zu gute Ohren, denn plötzlich stieß er ihm seinen massigen Ellbogen in die Schläfe und brüllte: »Verarsch mich nicht, Satake, hörst du!«

Aber Satake nahm die Polizisten durchaus ernst. Sie waren zu allem fähig, wenn sie sich einmal in den Kopf gesetzt hatten, einem die Schuld in die Schuhe zu schieben. Und er passte ihnen als Täter wunderbar ins Bild. Schauer der Angst durchliefen ihn. Gleichzeitig kochte er vor Wut: Wenn er es irgendwie schaffen sollte, hier herauszukommen, würde er nicht eher ruhen, bis er sich mit eigenen Händen an dem wahren Täter gerächt hätte. Und vorläufig hatte er Yamamotos Ehefrau im Visier.

Diese Sache würde wahrscheinlich das Aus für das »Mika« und das »Parco« bedeuten, ahnte Satake, der sich längst keine Illusionen mehr darüber machte, wie es in der Welt zuging. Der Gedanke bedrückte ihn zutiefst, er hing an den beiden Läden. Die ganzen zehn Jahre seit seiner Entlassung hatte er in ihren Aufbau gesteckt, und jetzt, da sie gerade so gut liefen, wurde er in diesen verfluchten Fall verwickelt. Der »Sommer« hatte ihn wieder einmal in die Knie gezwungen. Satake haderte mit dem Schicksal und beklagte seufzend sein Pech.

Plötzlich wurde es düster im Zimmer, und er sah auf. Dunkle Wolken waren aufgezogen, und ein heftiger Wind fuhr durch die grünen Blätter der großen Keyaki-Ulme draußen vor dem Fenster. Es sah nach Gewitter aus.

In dieser Nacht im Untersuchungsgefängnis träumte Satake von der Frau, die er umgebracht hatte.

Die Frau lag mit schmerzverzerrtem Gesicht vor ihm und wimmerte: Hol den Arzt, hörst du, hol den Arzt… Satake bohrte seine Finger in die klaffende Wunde in ihrem Bauch, die er ihr beigebracht hatte. Die Finger verschwanden bis zur Wurzel darin. Aber die Frau schien nichts davon zu bemerken; sie machte nur immer wieder den Mund auf und zu, als würde sie nach Luft schnappen, und flüsterte: Hol den Arzt… Satakes Finger waren bis zum Handgelenk mit frischem Blut verschmiert. Er streifte es an den Wangen der Frau ab. So, die Wangen rot gefärbt mit ihrem eigenen Blut, war die Frau so unvorstellbar schön, als wäre sie nicht von dieser Welt.

»Hilf mir, hörst du… hol den Arzt, ja?«

»Vergiss es, halt's Maul!«

Als sie das gehört hatte, griff die Frau mit ungeheurer Kraft nach seiner blutverschmierten Hand und versuchte, sie an ihren Hals zu legen. Damit wollte sie ihm zu verstehen geben, dass er sie so schnell wie möglich töten sollte. Satake strich ihr mit der blutigen Hand übers Haar. »Noch nicht.«

Als er sah, wie sich der Ausdruck tiefer Verzweiflung in ihre Augen grub, zog sich sein Herz vor Mitleid und Freude zusammen. Noch nicht. Stirb noch nicht. Komm mit mir zusammen… Als er die Frau an sich drückte, glitschte sein Körper in ihrem Blut.

Satake wachte auf. Sein Körper war blutverschmiert. Nein, das war kein Blut, nur sehr viel Schweiß. Er blickte um sich: Der Scheckbetrüger neben ihm lag angespannt auf seiner Pritsche und versuchte so zu tun, als ob er schliefe. Satake kümmerte sich nicht um ihn und wälzte sich im Dunkeln hin und her; schließlich setzte er sich auf. Er war erregt, weil er zum ersten Mal seit zehn Jahren wieder von der Frau geträumt hatte. Geisterte ihre Seele nicht noch irgendwo hier herum? Satake starrte in das Dunkel der Zellenecke. Er wollte die Frau wiedersehen.

3

An einem Tag im Winter vor vier Jahren war Anna zum ersten Mal in ihrem Leben in einen Wagen der *Japan Railways* gestiegen.

Es ging auf den Abend zu, und der S-Bahn-Waggon war brechend voll. Anna war nicht daran gewöhnt und kam sich in der dicht gedrängten Menschenmenge wie ein Fremdkörper vor. Ständig stieß sie an Schultern und Gepäckstücke anderer Leute und wurde schließlich in die Mitte des Wagens gedrückt. Irgendwie schaffte sie es, eine der Halteschlaufen zu fassen zu bekommen, und sah aus dem Fenster: Die feuerrote Wintersonne würde jeden Moment untergehen. Im Kontrast zu ihrem Leuchten warfen Bahnhöfe und Gebäude dunkle Schatten und flogen in rasender Geschwindigkeit aus Annas Blickfeld, ohne sich zu einem Bild zusammenzufügen. Ob sie den Bahnhof erkennen würde, an dem sie aussteigen musste? Ob sie dort überhaupt aus dem Wagen herauskäme? Nervös und verwirrt blickte Anna sich immer wieder zur Wagentür um.

Da drang plötzlich von überall her Shanghai-Chinesisch auf sie ein, wie vom Boden aufsteigender Dunst an einem Sommermorgen nach einem Regenschauer. Ganz in der Nähe mussten irgendwo Landsleute von ihr sein! Erleichtert ließ Anna ihren Blick über die Gesichter der Leute streifen und spitzte die Ohren – bis sie feststellen musste, dass es sich um Japanisch handelte.

Japanisch und Shanghai-Chinesisch hörten sich ähnlich an. Im Augenblick, als sie das bemerkte, befiel Anna plötzlich ein überwältigendes Gefühl der Verlassenheit, allein in einem fremden Land zu sein. Obwohl sich die Gesichtszüge glichen und die Sprachen ähnlich klangen, war sie unterwegs in eine Welt, in der sie kein Mensch kannte.

Als sie wieder aus dem Fenster sah, war die Sonne untergegangen, und es wurde dunkel. Im Fensterglas spiegelte sich ein Mädchen mit verkniffenen Augen, das in einem altmodischen Mantel steckte. Beim unvermuteten Anblick ihres eigenen Spiegelbilds wurde Anna plötzlich von so bodenloser Einsamkeit erfasst, dass ihr fast die Sinne schwanden. Tränen stiegen ihr in die Augen. Sie war damals gerade neunzehn Jahre alt.

Natürlich hatte sie das reiche Japan auch vorher schon eingeschüchtert. Ebenso wenig war ihr die hilflose Verlorenheit unbekannt, im geschäftigen Treiben dieser fremden Großstadt alleine zu sein. Die beiden Gefühle stiegen immer wieder wechselseitig oder gleichzeitig in ihr hoch und stürzten sie jedes Mal in tiefe Unsicherheit. Aber so gottverlassen wie an jenem Tag war sie sich in ihrem ganzen Leben noch nicht vorgekommen.

Wenn sie nach Japan gekommen wäre, um irgendetwas zu lernen, zu studieren oder zu forschen – dafür hätte sie gerne alle Schwierigkeiten und Anstrengungen in Kauf genommen. Aber ihr einziges Ziel hier war es, Geld zu verdienen. Und ihre einzigen Mittel dazu waren ihre Jugend und ihre Schönheit. Sie war leichten Herzens hergekommen, auf Anraten eines Mittelsmanns, der in Shanghai junge Mädchen anwarb und ihr bedeutet hatte, dass man als Chinesin in Japan so viel Geld machen könne, wie man wolle. Aber die Leichtigkeit, mit der das ging, deprimierte die in Wahrheit kluge und ernsthafte Anna. Sie war immer eine gute Schülerin gewesen und hatte sogar vorgehabt, die Universität zu besuchen, doch nun verdiente sie bequemes Geld mit japanischen Männern.

Annas Vater war Taxifahrer, und ihre Mutter hatte einen Obst-und-Gemüse-Stand auf dem Markt. Stolz berichteten sie sich jeden Abend von ihren Geschäftserfolgen. Man versuchte, die Konkurrenten mit Verstand, Witz und Geistesgegenwart auszustechen, das war das Wesen der Geschäftsleute in Shanghai. Was würde sie den Eltern nur jemals von ihren eigenen verdorbenen »Geschäftserfolgen« berichten können?

Sie war stolz darauf, in Shanghai, der größten Stadt Chinas, geboren zu sein, und sie hatte insgeheim auch Vertrauen in ihre eigene Schönheit, aber mit den jungen, von dieser Überflussgesellschaft verwöhnten Tōkyōterinnen, die vor Selbstbewusstsein nur so strotzten, konnte sie es nicht aufnehmen. Ihre angespannte Nervosität, der Verlust ihres Selbstvertrauens und nicht zuletzt ihre Einsamkeit hatten Anna in eine schüchterne, zaghafte Landpomeranze verwandelt.

Sie besuchte die Sprachschule, die ihr der Mittelsmann, der auch ihr Bürge für die Einreise geworden war, empfohlen hatte, und jobbte abends in einem Nachtclub in Shibuya.

Fleißig und mit Hingabe lernte sie Japanisch. Ob es an ihren guten Ohren lag oder an ihrem sicheren Instinkt – sie war jedenfalls sehr schnell in der Lage, die Sprache gebrochen zu sprechen. Nach kurzer Zeit verstand sie bereits, worüber die Leute sich in der Bahn unterhielten, wenn sie sich nur konzentrierte. Nun konnte sie sich im Kaufhaus auch endlich modische Kleider kaufen, wie sie die jungen Japanerinnen trugen. Nur die schreckliche Einsamkeit, die sie ganz am Anfang im Zug verspürt hatte, wich nicht von ihrer Seite. Wie eine freche Straßenkatze kam sie immer wieder zu ihr zurück, so sehr sie sie auch wegzuscheuchen versuchte.

Aber vor allen Dingen wollte sie ja Geld verdienen, möglichst viel Geld, damit sie so schnell es ging nach Shanghai zurückkehren konnte. Und wenn sie erst wieder zu Hause wäre, würde sie eine schicke Boutique eröffnen, und dann würde sie reich werden… Also ging Anna jeden Tag zur Sprachschule und abends in den Club. Doch als würden ihre Mühen mit Hohngelächter belohnt, schaffte sie es einfach nicht, mehr Geld zu sparen. Die furchtbar hohen Preise in Japan taten ihr Übriges, das Leben hier verursachte ungeahnte Kosten. Anna wurde nervös. Sie hatte nicht einmal ein Viertel der angestrebten Summe beisammen, und so konnte sie unmöglich nach Hause zurück. Aber hier bleiben wollte sie auch nicht. Das Gefühl, eingesperrt zu sein und keinen Ausweg zu sehen, machte ihren Alltag unsicher wie ein Teeschälchen mit feinen Rissen: Sie lebte in der ständigen Angst, jederzeit zerbrechen zu können.

Da lernte sie Satake kennen.

Satake trank zwar keinen Alkohol, fiel aber in die Kategorie »gute Kundschaft«, da er ausgesprochen spendabel war. Anna hatte ihn vorher schon öfter gesehen und bemerkt, dass er von den Angestellten im Club bevorzugt behandelt wurde. Sie hielt ihn jedoch für unerreichbar, da ihn immer nur die Hostessen mit dem höchsten Umsatz bedienten. Doch diesmal ließ Satake sie an seinen Tisch rufen.

»Ich bin Anna. Es freut mich, Sie kennen zu lernen.«

Satake verhielt sich anders als die meisten Gäste, denn er war weder schüchtern, noch spielte er sich auf. Er schloss die Lider, als würde er sich an Annas Stimme erfreuen, und schaute ihr dann auf den Mund, wie ein Sprachlehrer, der ihre japanische Aussprache überprüfen wollte. Fast wäre Anna aufgestanden, denn sie kam sich vor wie eine Schülerin, die plötzlich vom Lehrer aufgerufen worden war.

»Ist Ihnen ein Whiskey-Soda recht?« Während sie Scotch mit möglichst viel Eiswasser mischte, sah sie immer wieder kurz zu Satake auf. Er mochte Ende dreißig sein. Sein Teint war dunkel, das Haar kurz geschnitten. Die äußeren Winkel seiner kleinen Augen wiesen leicht nach oben, und er hatte sehr volle Lippen. Nicht eben ein schöner Mann, doch sein Gesicht strahlte eine gewisse Sanftheit aus, was ihn durchaus reizvoll machte. Aber seine Kleidung war viel zu grell. Er trug einen eleganten schwarzen Markenanzug, der nicht zu seinem stämmigen Körperbau passte, dazu eine auffällige Krawatte. Eine goldene Rolex und ein goldenes Feuerzeug von Cartier. Seine Aufmachung verlieh ihm einen unbekümmerten, leichtfertigen Eindruck, der aber im völligen Widerspruch zu seinen Augen stand, die bedrückt und niedergeschlagen wirkten.

Die Augen waren wie sumpfige Seen. Sie erinnerten Anna sofort an Bilder von einer entlegenen Berglandschaft, die sie irgendwann einmal in einer Zeitschrift gesehen hatte: Ein schwarzer, sumpfiger See, der still zwischen einsamen Gipfeln lag. Auf seinem dicht mit Schilf überwucherten Grund unter dem trüben, stockenden, eiskalten Wasser schien ein mysteriöses Lebewesen zu hausen. Niemand würde je von seiner Existenz erfahren, denn hier würde nie jemand schwimmen oder Boot fahren. Nachts wäre nur noch ein klaffendes Loch im Boden zu sehen, mit schwarzem Wasser gefüllt, das alles Sternenlicht schluckte. Vielleicht bevorzugt dieser Satake so auffällige Kleidung, um die Leute von dem Sumpf in seinem Inneren abzulenken, ging es Anna durch den Kopf.

Sie schaute auf seine Hände. Kein Schmuck, keinerlei Spuren von körperlicher Betätigung – für einen Mann waren sie ausgesprochen wohlproportioniert. Schöne Hände. Anna konnte Satake überhaupt nicht einordnen. Da er so gar nicht wie jemand aussah, der rechtschaffener Arbeit nachging, vermutete sie, dass er vielleicht zu Yakuza-Kreisen gehörte, die ihr bisher nur vom Hörensagen bekannt waren. Das machte sie neugierig, aber zugleich auch ängstlich.

»Du bist also Anna-chan«, sagte Satake nur, steckte sich eine Zigarette zwischen die Lippen und schaute ihr lange ins Gesicht. Über den Sümpfen in seinen Augen schien sich kein Lüftchen zu regen. Obwohl sie ihm direkt gegenübersaß, konnte sie keinen bestimmten Ausdruck darin erkennen, weder bewundernde Anerkennung noch Enttäuschung. Aber seine Stimme hatte angenehm ruhig und sanft geklungen, sie hätte ihr gerne noch länger zugehört.

Da bemerkte Anna die Zigarette und griff nach dem Feuerzeug, um sie ihm anzuzünden, wie man es ihr im Club beigebracht hatte. Wie unaufmerksam von ihr, er musste ja einen schönen Eindruck bekommen haben! Sie wurde nervös, und das Feuerzeug glitt ihr durch die Finger und wäre fast heruntergefallen. Satake sah das, und der Ausdruck in seinem Gesicht wurde weich.

»Na, na, nicht so hastig, das macht doch nichts!«

»Entschuldigen Sie bitte.«

»Wie alt bist du? Zwanzig ungefähr?«

»Ja, genau.« Es war erst einen Monat her, dass Anna in Japan ihren zwanzigsten Geburtstag gefeiert hatte.

»Hast du das Kleid da selbst ausgesucht?«

»Nein.« Anna schüttelte den Kopf. Sie trug ein knallrotes, billiges Kleid, das ihr eine Kollegin überlassen hatte, die im selben Mietshaus wohnte. »Ich habe es von jemandem geschenkt bekommen.«

»Das dachte ich mir. Die Größe stimmt nicht ganz.«

»Dann kaufen Sie mir doch eins«, traute Anna sich noch nicht zu sagen. Sie war verlegen und lächelte ihn nur unbeholfen an. Nicht im Traum hätte sie damit gerechnet, dass Satake sich im Geiste schon damit vergnügte, sie wie eine Anziehpuppe aus Papier in allerlei Kleider zu stecken und sich auszumalen, wie sie wohl darin aussähe.

»Ich weiß nicht recht, was mir stehen würde.«

»Du kannst alles tragen.«

Es gab kindische Gäste, die sofort ausplapperten, was ihnen durch den Kopf ging, doch selbst die junge, unerfahrene Anna wusste, dass Satake nicht zu dieser Sorte gehörte. Nach einer längeren Pause fragte Satake schließlich, während er seine Zigarette ausdrückte: »Du hast mich angesehen. Was, glaubst du, mache ich?«

»Sind Sie Angestellter?«

»Nein«, antwortete Satake ernst und schüttelte den Kopf.

»Dann sind Sie vielleicht ein Yakuza?«

Nun musste Satake zum ersten Mal ein wenig lachen. Sie sah seine großen, gesunden Zähne. »Ich bin zwar gewiss ein Gauner, aber kein Yakuza. Ich bin Zuhälter.«

»Zu-häl-ter? Was bedeutet Zu-häl-ter?«

Satake zog einen teuer aussehenden Kugelschreiber aus seiner Brusttasche und schrieb die Schriftzeichen für »Zuhälter« klein auf eine Papierserviette. Anna las und runzelte die Stirn.

»Das ist jemand, der Frauen verkauft.«

»An wen?«

»An Männer, die die Frauen haben wollen.«

Er war also ein Mann, der Prostituierte vermittelte. Überrumpelt von Satakes offenen Worten, schwieg Anna. Da fragte er sie mit Blick auf ihre Finger, in denen sie noch die Papierserviette hielt: »Magst du Männer, Anna-chan?«

Anna legte den Kopf schief. »Wenn sie nett sind, ja.«

»Was heißt denn für dich nett?«

»Tony Leung zum Beispiel. Das ist ein Schauspieler aus Hongkong.«

»Möchtest du, dass ich dich an ihn verkaufe, wenn er dich haben will?«

»Ja, aber mich wird er ganz bestimmt nicht wollen, dazu bin ich nicht schön genug«, antwortete Anna nachdenklich, aber Satake widersprach sofort.

»Ach was, unter den Frauen, denen ich bisher begegnet bin, bist du bei weitem die Schönste!«

»Das ist doch nicht wahr«, lachte Anna. Das konnte sie nicht glauben. Sie gehörte ja nicht einmal zu den ersten zehn in diesem kleinen Nachtclub. »Das ist gelogen.«

»Ich lüge nie.«

»Ja, aber …«

»Du hast nur kein Selbstvertrauen. Wenn du zu mir kommst,

wirst du schon bald von deiner Anmut und Schönheit überzeugt sein, das verspreche ich dir.«

»Aber dann wäre ich ja eine Hure!«, sagte Anna und schürzte die Lippen.

»Nein, das war nur ein Scherz. Ich betreibe einen Nachtclub.«

Dann würde sich für sie allerdings nicht viel ändern. Anna, der es mittlerweile schon vergebens vorkam, zum Geldverdienen nach Japan gekommen zu sein, ließ den Kopf hängen. Satake betrachtete sie und strich dabei mit seinen wundervoll langgliedrigen, wohlproportionierten Fingern ein paar Mal an seinem Whiskey-Soda-Glas entlang, an dem sich Wassertropfen gebildet hatten, da das Eis darin schon fast geschmolzen war. Dort, wo er entlangfuhr, liefen die Tropfen herab und machten schwarze Flecken auf den Untersetzer. Er hatte nicht einen einzigen Schluck getrunken, und Anna glaubte, dass das Glas allein zu dem Zweck vor ihm stand, um mit den Fingern außen entlangfahren zu können.

»Magst du die Arbeit hier nicht?«

»Doch, schon«, antwortete Anna verhalten und schaute ängstlich zur Mama-san hinüber, die hier im Club das Sagen hatte.

Satake folgte ihrem Blick. »Du weißt nicht, was du tun sollst, nicht? Aber du bist doch hergekommen, um Geld zu verdienen, oder? Dann musst du das auch tun. In dir schlummert ein unglaubliches Talent.«

»Talent?«

»Ja. Schönheit ist ein Talent, genau wie das eines Schriftstellers oder eines Malers. Sie ist eine Gabe des Himmels, die nicht jedem geschenkt wird. Schriftsteller oder Maler müssen an ihrer Begabung arbeiten, um sie zu vervollkommnen. Und genauso musst du dich anstrengen, um dein Talent weiter auszubilden. Das ist deine Aufgabe, dein Beruf. Du bist eine Künstlerin, Anna-chan, davon bin ich überzeugt. Aber du scheinst dich davor drücken zu wollen …«

Während sie ihm zuhörte, versetzte der sanfte Klang seiner Stimme sie beinahe in einen Rausch. Plötzlich hob sie ernst und bestimmt das Gesicht. Er wollte sie mit seinen geschickten Schmeicheleien doch nur dazu verleiten, in seinen Club zu wechseln! Vor genau solchen Leuten hatte man sie immer so eindringlich gewarnt!

Satake schien Annas Befürchtungen zu erahnen, denn er lachte und sagte mit einem tiefen Seufzer: »Schade – was für eine Verschwendung!«

»Aber ich habe ja überhaupt kein Talent!«

»Doch, das hast du. Möchtest du denn gar nicht dafür sorgen, dass dein Leben so verläuft, wie du es willst?«

»Doch, das möchte ich.«

»Wenn erst ein paar deiner Wünsche in Erfüllung gegangen sind, wirst du etwas erkennen.«

»Was denn?«

»Dein eigenes Schicksal.«

»Wieso?«

»Weil es immer etwas geben wird, das nicht so läuft, wie du es dir gewünscht hast. Das ist Schicksal«, sagte Satake mit ernstem Gesicht und steckte ihr einen fein säuberlich zusammengefalteten Zehntausend-Yen-Schein zu, der wohl ihr Trinkgeld sein sollte. Während er diesen letzten Satz sagte, meinte Anna, in den sumpfigen Seen seiner Augen kurz etwas aufblitzen zu sehen und wandte hastig den Blick von ihm ab, nachdem sie den Geldschein entgegengenommen hatte. Denn sie hatte das Gefühl, etwas gesehen zu haben, was sie nicht sehen durfte.

»Vielen Dank!«

»Tja, dann«, sagte er, ließ seine Augen durch die Bar streifen, als hätte er augenblicklich jedes Interesse an Anna verloren, und gab dem Manager ein Zeichen, ihm eine andere Frau an den Tisch zu rufen. Anna hatte ausgedient und wurde einem neuen Gast zugewiesen. Sie war unzufrieden mit sich. Sicher hatte sie Satake enttäuscht, weil sie nicht auf sein Angebot eingegangen war.

Und wenn es stimmte, was er gesagt hatte, wenn sie bei ihm wirklich schöner werden würde? Satakes Worte hatten Anna tief berührt und in helle Aufregung versetzt. Sie wollte doch mehr über ihr Schicksal erfahren! Ob sie mit ihrem ungeschickten Verhalten nun die Chance vertan hatte, sich zu verändern? Anna war zerknirscht.

Als sie wieder in ihrer Wohnung war und den Geldschein hervorholte, den sie von Satake bekommen hatte, stand darauf der Name »Mika« und eine Telefonnummer.

Satake hatte ihr vieles beigebracht, nachdem sie in seinen Nachtclub gewechselt war.

Dass sie vor den Gästen besser so tun sollte, als könnte sie erst wenig Japanisch sprechen. Dass es japanischen Männern gefiel, wenn sie sich zurückhaltend verhielt und nicht viel sagte. Dass sie aber durchaus schriftlich mit ihnen kommunizieren könnte, denn für die korrekte Beherrschung vieler Zeichen und eine schöne Handschrift würde sie Bewunderung ernten, da Männer kluge, aber zurückhaltende Frauen mochten. Dass sie die Gäste unbedingt in dem Glauben lassen sollte, sie wäre eigentlich zum Studium nach Japan gekommen und würde die Sprachschule besuchen – den Job als Hostess machte sie nur, um ihr Taschengeld aufzubessern. Denn selbst, wenn sie im Grunde wüssten, dass das eine Lüge war, wären Männer, die sich in der Illusion wiegen könnten, wirtschaftlich überlegen zu sein, von vornherein freundlicher gestimmt und bereit, freigebiger mit ihrem Geld umzugehen. Und auf keinen Fall vergessen dürfte sie, beiläufig fallen zu lassen, dass sie aus gutem Hause stammte. Das Image der wohlerzogenen Tochter aus Shanghai würde die Männer einmal mehr vertrauensvoll stimmen. Satake wich nicht von Annas Seite und wies sie in alles ein, von der Art, sich zu schminken, wie es den Männern am besten gefiel, bis hin zur Wahl ihrer Kleider.

Hier war Japan, und die japanischen Männer unterschieden sich grundsätzlich von ihren Geschlechtsgenossen in Shanghai, die gelernt hatten, es selbstverständlich zu finden, dass Frauen sich selbstbewusst in der Geschäftswelt behaupteten und gleichberechtigt Geld verdienten. Anna war dieser Unterschied zwar klar gewesen, sie wusste aber nie so recht, wie sie damit umgehen sollte. Durch Satake lernte sie, alles, was er ihr beibrachte, nüchtern als Arbeitstechniken zu betrachten, und sobald sie das tat, war sie auch sehr schnell in der Lage, sie anzuwenden. Es ging nicht darum, sich wirklich in eine demütige Frau zu verwandeln, sie musste sie nur professionell spielen können, um sich in diesem Metier durchzusetzen. Das genau würde ihr den Geschäftserfolg bescheren, mit dem sie sich auch vor ihren Eltern nicht mehr zu schämen brauchte. Außerdem besaß sie tatsächlich Talent dazu: Je länger sie ihre Rolle spielte, desto besser wurde sie, und bald war jene rätselumwobene, wunderschöne Frau aus ihr geworden, von der Satake gesprochen hatte. Sein Kennerblick hatte sich einmal mehr bewährt.

Schnell eroberte sich Anna im »Mika« den ersten Platz unter den Hostessen. Mit ihrer Beliebtheit wuchs auch ihr Selbstvertrauen, und so konnte sie sich von ganzem Herzen auf diesen Lebensweg einlassen. Anna hatte die streunende Straßenkatze für immer vertrieben.

Sie fing an, Satake »O-nii-chan« – »Mein großer Bruder« – zu nennen. Und Satake sprach darauf an, indem er sie mehr als alle anderen umsorgte und unverhohlen verwöhnte. Im Laufe der Zeit glaubte Anna, dass er in sie verliebt war. Den Beweis dafür sah sie in dem Umstand, dass er sie nicht, wie die anderen Hostessen, hin und wieder speziellen Gästen vorstellte. Doch bald darauf, als hätte er sie durchschaut, erhielt sie einen Anruf von ihm: »Anna-chan, ich habe einen passenden Mann für dich!«

»Und was ist das für einer?«

»Er hat Geld und ist nett, das genügt doch, oder?«

Es handelte sich natürlich nicht um Tony Leung. Der Mann war weder gut aussehend noch jung. Er schwamm lediglich in Geld. Für ein einziges Treffen zahlte er Anna eine Million Yen. Nach zehn Nächten wären das zehn Millionen: ein stattliches Jahresgehalt. Wenn sie ihn sich warmhielte, würde sie bald Milliardärin sein. Als ihre Ersparnisse die Summe überschritten hatten, die sie sich vorgenommen hatte, in Japan zu verdienen, war Tony Leung vergessen.

Anstelle des hübschen Schauspielers schlich sich der finstere, verschlossene Satake in ihr Herz. Sie wollte in seinen Sumpf vordringen und das Lebewesen zu Gesicht bekommen, das darin lebte. Nein, sie wollte es sogar mit eigenen Händen zu fassen bekommen. Anna fühlte sich wie auf der Jagd, so aufgeregt und ungestüm war sie. Sie erinnerte sich daran, wie er bei ihrer ersten Begegnung gesagt hatte: »Es wird immer etwas geben, das nicht so läuft, wie du es dir gewünscht hast. Das ist Schicksal.« Was war das nur gewesen, das sie damals ganz flüchtig in den sumpfigen Seen seiner Augen hatte aufblitzen sehen? Sie würde es schon zu fassen bekommen, ganz bestimmt. Weil sie für Satake eine besondere Frau war.

Doch bei dem Versuch, Satake näher kennen zu lernen, musste

Anna feststellen, dass sie eigentlich gar nichts über ihn wusste; Satake hielt mit größter Sorgfalt alles über sich selbst geheim.

Keiner kannte seine Adresse. Satake hatte noch nie jemanden von ihnen in seine Wohnung gelassen. Chén, der Manager, wollte einmal zufällig einen Mann wie Satake vor einem alten, zweistöckigen Mietshaus in West-Shinjuku gesehen haben. Aber dieser Mann hätte ganz gewöhnliche, unauffällige Sachen getragen, keine ausgesuchte Markenkleidung wie der Chef. In alten Hosen mit ausgebeulten Knien und einem an den Ellbogen durchgescheuerten Pullover hätte er Müll vor die Tür gebracht. Wie ein heruntergekommener Büroangestellter hätte er gewirkt und mit ärgerlichem Gesicht den verstreuten Abfall auf dem Müllplatz eingesammelt. Erst dieses Verhalten hätte Chén überhaupt auf die Idee gebracht, dass es sich tatsächlich um den Besitzer des »Mika« handeln könnte. Er sei überrascht und gleichzeitig erschrocken gewesen, hatte er Anna erzählt, es hätte ihm Angst gemacht.

»Der Chef, den wir kennen, kleidet sich auffällig, aber sorgfältig und gut. Ich habe ihn immer für jemanden gehalten, auf den man sich verlassen kann, auch wenn er schweigsam ist. Aber wenn es sich bei dem Mann, den ich gesehen habe, wirklich um unseren Chef handeln und das sein wahres Gesicht sein sollte, dann ist der Gegensatz viel zu groß. Es würde bedeuten, dass sein ganzes Auftreten hier im Club nur gespielt wäre. Aber dann ist es doch merkwürdig, wieso er es nötig hat, uns etwas vorzutäuschen? Warum muss er sein wahres Gesicht verbergen? Hat er kein Vertrauen zu uns? – Man kann nicht leben, ohne jemandem zu vertrauen. Denn das heißt doch im Grunde nichts anderes, als dass man sich selbst nicht traut.«

Satake gab Rätsel auf; ein Geheimnis schien ihn zu umgeben. Die Angestellten fanden Chéns Geschichte unheimlich, aber gleichzeitig übte die Tatsache, dass Satake sich so sorgfältig abschottete, einen großen Reiz auf sie aus. Warum tat er das? Was war er für ein Mensch? Jeder hatte seine eigene Theorie.

Aber mit Chéns Meinung, dass Satake in Wahrheit niemandem mehr misstraute als sich selbst, konnte Anna sich nicht anfreunden. Sie verspürte die Eifersucht einer jungen, verliebten Frau. Es musste eine andere geben. Eine Frau, vor der Satake sich nicht zu verstellen brauchte und so sein konnte, wie er war.

Eines Tages fragte sie ihn schließlich: »Wohnst du mit einer Frau zusammen, O-nii-chan?«

Satake sah sie erstaunt an und war einen Augenblick wie benommen. Dieses Zögern fasste Anna als Beweis dafür auf, dass sie ins Schwarze getroffen hatte, und fragte weiter: »Wer ist sie?«

»Nein, nein«, lachte Satake, und im selben Moment verloren die sumpfigen Seen in seinen Augen jeden Glanz, als hätte man im Club das Licht gelöscht. »Ich habe noch nie mit einer Frau zusammengelebt.«

»Dann magst du also keine Frauen, O-nii-chan?« Anna war beruhigt, dass es offenbar keine andere Frau in Satakes Leben gab, fürchtete nun aber, er könnte vielleicht homosexuell sein.

»Doch, sehr sogar. Und am liebsten mag ich so schöne, süße Frauen wie dich, Anna-chan. Ich betrachte dich als unglaubliches Geschenk, für das ich dankbar bin, wirklich!«, sagte Satake, griff nach ihrer Hand mit den langen, schlanken Fingern, legte sie in seine Linke und strich mit der Rechten darüber. Anna kam sich vor wie ein Werkzeug, dessen Güte geprüft wurde. Und sie spürte genau, dass er mit »mögen« nicht mehr gemeint hatte als die allgemeine Bewunderung eines Mannes für weibliche Schönheit.

»Wem bist du dankbar dafür?«

»Dem Himmel, für das Geschenk, das er den Männern gemacht hat.«

»Und die Frauen? Gibt es für mich auch so ein Geschenk?« Anna sprach von Satake, aber der schien das nicht zu bemerken.

»Tja, Männer wie Tony Leung zum Beispiel, was meinst du?«

Anna legte den Kopf schief. »Das glaube ich kaum.«

Denn eine Frau wollte immer die Seele eines Mannes berühren. Das Äußere allein genügte nicht – wie auch! Und es konnte auch immer nur eine Seele geben, die man berühren wollte: jene, die mit der eigenen im Einklang stand. Satake dagegen schien, wenn er von einer »schönen, süßen Frau« sprach, nicht einmal die äußere Hülle der dazugehörigen Seele zu meinen, sondern nur ein liebes, kleines Objekt, das er verhätscheln konnte. Die Seele interessierte ihn nicht, offenbar brauchte er sie nicht. Und wenn das zutraf, folgerte Anna enttäuscht, dann war ihm doch jede x-beliebige Frau recht, wenn er sie nur niedlich fand! Ihr aber war das nicht egal, für sie gab es auf der ganzen Welt keinen zweiten Mann, der Satakes Stelle einnehmen könnte.

»Dann genügt es dir also, wenn eine Frau einfach nur schön und süß ist, O-nii-chan?«

»Ja. Männer wünschen sich nicht mehr.«

Anna schwieg. Sie spürte intuitiv, dass in Satake irgendetwas zerbrochen war. Wahrscheinlich hatte ihm eine Frau einmal sehr weh getan. Naives Mitleid erfüllte sie, und sie überlegte, wie sie diese Wunde heilen und alles wieder gutmachen könnte. Sie war überzeugt, dazu fähig zu sein, ja, sie freute sich sogar darauf.

Aber an dem Tag, an dem sie zusammen im Freibad waren, zerbrachen Annas Illusionen.

Zuerst hatte sie sich darüber gefreut, dass Satake, der ihr gewöhnlich jeden Wunsch von den Augen ablas, doch noch mit ihr zum Schwimmen gefahren war. Aber seine Reaktion auf die Flirtversuche des jungen Mannes enttäuschte sie maßlos. Wie er sie angesehen hatte mit diesen kleinen, gütigen Augen, als wäre er ein Onkel, der für alles Verständnis hat! Es tat weh und ärgerte sie, dass er ihre Verliebtheit überhaupt nicht wahrnahm. Deshalb hatte sie gleich den erstbesten Mann mit in ihre Wohnung genommen, um Satake einen Denkzettel zu verpassen; nichts weiter als eine kleine Trotzreaktion. Aber Satake merkte offenbar immer noch nicht, dass er es war, den sie liebte.

»Ich habe nichts dagegen, dass du dich mit Männern vergnügst. Solange du regelmäßig zur Arbeit kommst. Und solange nichts Dauerhaftes daraus wird.«

Nie würde sie vergessen, wie er das gesagt hatte. Für ihn war sie doch nichts weiter als eine gut gehende Ware, die er im »Mika« feilbieten konnte – ein Männerspielzeug! Er hatte sie nur deshalb so verhätschelt und verwöhnt, weil sie ein besonders wohlgestaltetes Püppchen war, das tanzen konnte, wie er es wollte.

In jener Nacht konnte Anna nicht schlafen, weil sie sich wieder so zerbrechlich vorkam, wie ein Teeschälchen mit feinen Rissen. Dabei hatte sie sich eingebildet, dieses Gefühl für immer losgeworden zu sein! Aber am nächsten Morgen wartete ein weiterer Schock auf sie.

Chén rief an und sagte: »Sie haben den Chef eingebuchtet,

Anna, wegen der Bakkarat-Sache. Du weißt bestimmt noch nichts davon, weil du gestern nicht da warst.«

»Was heißt ›einbuchten‹?«

»Die Polizei hat ihn geschnappt und eingesperrt. Kunimatsu und die anderen vom ›Parco‹ auch. Heute soll das ›Mika‹ ausnahmsweise geschlossen bleiben. Falls die Polizei bei dir auftaucht und Fragen stellt, sagst du, du wüsstest von nichts, hörst du?« Damit legte Chén auf.

Gerade jetzt, da sie sich fest vorgenommen hatte, Satake zu fragen, wie er zu ihr stand, wenn sie ihn das nächste Mal treffen würde! Sie hatte beschlossen, es von seiner Reaktion abhängig zu machen, ob sie kündigte oder nicht. Frustriert darüber, dass das nun noch warten musste, ging Anna schon morgens ins Bezirksfreibad und blieb den ganzen Tag. Sie holte sich einen Sonnenbrand.

Als sie am Abend auf ihre rot glühende Haut blickte, musste sie wieder an den gestrigen Tag zurückdenken, als sie mit Satake im Freibad gewesen war. Ob sie ihm nicht ein wenig Unrecht tat, wenn sie glaubte, dass er sie ernsthaft nur als Ware betrachtete? Sein Zögern könnte ebenso gut mit dem Altersunterschied zwischen ihnen begründet sein. Hatte er sich nicht stets besonders liebevoll um sie gekümmert? War sie etwa nicht seine Lieblingsfrau, die er immer bevorzugt behandelte? Das schien ihr nun Beweis genug für ihre Vermutung. Wie kaltherzig und ungerecht von ihr, ihm nicht zu vertrauen, wo er so viel für sie getan hatte! Ihr aufrichtiges, zuversichtliches Wesen setzte sich sogar jetzt noch durch, und sie glaubte, Satake schlecht behandelt zu haben. Plötzlich vermisste sie ihn schrecklich.

Am nächsten Tag wurden die Angestellten des »Parco«, die zusammen mit Satake verhaftet worden waren, wieder auf freien Fuß gesetzt. Dann werden sie sicher auch ihn bald entlassen, dachte Anna, aber Satake kam und kam nicht zurück. Das »Mika« war nun schon über eine Woche geschlossen. Lì-huá, die Mama-san, wurde zu ihm vorgelassen und erhielt die Anweisung, die Schließung gegenüber den Gästen als vorgezogene *O-Bon*-Ferien* zu deklarieren.

* O-Bon-Fest: Buddhistisches Sommerfest zur Ehrung der Ahnen, das zwischen dem 13. und 16. August gefeiert wird. Neben dem Neujahrsfest ist es das höchste Fest im japanischen Kalender. (A. d. Ü.)

Anna ging jeden Tag ins Freibad. Ihre von der Sonne gerötete Haut nahm allmählich einen glänzenden, hellen Bronzeton an, der ihre Schönheit noch unterstrich. Auf der Straße drehte man sich nach ihr um. Im Freibad wurde sie von Männern belagert. Satake hätte sich beglückwünscht zu sehen, wie stolz sie auf diese neue Facette ihrer Schönheit war.

Am selben Abend stand plötzlich Lì-huá vor Annas Wohnungstür: »Ich muss mit dir reden, Anna-chan. Es ist wichtig.«

»Was ist passiert?«

»Es geht um Satake-san. Sieht so aus, als würde es sich noch länger hinziehen, bis er wieder freikommt.« Lì-huá redete Hochchinesisch mit Anna. Sie kam aus Taiwan und konnte kein Shanghai-Chinesisch.

»Aber warum denn?«

»Tja, das ist ja, was ich dir sagen will. Man hat ihn offenbar nicht nur wegen der Glücksspiel-Geschichte verhaftet. Ich habe es selbst eben erst erfahren, als ich aufs Revier musste, um meine Aussage aufnehmen zu lassen: Er scheint in den Mordfall mit der zerstückelten Leiche verwickelt zu sein!«

»Was heißt ›zerstückelte Leiche‹?« Anna verscheuchte den Hund, der ihr aufgeregt um die Füße sprang. Lì-huá zündete sich eine Zigarette an und sah ihr forschend ins Gesicht.

»Ja, weißt du denn wirklich noch nichts davon? Vor ungefähr drei Wochen hat man eine zerstückelte Leiche gefunden. Und soll ich dir verraten, wer da ermordet worden ist? Einer unserer Kunden – dieser Yamamoto, erinnerst du dich?«

Anna war entsetzt. »Yamamoto? Meinen Sie den Yamamoto, der immer so hinter mir her war?«

»Genau den. Wir sind alle ziemlich verblüfft darüber.«

»Aber wie ist das möglich? Ich kann das kaum glauben…«

Yamamoto hatte immer nur Anna an seinen Tisch gerufen und war dann keine Sekunde von ihrer Seite gewichen. Er hatte ihre Hand gehalten, kaum dass sie ihm gegenübersaß, und wenn er betrunken war, hatte er sie auch manchmal aufs Sofa zu stoßen versucht. Aber es war nicht seine Zudringlichkeit gewesen, die Anna beunruhigt hatte. Yamamoto hatte sich einsam gefühlt, das war unverkennbar gewesen, sie hatte es sofort gespürt. Anna ließ sich auf viel ein, solange die Gäste Vergnügen suchten und alles ein Spiel blieb, aber einsame Männer konnte sie nicht gebrauchen. Deshalb war sie froh gewesen, als er nicht mehr aufgetaucht war, und hatte ihn längst aus ihrem Gedächtnis gestrichen.

»Die Polizei wird sicher auch bald bei dir auftauchen. Am besten, du ziehst so schnell wie möglich hier aus!«, sagte Lì-huá, während sie sich in Annas kostspielig eingerichtetem Apartment umsah, als wolle sie seinen Wert abschätzen.

»Warum denn das?«

»Sie glauben, Satake-san hätte Yamamoto umgebracht, weil er ein so lästiger Kunde war. Und dann hätte er die chinesische Mafia damit beauftragt, die Leiche auseinander zu nehmen.«

»So etwas würde O-nii-chan doch niemals tun!«

»Aber er soll ihn vor dem ›Parco‹ zusammengeschlagen haben.«

»Das weiß ich, davon habe ich auch gehört, aber … mehr ist da nicht gewesen.«

»Du weißt ja noch nicht alles«, sagte Lì-huá und senkte die Stimme. »Satake-san hat eine Frau umgebracht.«

Anna stockte der Atem. Ihre Kehle war plötzlich wie ausgetrocknet. Sie versuchte Speichel zu schlucken, aber es gelang ihr nicht.

»Und zwar nicht etwa auf herkömmliche Weise. Ich war wirklich entsetzt, als ich davon erfahren habe, das kannst du mir glauben. Ich denke, die Mädchen werden sofort alle kündigen vor Angst, wenn es ihnen zu Ohren kommen sollte.«

»Wie hat er die Frau denn umgebracht?« Anna war, als sähe sie auf dem Grund von Satakes Sumpf ein gespenstisches Licht aufglimmen.

»Satake-san muss früher für einen berühmt-berüchtigten Yakuza aus der Gegend hier gearbeitet haben, als Leibwächter oder dergleichen. Die Geschichte ist schon ziemlich lange her, und der Mann soll längst tot sein. Er war Chef eines Syndikats, das sein Geld mit Prostitution und dem Vertrieb von Amphetaminen verdiente. Satake-san hatte dort die Aufgabe, flüchtige Prostituierte zurückzuholen und ausstehende Schulden einzutreiben. Eines Tages hatte sich wieder einmal eine der Frauen abgesetzt, und zwar mit Hilfe einer gewieften Unterhändlerin aus dem Rotlichtmilieu, die sie heimlich an ein anderes Bordell vermittelt hatte. Satake-san bekam diese Unterhändlerin zu fassen. Er soll sie in ein Zimmer eingeschlossen und dort zu Tode gequält haben – richtiggehend gefoltert haben muss er sie, bis sie tot war.«

»Zu Tode gequält … was meinen Sie damit?« Anna konnte das Zittern in ihrer Stimme nicht überspielen. Sie erinnerte sich an die Reise nach Nanking, die sie als Kind zusammen mit der Familie unternommen hatte, an den schrecklichen Anblick der Puppen im dortigen Kriegsmuseum, mit denen die Gräuel des Nanking-Massakers nachgestellt worden waren. Satakes Sumpf. Diese entsetzliche Vergangenheit war es also, die sich dort unten verborgen hielt.

»Ach, grauenvoll!« Lì-huá zog finster die in großen Bögen aufgemalten Brauen zusammen. »Wie eine Bestie muss er sich aufgeführt haben. Die Kleider hat er ihr vom Leib gerissen, sie endlos geschlagen und vergewaltigt, bis sie bewusstlos war, um ihr dann ein paarmal das Messer in den Bauch zu stoßen, damit sie wieder wach würde. Den blutüberströmten Körper hat er danach weiter vergewaltigt. Die Leiche der Frau soll blau von Blutergüssen gewesen sein und kaum noch Zähne im Mund gehabt haben, so schrecklich muss er sie zugerichtet haben. Sogar der alte Yakuza war offenbar so entsetzt darüber, dass er Satake-san fallen gelassen hat.«

Anna stieß einen langen Schrei aus. Irgendwann war Lì-huá plötzlich nicht mehr da. Nur noch der Zwergpudel stand mit schief gelegtem Kopf neben ihr, wedelte mit seinem winzigen Schwanz und schaute verwundert zu ihr hoch.

»Ach, Juwelchen!«, wandte sich Anna verzweifelt an den Hund, der in freudiger Reaktion auf ihre Stimme bellte. Sie erinnerte sich an den Tag, an dem sie ihn gekauft hatte. Sie war zur Tierhandlung gegangen, weil sie etwas um sich haben wollte, das ihr Herz erfreute. Sie wählte das niedlichste Geschöpf aus, das sie da hatten. Nichts anderes hatte Satake getan. Es gab Männer, begriff Anna, die sich aus demselben Grund eine Frau wünschten, aus dem sie sich den Hund gewünscht hatte. Und auch, dass sie Satake nicht mehr bedeutete, als ihr das Hündchen bedeutete. Er fand sie süß und niedlich, so wie sie Juwelchen süß und niedlich fand. Zu Satakes Sumpf würde sie niemals vordringen können. Anna brach in Tränen aus.

4 Vier Tage, nachdem der Fall in der Presse Schlagzeilen gemacht hatte, erschien ein Kriminalbeamter bei Masako zu Hause.

Da die Polizei bereits in der Lunchpaket-Fabrik gewesen war und routinemäßige Fragen gestellt hatte, war Masako auf einen solchen Besuch vorbereitet. Dass sie Yayoi von allen Kolleginnen am nächsten stand, war dort schließlich kein Geheimnis. Aber es würde niemals herauskommen, dass sie Kenji im Bad dieses Hauses zerlegt hatten, davon war Masako fest überzeugt. Sie wusste ja selbst nicht einmal, warum sie Yayoi geholfen hatte – wie sollte da ein Fremder ihr Motiv ergründen können? Masako war zuversichtlich.

»Verzeihen Sie, dass ich Sie so kurz nach der Arbeit störe, Sie sind sicher müde. Es wird auch nicht lange dauern.«

Es war der jüngere der beiden Beamten, die auch schon in der Fabrik gewesen waren; er hieß Imai. Offenbar wusste er über das Schichtsystem Bescheid, denn die Entschuldigung für sein Erscheinen am Vormittag klang aufrichtig. Masako sah auf die Uhr: Es war erst kurz nach neun.

»Das macht nichts. Ich habe noch genügend Zeit, zu schlafen, wenn Sie wieder fort sind.«

»Ich danke Ihnen. Sie haben ja einen sehr unnatürlichen Tagesrhythmus, leidet Ihre Familie nicht darunter?«, nutzte Imai Masakos Offenheit, um sofort auf den Punkt zu kommen. Er war jung, aber sie durfte ihn auf keinen Fall unterschätzen. Masako war gewarnt.

»Das hat sich eingespielt, wir sind alle daran gewöhnt.«

»Schön und gut, aber machen sich Ihr Mann und Ihr Sohn denn keine Sorgen, wenn Sie die ganze Nacht nicht zu Hause sind? Als Mutter sind Sie doch das Herzstück der Familie.«

»Tja, ich weiß nicht recht…« Ob man sie als Herzstück dieses Hauses bezeichnen konnte? Masako lächelte bitter, während sie Imai ins Wohnzimmer führte.

»Natürlich machen sie sich Sorgen. Männer sind so. Wir machen uns Sorgen, wenn eine Frau die ganze Nacht außer Haus ist, keine Frage«, beharrte Imai stur. Masako setzte sich ihm direkt gegenüber an den Esstisch, ohne auch nur Anstalten zu machen, ihm Tee oder dergleichen anzubieten. Für sein Alter vertritt der Kriminalbeamte ja ziemlich konservative Ansichten, dachte sie. Dass Masako womöglich anderer Auffassung sein könnte, schien ihm erst gar nicht in den Sinn zu kommen. Lässig legte er sein beigefarbenes Jackett, das er in der Hand gehalten hatte, auf dem Stuhl neben sich ab. Er trug ein weißes Polohemd.

»Haben Sie die Entscheidung, nachts arbeiten zu gehen, im Einverständnis mit Ihrem Mann getroffen, Frau Katori?«

»Einverständnis? Wieso? Er war besorgt, ob diese Arbeit nicht zu hart für mich wäre, aber…« Das war eine glatte Lüge. Yoshiki hatte sich überhaupt nicht zu ihrer Entscheidung geäußert. Und Nobuki redete seither kein Wort mehr.

»So?« Imai legte den Kopf schief, um auszudrücken, wie unbegreiflich ihm das alles war, und klappte sein Notizbuch auf. »Im Hause des Opfers scheint es ja ähnlich gewesen zu sein, aber mich wundert es ehrlich gesagt sehr, dass ein normaler Angestellter wie Ihr Mann nichts dagegen hat, wenn seine Frau zur Nachtschicht geht!«

Masako hob perplex den Kopf, so wenig konnte sie mit Imais Äußerung anfangen: »Warum sollte er?«

»Na, zunächst einmal, weil dadurch das ganze Leben auf den Kopf gestellt wird. Man bekommt sich ja kaum noch zu Gesicht, redet nicht mehr miteinander, lebt aneinander vorbei. Außerdem: Weiß man denn, was die Frau in Wirklichkeit macht, wenn sie sagt, sie geht zur Arbeit? Da liegt es doch auf der Hand, dass einem als Ehemann eine normale Stelle tagsüber lieber wäre!«

Masako stutzte, aber dann ging ihr auf, in welche Richtung sich die Fantasie des Kriminalbeamten bewegte: Imai verdächtigte Yayoi, eine Beziehung zu einem anderen Mann zu haben. Ja, das leuchtete ein. »Falls es das ist, was sie interessiert: Yayoi hatte früher eine Teilzeitstelle tagsüber, aber man hat ihr aufgrund der kleinen Kinder gekündigt. Deshalb blieb ihr gar keine andere Wahl als die Nachtschicht. So hat sie selbst es zumindest geschildert.«

»Das ist mir bereits bekannt. Ich habe mich nur gefragt, welchen anderen Vorteil Nachtarbeit noch haben könnte, für den man die damit verbundenen Nachteile in Kauf nehmen würde.«

»Keinen, denke ich«, sagte Masako und brach ab. Imais hartnäckige Uneinsichtigkeit ärgerte sie allmählich, aber das wollte sie sich auf keinen Fall anmerken lassen. »Wenn überhaupt, dann nur den, dass man fünfundzwanzig Prozent mehr Stundenlohn bekommt.«

»Das ist alles?«

»Das sagen Sie so, aber wenn man sich für dasselbe Geld drei Stunden dieser stupiden Arbeit sparen kann, ist das ohne Frage ein Vorteil, glauben Sie mir. Zeit ist kostbar, man darf sie nicht sinnlos vertun.«

»Das mag sein, aber...« Imai schien sich immer noch nicht zufrieden geben zu wollen.

»Vielleicht können Sie das nicht nachvollziehen, weil Sie noch nie in Teilzeit gearbeitet haben?«

»Nein, natürlich nicht, ich bin schließlich ein Mann«, antwortete Imai mit vollem Ernst.

»Wenn Sie einmal einen solchen Job machen würden, hätten Sie bald begriffen, dass es ganz selbstverständlich ist, sich darum zu bemühen, für möglichst wenig Arbeit einen möglichst hohen Stundenlohn zu bekommen, und sei der Unterschied noch so gering.«

»Selbst, wenn man dafür die Nacht zum Tag machen muss?«

»Ja, selbst dann.«

»Tja, wenn Sie das sagen... Warum wollte Frau Yamamoto denn überhaupt so unbedingt arbeiten gehen?«

»Damit es zum Leben reicht, nehme ich an.«

»Heißt das, mit dem Lohn ihres Mannes allein wären sie nicht ausgekommen?«

»Ich weiß es nicht genau, aber ich glaube ja.«

»Aber war es nicht vielmehr so, dass ihr Mann sich bestimmte Ausschweifungen leistete und sie ihn deshalb ärgern oder vielleicht gar nicht mehr sehen wollte, dass es ihr also nicht allein um das Geld ging?«

»Davon ist mir nichts bekannt«, sagte Masako entschieden. »Sie hat mir nichts dergleichen erzählt, zumindest nichts, was diese Interpretation zuließe.«

»Welche Interpretation meinen Sie?«

»Nun, etwas, das, wie Sie vermutet haben, auf Boshaftigkeit gegen ihren Mann oder dergleichen hingedeutet hätte. Sie hat sich immer ordentlich um die Kinder gekümmert und ordentlich gearbeitet.«

Imai nickte. »Ich bin da wohl etwas zu weit gegangen, entschuldigen Sie. Aber wir haben nun mal herausgefunden, dass Herr Yamamoto die gesamten Ersparnisse des Ehepaares ausgegeben hat.«

Masako tat überrascht, so als hörte sie das zum ersten Mal. »Ist das wirklich wahr? Aber wozu denn nur?«

»Unseren bisherigen Recherchen zufolge hat er das Geld für Bar- und Spielsalonbesuche verbraucht. Ich frage Sie jetzt ganz offen, Frau Katori, da Sie offenbar Frau Yamamotos engste Vertraute in der Fabrik sind: Wie war das Verhältnis der Eheleute Yamamoto zueinander?«

»Das kann ich Ihnen aus dem einfachen Grund nicht sagen, weil sie darüber nie mit mir gesprochen hat.«

»Aber wie ist das möglich, wo Frauen doch immer so viel miteinander reden und sich gerne über ihre Männer beklagen!«, verschärfte Imai den Ton und sah sie misstrauisch an.

»Das kommt ganz auf den Typ an, glaube ich. Und sie gehört bestimmt nicht zu dieser Sorte.«

»Aha. Sie war also eine vorbildliche Ehefrau, sagen Sie. Unsere Erkundigungen in der Nachbarschaft haben aber ergeben, dass es häufig Streit zwischen den beiden gab, ständig habe man laute Auseinandersetzungen gehört.«

»So? Das ist mir neu.« Wusste der Kriminalbeamte, dass sie an jenem Abend mit dem Auto bei Yayoi gewesen war? Masako wurde unsicher und schaute ihm unwillkürlich in die Augen. Imai erwiderte ihren Blick ruhig und abschätzend.

»Es heißt, Herr Yamamoto habe sich in letzter Zeit viel herumgetrieben – Glücksspiel, Alkohol, Frauen –, und die Beziehung zu seiner Frau sei nicht die Beste gewesen. Das haben wir aus seinem Arbeitsumfeld erfahren. Er selbst soll sich Kollegen gegenüber so geäußert haben. Mit seiner Frau käme es in letzter Zeit ständig zum Streit, deshalb könne er nicht nach Hause, bevor sie zur Fabrik ginge, und dergleichen. Frau Yamamoto hingegen behauptet, er sei immer pünktlich zu Hause gewesen, nur an jenem Abend nicht. Seltsam, finden Sie nicht? Wieso hält sie es für erforderlich, uns in diesem Punkt zu belügen? Hat sie mit Ihnen wirklich nicht darüber gesprochen?«

»Nein, davon weiß ich überhaupt nichts.« Masako schüttelte den Kopf und ging zum Angriff über: »Heißt das, Sie verdächtigen Yayoi, Herr Inspektor?«

Imai winkte hastig ab. »Nein, nein, wo denken Sie hin! Ich habe mich nur ein wenig in Frau Yamamotos Lage versetzt: Ich an ihrer Stelle wäre ganz schön wütend, wenn ich mich nachts in der Fabrik abrackerte, während mein Mann die gemeinsamen Ersparnisse beim Bakkarat-Spiel verpulverte, sich in Bars mit anderen Frauen vergnügte und jeden Abend betrunken nach Hause käme. Ich würde doch nicht verzweifelt jeden Yen zusammenkratzen, damit er das Geld mit beiden Händen zum Fenster hinauswerfen könnte! Meine ganze Mühe würde zunichte gemacht, ich käme mir ohnmächtig vor. Ein Zustand, der kaum zu ertragen wäre, finden Sie nicht? Ein normaler Mann würde doch seine Frau lieber zu Hause wissen und nicht wollen, dass sie Nachtschicht macht, aber Herr Yamamoto scheint das ja direkt begrüßt zu haben! Deshalb vermute ich, dass die Eheleute Yamamoto nicht gerade gut miteinander ausgekommen sind.«

»Meinen Sie? Ich habe allerdings nie etwas davon bemerkt…« Masako spielte weiter die Ahnungslose, obwohl Imais Ausführungen exakt der Wahrheit entsprachen, wie sie mit einigem Zynismus feststellen musste.

»Ist Frau Yamamoto denn ein derart duldsamer Mensch?«

»Ja, das glaube ich.«

Imai sah von seinem Notizbuch auf. »Suchen Frauen sich in solchen Situationen nicht für gewöhnlich einen Liebhaber, Frau Katori?«

»Das kommt ganz auf die Frau an, und Yama-chan, ich meine Frau Yamamoto gehört nicht zu dieser Sorte.«

»Es gibt also in der Fabrik keinen Mann, mit dem sie vielleicht näheren Umgang pflegt?«

»Nein, auf keinen Fall«, erklärte Masako bestimmt. Endlich war Imai mit der Frage herausgerückt, die er ihr schon die ganze Zeit hatte stellen wollen.

»Und außerhalb der Fabrik?«

»Das weiß ich nicht.«

Imai zögerte eine Weile, bevor er sagte: »Nun, unsere Ermittlungen haben ergeben, dass in der betreffenden Nacht fünf der männlichen Fabrikangestellten frei hatten. Ich frage mich nun ehrlich gesagt, ob Frau Yamamoto nicht einen von diesen Männern hier näher kannte.« Er zeigte ihr seine Notizen.

In der letzten Zeile der Liste sah Masako den Namen »Kazuo Miyamori«. Ihr Herz klopfte wie wild, während sie entschieden den Kopf schüttelte und antwortete: »Nein. Sie ist ein grundanständiger Mensch.«

»Aha...«

»Sie glauben also, Yayoi hätte einen Geliebten gehabt, und der hätte ihrem Mann etwas angetan, Herr Inspektor? Ist es das, worauf Sie hinauswollen?«

»Nein, nein, wo denken Sie hin!« Imai lächelte gequält. »Sie haben zu viel Fantasie.«

Aber es lag auf der Hand, was in dem Kriminalbeamten vorging: Yayoi musste einen Mittäter gehabt haben. Und zwar einen Mann. Dieser Mann hatte ihr dabei geholfen, Kenji zu ermorden, und die Leiche fortgeschafft.

»Yayoi ist eine gute Ehefrau und eine wunderbare Mutter. Etwas anderes kann man wirklich nicht von ihr behaupten, glauben Sie mir.« Und das entspricht voll und ganz der Wahrheit, dachte Masako, während sie das sagte. Gerade weil Yayoi so eine mustergültige Ehefrau und Mutter war, hatte sie wie eine Furie auf Kenji losgehen und ihn töten können, nachdem sie erfahren hatte, wie er sie hintergangen hatte. Wenn sie dagegen einen Geliebten gehabt hätte, mit dem sie sich gut verstand, wäre es wohl nie so weit gekommen. Imai zog genau die falschen Schlüsse aus seinen richtigen Überlegungen.

»Tja, wenn Sie das sagen...« Imai schien sich immer noch nicht von seinem Verdacht lösen zu können und blickte unzufrieden auf seine Notizen. Masako stand auf, holte Gerstentee aus dem Kühlschrank und füllte ein Glas damit. Imai bedankte sich, als sie es ihm reichte, und trank es in einem Zug aus. Sein Adamsapfel bewegte sich auf und ab. Masako musste an Nobukis Adamsapfel und den der Leiche denken. Sie starrte eine Weile darauf, um dann langsam den Blick abzuwenden.

»Ich muss Ihnen nun die üblichen Routinefragen stellen: Wo waren Sie am Dienstagabend vergangener Woche, und was haben Sie am Mittwoch von morgens in der Früh bis etwa zur Mittagszeit gemacht?« Imai räusperte sich, nachdem er sein Glas auf dem Tisch abgestellt hatte, und sah Masako an.

»Ich bin wie immer zur Fabrik gefahren. Yayoi war auch dort. Ich habe wie gewöhnlich die Nachtschicht gemacht und bin zur üblichen Zeit nach Hause zurückgekommen.«

»Aber Sie sind später als sonst an Ihrem Arbeitsplatz angekommen, nicht wahr, Frau Katori?«, eröffnete Imai ihr mit Blick in sein Notizbuch wie nebenbei. Sie war in jener Nacht erst unmittelbar vor Schichtbeginn an der Stechuhr gewesen, das wusste er also. Masako hatte nicht damit gerechnet, dass sie bis in solche Details hinein ermitteln würden. Sie fühlte sich ertappt und wurde nervös, schaffte es aber, mit unbewegter Miene zu nicken.

»Ja, das mag sein. Auf den Straßen war viel Verkehr, und ich hatte mich etwas verspätet.«

»Ah ja. Sie fahren von hier aus sicher mit dem Auto nach Musashi-Murayama, nicht wahr? Handelt es sich um den Corolla, der draußen vor der Tür steht?« Imai wies mit dem Kugelschreiber in seiner Hand Richtung Eingang.

»Ja, so ist es.«

»Fährt sonst noch jemand aus der Familie mit diesem Wagen?«

»Nein, nur ich.« Sie hatte den Kofferraum zwar gründlich gereinigt, aber die Spurensicherung der Polizei würde eventuell doch etwas finden können. Masako zündete sich eine Zigarette an, um ihre Unruhe zu verbergen. Glücklicherweise zitterten ihre Hände nicht.

»Was haben Sie am nächsten Tag nach Schichtende gemacht?«

»Nun, ich bin kurz vor sechs nach Hause gekommen. Dann habe ich das Frühstück vorbereitet und mit der Familie zusammen gegessen. Nachdem mein Mann und mein Sohn aus dem Haus waren, habe ich Wäsche gewaschen, geputzt und so weiter. Kurz nach neun bin ich dann ins Bett gegangen, alles ganz wie immer.«

»Haben Sie zwischendurch irgendwann mit Frau Yamamoto gesprochen?«

»Nein, nachdem ich sie in der Fabrik gesehen hatte, nicht mehr.«

Da plötzlich hallte eine Stimme durchs Wohnzimmer, mit der Masako im Leben nicht gerechnet hätte:

»Hat Frau Yamamoto nicht an dem Abend hier angerufen?«

Völlig überrumpelt drehte sie sich um: In der Tür zum Wohnzimmer stand Nobuki. Masako war vom Klang seiner Stimme wie vor den Kopf gestoßen. Er war an diesem Morgen noch nicht heruntergekommen; sie hatte ihn in Ruhe gelassen und mittlerweile ganz vergessen, dass er noch im Haus war.

»Wer ist das bitte?«, fragte Imai in ruhigem Ton.

»Mein Sohn.«

Nachdem er Nobuki zur Begrüßung kurz zugenickt hatte, schaute er interessiert zwischen Masako und ihrem Sohn hin und her und fragte dann: »Und um wie viel Uhr ungefähr hat Frau Yamamoto hier angerufen?«

Masako antwortete nicht, sondern starrte benommen in Nobukis Gesicht. Das waren also die ersten Worte gewesen, die sie seit fast einem Jahr aus dem Mund ihres Sohnes zu hören bekam! Ausgerechnet zu diesem Telefonat musste er etwas sagen! Das hatte er aus Rache gemacht, einen anderen Grund konnte sie sich nicht vorstellen. Aber warum? Was hatte sie ihm getan?

»Der Anruf, Frau Katori«, wiederholte Imai, »wann war das ungefähr? Frau Katori?«

Masako kam wieder zu sich. »Entschuldigen Sie. Es ist nur so lange her, seit ich ihn habe reden hören.«

Als sich das Gespräch ihm zuwandte, zog Nobuki missmutig die Schultern hoch und wollte schon den Raum verlassen.

»Warte, was hast du damit gemeint?«

»Ach, gar nichts!«, schnauzte Nobuki, schlug die Wohnzimmertür hinter sich zu und rannte aus dem Haus.

»Ich muss mich für sein Benehmen entschuldigen, Herr Inspektor. Seitdem er von der Oberschule verwiesen wurde, hat er zu Hause kein Wort mehr gesprochen«, erklärte Masako in mütterlich entschuldigendem Tonfall.

»Ach so. Tja, Jungs in diesem Alter sind schwierig. Ich weiß das gut, weil ich früher beim Dezernat für Jugendkriminalität gewesen bin.«

»Ich war so verblüfft, als er plötzlich etwas gesagt hat!«

»Wahrscheinlich hat ihm der Mordfall einen Schock versetzt.« Imai nickte verständnisvoll, aber er leckte sich ungeduldig über die Lippen, und es war ihm deutlich anzusehen, dass er so schnell wie möglich zum Thema zurückkehren und den Rest der Geschichte hören wollte.

Masako tat ihm den Gefallen: »Um auf den Anruf zurückzukommen: Ich glaube, das war am Dienstagabend.«

»Am Dienstag, den zwanzigsten also. Um wie viel Uhr ungefähr?«, fragte Imai energisch.

»Es war sicher schon nach elf…«, antwortete Masako, als müsste sie überlegen. »Sie sagte, sie wüsste nicht, was sie tun solle, da ihr Mann noch nicht zu Hause sei. Ich glaube, ich habe ihr geraten, ruhig zur Arbeit zu kommen und sich nicht so viele Sorgen zu machen.«

»Aber diese Situation muss doch schon so oft vorgekommen sein! Wieso hat sie Sie dann ausgerechnet an jenem Abend angerufen?«

»Mir ist nichts davon bekannt, dass das schon oft vorgekommen sein soll. Ich weiß nur, dass ihr Mann gewöhnlich bis halb zwölf zu Hause war. Aber an jenem Abend machte sie sich zusätzliche Sorgen, weil die Kinder so unruhig waren.«

»Und wieso das?«

»Sie sagte, die Jungen wären durcheinander und hätten schlechte Laune, weil die Katze weggelaufen sei«, erfand Masako aus dem Stegreif. Sie durfte später nur nicht vergessen, sich darüber noch genau mit Yayoi abzusprechen. Aber das sollte nicht so schwierig sein, da die Sache mit der Katze ja tatsächlich stimmte.

»Aha.« Imai war immer noch misstrauisch.

In dem Moment ertönte der Signalton, mit dem die Waschmaschine das Ende des Programms ankündigte.

»Was ist denn das?«

»Ach, nur die Waschmaschine.«

»Ach so. Ob ich mir Ihr Bad wohl einmal anschauen dürfte?«, fragte Imai leichthin und erhob sich.

Während ihr insgeheim das Blut in den Adern gefror, zwang sich Masako zu einem Lächeln und nickte: »Ich habe nichts dagegen, aber…?«

»Mein Interesse ist rein privater Natur. Ich denke nämlich daran, bei mir zu Hause umzubauen, wissen Sie, deshalb sehe ich mir zur Zeit möglichst viele Bäder an.«

»Ja, wenn das so ist, kommen Sie.«

Masako führte Imai ins Bad. Er folgte ihr, wobei er seine Blicke überall umherschweifen ließ.

»Sie haben aber ein schönes Haus! Es ist noch ziemlich neu, nicht wahr?«

»Ja, es wurde erst vor drei Jahren gebaut.«

»Oh, und ein schönes, großes Bad! Ich beneide Sie!«, rief Imai mit Bewunderung in der Stimme, während er sich im Bad umsah. Sie wusste genau, was er dachte: Hier wäre es ohne weiteres möglich, eine Leiche zu zerlegen. Masako musste auf der Hut bleiben.

Nachdem er das Bad ausgiebig besichtigt hatte und schon im Eingang stand, um seine ausgetretenen Schuhe anzuziehen, drehte Imai sich noch einmal um: »Ist Ihr Sohn eigentlich immer zu Hause?«

In Wahrheit ging Nobuki so gut wie regelmäßig zur Arbeit auf dem Bau, aber Masako entschloss sich zu einer kleinen Lüge: »Er kommt und geht, wann er will.«

»Ach, ja.« Imai schien enttäuscht und biss sich auf die Lippen, hatte sich aber sofort wieder gefangen und verabschiedete sich freundlich: »Verzeihen Sie nochmals die Störung!«

Nachdem er das Haus verlassen hatte, ging Masako sofort nach oben in Nobukis Zimmer, denn von dort aus konnte man die Straße vor dem Haus überblicken. Sie spähte durch die Gardinen nach draußen. Wie sie erwartet hatte, war Imai noch nicht verschwunden, sondern stand auf Höhe der Baustelle auf der gegenüberliegenden Straßenseite und betrachtete ihr Haus. Nein, nicht das Haus. Sein Blick war auf Masakos alten Corolla geheftet.

Sie wartete ab, bis er endgültig weg war, und rief dann sofort Yayoi an – zum ersten Mal, seitdem der Fall in der Presse breitgetreten worden war.

»Hallo?«, meldete sich eine leise Stimme. Yayoi selbst, stellte Masako erleichtert fest.

»Ich bin's. Kannst du gerade reden?«

»Masako!«, rief Yayoi froh. »Ja, alles in Ordnung. Es ist niemand da.«

»Wirklich nicht? Was ist mit den Verwandten deines Mannes? Wo ist deine Mutter?«

»Die Schwiegermutter ist bei der Polizei, um ihre Aussage zu machen. Mein Schwager ist schon nach Hause zurückgefahren, und meine Mutter ist einkaufen.« Yayoi klang leicht und unbeschwert, als wäre sie in den Schoß der Familie zurückgekehrt.

»Aha. Stehst du nicht unter Beobachtung?«

»Ach was, die Polizei lässt sich kaum noch hier blicken – komisch, nicht?«, sagte Yayoi sorglos, als ginge sie das alles gar nicht mehr an. »Sie haben wohl Kenjis Jackett in irgendeinem Spielkasino in Kabuki-chō gefunden. Deshalb scheinen sie jetzt dort zu ermitteln.«

Glück im Unglück, dachte Masako erleichtert. Umso mehr verunsicherte sie jedoch das Verhalten von Imai.

»Nimm dich vor Inspektor Imai in Acht!«

»Ach, das ist dieser große, junge Mann, nicht wahr? Ich weiß, wen du meinst. Aber wieso denn, der ist doch ganz nett?«

»Was heißt hier nett?«, entgegnete Masako fassungslos. »Bei der Kripo gibt es keine netten Leute!«

»Wirklich? Aber sie scheinen alle Mitleid mit mir zu haben.«

Langsam machte Yayois leichtsinnige Unbekümmertheit Masako wütend. »Hör zu: Sie wissen mittlerweile, dass du mich an jenem Abend angerufen hast. Ich habe ihnen erklärt, die Jungen seien unruhig und schlecht gelaunt gewesen, weil die Katze weggelaufen sei.«

»Das war aber eine gute Idee!« Yayoi lachte leise. Sie schien ganz vergessen zu haben, dass sie Kenji umgebracht hatte, so gelassen klang ihre Stimme. Allein vom Zuhören bekam Masako an beiden Armen Gänsehaut.

»Merk dir das gut, damit wir uns nicht widersprechen, hörst du?«

»Ja, verstehe. Aber es scheint doch alles prima zu laufen, ich mach mir da überhaupt keine Sorgen.«

»Werd nur nicht übermütig!«

»Ja, schon klar. Übermorgen kommen übrigens Leute vom Fernsehen, weißt du, von so einem Boulevardmagazin.«

»Aber die Beerdigung ist doch kaum vorbei!«

»Ich hab ja auch versucht abzulehnen, aber sie waren so hartnäckig, und da hab ich schließlich ja gesagt.«

»Bist du verrückt? Lass das sein! Du weißt nicht, wer das alles zu sehen kriegt!«, schimpfte Masako.

»Ich wollte ja auch gar nicht. Aber meine Mutter ist rangegangen, und da haben sie sie wohl eingewickelt. Sie wollen doch auch nur drei Minuten.«

Masako fehlten die Worte, und sie schwieg bedrückt. Sie hätte doch dafür sorgen müssen, dass Yayoi beim Entsorgen der Leiche mithalf. Inzwischen schien sie ja sogar schon die Tatsache zu verdrängen, dass sie selbst die Mörderin war! Aber ob nun dieses Verhalten gegenüber der Außenwelt, die Yayoi verdächtigte, eher gut war oder schlecht, konnte Masako im Moment beim besten Willen nicht beurteilen.

Ihr machte es immer noch schrecklich zu schaffen, dass Nobuki sie eben vor dem Inspektor bloßgestellt hatte. Musste er sie denn auch mit den ersten Worten, die sie seit einem Jahr von ihm zu hören bekam, bei der Polizei verpetzen! Er konnte es ihr offenbar nicht verzeihen, dass sie allmählich dazu übergegangen war, ihn aus der Distanz heraus im Auge zu behalten, das fühlte sie.

Sie hatte doch immer alles richtig machen wollen, mit aller Kraft hatte sie sich für ihren Beruf und ihre Familie eingesetzt. Aber, wenn es wirklich stimmte, dass ihr eigener Sohn ihr nicht verzieh – was hatte sie dann seiner Meinung nach falsch gemacht? Sie hatte nie etwas von ihm zurückverlangt, nie auf Dankbarkeit gehofft, aber sein eiskalter Verrat traf sie bis ins Mark. Masako war so erschüttert, dass sie nach der Sofalehne greifen musste, um sich abzustützen. Ihre Finger gruben sich tief in den dicken, weichen Wollbezug. Liebend gern hätte sie ihn in Stücke gerissen, wenn sie gekonnt hätte, so sehr wütete eine ununterdrückbare Trauer in ihr und suchte ein Ventil. Masako verbiss es sich aufzuschluchzen und schloss die Lider.

Vor ein paar Tagen hatte sie beim Anblick der Waschmaschinentrommel, die sich ohne Wäsche drehte, an den Leerlauf in ihrem Beruf denken müssen. Offenbar war zu Hause auch alle Mühe vergeblich gewesen. Aber was sollte ihr Leben dann überhaupt, wozu war es gut gewesen? Wozu hatte sie gearbeitet, wozu hatte sie gelebt? Während sie über sich nachdachte, wie sie sich sinnlos aufgerieben und ihren Platz im Leben verloren hatte, stiegen ihr Tränen in die Augen. Sie wusste nicht mehr weiter.

Genau deshalb hatte sie sich vielleicht die Nachtschicht in der Fabrik ausgesucht. Da konnte sie tagsüber schlafen und nachts arbeiten, sich körperlich verausgaben, bis sie zum Umfallen müde war und nicht mehr zu denken brauchte. Sie konnte ein Leben führen, das dem der Familie entgegenlief. Aber damit hatte sie ihren Zorn und ihre Trauer nur weiter verstärkt. Weder Yoshiki noch Nobuki, niemand konnte ihr mehr helfen.

Plötzlich wusste Masako, warum sie Yayoi geholfen hatte. Zum ersten Mal begriff sie ihr Motiv, das ihr bis vor wenigen Augenblicken selbst noch unklar gewesen war. Sie hatte diese Grenze aus Verzweiflung überschritten, aus Sehnsucht nach einer anderen Welt. Aber was würde sie in der Welt jenseits dieser Grenze erwarten? Nichts würde sie erwarten! Sie starrte auf ihre weiß gewordenen Finger, die sich immer noch an die Sofalehne klammerten. Es berührte sie schon nicht mehr, ob die Polizei käme und sie festnähme oder ob irgendjemand ihr wahres Motiv durchschaute. Es berührte sie gar nichts mehr. Hinter sich hörte sie mehrere Türen nacheinander ins Schloss fallen. Masako war mit ihrer Einsamkeit allein.

5 Während er sich immer wieder den Schweiß von der Stirn wischte, ging Imai die enge Straße entlang, die allem Anschein nach einmal ein Feldweg gewesen war.

Er befand sich in einer Gegend mit lauter kleinen, alten Wohnhäusern, die der Fortschritt offenbar übersehen hatte. Die oxidierten braunen Zinkdächer waren hoffnungslos verbeult, und die ausgefransten Fliegengitter und verrosteten Regenrinnen ließen erkennen, dass seit dem Bau mehr als dreißig Jahre vergangen sein mussten. Die Häuser waren ausnahmslos heruntergekommene Holzbauten, die sofort lichterloh in Flammen aufgehen würden, wenn man ein Streichholz daran hielte.

Kinugasa vom Präsidium hatte sich bis auf weiteres ins Shinjuku-Revier verzogen, da er sich auf einen Mann aus Kabuki-chō als Täter eingeschossen hatte. Es handelte sich um den Betreiber eines Nachtclubs und des Spielsalons, den Kenji Yamamoto den Ermittlungen nach am Tag seines Verschwindens besucht hatte. Aber Imai hatte beschlossen, sich von Kinugasa abzukoppeln und seine eigenen Nachforschungen anzustellen.

Kinugasa war in Hochstimmung, seit er von der Vorstrafe des

Kasinobetreibers erfahren hatte, doch Imai konnte sich damit nicht zufrieden geben. Irgendetwas an Yayois Verhalten störte ihn, sie überzeugte ihn nicht. Es war mehr eine Eingebung, die er schlecht in Worte fassen konnte. Er hatte das Gefühl, als versuchte Yayoi verzweifelt etwas zu verbergen, das im Zentrum der Ereignisse stand. Das ließ ihm einfach keine Ruhe.

Imai blieb mitten auf der Straße stehen, nahm sein Notizbuch heraus und ging gedankenverloren seine Aufzeichnungen noch einmal von Anfang an durch. Ein paar Grundschüler mit nassen Haaren – offenbar kamen sie gerade aus dem Freibad – drängten sich an ihm vorbei, wobei sie ihn neugierig anstarrten.

Angenommen, Yayoi hätte ihren Mann umgebracht. Dem Vernehmen nach hatte sich das Ehepaar ununterbrochen gestritten, ein hinreichendes Motiv war also vorhanden. Schließlich war ein Totschlag im Affekt bei niemandem auszuschließen. Aber Yayois Statur war selbst für eine Frau zierlich und klein; da dürfte es schwierig sein, einen Mann umzubringen, ohne sich selbst zu verletzen – es sei denn, er schliefe oder wäre stark betrunken. Doch wenn sich Kenji bis zirka zweiundzwanzig Uhr in Shinjuku aufgehalten hatte, konnte er, selbst wenn er sich unverzüglich auf den Heimweg gemacht hätte, frühestens um elf zu Hause gewesen sein. Bis dahin dürfte die Wirkung des Alkohols einigermaßen nachgelassen haben. Außerdem hätte die Nachbarschaft doch sicher etwas gehört, wenn es einen Streit mit tödlichem Ausgang gegeben hätte, und die Kinder wären bestimmt auch wach geworden. Weder in den Zügen noch auf den Bahnhöfen der Seibu-Shinjuku-Linie war Kenji Yamamoto von jemandem gesehen worden. Wieso brach seine Spur in Shinjuku so plötzlich ab?

Gesetzt den Fall, Yayoi hätte es geschafft, ihren Mann umzubringen, und wäre zur Arbeit gegangen, als sei nichts geschehen – wer hatte dann die Leiche entsorgt? Das Bad der Yamamotos war zu klein, außerdem war der Luminol-Test negativ gewesen.

Angenommen, eine der Kolleginnen aus der Fabrik hätte Mitleid mit Yayoi gehabt und ihr beim Beseitigen der Leiche geholfen. Das wäre nicht undenkbar, auch wenn es sich um Frauen handelte. Wider Erwarten waren bei Mordfällen mit zerstückelter Leiche gar nicht so selten Frauen die Täter. Imai hatte Akten und Analysen früherer Fälle studiert. Die, bei denen Frauen die Täter gewesen waren, hatten zwei Merkmale gemeinsam: Spontaneität und Solidarität.

Einer Frau, die aus einem plötzlichen Impuls heraus einen Mord begangen hatte, bereitete die Entsorgung der Leiche die größten Schwierigkeiten, da sie rein physisch meist nicht in der Lage war, den leblosen Körper alleine zu tragen. Deshalb blieb ihr oft nichts anderes übrig, als ihn zu zerlegen. Während bei Männern das Motiv für die Zerstückelung meist die Unkenntlichmachung der Identität des Opfers und gelegentlich auch eine bizarre Vorliebe war, bestand es bei Frauen einfach in der Schwierigkeit des Transports. Verantwortlich dafür war die Spontaneität der Tötungshandlung. In Fukuoka hatte es einen Fall gegeben, bei dem eine Friseuse umgebracht und zerstückelt worden war. Der Täterin war nach der Tat aufgefallen, dass sie die Leiche nicht würde tragen können, also hatte sie sie zerlegt und in Einzelteilen fortgeschafft.

Außerdem ließen sich Frauen leicht aus Mitleid zur Beihilfe verleiten, wenn ihre Lebensumstände denen der Täterin glichen. Beispielsweise hatte eine Frau ihren alkoholsüchtigen, gewalttätigen Ehemann getötet und war dann weinend zu ihrer Mutter gelaufen. Diese hatte Mitleid mit ihrer Tochter – »Das musste ja so kommen, bei diesem Mann!« – und half ihr, die Leiche zu zerstückeln. In einem anderen Fall hatten zwei Freundinnen einen nichtsnutzigen Zuhältertyp, der die eine von beiden nicht in Ruhe gelassen hatte, mit vereinten Kräften erstochen, gemeinsam in kleine Teile zerlegt und in einen Fluss geworfen. Nachdem sie verhaftet worden waren, sollen die beiden mit unbekümmerten Gesichtern zu Protokoll gegeben haben, sie seien der Meinung, eine gute Tat vollbracht zu haben.

Frauen bereiteten täglich Mahlzeiten zu, da waren sie in weitaus stärkerem Maße als Männer an tierisches Fleisch und Blut gewöhnt. Sie konnten mit dem Messer umgehen und kannten sich mit der Abfallbeseitigung aus. Außerdem hatten sie oft Nerven wie Drahtseile, erst recht, wenn sie Kinder geboren hatten, denn dann waren sie Anfang und Ende des Lebens so nahe wie nur möglich gekommen. Meine eigene Frau, dachte Imai, ist das beste Beispiel dafür, und er meinte das durchaus nicht scherzhaft.

Einmal angenommen, Masako Katori, der er gerade eben einen

Besuch abgestattet hatte, hätte beim Entsorgen der Leiche geholfen.

Imai erinnerte sich an Masakos gefasstes, kluges Gesicht und ihr geräumiges Bad. Sie konnte Autofahren, und außerdem war es sehr verdächtig, dass Yayoi sie ausgerechnet an jenem Abend angerufen hatte.

Angenommen, Yayoi hätte ihren Mann umgebracht und dann Masako angerufen, um sie um Hilfe zu bitten. Masako wäre auf dem Weg zur Fabrik bei Yayoi vorbeigefahren und hätte die Leiche in ihrem Auto versteckt. Aber beide waren in jener Nacht ganz normal zur Arbeit erschienen, als sei nichts vorgefallen. Und wenn es nicht allein Masako war, die Yayoi geholfen hatte? Doch die beiden anderen, die allem Anschein nach mit ihnen befreundet waren, Yoshië Azuma und Kuniko Jōnouchi, waren ebenfalls wie gewöhnlich zur Arbeit gekommen. Das wäre des Guten zu viel – zu verwegen, zu durchdacht. Imai kam der Punkt »Spontanität« aus den Analysen zu Mordfällen mit zerstückelter Leiche in den Sinn, bei denen Frauen beteiligt gewesen waren, und er neigte nachdenklich den Kopf.

Yayoi hatte ausgesagt, sie sei am nächsten Morgen nach Hause gegangen und den ganzen Tag dort geblieben. Das hatte sich durch Befragungen in der Nachbarschaft bestätigen lassen. Daher war eine Beteiligung Yayois an der Zerlegung der Leiche ihres Mannes schwer vorstellbar. Aber konnte denn Masako die Leiche von Yayois Ehemann mit nach Hause genommen und alleine oder mit Hilfe der anderen beiden zerstückelt haben? Während Yayoi, die Mörderin, gemütlich zu Hause herumsaß? Welche Veranlassung sollten Masako und die anderen gehabt haben, so etwas für Yayoi zu tun? Sie konnten doch kaum einen ähnlich starken Hass auf Yayois Ehemann entwickelt haben? Nein, das war alles zu weit hergeholt, einfach undenkbar, dass die vernünftige Masako ein solches Risiko in Kauf nehmen würde.

Außerdem war »Frauensolidarität« im Fall von Yayoi und Masako eher unwahrscheinlich. Dazu waren ihre Lebensumstände zu verschieden. Das fing schon bei Alter und Milieu an. Yayoi war jung, hatte noch kleine Kinder und lebte in sehr bescheidenen Verhältnissen. Masakos wirtschaftliche Lage dagegen wirkte zwar nicht gerade üppig, aber stabil, so dass Imai sich fragte, warum sie überhaupt Nachtschicht machte. Ihr Mann war bei einem verhältnismäßig krisensicheren Unternehmen angestellt, und sie wohnten in einem neu gebauten, frei stehenden Einfamilienhaus. Imai, der mit seinen vielen Kindern immer noch in einer engen Dienstwohnung lebte, beneidete sie darum. Der Sohn schien Probleme zu machen, aber mit siebzehn war er, was die Erziehungspflichten betraf, aus dem Gröbsten heraus. Auch ohne Nachtschicht würde Masako ein sorgenfreies Leben führen können. Außerdem: Nach allem, was er gehört hatte, schien sich ihr Umgang mit Yayoi nur auf die Fabrik zu beschränken.

Was war es dann? Geld? Imai erinnerte sich an den wütenden Ausdruck in Masakos Gesicht, als sie von der unangemessenen Entlohnung für Teilzeitarbeit gesprochen hatte. Was das anging, schien sie knallhart zu sein, jedenfalls hatte sie diesen Eindruck auf ihn gemacht. Denkbar war es immerhin, dass Yayoi sie gegen Geld beauftragt hatte. Nach dem Motto, sie könne es nicht selbst erledigen, da sie sich ein Alibi verschaffen müsse – ob Masako das nicht übernehmen könne, es solle auch ihr Schaden nicht sein. So hätte sie auch Yoshië Azuma und Kuniko Jōnouchi ansprechen können. Aber wenn man bedachte, wie sie lebte – sie besaß einfach nicht die finanziellen Möglichkeiten dazu.

Oder wollte sie sie mit dem Geld aus der Versicherung bezahlen? Imai hatte erfahren, dass Yayoi eine größere Summe ins Haus stand. Vielleicht hatte sie Masako und den anderen vorgeschlagen, sie mit der Lebensversicherung ihres Mannes zu bezahlen. Aber dann wäre es völlig unsinnig gewesen, die Leiche zu zerstückeln, da die Identität so schnell wie möglich festgestellt werden musste. Immer wieder stieß Imai auf Probleme. Auch in puncto Motiv steckte seine Theorie in einer Sackgasse.

Er erinnerte sich an Yayois heftige Reaktion beim Anblick der Fotos von der Leiche ihres Mannes. Das war nicht gespielt gewesen, sondern echte Erschütterung, echtes Grauen und Entsetzen. Nein, Yayoi hatte ihren Mann sicher nicht auseinander genommen.

Aber Masakos roter Corolla war weder in jener Nacht in der Umgebung des Hauses der Yamamotos gesehen worden, noch irgendwann in der Nähe des Koganei-Parks, wo die Leichenteile weggeworfen worden waren. Schweren Herzens verwarf Imai seine Theorie, Yayoi habe ihren Mann umgebracht und dann Masako um Hilfe gebeten, beziehungsweise Masako oder sonst jemand von den Kolleginnen aus der Fabrik hätte die Leiche aus eigenem Antrieb heraus zerstückelt.

Als Nächstes überlegte er, ob nicht ein Mann in Yayois Umgebung als Mittäter in Frage kam. Sie war eine Schönheit, auszuschließen war das daher nicht. Aber es gab auch keinerlei Hinweise dafür.

Imai las noch einmal einige Stellen in seinen Notizen, die er mit Leuchtstift markiert hatte. Es waren die Punkte, die ihm von den Ergebnissen der Befragung der Nachbarschaft besonders aufgefallen waren: das Ehepaar Yamamoto hätte unaufhörlich gestritten; sie hätten kein gemeinsames Schlafzimmer gehabt; die Aussage des älteren der beiden Jungen, sein Vater sei noch einmal nach Hause gekommen (was Yayoi allerdings mit dem Hinweis bestritten hatte, das Kind habe das sicher nur geträumt); die Katze der Yamamotos beträte seit jener Nacht das Haus nicht mehr…

»Die Katze…«, sagte Imai zu sich selbst und sah sich in der Gegend um. In dem mit Nachtkerzen überwucherten Vorgarten eines heruntergekommenen, einstöckigen Häuschens hockte eine braun getigerte Katze, die ihr Hinterteil aus Vorsicht vor ihm geduckt hielt. Imai starrte ihr in die gelben Augen. Vielleicht hatte die Katze der Yamamotos an jenem Abend etwas mitangesehen, was ihr einen solchen Schreck versetzt hatte, dass sie sich nicht mehr ins Haus hineintraute. Aber leider kann man Katzen nun mal nicht verhören, dachte Imai und zog eine Grimasse.

Himmel, war das heiß! Imai wischte sich mit seinem zerknitterten Taschentuch den Schweiß aus dem Gesicht und setzte sich wieder in Bewegung. Nach ein paar Schritten betrat er einen altertümlich anmutenden Süßigkeitenladen, kaufte sich eine Dose kalten Oolong-Tee und trank sie auf der Stelle aus. Der dicke Mann mittleren Alters hinter der Ladentheke glotzte gelangweilt auf den LCD-Bildschirm seines Mini-Fernsehers. Imai sprach ihn an.

»Wo bitte wohnt Frau Azuma?«

Der Mann deutete mit dem Finger auf das Haus an der Ecke.

»Ja, vielen Dank. Wie ich gehört habe, hat Frau Azuma ihren Mann verloren, nicht wahr?«

»Ja, vor vielen Jahren schon. Sie hat es überhaupt schwer, mit der bettlägerigen Schwiegermutter im Haus. Und jetzt ist auch noch ihr kleiner Enkel da. Erst heute kam sie wieder, um Süßigkeiten für ihn zu kaufen.«

»Ah.« Unter diesen Umständen dürfte sie wohl kaum die Kraft übrig gehabt haben, nur aus Spaß an der Freude bei der Entsorgung einer Leiche auszuhelfen. Imai spürte, wie sich seine Theorie mehr und mehr in Luft auflöste wie Tau am Morgen.

»Hallo, ist jemand zu Hause?«

Imai zog die Tür zu Yoshiës Haus auf und wich augenblicklich vor dem Kotgestank zurück, der ihm entgegenschlug. Vom zementierten Eingangsbereich aus konnte er bis ins hintere Zimmer des kleinen Hauses blicken, wo Yoshië gerade dabei war, einer offensichtlich bettlägerigen alten Frau die Exkremente abzuwischen.

»Ach, entschuldigen Sie vielmals!«, entfuhr es ihm.

»Wer sind Sie?«

»Mein Name ist Imai. Ich bin vom Musashi-Yamato-Polizeirevier.«

»Ach, der Inspektor von der Kriminalpolizei? Wie Sie sehen, habe ich gerade alle Hände voll zu tun. Können Sie nicht später noch einmal wiederkommen?«

Solchermaßen von Yoshië zurechtgewiesen, war Imai sich unschlüssig, ob es nicht tatsächlich besser wäre, die Befragung zu verschieben. Aber dann besann er sich doch zu bleiben; schließlich war er nun schon extra hergekommen.

»Nun, verzeihen Sie, aber können wir nicht so reden?«

»Wie Sie wollen, mir soll's recht sein.« Yoshië drehte sich missmutig zu ihm um. Ihr Haar war zerzaust, und auf der Stirn standen ihr dicke Schweißperlen. »Wenn Sie der Gestank nicht stört.«

»Nein, nein, ich muss mich entschuldigen, dass ich Sie mitten bei der Arbeit störe!«

»Was wollen Sie wissen? Geht es um Yama-chan?«

»Ja, genau. Sie sind mit ihr befreundet, habe ich gehört?«

»Befreundet? So würde ich das nicht direkt nennen. Sie ist schließlich eine ganz andere Generation als ich.« Damit packte Yoshië mit einer Hand beide Knöchel der alten Frau, rief: »Und hoch damit!«, hob ihre Beine mit einem Ruck in die Luft und begann, ihr mit Toilettenpapier den verschmutzten Hintern abzuwischen. Imai wusste nicht recht, wohin er blicken sollte, sah zu Boden und betrachtete die kleinen Laufschühchen mit den aufgedruckten Trickfilmfiguren, die im Eingang lagen. Da bemerkte er das kleine Kind, das rechts von ihm auf dem Fußboden der winzigen, dunklen Küche saß, in der es nur eine Spüle und einen Gasherd gab, und friedlich Saft trank. Das musste Yoshiës Enkel sein. Völlig unmöglich, in diese Enge eine Leiche hereinzuschaffen und sie dann zu zerstückeln! Er brauchte sich das Bad gar nicht erst anzuschauen.

»Ist Ihnen in letzter Zeit an Frau Yamamoto irgendetwas Ungewöhnliches aufgefallen?«

»Ich sage Ihnen doch, ich weiß gar nichts.« Yoshië war damit fertig, der alten Frau den Hintern abzuwischen, und zog ihr nun eine frische Windel an.

»Ah ja. Nun, welchen Eindruck haben Sie denn so von Frau Yamamoto?«

»Sie ist von der fleißigen Sorte«, kam die Antwort wie aus der Pistole geschossen. »Ja, sie ist von der fleißigen Sorte, die immer ihr Bestes gibt. Deshalb tut es mir ja so Leid, dass ihr Mann auf diese Weise umkommen musste!«

An den Wortenden zitterte ihre Stimme ein wenig, doch Imai machte die körperliche Anstrengung dafür verantwortlich.

»Wie ich gehört habe, soll Frau Yamamoto am Tag davor bei der Arbeit gestürzt sein, nicht wahr?«

»Sie sind ja bestens informiert!« Yoshië sah Imai an. »Ja, ja, sie ist über den Bottich mit Schweinebratensoße gestolpert.«

»Hatte das wohl irgendeinen Grund? Hat sie sich vielleicht wegen irgendetwas Sorgen gemacht?«

»Ach wo! In der Fabrik rutscht jeder mal aus«, sagte Yoshië sichtlich ungehalten und stand auf, in der Hand die volle Windel, die sie einfach am Eingang zur Küche abstellte, wo das Kind spielte. Dann wandte sie sich Imai zu, während sie ihren von der schweren Arbeit krummen Rücken streckte, und sagte: »Und, was wollen Sie noch wissen?«

»Nun ja, was haben Sie am Mittwochmorgen gemacht, Frau Azuma?«

»Das, was ich jeden Morgen mache, wie Sie heute gesehen haben.«

»Und danach?«

»Auch wieder dasselbe, den lieben langen Tag.«

Imai verabschiedete sich hastig und eilte mit hängenden Schultern davon. Der Anblick, wie Yoshiё sich nach der Nachtschicht noch mit der Pflege der bettlägerigen alten Frau abplagen musste, hatte ihn schwer mitgenommen. Bei der ersten Befragung in der Fabrik, als er zusammen mit Kinugasa die Beschäftigten der Reihe nach durchgegangen war, hatte sie einen ängstlichen, irgendwie verdächtigen Eindruck auf ihn gemacht, aber da war er wohl zu voreilig gewesen. Seine Spekulationen sah er hier ebenfalls enttäuscht.

Jetzt fehlte ihm noch die Aussage einer weiteren Teilzeitkraft, die enger mit Yayoi zu tun zu haben schien, Kuniko Jōnouchi, aber das war ihm nun schon lästig. Er ging noch einmal bei dem Süßigkeitenladen vorbei und trank eine zweite Dose Oolong-Tee.

»War Frau Azuma zu Hause?«, fragte ihn der Mann hinter der Theke.

»Ja. Sie war gerade sehr beschäftigt. Wissen Sie übrigens, ob sie nicht am vergangenen Mittwoch das Haus für längere Zeit verlassen hat?«

»Am Mittwoch?«, gab der Kioskmann zurück, und Imai meinte einen Anflug von Misstrauen in seinen Augen aufglimmen zu sehen. Er hielt ihm seinen Dienstausweis hin.

»Es geht um Folgendes: Frau Azuma arbeitet in derselben Fabrik wie die Ehefrau des Mordopfers, das letzte Woche zerstückelt aufgefunden wurde.«

»Ach, die Geschichte!« Sofort leuchteten die Augen des Kioskmanns. »Eine schlimme Sache, wirklich, ich habe schon davon gehört. Auch, dass die Frau des Opfers hier in der Lunchpaket-Fabrik arbeitet!«

»Und was war nun am Mittwoch mit Frau Azuma?«

»Ach, die arme Frau ist doch ans Haus gefesselt!«, antwortete der Mann, hörbar neugierig, warum die Polizei sich nach Yoshiё erkundigte, aber Imai verließ den Laden, ohne noch weiter etwas zu sagen. Seine Bemühungen kamen ihm mehr und mehr vergeblich vor.

Unterwegs aß er bei einem Chinesen vor dem Higashi-Yamato-Bahnhof noch ein kaltes Nudelgericht, und als er schließlich Kunikos Wohnung erreichte, war der Nachmittag schon fast vorbei. Er drückte auf den Klingelknopf der Gegensprechanlage, aber es meldete sich niemand. Er läutete noch ein paar Mal – es tat sich nichts. Als er gerade aufgegeben und sich schon umgedreht hatte, um zu gehen, hörte er, wie innen der Hörer abgenommen wurde und sich eine unfreundliche Frauenstimme meldete:

»Ja, wer ist da?«

Imai nannte seinen Namen. Sofort ging die Tür auf, und Kunikos mürrisches Gesicht erschien. Man sah mit einem Blick, dass sie geschlafen hatte.

»Verzeihen Sie bitte, ich störe offenbar gerade.«

Kuniko wich seinem Blick aus und schaute zu Boden, als sei sie erschrocken über seinen plötzlichen Besuch.

Imais Interesse war wieder geweckt, und er sah sich neugierig in ihrer Wohnung um. »Schlafen Sie immer um diese Zeit?«

»Ja, ich arbeite schließlich die ganze Nacht.«

»Ihr Mann ist noch bei der Arbeit, nehme ich an?«

»Äh, nun ja…«, murmelte Kuniko ausweichend.

»Wo ist er denn beschäftigt?«, fasste Imai rasch nach, um den Augenblick zu nutzen, ehe sein Gegenüber sich besinnen konnte. Auf diese Weise kam man meist schnell der Wahrheit auf die Spur.

»Er hat gekündigt, um ehrlich zu sein. Und er wohnt auch nicht mehr hier.«

»Ach, Sie leben getrennt?« Sein Polizisteninstinkt begann zu arbeiten. Aber er dachte längst nicht daran, dass hier irgendeine Verbindung zu Yayoi bestehen könnte. »Darf ich fragen, warum?«

»Warum, warum! Es lief halt nicht mehr, darum!« Kuniko griff nach ihrer Handtasche und kramte eine Packung Zigaretten heraus, wobei ihre offenkundig nicht von einem BH gehaltenen Hängebrüste unter dem T-Shirt hin- und herwallten. Imai spähte in das hintere Zimmer und sah ein zerwühltes Bett. Mit einer solchen Frau zusammenzuleben muss einen ja fertig machen, dachte er und beobachtete mit den Augen eines Mannes, wie sich Kuniko eine Zigarette in den Mundwinkel steckte und daran zog.

»Ich habe gehört, dass Sie sich mit Frau Yamamoto gut verstehen, deshalb wollte ich Ihnen ein paar Fragen stellen.«

»So gut verstehen wir uns auch wieder nicht«, sagte Kuniko, ohne ihn dabei anzusehen.

»Ach so? Aber ich dachte, sie arbeiten immer zu viert zusammen, so habe ich das jedenfalls in der Fabrik verstanden.«

»Ja, in der Fabrik. Aber sie ist etwas hochnäsig, wissen Sie, bildet sich Wunder was auf ihr hübsches Frätzchen ein – nein, so dick sind wir gar nicht miteinander.«

»Aha.« Imai bemerkte die Boshaftigkeit, die in Kunikos Herzen lauerte. Hatte sie denn kein bisschen Mitleid mit Yayoi? Wo sie doch die Frau des Mordopfers war und sich gerade in solch einer für alle Welt sichtbaren, bedauernswerten Lage befand?

Wieso bestanden sowohl Yoshië als auch Kuniko so vehement darauf, gar kein so gutes Verhältnis zu Yayoi zu haben? Das kam ihm seltsam vor und nährte in ihm einen Rest Zweifel. Nach allem, was er in der Fabrik erfahren hatte, hingen die vier ständig zusammen – bei der Arbeit sowieso, aber auch danach setzten sie sich für gewöhnlich noch auf einen Tee und ein Schwätzchen zusammen, ehe sie nach Hause fuhren. Seiner bisherigen Erfahrung nach würde doch die Reaktion der Kolleginnen in einem solchen Fall normalerweise voll überschwänglichen Mitgefühls sein.

»Dann haben Sie also außerhalb der Arbeit nicht viel mit Frau Yamamoto zu tun?«

»Nein, praktisch nichts«, sagte Kuniko kaltschnäuzig, stand auf, ging zum Kühlschrank und goss Wasser aus einer Mineralwasserflasche in ein Glas. »Möchten Sie auch? Es ist allerdings nur Leitungswasser.«

»Nein, danke.«

Imai hatte schnell einen Blick in den Kühlschrank geworfen, als Kuniko die Tür aufgemacht hatte. Er war vollkommen leer, wie in einem Junggesellenhaushalt. Keine Lebensmittel, keine Essensreste, nicht einmal eine Flasche Saft. Wird denn hier nicht gekocht?, dachte Imai verwundert. Da fiel ihm auch auf, dass Kunikos Kleidung und andere Habseligkeiten zwar einigermaßen teuer aussahen, aber zum Beispiel nirgendwo eine CD oder ein Buch zu entdecken war, und dass über der ganzen Wohnung eine gewisse Ärmlichkeit lag.

»Kochen Sie nicht?«, fragte Imai mit Blick auf die leeren Lunchpaketschalen, die sich in einer Zimmerecke stapelten.

»Nein, bewahre, ich hasse das!«, platzte Kuniko heraus und verzog das Gesicht, doch schon eine Sekunde später schien sie sich dafür zu schämen.

Aufgeplusterte Pute, dachte Imai. »Ach so, ja dann. Um auf die Ermittlungen bezüglich des Mordfalls zurückzukommen, Frau Jōnouchi: Sie sind Mittwochnacht nicht zur Arbeit erschienen, darf ich fragen, warum nicht?«

»Mittwoch?« Kuniko fuhr sich wie vor Schreck mit der dicken, aufgeschwemmten Hand an die Brust.

»Ja. In der Nacht davor, also Dienstag spätabends, ist der Ehemann von Frau Yamamoto spurlos verschwunden und wurde am Freitag zerstückelt aufgefunden. Sie, Frau Jōnouchi, haben Mittwochnacht in der Fabrik gefehlt. Ich muss Sie also routinemäßig nach dem Grund dafür fragen.«

Kuniko rang um Fassung. »Mir wird schlecht gewesen sein. Ja, ich hatte es am Magen, und da war es mir zu viel, zur Arbeit zu gehen.«

Nachdem er eine Pause gelassen hatte, um auszuschließen, dass sie es sich doch noch anders überlegte, fuhr Imai fort: »Hat Frau Yamamoto nicht vielleicht ein Verhältnis mit einem anderen Mann?«

»Tja.« Kuniko zuckte die Achseln. »Ich weiß nicht, ich glaube nicht.«

»Und Frau Katori?«

»Frau Katori!« Mit diesem Namen schien sie nicht im Entferntesten gerechnet zu haben, denn ihre Stimme überschlug sich.

»Ja, Masako Katori.«

»Als ob die einen Liebhaber hätte – vor der kann man sich doch nur fürchten!«

»Fürchten? Wie meinen Sie das?«

»Na ja, also …« Kuniko verstummte, als fiele ihr kein besseres Wort dafür ein, woraus Imai schloss, dass sie es so und nicht anders gemeint hatte. Schweigend wartete er ab. Aber inwiefern und warum sollte man sich vor Masako fürchten müssen? Verwundert neigte Imai den Kopf zur Seite.

»Ich mache es jedenfalls nicht mehr lange in dieser Fabrik, ich glaube, ich kündige. Dieser Mordfall, die zerstückelte Leiche und alles – da kriegt man ja Angst, selbst vom Unglück verfolgt zu werden!« Kuniko brachte das Gespräch auf ein anderes Thema.

Imai nickte. »Tja, das kann ich verstehen. Dann sind Sie wohl auf der Suche nach einer neuen Stelle?«

»Ja, aber diesmal möchte ich unbedingt tagsüber arbeiten, und nicht mehr an so einem unheimlichen Ort, wo auch noch immer dieser Grabscher auftaucht. Das ist doch alles viel zu gefährlich, finden Sie nicht?«

»Ein Grabscher?« Das war Imai neu. Er schlug sein Notizbuch auf. »Und der hat in der Fabrik sein Unwesen getrieben, sagen Sie?«

»Bitte, hören Sie auf! ›Sein Unwesen getrieben‹, das klingt ja so nach Gespenst!« Kuniko schien sich wieder ganz in ihrem Element zu fühlen, seit sie über ein anderes Thema redeten.

»Ich glaube zwar nicht, dass das irgendetwas mit dem Mordfall zu tun hat, aber erzählen Sie mir mal genauer, was Sie von der Sache wissen.«

Und Kuniko begann, in aller Ausführlichkeit von dem Grabscher zu berichten, der ungefähr seit April des Jahres in Erscheinung getreten war. Während er sich Notizen dazu machte, dachte Imai über die Beschwerlichkeiten von Nachtarbeit für Frauen nach.

Als er aus Kunikos Wohnblock nach draußen trat, brannten sich die langen Strahlen der Nachmittagssonne unerbittlich in den Betonbelag des Parkplatzes. Angesichts der bevorstehenden Anstrengung, in dieser Affenhitze zur Bushaltestelle laufen und dort auch noch auf den Bus warten zu müssen, stieß Imai einen langen Seufzer aus. Beiläufig glitt sein Blick über die vielen Autos in allen möglichen Farben, die auf den Mietstellplätzen parkten. Ein schmuckes dunkelgrünes Golf Cabriolet fiel ihm besonders ins Auge.

Wem das wohl gehören mochte, in dieser Mietskaserne? Imai versuchte sich den Besitzer vorzustellen, aber er wäre nie auf die Idee gekommen, dass es sich um das geliebte Auto von Kuniko handelte, deren Wohnung einen so ärmlichen Eindruck machte.

Eigentlich hatte er heute noch die fünf Fabrikarbeiter abklappern wollen, die Dienstagnacht freigehabt hatten, doch das verschob er nun auf morgen. Denn wenn seine Theorie jetzt vollständig in sich zusammenbräche, würde das sowieso bedeuten, dass er klein beigeben und sich wieder Kinugasa anschließen musste.

Mit langem Gesicht machte sich Imai auf den Weg durch die unerträgliche Hitze. Er war kaum ein paar Schritte gegangen, da brach ihm schon wieder der Schweiß aus und durchnässte den Rücken seines T-Shirts.

6

Kazuo Miyamori lag bäuchlings auf seinem Hochbett und studierte ein Japanischlehrbuch.

Zu der Prüfung, den Arbeitsalltag in der Lunchpaket-Fabrik zu meistern, waren zwei weitere hinzugekommen: Zum einen musste er Masako dazu bringen, ihm ganz und gar zu verzeihen. Und zum anderen musste er sich, um das erreichen zu können, dem Studium der japanischen Sprache widmen. Im Unterschied zu der stupiden Aufgabe, gekochten Reis an die Fließbänder zu schaffen, hatten diese beiden neuen Prüfungen einen süßen Beigeschmack.

Watashi no namae wa Miyamori Kazuo desu. –
»Mein Name ist Kazuo Miyamori.«
Shumi wa sakkā o miru koto desu. –
»Mein Hobby ist Fußball schauen.«
Anata wa sakkā ga suki desu ka. –
»Magst du Fußball?«
Anata no suki na tabemono wa nan desu ka. –
»Welche Speisen isst du gern?«
Watashi wa anata ga suki desu. –
»Ich mag dich gern.«

Kazuo murmelte die Beispielsätze ein paarmal leise vor sich hin und wandte, immer noch auf dem Bauch liegend, den Blick zur Seite. Im Fenster, von dem er von seinem Bett aus nur den obersten kleinen Ausschnitt sehen konnte, leuchtete das tieforange Licht des Abendrots. Die Sommersonne ging gerade unter. Über den in strahlendes Orange getauchten Wolken nahm der Himmel schon langsam das dunkle Blau der Nacht an. Ja, es sollte so schnell wie möglich Nacht werden, wünschte sich Kazuo. Denn dann würde er Masako in der Fabrik wiedersehen können.

Seit jenem Tag hatte er nicht mehr mit ihr gesprochen. Weil er fürchtete, dass sie ihn wieder ignorieren und ihm dadurch wehtun würde, wenn er sie anspräche. Aber er hatte sich heimlich das besorgt, was sie in jener Nacht in den Kanal geworfen hatte. Er hatte es einfach wieder herausgefischt.

Kazuo griff unter sein Kissen, holte den silberfarbenen Schlüssel hervor und schloss die Finger fest darum. Langsam erwärmte sich das kalte Metall in seiner Hand. Genau wie meine Gefühle für Masako, dachte er und war glücklich.

Seine Kollegen würden ihn sicher auslachen, wenn er ihnen davon erzählte, von wegen, sie sei doch viel zu alt für ihn. Oder er würde sich eine Predigt anhören müssen, dass er sich doch gefälligst ein brasilianisches Mädchen suchen solle, wenn er schon unbedingt eine Freundin wolle. Aber das brauchte auch niemand zu verstehen. Diese ältere Frau hatte etwas an sich, das nur er begreifen konnte, davon war er überzeugt. Und er selbst hatte sicher auch etwas an sich, das nur sie allein würde verstehen können. Wenn sie sich erst besser kennen lernten, würden sie bestimmt bald merken, wie ähnlich sie sich waren. Das versprach ihm dieser Schlüssel.

Kazuo zog den Schlüssel auf eine silberne Kette, die er sich um den Hals hängte. Solche Schlüssel gab es massenweise, nicht einmal Masako selbst würde bemerken, dass es sich um den handelte, den sie weggeworfen hatte. Kazuo war fünfundzwanzig und benahm sich wie ein Oberschüler, der sich zum ersten Mal verliebt hatte – und er war außer sich vor Glück.

Auf keinen Fall fasste er sein Verhalten als Ablenkungsmanöver von der depressiven Kälte im Heimatland seines Vaters auf. Einer Frau wie Masako zu begegnen wäre auch in Brasilien ein seltener Glücksfall, dachte Kazuo hellsichtig.

Am Tag zuvor war er frühmorgens zum Kanal gegangen.

Im Unterschied zu den Teilzeitkräften dauerte der Dienst der brasilianischen Fabrikarbeiter bis sechs Uhr. Danach wurde die Fabrik für kurze Zeit völlig menschenleer, bis zum Beginn der Tagschicht um neun. Kazuo passte diesen günstigen Zeitraum ab, um sich auf den Weg zum unterirdischen Kanal vor der stillgelegten Fabrik zu machen.

Er wusste noch ungefähr, wo Masako gestanden hatte. Und das, was sie da verschwinden lassen wollte, hatte sich beim Aufschlagen metallisch angehört, deshalb durfte er hoffen, dass es nicht fortgetrieben worden war.

Er wartete ab, bis ein paar Angestellte und Schüler, die Richtung Bahnhof eilten, außer Sichtweite waren, bevor er mit aller Kraft einen der Betondeckel über dem Kanal hochstemmte und zur Seite schob. In dem dreckigen Wasser, das nie ein Lichtstrahl berührt hatte, spiegelte sich die klare Morgensonne, und seine Oberfläche glitzerte für einen kurzen Moment. Kazuo spähte hinein und konnte erkennen, dass das Wasser zwar trüb und schwarz, aber seichter war als erwartet, also sprang er beherzt mit seinen Joggingschuhen den guten Meter hinab.

Schlamm spritzte hoch und machte schwarze Flecken auf seine Jeans, er stand bis zu den Knöcheln in der stinkenden Brühe, und seine Nike-Schuhe waren damit wohl hinüber, aber das kümmerte ihn nicht, denn er sah den Schlüssel an einem schwarzen Lederanhänger, der an einer leeren, zerquetschten PET-Flasche hängen geblieben war.

Kazuo fasste mit der Hand in das lauwarme Wasser und zog den Schlüsselanhänger heraus. Das Leder schien alt und abgegriffen zu sein, denn die Ecken waren weiß zerfranst. Ein einzelner silberfarbener Schlüssel hing daran. Er hielt ihn ins Licht: Vermutlich handelte es sich um einen Haustürschlüssel. Wieso warf sie so etwas weg?, rätselte er, aber seine Bedenken wurden von der Freude zerstreut, etwas von Masako in Händen zu halten. Kazuo machte den Schlüssel von dem schwarzen Lederanhänger ab, der zu lange im Schlamm gelegen hatte, warf den Anhänger wieder weg und behielt nur den Schlüssel, den er in seine Hosentasche steckte.

In der Nacht ging Kazuo schon früh zur Fabrik und drückte sich in der Nähe des Eingangs im zweiten Stock herum, um auf Masako zu warten.

Am liebsten hätte er sie schon auf dem Weg entlang der stillgelegten Fabrik erwartet und beobachtet, wie sie vom Parkplatz her näher kam, aber das konnte er sich nun einfach nicht mehr leisten. Er durfte ihr auf keinen Fall noch einmal Angst einjagen. Nein, das stimmte nicht ganz. Er selbst war derjenige, der Angst hatte. Kazuo grinste verlegen in sich hinein. Denn was er am meisten auf der Welt fürchtete, war, dass Masako ihn dann noch mehr ablehnen würde.

Kazuo stellte sich wie zufällig neben Komada, den Hygiene-Kontrolleur, tat so, als hätte er etwas an der Stechuhr vor dem Büroraum zu schaffen, und behielt dabei den Eingang im Auge. Bald darauf, etwa zu ihrer gewohnten Zeit, erschien dort die schmale, große Gestalt von Masako. Sie stellte ihre schwarze Tasche auf dem roten Teppichboden ab und streifte sich mit raschen Bewegungen die Turnschuhe von den Füßen. Dabei sah sie einmal flüchtig in Kazuos Richtung. Wie immer schien ihr Blick durch ihn hindurchzugehen und auf die Wand hinter ihm zu fallen. Trotzdem wurde Kazuo von reiner, natürlicher Freude erfüllt, so, als hätte er die Sonne aufgehen sehen.

Masako wandte Komada, nachdem sie ihn begrüßt hatte, den Rücken zu und ließ es schweigend über sich ergehen, dass er ihr mit der Fusselrolle ein paar Mal darüberfuhr. Sie hatte ein übergroßes grünes Polohemd und Jeans an. Ihre Tasche hielt sie in der Hand. Während Kazuo mit stockendem Atem gegen das Herzklopfen kämpfte, das ihn immer beim Anblick von Masako überkam, schaute er sie verstohlen von oben bis unten an. Sie kleidete sich lässig wie ein junger Mann, aber Kazuo war entzückt von ihrem Gesicht und ihrer ganzen Erscheinung, der alles Überflüssige fehlte.

Masako ging jetzt direkt an ihm vorbei. Er fasste sich ein Herz und grüßte sie: »Guten Morgen!«

»Guten Morgen«, erwiderte Masako verwundert und ging weiter in den Aufenthaltsraum. Dankbar griff Kazuo nach dem Schlüssel an der Kette um seinen Hals und drückte ihn zärtlich. Er war glücklich, dass Masako ihn zurückgegrüßt hatte. Als hätte man nur noch auf das Ende dieser Zeremonie gewartet, ging in dem Moment die Tür zum Büro auf.

»Ach, Herr Miyamori, das trifft sich ja gut! Können Sie kurz zu mir hereinkommen?«

Es war der japanische Fabrikleiter, der ihn zu sich winkte. Während der Frühschicht hielt sich außer einem älteren Wachmann normalerweise niemand mehr im Büro auf, deshalb war es schon verwunderlich, dass der Fabrikleiter überhaupt noch da war. Doch als Kazuo, wie von ihm verlangt, ins Büro trat, erwartete ihn gleich die nächste Überraschung: Es war ein Dolmetscher für Portugiesisch anwesend.

»Was ist denn los?«

»Jemand von der Polizei möchte Ihnen gleich ein paar Fragen stellen. Können Sie um zwölf wieder hier sein?«

Nachdem er dem Dolmetscher aufgetragen hatte, Kazuo das zu sagen, wandte sich der Fabrikleiter wieder dem hinteren Bereich des Raumes mit der Vinyl-bezogenen Sitzgruppe zu, wo ein japanischer Fabrikarbeiter gerade von einem hageren Mann, offenbar einem Kriminalbeamten, befragt wurde.

»Jemand von der Polizei?«

»Ja. Der da.«

»Er will mich etwas fragen?«

»Ja, dich.«

Kazuo stockte das Herz. Masako musste ihn wohl doch als Grabscher angezeigt haben. Angesichts dieses Verrats wurde ihm plötzlich schwarz vor Augen. Es war sicher selbstsüchtig und zu viel verlangt gewesen, sie zu bitten, den Vorfall nicht der Polizei zu melden. Aber er hätte nie im Leben gedacht, dass sie ihn mit einer Lüge ruhig stellen würde. War es denn so töricht von ihm gewesen zu glauben, er könne so einfach um ihre Vergebung kämpfen?

»Gut, ich werde da sein«, antwortete Kazuo auf Portugiesisch und schlich niedergeschlagen in den Aufenthaltsraum. Vor dem Getränkeautomaten neben der Tür stand Masako alleine und rauchte eine Zigarette. Sie war noch nicht umgezogen. Weder die »Meisterin« war schon da, noch die dicke Frau, die Kuniko hieß, und so hatte sie wohl niemanden, mit dem sie reden konnte. Seitdem Yayoi, die Schöne, nicht mehr zur Arbeit kam, hatte Masako sich irgendwie verändert, ihr Rücken sandte andere Signale aus. Es war, als umhülle sie eine Aura allumfassender Verweigerung und Ablehnung. Aber Kazuo sprach sie trotzdem mit vor Wut zitternder Stimme an: »Masako-san!«

Sie drehte sich zu ihm um. Kazuo schaute ihr fest in die Augen und radebrechte mit aller Macht auf Japanisch: »Hast du erzählt?«

»Was?«, fragte Masako erstaunt und verschränkte die knochigen Arme vor der Brust. Sie sah ihn mit großen, aufrichtigen Augen an.

»Poli-sei, ist gekommen.«

»Die Polizei? Warum, wovon reden Sie?«

»Du versprochen hast, oder?« Damit meinte Kazuo, alles gesagt zu haben, und beobachtete gespannt ihr Gesicht. Aber Masako presste die Lippen aufeinander und starrte nur zurück, ohne etwas zu erwidern. Verzweifelt ließ Kazuo die Schultern hängen und ging in den Umkleideraum. Es versetzte ihm einen Schlag, von seiner angebeteten Masako verraten worden zu sein, viel mehr noch als die Angst, jetzt vielleicht von der Polizei festgenommen zu werden und seine Arbeit hier zu verlieren.

Da er ab zwölf, dem eigentlichen Schichtbeginn, vernommen werden sollte, musste er vorher schon umgezogen sein. Kazuo suchte den Bügel mit seiner Arbeitskleidung heraus und machte sich fertig. Innerhalb der Fabrikräume war das Tragen jeglichen Schmucks verboten, deshalb nahm er die Kette mit dem Schlüssel ab und verstaute sie sorgfältig in seiner Hosentasche. Als er mit dem blauen Kochmützchen, dem Erkennungszeichen der brasilianischen Fabrikarbeiter, in der Hand in den Aufenthaltsraum zurückkam, bemerkte er, dass Masako am selben Platz stand wie vorhin und ihm entgegensah. Sie war auch bereits umgezogen, aber sie hatte sich offenbar beeilt, denn es hingen ihr ein paar Haarsträhnen aus dem Netz.

»Warte mal.« Als er an ihr vorbeigehen wollte, legte sie ihre Hand auf seinen kräftigen Oberarm. Kazuo drehte sein Gesicht von ihr weg und ging schnurstracks zum Büro, ohne sich weiter um sie zu kümmern.

Wenn Masako ihn verraten hatte, war die Prüfung für ihn vorbei – er war gescheitert, und das bedeutete für ihn, dass sein Leben nichts mehr wert war. Aber während er weiterging, nachdem er ihre Hand auf seinem Arm gespürt hatte, kam er wieder zur Besinnung. Nein, das war auch wieder eine Prüfung, und er musste sich der Prüfung gewachsen zeigen, die sie ihm auferlegt hatte. Der Schlüssel in seiner Hosentasche machte sich durch ein kaltes Gefühl an seinem Oberschenkel bemerkbar.

Als er an die Tür zum Büro klopfte, wurde ihm sofort von innen geöffnet. Der Dolmetscher und der Inspektor erwarteten ihn schon. Um sein Herzklopfen unter Kontrolle zu bringen, fasste er unwillkürlich nach dem Schlüssel in seiner Hosentasche und klammerte sich daran fest.

»Mein Name ist Imai.« Der Inspektor zeigte ihm seinen Polizeiausweis.

»Mein Name ist Roberto Kazuo Miyamori.«

Der Inspektor, der Imai hieß, war groß und hatte ein verschwindend kleines Kinn. Er wirkte gutmütig, besaß aber einen durchdringenden Blick.

»Verzeihen Sie die Frage, aber haben Sie wirklich die japanische Staatsbürgerschaft?«

»Ja. Mein Vater war Japaner, und meine Mutter ist Brasilianerin.«

»Ach, daher sind Sie so *handsome*«, sagte Imai und lachte. Kazuo hatte das Gefühl, wegen seiner Abstammung verspottet zu werden, und brachte nicht einmal ein Lächeln zustande.

»Ich möchte Ihnen ein paar Fragen stellen, entschuldigen Sie bitte. Die Zeit, die wir dafür brauchen, wird Ihnen als Arbeitszeit angerechnet.«

»Ja, danke.« Jetzt wird es ernst, dachte Kazuo nervös und machte sich innerlich bereit. Aber auf die Frage, die ihm der Inspektor dann stellte, wäre er im Leben nicht gekommen.

»Kennen Sie Frau Yayoi Yamamoto?«

Verwundert schaute Kazuo den Dolmetscher an, der auf eine Antwort drängte.

»Ja, ich kenne sie«, sagte er und nickte. Er hatte keine Ahnung, worauf Imai hinauswollte.

»Tja, dann wissen Sie wohl auch, was mit dem Mann von Frau Yamamoto geschehen ist?«

»Ja, weil alle darüber geredet haben.«

Worum ging es bei diesen Fragen eigentlich? Kazuo verlor allmählich die Nerven.

Der Inspektor fragte unbeirrt weiter. »Sind Sie dem Mann von Frau Yamamoto einmal begegnet?«

»Nein, nie.«

»Haben Sie denn einmal mit Frau Yamamoto selbst gesprochen?«

»Ich grüße sie manchmal, aber… Worum geht es bei diesem Verhör eigentlich?«

Den letzten Teil seiner Antwort schien der Dolmetscher nicht übersetzt zu haben, denn der Inspektor fuhr fort, ohne darauf einzugehen.

»Am Dienstagabend der letzten Woche hatten Sie keine Schicht, ist das richtig? Können Sie mir bitte sagen, was Sie an diesem Tag gemacht haben?«

»Werde ich verdächtigt?« Kazuo war bestürzt über die ganz und gar unerwartete Richtung, die das Gespräch nahm, aber gleichzeitig machte es ihn auch wütend. Weil er mit dieser Sache absolut nichts zu tun hatte.

»Nein, nein«, winkte der Inspektor mit einem Lächeln ab. »Wir ziehen lediglich Erkundigungen über den Bekanntenkreis von Frau Yamamoto ein. Und dazu befragen wir routinemäßig alle Beschäftigten, die am Dienstag vergangener Woche freihatten.«

Das überzeugte Kazuo zwar nicht ganz, aber er teilte dem Inspektor mit, was ihm von jenem Tag einfiel: »Bis mittags habe ich geschlafen. Danach bin ich nach Ōizumi gefahren und habe den halben Tag im Brazilian Plaza verbracht. Gegen neun Uhr abends bin ich auf mein Zimmer zurückgekommen und ins Bett gegangen.«

»Aber Ihr Zimmergenosse sagt, dass Sie an jenem Abend nicht zu Hause waren«, konstatierte der Inspektor mit Blick in sein Notizheft und einem Aha-Ausdruck im Gesicht.

Kazuo widersprach: »Alberto hat mich nur nicht bemerkt, weil er seine Freundin mit aufs Zimmer gebracht hat, aber ich lag in meinem Bett und habe geschlafen, ganz sicher, daran besteht kein Zweifel.«

»Aber warum sollte er Sie nicht bemerkt haben?«

»Wir haben ein Etagenbett, mein Bett ist das obere. Dort lag ich und schlief, deshalb haben sie von mir nichts mitbekommen.« Kazuo erinnerte sich jetzt wieder lebhaft an jenen Abend und wurde rot.

»Ach so, verstehe. Ihr Mitbewohner hatte ja seine Freundin mit aufs Zimmer gebracht, nicht wahr?«, reagierte der Inspektor geistesgegenwärtig und grinste verschmitzt. Kazuo, dem das alles peinlich war, schaute sich verlegen in dem menschenleeren Büroraum um. Die Schreibtische waren in drei Reihen aufgestellt, und auf jedem Tisch stand ein Computer, der mit einer durchsichtigen

Vinyl-Haube abgedeckt war. Als sein Blick darüberglitt, fiel ihm wieder ein, dass er in Japan eigentlich auch vorgehabt hatte, einen Computerkurs zu machen. Stattdessen transportierte er jetzt gekochten Reis an Fließbänder, was ihm plötzlich unglaublich schwachsinnig vorkam.

»Und was haben Sie während der Nacht gemacht – sind Sie im Zimmer geblieben?«

Kazuo wusste nicht, was er antworten sollte. In jener Nacht hatte er Masako überfallen, es danach vor lauter schlechtem Gewissen nicht ausgehalten und war die ganze Nacht in der Gegend herumgelaufen. Bei Morgengrauen hatte es zu regnen angefangen, deshalb war er einmal auf sein Zimmer zurückgekehrt, um einen Schirm zu holen, und war dann wieder hinausgegangen und hatte auf Masako gewartet. Alberto, sein Zimmergenosse, konnte davon nichts wissen, weil er Schicht in der Fabrik gehabt hatte.

»Ich bin spazieren gegangen.«

»Die ganze Nacht? Wo denn?«

»Hier, in der Nähe der Fabrik.«

»Und warum?«

»Ohne besonderen Grund. Im Zimmer ist mir irgendwie die Decke auf den Kopf gefallen.«

Der Inspektor sah ihn mit einer Spur Mitleid in den Augen an. »Wie alt sind Sie eigentlich?«

»Fünfundzwanzig.«

Imai versank verständnisvoll nickend in Gedanken und blickte dann eine ganze Weile stumm auf seine Notizen.

»Kann ich jetzt gehen?«, fragte Kazuo, der die Stille kaum ertragen konnte, aber der Inspektor winkte ab.

»Wie ich von jemandem gehört habe, soll hier manchmal ein Grabscher auftauchen, der Frauen belästigt. Ist Ihnen das Gerücht bekannt?«

Kazuo schloss seine Faust fest um den Schlüssel in seiner Hosentasche. »Ja, gehört habe ich davon.... Von wem haben Sie das erfahren?«

»Nun, es dürfte wohl niemand etwas dagegen haben, wenn ich Ihnen das sage.« Imai lachte leise. »Ich habe es von einer der Teilzeitbeschäftigten erfahren, Frau Jōnouchi.«

Kazuo ließ den Schlüssel los. Die Innenflächen seiner Hände

schwitzten. Aber er war froh und dankbar, dass es nicht Masako gewesen war. Er musste sich nachher gleich wieder bei ihr entschuldigen.

»Das hat zwar nichts mit dem Fall Yamamoto zu tun, aber gibt es unter den Brasilianern keine Mutmaßungen über diesen Grabscher? Wer es sein könnte, zum Beispiel, oder wen er belästigt hat?«

»Nein«, erwiderte Kazuo bestimmt, warf einen Blick zur Uhr an der Wand und setzte sich einfach das blaue Kochmützchen auf.

Imai verzichtete auf weitere Fragen und verabschiedete sich: »Vielen Dank.«

Die Fließbandarbeit war längst in vollem Gange, und am Bandende stapelten sich die fertigen Lunchpakete schon zu einem ansehnlichen Berg. Sowohl Kuniko als auch die Meisterin fehlten, nur Masako war da. Sie stand am Kopf des Bandes und gab Reis auf. Seit dem Vorfall mit dem Mann von dieser Yayoi tauchten die vier Frauen kaum noch gemeinsam auf. Kazuo fand das merkwürdig. Aber er war froh darüber, dass heute keine von Masakos Freundinnen da war. Denn wenn er sich mit dem Umziehen beeilte, würde er nach der Arbeit vielleicht noch mit ihr sprechen können.

Es war schon weit nach sechs, als Kazuo endlich von der Arbeit erlöst wurde, denn die brasilianischen Arbeiter hatten eine Viertelstunde länger Dienst machen müssen. Ausgerechnet heute! Enttäuscht verließ Kazuo die Fabrik. Masako war bestimmt schon nach Hause gegangen. Die klare Morgensonne fiel schräg auf die graue Mauer der Automobilfabrik und überzog sie allmählich mit Licht. Ein so schöner Sommermorgen, und er musste sein Zimmer abdunkeln und schlafen gehen, als wäre er ein Tier! Niedergeschlagen griff Kazuo in die Gesäßtasche seiner Hose, zog seine schwarze Kappe heraus und setzte sie auf. Als er die Augen danach wieder hob, blieb er vor Schreck wie angewurzelt stehen. Denn vor ihm stand Masako, am selben Platz, an dem er damals im Regen auf sie gewartet hatte.

»Herr Miyamori«, sprach sie ihn mit vor Müdigkeit blassem Gesicht an, und Kazuo griff unwillkürlich nach dem Schlüssel – seinem Glücksbringer –, den er wieder an der Kette um den Hals trug, und zog ihn unter seinem T-Shirt hervor. Masako warf einen flüchtigen Blick auf den Schlüssel auf Kazuos weißem T-Shirt, kam aber offenbar nicht darauf, dass es sich um den handelte, den sie weggeworfen hatte, denn sie schaute sofort wieder in Kazuos Gesicht. »Was meinten Sie mit dem, was Sie mir vorhin gesagt haben?«

Sie schien keinen Gedanken daran zu verschwenden, dass er nicht so viel Japanisch verstand. Aber Kazuo begriff irgendwie, was sie wissen wollte.

»Entschuldigung. Es war ein Fehler.« Kazuo ahmte die japanische Sitte nach und verbeugte sich.

Mit einem Gesicht, das verriet, dass sie noch nicht ganz zufrieden war, sah Masako in Kazuos schwarze Augen: »Glauben Sie mir, ich habe zu niemandem von Ihnen gesprochen.«

»Ja«, sagte Kazuo und nickte immer wieder.

»Die Polizei war doch sicher wegen Yama-chan und dem Mordfall hier, nicht wahr?«, sagte Masako und machte sich schon auf den Weg zum Parkplatz. Wie verzaubert lief Kazuo ihr hinterher. Eine Gruppe brasilianischer Arbeiter und Arbeiterinnen kam laut und ausgelassen redend aus dem Fabrikgebäude. Aus Furcht vor ihren Blicken verlangsamte Kazuo seinen Schritt und ließ ein paar Meter Abstand zu Masako. Sie schien sich nichts dabei zu denken, dass Kazuo ihr folgte, und ging rasch und zielsicher weiter, erhobenen Hauptes, den Blick nach vorne gerichtet.

Als seine brasilianischen Kollegen in den Weg zum Wohnheim abgebogen und verschwunden waren, befanden sich Kazuo und Masako gerade auf der Höhe der stillgelegten Fabrik. Der frische Geruch von wucherndem Wiesengras lag in der Luft und überdeckte ein wenig den fauligen Gestank aus dem Abwasserkanal. Doch schon bald würde die Sommerhitze alles vereinnahmt haben. In wenigen Stunden würde der Weg weiß sein von trockenem Staub, die Gräser würden die Spitzen hängen lassen und einen durchdringenden, schweren Geruch verströmen.

Kazuo merkte, wie Masako stutzte, als ihr Blick zufällig auf den Kanal fiel. Ein Betondeckel stand offen. Es war der, den Kazuo am Tag zuvor aufgeschoben und so liegen gelassen hatte. Er sah, wie sich Angst in Masakos Gesicht abzeichnete, und wusste nicht, was er tun sollte. Musste er ihr sagen, dass er das gewesen war? Aber er konnte doch nicht zugeben, dass er so niederträchtig war und das, was Masako weggeworfen hatte, einfach wieder herausgefischt hatte! Kazuo stieß beide Hände in die Gesäßtaschen seiner Jeans und blickte zu Boden.

Mit noch fahlerem Gesicht als zuvor ging Masako auf den Kanaldeckel zu und spähte durch den Spalt nach unten. Kazuo war zu nichts anderem fähig, als ihr stumm von hinten zuzusehen. Schließlich schaffte er es doch noch, etwas über die Lippen zu bringen, aber es waren Worte, die er von seinem stets schlecht gelaunten Vorgesetzten Nakayama aufgeschnappt hatte, weil er sie oft genug zu hören bekam:

»Was machst du da?!«

Er ahnte, dass sich das derb angehört haben musste, aber es war das Einzige aus seinem beschränkten Wortschatz, was zu dieser Situation passte. Masako drehte sich um, sah zuerst in Kazuos Gesicht und dann auf den Schlüssel, der ihm um den Hals hing.

»Ist das da dein Schlüssel?«

Kazuo nickte langsam und schüttelte dann den Kopf. Er konnte Masako einfach nicht belügen. Ungehalten über sein unschlüssiges Verhalten, zog Masako die Brauen zusammen. »Du hast ihn doch nicht etwa da herausgeholt, oder?«

Kazuo breitete die Arme aus und zuckte die Achseln. Ihm blieb nichts anderes übrig, als ihr die Wahrheit zu sagen: »Doch.«

»Warum?« Masako kam auf ihn zu und baute sich direkt vor ihm auf. Sie war groß und reichte ihm bis zum Mund. Ihre wilde Entschlossenheit ließ Kazuo zurückschrecken. Unwillkürlich griff er mit beiden Händen nach dem Schlüssel, denn er wollte ihn sich nicht von ihr wegnehmen lassen.

»Wann hast du mich gesehen? Warst du etwa da irgendwo und hast mich beobachtet?« Energisch zeigte Masako auf das Dickicht aus Wiesengras vor der stillgelegten Fabrik. Als würden Wärmestrahlen aus ihrer Fingerspitze schießen, flogen dort ein paar Käfer auf. Eingeschüchtert nickte Kazuo.

»Warum?«

»Ich habe auf dich gewartet.«

»Wieso hast du das getan?«

»Wir haben so versprochen, oder?«

»Ich habe gar nichts versprochen. Gib mir das zurück!« Masako streckte ihre rechte Hand aus, und Kazuo meinte die Hitze spüren zu können, die davon ausging. Aber er wollte den Schlüssel nicht hergeben. Er hielt ihn fest und sagte: »Nein!«

Masako stemmte die Hände in die Hüften und legte den Kopf schief. »Was willst du denn bloß damit, warum willst du ihn unbedingt behalten?«

Wieso wusste sie das nicht? Oder wollte sie es aus seinem Mund hören? Wie grausam von ihr, dachte Kazuo und blinzelte sie scheu an.

»Komm, gib den Schlüssel her. Es ist wichtig für mich, ich brauche ihn.«

Er hatte ungefähr verstanden, was sie gesagt hatte, aber er begriff es nicht. Wenn der Schlüssel so wichtig für sie war, hätte sie ihn doch nicht weggeworfen! Sie wollte ihn bloß zurückhaben, weil er ihn jetzt um den Hals trug. »Nein!«

Masako biss sich auf die dünnen Lippen, als hätte sie aufgegeben. Sie versank in Schweigen und schien zu überlegen, was sie nun machen sollte. Als Kazuo sah, wie sie mit hängenden Schultern dastand, griff er nach ihrer Hand. Masakos Hand war so dünn und zierlich – fast nur Haut und Knochen –, dass sie zweimal in seine hineingepasst hätte.

»Ich mag dich gern«, sagte Kazuo und sah sie an.

Fassungslos starrte Masako zurück. »Warum? Weil du das neulich Nacht gemacht hast?«

Kazuo hätte ihr gerne begreiflich gemacht, wie sehr er davon überzeugt war, dass sie ihn verstehen könne, aber es fielen ihm keine passenden Worte dazu ein. Ungeduldig wiederholte er denselben Satz noch einmal, wie im Japanisch-Unterricht: »Ich mag dich gern.«

Masako zog ihre Hand aus der seinen. »Ich kann deine Gefühle nicht erwidern.«

Kazuo begriff, dass das eine Abfuhr gewesen war, und wurde von tiefer Verzweiflung gepackt. Masako ließ den erstarrten Kazuo einfach stehen und machte sich auf den Weg zum Parkplatz. Kazuo wollte hinter ihr her und hatte schon einen Fuß nach vorne gesetzt, als er an ihrem Rücken erkannte, dass sie ihn rundheraus abwies, was seine allerletzte Hoffnung zerstörte.

7 Der Fabrikparkplatz sah zwar aus wie eine ebene Fläche, fiel aber in Wahrheit zu einer Seite hin leicht ab. In der Nacht bemerkte sie es kaum, aber am Morgen, wenn sie müde von der Schicht kam, erschien ihr der Boden unter den Füßen manchmal schief und unsicher.

Masako verspürte einen leichten Schwindel und stützte sich mit beiden Händen am Dach ihres Corollas ab. Auf dem Autodach hatten sich während der Nacht unzählige kleine Tautröpfchen gebildet. Sofort waren Masakos Handflächen nass, als hätte sie sie auf einen Wasserspiegel gelegt. Sie wischte sie an den Seiten ihrer Jeans ab.

Dass dieser junge Brasilianer so etwas zu ihr sagte! Es war keine Lüge gewesen, das wusste sie genau. Sie erinnerte sich an den Morgen, als er wie ein kleiner, verirrter Hund, der nicht wusste, wohin, hinter ihr hergelaufen war. Als sie sich diesmal jedoch, genau wie an jenem Tag, umdrehte und zum Weg zurückblickte, war von Kazuo nichts mehr zu sehen. Sie hatte ihm sicher wehgetan.

Er hatte ihr einen Schock versetzt. Nicht so sehr, weil er den Schlüssel wieder aus dem Kanal gefischt hatte, sondern mit der Stärke seiner Gefühle für sie, die zwischen strahlendem Licht und tiefem Schatten zu schillern schienen. Es waren Gefühle, die sie im Moment überhaupt nicht gebrauchen, mit denen sie absolut nichts anfangen konnte. Ja, hatte sie denn sogar schon aus ihrem Gedächtnis verbannt, wie sie funktionierten? Würde sie so weiterleben können? Wieder überfiel sie ein Gefühl unendlicher Einsamkeit, wie schon am Tag zuvor.

Doch es gab kein Zurück mehr. Sie hatte eine Grenze überschritten, hatte eine Leiche zerstückelt und weggeschafft, und jetzt wollte sie sogar jede Erinnerung daran tilgen. Masako wurde speiübel, und sie übergab sich neben dem Wagen. Doch sooft sie sich auch erbrach, der Brechreiz ließ nicht nach. Masako kniete auf der Erde neben ihrem Auto, weinte und erbrach wieder und wieder gelben Magensaft.

Nachdem sie sich Speichel und Tränen mit einem Papiertaschentuch abgewischt hatte, ließ Masako den Wagen an. Sie fuhr nicht nach Hause zurück, sondern bog links vom gähnend leeren Shin-Oume-Highway auf die Straße ab, die zum Sayama-See führte. Bald stieg die Fahrbahn steil an und schlängelte sich in engen Serpentinen den Berg hinauf. So früh am Morgen gab es kaum Verkehr. Masako begegnete auf der gesamten Strecke, die sie im zweiten Gang hinauffuhr, nur einem alten Mann auf einem Moped.

Rechts und links von der Brücke erschien als flacher Spiegel der Sayama-See, der entstanden war, als man einen Staudamm durch ein Tal gezogen hatte. Mit den Aufschüttungen hellbrauner Bauerde, die ihn umgaben, und der flachen, an Disneyland erinnernden Landschaft um ihn herum haftete ihm eine für künstliche Seen typische Unwirklichkeit an. Nobuki hatte als Kind beim Anblick des Sees einmal fürchterlich angefangen zu weinen, weil er Angst hatte, ein Ungeheuer würde darin wohnen und plötzlich auftauchen. Der Drache kommt, der Drache kommt, hatte er geschrien, sein Gesicht in Masakos Schoß vergraben und den See nicht einmal mehr anschauen wollen. Masako lachte lautlos in sich hinein, als sie sich jetzt daran erinnerte.

Der Wasserspiegel des Stausees glänzte in der Morgensonne und blendete Masako; die übergroße Helligkeit war wohl zu viel für ihre müden Augen. Blinzelnd warf sie einen flüchtigen Blick über den See, bog in die Straße ein, die zum Unesco-Dorf führte, und fuhr den Waldweg eine Zeit lang bergauf. Endlich kam die Stelle in Sicht, die ihr im Gedächtnis geblieben war, und Masako parkte ihren Wagen auf dem schmalen, grasüberwucherten Seitenstreifen. Von hier aus waren es zu Fuß etwa fünf Minuten in den Wald hinein zu der Stelle, an der sie Kenjis Kopf vergraben hatte.

Masako stieg aus, schloss den Wagen ab und bahnte sich einen Weg durch das Gehölz. Ihr war vollkommen klar, dass sie sich mit dem, was sie da gerade tat, zusätzlich in Gefahr begab. Sie wusste ja nicht einmal, was sie hier eigentlich wollte. Ihre Füße bewegten sich wie von selbst.

Aus einigen zig Metern Entfernung starrte Masako auf den Boden unter dem großen Keyaki-Baum, den sie als Anhaltspunkt genommen hatte. Nur ein winziger Fleck Erde lugte zwischen dem Unterholz heraus. In der Umgebung hatte sich nichts verändert. Aber jetzt, da der Sommer seinen Höhepunkt erreicht hatte, wimmelte es im Wald vor Leben, mehr noch als vor zehn Tagen; alles um sie herum schien ein einziges Lebewesen zu sein, das seinen intensiven, atemberaubenden Geruch verströmte. Mittlerweile dürfte Kenjis Kopf schon stark verwest und zu einer breiigen Masse zerfallen sein, die den vielen Insekten im Boden ein willkommenes Mahl bereitete. Diese Vorstellung war unbarmherzig, aber auch ein wenig tröstlich. Denn so hatte sie den Waldbewohnern wenigstens einen Schädel spendiert.

Einige Strahlen der aufsteigenden Sonne schafften ihren Weg durch die Baumkronen und stachen ihr ins Auge. Masako löste die vor der Brust verschränkten Arme, hob eine Hand schützend an die Stirn und starrte länger als zwanzig Minuten immer auf dieselbe Stelle. Wie Wasser aus einem aufgedrehten Wasserhahn flossen die Gedanken, Erinnerungen und Assoziationen aus ihr heraus, so dass sie die Zeit vergaß.

An jenem Tag hatte sie sich mit der Papiertüte mit dem Schädel in der Hand auf die Suche nach einem geeigneten Platz gemacht, wo sie ihn vergraben konnte. Kenjis Kopf war schwer, und, obwohl sie zwei Kaufhaustüten ineinander gestülpt hatte, drohten die Böden auszureißen. Außerdem trug sie noch einen Spaten. Während sie sich mit den Arbeitshandschuhen immer wieder den Schweiß von der Stirn wischte, wechselte sie die Tragehand oder nahm die Tüte unter den Arm. Dabei drückte sich Kenjis Kinn in ihren Oberarm, und sofort standen ihr am ganzen Körper die Haare zu Berge. Sie erinnerte sich jetzt wieder genau, wie sich das angefühlt hatte, und ein Schauder schüttelte sie.

Masako musste an den Film »Bring mir den Kopf von Alfredo Garcia« denken. Wie der Mann in dem Film mit dem verwesenden Schädel, den er immer wieder mit Eiswürfeln bedeckt, in einem Bluebird SSS durch die Hitze Mexikos rast. An sein wutverzerrtes, wild entschlossenes, pathetisches Gesicht. Sie selbst hatte vor zehn Tagen, als sie hier umherirrte, bestimmt genauso ausgesehen. Ja, sie war wütend gewesen. Worauf wusste sie nicht. Aber ihr war plötzlich klar, dass sie damals eindeutig wütend gewesen war. Sie, die ganz auf sich gestellt war. Die niemanden mehr um Hilfe bat. Ob sie zornig auf die andere in sich selbst geworden war, die sie in diesen Zustand hineingetrieben hatte? Und doch hatte die Wut sie befreit. Jener Morgen hatte sie auf jeden Fall von Grund auf verändert.

Masako trat aus dem Wald auf die Straße zurück, setzte sich ins Auto und rauchte in aller Ruhe eine Zigarette. Sie würde nicht noch einmal herkommen müssen. Masako drückte die Zigarette aus, legte einen Gang ein und winkte dem Kopf zum Abschied zu: »Bye-bye!«

Als sie nach Hause kam, waren Yoshiki und Nobuki beide schon zur Arbeit gegangen. Sie hatten getrennt gefrühstückt, davon zeugten die Spuren, die jeder für sich an zwei entfernten Plätzen des Esstischs hinterlassen hatte. Sie räumte das Geschirr in die Spüle und merkte, wie lästig ihr das war. Masako blieb mitten im Wohnzimmer stehen und dachte benommen, ob sie nicht alles stehen und liegen lassen und sich am besten gleich ins Bett legen sollte.

Es gab im Moment weder etwas zu tun noch zu überlegen, sie war nur todmüde von der Nachtschicht, und ihr Körper forderte sein Recht auf Ruhe ein. Plötzlich musste sie an Kazuo denken. Was er wohl gerade machte? Ob er trotz des abgedunkelten Zimmers nicht schlafen konnte und sich sinnlos im Bett herumwälzte? Oder ob er vielleicht an der endlos langen, schattigen, grauen Mauer des Automobilwerks entlanglief? Zum ersten Mal verspürte Masako fast so etwas wie Solidarität für die einsame Gestalt in ihrer Vorstellung. Sie würde ihm den Schlüssel lassen.

Das Telefon klingelte. Es war erst kurz nach acht. Sie hatte keine Lust abzunehmen, es war ihr alles zu viel. Sie bemühte sich, das Klingeln zu ignorieren, nahm eine Zigarette aus der Packung und zündete sie an. Aber das Telefon hörte nicht auf zu läuten.

»Masako-san?« Es war Yayoi.

»Morgen. Wie steht's?«

»Ich hab eben schon mal angerufen, aber da warst du noch nicht da. Du bist spät heute.«

»Ja, tut mir Leid. Ich musste noch woanders vorbei.«

Wo schien Yayoi nicht zu interessieren. Stattdessen fragte sie atemlos: »Hast du die Morgenausgabe gelesen?«

»Noch nicht, wieso?« Masako schaute zur Zeitung hinüber, die auf dem Esstisch lag. Yoshiki faltete sie immer ordentlich zusammen, nachdem er sie gelesen hatte.

»Dann tu das schnell. Du wirst dich wundern.«

»Was ist denn passiert?«

»Lies schnell selbst. Ich warte so lange.«

Yayoi drängte sie zwar zur Eile, doch ihre Stimme klang nicht ängstlich, sondern froh und aufgekratzt. Masako legte den Hörer zur Seite und blätterte die Zeitung auf. Mitten auf Seite drei war als Schlagzeile zu lesen: »Neue Erkenntnisse im Fall um den Leichenfund im Koganei-Park – Wichtiger Zeuge vernommen«. Masako überflog den Artikel. Die Polizei schien den Betreiber des Spielsalons zu verdächtigen, den Kenji an jenem Abend besucht hatte. Sie hatten den Mann offenbar aufgrund eines anderen Delikts festgenommen und hielten ihn nun in Untersuchungshaft. Fast machte es Masako Angst, dass alles sich so überaus günstig entwickelte.

Sie nahm den Hörer wieder auf: »Ich hab's gelesen«, sagte sie, die Zeitung immer noch in der Hand.

»Na, was sagst du? Wir haben doch ein Riesenglück!«

»Das wird sich zeigen«, entgegnete Masako vorsichtig.

»Ich war jedenfalls baff, das ist doch zu schön, um wahr zu sein! Aber da steht ja, dass es einen Streit gab, und das stimmt, das weiß ich.«

»Wieso?«

Es war offenbar niemand in der Nähe, denn Yayoi redete unbekümmert drauflos: »Als er nach Hause kam, hatte er eine aufgeplatzte Lippe, und sein Hemd war ein bisschen dreckig, da hab ich mir gleich gedacht, dass er sich mit irgendwem geprügelt hat.«

»Davon hab ich gar nichts bemerkt.«

Yayoi sprach von dem lebenden Kenji und Masako von der Leiche. Aber Yayoi schien ihr sowieso nicht zuzuhören und plapperte verzückt weiter: »Ob er die Todesstrafe bekommt?«

»Bestimmt nicht. Wahrscheinlich kommt er aus Mangel an Beweisen bald wieder frei.«

»Schade!«

»Was redest du denn da!«, wies Masako sie zurecht.

Yayoi wehrte sich: »Wieso? Kenji war schließlich verrückt nach einer Frau aus seiner Bar!«

»Und deshalb trägt er eine Mitschuld und hat dieselbe Strafe verdient, willst du sagen?«

»Nein, das nicht, aber aufregen tut es mich schon!«

»Warum war dein Mann nur auf einmal so verrückt nach dieser anderen Frau?«, sagte Masako nachdenklich, ohne eine Antwort zu erwarten, während sie ihre Zigarette ausdrückte. Dass sie überhaupt auf diese Frage kam, hatte vielleicht mit Kazuo und dem, was er ihr gesagt hatte, zu tun.

»Wahrscheinlich, weil ihm das Leben mit mir zu langweilig geworden war«, erwiderte Yayoi, deren Zorn offenbar immer noch nicht abgeklungen war. »Ich hatte doch für ihn jeden Reiz verloren!«

»Mag sein.« Masako hätte große Lust gehabt, Kenji selbst zu fragen, wenn er noch lebte. Denn sie wollte unbedingt wissen, warum man sich in einen Menschen verliebte – falls es denn überhaupt einen Grund dafür gab.

»Wenn nicht, war es pure Rache gegen mich.«

»Weswegen hätte er sich denn an dir rächen sollen? Du bist doch das Musterbeispiel einer guten Ehefrau und Mutter!«

Am anderen Ende der Leitung blieb es für eine Weile still, als müsste Yayoi erst nachdenken. Schließlich sagte sie: »Genau das hat er an mir gehasst, bestimmt.«

»Aber wieso denn?«

»So eine Frau bringt zwar Sicherheit, ist aber langweilig.«

»Warum?«

»Das weiß ich doch nicht, ich bin schließlich nicht Kenji«, entgegnete Yayoi ausnahmsweise heftig.

Masako besann sich: »Ja, da hast du Recht.«

»Du bist irgendwie so komisch heute, Masako, als wärst du nicht ganz bei dir.«

»Ich bin bloß müde.«

»Ja, sicher, daran hab ich gar nicht gedacht, weil ich neuerdings immer nachts schlafe«, entschuldigte sich Yayoi. »Wie geht es der Meisterin – gut?«

»Heute war sie nicht da. Kuniko auch nicht. Ich glaube, die ganze Sache hat die beiden ziemlich mitgenommen.«

»Wie, was denn?«

Masako schwieg.

»Ach so, das. Entschuldige bitte, du meinst natürlich wegen mir und… Ach ja, bevor ich's vergesse: Ich hab Bescheid von Kenjis Lebensversicherung, dass die Summe vollständig ausbezahlt wird. Ich werde ihnen das Geld also bald geben können.«

»Wie viel willst du ihnen denn geben?«, fragte Masako hastig.

»Eine Million für jede. Ist das zu wenig?«

»Viel zu viel«, sagte Masako nachdrücklich. »Fünfhunderttausend reichen vollkommen aus, und für Kuniko ist das noch zu viel.«

»Aber dann sind sie doch sicher sauer auf mich. Ich kriege schließlich insgesamt fünfzig Millionen!«

»Von der Lebensversicherung brauchst du ihnen doch kein Wort zu sagen. Du zahlst ihnen das Geld, und damit basta. Gib stattdessen mir lieber zwei Millionen!«

Yayoi schien vollkommen perplex zu sein, da Masako, die bisher keinen Yen gewollt hatte, nun plötzlich doch über Geld sprach. »Ja, in Ordnung, aber… was ist denn auf einmal in dich gefahren?«

»Ich möchte ein bisschen Kapital haben, für alle Fälle. Gibst du es mir, ja? Bitte!«

»Ja, natürlich. Ich stehe schließlich tief in deiner Schuld.«

»Danke!«

Nachdem Masako aufgelegt hatte, fühlte sie sich nicht mehr ganz so abgeschlagen, und ihr Kampfgeist kehrte allmählich zurück. Also wurde der Betreiber des Spielkasinos als Hauptverdächtiger angesehen! Sie wusste zwar nicht, wie ernst es der Polizei damit war, aber sie selbst waren, für den Augenblick jedenfalls, außer Gefahr – so durfte man das wohl sehen. Oder war auch das wieder zu optimistisch gedacht? Vielleicht, weil sie sich sicher und erleichtert fühlte, wurde Masako bald vom Schlaf übermannt.

8

Der August neigte sich dem Ende zu, ein Taifun war übers Land gezogen, und endlich wehte der erste erfrischende Herbstwind, als Satake wegen Überschreitung der Höchstdauer aus der Untersuchungshaft entlassen wurde.

Langsam stieg er die Außentreppe des Gebäudes hoch, in dem sich seine beiden Etablissements befanden. Auf dem Treppenabsatz lagen Werbezettel für einen Massagesalon verstreut. Satake bückte sich, sammelte sie auf, knüllte sie zusammen und stopfte sie in die Taschen seines schwarzen Jacketts. Zu Zeiten, als das »Mika« und das »Amusement Parco« noch florierten, wäre ein solcher Anblick undenkbar gewesen. Das ganze Gebäude wirkte heruntergekommen, nur weil diese beiden gut gehenden Adressen geschlossen waren.

Plötzlich spürte er Blicke und sah auf. Der Barkeeper von der Bar am Flurende des ersten Stocks starrte ihn ängstlich und entgeistert an. Es war der Mann, der bezeugt hatte, dass er sich mit Yamamoto geprügelt hatte, das wusste Satake. Beide Hände noch in den Jacketttaschen, starrte er mit blitzenden Augen zurück.

Hastig zog der Barkeeper die dunkelviolette Glastür vor sich zu. Scheinbar hatte er nicht damit gerechnet, dass Satake so bald schon wieder auf freiem Fuß sein würde. Während er immer noch die Blicke des Mannes auf sich fühlte, der ihn durch die Glastür hindurch weiter anstarrte, schaute Satake traurig auf das ausgezogene und in der Ecke zusammengerollte Kabel der Leuchtreklame des »Mika«. An der Eingangstür klebte ein Zettel mit der Aufschrift: »Wegen Umbauarbeiten geschlossen«.

Obwohl man ihn angeblich wegen widerrechtlichen Betreibens eines Spielsalons und des Verdachts auf Kuppelei in Untersuchungshaft genommen hatte – wovon lediglich das Betreiben des Spielsalons zur Anklage zugelassen worden war –, hatte man ihn nur wieder auf freien Fuß gesetzt, weil keine hinreichenden Beweise für einen dringenden Tatverdacht im Mordfall um die zerstückelte Leiche, dem eigentlichen Grund für seine Festnahme, vorlagen. Satake, der nur allzu gut wusste, dass mit der Polizei nicht zu spaßen war, betrachtete das schon als großes Glück. Trotzdem war der Schaden, den er hinnehmen musste, beträchtlich. Sein Reich, das er sich in rund zehn Jahren aufgebaut hatte, war nur noch ein Trümmerfeld, aus dem ein Berg von Schulden ragte. Am meisten schmerzte ihn jedoch, dass seine Vergangenheit allgemein bekannt geworden und dadurch sein Ruf ruiniert war. Das würde einen Neuanfang so gut wie unmöglich machen.

Satake riss sich zusammen und nahm die Außentreppe in den

zweiten Stock hinauf, denn er war im »Amusement Parco« mit Kunimatsu verabredet. Aber das »Parco«, sein Lieblingskind, gab es nicht mehr. Die massive Holztür, die ihn so viel Geld gekostet hatte, sah zwar aus wie immer, doch darüber hing ein Schild mit der Aufschrift »Dōng Fēng«, der Name der Mah-Jongg-Höhle, die sich jetzt dahinter befand. Scheu öffnete Satake die Tür zu den Räumen, die nun einem anderen gehörten.

Kunimatsu war allein.

»Hallo.«

»Satake-san! Schön, Sie zu sehen.«

Drinnen war es ziemlich düster. Nur über dem Mah-Jongg-Tisch, an dem Kunimatsu saß, war Licht. Es wirkte, als hätte man einen Scheinwerfer auf ihn gerichtet. Kunimatsu hob den Kopf und lächelte Satake an. Er schien ein wenig abgenommen zu haben und hatte auffällig dunkle Ringe unter den Augen, aber das mochte an der Beleuchtung liegen.

»Verdammt lange her.«

»Ja, Sie haben eine Menge durchmachen müssen.« Kunimatsu erhob sich halb von seinem Stuhl, um ihn zu begrüßen.

»Und Sie klappern wieder mit Steinen, was, Kunimatsu?«, konnte sich Satake nicht verkneifen zu sagen.

Er hatte Kunimatsu, der damals Ende zwanzig gewesen war, in einer Mah-Jongg-Höhle auf der Ginza kennen gelernt, in der er als Profispieler, Assistent und Laufbursche in einem praktisch den lieben langen Tag verbrachte. Für Satake war es faszinierend gewesen, wie Kunimatsu mit seinem auf den ersten Blick nichtssagenden Jungengesicht sich augenblicklich in einen erstklassigen Spieler verwandelte, sobald er sich an einen Mah-Jongg-Tisch setzte. So jung und schon mit allen Wassern gewaschen, hatte Satake bewundernd gedacht und als er das Kasino eröffnen wollte zuallererst Kunimatsu angesprochen.

»Na ja, mit Mah-Jongg ist heutzutage auch kein Blumentopf mehr zu gewinnen. Die jungen Leute spielen ja alle am Computer!« Mit geübten Handgriffen puderte Kunimatsu die vor ihm aufgereihten Mah-Jongg-Steine mit Talkum ein. Im Raum standen sechs, offensichtlich geliehene Mah-Jongg-Tische, aber alle außer dem, an dem Kunimatsu saß, waren mit weißen Baumwolltüchern bedeckt; es sah aus wie auf einer Beerdigung.

»Mag sein.« Satake sah sich um und dachte wehmütig an das lebendige Treiben zurück, das hier noch vor kaum einem Monat geherrscht hatte: Genau hier hatte der große, reguläre Bakkarat-Tisch gestanden, und dort drüben hatten die Gäste darauf gewartet, endlich spielen zu dürfen.

»Tja, und deshalb werde ich, wie's aussieht, auch bald arbeitslos sein.« Kunimatsu drückte den Deckel auf die Dose mit Talkumpuder. Wenn er lachte, fielen die vielen Fältchen in seinen Augenwinkeln erst richtig auf.

»Aber wieso denn?«

»Die Mah-Jongg-Höhle soll wieder zugemacht und stattdessen eine Karaoke-Bar eröffnet werden.«

»Karaoke? Kann man denn damit Geld machen?« Im »Mika« hatte es auch eine Karaoke-Anlage gegeben, aber Satake selbst mochte die Singerei nicht, er verabscheute es, sich vor aller Welt zum Affen zu machen.

»Im Moment herrscht scheinbar überall Flaute.«

»Bakkarat hat prächtige Gewinne abgeworfen.«

»Das kann man wohl sagen.« Kunimatsu machte ein bedauerndes Gesicht. Dann sah er Satake zum ersten Mal an und sagte: »Sie haben ein wenig abgenommen, nicht wahr?« In seinen Augen lag ein winziger Anflug von Furcht. Unter Satakes Angestellten und in seinem geschäftlichen Umfeld hatte sich schnell herumgesprochen, dass er wegen Mordes an einer Frau vorbestraft war und dass der Verdacht, der jetzt gegen ihn erhoben wurde, damit zusammenhing.

»Meinen Sie? Ja, mag sein. Ich konnte dort nicht schlafen.« In der Tat war Satakes Leben in Untersuchungshaft ein einziger Kampf mit der Schlaflosigkeit gewesen.

»Das kann ich mir vorstellen. Muss schrecklich gewesen sein da drinnen!«

Kunimatsu selbst war ebenfalls wegen Verdachts auf Betreiben eines Spielsalons vernommen worden, aber man hatte ihn sofort wieder gehen lassen. Danach hatte man ihn allerdings immer wieder aufs Revier bestellt, um seine Aussagen bezüglich des Mordfalls mit der zerstückelten Leiche zu Protokoll zu nehmen; er dürfte also genau mitbekommen haben, wie es um Satake bestellt war.

»Sie haben wegen mir auch eine ganze Menge über sich ergehen lassen müssen, was?«

»Ach, machen Sie sich mal keine Gedanken.« Kunimatsu spielte mit den Mah-Jongg-Steinen, indem er sie mit knappen, geschmeidigen Bewegungen auf die Rückseite drehte, zu einem Berg anordnete und dann von oben an jeden einzelnen Stein wieder aufdeckte. Satake schaute zu, wie ein Stein nach dem anderen mit einem angenehmen Schieben und Klacken offen gelegt wurde, und zündete sich dabei eine Zigarette an. In der Untersuchungshaft hatte er vollständig aufs Rauchen verzichten müssen, deshalb war es jetzt ein herrliches Gefühl, als der Rauch seine Lungen füllte. Satake, der sich sonst kein Genussmittel gönnte, nahm noch einen tiefen Zug.

»Aber dass dieser Yamamoto zerstückelt worden ist, hat mich schon ziemlich überrascht, muss ich sagen.« Kunimatsu schaute flüchtig zu Satake herüber.

»Ein Pechvogel bleibt eben ein Pechvogel, egal, was er anstellt.«

»Wie haben Sie ihn damals noch genannt? Hoffnungslose Bakkarat-Lusche, oder so.« Kunimatsu lachte auf.

»Ja, was für ein verdammtes Pech!«

»Für Yamamoto, meinen Sie?«

»Quatsch, für mich natürlich!«

Darauf nickte Kunimatsu zwar, aber es war schwer einzuschätzen, inwieweit er Satake noch traute. Wahrscheinlich verdächtigte er ihn im Grunde seines Herzens doch, Yamamoto umgebracht zu haben. Der einzige Grund, warum Kunimatsu ihm, anders als die Hostessen, treu ergeben blieb, war, dass er außer dem Spielsalon nicht wusste, wohin.

»Jammerschade um das ›Mika‹, wirklich. Es war womöglich der erfolgreichste Laden in ganz Kabuki-chō.«

»Tja, damit ist es jetzt vorbei, und zwar ein für alle Mal.«

Satake hatte zwar aus dem Gefängnis heraus angeordnet, das »Mika« unter dem Vorwand von Sommerferien nur vorübergehend zu schließen, doch daraufhin waren fast alle seine Angestellten – größtenteils Chinesinnen, die sich nur mit einem Studienvisum in Japan aufhielten – über Nacht verschwunden, da sie Ärger mit der Polizei fürchteten.

Lì-huá, die Mama-san, wurde verdächtigt, Verbindungen zur taiwanesischen Mafia zu haben, und hatte sich einstweilen nach

Taiwan abgesetzt. Von Chén, dem Manager, fehlte jede Spur; vermutlich hatte er sich ein anderes Etablissement gesucht. Anna war, wie er gehört hatte, von dem Laden angeworben worden, der immer schon ein Auge auf sie geworfen hatte, und die anderen Hostessen waren entweder in ihre Heimatländer zurückgekehrt, sofern sie Schwierigkeiten mit ihrem Visum befürchteten, oder wie Anna zur Konkurrenz übergewechselt.

Das war in Kabuki-chō kaum anders zu erwarten. Bei Erfolg kamen sie in Schwärmen, wie die Bienen, die auf die prächtigsten Blüten fliegen, und bei den kleinsten Anzeichen von Problemen verließen sie wie die Ratten das sinkende Schiff. Doch Satake ahnte, dass das Bekanntwerden seiner Vergangenheit diesen Prozess wohl noch zusätzlich beschleunigt hatte.

»Aber Sie werden doch wieder neu anfangen, Satake-san, nicht wahr?«

Satake sah zur Zimmerdecke auf. Dort hing noch der Kronleuchter, den er selbst ausgesucht und bezahlt hatte, nur das Licht war nicht eingeschaltet.

»Wollen Sie etwa aufgeben! Wird es denn kein ›New Mika‹ geben?« Kunimatsu schaute auf seine talkumverschmierten weißen Hände herab.

»Ich höre auf«, sagte Satake. »Ich habe mich entschlossen, alles zu verkaufen.«

Kunimatsu blickte auf und sah Satake erstaunt an. »Aber warum, das ist doch viel zu schade!«

»Weil ich etwas anderes vorhabe.«

»Was denn? Ich helfe Ihnen, egal, wobei.« Kunimatsu rieb die langen Finger aneinander, damit das Pulver auf die Steine herabfiel. Ohne zu antworten, massierte sich Satake mit der Hand den Nacken. Seit den schlaflosen Nächten in Untersuchungshaft hatte er einen verspannten Nacken, der einfach nicht besser werden wollte. Wenn er nicht aufpasste, könnte sich das schnell zu einer quälenden Migräne entwickeln.

Kunimatsu wurde ungeduldig. »Was haben Sie denn vor?«, fragte er noch einmal.

»Ich werde den Mörder von Yamamoto suchen.«

Kunimatsu hielt das offenbar für einen Scherz, denn er grinste: »Gute Idee, ein bisschen Sherlock Holmes spielen, was?«

»Ich meine es ernst, Kunimatsu«, erwiderte Satake, während er sich immer noch den Nacken knetete.

Kunimatsu legte den Kopf schief. »Aber was wollen Sie denn dann mit dem Mörder, wenn Sie ihn erst einmal haben?«

»Tja, mal sehen«, murmelte Satake. In Wahrheit wusste er die Antwort schon, aber das wollte er natürlich nicht sagen. »Werd ich mir überlegen, wenn's so weit ist.«

»Wenn das mal gut geht. Haben Sie denn schon einen bestimmten Verdacht?« Kunimatsu schien die Sache unheimlich zu werden. Er musterte Satake von oben bis unten.

»Ja, in erster Linie seine Frau.«

»Wie bitte …?« Für Kunimatsu schien das ganz und gar undenkbar zu sein. Er fuhr sich mit der Zunge über die Lippen.

»Aber reden Sie mit niemandem darüber, Kunimatsu, klar?«

»Nein, natürlich nicht«, erwiderte Kunimatsu und wandte hastig die Augen von Satake ab, so als hätte er zum ersten Mal einen Blick auf die Finsternis in dessen Seele erhascht.

Satake verabschiedete sich von Kunimatsu und trat auf die Kuyakusho-Straße hinaus. Am Tag war die Hitze immer noch unerträglich, aber gegen Abend wehte jetzt schon ein frischer Wind. Satake atmete auf und ging auf ein nagelneues Gebäude – eine billige Stahl-Glas-Konstruktion – zu, das nicht sehr weit vom »Mika« entfernt lag. Die vielen bunten Schilder deuteten auf einen Haufen kleinerer Nachtclubs hin, die sich hier angesiedelt hatten. Satake sah nach, in welchem Stock das »Mato« lag, in das er wollte, und stieg in den Fahrstuhl. Als er die schwarze Tür zum »Mato« aufdrückte, empfing ihn sogleich ein Manager im schwarzen Anzug: »Willkommen, treten Sie ein!«

Der Manager sah Satake an und bekam große Augen. Es war Chén.

»Ach, hier steckst du also!«

Chén setzte sein zuckersüßes Lächeln auf; es war nur nicht mehr so unterwürfig wie früher. »Satake-san! Wir haben uns lange nicht gesehen. Sind Sie heute als Gast hier?«, fragte er.

»Natürlich, als was denn sonst!« Satake lächelte ausdruckslos.

»Schwebt Ihnen ein bestimmtes Mädchen vor?«

»Wie ich gehört habe, soll Anna jetzt hier arbeiten.«

Chén ging nach hinten, um sich zu erkundigen, ob sie frei war, was Satake Gelegenheit gab, sich im »Mato« umzusehen. Es war kleiner als das »Mika«, aber sehr elegant eingerichtet, im chinesischen Stil mit Möbeln aus rotem Sandelholz.

»Anna-san wäre für Sie zu reservieren. Aber sie nennt sich jetzt anders.«

»Aha. Wie heißt sie denn jetzt?«

»Mei-ran«, klärte ihn Chén auf, »Schöne Orchidee.«

Ein Allerweltsname in diesem Metier, bedauerte Satake, sagte aber nichts dazu. »Gut. Dann möchte ich bitte Mei-ran.«

Während Satake Chén ins Clubinnere folgte, blickte die in einen Kimono gekleidete Mama-san, die er vom Sehen kannte, auf und schaute ihn erstaunt an: »Ah, Satake-san! Das ist ja eine Überraschung – wie lange haben wir uns nicht gesehen? Ist drüben wieder alles in Ordnung?«

»Es gibt kein Drüben mehr, wie Sie wissen.«

Die hiesige Mama-san war Japanerin. »Ist Lì-huá denn noch nicht wieder aus Taiwan zurück?«

»Nicht, dass ich wüsste.«

»Ja, hat sie denn etwas Schlimmes zu befürchten, wenn sie wiederkommt?«

Das war ein verdeckter Affront gegen ihn, da er verdächtigt wurde, mit der chinesischen Mafia zu tun zu haben, das spürte er genau. Aber er schwieg dazu und sagte nur: »Tja, wer weiß?«

Die Mama-san, die bemerkt zu haben schien, wie Satake erstarrt war, versuchte hastig zu vermitteln: »Das war aber auch ein schreckliches Unglück, was da passiert ist, nicht wahr?«

Satake lächelte unverbindlich, aber mit ihrem misstrauischen Blick, so, als betrachte sie ein verdächtiges Subjekt, machte sie ihn rasend. Ganz hinten in der Ecke saß eine schöne Frau, die vom Profil her nach Anna aussah. Sie schaute sich nicht einmal zu ihm um.

Satake setzte sich an den Platz, den Chén ihm zuwies. Obwohl hinten alles frei war, hatte er ihn an einen ungemütlichen, engen Tisch in der Mitte geführt. Ein Gast grölte in das Karaoke-Mikrofon, und sobald er mit einem Lied fertig war, klatschten die Hostessen reflexartig in die Hände, wie pawlowsche Hunde. Abgeschreckt von dem Trubel um ihn herum, rutschte Satake tiefer in seinen Sessel. Ein Mädchen, das kaum ein paar Brocken Japanisch sprach und dessen einziger Vorzug seine Jugend zu sein schien, kam zu ihm an den Tisch und lachte gekünstelt. Bei dem Krach war es sowieso zwecklos, ein Gespräch in Gang zu bringen. Satake leerte schweigend ein paar Gläser kalten Oolong-Tee hintereinanderweg.

»Wo bleibt Anna – nein, Mei-ran?«, fragte er das Mädchen schließlich, worauf es beleidigt verschwand. Danach saß Satake noch beinahe eine halbe Stunde alleine da. Irgendwann – vielleicht, weil ihm die Tatsache, dass er sich wieder in Freiheit befand, ein Gefühl von Sicherheit gab – war er eingedöst. Es konnten höchstens fünf Minuten gewesen sein, aber es kam ihm wie mehrere Stunden Schlaf vor. Er war zwar nicht wirklich zur Ruhe gekommen, aber er fühlte sich fürs Erste erleichtert und körperlich entspannt.

Der Duft von Parfüm stieg ihm in die Nase, und Satake schlug die Augen auf: Plötzlich saß Anna vor ihm. Sie trug einen schneeweißen Hosenanzug, der sich wunderbar von ihrer sonnengebräunten Haut absetzte.

»Guten Abend, Satake-san.« Sie nannte ihn nicht mehr »O-nii-chan«.

»Oh, Anna. Wie geht es dir, gut?«

»Ja, fabelhaft«, erwiderte Anna freudestrahlend, aber Satake merkte, dass sie ihm nicht wirklich traute und auf der Hut blieb.

»Du bist ja ganz schön braun geworden.«

»Ja, weil ich jeden Tag im Freibad war.«

Nachdem sie das geantwortet hatte, verfiel Anna für längere Zeit in Schweigen, als würde sie an den Tag im Freibad und den Streit mit Satake zurückdenken, mit dem das Unglück seinen Lauf genommen hatte. Sie griff nach der Scotch-Flasche, auf die irgendjemand vom Club ohne zu fragen den Namen »Satake« geschrieben hatte, und mixte mit geübten Bewegungen zwei dünne Whiskey-Soda. Dann stellte sie eines der Gläser vor ihn hin, wie um es noch einmal zu versuchen, denn sie wusste genau, dass er nicht trank. Satake sah sie an.

»Na, wie läuft es in dem Laden hier?«

»Wunderbar. Diese Woche hatte ich den höchsten Umsatz von allen. Die Kunden aus dem ›Mika‹ sind mir treu geblieben und kommen jetzt hierher.«

»Ach so? Na, das ist ja prima.«

»Ja, und außerdem bin ich umgezogen.«

»Wohin?«

»Nach Ikebukuro.« Die genaue Adresse teilte sie ihm nicht mit. Ein unangenehmes Schweigen breitete sich zwischen ihnen aus. Da plötzlich fragte Anna: »Wie konntest du das tun? Warum hast du diese Frau umgebracht?«

Völlig überrumpelt starrte Satake in Annas blitzende Augen. »Warum, kann ich dir auch nicht sagen, das weiß ich selbst nicht.«

»Hast du sie gehasst?«

»Nein, damit hatte das nichts zu tun.« In der Tat hatte Satake die Frau für ihren gewieften Geschäftssinn sogar bewundert. Aber es erschien ihm zwecklos, der jungen Anna zu erklären, dass das Gefühl des Hasses gerade aus dem Bedürfnis heraus entstand, den anderen annehmen zu wollen.

»Wie alt ist sie gewesen?«

»Das weiß ich nicht genau. Sicher fünfunddreißig oder älter.«

»Wie war ihr Name?«

»Ich kann mich nicht erinnern.« Er musste ihn während des Prozesses wie oft gehört haben, aber es war ein relativ gewöhnlicher Name gewesen, und er hatte ihn einfach vergessen. Nicht ein Symbol wie ihr Name beherrschte sein Herz, sondern ihr Gesicht und ihre Stimme.

»Du hast sie geliebt, oder? Es war doch jemand, den du schon länger gekannt hast, oder?«

»Nein, überhaupt nicht. Ich bin ihr an dem Abend zum ersten Mal begegnet.«

»Und wieso hast du sie dann auf diese Weise umgebracht?«, fragte Anna unbarmherzig weiter. »Ich hab es von der Mama-san erfahren: Du sollst sie gequält und gequält haben, bevor du sie endlich getötet hast. Wenn du sie angeblich weder geliebt noch gehasst hast – warum dann diese Quälerei, bevor du sie ermordet hast?«

Annas wutentbrannte Stimme ließ den Gast vom Tisch nebenan aufhorchen, und er schaute zu Satake herüber, wandte seine Augen aber aus Entsetzen vor dem Inhalt des Gesprächs, das er mitanhören musste, schnell wieder ab.

»Ich weiß es nicht«, antwortete Satake ruhig. »Ich weiß wirklich nicht, warum ich das getan habe.«

»Hast du mich deshalb so liebevoll behandelt? Stellvertretend für diese Frau?«

»Nein, nein.«

»Und warum gibt es dann zwei O-nii-chans in deiner Brust? Einen O-nii-chan, der eine Frau umbringt, und einen anderen O-nii-chan, der Anna verwöhnt und verhätschelt? Warum?«

Anna war anscheinend so aufgebracht, dass sie Satake wieder O-nii-chan nannte.

»Ich bin doch für dich nichts weiter als ein Hündchen, O-nii-chan, stimmt's? Deshalb hast du mich so gut behandelt! Wie einen süßen kleinen Pudel aus der Tierhandlung hast du mich herausgeputzt und an die Männer verkauft! Das hat dir Spaß gemacht, nicht wahr? Ich war die Ware, mit der du gehandelt hast, die Ware Anna! Wenn ich mich gewehrt hätte, wenn ich widerspenstig gewesen wäre, hättest du mich dann umgebracht, wie diese Frau?«

»Nein.« Satake schob sich eine Zigarette zwischen die Lippen und zündete sie selbst an. »Du bist lieb. Diese Frau war…« Er suchte nach Worten und verstummte. Anna wartete und sah ihn dabei die ganze Zeit an. Aber es kam keine Antwort.

»Du sagst, ich wäre lieb, aber meinen tust du damit, dass ich für dich nur lieb bin und nichts weiter, nicht wahr, O-nii-chan? Anfangs, als ich von der Sache erfahren hab, hat mir diese Frau schrecklich Leid getan, weißt du. Aber dann hab ich mir selbst auch Leid getan, O-nii-chan, und weißt du, warum? Du warst zwar manchmal wütend auf mich, wegen der Arbeit und so, aber du würdest mich nie so sehr hassen, dass du mich umbringen könntest, wie diese Frau, nicht wahr? Sie hat es geschafft, dein Herz so weit zu erobern, dass du sie hassen konntest, dass du sie sogar quälen und töten konntest, ist es nicht so, O-nii-chan? Und ich habe das nicht geschafft, ich habe es einfach nicht geschafft. Manchmal habe ich mir sogar gewünscht, du würdest mich umbringen, das wäre immerhin etwas gewesen. Aber mich hast du nur gut behandelt, an ihrer Stelle sozusagen – weil du diese Frau ermordet hast, bist du zu mir nett gewesen. Aber eben nur nett. Das ist mir zu wenig, O-nii-chan, und ich war sehr traurig, als mir das klar geworden ist. Und deshalb finde ich, dass ich mir selbst auch fürchterlich Leid tun kann. Verstehst du das, O-nii-chan?«

Anna stiegen Tränen in die Augen. Sie liefen ihr an den geweiteten Nasenflügeln entlang die Wangen herab und tropften zu Boden. Die Gäste und Hostessen an den umliegenden Tischen blickten erstaunt auf und schauten neugierig zu ihnen beiden herüber. Besorgt hielt die Mama-san aus der Ferne ein Auge auf sie.

»Ja, ich verstehe. Ich werde dich in Frieden lassen und nicht mehr wiederkommen, du kannst also in Ruhe weiterarbeiten.«

Anna erwiderte nichts. Satake stand auf, zahlte und verließ unter dem gekünstelten Lächeln von Chén den Nachtclub. Es verstand sich wohl von selbst, dass er weder von Anna noch von sonst irgendwem hinausbegleitet wurde. In Kabuki-chō war offenbar schon kein Platz mehr für ihn.

Seit dem Tag, an dem Kinugasa ihn verhört hatte, war Satake bewusst geworden, wie sehr ihm die Frau nach siebzehn langen Jahren immer noch im Nacken saß. Er hatte den Entschluss gefasst, ihr in die Augen zu sehen. Die Erinnerung, die er so gut in sich verkapselt zu haben glaubte, hatte ihre harte Schale gesprengt und bot ihm nun Fruchtfleisch und Samen dar.

Satake kehrte in seine Wohnung zurück.

Gut vier Wochen war es her, seit er so plötzlich festgenommen und in Untersuchungshaft gesteckt worden war. Als er die Tür öffnete, schlug ihm der typische, muffige Geruch einer Wohnung entgegen, die mitten im Hochsommer lange verschlossen gewesen war. Plötzlich hörte Satake Stimmen; irgendwo da drinnen redeten Leute. Hastig zog er die Schuhe aus und stürzte hinein. In der Dunkelheit flackerte bläulich weißes Licht.

Der Fernseher war an. Er musste ihn angelassen haben, als er an jenem Tag, an dem die Sommerhitze so plötzlich eingesetzt hatte, mit diesem unruhigen Gefühl im Bauch aus dem Haus gestürmt war. Hätten sie ihn denn bei der Wohnungsdurchsuchung nicht wenigstens abstellen können? Satake verzog das Gesicht und setzte sich im Schneidersitz vor den Apparat. Gerade lief der Abspann einer Nachrichtensendung.

Mit dem Sommer, der sich dem Ende neigte, schien auch der Aufruhr in Satakes Innerem zur Ruhe zu kommen. Satake stand auf und öffnete die Fenster. Vom Yamate-Ring drangen Straßenlärm und Benzingestank herein, aber auch die frische Nachtluft, die sich mit der abgestandenen Raumluft vermengte. Die

Wolkenkratzer von West-Shinjuku waren hell erleuchtet, wie um ihre Konturen besser zur Geltung zu bringen. Es war vorbei, alles war wieder gut. Satake, der seine Fassung wiedergewonnen hatte, atmete in tiefen Zügen die schmutzige Stadtluft ein. Jetzt musste er nur noch tun, was zu tun war.

Er öffnete den Wandschrank, in dem er die alten Zeitungen stapelte. Er sah das vergilbte, in der schwülen Sommerluft feucht gewordene Papier durch und suchte alle Zeitungsteile heraus, in denen etwas über den Mordfall um den Fund der zerstückelten Leiche im Koganei-Park stehen konnte. Nachdem er eine Reihe von Berichten gefunden hatte, breitete er die Seiten auf den Tatami aus, holte sich ein kleines Notizheft und schrieb beim Lesen immer wieder etwas hinein. Dann machte er eine Zigarettenpause, betrachtete seine Notizen und dachte nach.

Er schaltete den Fernseher ab und stand auf. Er hatte Lust, sich ein bisschen die Füße zu vertreten und ziellos durch die Gassen des Viertels zu laufen. Es gab für ihn jetzt nichts mehr zu bewahren und nichts mehr zu verlieren – es gab gar nichts mehr. Als er den tiefen Fluss gerade überquert zu haben glaubte, hatte man die Brücke gesprengt. Es gab kein Zurück. Aber vielleicht bedeutete das weniger die Heimkehr zu dem weggeschlossenen Traum als vielmehr das Ende eines Irrwegs. Vielleicht war gerade dieses Leben, das er sich über all die Jahre aufgebaut hatte, nur ein einziger großer, hohler Traum gewesen. Bei diesem Gedanken erfasste ihn sogar eine aufgeregte Spannung, und er fühlte sich in seine Zwanziger zurückversetzt, als er Laufbursche bei dem Yakuza-Boss gewesen war. Es bestand eine gewisse Ähnlichkeit zwischen dem Gefühl, vom Weg abgekommen zu sein und nicht zu wissen, wohin, und der gefassten Gewissheit, dass es kein Zurück mehr gab. Man fühlte sich vollkommen frei. Auf Satakes Gesicht erschien ein Lächeln.

FÜNFTES KAPITEL

Der Lohn

1 Sie hatte kein Geld. Im Portemonnaie waren nur noch ein paar Tausend-Yen-Scheine und etwas Kleingeld. In der Wohnung hatte sie alles auf den Kopf gestellt, aber kein einziger Yen war zum Vorschein gekommen.

Kuniko starrte schon seit geraumer Zeit auf den Kalender in Kreditkartengröße, den sie bei Mister Minit bekommen hatte. Wie lange sie auch darauf starrte, es änderte nichts daran, dass der Tag, an dem die nächste Zahlung an Jūmonji fällig war, unerbittlich näher rückte.

Damals im Büro des »Verbraucherzentrum Million« hatte Masako zwar großspurig ihr Maul aufgerissen, von wegen, sie würde schon dafür sorgen, dass Kuniko das Geld zurückzahlte, und wenn sie es ihr notfalls bei einem anderen Kredithai beschaffte, aber inzwischen schien sie sich keinen Pfifferling mehr darum zu scheren, in welch heikler Lage sich Kuniko befand. Und von dem Geld, das Yayoi ihr so hoch und heilig versprochen hatte, war bisher auch noch kein Yen aufgetaucht. Was für eine Unverschämtheit, dachte Kuniko, erst zwingen sie mich, bei dieser schrecklichen Sache mitzuhelfen, machen mich quasi zum Verbrecher, und nun stellt sich womöglich heraus, dass ich nicht einmal etwas davon habe, sondern nur mit leeren Versprechungen abgespeist werde!

Wütend fegte sie eine voluminöse Modezeitschrift vom Tisch. Sie schlug mit lautem Knall zu Boden, wobei die Hochglanzbeilage mit dem Nizza-Special herausfiel. Mit den Zehen blätterte Kuniko durch die Seiten traumhafter Modeanzeigen der berühmtesten Hersteller: Chanel, Gucci, Prada … Handtaschen, Schuhe, neue Herbstmode, Accessoires.

Die Zeitschrift hatte sie sich vom Müllsammelplatz der Mietskaserne geholt. Sie war voller Flecken und Glasränder, aber daran durfte sie sich nicht stören – Hauptsache, sie war umsonst.

Das Zeitungsabonnement hatte sie gekündigt, und mit dem Auto fuhr sie auch nicht mehr, um keinen Sprit zu vergeuden. Kuniko, der außer den Boulevardmagazinen und Seifenopern im Fernsehen kein Vergnügen mehr geblieben war, freute sich inzwischen über jede weggeworfene Zeitschrift. Sie hatte überall herumtelefoniert, um herauszubekommen, wo Tetsuya steckte, aber niemand verriet ihr seinen Aufenthaltsort. Da sie im August in der Fabrik so oft blaugemacht hatte, waren ihre Einkünfte sogar noch geschrumpft, und gespart hatte sie null. Kuniko, der das Elend, sich absolut nichts mehr leisten zu können, schier unerträglich geworden war, brüllte auf wie ein wildes Tier.

Sie hatte Fachzeitschriften für Stellenanzeigen durchgesehen, um sich redlich um eine Tagesstelle zu bemühen, doch dabei hatte sie begreifen müssen, dass sie für keine der angebotenen Arbeiten einen Lohn in der Größenordnung erwarten konnte, die ausreichen würde, um ihre Schulden zu begleichen. Im Rotlichtmilieu wäre es als Frau vielleicht möglich, genug Geld zu verdienen, aber dem stand der Mangel an Selbstvertrauen in ihr Äußeres im Wege, den sie einfach nicht überwinden konnte. Da war es besser, in der Lunchpaket-Fabrik zu bleiben und weiter die Nachtschicht mit der relativ kurzen Arbeitszeit zu machen. Der starke Wunsch, reich zu sein, sich nach der neuesten Mode herauszuputzen und im Rampenlicht zu stehen, und das Minderwertigkeitsgefühl, sich am liebsten in der hintersten dunklen Ecke verkriechen zu wollen, wo sie niemand sehen konnte, führten in Kunikos Innerem eine Doppelexistenz wie die beiden Seiten einer Münze.

Ob sie nicht besser den Offenbarungseid leisten sollte? Für einen Augenblick zog sie diese letzte Möglichkeit in Erwägung, aber das würde vielleicht bedeuten, dass sie ihr Leben lang auf eine Kreditkarte verzichten musste. Dann wäre sie ja ständig gezwungen, mit dem bisschen Geld auszukommen, das da war – nein, danke! Das wäre für Kuniko, die sich schlecht bescheiden und die Befriedigung ihrer Wünsche partout nicht aufschieben konnte, kaum zu ertragen. Solange sie mit einer größeren Geldsumme von Yayoi rechnete, erschien ihr jeder Gedanke an solche Maßnahmen sowieso als reine Zeitverschwendung.

Kurz entschlossen rief Kuniko bei Yayoi an. Sie hatte schon des Öfteren daran gedacht, es aber bisher aus Furcht vor der Polizei, die sich womöglich immer noch dort aufhielt, nie gewagt. Darauf konnte sie nun keine Rücksicht mehr nehmen.

»Hallo? Kuniko Jōnouchi hier.«

»Oh!« Yayoi schien nicht gerade erfreut. Der Anruf war wohl nicht willkommen.

Sie macht ja nicht einmal Anstalten, mich zu begrüßen! Na, warte, dachte Kuniko erbost, dir werd ich's zeigen. »Da scheinst du ja jetzt fein aus dem Schneider zu sein, wie ich letztens in der Zeitung gelesen habe!«

»Wieso, was meinst du damit?«

Yayoi stellte sich dumm. Vom anderen Ende der Leitung tönte der Lärm einer Zeichentrickserie im Fernsehen, begleitet von Kindergeschrei, zu Kuniko herüber. Dort schien es ja munter herzugehen, wo der Vater gerade auf so schreckliche Weise sein Leben lassen musste. Kunikos Zorn machte nicht einmal vor den unschuldigen Kindern Halt.

»Nun tu doch nicht so scheinheilig, du weißt genau, wovon ich spreche! Da stand, dass sie diesen Spielkasinobetreiber, oder was das für einer ist, an deiner Stelle eingebuchtet haben!«

»Scheint so.«

»›Scheint so, scheint so‹ – nun hör sich einer das an! Riesenschwein gehabt, das hast du!«

»Dasselbe gilt doch wohl auch für dich! Ich kann mich ja schlecht beschweren, da du mir geholfen hast, aber der ganze Aufstand ist doch erst entstanden, weil du das Zeug an dieser verrückten Stelle weggeworfen hast! Masako war furchtbar sauer!«

Yayoi, die sie immer als brav und harmlos eingeschätzt hatte, schlug zurück. Damit hatte Kuniko nicht gerechnet, und es brachte sie völlig aus dem Konzept. Nach Atem ringend, konnte sie nur noch herauspressen: »Wie redest du mit mir, du Mörderin!«

»Was ist denn eigentlich los, ist irgendwas passiert?«

Kuniko hatte den Eindruck, als ob Yayoi hastig die Hand um die Muschel gelegt hätte. »Gar nichts ist. Ich will nur allmählich mein Geld sehen. Wann kriege ich denn endlich die Summe, die du mir versprochen hast? Kannst du mir nicht wenigstens schon mal einen ungefähren Zeitpunkt verraten?«

»Ach, das! Entschuldige. Ich kann es noch nicht ganz genau sagen, aber bis Anfang September könnte es in Ordnung gehen.«

»Anfang September…« Kuniko brach ab. »Aber du kriegst es doch sowieso von deinen Eltern, oder? Kannst du ihnen nicht sagen, dass du es jetzt sofort brauchst? Das wäre doch nur maximal zehn Tage früher.«

»Schon, aber…« Yayoi ließ sich nicht festlegen.

»Ich kriege doch wirklich fünfhunderttausend von dir, oder?«

»Ja, sollst du haben.«

»Gut.« Kuniko war fürs Erste beruhigt. »Aber ich sitze im Moment arg in der Klemme, weißt du. Kannst du mir nicht einen Vorschuss geben? Fünfzigtausend würden schon reichen.«

»Hm… Wenn du nur noch ein kleines bisschen warten könntest, dann…«

»Dann was? Du willst doch wohl nicht sagen, dass du seine Lebensversicherung ausbezahlt bekommst, oder?«

»Nein, wo denkst du hin!«, entgegnete Yayoi hastig. »Er hatte gar keine abgeschlossen.«

»Wovon willst du denn leben? Dann müsste es dir ja eigentlich genauso gehen wie mir, wie? Seit dein Mann nicht mehr da ist, hast du doch auch nur noch den Lohn von der Fabrik, oder?«

»Ja. Ehrlich gesagt hab ich noch gar nicht so richtig darüber nachgedacht, wie es jetzt weitergehen soll. Aber ich muss schließlich an meine Kinder denken, ich werde uns schon noch eine Weile hier durchbringen. Meine Mutter hält das auch für besser«, antwortete Yayoi ernsthaft, doch Kuniko, die Yayois Zukunft nicht die Bohne interessierte, wurde allmählich ungeduldig.

»Wollen dir deine Eltern denn keinen Zuschuss geben?«

»Wenn ich sie darum bitte, werden sie mir sicher ein wenig unter die Arme greifen, denke ich. Aber mein Vater ist auch nur ein einfacher Angestellter, und da kann ich ihnen nicht allzu sehr auf der Tasche liegen.«

»Da hat Masako aber was ganz anderes erzählt!«

»Ja? Tut mir Leid.«

»Aber Angestellter zu sein ist doch so schlecht auch nicht, da hat man zumindest jeden Monat sein festes Einkommen.« In ihrer Verzweiflung konnte Kuniko nicht locker lassen. Sie musste Yayoi unbedingt dazu bringen, ihr etwas Geld zu geben, koste es, was es wolle. Aber Yayoi wiederholte nur immer wieder gequält, ob sie nicht noch ein klein wenig warten könne, und ließ sich einfach nicht erweichen, bis Kuniko schließlich die Gesprächsgebühren zu teuer wurden und sie endlich einhängte.

Als Nächstes wollte sie es bei Masako versuchen. Sie sahen sich zwar in der Fabrik, wechselten aber kein unnötiges Wort miteinander. Seitdem sie wusste, dass Masako Jūmonji von früher her kannte, war sie ihr irgendwie unheimlich, sie fürchtete sich vor ihr. Denn obwohl Kuniko bankrott war, bildete sie sich doch immer noch ein, ein vornehmes, gut situiertes Leben zu führen, wie die Frauen in den Modemagazinen. Jemand wie Masako, die mit einer zwielichtigen Unterweltgestalt wie Jūmonji zu tun hatte, war ihr da nicht geheuer.

Aber der Stichtag für die nächste Rate rückte unerbittlich näher. Sie musste das Geld irgendwie beschaffen, wenn nötig auch unter Missachtung der Gesetze. Als sie sich das letzte Mal so panisch und in die Enge getrieben gefühlt hatte, war sie von Masako in diese schreckliche Mordgeschichte hineingezogen worden, aber daran dachte Kuniko schon nicht mehr, als sie Masakos Nummer wählte.

»Katori.« Masako war zu Hause. Anders als bei Yayoi war es vollkommen still am anderen Ende der Leitung. Was mochte Masako da wohl alleine in ihrem aufgeräumten Haus machen, fragte sich Kuniko. Ein Schauder lief ihr über den Rücken, als sie an den grausigen Anblick in Masakos Bad zurückdachte. Was musste man nur für Nerven haben, um sich auf denselben Fliesen zu waschen, die zuvor von Blutspritzern und Fleischklumpen übersät gewesen waren, oder um in dieselbe Wanne zu steigen, auf der man zuvor die Leichenteile abgelegt hatte! Auf einmal fürchtete sie sich wieder so sehr vor Masako, dass sie sich kaum zu sprechen traute: »Hallo, Jōnouchi hier, also …«

»Richtig, bei dir ist ja bald die nächste Rate fällig«, sagte Masako von sich aus. Sie wusste es also doch noch ganz genau!

»Ja, deshalb rufe ich an: Was soll ich bloß machen?«

»Was fragst du mich? Das ist doch dein Problem!«

»Aber du hast doch damals gesagt, du würdest dafür sorgen, dass ich das Geld zurückzahle, und wenn ich es notfalls woanders leihen müsste!«, schrie Kuniko, denn sie fühlte sich verraten.

»Dann besorg's dir doch woanders«, erwiderte Masako ungerührt. »Geh zu einem anderen Kredithai, der leiht es dir bestimmt! Damit begleichst du dann die Rate ans Verbraucherzentrum. Danach gehst du zum nächsten und leihst dir wieder was, um den anderen Kredithai zu bezahlen.«

»Aber das geht doch dann immer so weiter, und ich komme nie aus dem Teufelskreis heraus!«

»Das ist doch nichts Neues, du lebst doch schon die ganze Zeit so.«

»Ach, hör schon auf, so zu reden, und verrat mir lieber, was ich jetzt tun soll.«

»Als ob du beraten werden wolltest! Alles, was du von mir willst, ist Geld, oder stimmt das etwa nicht?«, höhnte Masako.

Kuniko knirschte vor Verzweiflung mit den Zähnen. »Dann leih mir doch was, um Himmels willen! Von Yayoi kriege ich auch noch nichts!«

»Bin ich verrückt? Dann kann ich es auch gleich aus dem Fenster werfen! Wenn sich die Situation bei Yama-chan beruhigt hat, zahlt sie dich ganz bestimmt aus, das hat sie versprochen! Lass dir so lange was anderes einfallen.«

»Was denn zum Beispiel?«

»Da kommst du schon selbst drauf, du bist schließlich jung genug«, ließ Masako sie kalt abblitzen.

Kuniko knallte den Hörer auf. Sie wollte Rache, sie wollte Masako dazu bringen, um Verzeihung zu winseln! Aber im Moment hatte sie ihr absolut nichts entgegenzusetzen. Irgendwann würde sie es diesem Weib schon zeigen, na warte! Kuniko stampfte vor Wut auf den Boden.

Plötzlich klingelte es an der Wohnungstür. Kuniko zuckte vor Schreck zusammen. Ausgerechnet heute, wo sie einmal ihre Ruhe haben und sich vor sämtlichen Forderungen der Außenwelt verstecken wollte. Am liebsten hätte sie sich in grauem Schlamm vergraben wie eine Sumpfschildkröte. Schwer atmend hielt sich Kuniko die Ohren zu.

Es klingelte ein zweites Mal. Am wahrscheinlichsten war ein weiterer Besuch von der Kriminalpolizei. Und wenn es wieder dieser Imai war, der Inspektor mit dem durchdringenden Blick, der vor ungefähr drei Wochen schon einmal da war? Sie war sich zwar eigentlich sicher, sich nicht verplappert zu haben, aber unter seinen Argusaugen hatte sie sich wirklich nicht gerade wohl gefühlt. Wie sollte sie sich verhalten, wenn er ihr mitteilte, es sei ein Zeuge aufgetaucht, der in der Nähe des Koganei-Parks einen grünen Golf gesehen hatte? Nein, sie wollte diesem Imai nie mehr wieder begegnen.

Sie entschloss sich, weiter so zu tun, als wäre sie nicht zu Hause, und drehte den Ton des Fernsehers ab. Nun klopfte es direkt an der Tür.

»Frau Jōnouchi? Jūmonji vom ›Verbraucherzentrum Million‹ hier. Sind Sie da?«

Überrascht nahm Kuniko den Hörer der Gegensprechanlage ab und fragte bang: »Aber es ist doch noch nicht so weit, oder?«

Jūmonji, offenbar erleichtert, dass Kuniko zu Hause war, antwortete: »Nein, nein. Ich möchte etwas anderes mit Ihnen besprechen.«

»Was denn?«

»Lassen Sie mich doch bitte kurz herein. Es soll auch nicht Ihr Schaden sein.«

Wovon redete er? Was wollte er von ihr? Als Kuniko schließlich halb neugierig, halb argwöhnisch die Tür öffnete, stand Jūmonji mit einer Schachtel Kuchen in der Hand da – eine Sonnenbrille auf der Nase, in Baumwollhosen und einem auffälligen Hawaii-Hemd mit aufgemaltem Paradiesvogel auf schwarzem Untergrund. Die schräge Aufmachung ließ ihn völlig verändert erscheinen.

»Was ist denn mit Ihnen los?« Kuniko wich zurück, denn sie dachte mit Schrecken an ihre dicken Beine, die aus der kurzen Hose herausschauten.

»Verzeihen Sie, dass ich Sie so plötzlich überfalle, aber ich habe etwas mit Ihnen zu besprechen.« Jūmonji drückte ihr die Kuchenschachtel in die Hand. Kuniko war das alles zwar nicht ganz geheuer, doch sein liebenswürdiges Lächeln ließ sie dahinschmelzen.

»Nun ja, bitte, kommen Sie herein.«

Jūmonji, der zum ersten Mal Kunikos Wohnung betrat, schaute

sich ungeniert um und setzte sich ohne zu fragen an den Esstisch. Kuniko hob hektisch die Zeitschrift auf, die zu Boden gefallen war.

»Wollen wir nicht den Kuchen essen?«

»Ach, ja.« Kuniko holte zwei Teller, zwei Gabeln und aus dem Kühlschrank ihre letzte Plastikflasche Oolong-Tee und stellte alles auf den Tisch. Dann log sie: »Was wollen Sie mit mir besprechen? Die Ratenzahlung übermorgen geht problemlos in Ordnung.«

»Deshalb bin ich gar nicht hier. Es geht um etwas anderes, das mich seit längerem ungemein beschäftigt.« Jūmonji zog seine Zigaretten aus der Brusttasche und bot ihr eine an. Kuniko, die sich schon eine Weile keine mehr hatte leisten können, stürzte sich sofort darauf. Jūmonji beobachtete, wie sie sich die Zigarette mit ihrem eigenen Feuerzeug anzündete und genüsslich inhalierte.

»Wenn Sie möchten, lasse ich Ihnen die Packung da.«

»Das ist nett, vielen Dank.« Kuniko zog die Schachtel zu sich herüber.

»Sie scheinen in Schwierigkeiten zu sein.«

Kleinlaut seufzte Kuniko und murmelte: »Nun ja, mein Mann ist nicht wieder aufgetaucht, ich kann ihn nicht ausfindig machen…«

»Sie gehen sicher gleich zur Fabrik, deshalb habe ich mich so beeilt, um Sie vorher noch zu erwischen. Das, was ich mit Ihnen besprechen will, hat mit Frau Yamamoto zu tun, die Sie als Bürgin gewonnen haben.«

Erschrocken sah Kuniko Jūmonji an. Der hob seine elegant geschwungenen Augenbrauen und erwiderte ihren Blick mit dem Ausdruck eines herzensguten Menschen in unendlicher Bekümmerung, während er munter weiterredete.

»Frau Yamamoto ist doch die Ehefrau des Mordopfers, das vor kurzem zerstückelt aufgefunden wurde, nicht wahr? Es hat mich sehr überrascht, am nächsten Tag davon in der Zeitung zu lesen. Und da frage ich mich nun schon die ganze Zeit, weshalb ausgerechnet Frau Yamamoto die Bürgschaft für Sie unterzeichnet haben mag?«

»Ich habe sie darum gebeten, weil wir in der Fabrik so gut miteinander auskommen.«

»Aber dann hätten Sie doch besser Frau Katori angesprochen; sie war schließlich mehr als zwanzig Jahre in einem Kreditinstitut beschäftigt und sollte sich mit solchen Fragen bestens auskennen!«

»Ach, in einem Kreditinstitut also…«, nickte Kuniko verwundert, da sich das Rätsel um Masakos vorherige Beschäftigung so unerwartet unspektakulär gelöst hatte. Jetzt, wo sie Bescheid wusste, konnte sie sich wunderbar vorstellen, wie Masako an einem Computerterminal in der hintersten Ecke einer Bank saß und in die Tastatur tippte. Ja, sie hatte tatsächlich so etwas an sich.

»Deshalb möchte ich also wissen, warum Sie sich ausgerechnet Frau Yamamoto als Bürgin ausgesucht haben.«

»Warum wollen Sie das wissen?«, gab Kuniko ihren natürlichen Zweifeln Ausdruck.

Jūmonji lachte auf und fuhr sich mit beiden Händen durch das weiche, hellbraun gefärbte Haar. »Aus reiner Neugier.«

»Weil Frau Yamamoto nett und hilfsbereit ist, deshalb. Frau Katori ist nicht so nett, das ist alles.«

»Da sind Sie also mir nichts, dir nichts zu ihr hingegangen und haben sie darum gebeten, obwohl Frau Yamamotos Mann gerade verschwunden war?«

»Aber das wusste ich doch da noch gar nicht!«

»Und Frau Yamamoto hat einfach so unterschrieben?«

»Ja, sie ist eben ein netter Mensch.«

»Aha. Aber warum sind Sie dann mit Frau Katori zu mir gekommen, um die Bürgschaft zurückzuholen?«

»Tja…« Kuniko stellte sich dumm. Jūmonji fragte das doch nicht alles aus reiner Neugierde! Sie ahnte jetzt, dass sie drauf und dran war, in Schwierigkeiten zu geraten, und war schon eingeschüchtert.

»Frau Katori hat sicher gewusst, dass es Probleme geben würde, wenn herauskäme, dass Frau Yamamoto die Bürgschaft unterschrieben hat, während ihr Mann vermisst wurde.«

»Nein, das stimmt nicht. Frau Katori hat nur eingegriffen, weil sie mitbekommen hat, dass ich mich so dumm angestellt habe, deshalb.«

»So? Das will mir aber nicht so recht einleuchten…« Ganz, als machte ihm das Detektivspielen einen Riesenspaß, verschränkte Jūmonji die Arme hinter dem Kopf und sah zur Zimmerdecke auf.

Kuniko begann es allmählich zu gefallen, so mit Jūmonji zusammenzusitzen. »Dann nehme ich mir ein Stück Kuchen, ja?«

»Bitte, greifen Sie zu. Er muss gut sein, eine Oberschülerin hat mir den Laden empfohlen, todsicherer Tipp!«

Kuniko nahm eine Gabel in die Hand und fragte: »Ach, Sie sind also mit Oberschülerinnen befreundet, Herr Jūmonji?«, wobei sie ihm kokett in die ins Bernsteinfarbene spielenden Augen blickte.

Verlegen rieb sich Jūmonji mit beiden Händen über die erröteten Wangen. »Nein, nicht was Sie wieder denken!«

»Aber, aber, Sie kommen doch ganz bestimmt auf Ihre Kosten, attraktiv wie Sie sind!«

»Ach was, nein, wo denken Sie hin!«

Kuniko war es längst lästig geworden, sich Gedanken darüber zu machen, was denn die eigentliche Absicht Jūmonjis sein könnte, und widmete sich ganz dem Kuchenessen. Jūmonji sah auf die Datumsanzeige seiner Armbanduhr.

»Wie viele Raten müssen Sie eigentlich noch zahlen, Frau Jōnouchi?«

Verwirrt legte Kuniko die Gabel auf den Teller zurück. »... acht, glaube ich.«

»Acht also. Acht Raten machen zusammen rund vierhundertvierzigtausend, nicht wahr? Wenn ich Ihnen nun die gesamte Summe erlasse, erzählen Sie mir dann alles, was bisher geschehen ist?«

»Was heißt ›erlassen‹?«

»Dass Sie mir das Geld nicht zurückzahlen müssen.«

Kuniko konnte überhaupt nicht einschätzen, mit welcher Absicht Jūmonji das gesagt hatte, und verfiel ins Grübeln. Dabei merkte sie, dass sie noch Schlagsahne an der Lippe hatte, und fuhr sich mit der Zunge darüber, um sie aufzulecken. »Und was soll ich Ihnen dafür erzählen?«

»Was ihr gemacht habt natürlich, das ist doch klar.«

»Wieso? Wir haben doch gar nichts gemacht...« Kuniko nahm die Kuchengabel wieder in die Hand, aber das unverhoffte Angebot ließ die Waagschalen in ihrem Kopf, die ständig Einnahmen gegen Ausgaben verrechneten, heftig auf- und niederpendeln und löste Panik aus.

»Ach, das ist doch nicht wahr, und das wissen Sie genau. Ich habe Erkundigungen eingezogen und allerlei herausgefunden. Über Sie, Frau Yamamoto, Frau Katori und noch jemanden. Ihr vier Frauen habt euch doch in der Fabrik immer prima verstanden. Und als Frau Yamamoto in diese prekäre Lage geraten war, habt ihr Mitleid mit ihr gehabt und ihr gemeinsam geholfen – entspricht das etwa nicht der Wahrheit?«

»›Pre-kä-re‹ Lage?«

»Ja. Heikel, unerfreulich.«

»Gar nichts haben wir getan, wirklich nicht. Was meinen Sie überhaupt mit ›wir hätten ihr gemeinsam geholfen‹, wobei denn?« Kuniko hatte aufgehört, Kuchen zu essen.

Jūmonji grinste siegessicher. »Sie haben doch mir gegenüber selbst von einer Möglichkeit gesprochen, in nächster Zeit zu Geld zu kommen, nicht wahr, Frau Jōnouchi? Hatte das etwa nichts mit dieser Sache hier zu tun?«

»Welcher Sache?«

»Ach, nun tun Sie doch nicht so scheinheilig, das steht Ihnen nicht besonders!« Jūmonji gebrauchte fast dieselben Worte, die sie selbst eben noch Yayoi entgegengeschleudert hatte. »Ich meine den Mordfall um die zerstückelte Leiche.«

»Aber das scheint doch schon alles aufgeklärt zu sein! Ich habe wenigstens gehört, dass sie diesen Kasino-Menschen geschnappt haben.«

»Ja, das stand in der Zeitung, aber da steht viel. Mir ist das jedenfalls nicht ganz geheuer.«

»Inwiefern?«

»Nun ja, wie soll ich mich ausdrücken: Ich glaube eher, dass es sich hier um einen Fall von Frauensolidarität handelt.«

»Ach was, so dick sind wir auch nicht miteinander, dass wir uns gegenseitig aus der Patsche helfen würden!«

»So? Und warum hat Frau Yamamoto dann Ihre Bürgschaft unterschrieben, zumal in der Lage, in der sie sich befand? Es handelte sich zwar nicht um Solidarhaftung, sondern nur um einen einfachen Garantiefall, aber normalerweise geht man doch einer solchen Verpflichtung aus dem Weg. Nun, Frau Jōnouchi, wollen Sie mir nicht endlich die Wahrheit erzählen? Wie gesagt, ich erlasse Ihnen die gesamten ausstehenden Zahlungen.«

»…und was werden Sie damit machen, wenn ich es Ihnen erzählen würde?«, fragte Kuniko unwillkürlich.

Den Erfolg zum Greifen nah, blitzte in Jūmonjis Augen ein Funke der Genugtuung auf und erlosch gleich wieder. »Gar nichts, was sollte ich auch damit anfangen? Ich will nur meine Neugier befriedigen, das ist alles.«

»Und wenn ich den Mund halte?«

»Auch gut. Dann bleibt alles wie gehabt, und Sie zahlen mir die ausstehenden Raten. Wann war doch gleich die nächste fällig? In zwei Tagen, wenn mich nicht alles täuscht. Noch acht Mal fünfundfünfzigtausendzweihundert Yen. Das geht doch in Ordnung, nicht wahr?«

Da erst fiel es Kuniko wieder siedend heiß ein, dass sie ja absolut blank war. Sie fuhr sich noch einmal mit der Zunge über die Lippen. Aber da war keine Sahne mehr, die sie ablecken konnte. »Und was ist der Beweis dafür, dass Sie mir wirklich sämtliche Schulden erlassen?«

»Den habe ich hier bei mir, einen Moment.« Jūmonji griff in das Necessaire auf seinem Schoß und zog ein zusammengefaltetes Papier heraus: Kunikos Kreditvertrag. »Ich werde ihn hier vor Ihren Augen zerreißen.«

Sofort neigte sich Kunikos innere Waage mit Schwung hin zu der Schale »Schulden erlassen«. Wenn ich Jūmonji nicht mehr bezahlen muss, habe ich das Geld von Yayoi ganz für mich alleine, dachte sie – und schon war es um Kuniko geschehen: »Gut, ich erzähl's Ihnen.«

»Ach, da bin ich aber froh!« Jumonji lächelte, aber seine Stimme blieb ernst.

Danach ging alles wie von selbst. Während Kuniko in aller Ausführlichkeit schilderte, wie sie hereingelegt worden war, stellte sie mit Befriedigung fest, dass nun endlich die Gelegenheit gekommen war, sich an Masako und Yayoi zu rächen. Mögliche Konsequenzen lagen noch in weiter Ferne. Kuniko genoss die vergnüglichen Seiten des Lebens immer sofort – alles Unangenehme ließ sich wunderbar aufschieben.

2

Jūmonji saß auf der Bank des kleinen Spielplatzes vor der Mietskaserne. Er steckte sich eine Zigarette zwischen die Lippen und merkte, dass seine Hand leicht zitterte, als er sein Feuerzeug aus der Hosentasche zog. Er grinste gequält, nahm es fest in die Hand und zündete sich die Zigarette an. Nach einem tiefen Zug schaute er an der Mietskaserne hoch, bis er Kunikos Balkon ausgemacht hatte. Er sah den Außenmotor der Klimaanlage und etliche schwarze Plastikbeutel, in denen sich offensichtlich Müll befand.

»Hausmüll also ...«

Vor ihm auf dem Platz spielte eine Gruppe von etwa zehn Jungen und Mädchen in der Abenddämmerung »Wer hat Angst vorm schwarzen Mann«. Die Kinder waren aufgekratzt, vielleicht, weil es bald Zeit war, nach Hause zu müssen, oder weil sie traurig waren, dass die Sommerferien sich dem Ende neigten, oder weil sie bereits ihr bevorstehendes Schicksal ahnten, das Paukerei hieß und sie von einer Prüfung zur nächsten hetzen würde – sie rannten jedenfalls mit erhitzten, hochroten Gesichtern wie um ihr Leben. Sand wirbelte auf, und ihre spitzen Schreie dröhnten Jûmonji in den Ohren. Als würde ihm diese jungendliche Energie hart zusetzen, lehnte er schlaff in der Bank und konnte sich eine ganze Weile nicht rühren.

Er war immer noch aufgewühlt durch das, was er soeben von Kuniko erfahren hatte. Nicht allein aus Entsetzen darüber, dass das, was er zwar geahnt, aber nie für möglich gehalten hatte, voll und ganz der Wahrheit entsprach. Schockiert hatte ihn vielmehr die Tatsache, dass Masako Katori im Zentrum der Ereignisse stand. Er gab sich zwar alle Mühe, ein Ganove zu sein, aber wenn es darum ginge, eine Leiche verschwinden zu lassen, würde ihn wohl der Mut verlassen. Geschweige denn, sie zu zerstückeln! Vor Masako, die das alles bis zum Ende durchgezogen hatte, verspürte er fast so etwas wie Ehrfurcht. Diese Bohnenstange von einem Weib hatte verdammt viel Mumm bewiesen! Keinen Augenblick hielt Jūmonji das, was sie getan hatte, für ein völlig verrücktes, kopfloses Unterfangen. Für ihn hatte Masako einfach Klasse.

Die Zigarette in seiner Rechten war so weit heruntergebrannt, dass ihre Glut ihm fast die Finger angesengt hätte. Jūmonji hielt sie für die Flamme des Schicksals, die ihn wachrütteln sollte. Er wollte auch solche verwegenen Sachen mit Klasse machen. Und er wollte Geld verdienen. Er hasste es, im Team zu arbeiten, aber mit Masako würde das in Ordnung gehen. Weil er ihr vertraute.

Vor einigen Jahren hatte er Masako einmal zufällig zur Mittagszeit in einem Café neben der Spar- und Darlehenskasse entdeckt. Das Café war überfüllt, alle Tische waren besetzt. Die meisten Gäste waren Angestellte des Kreditinstituts. Fast alle sahen sich gezwungen, mit anderen an einem Tisch zu sitzen, auch wenn sie nichts miteinander zu tun hatten. Nur Masako saß alleine an einem Fenstertisch mit vier Sitzplätzen, was ihn gewundert hatte. Erst später hatte er erfahren, dass Masako gemobbt wurde.

Damals hatte Masako sich nicht im Geringsten durch die offene Ausgrenzung stören lassen, sondern in aller Ruhe alleine ihren Kaffee getrunken, in die Wirtschaftszeitung vertieft, die sie wie ein Mann vor sich ausgebreitet hatte. Die Leute um sie herum, die dicht gedrängt saßen wie die Ölsardinen, hatten dabei ziemlich lächerlich ausgesehen.

Mit einem Mal lachte Jūmonji laut auf und klatschte vor Freude in die Hände. Er hatte eine Idee. Was die Arbeit betraf, fühlte er sich seltsamerweise zu reifen Frauen hingezogen, die ihn sexuell überhaupt nicht reizten. Er verließ sich sogar lieber auf sie als auf Männer. Jetzt fragte er sich, ob das damit zusammenhing, dass er in jungen Jahren Masako begegnet war.

Er holte seinen Terminkalender und sein Handy aus dem Necessaire, sah im Adressverzeichnis nach und tippte eine Nummer ein.

Sofort meldete sich jemand: »Toyozumi-Gesellschaft. Ja, bitte?«

»Mein Name ist Akira Jūmonji. Ist Herr Soga zu sprechen?«

»Könnten Sie bitte einen Moment warten?«, erwiderte der junge Mann unbeholfen, und es ertönte, unpassend für ein Verbrechersyndikat, die elektronische Version von Bachs Menuett in G.

»Ach, du bist's, Akira, du verrückter Kerl! Mit Jūmonji kann ich doch nichts anfangen, melde dich gefälligst mit Yamada, damit ich Bescheid weiß!«, tönte Sogas lang gezogene Stimme aus dem Hörer, dass man fast meinte, sein breites Grinsen sehen zu können.

»Hab ich Ihnen denn meine Visitenkarte nicht gegeben?«

»Die Schriftzeichen schwarz auf weiß vor sich zu sehen ist doch was anderes, als einen Namen zu hören!« Soga hatte des Öfteren solche intellektuellen Anfälle, die überhaupt nicht zu seiner äußeren Erscheinung passen wollten.

»Ich rufe an, weil ich etwas mit Ihnen besprechen möchte. Könnten wir uns vielleicht in naher Zukunft treffen?«

»›In naher Zukunft‹ – red nicht so geschwollen daher, sondern komm gleich vorbei! Lass uns einen saufen gehen! Was hältst du von Ueno?«, tönte Soga froh.

Jūmonji sah auf seine Armbanduhr und willigte ein. Das mochte vielleicht etwas übereilt sein, aber er hatte schließlich ganze vierhundertvierzigtausend sausen lassen, um an die Information zu kommen. Jetzt hieß es, möglichst rasch Nägel mit Köpfen zu machen.

Sie hatten sich in einer ruhigen, gediegenen Bar in Ueno verabredet, die es schon seit ewigen Zeiten gab. Als Jūmonji vor dem efeuumrankten, flachen Holzbau eintraf, standen die beiden jungen Burschen, die er vor kurzem noch auf dem Parkplatz des Family-Restaurants in Musashi-Murayama gesehen hatte, schon in Hab-Acht-Stellung vor dem kleinen Schild am Eingang. Der mit den blond gefärbten Haaren, der keinen besonders hellen Eindruck auf ihn machte, begrüßte Jūmonji sofort: »Vielen Dank, dass Sie gekommen sind.«

Offensichtlich ließ Soga die beiden als Leibwächter hier draußen stehen. Er hatte immer schon ein Faible dafür gehabt, den großen Boss zu spielen, das wusste Jūmonji noch aus ihrer gemeinsamen Zeit in der Motorradgang. Aber das bedeutete leider nicht, dass er nur ein Angeber war, mit dem man ansonsten leichtes Spiel hatte. Jūmonji nahm seine ganze Konzentration zusammen, als er die Tür zur Bar aufdrückte.

»Hier, hierher!« Eine Zigarette in der Hand, winkte Soga ihn aus der hinteren, dunklen Ecke zu sich. Die Bar war in Schummerlicht getaucht und holzvertäfelt, es roch nach Bohnerwachs. Hinter der Theke stand ein alter Mann mit Fliege, der ein Pokerface machte und einen Cocktailshaker schüttelte. Kein anderer Gast war zu sehen. Soga saß breitbeinig in einem Sessel am einzigen Tisch in der Bar, einer mit plüschigem grünen Samt bezogenen Sitzgruppe in der hintersten Ecke.

»Schön, dass wir uns vor kurzem wieder einmal begegnet sind, Soga-san. Entschuldigen Sie, dass ich Sie so plötzlich herbemüht habe.«

»Ach was, ich wollte doch sowieso einmal mit dir saufen gehen. Was trinkst du?«

»Hm, ich nehme ein Bier.«

»Wie bitte? Wir sind hier in einer ehrwürdigen Cocktailbar! Na los, der Barkeeper wartet schon, bestell was!«

»Ach so, tja, dann einen Gin Tonic, bitte.« Es war der einzige Cocktail, der ihm auf die Schnelle einfiel. Er schaute Soga an, der einen lindgrünen Sommeranzug und darunter ein schwarzes Hemd mit offenem Kragen trug.

»Sie sehen gut aus.«

»Wieso, meinst du deswegen?« Soga lachte glücklich, klappte sein Jackett auf und zeigte ihm den eingestickten Designer-Namen. »Klingt nicht mal italienisch. Aber macht doch was her, oder? Die alten Bosse denken immer, man müsste mindestens Hermès tragen und so weiter, aber der wirklich modebewusste Mann wählt so etwas hier.«

»Ja, der Anzug steht Ihnen ausgezeichnet.«

Soga war bester Laune. »Dein Hawaii-Hemd ist aber auch nicht schlecht. Vintage-Mode, was?«

»Ach wo, aus dem Jeansladen bei mir um die Ecke.«

»Na, mit deinem Adonis-Gesicht kannst du ja auch tragen, was du willst, die Frauen liegen dir so oder so zu Füßen, wie?«, scherzte Soga.

»Sie bringen mich in Verlegenheit…« Von Soga ins Gespräch verwickelt, kam Jūmonji nicht dazu, sein Anliegen vorzubringen.

Da wechselte Soga unvermutet das Thema. »Hast du *Love & Pop* von Ryū Murakami* gelesen, Akira?«

* Ryū MURAKAMI: 1952 geborener japanischer Schriftsteller, nicht zu verwechseln mit Haruki Murakami. Sein Roman *Love & Pop* [Rabu&Poppu] erschien im November 1996 mit dem Untertitel »Topaz 2« [Topāzu II] beim Verlag Gentōsha, Tōkyō. Der Roman *Topaz* [Topāzu] von 1988 war die Vorlage für seinen 1991 gedrehten Film »Tokyo Decadence – Topaz«, der auch in Deutschland Aufsehen erregte.

»Nein, wieso?«, erwiderte Jūmonji verblüfft und schüttelte den Kopf. »Worum geht's denn da? So was lese ich gar nicht.«

»Schade. Kann ich dir nur empfehlen. Der Kerl liebt die Frauen, so viel steht fest.« Soga drückte seine Zigarette aus und nahm einen Schluck von seinem Cocktail, einer Studie der Farbe Pink in mehreren Abstufungen.

»Aha. Und das erfährt man aus dem Buch?«

»Sicher. Der Bursche hat ein Faible für Oberschülerinnen.«

»Oh. Über so etwas schreibt er einen Roman?«

»Ja, das ist die Geschichte.« Soga trommelte sich mit seinen dünnen Fingern auf der Lippe herum.

»Dann sollte ich ihn vielleicht doch mal lesen. Oberschülerinnen mag ich auch ganz gern.«

»Quatsch, doch nicht *die* Art von Mögen! Ich meine, er begibt sich auf ihren Horizont. Oder anders ausgedrückt, er betrachtet sie nicht von einer fremden Warte aus.«

Jūmonji hatte keine Ahnung, wovon Soga da redete, und blickte in seiner Verzweiflung zu Boden. Ihm war völlig entfallen, dass Soga so gerne las.

»Ah, so meinen Sie das, interessant.« Der Gin Tonic wurde ihm serviert, und er griff danach wie nach einem Rettungsring. Er fischte die halbmondförmige Limonenscheibe heraus und legte sie auf den Untersetzer. Dann beugte er sich vor und schlürfte von der kalten Flüssigkeit.

»Kann man wohl sagen. Ich hab mir quasi eine goldene Regel für's Bücherlesen gemacht, weißt du.«

»Aha…«

»Ja. Ich meine, ob die Geschichte Ähnlichkeit mit meinem Geschäft hat oder nicht. Daran messe ich den Wert eines Romans.«

»Und das bedeutet…?« Durstig trank Jūmonji seinen Gin Tonic im Nu aus. Missbilligend schaute Soga ihm dabei zu und fuhr fort:

»Es kommt darauf an, ob man besteht oder nicht. Genau wie in unserem Geschäft.«

»Wie meinen Sie das?«

»Nehmen wir Ryū Murakami oder die Oberschülerinnen. Sie hassen ihre Väter. Wir haben mit unserer Arbeit auch nur aus Hass auf unsere Väter beziehungsweise auf unser Vaterland Japan angefangen, ist es nicht so? Ich meine, wir sind doch alle verlorene Söhne und Töchter, Außenseiter am Rande der Gesellschaft, oder stimmt das etwa nicht? Na, was denkst du?«

»Kann schon sein …«

»Ach was, natürlich sind wir das, wir sind verlorene Söhne der Gesellschaft!« Soga wurde laut. »Sieh dich doch an: Du hast dich schon allein dadurch hinauskatapultiert, dass du in der Mittelschule in Adachi in unsere Gang eingetreten bist. Und jetzt bist du ein Kredithai und ich ein Yakuza. Wir waren Außenseiter und sind Außenseiter geblieben. Oder anders ausgedrückt, unsere Väter haben uns für immer verdorben und aufgegeben. Aber das ist mit Ryū Murakami und den Oberschülerinnen ganz genauso, in dem Punkt ähneln wir uns. Wir haben Klasse. Verstehst du, was ich meine?«

Jūmonji blickte in Sogas bläulich gelbes Gesicht, das im schummrigen Barlicht noch fahler wirkte. Er würde sich dieses unverständliche Geschwafel wohl noch eine ganze Weile anhören müssen. Jūmonji war zwar froh, dass Soga so gute Laune hatte, aber mittlerweile waren ihm doch erhebliche Zweifel an der Durchführbarkeit seiner Idee gekommen. Er war sich nicht mehr sicher, ob er Soga überhaupt davon erzählen sollte. Und nicht nur das: Auch der Plan selbst kam ihm immer monströser vor.

»Was wolltest du denn mit mir besprechen, Akira?«, fragte Soga plötzlich in seine Gedanken hinein, als hätte er seine wachsende Unsicherheit genau gespürt. Jūmonji kam sich wie kurz vor der Flucht umzingelt vor.

»Nun ja, es handelt sich um eine ziemlich verrückte Idee, um ehrlich zu sein«, begann er widerstrebend.

»Kann man Geld damit machen?«

»Wenn sie überhaupt durchführbar ist, würde ich sagen ja. Das heißt, ich wünsche es mir. Aber ich kann es nicht beurteilen …«

»Jetzt hör schon auf, um den heißen Brei zu reden. Ich schweige wie ein Grab, Hand aufs Herz.« Soga legte sich demonstrativ eine Hand auf die Brust, indem er sie sich in den Hemdausschnitt schob. Das tat er immer, wenn er zeigen wollte, dass er es ernst meinte.

Jūmonji entschloss sich zu reden. »Also gut. Ich möchte mich um die Entsorgung von Leichen kümmern.«

»Was sagst du da! Hab ich richtig gehört?« Sogas Stimme überschlug sich fast. Konzentriert und mit ungerührter Miene fuhr der Barkeeper fort, eine Zitrone in hauchdünne Scheiben zu schneiden, als würde sein Leben davon abhängen. Erst jetzt bemerkte Jūmonji die extrem leise Musik, die durch die Bar plätscherte, alter *Rhythm & Blues.* Ich muss ja ganz schön nervös gewesen sein, dachte er und wischte sich den Schweiß von der Stirn.

»Nun ja, also, es fallen doch immer einmal unliebsame Leichen an, und um die möchte ich mich kümmern, das heißt, ich will ein Geschäft daraus machen, sie zu beseitigen.«

»Du selbst?«

»Nun ja…«

»Wie denn? Willst du etwa behaupten, du wüsstest eine bombensichere Methode, sie spurlos verschwinden zu lassen?« Hinter ihrem gelblichen Schleier begannen Sogas Augen zu leuchten.

»Ich hab mir Folgendes überlegt: Vergraben ist zu riskant, im Meer versenken ebenso, weil alles irgendwann wieder zum Vorschein kommen kann. Deshalb denke ich daran, die Leichen zu zerstückeln und als Müll wegzuwerfen.«

»Das sagst du so einfach! Hast du nichts von der Sache im Koganei-Park gehört?« Soga sprach jetzt mit gedämpfter Stimme. Der Anflug von Jugendlichkeit, den er bei den Themen Mode und Literatur gezeigt hatte, war verschwunden, und ein Ausdruck kompromissloser Sturheit beherrschte sein hageres Gesicht.

»Natürlich weiß ich davon.«

»Da hat man die Leiche so wunderbar zerstückelt, und dann hat's beim Wegwerfen nicht hingehauen. Außerdem: Du sagst das so einfach, einen Menschen zerstückeln – ist dir eigentlich klar, was das heißt? Verdammt schwere Arbeit ist das! Weißt du, wie viel Kraft man braucht, um nur einen einzigen Finger abzutrennen?«

»Das weiß ich ja. Ich dachte nur, wenn man sie erst mal zerstückelt hat, wüsste ich eine Methode, sie so zu entsorgen, dass sie garantiert nicht wieder zum Vorschein kommt. Genauer gesagt hätte ich eine perfekte Möglichkeit, sie spurlos vom Erdboden verschwinden zu lassen.«

»Und die wäre?« Soga hatte jetzt sogar seinen Cocktail vergessen und beugte sich zu ihm vor.

»Mein Vater stammte doch aus einem kleinen Kaff in Fukuoka auf Kyūshū. Dort in der Nähe gibt es eine riesige Mülldeponie. Anders als bei der ›Trauminsel‹ vor Tōkyō schütten sie den Kram da nicht ins Meer, sondern haben eine große Verbrennungsanlage, die rund um die Uhr in Betrieb ist. Jemand, der seinen Müll vergessen hat rauszustellen, kann dort jederzeit vorbeifahren und das Zeug selbst reinschmeißen. Damit könnte man jeden Beweis perfekt vernichten.«

»Und wie schafft man die Leiche nach Fukuoka?«

»Das ist eben meine Idee. In kleine Stücke zerteilt, könnte man sie mit einem privaten Paketdienst dorthin schicken. Mein Vater ist tot, und meine alte Dame wohnt dort alleine in einem verfallenen Häuschen. Ich würde vorfahren nach Fukuoka, die Pakete in Empfang nehmen, wegschmeißen, und basta.«

»Hmh. Das bedeutet ziemlich großen Aufwand…«, murmelte Soga gedankenverloren.

»Aber der besteht hauptsächlich im Zerstückeln. Und das geht in Ordnung.«

»Wieso, was heißt das?«

»Dass ich dafür jemand Vertrauenswürdigen hätte.«

»Jemand Vertrauenswürdigen? Einen Partner?«

»Ja. Vielmehr eine Partnerin, es handelt sich um eine Frau.«

»Deine Freundin?«

»Das nicht, aber es geht in Ordnung«, versprach Jūmonji vorschnell. Ihm war nicht entgangen, wie Soga während des Gesprächs immer mehr auf die Sache angesprungen war, und er setzte nun alles auf die Chance, dass sich seine Idee möglicherweise doch noch verwirklichen ließe.

»Nun, ich will nicht behaupten, dass man damit nicht ins Geschäft kommen könnte – im Gegenteil.« Soga zog die Hand, die in seinem Hemdausschnitt steckte, heraus und umfasste damit sein Cocktailglas. »Es gibt einen solchen Entsorgungsdienst, und wie ich gehört habe, soll es nicht gerade billig sein, ihn in Anspruch zu nehmen. Will sagen: Niemand, der in eine derart missliche Lage gekommen ist, wird sein Schicksal schließlich einem Stümper überlassen wollen«, sagte er, wobei er mit dem Kinn in Richtung Ausgang deutete.

»Wie viel nimmt denn dieser Entsorgungsdienst so?«

»Das dürfte vom Objekt und den Umständen abhängen. Aber so eine Angelegenheit ist immer verdammt brenzlig. Zehn Millionen wird man schon locker machen müssen, schätze ich mal. Wie viel würdest du denn nehmen, solltest du einsteigen?«

»Tja, ich würde auch so zehn Millionen sagen.«

»Na, na, nicht so raffgierig, gleich von Anfang an.« Soga warf dem jüngeren Jūmonji einen strengen Blick zu. Der lachte verlegen.

»Gut, dann neun Millionen?«

»Auch in diesem Geschäft herrscht Preiswettbewerb. Mach's für acht, das sieht besser aus!«

»... wenn's denn sein muss.«

»Und für jeden Auftrag, den ich dir vermittle, kassiere ich die Hälfte, klar?«

»Ist das nicht ein bisschen viel?«

Soga grinste, als er sah, wie Jūmonji die Stirn runzelte. »Vielleicht. Na, dann will ich mal nicht so sein – sagen wir drei Millionen, okay?«

»Okay.«

Soga nickte zufrieden, und Jūmonji rechnete alles im Kopf durch. Von den restlichen fünf Millionen würde er selbst drei kassieren, blieben zwei für Masako. Jemand wie Kuniko war zu gefährlich, sie durfte man gar nicht erst fragen. Die Zerlegung der Leiche würde er Masako und dieser Yoshië überlassen. Wie Masako ihren Anteil von zwei Millionen dann weiter aufteilte, war ihre Sache.

»Gut. Solche Dienste werden gar nicht so selten verlangt, wenn ich also in nächster Zeit etwas höre, steige ich sofort ein, klar? Aber bau mir ja keinen Mist, wenn's so weit ist, hast du kapiert? Ich hab schließlich ein Gesicht zu verlieren, du weißt, was das bedeutet.«

»Bevor ich's nicht versucht habe, kann ich zwar nicht sagen, wie's laufen wird, aber ich glaube, es geht in Ordnung.«

»Das willst du wohl hoffentlich nicht von der Sache im Koganei-Park behaupten, Akira, oder etwa doch?«

»Nein, keine Sorge.« Jūmonji schüttelte weiter den Kopf, obschon ihm Sogas Scharfsinn insgeheim einen gehörigen Schrecken eingejagt hatte. Aber immerhin, die Saat war erst einmal gelegt. Jetzt hing alles davon ab, Masako zu überzeugen.

3 Rosa Schinken. Rote Rinderschulter, von weißen Sehnen durchzogen. Zart pfirsichfarbene Schweinehüfte. Gehacktes halb und halb, fein gekörnt in Rot, Blassrosa und Weiß. Dunkelrote Geflügelinnereien mit gelbem Fett.

Masako schob ihren Einkaufswagen an der Fleischtheke im Supermarkt entlang. Sie konnte sich nicht entscheiden, was sie nehmen sollte, sie war zu unkonzentriert. Ihr war nicht einmal mehr klar, wozu sie eigentlich hier war. Masako blieb stehen und starrte in ihren Einkaufswagen. Auf dem Gestell aus Edelstahl thronte ein blauer Plastikkorb. Natürlich herrschte immer noch gähnende Leere darin. Sie war hergekommen, um Sachen fürs Abendessen zu besorgen, doch in letzter Zeit war es ihr lästig geworden, sich einen Speisenplan zu überlegen und zu kochen.

Ein fertiges Abendessen war der Beweis für die Existenz einer Familie. Yoshiki, der es lange gewohnt war, dass sie mitverdiente, würde sich wahrscheinlich nicht beschweren, wenn das Essen einmal nicht auf ihn wartete. Aber er würde sie fragen, warum sie nicht gekocht hatte. Und wenn sie ihm keinen triftigen Grund dafür nennen konnte, würde er Masako für nachlässig halten. Nobuki hatte seinen Mund wieder fest verschlossen wie eine Muschel ihre Schale, nachdem er ihn vor dem Inspektor so unverfroren aufgerissen hatte, aber essen wollte er selbstverständlich immer noch zu Hause.

Männer verfügten nach Belieben über ihre Zeit, aber abends, als wäre das eine Art Fixpunkt in ihrem Leben, kamen sie in dem Glauben heim, einen gedeckten Tisch vorzufinden. Masako fand dieses naive Vertrauen der Männer erstaunlich. Wenn sie alleine wäre, würde sie sich nicht groß ums Essen kümmern, aber in ihrem Leben mit Familie war es ihr zur Gewohnheit geworden, vor dem Kochen immer erst zu überlegen, wer was mochte oder nicht mochte. Sie richtete sich mit dem Abendessen ganz nach dem Geschmack der anderen, doch die beiden bemerkten das nicht einmal, für sie war es selbstverständlich. Obwohl sie drei inzwischen so wenig miteinander zu tun hatten, dass man sie kaum mehr als Familie bezeichnen konnte, war die Rollenverteilung unverändert geblieben, und die Pflichten lasteten immer noch schwer auf Masako. Dabei kam ihr das alles wie vergebliche Mühe vor, so als würde sie mit einem löchrigen Eimer Wasser schöpfen. Wie viel Wasser wohl bisher schon zu Boden geflossen und versickert war? All die Dinge, die sie bisher wie selbstverständlich erledigt hatte, hinterfragte sie jetzt.

Aus der Kühltruhe der Fleischtheke stieg weißer Kältenebel empor wie Giftgas. Direkt davor war es außergewöhnlich kalt. Ihre Arme bekamen Gänsehaut. Masako strich sich sacht darüber, wie um sich selbst zu trösten, und nahm eine Packung Rindergeschnetzeltes heraus. Die gleiche Farbe wie Kenjis Muskelfleisch, schoss es ihr durch den Kopf, und sie legte die Packung langsam wieder in die Truhe zurück. Dann ertappte sie sich dabei, wie sie nach der Farbe seiner Sehnen, seiner Knochen, seines Fetts suchte, und musste würgen. Das passierte ihr zum ersten Mal. Ob die Anspannung sich allmählich löste? Masako verlor jeden Mut und gab es auf, kochen zu wollen. Sie beschloss, ohne Abendessen zur Schicht zu gehen. Hungrig, mit leerem Magen, das war ihre Strafe. Wofür, wusste sie nicht.

Das lauwarme, windstille, drückende Klima vor der Ankunft eines Taifuns machte ihr zu schaffen. Der Sommer war damit endgültig zu Ende. Masako sah zum Himmel auf und lauschte dem entfernten Grollen des Windes, das von irgendwo da oben schon leise zu hören war.

Als sie auf dem Parkplatz des Supermarkts wieder vor ihrem roten Corolla stand, bemerkte sie das alte Fahrrad, das quer über die riesige Asphaltfläche auf sie zusteuerte und ihr bekannt vorkam.

»Meisterin!« Masako hob die Hand zum Gruß.

»Hast du gar nichts eingekauft?«, fragte Yoshiё mit verwundertem Gesicht, nachdem sie neben dem Corolla angehalten und einen Blick auf Masako geworfen hatte, die mit leeren Händen dastand.

»Ich hab's aufgegeben.«

»Wieso?«

»Ich hatte plötzlich keine Lust mehr.«

Yoshiё schüttelte den Kopf, und Masako fielen die vielen grauen Haare auf, die sie wie über Nacht bekommen hatte.

»Ja, musst du denn kein Essen kochen heute Abend? Was ist los?«

»Nichts. Ich bin es nur irgendwie leid. Wahrscheinlich bin ich einfach bloß zu müde.«

»Du kannst dir das ja leisten. Wenn ich mir so was erlauben würde, wären die Schwiegermutter und der kleine Issey bald tot.«

»Ist dein Enkel denn immer noch bei dir?«

»Ja, und ich weiß nicht mal, wo meine Tochter überhaupt steckt. Die Schwiegermutter macht auch noch keine Anstalten zu sterben, und der Kleine heult den ganzen Tag vor sich hin. Bin ich denn nur dazu da, immer mehr Last aufgebürdet zu bekommen?«

Anstatt darauf zu antworten, lehnte Masako sich an den Corolla und sah zum bedrohlich gefärbten Himmel auf, der den nahen Taifun ankündigte. Immer, wenn sie sich Yoshiës endlose Klagen anhören musste, bekam sie das Gefühl, mitten in einem Tunnel zu stecken, dessen Ende man nicht sehen konnte. Das war doch längst alles unwichtig! Sie wollte frei sein! Sie wollte endlich raus, weg von all dem Kram. Menschen, die sich nicht daraus befreien konnten, wurden eben unter dem immer gleichen Alltag begraben, wie sie selbst bisher.

»Der Sommer geht auch bald zu Ende.«

»Was redest du da? Wir haben September, der Sommer ist längst zu Ende!«

»Ja, ich weiß.«

»Du kommst doch heute zur Arbeit, oder?«, erkundigte sich Yoshië bang. Masako schaute ihr unwillkürlich ins Gesicht. Denn die Frage brachte sie erst auf den Gedanken, in der Fabrik zu kündigen.

»Hab ich zumindest vor, wieso?«

»Na, da bin ich aber froh! Ich dachte schon, du würdest uns womöglich im Stich lassen. In letzter Zeit bist du so komisch, so als wärst du nicht ganz bei dir.«

»Euch im Stich lassen? Was meinst du denn damit?« Masako sah Yoshië an, während sie ihre Zigaretten aus der Umhängetasche zog. In dem Moment kam ein Windstoß, und Yoshiës strohige Haare flogen hoch, worauf sie sie mit beiden Händen an den Kopf drückte.

»Na ja, wo du früher in einer Bank angestellt gewesen bist, das weiß ich von Kuniko, also da ist doch die Schufterei in der Fabrik auf Dauer sicher nichts für dich!«

»Von Kuniko hast du das erfahren?« Da fiel ihr ein, dass der Stichtag, bis zu dem Kuniko ihre nächste Rate bezahlt haben musste, längst verstrichen war. Wie hatte sie das Geld aufbringen können – ohne Einkommen? Die Information über ihren ehemaligen Arbeitsplatz konnte sie nur von Jūmonji erhalten haben. Masako verfiel ins Grübeln. Sie hatte Kuniko, die zu allem fähig war, wenn man sie nur gehörig in die Enge trieb, viel zu lange aus den Augen gelassen. Reue und Zweifel bohrten sich in Masakos Brust. »Ich komme ganz bestimmt. Und ich höre auch nicht auf in der Fabrik.«

»Gott sei Dank!« Yoshië strahlte übers ganze Gesicht.

»Hör mal, Meisterin«, begann Masako und blickte in Yoshiës gelöste Miene, »hast du eigentlich keine Veränderung festgestellt, nachdem wir diese Sache da gemacht haben?«

»Wie meinst du das?« Bestürzt sah sich Yoshië aus den Augenwinkeln in der Gegend um.

»Nein, nicht so, mit der Polizei scheinen wir irgendwie fertig geworden zu sein. Nein, ob sich bei dir selbst nichts verändert hat, mehr seelisch, meine ich.«

Yoshië überlegte eine Weile und machte dann ein bedauerndes Gesicht. »Nein, kann ich eigentlich nicht sagen. Vielleicht, weil ich das Gefühl hatte, nur geholfen zu haben…«

»Wie wenn du die Schwiegermutter oder deinen Enkel versorgst?«

»Nein, das ist doch was anderes!« Yoshie schürzte die Lippen. »Ich bitte dich, das kann man doch damit nicht in einen Topf werfen!«

»Wirklich nicht?«

»Natürlich nicht… Oder höchstens… Vielleicht ist es ähnlich in dem Sinne, dass ich mitgemacht habe, weil kein anderer da war, der es erledigt hätte…« Yoshië geriet ins Grübeln und zog ihre schmalen Buddha-Brauen zusammen. Mit den Falten, die ihre dünne weiße Haut aufwarf, sah sie bei weitem älter aus, als sie tatsächlich war.

»Schon gut, ich weiß, was du meinst«, beendete Masako das

Thema, warf ihre Zigarettenkippe auf den Boden und trat sie aus. »Dann bis heute Abend in der Fabrik.«

»Und wie ist das bei dir?«, fragte Yoshiė nun umgekehrt sie. Ihr Blick war ernst.

»Ach nichts, was sollte sich schon verändert haben?«, log Masako und schloss die Autotür auf. Yoshiė trat mit dem Fahrrad einen Schritt zurück.

»Na, dann bis heute Abend.«

Masako setzte sich in den Fahrersitz und winkte Yoshiė zum Abschied durch die Windschutzscheibe zu. Yoshiė lächelte, schwang sich, für ihre Statur ziemlich behände, aufs Rad und fuhr Richtung Supermarkt davon. Masako blickte ihr gedankenverloren nach. Selbst, wenn sie im Moment noch keine seelische Veränderung verspürt haben mochte, dachte sie kühl, aber ohne einen Funken Gehässigkeit, würde auch Yoshiė, sobald sie erst einmal das Geld von Yayoi in Händen hielt, sich im Handumdrehen verwandeln wie Lackmuspapier.

Als sie nach Hause kam, klingelte das Telefon. Masako warf ihre Handtasche auf den Schuhschrank im Eingang und rannte hinein. Allmählich wurde es Zeit, dass Yayoi sich wieder meldete. Sie hatte schon über eine Woche nicht angerufen.

»Ja bitte, Katori?«

»Frau Katori? Jūmonji hier. Wir haben früher einmal für die gleiche Firma gearbeitet, damals hieß ich noch Yamada.«

»Sie?« Mit ihm hatte sie nun gar nicht gerechnet. Masako zog einen Stuhl heran und setzte sich. Da sie sich so beeilt hatte, ans Telefon zu kommen, brach ihr jetzt überall der Schweiß aus.

»Wir haben lange nichts voneinander gehört.«

»Unsinn, wir sind uns doch vor kurzem noch begegnet.«

»Ach, Sie denken an unser kleines Zusammentreffen letztens? Das zählt nicht, das war reiner Zufall«, sagte Jūmonji ironisch.

»Was wollen Sie?« Sie hatte Lust auf eine Zigarette, aber da fiel ihr ein, dass ihre Tasche ja immer noch im Eingang lag. »Falls es ein längeres Gespräch werden soll, müssen Sie sich einen Moment gedulden.«

»Gut, ich warte«, kam die Antwort wie aus der Pistole geschossen. Masako ging zum Eingang zurück und legte die Kette vor die Tür. So würde sie Zeit gewinnen, falls jemand von der Familie in der Zwischenzeit nach Hause kommen sollte. Sie hatte diese dumpfe Ahnung. Dann nahm sie ihre Tasche und kehrte ins Wohnzimmer zurück.

»Entschuldigen Sie. Nun, was wollen Sie von mir?«

»Das kann ich am Telefon schlecht sagen. Könnten wir uns nicht vielleicht irgendwo treffen?«

»Wozu? Was sollte man nicht ebenso gut am Telefon besprechen können?« Wahrscheinlich will er mich unter Druck setzen, damit ich ihm dabei helfe, Kunikos Schulden einzutreiben, dachte Masako noch einigermaßen optimistisch.

»Die Angelegenheit ist etwas komplizierter. Es geht jedenfalls um etwas Geschäftliches, ich möchte Sie gewissermaßen dazu überreden, mit mir in ein Geschäft einzusteigen.«

»Einen Moment. Erst möchte ich etwas von Ihnen wissen: Wie ist es mit Frau Jōnouchis Ratenzahlung gelaufen?«

»Ach ja. Sie hat sie anstandslos beglichen.«

»Wie denn?«

»In Form von Informationen«, erwiderte Jūmonji nonchalant, und Masako wusste, dass ihre schlimmste Vermutung richtig gewesen war.

»Was für Informationen?«

»Deshalb wollte ich ja lieber persönlich mit Ihnen sprechen.«

»Verstehe. Wo?«

»Sie müssen sicher heute Abend noch in die Fabrik. Wie wäre es, wenn wir uns davor zum Essen verabreden würden, vielleicht irgendwo in einem Family-Restaurant?«

Masako entschied sich für neun Uhr in dem *Royal Host* nicht weit von der Fabrik.

Sie hatte doch noch alles vermasselt. Seit dem Gespräch mit Yoshië hatte sie diese Ahnung beschlichen, und jetzt fühlte sie sich dafür verantwortlich. Es kam ihr wie ihre eigene Fehlleistung vor, und das bedrückte sie.

Sie hörte, wie die Haustür aufging und heftig gegen die Kette schlug. Jetzt klingelte es Sturm. Masako lief sofort zum Eingang, hakte die Kette aus und zog die Tür weit auf. Draußen stand Nobuki, das Gesicht trotzig zur Seite gewandt. Obwohl es so schwül war, hatte er eine schwarze Strickmütze bis knapp über die Augen gezogen; außerdem trug er ein verwaschenes schwarzes T-Shirt, eine übergroße Hose, die ihm um die Hüftknochen schlabberte, und Nike-Schuhe.

»N'Abend. Komm rein.«

Ohne ein Wort schlüpfte ihr Sohn an ihr vorbei ins Haus. Die erstaunliche Geschmeidigkeit, die sein hart und steif wirkender, stämmiger junger Körper dabei an den Tag legte, überraschte Masako. Jeder andere Teenager hätte sich, kaum dass ihm aufgemacht worden wäre, als Erstes lauthals über die blöde Kette beschwert. Nobuki rannte, ohne Masako auch nur eines Blickes zu würdigen, sofort in sein Zimmer hinauf.

»Besorg dir dein Abendessen heute selbst!«, brüllte sie ihm hinterher. Ihre Stimme schallte überlaut durch die verwaisten Räume. Masako beschloss, dass diese Botschaft nicht nur ihrem Sohn im ersten Stock, sondern dem ganzen Haus mit allem, was dazu gehörte, galt.

Als sie pünktlich zur verabredeten Zeit im Royal Host eintraf, war Jūmonji schon da. Er saß unauffällig an einem der hinteren Tische und erhob sich, als er sie sah. In der Hand hielt er eine zerknitterte Abendzeitung.

»Vielen Dank, dass Sie kommen konnten.«

Masako schaute ihm nur in die Augen und setzte sich auf den Platz gegenüber. Jūmonji war leger gekleidet, ein weißes Polohemd mit Jackett. Masako hatte wie üblich keinen Gedanken an ihr Äußeres verschwendet und trug eins von Nobukis abgelegten T-Shirts und Jeans.

»Guten Abend, meine Dame, mein Herr!«

Ein Kellner in schwarzer Livree, wahrscheinlich der Manager, reichte ihnen die Speisekarte und zog sich wieder zurück, wobei ihn die Frage zu umschweben schien, in welcher Beziehung Masako und Jūmonji denn wohl zueinander stehen mochten.

»Haben Sie schon zu Abend gegessen?«

Vor Jūmonji stand ein Eiskaffee. Masako überlegte einen Moment und schüttelte dann den Kopf: »Nein, noch nicht.«

»Dann bestellen Sie doch. Ich möchte auch etwas essen.«

Masako wählte ein Spaghetti-Gericht. Jūmonji bestellte bei dem schwarz Livrierten für sich dasselbe und trug ihm eigenmächtig auf, den zugehörigen Kaffee erst nach dem Essen zu bringen.

»Meine Güte, ist das lange her – nicht unsere zufällige Begegnung vor kurzem, das waren ja nur wenige Minuten –, nein, ich meine, seit wir in der Spar- und Darlehenskasse Tanashi zusammengearbeitet haben. Ich habe so viel von Ihnen gelernt!«, schmeichelte Jūmonji ihr und blickte ihr scheu, fast ängstlich, ins Gesicht.

Wieso fürchtet er sich vor mir, wunderte sich Masako. »Was wollen Sie mit mir besprechen?«

»Sie fallen aber mit der Tür ins Haus«, sagte Jūmonji und zuckte sichtlich zurück.

»Sie haben mich doch angerufen und gesagt, sie hätten etwas mit mir zu besprechen, was am Telefon schlecht ginge!«

»Sind Sie früher in der Sparkasse auch schon so gewesen, Frau Katori?«

»Wie – so?« Masako trank einen Schluck Wasser. Es war eiskalt.

»Na ja, so vernünftig eben, oder wie man das nennen soll.«

»Natürlich. Und Sie können allmählich auch Ihr wahres Gesicht zeigen, ich kenne es sowieso!« Mittlerweile hatte er sein Äußeres und seine Sprache zwar geschickt verändert, so dass man ihn sympathisch finden konnte, aber damals war er noch ein Halbstarker mit ausrasierten Brauen und Minipli gewesen, der sich kleidete wie ein Yakuza. Ihr war auch das Gerücht zu Ohren gekommen, dass er irgendeiner Motorradgang aus Adachi angehört hatte.

»Mein wahres Gesicht?«, wiederholte Jūmonji und kratzte sich am Kopf. »Mit Ihnen kann ich's einfach nicht aufnehmen, Frau Katori!«

Die Spaghetti wurden serviert. Masako nahm die Gabel in die Hand und begann zu essen. Nun kam sie doch noch zu ihrem Abendessen, wenn auch auf völlig unerwartete Weise. Sie lachte in sich hinein.

»Was ist denn so lustig?«

»Ach, nichts.« Niemand anders als sie selbst hatte sich eingeredet, dass ihr leerer Magen eine Strafe wäre, und nun aß sie mit gutem Appetit. Die eigentliche Strafe – wenn man schon von Strafe sprechen wollte – war, dass sie ihren Wunsch nach Freiheit so lange unterdrückt hatte, das wurde ihr plötzlich klar. Als sie zu Ende gegessen hatte, wischte sie sich mit der Papierserviette über den Mund. Jūmonji, der ebenfalls mit dem Essen fertig war, rauchte schon eine Zigarette, ohne Masako um Erlaubnis gefragt zu haben.

»Nun, was ist es – das Geschäftliche?«

»Dazu komme ich gleich. Vorher möchte ich Sie noch beglückwünschen.«

»Wozu?«

»Sie haben echte Klasse bewiesen, wirklich!« Jūmonji grinste übers ganze Gesicht, aber sie konnte keinen Spott darin entdecken.

»Was meinen Sie? Wozu wollen Sie mich beglückwünschen, und wobei soll ich Klasse bewiesen haben?«

»Ich sage nur: Zerstückeln«, murmelte Jūmonji leise.

Masako erstarrte und sah ihm in die Augen. »Sie wissen also Bescheid?«

»Ja.«

»Alles?«

»Vielleicht.«

»Kuniko hat geredet, nicht wahr? Wegen läppischer fünfhunderttausend Yen Schulden!«

»Bitte, geben Sie ihr nicht die Schuld.«

»Das tue ich nicht, keine Sorge. Sie haben schließlich weit mehr Grips im Kopf!«

»Grips oder kein Grips – ich weiß nicht, ob man das so einfach …«

Unwirsch drückte Masako ihre Zigarette im Aschenbecher aus, in dem schon etliche von Jūmonjis zusammengequetschten Kippen lagen. Sie kam sich wie eine Verliererin vor. »Und? Jetzt sagen Sie schon endlich, was Sie ›Geschäftliches‹ von mir wollen!«

Jūmonji beugte sich vor und verkündete mit gedämpfter Stimme: »Machen wir doch gemeinsam einen Leichenentsorgungsdienst auf! Es sollen eine ganze Menge Leichen anfallen, die man unter der Hand spurlos verschwinden lassen will. Darum würden wir uns dann kümmern.«

Masako war sprachlos. Sie hatte mit einem Erpressungsversuch oder etwas in der Art gerechnet, aber dass Jūmonji ihr einen solchen Vorschlag unterbreiten würde! Doch bei Licht besehen, gab es ja auch aus ein paar armen Hausfrauen, die sich eines Verbrechens schuldig gemacht hatten, nicht viel herauszuholen. Das hieß, solange er nichts von der Versicherungssumme erfahren hatte, natürlich.

»Und? Was halten Sie davon?« Fast unterwürfig ließ Jūmonji seinen Blick über Masakos Gesichtsausdruck gleiten.

»Wie stellen Sie sich das denn vor?«

»Ich besorge uns die Aufträge. Dieser Teil der Arbeit muss absolut im Dunkeln bleiben, Sie werde ich deshalb gar nicht erst damit behelligen, Frau Katori. Sie kommen erst ins Spiel, wenn wir ein Objekt haben, das beseitigt werden soll. Sie kümmern sich um die Zerstückelung, ich um die Entsorgung an einem geeigneten Ort. Eine riesige Müllverbrennungsanlage, um genau zu sein. Wie geschaffen dafür – es wird nie herauskommen.«

»Und warum werfen Sie die Objekte dann nicht gleich da hinein?«

»Das wäre schlecht. Ein Objekt von der Größe eines Menschen fällt immer auf, da mag der Ort noch so abgelegen und unbewacht sein. Zerstückelt und wie gewöhnlicher Hausmüll abgepackt, kommt dagegen niemand darauf, um was es sich handelt. Ach, ich vergaß: Die Verbrennungsanlage ist in Fukuoka.«

»Wollen Sie damit sagen, ich soll Päckchen für den Zustelldienst schnüren?« Masako schaute Jūmonji entgeistert an. Sein Gesicht blieb vollkommen ernst.

»Ja, genau. Bei einem Gewicht von rund fünf Kilo pro Stück ergäben sich zwischen zehn und zwanzig Pakete. Ich würde sie vor Ort in Empfang nehmen und gleich wegwerfen – perfekt!«

»Und ich müsste nichts weiter als die Zerstückelung erledigen?«

»Ja. Haben Sie etwas dagegen?« Jūmonji schlürfte geräuschvoll an dem Kaffee, der inzwischen gebracht worden war, und starrte ihr dabei gespannt ins Gesicht, um daraus abzulesen, was sie dachte. In seinen runden Augen lag ein Schimmer, den man durchaus als Zeichen von Intelligenz interpretieren konnte.

»Warum haben Sie sich so etwas einfallen lassen?«

»Weil ich wieder mit Ihnen zusammenarbeiten wollte.«

»Mit mir?«

»Ja, mit Ihnen, Frau Katori. Weil Sie Klasse haben.«

»Ich verstehe überhaupt nicht, wovon Sie reden.«

»Das brauchen Sie auch nicht. Es handelt sich ja nur um meine rein persönliche Wertschätzung.« Jūmonji fuhr sich mit beiden Händen durch das weiche, in der Mitte gescheitelte Haar. Masako drehte sich um und ließ ihren Blick über die leeren Tische des Restaurants schweifen. Es war niemand da, der sie kennen könnte. An der Kasse stand der schwarz Livrierte von vorhin, plötzlich mit ganz jungenhaftem Gesicht und angeregt mit einer jungen Serviererin plaudernd. Als sei ihm vom langen Warten auf Masakos Antwort allmählich das Selbstbewusstsein dahingeschmolzen, begann sich Jūmonji bei ihr auszuweinen:

»Der Geldverleih überlebt sowieso nur noch ein, zwei Jahre, höchstens. Dann bin ich bankrott. Deshalb habe ich mir gedacht, jetzt oder nie. Es wäre doch toll, so eine riskante, coole Sache mit Klasse zu machen. Aber vielleicht hab ich mir das ja zu rosig vorgestellt…«

»Heißt das, man könnte damit richtig viel Geld verdienen?«, unterbrach ihn Masako.

»Jedenfalls weitaus mehr, als man mit Geldverleih an arme Schlucker machen kann.«

»Wie viel wollen Sie denn pro Leiche kassieren?«, fragte Masako, deren Geschäftsinteresse langsam wach wurde. Jūmonji fuhr sich nervös mit der Zunge über die eher schmalen, wohlgeformten Lippen und schien zu überlegen, ob er das Masako verraten sollte oder besser nicht.

»Nun sagen Sie schon, wo Sie sich bereits so weit aus dem Fenster gelehnt haben. Und seien Sie ehrlich, sonst können Sie's gleich vergessen.«

»Also gut. Ich werde alles offen auf den Tisch legen. Die Aufträge werden uns über die Person X vermittelt; pro Objekt verlangen wir acht Millionen; als Vermittlungsgebühr kassiert X davon drei Millionen. Von den restlichen fünf bekomme ich zwei und Sie drei – na, was halten Sie davon?«

Masako zündete sich eine Zigarette an und sagte schnell: »Ich mache es nicht unter fünf.«

»Wie bitte!«, rief Jūmonji. »Fünf Millionen?«

»Genau. Sie stellen sich das vielleicht so einfach vor, aber das ist es nicht, es ist verdammt schwere Arbeit. Dreckige, Ekel erregende Arbeit, von der man Alpträume bekommt. Sie würden mich verstehen, wenn Sie es selbst einmal versucht hätten. Und wenn Sie meinen, dass ich das Zerstückeln bei mir zu Hause im Bad erledigen könnte, haben Sie sich geschnitten. Mein Bad kommt nicht in Frage. In einem normalen Einfamilienhaus ist das Risiko viel zu groß. Wo hatten Sie sich denn gedacht, dass die Arbeit gemacht werden würde?«

»Ich, also ich hatte mir schon vorgestellt, weil doch Frau Jōnouchi gesagt hat, Sie hätten es bei sich zu Hause gemacht, Frau Katori, dass wir es vielleicht genauso machen könnten…«, gab Jūmonji eingeschüchtert zu.

»Geht es nicht bei Ihnen, Sie leben doch allein?«

»Ja, aber ich habe nur eine kleine Wohnung mit Nasszelle.«

»Es ist wirklich nicht einfach, glauben Sie mir. Zunächst muss man dafür sorgen, dass die Arbeit zu einer Zeit erledigt wird, in der kein Familienmitglied zu Hause ist. Dann muss man aufpassen, dass keiner von den Nachbarn mitbekommt, wie das Objekt hineingeschafft wird. Außerdem trägt eine Leiche unter Umständen eine Reihe von persönlichen Dingen bei sich, die gefährlich werden könnten und die deshalb ebenso penibel entsorgt werden müssen, was auch nicht einfach ist.« Masako verstummte, denn sie musste plötzlich an den Schlüssel denken, den Kazuo Miyamori aus dem Kanal gefischt hatte. Jūmonji wartete mit angehaltenem Atem auf das, was sie weiter zu sagen hatte. »Alleine ist es für mich vollkommen unmöglich, eine Leiche zu zerstückeln. Außerdem muss das Bad danach noch gereinigt werden, und das ist wieder eine Heidenarbeit. Nein, unter fünf Millionen mach ich's nicht, schon gar nicht in meinem Haus!«

In seiner Ratlosigkeit führte Jūmonji die leere Kaffeetasse an die Lippen und versuchte zu trinken. Als er merkte, dass nichts mehr darin war, gab er der immer noch mit dem schwarz Livrierten plaudernden Serviererin ein Zeichen, die sich daraufhin widerwillig in Bewegung setzte und ihm dünnen Kaffee nachfüllte.

»Also gut: Ich sorge für den An- und Abtransport des Objekts, das heißt, ich kümmere mich auch um die Entsorgung der Kleidung und der anderen Sachen, die noch anfallen könnten, und lasse alles verschwinden – ist es dann in Ordnung?«

»Das klingt schon besser. Aber finden Sie nicht auch, dass die Vermittlungsgebühr mit drei Millionen viel zu hoch angesetzt ist? Diese Person X, von der Sie sprachen, behauptet vielleicht nur, den Auftrag für acht Millionen entgegenzunehmen, kassiert aber in Wirklichkeit zehn. Das heißt, sie behält von vornherein zwei ein, bekommt zusätzliche drei und ist am Ende mit insgesamt fünf fein heraus. Wie ich Sie kenne, handelt es sich doch sicher um jemanden aus einem Verbrecherring, zu dem Sie noch Verbindungen haben, nicht wahr?«

»Hmh, ja, und mit Ihren Vermutungen über seine Taktik könnten Sie gar nicht so falsch liegen…« Jūmonji legte den Finger an die Lippen und versank ins Grübeln. Masako sprach nicht aus, dass sie ihn für ziemlich blauäugig hielt.

»Das heißt, Sie müssen entweder ihn von seinen Ansprüchen herunterbringen oder insgesamt mindestens zehn Millionen fordern.«

»Verstehe. Aber wie wäre es, wenn ich nur anderthalb nehme und Sie dreieinhalb bekommen?«

»Nein«, sagte Masako und schaute auf ihre Armbanduhr. Kurz vor elf. Allmählich musste sie sich auf den Weg in die Fabrik machen.

»Einen Augenblick, warten Sie!« Jūmonji wollte offenbar gleich an Ort und Stelle mit X verhandeln, denn er nahm sein Handy heraus.

Masako nutzte die Zeit, um zur Toilette zu gehen. Im Spiegel des Waschraums betrachtete sie ihr Gesicht. Fettiger Schweiß stand darauf, den sie mit einem Papierhandtuch abtupfte. Sie bekam Angst vor sich selbst: Auf was wollte sie sich da bloß wieder einlassen? Aber gleichzeitig verspürte sie auch diesen Nervenkitzel. Ihr fiel der Lippenstift tief unten in ihrer Handtasche ein; sie kramte ihn heraus und schminkte sich die Lippen. Als sie zum Tisch zurückkam, sah Jūmonji sie an, und ein Ausdruck der Überraschung huschte über sein Gesicht.

»Ist was?«

»Nichts, nichts. Ich habe nur gerade eine Einigung erzielen können.«

»Das ging aber schnell.«

»Ach, am Schluss ist er noch rührselig geworden, von wegen

alte Kameraden und so, und er wäre mir als dem Jüngeren doch schließlich verpflichtet.« Jūmonji grinste.

Masako erinnerte sich daran, wie wendig und geschickt Jūmonji auch in seinem Job als Schuldeneintreiber gewesen war, wenn man ihm nur die richtigen Anweisungen gegeben hatte. »Und? Was ist nun letztendlich dabei herausgekommen?«

»Es ist knapp, sehr knapp. Acht Millionen scheint die Obergrenze zu sein, mehr ist wohl einfach nicht drin. Zumal wir neu im Geschäft sind und noch keine Erfolge vorzuweisen haben. Aber er hat zumindest geschluckt, dass er mit seinem Preis ebenfalls heruntergehen muss. Wir sind so verblieben: zwei Millionen als Vermittlungsgebühr, zwei für mich und vier für Sie, Frau Katori. Nur, egal was passiert – die andere Seite weiß von nichts und wird keinerlei Hilfestellung leisten, falls etwas schief geht.«

»Das ist doch selbstverständlich. Deshalb sage ich ja, dass man den Preis von vorneherein höher veranschlagen müsste …« Masako rechnete alles im Kopf durch. Für Yoshiē, die sie zur Mithilfe überreden wollte, dürfte eine Million genügen. Kuniko musste auf jeden Fall draußen bleiben. Was mit Yayoi war, wollte sie später entscheiden, wenn sie beurteilen konnte, in welcher Verfassung sie war.

»Nun, was denken Sie?«, fragte Jūmonji erneut, diesmal mit gestärktem Selbstbewusstsein.

Masako willigte ein: »Gut. Ich mach's.«

»Dann packen wir es gemeinsam an!« Jūmonji schluckte, wie um seine Entschlossenheit zu bekräftigen.

»Aber ich habe noch eine Bitte.«

»Und die wäre?«

»Sie transportieren alles in Ihrem Auto. Und Sie besorgen mir in einem Laden für Medizinerbedarf ein Skalpellset für Chirurgen. Ohne das schneidet es sich so schlecht.«

Daraufhin kratzte Jūmonji sich an der Backe und murmelte: »Als wäre es Fleisch …«

»Das ist es auch. Fleisch und Knochen und dampfendes, schmutziges Gedärm«, erwiderte Masako bestimmt, und Jūmonji klappte den Mund zu. »Dann möchte ich Sie noch etwas fragen.«

»Ja?«

»Wie haben Sie die Sache aus Kuniko herausbekommen? Womit haben Sie sie geködert?«

»Ich habe ihr versprochen, ihr sämtliche Schulden zu erlassen, die sie bei mir hat«, antwortete Jūmonji, und dabei erschien zum ersten Mal ein vergnügliches Lächeln auf seinem Gesicht. »Es handelt sich also um eine Information für vierhundertvierzigtausend Yen. Deshalb müssen wir viele Aufträge erledigen, damit sich das auch rentiert.«

»Aber es bleibt bei der vereinbarten Summe von zwei Millionen für Sie selbst?«, vergewisserte sich Masako noch einmal.

»Ja, ich bleibe dabei. Die Menge macht's, wie man so schön sagt.«

»Na, ich weiß nicht.«

»Versuchen wir's doch!«

Sein Optimismus gefiel ihr. Sie nickte, legte das Geld für ihr Essen auf den Tisch und stand auf. Sie bezweifelte noch, ob sich aus dieser Sache tatsächlich ein gutes Geschäft entwickeln konnte, aber um das zu beurteilen, war es zu früh.

4

Das entfernte Grollen, das wie eine Botschaft des Windes geklungen hatte, war verstummt.

Aber es herrschte eine extrem hohe Luftfeuchtigkeit, die sie augenblicklich einhüllte und ihr das Haar an den Wangen kleben ließ. Die Atmosphäre schien in ihrem eigenen Saft zu schmoren und dampfte vor Hitze. Der Taifun würde sehr bald die Küste erreicht haben, und Masako sorgte sich um das Wetter am kommenden Morgen. Sofort stellte sie das Autoradio an und suchte nach einem Sender, der gerade den Wetterbericht durchgab, doch sie erreichte den Fabrikparkplatz, bevor es ihr gelungen war.

In einer Ecke hatte man dort gerade mit den Bauarbeiten zu einer kleinen Hütte aus Fertigteilen begonnen, was wohl eine Art Wachhäuschen werden sollte. Masako nahm es wahr, aber ihre Aufmerksamkeit wanderte sofort wieder zu der anderen Sache zurück, die ihr Bewusstsein beherrschte: dem »Geschäft«, das Jūmonji ihr angeboten hatte. Viel schneller, als sie noch hatte erahnen können, war sie in eine andere Welt katapultiert worden. Und es machte ihr sogar Spaß, wie ihr Gut oder Böse, Erfolg oder Misslingen gleichgültig wurden und der Nervenkitzel die gewohnte Parkplatzlandschaft vor den Augen aus ihrem Bewusstsein verjagte.

Als sie sich im Eingang zur Fabrik die Turnschuhe von den Füßen streifte, stand da eine fremde Frau.

»Guten Morgen, Masako-san!«

Da ihr die Stimme bestens bekannt war, hob sie verwundert den Blick: Es war Yayoi. Sie sah völlig verändert aus. Das schulterlange Haar hatte sie sich zu einer Kurzhaarfrisur schneiden lassen, die ihren langen Nacken freigab; ihre Augenbrauen waren nachgezogen, so dass sie Kontur bekamen, und sie hatte dunklen Lippenstift aufgelegt. Die unentschlossene, müde Weichheit von früher war einem angenehm frischen, jungenhaften Ausdruck gewichen.

»Mensch, hast du dich verändert! Ich hab dich erst gar nicht erkannt!«

»Das sagen alle«, erwiderte Yayoi und neigte verlegen den Kopf. Diese Geste war gleich geblieben, aber etwas wie Selbstbewusstsein kam hinzu, was sie wie verwandelt wirken ließ. »Aber bist du heute nicht auch ein wenig geschminkt?«

»Wie bitte?«

»Ja, du hast doch Lippenstift aufgelegt!«

Masako hatte schon ganz vergessen, dass sie sich auf der Toilette im *Royal Host* die Lippen geschminkt hatte. Sie fuhr sich mit der Hand an den Mund, und sofort klebte ihr etwas Fettiges, Rotes an den Fingern.

»Nicht, du verwischst ja alles!«, rief Yayoi und hielt ihr die Hand fest. »Du siehst gut aus, lass es so.«

»Kommst du von heute an wieder arbeiten?«

»Nein, heute bin ich nur auf einen Sprung hergekommen, um mich beim Chef, bei Herrn Komada und so weiter für die Unannehmlichkeiten zu entschuldigen. Ich hab ihnen eine Schachtel Pralinen vorbeigebracht.«

»Dann gehst du also jetzt wieder nach Hause?«

»Für heute ja. Schließlich ist ein Taifun im Anmarsch, gegen Morgen soll er das Kantō-Gebiet erreichen, und den Kindern hab ich versprochen, dass ich bald wieder da bin, sie warten schon.«

»Ja, das ist sicher besser so.«

»Außerdem – hier, den beiden anderen hab ich's schon gegeben«, flüsterte Yayoi ihr rasch ins Ohr und drückte ihr einen dicken braunen Briefumschlag in die Hand.

»Was ist denn das?«

Anstatt zu antworten, verbeugte Yayoi sich tief vor ihr.

»Ab morgen komme ich wieder normal zur Arbeit. Bis dann!«, sagte sie nur noch und war schon an Masako vorbei nach draußen verschwunden. Ihre Worte, ihr Verhalten, alles war lebendig, flink und energisch, ganz anders als die alte Yayoi.

Masako folgte ihr rasch. Mit federnden Schritten lief sie gerade die mit grünem Kunstrasen ausgelegten Stufen der Außentreppe hinunter. »Warte!«

Yayoi drehte sich unbeschwert zu ihr um.

»Was ist das?« Masako wedelte mit dem braunen Briefumschlag, worauf Yayoi zwei Finger hob. Die versprochenen zwei Millionen, sollte das wohl heißen. Leise fragte Masako: »Hast du denn die Versicherungssumme schon ausbezahlt bekommen?«

Yayoi schüttelte den Kopf und antwortete: »Nein, noch nicht. Ich hab's mir von meinen Eltern geliehen, hab ihnen erzählt, ich müsste Schulden zurückzahlen. Ich wollte euch das Geld so schnell wie möglich geben, damit ich das aus dem Kopf habe.«

»Ist das nicht etwas früh?«

»Nein, ist schon okay. Kuniko hat schon Druck gemacht, und die Meisterin kann es dringend gebrauchen, da wollte ich sie nicht länger warten lassen. Immerhin sind neunundvierzig Tage vergangen seitdem, und ich dachte, es würde allmählich Zeit.«

»Das weiß ich ja … es ist trotzdem zu früh.«

»Vielleicht. Aber jetzt fühle ich mich endlich frei.«

Sie hatte das zwar anders gemeint – zu früh für die Augen der Öffentlichkeit, zumal noch Yayois auffällige Verwandlung hinzukam –, aber Masako sah ein, dass es zwecklos war, ihr das jetzt erklären zu wollen. Sie selbst hatte sich schließlich auch verändert, Yayoi ging es sicher ähnlich. »Verstehe. Danke auch.«

»Ja, dann.« Yayoi hob die Hand zum Gruß, lief flink die Treppe hinunter und verschwand in der feuchtwarmen Dunkelheit.

Nachdem sie fort war, passierte Masako den Hygiene-Check, mied den Aufenthaltsraum und ging stattdessen als Erstes zur Toilette. In der Kabine öffnete sie den Briefumschlag und prüfte den Inhalt. Wie versprochen befanden sich zwei von Banderolen gehaltene Bündel mit je hundert Zehntausend-Yen-Scheinen darin. Masako verstaute sie tief unten in ihrer Handtasche. Hier in der Fabrik gab es außer den Toilettenkabinen keinen privaten Ort.

Mit Unschuldsmiene betrat sie den Aufenthaltsraum und entdeckte Yoshië und Kuniko, wie sie auf den Tatami einträchtig beieinander saßen und Tee tranken. Sie waren beide schon umgezogen und konnten ihren Zustand verblüffter, freudiger Erregung kaum verbergen.

»Hast du Yama-chan noch getroffen?«, fragte Yoshië, noch während sie Masako zu sich heranwinkte.

»Ja, draußen kurz.«

»Hast du auch was gekriegt?«, flüsterte Yoshië.

Masako stellte sich dumm: »Meinst du Geld?«

»Ja. Sie hat jedem von uns fünfhunderttausend gegeben.«

Kuniko nickte nur mit gesenktem Blick zu Yoshiës Worten. Ihre Wangen glühten vor Glück. Aber bald wird auch dieses Geld durch deine fetten Finger geronnen sein, dachte Masako. Und dann würde man höllisch auf sie aufpassen müssen, denn inzwischen hatte sie Blut geleckt und war auf den Geschmack von mühelos verdientem Geld gekommen.

»Ob Yama-chan sich da nicht übernommen hat?«

»Das hab ich ja auch gesagt! Lass dir Zeit, hab ich zu ihr gesagt, aber sie wollte partout nicht hören und es uns unbedingt schon jetzt geben!«, verkündete Yoshië, aber ihre Stimme überschlug sich fast vor Freude über die unerwartete Einnahme.

»Na, dann ist doch gut!«

»Aber ist es auch wirklich in Ordnung, dass du nichts bekommst?«, fragte Yoshië besorgt, doch Masako schüttelte nur immer wieder lachend den Kopf. Sie hatte den Löwenanteil bekommen, und sie verbarg das vor den anderen, in dem Bewusstsein, es zur Flucht oder als Grundkapital für eine neue, eigene Existenz zu verwenden. Vielleicht würde sie sogar etwas davon ausgeben müssen, um den beiden da zu helfen. Sie hatte jedenfalls keinerlei Gewissensbisse zu lügen.

»Ich brauche nichts, wirklich nicht.«

»Ja dann, entschuldige, Masako-san«, sagte Kuniko, wobei sie ihre Handtasche mit dem Geld fest an sich drückte, als hätte sie Angst, man wolle sie ihr entreißen. Masako warf ihr einen flüchtigen Blick zu und bemühte sich, die innere Wut im Zaum zu halten.

»Damit kannst du ja jetzt endlich deine Schulden zurückzahlen, was?« Diese kleine Gehässigkeit konnte sie sich nicht verkneifen, doch Kuniko antwortete nicht, sondern lachte nur unbestimmt. Während sich Masako mit geübten Griffen die Haare mit einer Spange zusammenband, fragte sie weiter: »Und was macht ihr jetzt während der Schicht mit dem Geld?«

»Da sagst du was, das ist unsere Sorge! Wir haben schon überlegt, vielleicht jemanden mit einem Schließfach zu bitten, es so lange für uns aufzubewahren.« Yoshië schaute sich im Raum um, wie um einen solchen Jemand ausfindig zu machen. Doch ein Schließfach bekamen hier nur diejenigen, die schon länger als drei Jahre in der Fabrik beschäftigt waren und deshalb wie Festangestellte behandelt wurden – man konnte sie an den Fingern abzählen –, und die brasilianischen Arbeiter, da sie ein so starkes Bedürfnis nach individueller Abgrenzung hatten.

»Soll ich nicht Herrn Miyamori fragen?«, überlegte Yoshië, ihr immer noch den Rücken zugewandt. Masako entdeckte Kazuo in der Ecke des Aufenthaltsraums, in der sich gewöhnlich die brasilianischen Arbeiter versammelten. Mit seinen traurigen Augen saß er da, die Beine lang ausgestreckt, und rauchte. Peinlich vermied er es, in Masakos Richtung zu schauen.

»Nimm doch Komada«, schlug Masako den fest angestellten Hygiene-Kontrolleur vor, besann sich aber gleich wieder, denn ihm würde es bestimmt verdächtig vorkommen, dass Arbeiterinnen so viel Geld bei sich trugen, und das wäre schlecht. »Vielleicht doch keine so gute Idee.«

»Meine ich auch. Herr Miyamori scheint verschwiegen zu sein, und er kommt mir vertrauenswürdig vor, findet ihr nicht? Ich frag ihn einfach mal.«

»Na, ob der auch Japanisch versteht?«, warf Kuniko voller Unbehagen ein, aber Yoshië hatte ihre Hände schon auf dem langen, schmalen Tisch mit der Resopal-Platte abgestützt und erhob sich schwerfällig. Kazuo sah Yoshië auf sich zukommen und wandte sich, wie aus einem Reflex heraus, mit fragenden Augen Masako zu. Sie entdeckte einen verletzten Ausdruck darin – ob er glaubte, sie würde Yoshië als Botschafterin benutzen? Jedenfalls hatte sie keine Lust, sich wieder irgendwelche Schwierigkeiten mit ihm einzuhandeln, und was die beiden da mit dem Geld von Yayoi tun sollten, brauchte nicht ihre Sorge zu sein.

Mit gleichgültiger Miene verschwand Masako im Umkleideraum, um sich für die Schicht fertig zu machen. Rasch schlüpfte sie in die weiße Arbeitskleidung und stopfte den braunen Briefumschlag tief in die Tasche der Arbeitshose, damit er während der Schicht nur ja nicht herausfiel. Durch eine Lücke zwischen den Kleiderbügeln konnte sie sehen, wie Kazuo Yoshië zuhörte und dann aufstand. Yoshië und Kuniko folgten ihm aus dem Aufenthaltsraum. Die Schließfächer der brasilianischen Arbeiter befanden sich neben den Toiletten.

Als Masako schon an den Handwaschbecken im Flur stand und sich gerade die Arme bis zu den Ellbogen mit Desinfektionsseife abwusch, kamen Yoshië und Kuniko zurück.

»Gott sei Dank! Herr Miyamori ist wirklich ein netter Mensch!«, seufzte Yoshië erleichtert, übernahm von Masako die kleine Bürste und begann, sich Hände und Arme abzuseifen. Kuniko stellte sich etwas abseits an ein anderes Becken und drehte den Wasserhahn auf.

»Konnte er denn Japanisch?«

»Ach, er hat mich jedenfalls irgendwie verstanden. Nachdem ich ihm gesagt hatte, dass wir etwas Wichtiges hätten, was wir gerne in sein Fach einschließen lassen würden, war er nach zwei Rückfragen schon einverstanden. Und dann hat er noch gesagt, dass es bei ihm etwas später würde und wir doch bitte auf ihn warten sollen. Ein sehr höflicher Mensch, wirklich!«

»Aha. Na, dann ist ja alles gut gegangen.«

In dem Moment lief Kazuo an ihnen vorbei. Mit seiner muskulösen Brust und den breiten Schultern unter dem kräftigen Hals unterschied er sich deutlich von japanischen Männern. Sein Gesicht mit den klar geschnittenen Zügen war starr geradeaus gerichtet. Sein Körper schien unter die Sonne Südamerikas zu gehören und wollte ganz und gar nicht zu dieser Nachtschicht passen, für die er ihn in weiße Arbeitskleidung stecken und sich ein blaues Kochmützchen auf den Kopf setzen musste. Masako fragte sich, ob er immer noch diesen Schlüssel um den Hals trug. Und dann wunderte sie sich, warum dieser junge Mann aus einem fremden Land sich ausgerechnet zu ihr hingezogen fühlen mochte.

Wegen des Taifuns wurde die Schicht an diesem Tag etwas früher als sonst beendet.

Die Arbeiterinnen schauten aus dem Fenster über dem Schuhschrank und seufzten. Es dämmerte, und über die Welt da draußen fegte bereits ein heftiger Sturm. Dicke, vom Wind gepeitschte Regentropfen klatschten gegen die Scheibe und beutelten die ohnehin kümmerlichen Japanischen Schnurbäume entlang der Mauer der gegenüberliegenden Automobilfabrik, so dass die Zweige und Blätter bedrohlich hin- und hergerissen wurden. Zu beiden Seiten der Asphaltstraße hatten sich bereits reißende Bäche von Regenwasser gebildet.

»Was mach ich denn jetzt nur?« Yoshië, die immer mit dem Fahrrad zur Arbeit kam, runzelte die Stirn. »Bei dem Unwetter kann ich doch unmöglich aufs Rad steigen!«

»Dann fahr doch bei mir im Auto mit.«

»Ja? Würdest du mich wirklich nach Hause bringen? Danke, da bin ich aber froh!« Erleichtert blickte Yoshië zu Masako auf. Kuniko stempelte gerade mit gleichgültiger Miene ihre Zeitkarte ab.

»Entschuldige die Umstände, aber könntest du auch warten, bis Herr Miyamori mit der Arbeit fertig ist?«

»Sicher.«

»Ich komm dann zum Parkplatz.«

»Nein, ich hol schon mal das Auto und warte unten auf dich, gut?«

»Danke!«, sagte Yoshië, während Kuniko an ihr vorbei den Flur entlangging, als hätte sie mit all dem nichts zu schaffen. Yoshië stierte wütend ihrem breiten Rücken hinterher.

Masako zog sich rasch um und verließ die Fabrik etwas früher als die anderen. Den kräftigen Regen und Wind, die den drückenden Himmel vom gestrigen Abend endlich zum Bersten gebracht zu haben schienen, empfand sie als Wohltat. Entschlossen klappte sie den Schirm wieder zu, der ihr bei diesem Wetter ohnehin nichts nutzte, und rannte los, dem Wind trotzend, auf den Parkplatz zu. Von den dicken Regentropfen war sie im Nu bis auf die Haut durchnässt. Die Haarsträhnen peitschten ihr um den Kopf, nur die Handtasche mit dem Geld hielt sie fest vor die Brust gepresst. Sie lief weiter, an der stillgelegten Fabrik vorbei. Der Kanaldeckel, den Kazuo zur Seite geschoben hatte, stand immer noch offen, und man hörte das wilde Rauschen des Wassers. Damit durften Kenjis andere Habseligkeiten mit Ausnahme des Schlüssels wohl endgültig fortgespült worden sein. Bei dieser Vorstellung erschien ein Lächeln auf Masakos Gesicht, während der Wind sie fast davonblies. Sie würde frei sein. Ja, ich werde frei sein, dachte sie und fühlte sich allein durch den Gedanken schon erleichtert.

Als sie ihren Corolla erreichte, ließ sie sich durchnässt, wie sie war, auf dcn Fahrersitz gleiten. Mit dem Lappen aus der Ablage unter dem Armaturenbrett trocknete sie sich nur die Arme ab. Die nasse Jeans klebte ihr schwer an den Beinen. In dem Versuch festzustellen, ob sie gegen den heftigen Regen überhaupt eine Chance hätten, schaltete Masako die Scheibenwischer auf die schnellste Stufe und machte die Lüftung an. Der erste kalte Wind aus dem Gebläse sorgte für Gänsehaut auf ihrer feuchten Haut.

Dann ließ sie den Motor an und fuhr langsam den Weg zurück, den sie gerade gegangen war. Als sie sich seitlich der Fabrik näherte, kam gerade Kuniko heraus, wie immer nicht zu übersehen in geblümten Leggings und einem weiten schwarzen T-Shirt. Sie sah flüchtig zu Masakos Wagen herüber, spannte aber ohne Gruß ihren blauen Schirm auf und machte sich auf den Weg durch den Sturm. Sofort drohte der Schirm fortzufliegen. Masako verfolgte das Schauspiel im Rückspiegel.

In der Fabrik würde sie zwar weiter mit ihr zusammenarbeiten, sofern es sich ergab, aber ansonsten wollte sie nichts mehr mit Kuniko zu tun haben. Im selben Moment, als wäre Masakos Wunsch erhört worden, verschwand Kunikos vom Wind gebeutelte Gestalt aus ihrem Blickfeld.

Sie sah Yoshië die Außentreppe herunterkommen. Erstaunt beobachtete sie, wie kurz dahinter Kazuo erschien, der schützend seinen durchsichtigen Plastikschirm über Yoshië hielt. Er hatte die schwarze Kappe, die sie schon kannte, tief ins Gesicht gezogen. Yoshië, die die Augen im heftigen Regen zusammenkniff, kam auf Masakos Wagen zu und klopfte ans Fenster der Fahrerseite.

»Entschuldige, aber kannst du bitte kurz den Kofferraum aufmachen?«

»Wieso?«

»Er scheint mir das Fahrrad ins Auto laden zu wollen«, sagte

Yoshië und zeigte dabei auf Kazuo. Masakos und Kazuos Augen trafen sich, seine schauten treu und rein wie die eines Hundewelpen. Ohne ein Wort zog Masako vom Fahrersitz aus den Hebel zum Öffnen des Kofferraums. Die Klappe schob sich vor die Heckscheibe, so dass man nichts mehr sehen konnte, wurde aber sofort von einer Windböe erfasst und begann, bedenklich auf- und zuzuschlagen. Masako drückte die Tür auf und stieg aus. Dicke Regentropfen prasselten wie Nadelstiche auf ihre Arme, die sie eben noch abgetrocknet hatte.

»Bleib sitzen, du wirst ja ganz nass!«, schrie Yoshië ihr zu. Bei diesem tobenden Unwetter konnte man sich nur brüllend verständigen.

»Egal, nass bin ich sowieso!«

»Wieder rein.« Kazuo war auf sie zugekommen und drückte sie an den Schultern mit aller Kraft auf den Sitz zurück. Sie fügte sich dieser Geste, die keine Widerrede duldete, und blieb sitzen. Gleich darauf ließ sich Yoshië in den Beifahrersitz fallen.

»Was für ein fürchterliches Wetter!«

Da kam Kazuo, der offenbar inzwischen zum Fahrradabstellplatz hinter der Fabrik gelaufen war, auch schon mit Yoshiës Rad zum Auto zurück. Mühelos hob er es in den Kofferraum und schien es irgendwie zu schaffen, den alten, sperrigen Drahtesel so zu verstauen, dass nur noch das Vorderrad ein wenig herauslugte. Masako stieg aus, um das Ganze zu begutachten. Der Deckel des Kofferraums würde einen schmalen Spalt offen stehen bleiben müssen, aber das dürfte die Fahrt nicht allzu sehr behindern.

»Wieder rein.« Mit nassem Gesicht, als wäre er gerade aus dem Schwimmbecken aufgetaucht, sah Kazuo sie an. Das weiße T-Shirt klebte ihm am Körper und ließ seine Haut durchscheinen. Auf seiner Brust sah Masako die Kette mit dem Schlüssel. Kazuo bedeckte ihn mit der Hand und wandte seinen Blick von ihr ab.

»Danke.«

»Bitte«, antwortete Kazuo ohne auch nur den Anflug eines Lächelns. Der Wind heulte auf, und von irgendwoher flog ein Zweig zwischen sie auf den Boden.

»Steig ein, ich fahr dich nach Hause.«

Kazuo schüttelte den Kopf. Dann hob er seinen Schirm vom

Boden auf, spannte ihn auf und ging davon, auf die stillgelegte Fabrik zu.

»Was hat er denn?«, fragte Yoshiё, als Masako wieder in den Wagen stieg, und schaute Kazuo nach.

»Tja...« Masako ließ den Wagen an und fuhr los. Sie versuchte nicht, Kazuos Gestalt im Rückspiegel zu verfolgen.

»Aber was bin ich froh, dass er mir geholfen hat! Er ist wirklich ein netter Mensch. Ohne Fahrrad bin ich nämlich aufgeschmissen«, brummte Yoshiё in ihr nach Cresol stinkendes Taschentuch hinein, mit dem sie sich das Gesicht trockenwischte.

Masako erwiderte nichts darauf, sondern versuchte sich ganz auf die Fahrbahn hinter den wild hin- und herhuschenden Scheibenwischern zu konzentrieren. Sie schaltete das Abblendlicht ein. Endlich erreichten sie den Shin-Oume-Highway. Die entgegenkommenden Fahrzeuge hatten ebenfalls alle das Licht an und schlichen, in flachen Bögen Wasser aufspritzend, vorbei.

Da gähnte Yoshiё und sah Masako schuldbewusst an. »Tut mir Leid, dass du wegen mir extra einen Umweg fahren musst. Außerdem wird dein Kofferraum jetzt bestimmt ganz nass.«

Masako schaute in den Rückspiegel. Wegen des Fahrrads hob und senkte sich der Kofferraumdeckel bei jeder Erschütterung ein wenig. Sicher regnete es hinein. Es kam ihr vor, als würde das Regenwasser die Stelle reinwaschen, auf der Kenji gelegen hatte. »Macht nichts, der Kofferraum muss sowieso noch gründlich durchgeputzt werden.«

Sofort war Yoshiё still.

»Meisterin?«, begann Masako, ohne sie anzusehen. »Würdest du diese Arbeit noch mal machen?«

»Wovon redest du?« Yoshiё wandte sich ihr entgeistert zu.

»Vielleicht bekommen wir noch mal so eine Arbeit herein.«

»Was heißt das, ›so eine Arbeit‹? Du meinst doch wohl nicht das, was wir damals gemacht haben? Woher sollte das noch mal auf uns zukommen?« Yoshiё konnte ihr Entsetzen nicht verbergen; mit offenem Mund und blutleeren Lippen starrte sie Masako an.

»Kuniko hat gequatscht. Und das hat sich dann so entwickelt, dass vielleicht ein Geschäft draus wird.«

»Die dumme Kuh hat gequatscht?! Und? Hat man dich etwa bedroht?« Fassungslos streckte Yoshiё beide Hände aus und krallte sich am Armaturenbrett fest. So, als hätte sie Angst, dass der Wagen sich weiter fortbewegte.

»Nein. Aber es könnte sich Arbeit daraus entwickeln. Die Details brauchst du nicht zu wissen, Meisterin. Überlass das nur mir. Ich will lediglich von dir hören, ob du mir eventuell bei der Arbeit hilfst, wenn ein Auftrag reinkommt. Ich würde dich dafür bezahlen.«

»Mit wie viel?« Ihre Stimme zitterte, aber es schwang Neugier mit, die sich nur schlecht verbergen ließ.

»Eine Million.«

Yoshië seufzte, als sie die Summe hörte. Dann, nachdem sie für eine Weile geschwiegen hatte, fragte sie: »Das heißt, ich müsste dasselbe tun wie damals?«

»Im Prinzip ja, aber um das Wegwerfen brauchst du dich nicht zu kümmern. Es geht nur darum, bei mir zu Hause eine Leiche zu zerstückeln.«

Yoshië schien hin- und herzuüberlegen, man konnte sie schlucken hören. Masako schwieg und zündete sich eine Zigarette an. Sofort füllte sich das abgeschlossene, schlecht belüftete Wageninnere mit Rauch, der an der feuchten Windschutzscheibe hochkroch und sich auflöste. Nach einer Weile stieß Yoshië, aus einer Wolke von Zigarettenrauch, hustend hervor: »Gut, ich bin dabei.«

»Wirklich?« Masako schaute sie prüfend an. Yoshië war leichenblass, und ihre Lippen bebten leicht.

»Ich kann dir gar nicht sagen, wie sehr ich nach Geld lechze. Und mit dir fahr ich sogar zur Hölle.«

War die Endstation ihrer Reise die Hölle? Masako richtete ihre Augen wieder auf die beschlagene Windschutzscheibe. Hinter dem Schleier aus herunterprasselndem Regen konnte sie nichts als die verschwommenen Rücklichter des Fahrzeugs vor ihr erkennen. Der Wagen schien nicht mehr auf der Fahrbahn zu haften. Sie hatte das Gefühl, durch die Luft zu schweben. In diesem wirklichkeitsfernen Zustand kam ihr auch das Gespräch mit Yoshië wie eine Begebenheit aus ihren Träumen vor.

5 Nachdem der schwere Taifun vorübergezogen war, hatte der Himmel seinen Sommerglanz verloren, so als hätte man ihn mit der Scheuerbürste bearbeitet, und dahinter kam der etwas mattere Herbsthimmel zum Vorschein.

Mit dem Sinken der Temperaturen beruhigten sich allmählich auch all die hitzigen Gefühle in Yayoi – Hass und Reue legten sich, die Ängste und die Hoffnungen schwanden. Sie war nun mit ihren beiden Kindern allein. Sie gewöhnte sich an die veränderten Gegebenheiten, die eine neue Ordnung erforderten, das Leben normalisierte sich, und der Alltag kehrte zurück. Doch die Nachbarn, die sich Yayoi zunächst aus Neugier und Mitleid genähert hatten, beobachteten sie nun, da sie sich in eine allein erziehende Mutter verwandelt hatte, die energisch und selbstbewusst ihre Familie vertrat, lieber aus der Ferne. So vermied es Yayoi mehr und mehr, das Haus zu verlassen, außer, wenn sie zur Fabrik gehen oder die Kinder zum Hort bringen und von dort abholen musste. Sie fühlte sich seltsam isoliert.

Hatte sie sich denn wirklich so sehr verändert? Sie hatte sich doch bloß die Haare kurz schneiden lassen! Sie versuchte doch nur, den Kindern den Vater zu ersetzen, weil Kenji nicht mehr da war! Yayoi war noch nicht klar geworden, dass sie sich langsam von innen heraus verwandelte, seitdem sie die äußere Fessel Kenji abgeworfen und sich durch den Mord an ihm eine neue, innere Fessel auferlegt hatte.

Eines Morgens, als sie mit dem Fegen des Müllsammelplatzes der Nachbarschaft an der Reihe war, verließ Yayoi, mit Besen und Kehrblech bewaffnet, das Haus. Der Müllsammelplatz ihres Blocks befand sich bei dem Strommast hinter der Betonmauer an der Ecke der Straße. Dort, wo sich ihre Katze Milky am Morgen nach dem Mord an Kenji verkrochen hatte.

Yayoi schaute nach oben auf die Mauer, wo die streunenden Katzen aus der Umgebung für gewöhnlich auf Essensreste im Hausmüll lauerten. Dort hockten auch jetzt eine Katze mit schmuddeligem weißem Fell, die wie Milky aussah, und ein großer, braun getigerter Kater, aber beim Anblick von Yayoi suchten beide sofort das Weite. Yayoi, die die Katze längst aufgegeben hatte, kümmerte das nicht mehr, und sie machte sich an die Arbeit.

Sie fegte die verstreuten Abfallreste zusammen, die die Müllabfuhr zurückgelassen hatte, kehrte alles aufs Kehrblech und schüttete es in einen Plastikbeutel. Dabei hatte sie das Gefühl, dass jeder ihrer Handgriffe heimlich von böswilligen Augen aus den Fenstern um sie herum beobachtet würde, und diese Vorstellung machte sie nervös. Wie Rettung in der Not hörte sie in dem Moment die klare Stimme einer jungen Frau:

»Entschuldigen Sie bitte …«

Yayoi hob den Kopf, und die Frau sah ihr, scheinbar angenehm überrascht, ins Gesicht. In ihren Augen lag nichts als reine Bewunderung. Ja, wusste sie denn nicht …? Yayoi versuchte sich zu besinnen, ob sie die Frau als Bewohnerin dieses Bezirks kannte oder nicht. Sie mochte um die dreißig sein, hatte glattes langes Haar und war geschminkt wie eine Büroangestellte, aber es umgab sie etwas Weltfremdes, Schüchternes. Yayoi fand sie auf den ersten Blick sympathisch.

»Sind Sie neu hier?«

»Ja, ich bin gerade in das Mietshaus da drüben gezogen«, antwortete die Frau und wandte sich kurz zu dem alten, verkommenen Apartmenthaus hinter sich um. »Bringt man hier seinen Müll hin?«

»Ja. Die Wochentage sind da drüben angeschlagen«, sagte Yayoi und wies auf das Metallschild am Strommast.

»Ah, vielen Dank!« Die Frau notierte sich die Abholtage genau. Sie wirkte, als hätte sie sich zum Ausgehen fertig gemacht und würde gleich im Anschluss zur Arbeit gehen, doch ihre Kleidung war schlicht: Sie trug eine langärmelige weiße Bluse und einen dunkelblauen Rock. Yayoi fegte den Platz zu Ende und wollte mit dem Müllbeutel in der Hand heimkehren, als die Frau, so als hätte sie darauf gewartet, fragte: »Machen Sie hier immer sauber?«

»Nein, das geht reihum. Irgendwann kommen Sie auch dran, das steht immer im Umlauf, der weitergegeben wird.«

»Ach so. Vielen, vielen Dank auch!«

»Falls Sie es schwer einrichten können, weil Sie zur Arbeit müssen, kann ich das gerne für Sie übernehmen.«

»Das ist aber freundlich von Ihnen!«, bedankte sich die Frau überrascht. »Doch es wird nicht nötig sein, ich bin nicht berufstätig.«

»Dann sind Sie also Hausfrau? Verzeihen Sie bitte.«

»Nein, nein, ich bin allein stehend. Obwohl ich schon so alt bin.« Die Frau lachte, wobei sich zarte Fältchen um ihre Augenwinkel bildeten. »Ich habe gerade meine Stelle aufgegeben. Im Moment bin ich arbeitslos.«

»Oh, das tut mir Leid.« Vielleicht ist sie ja doch ungefähr in meinem Alter, dachte Yayoi.

»Nein, nein, muss es nicht, ich gönne mir den Luxus, wieder die Schulbank zu drücken.«

»Ach, Sie studieren?« Vielleicht ging die Frage etwas zu weit, aber sie stellte sie trotzdem. In der Nachbarschaft gab es niemanden, mit dem sie unbekümmert reden konnte, und mit den Kolleginnen in der Fabrik ging das auch nicht mehr, ihnen lagen seit jener Sache die Nerven blank. Yayoi war froh über die Gelegenheit, einfach so mit jemandem, den sie nicht kannte, über ganz normale Dinge sprechen zu können.

»Nein, wo denken Sie hin, nicht an der Universität! Ich habe angefangen, Färberei zu lernen, das wollte ich schon immer machen. Irgendwann möchte ich davon leben können.«

»Dann halten Sie sich also jetzt mit Jobs über Wasser?«

»Nein, ich will versuchen, zwei Jahre mit meinem Ersparten auszukommen. Dafür muss ich aber ganz schön knausern, wie Sie sehen«, erwiderte die Frau lachend, wobei sie sich wieder zu dem alten Apartmenthaus umsah. Es war noch ein Holzbau, berühmt für seine billigen Mieten, aber dementsprechend renovierungsbedürftig waren auch die Wohnungen.

»Ah, verstehe. Mein Name ist Yamamoto, ich wohne in dem letzten Haus der Straße gleich hier um die Ecke. Wenn Sie noch irgendwelche Fragen oder Schwierigkeiten haben sollten, kommen Sie doch einfach bei mir vorbei.«

»Das ist nett, vielen Dank. Ich heiße Morisaki. Also dann, auf gute Nachbarschaft«, verabschiedete sich Frau Morisaki mit ruhiger, unbeschwerter Stimme. Yayoi fragte sich, wie sie sich wohl verhalten würde, wenn sie wüsste, was mit Kenji passiert war.

Am späten Nachmittag des folgenden Tages, als Yayoi gerade von einem Nickerchen aufgewacht und in die Küche gegangen war, um mit den Vorbereitungen für das Abendessen anzufangen, klingelte es an der Haustür.

»Morisaki hier«, klang es vergnügt aus der Gegensprechanlage.

Als sie zur Tür stürzte und aufmachte, stand Frau Morisaki mit einer Packung Kōshū-Trauben davor. Unauffällig gekleidet, dezent geschminkt und zurückhaltend, wirkte sie nach wie vor sehr sympathisch.

»Ah, Sie sind es!«

»Ich wollte mich nur noch einmal bedanken.«

»Ach, das wäre doch nicht nötig gewesen, kommen Sie herein«, sagte Yayoi, nahm die Trauben entgegen und ließ Frau Morisaki ins Haus. Seit dem Vorfall hatte sie nur Besuch von Leuten gehabt, in deren Gegenwart sie sich nervös und angespannt gefühlt hatte: Kenjis und ihre eigenen Verwandten, Kollegen aus Kenjis Firma, Kuniko und die Polizei. Frau Morisaki war deshalb der erste Gast, über den sie sich freute, einfach weil sie sich frei und ungezwungen verhalten konnte.

»Sie haben Kinder, nicht wahr?« Interessiert, als wäre es etwas Besonderes, sah sich Frau Morisaki die an der Wand hängenden Buntstiftmalereien und die im Flur herumliegenden Spielzeugautos an, während sie ins Wohnzimmer ging.

»Ja, zwei Jungen. Sie sind noch im Hort.«

»Ach, beneidenswert! Ich mag Kinder sehr, wissen Sie. Vielleicht kann ich demnächst mal mit ihnen spielen?«

»Ja, von mir aus, wenn Sie möchten. Aber ich warne Sie, sie sind ziemlich wild – Jungen eben. Da kommt man ganz schön aus der Puste!«, sagte Yayoi lachend und bot ihr einen Stuhl an.

Unbefangen setzte Frau Morisaki sich hin und sah Yayoi offen ins Gesicht. »Sie sind so schön, Frau Yamamoto, man sieht Ihnen gar nicht an, dass Sie schon zwei Kinder haben, wirklich, Sie wirken so jung und hübsch, mit diesem irgendwie jungenhaften Charme, wenn ich das sagen darf.«

»Danke, Sie machen mich ganz verlegen.« Yayoi war ehrlich erfreut über die Komplimente von einer Frau, die anscheinend jünger war als sie. Vergnügt ging sie rasch Tee aufgießen und servierte ihn zusammen mit den Weintrauben, die sie geschenkt bekommen hatte.

Frau Morisaki nahm reichlich Zucker und fragte arglos: »Ist Ihr Mann bei der Arbeit?«

»Mein Mann ist gestorben. Vor zwei Monaten«, antwortete Yayoi und deutete dabei in Richtung Schlafzimmer, wo sich der nagelneue buddhistische Totenaltar mit dem Bild von Kenji befand. Das zwei Jahre alte Foto zeigte Kenji in jugendlicher Frische: Er lachte in die Kamera, ohne etwas von seinem zukünftigen Schicksal zu ahnen.

Frau Morisaki erbleichte und bat Yayoi um Verzeihung: »Entschuldigen Sie, das wusste ich nicht.«

Die Arme tat Yayoi richtig Leid. »Das macht doch nichts, Sie konnten ja auch nichts davon wissen.«

»Ist er krank gewesen?«, fragte sie scheu und im Tonfall eines Menschen, der noch nicht viel mit der Realität des Todes konfrontiert worden war.

»Nein. Ist Ihnen denn wirklich nichts davon zu Ohren gekommen?«, gab Yayoi unwillkürlich zurück und schaute sie forschend an.

Frau Morisaki machte große Augen und schüttelte den Kopf. »Nein, wieso?«

»Mein Mann ist Opfer eines Verbrechens geworden. Haben Sie von dem Fund der zerstückelten Leiche im Koganei-Park gehört?«

»Ja, schon, aber… um Himmels willen!« Frau Morisakis Gesicht bewölkte sich zusehends. Sie schien nicht im Traum daran gedacht zu haben, dass Yayoi eine Angehörige des Mordopfers sein könnte. Sie blickte zu Boden, und Yayoi sah mit Erstaunen zu, wie ihr Tränen in die Augen stiegen.

»Was haben Sie denn? Warum weinen Sie?«

»Ach, ich dachte nur… wie furchtbar, Sie tun mir so Leid!«

»Danke!« Yayoi war gerührt, da sie zum ersten Mal das Gefühl hatte, von einem Außenstehenden echte, ehrlich gemeinte Anteilnahme zu erfahren. Die Leute, die von der Sache wussten, hatten ihr zwar ihr Beileid bekundet, aber Yayoi hatte gespürt, dass sie ihr tief im Herzen misstrauten. Kenjis Familie gab ihr die Schuld an allem, und ihre eigenen Eltern waren nach Hause zurückgefahren. Auf Masako konnte man sich zwar verlassen, aber sie kam ihr vor wie ein scharfes Rasiermesser, an dem man sich schnitt, sobald man es berührte; sie flößte ihr Furcht ein. Yoshië maß alles mit uralten Maßstäben, und Kuniko, dieses nichtsnutzige Weib, würde sie am liebsten nie mehr im Leben wiedersehen.

Yayoi wurde immer sentimentaler. »Ich bin Ihnen sehr dankbar, wirklich. Ich fühle mich manchmal ziemlich einsam, wissen Sie. Hier in der Nachbarschaft scheint man mich auch irgendwie schräg anzusehen.«

»Nun danken Sie mir doch nicht auch noch! Ich muss wirklich furchtbar weltfremd sein, und dann rutschen mir immer so merkwürdige Sachen heraus, die andere Leute verletzen könnten. Aus Furcht davor möchte ich am liebsten gar nichts mehr sagen. Deshalb habe ich auch in der Firma gekündigt. Ich dachte, beim Stofffärben kann ich wenigstens für mich bleiben, in meiner Welt, und muss nicht viel reden.«

»Ja, das kann ich gut verstehen.« Stockend begann Yayoi, ihr in groben Zügen zu schildern, was passiert war. Frau Morisaki, die anfangs nur entsetzt zuhörte, schien die Geschichte mehr und mehr zu fesseln, denn sie warf einige Fragen ein.

»Dann haben Sie Ihren Ehemann also an dem Morgen zum letzten Mal gesehen, als er sich von Ihnen verabschiedete, um zur Arbeit zu gehen?«

»Ja, genau.« Inzwischen glaubte Yayoi selbst daran, dass es sich so abgespielt hatte.

»Wie schrecklich für Sie!«

»Ja, das ist bitter. So schnell kann es gehen – jeder Abschied kann ein Abschied für immer sein.«

»Und? Hat man den Täter denn noch nicht gefasst?«

»Nein, man weiß ja noch nicht einmal, wer es gewesen sein könnte!« Yayoi seufzte. Während sie Lüge an Lüge reihte, verlor in ihrem Bewusstsein sogar die Tatsache, dass sie selbst die Mörderin war, mehr und mehr an Kontur.

Frau Morisaki empörte sich: »Es gehört schon etwas dazu, jemanden zu zerstückeln – so etwas Grausiges kann doch nur ein Verrückter getan haben!«

»Ja, das meine ich auch. Schrecklich, man kann es sich gar nicht vorstellen!« Yayoi musste an die Fotos von Kenjis Handteller denken, die ihr der Inspektor gezeigt hatte. Sie erinnerte sich genau an den Augenblick, da sie Masako aus tiefster Seele gehasst hatte. Wieder wurde der Widerwille gegen sie und Yoshië in ihr lebendig, die Kenji so zugerichtet hatten. Obwohl sie wusste, wie unsinnig das war, wandelte sich mit jedem Mal, da sie die Tatsachen verdreht schilderte, auch Schritt für Schritt ihre eigene Erinnerung.

Das Telefon klingelte. Wahrscheinlich war es Masako. Jetzt, wo sie im Begriff stand, in Frau Morisaki eine neue Freundin zu gewinnen, war es ihr zum ersten Mal lästig, mit Masako reden zu müssen, die über alles genau Bescheid wusste und ihr Anweisungen gab. Sie konnte sich eine Weile nicht dazu durchringen abzunehmen und ließ es klingeln.

»Bitte, kümmern Sie sich nicht um mich«, drängte Frau Morisaki sie, und Yayoi nahm gezwungenermaßen doch noch den Hörer ab.

»Ja, hallo, Yamamoto?«

»Frau Yamamoto, Kinugasa hier«, hörte sie die vertraute Stimme des Inspektors. Kinugasa und Imai riefen jede Woche einmal an, um sich nach ihrem Befinden zu erkundigen.

»Ach, Herr Kinugasa, verzeihen Sie, dass ich Ihnen solche Mühe mache.«

»Gibt es irgendetwas Neues, Frau Yamamoto?«

»Nein, nichts.«

»Gehen Sie schon wieder zur Arbeit in die Fabrik?«

»Ja, ich denke, es ist besser so, meine Kolleginnen sind da, und ich bin an die Arbeit gewöhnt. Ich möchte das nicht auch noch verlieren.«

»Ja, das kann ich verstehen«, erwiderte Kinugasa in einschmeichelndem Ton. »Dann lassen Sie also die Kleinen nachts wieder allein zu Haus?«

»Wie Sie das sagen, allein zu Haus…« Yayoi brach mitten im Satz ab, weil sie die unbewusste Feindseligkeit störte, die sie seinen Worten entnommen zu haben glaubte.

»Oh, verzeihen Sie. Aber was machen Sie denn nun, mit den Kindern, meine ich?«

»Ach, ich denke, das geht schon in Ordnung, wenn ich warte, bis sie fest eingeschlafen sind.«

»Aber Sie machen sich doch sicher Sorgen, dass es ein Feuer

oder ein Erdbeben geben könnte. Rufen Sie nur bei der Wache in Ihrer Nähe an, wenn etwas sein sollte.«

»Mache ich, vielen Dank!«

»Wie ich erfahren habe, soll Ihnen ja eine Versicherungssumme ausbezahlt werden, nicht wahr?« Kinugasa wollte erfreut klingen, aber Yayoi hörte den misstrauischen Unterton heraus, der sich hinter seinen Worten versteckte. Sie drehte sich zu Frau Morisaki um, um zu sehen, ob sie das Gespräch verfolgte, doch sie war aufgestanden und schien den Topf mit den vertrockneten, kümmerlichen Resten einer Prunkwinde draußen im winzigen Garten zu betrachten, die die Kinder im Hort eingepflanzt und dann mit nach Hause gebracht hatten.

»Ja. Ich wusste gar nicht, dass mein Mann über die Firma eine Lebensversicherung laufen hatte. Es war eine Überraschung, aber um ehrlich zu sein, bin ich froh darüber, es hilft mir sehr. Ich habe schließlich in Zukunft als allein erziehende Mutter zwei Kinder zu versorgen.«

»Ja, das ist wahr. Aber ich habe auch noch eine schlechte Nachricht für Sie. Der Besitzer des Spielkasinos ist verschwunden. Verständigen Sie mich daher bitte umgehend, wenn irgendetwas Ungewöhnliches sein sollte.«

»Was hat das zu bedeuten?« Zum ersten Mal wurde Yayoi laut. Sie drehte sich um zu Frau Morisaki, die sie erschrocken ansah.

»Was das zu bedeuten hat – nun, er hat sich plötzlich aus dem Staub gemacht, wir wissen nicht mehr, wo er sich aufhält. Das ist natürlich eine Blamage für die Polizei, aber wir tun im Moment alles Menschenmögliche, um ihm wieder auf die Spur zu kommen, keine Sorge.«

»Wenn Sie sagen, er hat sich aus dem Staub gemacht, heißt das denn, dass er wirklich der Täter ist?« Auf diese Frage antwortete Kinugasa nicht. Von jenseits seines Schweigens drangen die typischen Geräusche auf einem Polizeirevier zu ihr herüber: Männerstimmen, die durcheinander redeten, Telefonklingeln und so weiter. Ihr war, als könnte sie durch die Leitung hindurch sogar den Männerschweiß und den Zigarettenqualm riechen, der das Großraumbüro vernebelte. Yayoi verzog angewidert das Gesicht.

»Wie dem auch sei, machen Sie sich jedenfalls keine Sorgen, wir werden den Kerl schon schnappen. Wenn etwas sein sollte, rufen Sie mich bitte an«, sagte Kinugasa und legte auf. Ohne Zweifel war das für sie selbst, für Masako und die beiden anderen eine gute Nachricht. Es hatte ihr einen Schlag versetzt, als sie erfahren hatte, dass der Kasinobesitzer aus Mangel an Beweisen aus der Untersuchungshaft entlassen worden war, aber sein jetziges Verschwinden musste wie ein Schuldeingeständnis wirken. Das beruhigte sie. Ihr Gesicht entspannte sich unwillkürlich. Als sie den Hörer aufgelegt hatte und an ihren Platz zurückkam, trafen sich ihre Augen mit denen von Frau Morisaki.

»Hat es irgendwelche erfreulichen Nachrichten gegeben?«, fragte Frau Morisaki lächelnd, während sie in Yayois gelöstes Gesicht blickte.

»Nein, wieso?«

Als sie sah, wie Yayois Miene abrupt ernst wurde, fragte sie zaghaft: »Soll ich mich vielleicht besser verabschieden?«

»Nein, warum denn, bleiben Sie doch noch!«

»Ist etwas passiert?«

»Man hat mir mitgeteilt, dass der Mann, der als Täter verdächtigt wurde, verschwunden ist.«

»Dann war das also gerade die Polizei am Telefon?«, fragte Frau Morisaki aufgeregt.

»Ja. Der ermittelnde Inspektor.«

»Ach, wie aufregend! Oh, entschuldigen Sie bitte.«

»Schon gut. *So* rücksichtsvoll brauchen Sie nun auch wieder nicht mit mir zu sein«, sagte Yayoi und lachte wieder. »Aber die Polizei ist wirklich lästig, ständig ruft jemand an, um zu fragen, ob etwas vorgefallen ist.«

»Aber es wäre doch besser, wenn der Täter so schnell wie möglich gefunden würde, oder nicht?«

»Ja, das ist wahr. Zu schlimm, wenn es einfach so weiterginge und er davonkäme!« Yayoi zog ein betrübtes Gesicht.

»Das kann ich mir vorstellen. Aber dass dieser Mann sich aus dem Staub gemacht hat, bedeutet dann ja wohl, dass er wirklich der Täter ist, oder?«

»Schön wär's«, entfuhr es Yayoi, bevor sie hastig den Mund zuklappte. Doch Frau Morisaki schien nichts bemerkt zu haben, sondern nickte nur und wiederholte: »Ja, sicher, ganz bestimmt.«

Es war nur eine Frage der Zeit, bis Yayoi und Frau Morisaki vertrauter miteinander wurden und sich anfreundeten.

Oft, wenn Yayoi aus ihrem Mittagsschlaf aufgewacht war und es allmählich Zeit wurde, das Abendessen vorzubereiten und die Kinder vom Hort abzuholen, kam Frau Morisaki vorbei. Sie sagte, sie käme gerade vom Färberunterricht, und brachte meistens preiswerte Süßigkeiten oder andere, nicht allzu teure Leckereien mit. Bald schon hatte sie sich auch mit den Kindern angefreundet. Sie hörte sich voller Mitgefühl Yukihiros Klagen über die weggelaufene Katze an und ging sogar mit den beiden Jungen los, um Milky zu suchen und einzufangen.

Dann überraschte sie Yayoi mit dem schüchtern vorgebrachten Vorschlag: »Hören Sie, Yayoi, soll ich nicht hier übernachten und auf die Kinder aufpassen, während Sie zur Schicht gehen?«

Yayoi konnte kaum glauben, dass ein Mensch, den sie gerade erst kennen gelernt hatte, so freundlich zu ihr war. »Aber das kann ich Ihnen doch nicht zumuten!«

»Wieso nicht? Ich schlafe doch sowieso, das kann ich hier genauso gut. Stellen Sie sich einmal vor, Yukihiro-chan wacht mitten in der Nacht auf, und niemand ist für ihn da, Papa sowieso nicht, und Mama ist arbeiten!« Frau Morisaki verhätschelte Yayois jüngsten Sohn besonders, und auch Yukihiro hing an ihr wie eine Klette.

Yayoi, die ausgehungert war nach der Zuneigung anderer Menschen, nahm das Angebot erfreut an. »Tja, dann essen Sie doch wenigstens mit uns zu Abend, wo ich Ihnen schon kein Geld zahlen kann.«

»Danke!« Plötzlich füllten sich Frau Morisakis Augen mit Tränen.

»Was haben Sie denn?«, fragte Yayoi, und Frau Morisaki wischte sich lachend die Tränen aus dem Gesicht.

»Ich freu mich nur so, es ist fast, als hätte ich eine neue Familie gefunden. Ich war so lange allein, dass ich mich irgendwie nach so etwas sehne. Ich fühle mich immer so einsam, wenn ich in meine Wohnung zurückkehre.«

»Ich fühle mich auch einsam. Seitdem mein Mann so plötzlich gestorben ist, muss ich mich als Frau allein durchschlagen, und ich strenge mich an, aber es ist so bitter, wenn ich daran denke, was die Leute hinter meinem Rücken über mich reden. Niemand hat Verständnis für mich.«

»Ja, das ist wirklich traurig, Sie tun mir so Leid!«

»Ach, es geht schon irgendwie…«

Weinend fielen sie einander um den Hals. Takashi und Yukihiro starrten die beiden Frauen mit großen Augen und offenen Mündern an. Das sah so komisch aus, dass Yayoi lachen musste, während sie sich die Tränen abwischte. »Die Tante schläft von jetzt an nachts bei euch – ist das nicht wunderbar?«

Nie im Leben hätte sie sich träumen lassen, dass es wegen Frau Morisaki zu einer heftigen Auseinandersetzung mit Masako kommen würde.

»Wer bitte ist die Frau, die ans Telefon geht, wenn man bei dir anruft?«, nahm Masako sie vor Schichtbeginn in der Fabrik ins Kreuzverhör.

»Das ist Yōko Morisaki, eine Nachbarin von mir. Sie ist so freundlich! Sie passt auf die Kinder auf, während ich weg bin.«

»Heißt das, sie schläft in deinem Haus?«

»Ja, sie übernachtet bei mir, damit nachts jemand bei den Kindern ist.«

Masako schaute misstrauisch. »Wohnt sie bei dir?«

»Nein, so gut kennen wir uns auch noch nicht«, erwiderte Yayoi eingeschnappt. »Sie macht eine Ausbildung. Und abends, auf dem Rückweg von ihrer Schule, kommt sie bei uns vorbei und isst mit uns, dann geht sie nach Hause und kommt nachts wieder, wenn ich zur Arbeit muss.«

»Sie bleibt also die ganze Nacht bei den Kindern – macht sie das umsonst?«

»So gut wie, ich koche nur das Abendessen für sie mit.«

»Das scheint mir ja ein ausgesprochen selbstloser Mensch zu sein! Wenn da nur nichts anderes dahinter steckt und sie irgendetwas im Schilde führt.«

»Nein, das tut sie nicht«, widersprach Yayoi. Sie konnte solche gemeinen Verdächtigungen gegen Frau Morisaki unmöglich hinnehmen, auch nicht, wenn sie von Masako kamen. »Sie ist nur freundlich zu mir, das ist alles. Sei nicht so unverschämt!«

»Das hat mit Unverschämtheit nichts zu tun. Du bist schließlich diejenige, die dran ist, wenn die Sache rauskommt, vergiss das nicht.«

»Ja, schon, aber…« Yayoi schaute schmollend zu Boden.

»Was, aber?«

Wie satt Yayoi Masakos hartnäckige Fragerei hatte! Nie konnte sie sich zufrieden geben, immer musste sie weiterbohren, bis der andere ihr klipp und klar geantwortet hatte. »Wieso hackst du so auf mir rum?«

»Ich hack nicht auf dir rum – verrat du mir lieber mal, warum du dich so aufregst?« Für Masako schien Yayois Verhalten unbegreiflich zu sein.

»Ich reg mich gar nicht auf. Ich wundere mich nur auch über so einiges. Warum tut ihr beiden in letzter Zeit so geheimnisvoll, du und die Meisterin? Was habt ihr zu verbergen? Warum geht Kuniko alleine nach Hause? Ist etwas passiert?«

Kleine, steile Falten erschienen auf Masakos Stirn. Yayoi wusste nichts davon, dass Jūmonji von Kuniko alles erfahren hatte und Masako nun als Folge davon im Begriff stand, ein »Unternehmen« zu starten, geschweige denn, dass der Grund, warum Masako ihr von all dem nichts verraten hatte, in ihrer eigenen, hilflosen Unzuverlässigkeit zu suchen war, durch die Masako das Vertrauen in sie verloren hatte.

»Nein, nichts ist, gar nichts. Aber hast du schon einmal daran gedacht, dass diese Frau es beispielsweise nur auf die Versicherungssumme abgesehen haben könnte?«

Jetzt platzte Yayoi vor Wut: »So ist Frau Morisaki nicht. Sie heißt schließlich nicht Kuniko!«

»Okay, schon gut, nichts für ungut. Vergiss das mit der Versicherung.« Auf Yayois Wutausbruch hin zog Masako sich zurück wie das Meer bei Ebbe und verstummte.

Yayoi besann sich darauf, dass Masako ihr geholfen hatte, und entschuldigte sich sofort: »Tut mir Leid, dass ich so bissig war. Aber Frau Morisaki ist wirklich in Ordnung.«

Doch Masako gab sich immer noch nicht zufrieden. »Werden die Kinder nicht irgendetwas ausplappern, wenn sie so viel Zeit mit ihr verbringen?«

Yayoi wusste nicht, wie sie auf Masakos Hartnäckigkeit noch reagieren sollte, und antwortete: »Meine Kinder haben den Abend längst vergessen. Seither haben sie nicht einmal davon gesprochen.«

Masako presste eine Weile die Lippen aufeinander und starrte ins Leere. Dann sagte sie: »Vielleicht reden sie nur deshalb nicht darüber, weil sie wissen, dass sie dich damit in Schwierigkeiten bringen.«

Diese Worte trafen Yayoi ins Mark; im Grunde wusste sie genau, dass da etwas Wahres dran war, leugnete es aber: »Nein, das stimmt nicht. Ich muss schließlich am besten wissen, was in meinen Kindern vorgeht!«

»Na, dann ist es ja gut.« Masako sah Yayoi prüfend an. Dann wandte sie sich zur Seite und sagte: »Man setzt alles aufs Spiel, wenn man in der Schlussphase leichtsinnig wird.«

»In der Schlussphase? Wieso? Wovon redest du?« Für Yayoi war längst alles überstanden und vorbei. »Der Kasino-Besitzer hat sich doch aus dem Staub gemacht. Wir sind in dieser Sache aus dem Schneider!«

»Was sagst du da?« Masako lachte verächtlich. »Für dich wird diese Sache nie zu Ende sein, dein ganzes Leben nicht, bis du stirbst!«

»Wie kannst du nur so gemein sein!« Plötzlich bemerkte Yayoi, dass Yoshiё hinter Masako stand. Auch sie sah Yayoi mit vorwurfsvollen Augen an und schwieg. Die beiden hatten sich eindeutig gegen sie verschworen, und Yayoi konnte es nicht ertragen, ausgeschlossen zu werden. Womit habe ich es verdient, geschnitten und kritisiert zu werden, wo ich die beiden doch so fürstlich entlohnt habe, dachte Yayoi aufgebracht.

Nach der Schicht verließ sie ohne ein Wort alleine die Fabrik. Es wurde jetzt später hell, und das graue Dämmerlicht sorgte dafür, dass sie sich noch verlassener vorkam.

Als sie nach Hause kam, schliefen die Kinder und Frau Morisaki noch. Aber schon bald kam Frau Morisaki im Pyjama aus dem Schlafzimmer. Wahrscheinlich hatte sie gespürt, dass Yayoi wieder da war.

»Guten Morgen!«

»Ich hab Sie doch hoffentlich nicht aufgeweckt?«

»Ach was, ich wäre sowieso bald aufgestanden, ich muss früh los heute«, sagte Frau Morisaki und reckte sich. Dann runzelte sie die Stirn, als habe sie bemerkt, wie durcheinander Yayoi noch war: »Ist etwas vorgefallen, Yayoi? Sie sind so blass um die Nase.«

»Ach, nichts. Ich hab mich in der Fabrik nur ein wenig gestritten.« Yayoi erwähnte natürlich nicht, dass Frau Morisaki der Anlass für den Streit gewesen war und dass sie sie in Schutz genommen hatte.

»Mit wem denn?«

»Mit der Frau, die öfter hier anruft, Masako heißt sie, Sie haben vielleicht schon mit ihr gesprochen.«

»Ach, die, die immer ein wenig schroff und abweisend klingt? Wieso denn, was hat sie zu Ihnen gesagt?«, fragte Frau Morisaki aufgebracht, so als hätte sie selbst sich mit Masako gestritten.

»Nichts Besonderes. Es war nur eine Bagatelle«, antwortete Yayoi ausweichend und band sich die Schürze um, um das Frühstück zu machen.

Mit leiser Stimme fragte Frau Morisaki: »Wieso sind Sie eigentlich immer so unterwürfig, wenn diese Frau anruft?«

»Was?« Erstaunt drehte Yayoi sich zu ihr um. »Wie kommen Sie denn darauf?«

»Nutzt sie vielleicht eine Schwäche von Ihnen aus?« Frau Morisakis Augen klebten förmlich an ihr, als wolle sie sie ausspionieren. Genau wie die Blicke der Nachbarn, schoss es Yayoi durch den Kopf, aber sie verwarf den Gedanken gleich wieder. Nein, Frau Morisaki würde so etwas bestimmt nicht tun!

6

Das weiche Nachmittagslicht der Herbstsonne fiel auf die Bündel Banknoten, die vor ihr auf dem Tisch lagen.

Die beiden Stapel Zehntausend-Yen-Scheine, so druckfrisch, dass man sich noch daran schneiden konnte, wirkten so wenig real wie die Scherzartikel, die als Briefbeschwerer verkauft wurden. Und doch war die Geldsumme, die da vor ihr lag, weitaus höher als das, was sie in einem Jahr in der Lunchpaket-Fabrik verdienen konnte. Und auch ihr Jahresgehalt bei der Spar- und Darlehenskasse hatte kaum mehr als das Doppelte davon betragen. Masako saß vor den zwei Millionen Yen, die sie von Yayoi bekommen hatte, und grübelte über ihr bisheriges Arbeitsleben und das zukünftige »Unternehmen« nach.

Bald wanderten ihre Gedanken zu dem Problem, wo sie das Geld verstecken konnte. Ob sie es auf ein Sparbuch bei der Bank einzahlen sollte? Doch dann käme sie erstens schlecht heran, falls etwas passierte, und zweitens wäre es ein Beweismittel gegen sie. Aber sie konnte es auch nicht einfach im Schrank liegen lassen, die Gefahr, dass jemand von der Familie es fände, wäre zu groß.

Während sie noch hin- und herüberlegte, klingelte es an der Haustür. Masako stopfte das Geld hastig in die Schublade neben der Spüle.

»Ja, also, dürfte ich Sie vielleicht einen Moment stören?«, klang die zögerliche Stimme einer Frau aus der Gegensprechanlage.

»Worum geht es denn?«

»Ich bin an dem Grundstück gegenüber interessiert, wir überlegen uns, es zu kaufen.«

Widerwillig ging Masako zur Tür und machte auf. Davor stand schüchtern eine Frau mittleren Alters, in einem geschmacklosen, fliederfarbenen Kostüm. Vom Gesicht her wirkte sie kaum älter als Masako selbst, aber ihre Figur war völlig aus der Fasson geraten. Auch ihre Stimme klang hysterisch und schrill, so als hätte sie es nie für nötig gehalten, Mäßigung zu üben.

»Verzeihen Sie bitte die plötzliche Störung.«

»Ist schon in Ordnung.«

»Ja, also, ich, wir überlegen uns, das Grundstück gegenüber zu kaufen«, wiederholte die Frau. Sie meinte das schon so lange brachliegende Stück Bauland genau gegenüber von Masakos Haus, auf der anderen Seite der fünf Meter breiten Privatstraße. Es hatte schon etliche Interessenten dafür gegeben, aber sie waren immer kurz vor Vertragsabschluss abgesprungen.

»Und was führt Sie daher zu mir?«, erwiderte Masako geschäftsmäßig reserviert, worauf die Frau offenbar nicht wusste, was sie sagen sollte.

»Nun ja, also, Folgendes: Wir wundern uns darüber, warum einzig und allein dieses Grundstück noch nicht verkauft wurde, und ob nicht vielleicht etwas faul ist damit…«

»Tja, darüber ist mir nichts bekannt.«

»Hat es vielleicht irgendwelche Probleme gegeben? Es ist

immer ungünstig, wenn man von solchen Dingen erst im Nachhinein erfährt, wissen Sie…«

»Ja, das verstehe ich, aber ich weiß nichts darüber. Fragen Sie doch den Immobilienmakler.«

»Das haben wir ja schon getan, aber er verrät uns nichts.«

»Tja, dann ist da wahrscheinlich auch nichts«, ließ Masako sie mitleidlos ins Leere laufen, und die Frau flüchtete sich in Rechtfertigungen.

»Aber mein Mann sagt, dass roter Lehm schlecht ist und dass es wahrscheinlich daran liegt.« Als sie Masakos Gesicht sah, fügte die Frau hastig hinzu: »Er meint wohl, dass sich die rote Erde nicht so gut als Bauuntergrund eignet.«

Masako legte den Kopf schief, denn davon hatte sie ja noch nie gehört. »Wir haben den gleichen Untergrund.«

»Oh, verzeihen Sie«, meinte die Frau so verlegen, dass sie einem Leid tun konnte.

Masako ließ erkennen, dass sie das Gespräch für beendet hielt. »Ich denke, der Untergrund ist in Ordnung.«

»Und was ist mit dem Wasserabfluss, haben Sie da auch keine schlechten Erfahrungen gemacht?«

»Wir liegen hier auf einer kleinen Anhöhe, da kann sich das Regenwasser nicht stauen.«

»Ja, dann…« Die Frau warf einen raschen Blick ins Hausinnere und verbeugte sich endlich. »Ich verstehe. Vielen Dank und entschuldigen Sie nochmals die Störung.«

Das war alles, trotzdem beschlich Masako ein ungutes Gefühl. Ein paar Tage zuvor war sie bereits von einer Nachbarin auf der Straße angehalten worden.

»Frau Katori?«

Es war die Frau des älteren Ehepaars, das hinter ihnen wohnte, die beiden Häuser waren Rücken an Rücken gebaut. Sie unterrichtete zu Hause Ikebana und war die Einzige, mit der man sich in der Nachbarschaft vernünftig unterhalten konnte.

»Warten Sie doch bitte einen Augenblick. Kürzlich ist etwas Merkwürdiges vorgefallen«, begann die Frau mit gedämpfter Stimme, wobei sie Masako am Ärmel festhielt.

»Was denn?«

»Es ist jemand von Ihrer Firma vorbeigekommen und hat allerlei Fragen gestellt.«

»Von meiner Firma?« Im ersten Moment dachte Masako an ein Missverständnis: Vielleicht war nicht ihre, sondern Yoshikis Firma gemeint, oder es handelte sich um jemanden von der Bank. Aber es bestand längst kein Grund mehr, Yoshikis Kreditwürdigkeit zu überprüfen. Und Nobuki hatte doch mit so etwas noch nichts zu tun. Also blieb nur sie selbst übrig.

»Ja, er hat eindeutig behauptet, er käme von der Lunchpaket-Fabrik«, sagte ihre Nachbarin mit einem argwöhnischen Stirnrunzeln. »Aber ich habe mir gleich gedacht, dass es genauso gut jemand von einem Ermittlungsbüro sein könnte, deshalb bin ich vorsichtig geblieben. Er hat mir eine Menge Fragen über Sie und Ihre Familie gestellt.«

»Was denn zum Beispiel?«

»Ach, wer alles in Ihrem Haus wohnt, wie Ihr gewöhnlicher Tagesablauf aussieht und was die Leute in der Nachbarschaft über Sie sagen. Ich hab mich natürlich bedeckt gehalten. Aber die von nebenan könnten ihm so einiges erzählt haben.« Die Nachbarin deutete auf das Haus neben Masakos. Dort wohnte ein altes Ehepaar, das sich früher, als Nobuki noch zur Mittelschule ging, des Öfteren heftig über die laute Musik aus seinem Zimmer beschwert hatte. Wenn sie immer noch schlecht auf sie zu sprechen sein sollten, könnte das die Gelegenheit gewesen sein, ihr eins auszuwischen.

»Ist er denn hier überall herumgelaufen und hat die Leute ausgefragt?« Masako wurde mulmig zumute.

»Ja, scheint so. Ich habe ihn beobachtet, wie er um Ihr Haus herumgegangen ist, sich alles genauestens angesehen und dann bei den Nachbarn geklingelt hat. Also, mir kam das sehr suspekt vor, finden Sie nicht auch?«

»Hat er gesagt, weshalb er diese Erkundigungen einziehen würde?«

»Ja, das war ja gerade das Merkwürdige. Er sagte, es handele sich um Ermittlungen im Vorfeld Ihrer Beförderung zur Festangestellten.«

»Das ist doch nicht möglich!« Wenn Teilzeitkräfte befördert wurden, dann höchstens zu festen Freien, das hieß, sie wurden nur behandelt wie Festangestellte, bekamen aber keinen solchen Vertrag. Und auch dazu mussten sie mindestens drei Jahre ohne Unterbrechung in der Fabrik beschäftigt gewesen sein. Es war also eine glatte Lüge gewesen.

»Eben, das habe ich auch gedacht. Vollkommen unglaubwürdig, das Ganze.«

»Was war das denn für ein Mann, wie sah er aus?«

»Er wirkte noch ziemlich jung, korrekt gekleidet, mit Anzug.«

Einen Moment lang dachte sie an Jūmonji, aber das war unwahrscheinlich, er kannte sie schließlich schon seit Jahren. Dann fiel ihr die Polizei ein, aber die Kripo würde wohl kaum zu dieser Art von verdeckten Ermittlungen gegen sie greifen.

Irgendjemand spionierte sie aus.

Zum ersten Mal seit Yayois Mord an Kenji kam Masako der Verdacht, dass da noch eine andere, unbekannte Macht mit im Spiel war. Nicht die Polizei, sondern eine mysteriöse dritte Partei, die sich nicht zu erkennen gab. Vielleicht gehörte auch diese Frau dazu, die sich Morisaki nannte und so plötzlich bei Yayoi aufgetaucht war. Höchst merkwürdig auch, dass Yayoi keinerlei Verdacht geschöpft hatte, obwohl die Geschichte der Frau so hanebüchen klang. Ob sie denn dermaßen clever vorgingen und alles genau geplant hatten? Die Polizei würde doch niemals solche Undercover-Maßnahmen einsetzen!

Der junge Mann, diese Frau Morisaki und die Frau mittleren Alters von vorhin – sollten sie alle unter einer Decke stecken, als Team? Wer könnte das sein, und wozu spionierte man sie aus? Plötzlich überfiel Masako eine heftige, nie gekannte Angst, und ein Schauder lief ihr kalt den Rücken herab. Ob sie Yoshiē und Yayoi nicht besser Bescheid sagen sollte? Sie fasste den Entschluss, es vorläufig zu lassen, da sie noch keine genauen Anhaltspunkte besaß.

Als sie auf den Fabrikparkplatz auffuhr, sah sie, dass die kleine Hütte, die wohl ein Wachhäuschen sein sollte, bereits fertig aufgestellt war. Es saß noch niemand darin, der Raum hinter der Glasscheibe, kaum eine halbe Tatamimatte groß, war stockdunkel.

Masako stieg aus ihrem Corolla aus, und während sie noch bei geöffneter Wagentür das Wachhäuschen inspizierte, bog Kies aufwirbelnd und mit quietschenden Reifen das Golf Cabriolet von Kuniko in den Parkplatz ein. Unwillkürlich trat Masako ein paar Schritte zur Seite. Kuniko würde sie vielleicht nicht gerade umfahren, aber ihre aggressive Fahrweise ließ auf eine Menge inneren Groll schließen.

Unbeholfen nach rechts und links schlingernd, parkte Kuniko rückwärts ein und zog mit Wucht die Handbremse, die überlaut krächzte. Dann grüßte sie Masako durch das geöffnete Verdeck: »Einen schönen Guten Morgen!« Übertrieben höflich und scheinheilig freundlich wie immer. Sie trug eine nagelneue rote Lederjacke, die sie sich vermutlich von Yayois Geld geleistet hatte.

»Ja, Morgen.« Sie hatte Kuniko schon lange nicht mehr hier auf dem Parkplatz getroffen. Seit sie nicht mehr aufeinander warteten, um zusammen zur Fabrik zu gehen, waren sie sich merkwürdigerweise kein einziges Mal zufällig hier begegnet. Wahrscheinlich hatte Kuniko es tunlichst vermieden, und wie zum Beweis dieser Mutmaßung verzog Kuniko bei Masakos Anblick gequält ihr Gesicht, als fluche sie innerlich.

»Du bist aber früh heute!«

»Kann schon sein.« Masako spähte durch die Dunkelheit auf ihre Armbanduhr: Sie war tatsächlich zehn Minuten früher als sonst.

»Weißt du, was das da ist?« Kuniko war aus dem Auto ausgestiegen und deutete, während sie das Verdeck zumachte, mit dem Kinn auf das Wachhäuschen.

»Wahrscheinlich haben sie einen Parkplatzwächter eingestellt.«

»Keinen gewöhnlichen Parkplatzwächter. Die Polizei hat mitbekommen, dass sich hier ein Grabscher herumtreibt, deshalb soll sich die Firmenleitung entschlossen haben, dort jemanden hineinzusetzen, der aufpasst.«

Ziemliche Geldverschwendung, dachte Masako, aber da in letzter Zeit auch das widerrechtliche Parken auf solchen frei zugänglichen Plätzen zugenommen hatte, rechneten sie sich wohl aus, zwei Fliegen mit einer Klappe schlagen zu können.

»Ach, wie jammerschade für dich – dann hast du ja gar keine Chance mehr, dem Grabscher zu begegnen!«

»Wie meinst du das?« Auf Masakos eindeutig sarkastische Bemerkung hin sog Kuniko die Wangen ein und spitzte die rot bemalten Lippen. Sie war komplett geschminkt, so als führe sie zum Shopping in die Innenstadt. Kaltherzig betrachtete Masako Kunikos affektierte Aufmachung, mit der sie ihre ganze innere Verkommenheit erst recht zur Schau stellte.

»Wie ich sehe«, begann Masako mit Blick auf Kunikos blank polierten Golf, »fährst du immer noch Auto. Warum kommst du nicht mit dem Rad, das wäre entschieden billiger!«

»Wir sehen uns bei der Schicht!« Kuniko stapfte beleidigt davon. Das Weib ist es nicht wert, dass man ihm hinterhersieht, dachte Masako und wandte sich ab, wobei sie sich über die fröstelnden nackten Arme strich. Für Anfang Oktober war es ziemlich kalt heute Nacht. Bei kühlem, trockenen Wetter konnte man die verschiedenen Gerüche, die in der Luft hingen, genau auseinander halten: der Geruch nach Frittiertem, der Gestank der Autoabgase, der Duft der goldenen Blüten der Osmanthus- Sträucher und der Geruch von abgekühltem Wiesengras. Irgendwo in der Nähe zirpten verhalten die letzten Zikaden des Sommers.

Masako nahm das Sweatshirt von der Rückbank ihres Wagens und zog es über ihr T-Shirt. Dann zündete sie sich, wie es ihre Gewohnheit war, eine Zigarette an und wartete ab, bis Kunikos roter Rücken vollständig von der Dunkelheit verschluckt worden war.

Da nahm sie das tiefe Brummen eines Motors wahr und sah, wie ein schweres Motorrad auf den Parkplatz auffuhr. Sie hörte, wie das Hinterrad auf dem Schotter kurz durchdrehte, und sah, wie sich der Scheinwerfer durch die leichten Unebenheiten des Geländes auf- und abbewegte. Wer mochte das sein? Unter den Teilzeitkräften in der Fabrik gab es niemanden, der mit dem Motorrad zur Arbeit kam. Gespannt blickte Masako auf den Fahrer.

»Frau Katori!«, rief der junge Mann, während er das Visier seines Integralhelms hochklappte. Es war Jūmonji.

»Ach, Sie! Haben Sie mich erschreckt!«

»Gut, dass ich Sie noch erwische!« Jūmonji stellte den Motor ab. Sofort hüllte Stille den Parkplatz ein. Sogar die Zikaden, denen das ungewohnte Motorengeräusch wohl Angst eingejagt hatte, blieben stumm. Mit geübter Fußbewegung klappte Jūmonji den Ständer der Maschine herunter, stieg ab und kam auf Masako zu.

»Was ist denn los?«

»Wir haben einen Auftrag.«

So schnell! Masako schlang sich die Arme um die Brust, um ihr wie wild klopfendes Herz zu beruhigen. Das Sweatshirt, das sie ein halbes Jahr nicht getragen hatte, verströmte die vertrauten Gerüche nach dem Schrank daheim und dem Waschpulver, das sie benutzte. Der Gedanke schoss ihr durch den Kopf, dass sie sich mit dem, was sie da vorhatte, letztlich auch aus der friedlichen Geborgenheit ihres Hauses katapultieren würde, und sie legte die Arme noch fester um sich.

»Sie meinen… einen Auftrag für unser Unternehmen?«

»Ja. Eben kam plötzlich ein Anruf, es hätte eine Leiche gegeben, und wir sollen sie spurlos beseitigen. Ich hab mich vielleicht beeilt! Ich dachte schon, ich würde Sie nicht mehr erwischen! Mir war zwar klar, dass ich Sie am besten hier vor der Schicht abpassen könnte, aber Frau Jōnouchi kennt doch meinen Wagen! Viel zu riskant, wenn sie mich hier mit Ihnen gesehen hätte!« Jūmonjis Stimme zitterte leicht vor Aufregung.

»Ach, deshalb sind Sie mit dem Motorrad da!«

»Ja, aber weil ich so lange nicht mehr damit gefahren bin, ist es nicht gleich angesprungen. Ich bin völlig fertig, das können Sie mir glauben!« Jūmonji setzte den Helm ab wie ein Schauspieler seine Perücke und strich sich das zerzauste Haar glatt.

»Was soll ich nun am besten tun?«

»Also, ich hole jetzt gleich mein Auto und nehme das Objekt in Empfang. Dann liefere ich es bei Ihnen ab. Um wie viel Uhr genau ist die Schicht zu Ende?«

»Um halb sechs. Kurz vor sechs bin ich wieder hier.«

»Und wann sind Sie ungefähr zu Hause?«

»Kurz nach sechs. Aber da ist meine Familie noch im Haus, Sie müssen also mit der Lieferung bis nach neun warten. Können Sie bis dahin die Kleidung und so weiter entfernen? Schaffen Sie das allein?«

»Als ob das eine Rolle spielte – ich werde ja wohl müssen, oder?«, erwiderte Jūmonji mit Grabesstimme.

»Können Sie das Objekt alleine tragen?«

»Ich werd's versuchen. Ach, ja, das Skalpell-Set habe ich Ihnen besorgt, ich bringe es mit.«

»Ja, das ist gut.« Während sie an ihren Nägeln kaute, überlegte

Masako verzweifelt, welche anderen Dinge unbedingt noch abzusprechen waren. Aber ihr Kopf wollte nicht wie sonst funktionieren, weil alles so plötzlich gekommen war. Da fiel ihr endlich doch noch ein Punkt ein: »Und denken Sie an die Kartons für den Paketdienst!«

»Große, oder?«

»Ja, möglichst unauffällige, am besten gewöhnliche Gemüsekisten oder so. Aber sie müssen unbedingt stabil sein!«

»Okay, bis morgen Vormittag werde ich schon irgendwo etwas Geeignetes auftreiben.«

»Machen Sie das.«

»Haben Sie Müllbeutel?«

»Ja, auf Vorrat gekauft«, antwortete sie, und dann fiel ihr noch etwas Wichtiges ein: »Wie kann ich Sie erreichen, falls bis morgen früh etwas dazwischenkommen sollte?« Vielleicht ging Yoshiki nicht in die Firma. Vielleicht machte Nobuki blau. Man konnte nie wissen, es gab endlos viele Unwägbarkeiten.

»Was meinen Sie mit ›dazwischenkommen‹«, fragte Jūmonji hastig nach.

»Zum Beispiel, dass jemand von der Familie zu Hause bleibt, oder so etwas.«

»Ach so. Rufen Sie mich auf dem Handy an.« Jūmonji griff in die Gesäßtasche seiner Jeans, zog eine Visitenkarte heraus und reichte sie Masako. Darauf stand seine Handy-Nummer.

»Gut. Falls etwas sein sollte, rufe ich Sie bis halb neun an.«

»In Ordnung. Also – auf gute Zusammenarbeit.« Jūmonji streckte ihr plötzlich die Hand zum Händedruck entgegen. Masako ergriff sie und drückte zu. Vom Fahrtwind war sie eiskalt und rau. Er hatte keine Handschuhe getragen.

»Na, dann will ich mal.« Jūmonji drehte den Zündschlüssel um und ließ das Motorrad an. Das tiefe, bassähnliche Geräusch der schweren Maschine dröhnte über den weiten, sich zu allen vier Himmelsrichtungen in Dunkelheit verlierenden Parkplatz. Da fielen Masako ihre Bedenken hinsichtlich einer mysteriösen dritten Partei ein, und sie hielt Jūmonji zurück.

»Warten Sie!«

»Was denn?« Jūmonji klappte erneut das Visier seines Helms hoch.

»Bei mir hat jemand herumgeschnüffelt, ganz merkwürdig, jemand von einem Ermittlungsbüro oder so.«

»Was!« Jūmonji wirkte völlig entgeistert. »Was kann das bedeuten?«

»Ich habe keine Ahnung.«

»Doch nicht etwa die Polizei? Das fehlte noch!«

Seine Worte bestürzten Masako. Sie wollte schon vorschlagen, den Auftrag doch besser abzulehnen. Aber dazu war es bereits zu spät. Sie schluckte und sagte: »Wir machen es trotzdem, ja?«

»Die Sache ist schon zu weit fortgeschritten, wir können nicht mehr zurück. Es gibt jemanden, der dann sein Gesicht verlieren würde.« Geschickt wendete Jūmonji das Motorrad und brauste Erde aufwirbelnd davon. Masako blieb allein auf dem Parkplatz zurück.

Auf dem dunklen, verlassenen Weg zur Fabrik ging sie im Kopf die bevorstehenden Arbeitsschritte durch: Zuerst den Schädel, dann die Gliedmaßen abtrennen, Längsschnitt durch den Rumpf... Noch einmal rekapitulierte sie das Teufelswerk von vor einigen Wochen. Bei dem Gedanken, in welchem Zustand die Leiche womöglich bei ihr ankommen könnte, graute es ihr ein wenig. Ihre Knie begannen zu zittern, als würde sich ihr Körper all dem verweigern. Das Zittern wollte nicht aufhören, bis sie irgendwann nicht mehr weitergehen konnte und mitten auf dem nächtlichen Weg stehen blieb.

Der Herd dieses Bebens aber lag tief in Masakos Herzen. Es war das vage Wissen um die Existenz eines unsichtbaren Gegners.

Als sie in den Aufenthaltsraum trat, kam Kuniko gerade heraus. Mit abgewandtem Gesicht, als wollte sie sagen, na warte, dir werd ich's zeigen, rauschte sie an ihr vorbei. Masako kümmerte sich nicht darum, sondern sah sich sofort nach Yoshiē um. Sie entdeckte sie zusammen mit Yayoi beim Umziehen im Umkleideraum.

»Kommst du mal kurz?« Masako tippte Yoshiē, die sich gerade den Reißverschluss ihres Arbeitskittels hochzog, auf die Schulter. Yayoi, die daneben stand, drehte sich fragend zu ihr um.

Mit arglosem, unbekümmerten Gesicht sah sie Masako in die kalten, verhärteten Augen. Diesmal hatte sie Yayoi noch verschonen wollen, aber plötzlich wurde Masako von dem grausamen

Impuls getrieben, dieses Unschuldslamm, das alles vergessen zu haben schien, das Fürchten zu lehren. Yayoi sollte auch noch erfahren, was es hieß, wenn einem die Knie zitterten! Mit zusammengebissenen Zähnen hielt Masako dem Drang vorerst stand.

»Ist etwas passiert?«, fragte Yoshië mit erschrockenem Gesicht, so als ahnte sie die Antwort längst.

»Wir haben einen Auftrag«, sagte Masako nur. Yoshië presste die Lippen aufeinander und schwieg. Masako begriff, dass sie ihr auf keinen Fall von jener mysteriösen dritten Partei erzählen durfte. Denn dann würde Yoshiës Mut sofort dahinwelken, und alleine konnte sie keine Leiche auseinander nehmen.

»Wovon redet ihr beiden da?«, fragte Yayoi und schob sich zwischen Masako und Yoshië.

»Willst du das wirklich wissen?« Masako sah Yayoi unverwandt an. Dann packte sie sie bei den zarten, zierlichen Handgelenken.

»Was ist, was willst du?« Schatten der Furcht huschten über Yayois Gesicht. Ohne sich darum zu kümmern, ließ Masako die Handgelenke los und griff nach ihren Ellbogen.

»Man nimmt ein Messer und schneidet hier und hier durch. Von so einer Arbeit reden wir.«

Die Arme fest in Masakos Griff, bog Yayoi die Hüften zurück. Besorgt um die Blicke der anderen Arbeiterinnen, mahnte Yoshië Masako mit den Augen zur Vorsicht. Doch niemand schien sich um die drei Frauen zu kümmern. Alle zogen sich stumm und mit schlecht gelaunten Gesichtern, von denen man die Gedanken an die bevorstehende harte Arbeit ablesen konnte, um.

»Das ist doch nicht wahr«, murmelte Yayoi mit leisem Stimmchen. Es klang wie das Seufzen eines Kindes.

»Doch. Hast du Lust mitzumachen? Wenn ja, komm doch morgen Vormittag bei mir zu Hause vorbei!« Masako ließ Yayoi los, die benommen stehen blieb. Schlaff baumelten ihr die Arme zu beiden Seiten herab, und ihr Kochmützchen fiel zu Boden.

»Ach, da fällt mir noch ein«, fuhr Masako fort, »komm erst, wenn du diese Frau Morisaki rausgeschmissen hast, die bei dir herumlungert, ja?«

Sprachlos starrte Yayoi Masako eine Weile böse an, wandte aber dann den Blick von ihr ab und verließ den Umkleideraum. Ihr gesamter Körper schien vor Wut zu beben.

7 Bei der Leiche handelte es sich um einen kleinen, hageren Mann um die sechzig.

Er hatte eine Glatze, aber noch alle Zähne, und Operationsnarben im mittleren Brustbereich und auf der rechten Seite des Unterbauchs. Im Vergleich zu der großen Brustnarbe war die am Unterbauch klein und auf den ersten Blick als Blinddarmnarbe zu erkennen. Man hatte ihn offenbar mit bloßen Händen erwürgt; sein Gesicht war violett angelaufen, und am Hals waren Fingermale zu sehen. Er schien sich gewehrt zu haben, denn an den Wangen und beiden Armen fanden sich etliche Schürfwunden.

Sie wussten weder, was er von Beruf gewesen war, noch wo, von wem und warum er ermordet worden war. Aller Kleidung entledigt, war er nur noch eine Leiche, die schwer erkennen ließ, wie er lebendig ausgesehen und was für ein Leben er geführt hatte. Aber das war auch gar nicht nötig. Masako und Yoshiē hatten ihn lediglich zu zerstückeln und in Plastiktüten abzupacken, die sie in Kartons füllten und zu Paketen schnürten. Der Arbeit in der Lunchpaket-Fabrik gar nicht so unähnlich, solange man nur die Angst und das Grauen betäubte.

Yoshiē hatte sich die Jersey-Hose bis zu den Oberschenkeln hochgekrempelt, Masako trug Shorts und T-Shirt, und beide hatten sich aus der Fabrik entwendete Vinyl-Schürzen umgebunden und Wegwerfhandschuhe angezogen. Barfuß war diese Arbeit zu gefährlich, da man in Knochensplitter treten konnte, deshalb trug Masako Yoshikis Gummistiefel und hatte Yoshiē ihre eigenen geliehen. Auch die Arbeitskleidung war der in der Fabrik nicht unähnlich.

»So ein Skalpell schneidet wunderbar, nicht wahr?«, verkündete Yoshiē tief beeindruckt. Das chirurgische Set, das Jūmonji ihnen besorgt hatte, tat wirklich gute Dienste. Ein Skalpell lag ganz anders in der Hand als das Sashimi-Messer, mit dem sie Kenji zerlegt hatten; das Fleischschneiden bekam dadurch etwas Erquickliches, wie wenn man neuen Stoff mit einer scharfen Schere durchtrennt. Dank der Skalpelle kamen sie schneller voran als erwartet.

Die Knochen zerteilten sie abwechselnd mit der Säge. Zu ihrem Leidwesen hatten sie feststellen müssen, dass die Elektrosäge, die Jūmonji ihnen noch mitgebracht hatte, nicht zu gebrauchen war. Denn sie wirbelte Blut-, Fleisch und Knochenpartikel zu feinem Nebel auf, der ihnen in die Augen drang. Um die Elektrosäge effektiv nutzen zu können, wären Taucherbrillen nötig gewesen.

Mit fortschreitender Zerlegung der Leiche war bald wieder alles um sie herum voller Blut, die Eingeweide verströmten einen abstoßenden Geruch, und der Anblick, wie sie ausgebreitet vor ihnen lagen, war derselbe wie zuvor bei Kenji, aber vom Gefühl her fiel ihnen die Arbeit diesmal ungleich leichter, da sie ihnen wie Schichtarbeit in der Fabrik vorkam.

»Die Narbe hier ist wahrscheinlich von einer Herzoperation, meinst du nicht? Wie schade, er tut mir so Leid! Da hat er sich extra so einer schweren Operation unterzogen, um mit dem Leben davonzukommen, und dann wird er umgebracht!« Yoshiē, die Augen rot vor Übermüdung, zog mit der gummiüberzogenen Fingerspitze die blasslila Operationsnarbe nach, die sich wie ein Regenwurm über die Brust des toten Mannes schlängelte.

Masako fuhr schweigend fort, die abgetrennten Gliedmaßen zu zerstückeln. Im Unterschied zu den Beinen von Kenji, der in der Blüte seiner Jahre gestanden hatte, besaßen die des Mannes kaum Fett, und die Haut war glanzlos und welk. Es mochte Einbildung sein, aber auch das Gefühl, wenn man die Säge hindurchzog, war, als zerteilte man eine poröse, holzige Masse.

»Das geht diesmal viel bequemer, weil sich das Fett nicht so ins Sägeblatt setzt, wie bei Kenji-san. Die Müllbeutel sind auch ganz leicht«, sagte Yoshiē wie zu sich selbst, während ihre Hand die Säge hin- und herführte.

»Er wiegt ja auch kaum fünfzig Kilo.«

»Ja. Aber er war bestimmt ein reicher Mann«, stellte Yoshiē im Brustton der Überzeugung fest.

»Woher willst du das wissen?«

»Na, weil der Finger hier so stark eingedrückt ist. Da muss er einen großen Ring getragen haben. Bestimmt einen schweren Siegelring aus Gold, mit einem dicken Klunker drin, womöglich ein Diamant. Wahrscheinlich haben sie ihm den abgezogen.«

»Du fantasierst dir wieder Geschichten zurecht!«, sagte Masako mit gequältem Lächeln.

Ob sie das nicht doch nur alles träumte, dachte Masako schon das x-te Mal seit dem frühen Morgen.

Wie verabredet erschien Jūmonji kurz nach neun bei ihr vor der Haustür. Mit bleichem Gesicht trug er die in eine Decke gewickelte Leiche ins Bad. Yoshiē war noch nicht da.

»Mein Gott, hab ich Angst gehabt«, sagte er und rieb sich die Wangen, die starr vor Kälte zu sein schienen, als käme er direkt vom Nordpol. Dabei war es ein relativ warmer Tag für Oktober.

»Wovor?«, fragte Masako, während sie den Fliesenboden im Bad mit der blauen Plastikdecke ausschlug, die sie auch bei Kenji verwendet hatte.

»Wovor – Sie sind gut, Frau Katori! Das ist die erste Leiche, die ich in meinem Leben zu Gesicht bekommen habe. Und es war so viel Zeit zu überbrücken, bis ich damit herkommen konnte! Da hab ich mir keinen anderen Rat gewusst, als sie im Kofferraum zu verstauen und mich in ein *Denny's Restaurant* zu setzen, das durchgehend geöffnet hat, um die Stunden totzuschlagen. Danach bin ich damit durch Roppongi gefahren, immer im Kreis herum.«

»Das war riskant, stellen Sie sich vor, Sie wären in eine Verkehrskontrolle geraten!«

»Ja, vom Verstand her war mir das auch klar, aber ich wollte unbedingt dorthin, wo Leute sind, immer nur dorthin, wo Leute sind. Die Ladung im Kofferraum kam mir wie eine finstere Masse vor, die ich nicht anschauen darf, dabei weiß ich ja, dass mit mir dasselbe passiert, wenn ich tot bin, aber ich wollte einfach nicht hinsehen, und mein Rücken fühlte sich tonnenschwer an, so als würde mich eine enorme Kraft rückwärts ziehen… Ich wusste genau, dass es eine Menge zu tun gab, dass ich ihn hätte ausziehen sollen und so weiter, aber ich konnte es einfach nicht, nicht allein. Bevor es hell wurde, war ich ja nicht einmal fähig, ihn anzuschauen! Ich fürchte, ich bin ein ziemlich erbärmliches Würstchen, was?«

Verstehen konnte sie ihn schon. Masako studierte Jūmonjis aschfahles Gesicht. Grund für seine ungewöhnliche Blässe war sicher nicht allein der Schlafmangel. Leichen veranlassten die Lebenden im Allgemeinen dazu wegzuschauen. Wie viel Zeit man wohl brauchte, bis man so weit war, sie als natürlich betrachten zu können?

»Wo haben Sie ihn abgeholt?« Masako berührte die gekrümmten Finger des toten Mannes. Sie waren steif und kalt.

»Danach sollten Sie lieber nicht fragen«, erwiderte Jūmonji bestimmt. »Besser, Sie wissen nichts davon. Es wäre zu riskant, falls etwas passiert.«

»Was denn zum Beispiel?«, fragte sie, während sie sich wieder erhob.

»Das weiß ich auch nicht. Falls irgendetwas schief geht eben.« Scheu betrachtete Jūmonji das Gesicht der Leiche, das aus der umgeschlagenen Decke herausschaute.

»Wenn die Polizei uns auf die Schliche kommt, meinen Sie?«

»Nicht nur das.«

»Sondern?«

»Rache und so weiter.«

Masako hatte die mysteriöse dritte Partei gemeint, doch Jūmonji schien von handfesten Interessenskonflikten zu sprechen, die so ein Mord nach sich ziehen konnte.

»Weshalb ist er umgebracht worden?«

»Wahrscheinlich, um an sein Geld zu kommen. Man will es offenbar so aussehen lassen, als sei er verschollen, deshalb soll die Leiche ja auch spurlos entsorgt werden.«

Wenn das stimmte, war dieser Tote vielleicht mehrere hundert Millionen Yen schwer. Masako betrachtete seine Glatze, die jeden Glanz verloren hatte.

Wenn einen nichts Persönliches mit dem Toten verband, war die Entsorgung einer Leiche nichts viel anderes als geschickte Abfallbeseitigung. Im Leben entstand unweigerlich Müll. Wer was warum wegzuwerfen versuchte, brauchte sie nichts anzugehen. Unabdingbar für solch eine Haltung war natürlich die Einsicht, dass man selbst auch irgendwann wie Müll weggeworfen werden würde. Kühl befahl Masako: »Helfen Sie mir, ihn auszuziehen!«

»Ja.«

Masako schnitt dem Toten mit der Schere den Anzug auf und begann, ihn mit geschickten Handgriffen zu entkleiden. Beklommen füllte Jūmonji die Sachen in eine Plastiktüte.

»Was ist mit seinem Portemonnaie und so weiter?«

»Gab es nicht. Sie haben ihm alles weggenommen, was wegzunehmen war. Das hier ist der Rest, der von ihm übrig geblieben ist.«

»Nur noch Müll also«, murmelte Masako, um es selbst zu hören.

Jūmonji schienen die Worte schockiert zu haben: »Ob man das so einfach sagen kann …?«

»Kann man. Man muss es als Abfallbeseitigung betrachten.«

»Aha.«

»Wie bekomme ich meinen Lohn?«

»Ich habe Ihr Geld schon bei mir.« Jūmonji zog eine kleine braune Papiertüte, in der ebenso gut ein Stück Lebkuchen hätte verpackt sein können, aus der Gesäßtasche seiner Baumwollhose. »Exakt sechs Millionen. Ohne Vorauszahlung in bar läuft gar nichts, darauf habe ich bestanden.«

»Das war gut. Aber was machen wir, wenn – schlimmstenfalls gesprochen – die Leiche doch entdeckt werden sollte?«

»Dann müssen wir das Geld zurückgeben. Aber dann verliert X sein Gesicht, und ich werde meinen Kopf auch hinhalten müssen«, sagte Jūmonji mit zittriger Stimme, so, als wäre ihm die ganze Tragweite der Sache erst jetzt bewusst geworden. »Deshalb lassen Sie uns mit größter Sorgfalt vorgehen.«

»Natürlich!«

Nachdem sie den Toten fertig ausgezogen und den splitternackten Körper ins Bad gewälzt hatten, legte Jūmonji vier der Banknotenbündel aus der Papiertüte vor Masako hin: »Vier Millionen. Ich lasse es Ihnen schon da.«

Diesmal handelte es sich nicht um neue Scheine, wie die, die sie von Yayoi erhalten hatte. Diese hier waren zerknittert, schmuddelig und von Gummibändern zusammengehalten. Exakt wie das Geld, das damals in der Spar- und Darlehenskasse zusammengekommen war. *Dirty Business,* schoss es Masako durch den Kopf.

Sie sah auf den Wecker, den sie auf die Waschmaschine im Vorraum zum Bad gestellt hatte. Es war schon bald Mittag, und mit der Arbeit waren sie fast fertig. Allmählich sollte Jūmonji die Kartons bringen. Bei Kenji hatten sie es nicht bemerkt, weil sie wohl zu aufgeregt gewesen waren, aber die lange, kräftezehrende Arbeit in gebückter Haltung ging auf die Schultern und den Rücken. Außerdem hatten sie beide kein bisschen geschlafen, seit sie von der Schicht gekommen waren, daher wollten sie alles nur so schnell wie möglich hinter sich bringen und ins Bett. Yoshië richtete sich auf und wollte sich aufs wehe Kreuz klopfen, hielt aber mitten in der Bewegung inne.

»Ich kann ja nicht, meine Hände sind ganz blutig.«

»Dann nimm dir doch ein Paar frische Handschuhe!«

»Ach was, das wäre Verschwendung.«

»Was redest du da?« Masako deutete mit dem Kinn auf das Bündel Wegwerfhandschuhe, das sie in der Fabrik hatte mitgehen lassen. »Jetzt nimm schon, wir haben mehr als genug davon!«

»Yama-chan hat sich gar nicht blicken lassen«, sagte Yoshië, während sie sich die blutverklebten Handschuhe von den Fingern riss.

»Stimmt. Dabei hätte ich ihr gerne einmal gezeigt, wie es aussieht, wenn man so was macht.«

»Sie hält tatsächlich ihre eigene Schuld für geringer als unsere! Dabei hat doch schließlich sie ihren Mann ermordet!«, sagte Yoshië gehässig. »Insgeheim verachtet sie uns, weil sie denkt, wir hätten es nur aufs Geld abgesehen. Dabei ist doch sonnenklar, dass wir um einiges besser sind als sie!«

In dem Moment klingelte es an der Haustür. Erschrocken rief Yoshië: »Es kommt jemand zurück! Dein Sohn etwa?«

Masako schüttelte den Kopf. Um diese Zeit war Nobuki noch nie heimgekommen. »Vielleicht ist es Jūmonji.«

»Ach so, ja«, sagte Yoshië erleichtert.

Vorsichtshalber spähte Masako durch den Spion an der Tür. Draußen stand Jūmonji mit einem Packen zusammengefalteter Kartons, die er kaum halten konnte. Masako half ihm, sie hereinzutragen. Jūmonji meldete sich bei Yoshië zurück: »Da bin ich wieder.«

»Gut gemacht. Vielen Dank«, erwiderte Yoshië im selben Tonfall, in dem sie sich bei Schichtende bei den jüngeren Kolleginnen bedankte.

»Ich falte sie auseinander. Wie viele brauchen wir ungefähr?«

Acht, zeigte Masako mit den Fingern. Es war ein kleiner Mann gewesen, deshalb waren die einzelnen Beutel auch kleiner geworden als erwartet. Die verräterischsten Teile wie Kopf und Kleidung sollte Jūmonji ohnehin vorsichtshalber eigenhändig transportieren.

»Nur acht…«, wunderte sich Jūmonji. »So wenig? Das hätte ich nicht gedacht.«

»Sie sind doch wohl hoffentlich von niemandem gesehen worden?«, fragte Yoshiē besorgt.

»Nein, alles in Ordnung.«

»Hat Sie auch wirklich niemand beobachtet?« Mit ernster Miene sah Masako Jūmonji an. Der unbekannte Gegner durfte auf keinen Fall Wind von dieser Sache hier bekommen.

»Ich glaube nicht. Nur…«

»Nur was?«

»Auf dem leeren Grundstück gegenüber von Ihrem Haus hat eine Frau gestanden, aber nicht lange, sie war gleich wieder verschwunden.«

»Was für eine Frau?«

»Untersetzt, zwischen vierzig und fünfzig, vom Typ dicke Tante.«

Eindeutig dieselbe Frau, die bei Masako geklingelt hatte, weil sie angeblich das Grundstück kaufen wollte. »Hat es ausgesehen, als würde sie mein Haus hier beobachten?«

»Nein, sie schien den Boden der Parzelle zu prüfen. Außer ihr habe ich noch eine Frau aus der Nachbarschaft gesehen, die zum Einkaufen ging, aber ich glaube, keine der beiden hat mich beachtet.«

Es war vielleicht doch verkehrt gewesen, Jūmonjis Maxima zu benutzen. Beim nächsten Mal würden sie den Corolla nehmen, das war unauffälliger, beschloss Masako.

Als die Kisten im Auto verstaut waren und Jūmonji damit davonfuhr, bemerkte Yoshiē treffend: »Genau wie Nakayama, wenn er die fertigen Lunchpakete abtransportiert!«

Sie prusteten los vor Lachen. Dann stellten sie sich abwechselnd unter die Dusche und putzten in einem Aufwasch gleich das Bad. Yoshiē wurde unruhig, da es ihr wohl langsam zu spät wurde. Masako reichte ihr das Geld, das sie für sie abgezählt hatte.

»Hier, dein Lohn.«

Yoshiē nahm es mit spitzen Fingern entgegen, so als wäre es etwas Schmutziges, und verstaute es tief unten in ihrer Einkaufstasche aus Kunstleder. Aber dann verkündete sie hörbar erleichtert: »Du weißt gar nicht, was für ein Segen das für mich ist.«

»Was willst du denn damit machen?«

»Ich dachte, ich schicke Miki aufs College«, antwortete Yoshië, während sie sich die zerzausten Haare glatt strich. »Und du?«

»Tja …« Masako legte den Kopf schief. Sie hatte jetzt insgesamt fünf Millionen Yen. Was wollte sie eigentlich mit dem Geld machen?

»Sei mir bitte nicht bös, wenn ich das frage aber …«, druckste Yoshië herum.

»Was?«

»Hast du auch nur eine Million bekommen?«

»Ja, natürlich«, antwortete Masako und sah Yoshië dabei unverwandt an.

Mit bedauernder Miene holte die daraufhin das Banknotenbündel wieder aus ihrer Tasche hervor. »Tja, dann muss ich sie dir wohl zurückgeben, die achtzigtausend, die du mir geliehen hast …« Es ging offenbar um das Geld, das Masako ihr für Mikis Klassenfahrt ausgelegt hatte. Yoshië zog aus dem Bündel zerknitterter Zehntausend-Yen-Scheine acht heraus und reichte sie Masako mit einer Verbeugung zurück. »Es fehlen noch dreitausend. Kann ich sie dir in der Fabrik geben? Ich hab gerade kein Kleingeld da.«

»In Ordnung.« Schulden waren Schulden. Masako sagte nicht, lass nur, ist schon okay.

Yoshië, die diese Worte vermutlich erwartet hatte, sah ihr lange ins Gesicht, bis sie sich schließlich resigniert erhob. »Tja, dann bis heute Nacht in der Fabrik.«

»Ja, bis dann.«

Nachtschichtkolleginnen trafen sich in der Nacht. Allein schon deshalb war ihnen die gemeinsame Arbeit am helllichten Tag irgendwie nicht geheuer.

SECHSTES KAPITEL

Apartment 412

1 Es war deprimierend, abends aufzustehen, und in der Zeit des Übergangs vom Herbst zum Winter, wenn die Sonne früh unterging, war es besonders trostlos. Masako lag auf dem Bett und sah zu, wie die Abendsonne versank und es im Zimmer allmählich dunkel wurde.

In solchen Augenblicken verfluchte sie die Nachtschicht. Es gab Kolleginnen, die deswegen Depressionen bekommen hatten, und das konnte sie gut verstehen. Nicht die frühe Dunkelheit war es, die einen fertig machte, sondern das Gefühl, verkommen zu sein, weil man von dem ordentlichen, geregelten Tagesablauf der normalen Menschen abgeschnitten war.

Wie viele Morgen hatte sie sich in ihrem Leben schon abhetzen müssen! Als Erste aufstehen, Frühstück machen, Lunchboxen füllen, Wäsche aufhängen, sich anziehen, ein schlecht gelauntes Kind besänftigen und zum Hort bringen. Ständig ein Auge auf der Uhr an der Wand oder verstohlene Blicke zur Armbanduhr, immer hastig, immer eilig, keine Zeit, die Zeitung zu lesen oder sich ein Buch vorzunehmen. Beim Zubettgehen durchrechnen, wie viel Stunden Schlaf einem noch blieben, und an den wenigen freien Tagen einen Berg dreckiger Wäsche und unerledigter Putzarbeit im Rücken. All die schrecklich ordentlichen, geregelten Tage, an denen keine Rede gewesen war von Trostlosigkeit und Verkommenheit.

Sie sehnte sich beileibe nicht nach ihnen zurück. Deshalb war es gut, so wie es jetzt war. Wenn man von der Sonne aufgeheizte Steine umdrehte, kam darunter kalte, feuchte Erde zum Vorschein. Und im Moment kostete sie die Dunkelheit der sonnenabgewandten Seite gründlich aus. Auch wenn der Erde die Wärme fehlte, fühlte sie sich wohl dort, sie vermisste nichts. Wie ein zusammengerollter Regenwurm. Ja, sie hatte sich in einen Regenwurm verwandelt. Masako machte die Augen wieder zu. Ihre Glieder waren schwer, wahrscheinlich, weil sie immer nur leicht, kurz und unregelmäßig schlief und sich so nie ganz von ihrer Erschöpfung erholen konnte. Sie versank in Schlaf, als zöge die Schwerkraft sie hinab. Und dann hatte sie einen Traum.

Sie befand sich in dem alten, blassgrün vertäfelten Fahrstuhl der Spar- und Darlehenskasse Tanashi und fuhr langsam nach unten. Die vielen Kratzer auf der Vertäfelung kamen von den Geldtransportern, die man achtlos hinein- und herausgeschoben hatte. Wie viele schwere Beutel voller Kleingeld sie hier schon herausgeschleppt hatte, konnte sie gar nicht mehr ermessen. In der ersten Etage hielt der Aufzug. Dort befand sich die Darlehensabteilung, in der Masako beschäftigt gewesen war. Ihr Arbeitsplatz, an dem sie sich immer noch mit verbundenen Augen zurechtfinden würde. Aber was hatte sie hier noch zu suchen? Die Türen des Fahrstuhls öffneten sich, und Masako blickte in den menschenleeren, dunklen Büroraum, während sie schon auf den Knopf »Türen schließen« drückte. Kurz bevor sie zugingen, sprang ein Mann herein.

Es war Kenji. Aber er war doch tot! Masako stockte der Atem. Kenji trug ein weißes Hemd, dazu eine schlichte Krawatte und eine graue Hose. Wie an dem Tag, an dem er ermordet worden war. Er nickte ihr höflich zu, wandte ihr dann den Rücken zu und blickte auf die Aufzugtür. Masako betrachtete seinen Nacken, den die zu lang geratenen Haare ein wenig bedeckten, und wich zurück. Denn sie hatte unwillkürlich nach der Wunde gesucht, die der Schnitt, mit dem sie ihm eigenhändig den Kopf abgetrennt hatte, doch zurückgelassen haben musste.

Unerträglich langsam fuhr der Aufzug ins Erdgeschoss hinab. Die Türen gingen auf, und Kenji verschwand ins Dunkel, irgendwo in Richtung der Kundenschalter. Masako, die allein in der Kabine zurückblieb, spürte plötzlich eine eisige Kälte, und sie zögerte, ob sie ihm dorthin folgen sollte oder nicht.

In dem Moment, als sie entschlossen aus dem Fahrstuhl trat, spürte sie, wie jemand aus der Dunkelheit auf sie zustürzte. Bevor sie noch fliehen konnte, hatte dieser Jemand sie von hinten gepackt und hielt sie fest. Eisern umklammerten sie seine langen Arme, so dass sie sich nicht mehr rühren konnte. Sie wollte um Hilfe rufen, aber die Stimme versagte ihr. Der Mann wollte sie erwürgen. Masako wand sich in dem Versuch zu entkommen, aber sie bekam ihre Glieder nicht frei. Die hilflose Ungeduld verdoppelte ihre Angst, und im Traum brach ihr der kalte Schweiß aus allen Poren. Schließlich gelang es dem Mann, seine Hände um ihren Hals zu legen. Masako erstarrte vor Angst. Aber die Wärme seiner Hände, die immer fester zudrückten, sein keuchender Atem, der ihren Nacken streifte, weckten in Masako allmählich das dunkle Verlangen, sich einfach der übermächtigen Kraft hinzugeben und erwürgen zu lassen. Im selben Augenblick, als befände sie sich plötzlich im schwerelosen Raum, war die Angst verschwunden, und stattdessen überkam sie ein unglaubliches Gefühl der Lust. Vor Überraschung und Freude entfuhr ihr ein Schrei.

Masako wachte auf. Sie drehte sich auf den Rücken und fasste sich ans Herz. Es klopfte immer noch wie wild. Sie hatte zwar schon öfter feuchte Träume gehabt, aber Lust, die mit Angst gekoppelt war, empfand sie zum ersten Mal. Masako blieb im Dunkeln liegen und spürte dem Traum noch einmal nach. Eine Zeit lang war sie unfähig, sich zu bewegen, da sie zu entdecken glaubte, was für Abgründe sich womöglich tief in ihrem Herzen auftaten.

Sie versuchte zu ergründen, wer der Mann im Traum überhaupt gewesen sein könnte, während sie sich daran erinnerte, wie es sich angefühlt hatte, als seine Arme ihren Körper umklammert hielten. Kenji war es nicht, denn er war ihr ja im Traum als Geist erschienen, der sie in die Angst hineingelockt hatte. Yoshiki auch nicht. Ihr Mann war kein einziges Mal brutal zu ihr gewesen. Und Kazuos Arme hatten sich anders angefühlt. Dann blieb nur noch der unsichtbare Fremde, der ihr in letzter Zeit Furcht einflößte, was sich vielleicht in diesem Traum ausgedrückt hatte. Aber dass extreme Angst mit sexueller Lust verbunden sein konnte! Das längst vergessen geglaubte Gefühl war so überwältigend, dass sie für eine Weile darin versank.

Masako stand auf und machte das Licht im Schlafzimmer an. Sie zog die Vorhänge zu und setzte sich an den Toilettentisch.

Als sie in den Spiegel schaute, sah sie eine Frau mit im Schein der Neonlampe schlechtem Teint, die ihr mürrisch entgegenstarrte. Ihr Gesicht hatte sich seit der Zerlegung von Kenjis Leiche verändert, das wusste sie nur zu gut. Die kleinen Falten zwischen den Augenbrauen waren tiefer und ihr Blick noch stechender geworden. Man hätte auch sagen können, sie sei gealtert. Ihre Lippen jedoch waren halb geöffnet und schienen einen Namen rufen zu wollen. Was war nur in letzter Zeit mit ihr los? Sie versteckte ihren Mund hinter der Hand. Doch das Leuchten in ihren Augen ließ sich nicht verbergen.

Plötzlich hörte sie ein Geräusch. Yoshiki oder Nobuki schien heimgekommen zu sein. Sie schaute auf den Wecker auf ihrem Nachttisch: Es war kurz vor acht. Sie fuhr sich kurz mit der Bürste durchs Haar, zog eine Strickjacke über und ging aus dem Zimmer. Im Bad lief die Waschmaschine. Offenbar war es Yoshiki, der nach Hause gekommen war. Seit einigen Jahren wusch er seine Unterwäsche selbst.

Masako klopfte an seine Tür. Sie bekam keine Antwort, also trat sie einfach ein. Noch im weißen Oberhemd, saß Yoshiki auf dem Bett und hörte über Kopfhörer Musik. Das Zimmer wirkte eng, da sie eine Doppelbetthälfte in den viereinhalb Matten kleinen Raum gestellt hatten. Mit den Bücherregalen und dem Schreibtisch, den Yoshiki noch hineingezwängt hatte, sah es aus wie bei einem Studenten, der zur Untermiete wohnt. Masako klopfte Yoshiki von hinten auf die Schulter. Erschrocken fuhr er herum und nahm die Kopfhörer ab. Als er Masako im Pyjama vor sich stehen sah, fragte er: »Was ist, fühlst du dich nicht wohl?«

»Nein, ich hab bloß verschlafen.« So kurz nach dem Aufstehen fröstelte Masako, und sie knöpfte sich die Strickjacke zu.

»Um acht Uhr abends verschlafen …«, sagte Yoshiki wie zu sich selbst, »irgendwie merkwürdig.«

Yoshiki war auf der Sonnenseite des Steins, also redete er von dieser Warte aus. Masako lehnte sich ans Zimmerfenster, das nach Norden wies. »Ja, merkwürdig ist es schon.«

Aus den Kopfhörern, die er aufs Bett gelegt hatte, drang klassische Musik. Ein Stück, das Masako nicht kannte.

»In letzter Zeit kochst du nicht mehr«, sagte Yoshiki, ohne ihr dabei in die Augen zu sehen.

»Nein.«

»Und warum nicht?«

»Weil ich mich dagegen entschieden habe.«

Noch fragte Yoshiki nicht weiter nach dem Grund. »Na ja, musst du wissen, mir ist das gleich. Aber wovon ernährst du dich?«

»Von dem, was gerade da ist, wie und wann ich Lust habe.«

»Und die Familie kann sehen, wo sie bleibt?«, sagte Yoshiki mit bitterem Grinsen.

»Ja«, antwortete sie ehrlich. »Tut mir Leid, aber ich finde, das sollte jeder von uns so machen, wie es ihm passt.«

»Warum?«

»Weil ich ein Wurm geworden bin. Ein Regenwurm, der faul in der Erde liegt.«

»Wenn du das kannst, meinetwegen.«

»Heißt das, als Frau kann man sich das leisten?«

»Hm, ja, vielleicht.«

»Du bist genauso dazu in der Lage.«

»Ich? Nein, unmöglich!« Yoshiki schaute ihr entgeistert ins Gesicht. »Wie kannst du nur so etwas sagen?«

»Sieh dich doch an, lebst du etwa nicht wie in einer Festung? Du gehst zur Arbeit, kommst zurück und machst, was dir passt, nichts anderes. Du könntest genauso gut zur Untermiete hier wohnen!« Masako machte eine wegwerfende Handbewegung durch das Zimmer ihres Mannes.

Sofort versuchte Yoshiki, das Gespräch zu beenden, das Thema schien ihm lästig zu sein. »Ist ja schon gut«, sagte er und griff nach den Kopfhörern.

Masako betrachtete den Mann, der vor ihr saß. Im Vergleich zu der Zeit, als sie sich kennen gelernt hatten, war sein Haar schütter und grau geworden. Er hatte an Gewicht verloren, und sein Körper roch ständig wie Bodensatz, aus dem sich aller Alkohol verflüchtigt hat. Doch stärker als diese äußerlichen Veränderungen störte Masako, dass seine Seele immer puritanischer zu werden trachtete.

Als sie geheiratet hatten, war Yoshiki ein Mensch mit dem festen Vorsatz gewesen, sich seine innere Freiheit und einen wachen Geist zu bewahren. Wenn sein Körper auch der Firma gehören mochte, war er, sobald er sie hinter sich gelassen hatte, ein herzensguter, liebenswerter Mann gewesen, der die noch unreife Masako geliebt hatte. Auch Masako hatte diesen Yoshiki gemocht und ihm vertraut.

Aber wenn ihn die Firma jetzt aus ihren Fängen ließ, wollte er auch von seiner Familie nichts mehr wissen, denn er war überzeugt, von Verderbtheit umzingelt zu sein. Und so konnten ihm weder die Firma noch seine berufstätige Frau das Gefühl von Freiheit vermitteln. Sein Sohn Nobuki hatte einen Irrweg eingeschlagen und war stehen geblieben. Je prinzipienstrenger Yoshiki wurde, umso mehr verstärkte sich offenbar seine Resignation all denen gegenüber, die ihm nicht zu folgen vermochten. Als logische Konsequenz daraus blieb ihm nur, sämtliche Beziehungen abzubrechen und zum Einsiedler zu werden – einen anderen Weg gab es nicht. Nur stand Masako nicht der Sinn danach, mit einem Eremiten zusammenzuleben. Und mit diesem Gedanken erinnerte sie sich an die Lust, die sie eben im Traum verspürt hatte.

Sie fasste sich ein Herz und fragte Yoshiki, der die Kopfhörer wieder aufgesetzt hatte: »Wieso schläfst du nicht mehr mit mir?«

»Wie bitte?« Yoshiki setzte die Kopfhörer ab.

»Warum verziehst du dich alleine hierher?«

»Tja… Wahrscheinlich, weil ich alleine sein will«, antwortete er mit Blick auf die Buchrücken der ordentlich im Regal aufgereihten Romane.

»Alleine sein will jeder einmal.«

»Ja, vielleicht.«

»Warum schläfst du nicht mehr mit mir?«

»Das ist doch ganz natürlich, dass das irgendwann aufhört.« Yoshiki wandte die Augen von ihr ab, ohne den entsetzten Ausdruck in seinem Gesicht verbergen zu können. »Und du hast auch immer so müde ausgesehen.«

»Ja, mag sein.« Masako versuchte sich an den Anlass zu erinnern, der sie vor vier, fünf Jahren dazu gebracht hatte, getrennte Schlafzimmer zu beziehen. Aber ihr fielen nur lauter Nebensächlichkeiten ein, an deren Einzelheiten sie sich nicht einmal mehr entsinnen konnte. Wahrscheinlich war es gerade die Anhäufung unbedeutender Kleinigkeiten gewesen, die sie beide so kaputt gemacht hatte.

»Es ist doch nicht nur der Sex, der eine Ehe zusammenhält.«

»Nein, aber du verweigerst dich ja auch allem anderen. Man könnte meinen, du fändest es schon schrecklich, überhaupt etwas mit mir oder Nobuki zu tun zu haben«, murmelte Masako, worauf Yoshiki unerwartet laut wurde.

»Aber du warst es doch, die unbedingt Nachtschicht machen wollte!«

»Was blieb mir denn übrig, es gab keine andere Stelle.«

»Du lügst.« Jetzt schaute Yoshiki sie unverwandt an. »Einen Job in der Buchhaltung hättest du überall kriegen können, jede kleine Firma braucht so jemanden. Nein, du warst verletzt, und da wolltest du ganz etwas anderes machen, um ja nicht noch einmal dasselbe erleben zu müssen, stimmt's?«

Natürlich hatte Yoshiki sie durchschaut, er war zu empfindsam, um so etwas zu übersehen. Und nicht nur das: Er wusste auch, dass sie beide sich gegenseitig verletzt hatten.

»Willst du damit sagen, dass alles kaputtgegangen ist, weil ich mich für die Nachtschicht entschieden habe?«

»Nein, das nicht, aber ich habe daraus geschlossen, dass wir wohl beide lieber alleine sein wollen, das gebe ich zu.«

Masako begriff, dass auch Yoshiki, genau wie sie selbst, eine neue Tür aufgemacht hatte. Traurig machte sie das nicht gerade, aber einsam. »Würde es dich überraschen, wenn ich von hier fortginge?«, unterbrach sie das entstandene Schweigen.

»Wenn es von einem Tag auf den anderen käme, vielleicht. Ich würde mir wahrscheinlich Sorgen machen.«

»Aber du würdest nicht nach mir suchen?«

Yoshiki überlegte eine Weile und schüttelte dann den Kopf: »Nein, wahrscheinlich nicht.« Damit hielt er das Gespräch offenbar für beendet, denn er widmete sich wieder der Musik aus dem Kopfhörer. Masako betrachtete noch eine Weile sein Profil. Sie beschloss, dieses Haus irgendwann zu verlassen. Das, was diesen Entschluss beförderte, befand sich direkt unter der Matratze, auf der sie eben noch gelegen hatte, in dem Kasten mit Bettzeug. Fünf Millionen Yen in bar.

Als sie leise die Tür öffnete, um aus Yoshikis Zimmer zu gehen, entdeckte sie draußen auf dem dunklen Flur Nobuki. Sie musste ihn überrascht haben, denn er sah sie mit Panik im Blick an, blieb aber wie angewurzelt stehen. Masako zog die Tür hinter sich ins Schloss.

»Hast du zugehört?«

Nobuki antwortete nicht, sondern schlug verwirrt die Augen nieder.

»Du bildest dir wohl ein, immer bloß einfach schweigen zu können, wenn dir etwas nicht in den Kram passt. Aber damit wirst du nicht durchkommen.«

Nobuki blieb stumm wie ein Fisch. Masako sah zu ihrem Sohn auf, der sie um einiges überragte. Dieser Sohn, dessen Körpermaße es ihr heute schier unglaublich erscheinen ließen, dass er einmal in ihrem Bauch gewesen sein und sie ihn geboren haben sollte. Für den sie bis jetzt gesorgt hatte und den sie schon bald verlassen würde.

»Ich werde wahrscheinlich ausziehen. Aber ich denke, du bist mittlerweile erwachsen genug. Mach, was du für richtig hältst. Wenn du weiter zur Schule willst, tu das, wenn du hier ausziehen möchtest, auch gut. Es ist deine Entscheidung, mach das mit dir aus, und gib mir Bescheid, was du zu tun gedenkst.«

Masako starrte noch eine ganze Weile auf die hohlen Wangen ihres Sohnes, aber er gab keine Antwort, nur seine Lippen zitterten leicht. Als sie sich schließlich auf dem Absatz umdrehte, zischte er ihr mit einer nach überstandenem Stimmbruch fremd klingenden Stimme hinterher: »Schleim dich bloß nicht an, Alte!«

Es war das zweite Mal in diesem Jahr, dass sie Nobukis Stimme hörte, die sich inzwischen weiter in die eines erwachsenen Mannes verwandelt hatte. Masako drehte sich um und schaute ihrem Sohn ins Gesicht. Tränen standen ihm in den Augen. Als sie ihn ansprechen wollte, zog er wütend die Schultern hoch und rannte in den ersten Stock hinauf. Es sprengte ihr fast die Brust. Aber Masako wollte den Weg zurück nicht finden.

Nach langer Zeit wieder fuhr Masako auf dem Weg zur Arbeit bei Yayoi vorbei.

Welke Blätter segelten mit angenehmem Rascheln gegen die Windschutzscheibe. Ein kühler Wind war aufgekommen. Ihr wurde kalt, und als sie gerade das Fenster hochkurbeln wollte, verirrte sich von irgendwoher eine einsame Fliege ins düstere Wageninnere. Das erinnerte sie an die Nacht, als sie von Yayois Notlage erfahren und während der Fahrt hier im Auto hin- und herüberlegt hatte, ob sie ihr helfen sollte oder nicht. Durch das offene Wagenfenster war der Duft blühender Gardenien hereingeschwappt und hatte sich sofort wieder verflüchtigt. Das war erst diesen Sommer gewesen, aber es erschien ihr wie vor vielen, vielen Jahren.

Aus dem stockdunklen hinteren Teil des Wagens hörte sie ein Geräusch. Obwohl sie wusste, dass es nur der Straßenatlas gewesen sein konnte, der vom Rücksitz gerutscht war, kam es ihr unweigerlich so vor, als ob Kenji sich mit ihr auf den Weg zu Yayoi gemacht hätte.

»Willst du mitfahren?«, fragte sie ihn ins Dunkel hinein. In ihren Träumen war ihr Kenji längst vertraut geworden. Masako wollte sich die Frau näher ansehen, die sich Yōko Morisaki nannte und zu Yayoi ins Haus kam, um auf die Kinder aufzupassen.

Wie damals, als sie die Leiche abgeholt hatte, fuhr Masako in die kleine Gasse hinein bis vor Yayois Haus. Sie klingelte. Durch die zugezogenen Vorhänge des Wohnzimmerfensters drang warmes, gelbes Licht. Mit einer Stimme, der man den Schrecken anhörte, meldete sich Yayoi an der Gegensprechanlage.

»Ich bin's, Masako Katori. Entschuldige, dass ich so spät noch vorbeischaue.«

Yayoi schien überrascht zu sein. Sofort hörte man ihre Schritte auf dem Flur näher kommen. »Was ist los? Wieso kommst du um diese Zeit?«, sagte sie, als sie die Haustür öffnete. Anscheinend war sie gerade im Bad gewesen, denn nasse Haarsträhnen fielen ihr in die Stirn.

»Kann ich reinkommen?« Masako trat in den engen Eingang und zog die Haustür hinter sich zu. Ihre Augen wanderten reflexartig auf den Stufenabsatz zum Wohnbereich – der Platz, an dem Kenji gestorben war. Yayoi verstand die Bedeutung ihres Blicks und schlug hastig die Augen nieder.

»Aber ich kann jetzt noch nicht los.«

»Das weiß ich. Es ist auch erst zehn. Ich muss nur kurz mit dir reden«, sagte Masako, und Yayoi machte ein Gesicht, als rüste sie sich zum Kampf; wahrscheinlich fühlte sie sich an das Wortgefecht in der Fabrik erinnert.

»Worüber denn?«

»Wann kommt diese Frau Morisaki?« Masako spitzte die Ohren nach irgendwelchen Geräuschen aus dem Wohnzimmer, aber außer den Fernsehnachrichten war nichts zu hören, also schliefen die Kinder vielleicht schon.

»Nun ja, das...« Yayois Miene verfinsterte sich. »Sie kommt nicht mehr.«

»Wieso?« Unsagbare Beklommenheit erfasste Masakos Brust.

»Vor etwa einer Woche kam sie plötzlich und sagte, sie müsse unerwartet nach Hause zurück, in ihr Heimatdorf. Ich war ganz perplex und habe versucht, sie zurückzuhalten, aber sie meinte, es ginge nun mal nicht anders. Die Kinder waren natürlich enttäuscht, sie selbst war auch den Tränen nahe...«

»Wo ist denn ihr Heimatdorf?«

»Das wollte sie ja eben nicht sagen.« Die Verletzung stand Yayoi im Gesicht geschrieben, und sie tat nichts, um sie zu verbergen. »Dabei dachte ich, wir wären so gute Freundinnen geworden! Sie würde sich wieder melden, hat sie nur gesagt.«

»Wie kam es denn eigentlich dazu, dass sie hier ein- und ausging, Yama-chan?«

Auf Masakos Frage hin begann Yayoi stockend zu erzählen, wie sich alles im Einzelnen abgespielt hatte. Ihr Bericht bestärkte Masako in der Überzeugung, dass diese Frau Morisaki hier aufgetaucht war, um Nachforschungen anzustellen. Als sie nichts weiter sagte und ins Grübeln verfiel, fragte Yayoi verwundert: »Wieso beunruhigt dich das so, Masako? Wenn du mich fragst, ich glaube, du denkst zu viel.«

»Ich weiß es zwar noch nicht mit Sicherheit, aber ich glaube, wir werden ausspioniert. Du solltest dich besser in Acht nehmen«, sagte Masako schließlich.

»Wie meinst du das? Wer sollte uns ausspionieren? Und warum?«, rief Yayoi erschrocken. Aus den nassen Haaren lief ihr das Wasser in Rinnsalen übers Gesicht, aber das schien sie nicht einmal zu bemerken. »Denkst du, es ist die Polizei?«

»Nein, das glaube ich nicht.«

»Ja, wer denn dann?«

»Das weiß ich eben nicht!« Masako schüttelte den Kopf. »Deswegen habe ich ja so ein ungutes Gefühl.«

»Und du denkst, sie gehört dazu? Frau Morisaki, meine ich?«

»Ja, vielleicht.«

Es würde wenig Zweck haben, in ihrer Wohnung nachzusehen, da sie sie wahrscheinlich längst geräumt hatte. Aber sie waren so weit gegangen, ein Apartment zu mieten, um Yayoi auszuschnüffeln, und das hatte Geld gekostet. Allein die Tatsache, dass sie bereit waren, Geld auszugeben, machte die Angelegenheit für Masako in höchstem Maße unheimlich.

»Nachforschungen von der Versicherung vielleicht?«

»Aber du sagtest doch, es sei schon entschieden, dass dir die Summe ausbezahlt wird!«

»Ja, schon. Das Geld soll nächste Woche überwiesen werden.«

»Weiß sie davon?« Masako legte den Kopf schief.

Yayoi rieb sich die Arme, als wäre ihr kalt. »Jemand hat es auf mich abgesehen. Was soll ich denn jetzt machen?«

»Das kommt davon, dass du im Fernsehen warst. Du bist zu bekannt geworden. Ich halte es jetzt für besser, wenn du nicht mehr in die Fabrik kommst. Du solltest dich von nun an möglichst still und unauffällig verhalten.«

»Meinst du wirklich?« Yayoi blickte kurz zu Masako auf. Dann, aus Erleichterung vielleicht, rutschte es ihr heraus: »Aber wenn ich nicht mehr zur Nachtschicht erscheine, denken dann die anderen nicht sofort, dass ich zu Geld gekommen bin?«

Ja, hatte sie denn die ganze Zeit nur so getan, als bliebe alles beim Alten, aus Furcht, Yoshië und Kuniko könnten Wind von der Versicherung bekommen? Masako sah Yayoi entgeistert an. Seit dem Mord an Kenji war eine berechnende Seite an ihr zum Vorschein gekommen, die sie vorher nicht gehabt hatte. »Kümmer dich nicht um sie. Zum Fürchten sind die beiden ja schließlich nicht gerade.«

»Da hast du auch wieder Recht.« Yayoi nickte, aber ihre Augen blickten Masako zweifelnd an, so als läge ihr die Frage auf der Zunge: Und was ist mit dir, kann ich mich denn auf dich verlassen?

Masako kam ihr zuvor: »Ich werde schon nichts verraten.«

»Nein, natürlich nicht. Ich habe dir schließlich zwei Millionen gezahlt«, erwiderte Yayoi in abgeklärtem Tonfall. Masako spürte, dass sie ihr die Auseinandersetzung vor einiger Zeit in der Fabrik immer noch übel nahm.

»Ja. Ein guter Lohn für die Zerlegung deines Gatten.« Damit betrachtete Masako den Besuch für beendet und hob die Hand. »Ich mach mich mal wieder auf den Weg.«

»Danke, dass du dich extra herbemüht hast.«

Als sie wieder draußen im Wagen saß und die Fahrertür schon zugeschlagen hatte, kam Yayoi ihr hinterhergelaufen. Masako öffnete ihr die Beifahrertür.

»Ich wollte dich immer noch etwas fragen.« Yayoi stieg ein, wobei sie sich die nassen Haare, die sich in der Außenluft wohl kalt anfühlten, mit beiden Händen an den Kopf strich. Der Duft nach Haarspülung für junge Mädchen erfüllte das Wageninnere.

»Was denn?«

»Was hast du letztens in der Fabrik gemeint, als du von ›Arbeit‹ gesprochen hast? Dass du wieder eine Leiche zerstückelt hast?«

»Darüber werde ich mit dir nicht reden.« Masako ließ den Wagen an. Das Motorengeräusch hallte durch die stille Wohnstraße.

»Warum nicht?« Gekränkt durch die Zurückweisung, fuhr Yayoi zusammen und biss sich auf die wohlgeformten Lippen. Sie sah Masako nicht an, sondern stierte auf die Windschutzscheibe, wo einige welke Blätter zwischen den nicht ganz akkurat eingefahrenen Scheibenwischern klemmten.

»Weil ich nicht will.«

»Wieso? Was soll das heißen?«

»Dass es das Dümmste wäre, was ich tun könnte, es einer wehrlosen Frau wie dir auf die Nase zu binden.«

Yayoi sagte nichts weiter, öffnete die Wagentür und stieg aus. Ohne ihr nachzusehen, legte Masako den Rückwärtsgang ein und setzte aus der engen Straße heraus. Mit lautem Knall fiel die Haustür hinter der wütenden Yayoi ins Schloss.

2

Kuniko kroch am späten Nachmittag aus den Federn und schaltete als Erstes den Fernseher ein. Dann aß sie das Lunchpaket aus der Fabrik, das sie sich im 24-Stunden-Laden um die Ecke besorgt hatte.

Rippchen auf koreanische Art – eindeutig vom Band nebenan hergestellt. So, wie das Fleisch aufgegeben war, konnte es nur eine Neue gewesen sein, freute sich Kuniko. Anfänger hatten Schwierigkeiten, der Bandgeschwindigkeit zu folgen, deshalb blieb ihnen oft keine Zeit, die Fleischscheiben aufzufächern. Das war der Grund, warum Kuniko in ihrem Lunchpaket eine viel größere Portion ineinander gedrehter Rindfleischscheiben als üblich vorfand.

Heute musste ihr Glückstag sein, das zeigte allein schon die Tatsache, dass sie dieses Lunchpaket erwischt hatte. Bester Laune zählte Kuniko die Fleischscheiben: ganze elf Stück. Tja, da hatte der gute Nakayama wohl nicht gründlich genug gemeckert, lachte sie sich ins Fäustchen. An Tagen, an denen die Meisterin das »Fleischglätten« übernommen hatte, war jede Portion Reis mit exakt sechs, fein säuberlich aufgefächerten Rippenscheiben abgedeckt.

Apropos Yoshiё: Sie schien ja in letzter Zeit direkt aus dem Vollen zu schöpfen, und das ließ Kuniko keine Ruhe. Plötzlich faselte sie davon, ihre Tochter aufs College zu schicken, und dass sie auf der Suche nach einer neuen Wohnung sei. Von den läppischen fünfhunderttausend, die sie von Yayoi bekommen hatte, konnte man sich beides unmöglich leisten. Wenn's hoch kam, würde man davon mit Ach und Krach umziehen können.

Ob sie doch etwas gespart hatte? Nein, schüttelte Kuniko den Kopf, vollkommen unmöglich. Sie wusste, wie Yoshiё immer hatte knapsen müssen. Da war es ja noch besser, tot zu sein, als in solch bitterer Armut zu leben, fand Kuniko, die insgeheim auf Yoshiё heruntersah. Nein, irgendetwas stimmte da nicht. Kuniko, die nur wenn es um Geld ging einen ausgezeichneten Riecher hatte, legte den Kopf schief.

Die Fantasie beflügelte ihren Argwohn. Womöglich hatte Yayoi Yoshiё heimlich mehr als die vereinbarten fünfhunderttausend zugesteckt. Als diese fixe Idee einmal in ihrem Kopf war, gab es kein Halten mehr. Kuniko, der das Glück anderer grundsätzlich ein Dorn im Auge war, fühlte sich benachteiligt, und das stachelte ihre Einbildungskraft einmal mehr an. Sie beschloss, Yoshiё, nein, Yayoi gehörig in die Mangel zu nehmen, wenn sie sie gleich in der Fabrik treffen würde. Mit aller Kraft brach sie die Wegwerfstäbchen, die ihre Schuldigkeit getan hatten, entzwei und schmiss sie in die leere Schachtel.

Von ihrem Geld waren noch ungefähr hundertachtzigtausend übrig. Kuniko grinste zufrieden, als sie daran dachte. Von dem

Rest hatte sie die Zinsen ihrer verschiedenen Kredite bezahlt und sich eine rote Lederjacke, einen schwarzen Rock und einen violetten Pullover gekauft. Stiefel hätte sie eigentlich auch gerne gehabt, aber diesem Wunsch hatte sie heroisch widerstanden und sich stattdessen ein paar Kosmetikartikel zugelegt. Trotzdem waren noch hundertachtzigtausend übrig geblieben. Was konnte schöner sein? Ein Glück auch, dass die Zahlungen an Jūmonji nun wegfielen, das kam ihr wie gerufen.

Kuniko interessierte es nicht die Bohne, warum Jūmonji das bewusste Geheimnis hatte erfahren wollen und wofür er dieses Wissen verwendet hatte. Solange sie selbst aus der Schusslinie blieb, war ihr das schnurzpiepegal. Bisweilen hatte sie es mit der Angst zu tun bekommen, ob sie nicht auch verhaftet werden würde, falls das Geheimnis ans Licht käme, doch inzwischen, seit dieser Inspektor sich kein einziges Mal mehr hatte blicken lassen, kümmerte sie das nicht mehr.

Für Kuniko war die Zerstückelung Kenjis längst ferne Vergangenheit. Sobald sie diese Sache aber für sich nutzen konnte, war sie ohne Skrupel bereit, genau das zu tun, ob es nun darum ging, jemanden unter Druck zu setzen, zu erpressen, oder was auch immer. Alles andere interessierte sie nicht.

Kuniko warf die Lunchpaketschachtel in den Mülleimer, wusch sich durchs Gesicht und begann, sich vor dem Spiegel für die Fabrik zu schminken. Sie riss den frisch erstandenen Lippenstift aus der Verpackung und trug ihn auf. Ein Braunton aus den aktuellen Herbstfarben. Sie hatte sich auf Empfehlung der Verkäuferin dafür entschieden, aber der dicken, hellhäutigen Kuniko stand er nicht, er machte ihr Gesicht blass und düster. Die Lippen sprangen zu sehr hervor. »Er steht Ihnen wirklich gut«, hatte die Verkäuferin sich bei ihr eingeschmeichelt, als sie ihn im Laden ausprobiert hatte. Zu dumm aber auch, dass sie sich hatte beschwatzen lassen! Immerhin viertausendfünfhundert Yen hatte sie in der Parfümerie gelassen.

Kuniko bereute ihren Kauf. Für diese Farbe hätte es auch ein billiger Lippenstift für achthundert Yen aus dem Supermarkt getan. Sie ärgerte sich maßlos. Aber da kam ihr der Gedanke, dass ihr der Lippenstift vielleicht stehen könnte, wenn sie eine andere Foundation wählte. Besessen von dieser Idee, schlug sie hastig das

Make-up-Special einer Frauenzeitschrift auf und vertiefte sich in die Seiten. Ja, genau: Sie würde sich neue Foundation kaufen, und auch gleich ein Paar neue Stiefel, nahm sie sich vor.

Um ihre Begierde zu befriedigen, kaufte sie ein, und die eingekauften Waren erzeugten immer neue Konsumwünsche, bis der Inhalt ihres Lebens nur noch aus Hinterherlaufen bestand: ein endloses Fangenspielen, in dem Kuniko sich verlor.

Als sie sich fertig geschminkt hatte, zog sie den neuen violetten Pullover über und probierte dazu den schwarzen Rock. Wenn sie darunter eine schwarze Strumpfhose trug, wirkte sie wesentlich schlanker als sonst, fiel ihr auf. Mit Hingabe posierte Kuniko eine Weile vor dem Spiegel, bis etwas tief im Innern ihr plötzlich einen Stich versetzte.

Ein Mann, sie wollte einen Mann! Wann hatte sie das letzte Mal Sex gehabt? Kuniko griff hastig nach dem kleinen Kalender von Mister Minit. Tetsuya war Ende Juli abgehauen. Seitdem, das hieß also, seit über drei Monaten war nichts mehr gelaufen. Mit einem Mann zusammen zu sein, selbst wenn er so blöd war wie Tetsuya, hatte durchaus seine Vorteile gehabt. Plötzlich zu Tode betrübt, warf sich Kuniko, angezogen wie sie war, auf das mit Kleidungsstücken übersäte Bett.

Jetzt hatte sie sich extra so schick gemacht, da wollte sie auch von irgendjemandem Komplimente bekommen. Sie wollte umarmt, sie wollte genommen werden. Natürlich nicht von einer Witzfigur wie Tetsuya, sondern von einem richtigen, starken Mann. Das konnte ein Grabscher sein oder irgendein dahergelaufener Kerl für eine Nacht, egal, Hauptsache ein richtiger Mann. Rasend schnell schwoll Kunikos Lust ins Unermessliche und machte ihr schwer zu schaffen.

Kaum hatte sie ihre Konsumwünsche einigermaßen befriedigt, quälten sie nun diese Gelüste. Und auf dieselbe Weise, wie ihre ungezügelte Fantasie eine Menge widersinnigen Argwohn erzeugte oder der Kauf eines Artikels sie zu immer neuen Konsumwünschen verführte, blähte sich bei Kuniko auch die Fleischeslust zu unguten Ausmaßen auf.

Sie musste an Kazuo Miyamori denken. Er schien zwar etwas jünger zu sein als sie, aber das hübsche Halbblut gefiel Kuniko schon seit längerem. Seine Figur war auch nicht zu verachten.

Und als sie ihm vor kurzem mit Yoshië zusammen die Kuverts mit dem Geld von Yayoi anvertraut hatte, war er doch ganz locker und freundlich gewesen. Er wohnte im Wohnheim mit einem Zimmerkameraden zusammen, also – davon war Kuniko felsenfest überzeugt – musste er ja geradezu nach einer Frau lechzen. Sie beschloss, Kazuo anzusprechen, wenn sie ihm heute Nacht in der Fabrik begegnete. Ja genau, das würde sie tun. Kuniko, die sich immer rasch erholte, solange sie noch Geld in der Tasche hatte, erhob sich frischen Mutes vom Bett.

Kuniko schloss die Wagentür auf. Die rote Lederjacke trug sie über dem Arm, um den violetten Pullover auch zur Geltung kommen zu lassen. Heute wollte sie mit geschlossenem Verdeck fahren, damit ihre Frisur, mit der sie sich so viel Mühe gegeben hatte, nicht durcheinander geriet.

Ihre einzige Sorge war, auf dem Fabrikparkplatz Masako in die Arme zu laufen. In letzter Zeit war ihr schon der Anblick von Masakos Gesicht zuwider, so dass sie alles unternahm, um nicht ans gleiche Band zu kommen. Dazu musste sie aber unbedingt etwas früher als Masako in der Fabrik sein. Kuniko trat aufs Gas und brauste mit quietschenden Reifen vom Parkplatz der Mietskaserne.

Als sie auf den Fabrikparkplatz auffuhr, sah sie einen Wächter neben dem Wachhäuschen stehen.

Er trug eine dunkelblaue Uniform, hatte einen Schlagstock umgebunden, und um seinen Hals hing eine große Taschenlampe. Masako hatte leider Recht gehabt: Jetzt, wo ein Wächter da war, standen die Chancen schlecht, dem Grabscher über den Weg zu laufen, stellte Kuniko bedauernd fest und stieg aus ihrem Golf. Sie schloss die Wagentür ab und blickte missmutig in Richtung des Mannes.

»Guten Abend!«, grüßte er sie und verbeugte sich. Seine guten Manieren gefielen ihr, und sie schaute ihn sich genauer an. Im Vergleich zu dem Nachtwächter von der Fabrik, einem Mann im Rentenalter, sah dieser Wachmann bedeutend jünger aus. Er war kräftig gebaut, und die Uniform stand ihm ungemein gut. Sein Gesicht konnte sie in der Dunkelheit des Parkplatzes schlecht erkennen, aber sie hatte das Gefühl, dass er ihr gefallen könnte. Freudig erregt grüßte sie zurück: »Einen schönen Guten Morgen!«

Dem Wachmann schienen die hiesigen Grußgewohnheiten noch fremd zu sein, denn er schaute für einen Augenblick ratlos drein. »Sie wollen zur Fabrik, nicht wahr?«

»Ja, sicher.«

»Gut, dann werde ich Sie begleiten«, sagte der Wachmann leichthin und kam auf Kuniko zu. Seine tiefe Stimme klang ruhig und sanft.

In kokettem, schrillem Ton fragte sie zurück: »Ja, wirklich? Macht das auch keine Umstände?«

»Nein, im Gegenteil: Es gehört zu meiner Aufgabe, Sie ein Stück des Weges zu begleiten.«

»Wollen Sie uns denn alle einzeln zur Fabrik bringen?«

»Ja. Aber nur etwa die halbe Strecke, bitte haben Sie Verständnis. Mir wurde gesagt, hinter der Ruine der alten Fabrik sei es dann hell genug.«

Aus dem Wachhäuschen fiel Licht auf die eine Hälfte seines ihr zugewandten Gesichts. Obwohl seine Züge ihr nicht eben ungewöhnlich erschienen, gehörte der Wächter – unter anderem durch seine vollen Lippen, die er zusammenpresste, was Vertrauen erweckend wirkte – für Kuniko doch zu einer Sorte Mann, der sie noch nie zuvor begegnet war. Aber was das für eine Sorte war, vermochte ihr Verstand unmöglich einzuordnen.

»Gut, dann begleiten Sie mich bitte.« Was für ein Glück, dass ich meine neuen Sachen angezogen habe, dachte Kuniko. Außerdem hatte sie sich heute besonders sorgfältig geschminkt, da sollte sie besser aussehen als sonst. Mit dem Vorgefühl im Herzen, dass irgendetwas passieren würde, wartete sie am Ende des Parkplatzes, bis der Wächter die Taschenlampe aus der Halterung vor seiner Brust genommen und ihren Schein auf den Weg vor ihren Füßen gerichtet hatte. Ein rundes, mit Kies übersätes Stück Boden leuchtete ihr hell entgegen. Als gingen sie zusammen auf Entdeckungsreise, stolzierte Kuniko aufgeregt an der Seite des Wachmanns den nächtlichen Weg entlang.

»War das vorhin Ihr eigenes Auto?«, sprach der Wächter sie in munterem Ton an, als habe er sich von ihrer Laune anstecken lassen.

»Ja.«

»Schicker Wagen«, bemerkte er daraufhin bewundernd.

»Vielen Dank!«, lachte Kuniko geschmeichelt und vergaß vollkommen, dass sie die Raten für den Golf noch ganze drei Jahre würde abstottern müssen.

»Wie lange fahren Sie ihn schon?«

Die Unterhaltung begann Kuniko Spaß zu machen; es war, als würde sie mit einem jungen Mann plaudern. »Jetzt im dritten Jahr. Aber es ist so teuer. Wegen dem, ach, wie sagt man noch, dem Benzin, wissen Sie …«

»Dem Treibstoffverbrauch?«

»Ja genau, das war der Ausdruck, den ich gesucht habe!« Wie zufällig griff Kuniko nach dem Arm des Wächters. Die Berührung des muskulösen Männerarms versetzte ihr einen Stich ins Herz.

»Wie viel verbraucht er denn so auf hundert Kilometer?«

»Tja, das weiß ich gar nicht so genau, aber der Mann von der Tankstelle sagt, er frisst eine ganze Menge.«

»Ah ja. Außerdem lässt sich dieses Modell doch so schwer lenken, nicht wahr?«

»Ja, das stimmt. Sie wissen aber gut Bescheid!« Mit strahlendem Lächeln fragte sie: »Sind Sie ihn schon einmal gefahren?«

Der Mann lachte bitter auf: »Ach, wo denken Sie hin – einen ausländischen Wagen!« Dann verlangsamte er seinen Schritt und blieb auf Höhe der stillgelegten Fabrik stehen. Sonst war ihr die Ruine links vom Weg immer unheimlich, aber heute kam sie ihr vor wie ein verwunschenes Spukschloss in einem Märchenpark, das zu Abenteuern einlud.

»So, da wären wir.«

Schade, dachte Kuniko enttäuscht, war das etwa schon alles?

»Auf Wiedersehen, passen Sie hübsch auf sich auf, und arbeiten Sie schön«, sagte der Wachmann, während er sich vor ihr verbeugte.

»Ja, werde ich machen«, flötete Kuniko artig und war glücklich bei dem Gedanken, einen neuen Grund zur Freude entdeckt zu haben. Kuniko nahm sich aus lauter Begeisterung vor, die Stiefel und dazu ein passendes neues Kostüm zu kaufen. Als Farbe kam natürlich nur Schwarz in Frage, weil es sie schlank machte. Ihre ausgelassene Stimmung dauerte noch an, als sie die Fabrik erreichte, und beim Anblick von Kazuo Miyamori tat ihr Herz nicht einmal einen kleinen Hüpfer.

Vor sich hin summend, zog sie sich ihre schmutzige Arbeitskleidung an, die langsam mal wieder eine Wäsche nötig hatte. Da kam Yoshië. Sie trug ihre schäbige Jersey-Hose und einen schwarzen Pullover, aber Kunikos scharfe Augen hatten sofort die neue Silberbrosche entdeckt, die an ihrer Brust prangte. Sie schätzte den Preis: Fünftausend Yen würde man für so etwas schon ausgeben müssen. Für Yoshië der reinste Luxus.

»Bist du aber früh.« Yoshië zog sofort ein Gesicht, als sie Kuniko erblickte.

Die schäumte zwar innerlich vor Wut, vergaß aber nach außen hin nicht, der älteren Kollegin gute Manieren vorzuspielen: »Einen schönen Guten Morgen!«, grüßte sie höflich, bevor sie schnell das Kompliment nachsetzte: »Eine schicke Brosche hast du da, Meisterin!«

»Ach, das.« Yoshië strahlte übers ganze Gesicht. »Die musste ich mir einfach kaufen! So eine hab ich mir schon immer gewünscht, konnte sie mir aber nie leisten, weißt du. Ich hab lange geschwankt, ob ich mir nicht besser eine neue Dauerwelle machen lassen sollte, aber dann hab ich mich doch für die Brosche hier entschieden. Ich bin schließlich auch nur eine Frau, hab ich mir gesagt!«

»Hast du sie von dem – du weißt schon – Geld gekauft?«, fragte Kuniko mit gedämpfter Stimme.

Yoshië wurde rot. »Ja, wieso? Ist das nicht in Ordnung?«

»Doch, doch, ich meine ja nur.« Mit scheinbar gleichgültiger Miene zog Kuniko sich zu Ende um. Bald würde Masako kommen. Die Frage, die sie sich vorgenommen hatte, musste sie unbedingt noch vorher loswerden. »Um noch mal auf das Geld von Yamamoto-san zurückzukommen, Meisterin …«

Yoshië sah sich vorsichtig um, schob sich dann nahe vor Kunikos dickes Gesicht und zischte leise: »Und, was soll damit sein?«

»Ja, also: Hast du wirklich die gleiche Summe bekommen wie ich?«

»Was willst du damit sagen?«, entgegnete Yoshië aufgebracht.

Kuniko ließ sich nicht aus der Ruhe bringen, sondern rettete sich in einen Vorwand: »Nichts, ich frag mich nur, ob ich das annehmen kann, wo ich doch nur so wenig geleistet habe. Und wenn ich jetzt dasselbe bekommen habe wie du, Meisterin, ist das doch eigentlich ungerecht dir gegenüber. Masako-san hat schließlich am Anfang nur von hunderttausend Yen für mich gesprochen.«

»Ist schon in Ordnung«, sagte Yoshië und klopfte ihr auf die feisten Schultern, »wir sitzen schließlich alle im selben Boot.«

»Dann hast du also wirklich auch nur fünfhunderttausend bekommen?«

»Ja, fünfhunderttausend, ehrlich.« Yoshië nickte, vermied es aber, Kuniko dabei in die Augen zu sehen.

Sie log! Kuniko ließ nicht locker: »Also genau so viel wie ich. Aber wieso kannst du dir dann solchen Luxus leisten?«

»Ich leiste mir überhaupt keinen Luxus! Was redest du denn da!«, rief Yoshië entgeistert.

»Ah ja? Irgendwie kommt es mir so vor, als hättest du einiges mehr eingestrichen.«

»Selbst, wenn es so wäre, ginge dich das gar nichts an!«

»Tatsächlich?«, sagte Kuniko gehässig und starrte ungeniert auf Yoshiës Brosche.

Hilfe suchend schaute Yoshië vom Umkleideraum Richtung Aufenthaltsraum. Erleichterung erschien auf ihrem Gesicht, denn im selben Moment war Masako hereingekommen. Sie war ausnahmsweise einmal ordentlich angezogen und trug einen eng anliegenden schwarzen Pullover zu schwarzen Hosen.

»Ja, ist es denn die Möglichkeit? Sie hat doch tatsächlich auch etwas Frauliches im Schrank!«, sagte Kuniko laut und vernehmlich. Doch Masako schien es nicht mitbekommen zu haben, denn ohne sie beide zu bemerken, zündete sie sich vor dem Aschenbecher beim Getränkeautomaten eine Zigarette an. Die Miene sorgenvoll verzogen, starrte sie auf die mit Graffiti voll geschmierte Wand vor sich und kostete die Zigarette bis zum letzten Zug aus. Kuniko stierte sie hasserfüllt an. Die schwarzen Sachen hatte sie noch nie an ihr gesehen. Ja, hatte Masako sie womöglich ebenfalls belogen, als sie behauptet hatte, kein Geld von Yayoi angenommen zu haben? Ob sie denn von allen beiden betrogen worden war? Aber was nutzte es, gegen Masako kam sie sowieso nicht an.

»Ich geh schon mal.« Mit dem Kochmützchen in der Hand beeilte sich Kuniko, aus dem Umkleideraum zu kommen. Während Masako unverändert an die Wand starrte, schlich Kuniko sich unbemerkt hinter ihrem Rücken vorbei auf den Flur hinaus. Als

Nächstes wollte sie sich Yayoi vorknöpfen. Sie würde nicht eher Ruhe geben, bis sie ein Geständnis aus ihr herausgeholt hatte.

Aber so lange sie auch wartete, Yayoi ließ sich einfach nicht blicken. Sie blieb trotzdem bei der Stechuhr stehen und behielt unverdrossen den Eingang im Auge, als sie plötzlich das Gefühl bekam, jemand stünde hinter ihr.

»Yama-chan kommt nicht mehr.« Es war Masako, die mittlerweile ihre Arbeitskleidung anhatte.

»Ach, du bist's. Schön, dich zu sehen.«

»Spar dir dein Gesülze.« Masako schob Kuniko beiseite, zückte ihre Stechkarte und stempelte sie ab.

»Äh, wie hast du das denn gerade gemeint, Yama-chan kommt nicht mehr – heißt das, sie kommt nie mehr?«, fragte Kuniko, während sie daran dachte, dass sie unbedingt etwas gegen die nervöse Unsicherheit unternehmen musste, die sie in Masakos Gegenwart immer befiel.

»Du hast es erfasst.«

»Aber warum denn nicht?«

»Tja, sie wird es satt haben, sich von dir erpressen zu lassen«, sagte Masako, wobei sie eilig ihre ausgetretenen Stan-Smiths aus dem Schuhschrank nahm, die ganz braun waren vom Fett und der klebrigen Bratensoße auf dem Fabrikboden.

»Unverschämtheit, wie du mich hier verleumdest! Ich habe lediglich …«

Masako fuhr herum und brüllte sie an: »Hör endlich auf, Kuniko!« Ihre Augen blitzten wie Rasierklingen, an denen man sich bei der kleinsten Berührung schnitt. Vor Schreck blieb Kuniko wie versteinert stehen.

»Was willst du … womit soll ich aufhören?«

»Du hast fünfhunderttausend von Yama-chan eingesackt, Jūmonji hat dir sämtliche Schulden erlassen – was willst du noch?«

Kuniko fiel die Kinnlade herunter. Masako wusste also längst, dass sie Jūmonji alles verraten hatte. »Woher weißt du das?«

»Jūmonji hat's ausgespuckt. Du bist wirklich die blödeste, nichtsnutzigste, niederträchtigste Person, die ich kenne!«

So ähnlich hatte Masako sie doch schon einmal beschimpft! Kuniko platzten vor Empörung fast die feisten Backen: »So eine Unverschämtheit …!«

»Wenn hier einer unverschämt ist, dann bist du das!« Masako stieß ihr mit Wucht den Ellbogen in die Schulter. Kuniko taumelte, als der spitze Knochen ihr Schlüsselbein traf.

»Hey, was soll das?!«

»Nur, weil du deinen Mund nicht halten konntest, fahren wir jetzt alle in die Hölle! Du bescheuerte Kuh, du, wirklich! Ach, häng dich doch auf!«, zischte Masako und stürmte auf die Treppe zu, die zur Fabrikhalle hinunterführte. Ihr aufrechter, kerzengerader Rücken verschwand um die Ecke. Die zurückgebliebene Kuniko durchlief ein Schauer der Angst, weil ihr erst jetzt bewusst wurde, dass sie da womöglich etwas Schreckliches angerichtet hatte.

Aber, wie immer bei Kuniko, war die Einsicht nicht von langer Dauer. Wenn sie hier nicht bleiben konnte, überlegte sie, würde sie sich eben eine andere Stelle suchen müssen. Wie schade, wo sie gerade dabei war, sich mit diesem netten Parkplatzwächter anzufreunden! Aber es half nichts, wenn es riskant wurde, war es besser, sich so schnell wie möglich von Masako und den anderen zu trennen.

Kuniko starrte auf das Holzbrett an der Wand, in dessen Fächern die Stechkarten steckten. Hier war sie bald zwei Jahre beschäftigt gewesen. Sie hatte sich an die Arbeit gewöhnt, aber nun würde sie sich eine schönere, leichtere Stelle suchen, mit besserem Lohn und ohne so unausstehliche Kolleginnen. Eine Stelle, wo nette Männer herumliefen. Irgendwo würde es das schon geben. Diesmal ist mir auch ein Job im Rotlichtmilieu recht, dachte Kuniko heute ausnahmsweise einmal selbstbewusst. Ja, so etwas würde sie sich suchen.

Als sie am frühen Morgen todmüde von der Arbeit zurückkam, passierte etwas höchst Erfreuliches.

Sie parkte ihren Golf auf dem Parkplatz der Mietskaserne und betrat die heruntergekommene Eingangshalle mit den langen Reihen von Postkästen. Beim Klang ihrer Schritte drehte sich dort ein Mann zu ihr um. Ein freudiges Lächeln breitete sich auf seinem Gesicht aus.

»Ja, das ist aber ein Zufall!«

Kuniko wusste nicht gleich auf Anhieb, wer der Mann war.

»Erinnern Sie sich? Wir haben uns doch vorige Nacht auf dem Parkplatz getroffen.«

»Ach! Nein, das gibt's doch nicht!«, rief Kuniko gespreizt. »Ich habe Sie gar nicht wiedererkannt!«

Es war der Parkplatzwächter. Er trug jetzt keine Uniform mehr, sondern eine dunkelblaue Windjacke zu einer grauen Arbeitshose, und gestern Nacht in der Dunkelheit hatte sie sein Gesicht nicht so genau sehen können.

Der Mann schlug die Klappe eines der schmuddeligen, hölzernen Postkästen zu, die von den Kindern der Vormieter mit Stickern voll geklebt worden war, und wandte sich Kuniko zu. Von vorne sah sein Gesicht gar nicht übel aus. Sein Teint war dunkel, und eine mysteriöse Gefährlichkeit ging von ihm aus. Kunikos Herz geriet in Aufruhr. Das Glück, das ihr das Rippchen-Lunchpaket verheißen hatte, hielt also noch an.

»Kommen Sie immer erst um diese Zeit nach Hause?«, sagte der Mann mit Blick auf seine Armbanduhr, ein billiges Digitalmodell, als würde er von Kunikos geheimen Gedanken nicht das Geringste erahnen. »Ein harter Job, den Sie da haben!«

»Schon, aber Ihnen dürfte es doch kaum anders gehen, oder?«

»Nun ja, ich habe gerade erst angefangen, da kann ich das noch nicht so richtig einschätzen.« Der Mann neigte den Kopf und sah mit müdem Gesicht nach draußen, während er eine Schachtel Zigaretten aus der Jackentasche zog. Spät, denn es war bereits Anfang November, ging gerade zaghaft die Sonne auf. »Ganz schön gefährlich für eine Frau im Winter, wenn es so lange dunkel bleibt.«

Kuniko brachte es nicht übers Herz, ihm zu sagen, dass sie ja schon bald mit der Nachtschicht aufhören würde. »Ach, daran bin ich mittlerweile gewöhnt.«

»Ich habe mich Ihnen ja noch gar nicht vorgestellt! Satō ist mein Name.« Der Mann senkte die Hand, in der er die Zigarette hielt, und verbeugte sich höflich. Hastig tat Kuniko es ihm nach.

»Ich heiße Kuniko Jōnouchi und wohne im vierten Stock.«

»Das trifft sich ja gut. Dann auf gute Nachbarschaft!« Satō lachte mit unverhohlener Freude und zeigte seine gesunden weißen Zähne.

»Ja, auf gute Nachbarschaft! Wohnen Sie mit Ihrer Familie hier?«

»Nein, nein«, murmelte Satō. »Um ehrlich zu sein: Ich bin geschieden und lebe allein.«

Geschieden! In Kunikos gierigen Augen ging ein Leuchten auf. Doch Satō schien es nicht zu bemerken; er blickte zur Seite, so als schäme er sich, über sein Privatleben gesprochen zu haben.

»Ach so. Nun, ich bin froh darüber. Ich bin auch allein, wissen Sie.«

Satō sah sie mit ungläubigen Augen an. Lag nicht auch Freude darin? Und Begehren? Kuniko war glücklich. Heute würde sie Shoppen gehen und sich die Stiefel, das Kostüm und eine goldene Halskette kaufen, nahm sie sich vor. Dann schaute sie an Satō vorbei auf die Nummer auf dem Postkasten, den er vorhin zugemacht hatte: Apartment 412.

3

Irgendetwas störte sie. Während Masako das Bad putzte, versuchte sie herauszufinden, was es war, aber sie konnte einfach keine Antwort finden.

Mit dem Schwamm rubbelte sie die Baderänder von der Wanne und brauste den Schaum mit der Dusche ab. Weil sie wohl nicht ganz bei der Sache war, rutschte ihr der Duschkopf aus der Hand und prallte am Wannenrand ab, bevor er mit lautem Getöse auf die Fliesen fiel. Kaltes Wasser spritzte Masako ins Gesicht und über den Körper. Sie fing den sich durch den Wasserdruck wie eine Schlange hin- und herwindenden Brausekopf ein und hielt ihn fest. Von den nassen Armen und Beinen kroch ihr die Kälte bis ins Mark.

Seit kurz nach Mittag regnete es, und die Temperatur war rapide gesunken. Ein kalter Tag, so wie er für Ende Dezember normal gewesen wäre. Masako fuhr sich mit dem Ärmel ihres Sweatshirts durch das nasse Gesicht und machte das offen stehende Fenster zu, durch das die Kälte und das Prasseln des Regens hereindrangen. Benommen verharrte sie auf den eiskalten Badezimmerfliesen, sah an ihrer pitschnassen Kleidung herunter und verfiel dabei ins Grübeln.

In dünnen Rinnsalen floss das Spritzwasser auf den trockenen Fliesen Richtung Abfluss. Ob das Blut und die anderen Körperflüssigkeiten von Kenji und dem alten Mann schon von den Abwasserkanälen unterhalb dieses Hauses bis in den Pazifischen Ozean geflossen waren? Ob die Körperteile des alten Mannes, die Jūmonji weggebracht hatte, schon als Asche im südlichen Japanischen Meer versunken waren? Während Masako dem gedämpften Prasseln des Regens jenseits des Fensters lauschte, musste sie wieder an das Gurgeln des unterirdischen Kanals in der Nacht des Taifuns denken. Was war das nur, was in ihrem Bewusstsein hängen geblieben war und nicht abfließen wollte, wie der Müll, der sich in den Schleusen jenes Kanals verfangen hatte? Masako ging in ihrer Erinnerung die gestrige Nacht noch einmal durch.

Da sie vor der Arbeit noch bei Yayoi vorbeigefahren war, kam sie später als sonst in der Fabrik an.

Sie hatte sich nicht verspäten wollen, aber das Verschwinden dieser Yōko Morisaki aus Yayois Umfeld beschäftigte sie sehr. Hatte es diese Frau auf die Versicherungssumme abgesehen, oder hatte sie sich Yayoi zu einem anderen Zweck genähert? Sollte Masako sich darüber mit Jūmonji beraten? Oder hatte er womöglich seine Finger mit im Spiel? Sie konnte niemandem vertrauen. Masako fühlte sich, als segelte sie mutterseelenallein auf hoher See durch die Nacht: ängstlich, orientierungslos.

Im Wachhäuschen auf dem Fabrikparkplatz brannte Licht. Einen Wachmann konnte sie nicht entdecken, aber auf dem finsteren Parkplatz, den bisher nicht einmal die Straßenbeleuchtung erreicht hatte, kam ihr das Häuschen wie ein Leuchtturm vor, der die dunkle See erhellte. Erleichtert setzte Masako rückwärts in ihre Parklücke. Kunikos Golf stand schon an seinem Platz.

Ein Wächter in Uniform kam vom dunklen Weg auf den Parkplatz zurück. Vor dem Wachhäuschen machte er seine große Taschenlampe aus, schaltete sie aber gleich wieder ein, als er Masakos Wagen bemerkte. Dann leuchtete er auf das Nummernschild des Corolla. Bei der Fabrikverwaltung waren die Kennzeichen der Beschäftigten registriert, die mit dem Auto zur Arbeit kamen. Wenn es also zu seinen Aufgaben gehörte, auf widerrechtliches Parken zu achten, musste er so verfahren. Trotzdem, er hielt die Lampe für ihren Geschmack etwas zu lange auf ihr Auto gerichtet.

Masako stellte den Motor ab, stieg aus und wartete, bis der

Wachmann über den knirschenden Kies näher gekommen war. Es war ein relativ großer, stämmiger Mann mittleren Alters.

»Guten Abend. Sie möchten zur Fabrik?«

Er hatte eine tiefe, sanfte Stimme, die angenehm in den Ohren klang. Man konnte sich fragen, warum ein Mann, der eine solche Stimme besaß, sich die einsame Arbeit eines Parkplatzwächters ausgesucht haben mochte.

»Ja«, antwortete Masako, worauf er ihr mit der Taschenlampe ins Gesicht leuchtete. Auch diesmal kam ihr das merkwürdig lang vor. Und umso unangenehmer, da sie das Gesicht ihres Gegenübers nicht sehen konnte. Als sie den Arm vor die Augen hielt, da sie sich geblendet fühlte, entschuldigte sich der Wächter.

Masako schloss die Wagentür ab und ging los. Der Parkplatzwächter folgte ihr in geringem Abstand. Misstrauisch drehte sie sich zu ihm um.

»Ich begleite Sie nur«, behauptete er.

»Aber warum denn?«

»Das wurde einstweilen so angeordnet, wegen der Gerüchte um den Grabscher.«

Mit Bestimmtheit sagte Masako: »Nicht nötig, ich gehe allein.«

»Aber wenn etwas passiert, habe ich mich dafür zu verantworten.«

»Es ist schon spät, ich muss mich beeilen.«

Obwohl sie ihn zurückgewiesen hatte, verschwand der Wachmann nicht, sondern blieb ihr dicht auf den Fersen, wobei er ihr mit der Taschenlampe einige Meter Weg vor den Füßen ausleuchtete. Unwirsch blieb sie stehen und fuhr zu ihm herum. Ihre Augen trafen sich in der Dunkelheit. Sein Gesicht war ihr frontal zugewandt, als hätte er die ganze Zeit auf ihren Rücken gestarrt. Er kam ihr bekannt vor, so dass sie im ersten Moment glaubte, ihm schon einmal irgendwo begegnet zu sein. Der Wachmann musterte sie ebenfalls.

»Sind wir uns nicht schon einmal …«, begann sie, wusste aber im selben Augenblick, dass der Mann ihr wildfremd war. »Nichts, schon gut.«

Seine relativ kleinen Augen unter der tief ins Gesicht gezogenen Uniformkappe wirkten ruhig und beherrscht. Im Gegensatz dazu machte der große Mund mit den vollen Lippen einen gierigen Eindruck. Ein merkwürdiges Gesicht, dachte Masako und wandte sich ab.

»Hier ist es so dunkel, ich bringe Sie noch bis dort drüben.«

»Nein, ich möchte allein gehen, lassen Sie mich jetzt bitte zufrieden!«

»In Ordnung, verstehe.« Der Wachmann grinste gequält, so als müsse er sich notgedrungen ihrem Widerstand beugen. In seinen Augen, die doch so ruhig und beherrscht gewirkt hatten, meinte Masako, für einen Moment wilde, animalische Wut aufblitzen zu sehen. Es gab Leute, die sie mit ihrer direkten Art verärgerte. Und vielleicht, dachte Masako, gehört dieser Mann auch dazu.

Am nächsten Morgen, als sie nach der Schicht zum Parkplatz zurückkam, war der Wachmann schon nicht mehr da.

Mehr war nicht passiert, außer dass in ihrem Umfeld plötzlich merkwürdig viele fremde Menschen auftauchten, die sie beunruhigten. Am wenigsten gefiel ihr dabei, dass sie das so irritierte. Sie ging ins Schlafzimmer und zog sich gerade die nassen Sachen aus, als im Wohnzimmer das Telefon läutete. Noch in Unterwäsche nahm Masako den Hörer ab: »Ja, bitte?«

»Hallo, ich bin's, Yoshië.«

»Ach, Meisterin. Was ist los?«

»Was soll ich denn jetzt machen, um Himmels willen ...« Yoshië hörte sich an, als würde sie gleich losheulen.

»Jetzt erzähl erst mal, was los ist.«

»Kannst du nicht kurz vorbeikommen? Es ist etwas Schreckliches passiert!«

An den nackten Armen bekam Masako Gänsehaut vor Kälte. Sie hatte noch nirgendwo im Haus die Heizung angestellt, aber für die Gänsehaut war nicht allein die Kälte verantwortlich. Sie platzte fast vor Ungeduld und Sorge, weil sie auf der Stelle wissen wollte, was vorgefallen war. »Verrat mir doch endlich, was los ist!«

»Das kann ich hier am Telefon nicht sagen, und weg kann ich gerade auch nicht«, flüsterte Yoshië, weil sie offenbar vermeiden wollte, dass die bettlägerige Schwiegermutter etwas mitbekam.

»Also gut. Ich fahr sofort los.«

Masako stieg in ihre Jeans und zog den schwarzen Pullover über, den sie sich vor kurzem gekauft hatte. Sie hatte wieder angefangen, sich eine Garderobe nach ihrem Geschmack zusammenzustellen, wie damals, als sie bei der Sparkasse beschäftigt gewesen war. Den Grund dafür wusste sie nur zu gut. Sie war dabei, ihr Ich wieder zusammenzusuchen, das sie irgendwann weggeworfen hatte. Aber das war wie mit einer kaputten Puppe, die man wieder zusammennähen wollte: Selbst, wenn sie die Einzelteile komplett wiederfände – sie würde nie mehr exakt so werden können, wie sie einmal gewesen war.

Hastig setzte sie ihren Wagen heraus und parkte ihn zwanzig Minuten später in einer Nebenstraße der Gasse, in der Yoshiё wohnte.

Sie spannte den schwarzen Schirm auf und lief auf Yoshiës ärmliche Behausung zu, wobei sie aufpassen musste, dass sie nicht in eine der Pfützen trat, die sich in den vielen Schlaglöchern im Straßenpflaster gebildet hatten. Von einem Bein aufs andere tretend, wartete Yoshiё schon vor dem Haus auf sie. Über ihrem grauen Jersey-Anzug trug sie eine vernoppte, senffarbene Strickjacke. Sie war aschfahl im Gesicht und schien um mindestens zehn Jahre gealtert. Als sie Masako sah, spannte sie den Schirm auf, der an der Hauswand lehnte, und kam ihr entgegen.

»Können wir bitte hier draußen bleiben?« Sie stieß weißen, mit Seufzern vermischten Atem aus.

»Von mir aus«, antwortete Masako unter ihrem schwarzen Schirm.

»Entschuldige, dass du extra herkommen musstest.«

»Was ist denn nun passiert?«

»Das Geld ist weg.« Yoshiё liefen die Tränen über die Wangen. »Ich hatte es in der Vorratsgrube unter dem Küchenfußboden versteckt, und jetzt ist es weg.«

Entsetzt fragte Masako: »Die ganzen anderthalb Millionen?!«

»Nicht ganz. Ein bisschen hab ich ausgegeben, und dir hab ich die Schulden zurückgezahlt, es waren also noch eine Million vierhunderttausend. Aber das ist alles weg.«

»Weißt du, wer es genommen hat?«

Yoshiё nickte kleinlaut und antwortete widerstrebend: »Wahrscheinlich Kazuё.«

»Deine älteste Tochter?«

»Ja. Als ich eben vom Einkaufen nach Hause kam, war mein Enkel verschwunden. Vielleicht ist er irgendwohin zum Spielen gegangen, hab ich mir noch gesagt, aber bei dem Regen? Merkwürdig, dachte ich und hab ihn überall gesucht, und dabei musste ich dann entdecken, dass alle seine Sachen weg waren. Und als ich dann die Schwiegermutter ins Verhör genommen hab, ist herausgekommen, dass Kazuë da war und mit dem Kleinen weggegangen ist. Ich bin sofort in die Küche, um nachzusehen, und da war dann die Bescherung.« Yoshië war untröstlich.

»Ist so etwas früher schon einmal vorgekommen?«

»Kazuë hat ständig solche Sachen gemacht«, gab Yoshië beschämt zu. »Hätte ich es nur zur Bank gebracht! Aber dann hätte das Amt womöglich Wind davon bekommen, und das wäre schlecht gewesen für mich.«

»Hast du irgendjemandem von dem Geld erzählt, Meisterin?«

»Na ja, erzählt nicht direkt, aber Miki gegenüber habe ich schon angedeutet, dass ich bald zu etwas Geld kommen würde.«

»Wegen der College-Geschichte?«

»Ja eben. Sie hat sich so gefreut, als ich ihr gesagt habe, dass es fürs College reichen würde ...« Yoshië brach wieder in Tränen aus. »Der eigenen Schwester das Schulgeld zu klauen ... Ach, was ist das nur für ein herzloses, erbärmliches Geschöpf, wirklich!«

»Und du bist sicher, dass Miki es nicht gewesen ist?«

»Sie war es nicht, bestimmt nicht. Das Geld war doch sowieso für sie bestimmt, und außerdem ist Issey weg. Sicher hat Kazuë irgendwann angerufen, und Miki war stolz und hat ihr gegenüber damit angegeben, anders kann ich mir das nicht vorstellen. Und dabei hatte ich Issey doch so lieb gewonnen, wirklich ... und trotzdem ...«

»Du bist dir also hundertprozentig sicher, dass es Kazuë war? Hätte nicht auch ein Fremder ins Haus eindringen und das Geld stehlen können?«, unterbrach Masako die durch die Erinnerung an ihren Enkelsohn wieder mit den Tränen kämpfende Yoshië. Sie wollte absolut auf Nummer sicher gehen, und dazu durfte sie nicht locker lassen. Den Grund dafür hatte sie Yoshië immer noch nicht mitgeteilt.

»Nein, es war Kazuë, bestimmt. Sie kennt das Versteck in der Küche schließlich, seit sie klein war.«

Tja, dann durfte sie sich nicht wundern, das war zu dumm! Masako fehlten die Worte, und sie starrte auf den vom Regen nassen, stumpf gewordenen Stoff ihrer Daunenjacke. Insgeheim war sie erleichtert, dass die mysteriöse dritte Partei die Tat nicht begangen haben konnte.

»Hör doch, was soll ich denn nur tun, um Himmels willen? Was soll denn jetzt bloß werden?«, verfiel Yoshië in ihr altbekanntes, gebetsmühlenartiges Klagelied.

»Nichts kannst du tun, das Kind ist in den Brunnen gefallen!«

»Hör mal, Masako-san«, begann Yoshië, und wurde plötzlich unterwürfig.

»Was?«

»Kannst du mir nicht etwas Geld leihen?«

Masako sah sie an. Yoshië schaute verzweifelt und mit flehenden Augen unter ihrem Schirm zu ihr auf.

»Wie viel?«

»Eine Million, nein, siebenhunderttausend würden schon reichen.«

»Das geht nicht«, sagte Masako und schüttelte den Kopf.

»Ich bitte dich! Ich verzichte auch auf den Umzug, bitte!« Yoshië klemmte den Schirm unter den Arm und faltete die Hände vor der Brust.

»Du wirst es niemals zurückzahlen können, Meisterin! So jemandem kann man unmöglich Geld leihen.«

»Du redest ja wie eine Bank! Schließlich hast du noch einen Mann, und das Geld da liegt bloß unnütz herum!«

»Du verlangst zu viel von mir.« Masakos Ton war unmissverständlich hart geworden. Als seien ihre Worte Ohrfeigen gewesen, verstummte Yoshië und blickte ihr verängstigt in die Augen.

»Ist das dein wahres Gesicht?«

»Ja, immer gewesen.«

»Aber du hast mir doch das Geld für Mikis Klassenfahrt geliehen!«

»Das tut nichts zur Sache. Aber es war wirklich zu dumm von dir, Meisterin, dir das ganze Geld von der eigenen Tochter klauen zu lassen!«

»Ja, da hast du Recht.« Yoshië ließ den Kopf hängen. Masako schwieg und bewegte die vor Kälte steifen Finger der Hand, in der sie den Schirm hielt. Zwischen ihnen beiden entstand eine unangenehme Stille.

»Ich leih's dir zwar nicht, aber ich schenk's dir.«

Bei Masakos Worten erhellte sich Yoshiës Miene. »Was? Wie meinst du das?«

»Ich schenk dir das Geld, Meisterin, ich schenk dir die Million.«

»Ja, aber das geht doch nicht…«

»Doch, das geht. Du warst schließlich immer tüchtig bei der Sache und hast mich nie im Stich gelassen. Ich bring's dir demnächst mit.« Eine Million kann ich schon noch abgeben, dachte Masako.

»Danke. Du hast mich gerettet, ich stehe tief in deiner Schuld.« Yoshië beugte den Kopf im Regen weit nach unten. »Ach, übrigens…«

»Was?«

»Meinst du, es kommt demnächst ein neuer Auftrag?«

Masako schaute Yoshië ins Gesicht, die unter dem schwarzen Schirm noch kleiner wirkte als sonst. »Bis jetzt hab ich noch nichts gehört.«

»Wenn sich was tut, sag mir bitte Bescheid, ja? Auf jeden Fall, hörst du?«

»Du willst es wieder machen, nicht wahr?«, fragte Masako mit belegter Stimme. Yoshië, die nichts von dem unsichtbaren Gegner wusste, nickte nachdrücklich.

»Ja. Ich will mehr Geld. Und diese Arbeit ist der einzige Weg, es zu verdienen. Vielleicht bin ich selbst ja noch viel herzloser und erbärmlicher als meine Tochter.« Damit wandte Yoshië Masako den Rücken zu und verschwand in ihrem schäbigen Haus, an dem weder die Bretterwände noch das Dach jemals ausgebessert worden waren. Aus der kaputten Regenrinne schoss das Wasser mit Macht zu Boden und bohrte sich in den Lehm. Masakos Jeans war schon bis obenhin nass von dem Spritzwasser. Sie zitterte jetzt unaufhörlich vor Kälte. Genau wie in Zeiten, da sie eine Erkältung heraufziehen fühlte, mahnten sämtliche Dinge sie zur Wachsamkeit.

4 Die Tür zum Balkon stand weit offen. Es war fünf Grad Celsius. Der eiskalte Wind kurz vor Morgengrauen wehte herein und glich die Zimmertemperatur der Außenluft an.

Satake hatte den Reißverschluss seiner dunkelblauen Windjacke bis zum Hals zugezogen und lag in der grauen Arbeitshose, die er auch tagsüber angehabt hatte, auf dem Bett. Am liebsten hätte er sämtliche Fenster aufgerissen, damit der kalte Wind bis in jede Ecke der Wohnung dringen konnte, doch die zum Außenflur liegende Nordseite ließ er fest verschlossen.

Apartment 412. Zwei Zimmer, Küche, Bad. Eine schlauchartige Wohnung mit Nord-Süd-Ausrichtung im engen Mietskasernenstil. Wie in seinem alten Apartment in West-Shinjuku hatte er alle Schiebetüren herausgenommen und besaß immer noch kein Möbelstück – außer einem Bett, das er so aufgestellt hatte, dass er im Liegen den Himmel von Musashino sehen konnte.

Der Morgenstern wäre zu sehen gewesen. Aber Satake lag, vor Kälte zitternd, da, biss die Zähne zusammen und hielt die Augen geschlossen. Er war kein bisschen müde. Er wollte die Augen nicht aufmachen. Er hielt sie fest geschlossen, um sich möglichst genau Masako Katoris Gesicht und Stimme vorstellen zu können. Dazu setzte er die Bruchstücke seiner Eindrücke zusammen, nahm sie auseinander und fing von neuem an, wieder und wieder.

Er vergegenwärtigte sich noch einmal ihr Gesicht auf dem dunklen Fabrikparkplatz. Ihren Blick, der nicht die Spur von Unachtsamkeit erkennen ließ, die dünnen Lippen, die sich alle weltlichen Freuden zu versagen schienen, die angespannten Wangen. Als er sich erinnerte, wie sich die Schatten der Angst auf dieses asketische Antlitz gelegt hatten, lächelte Satake.

»Nein, ich möchte allein gehen, lassen Sie mich jetzt bitte zufrieden!«

Die dunkle, eindringliche Stimme, mit der sie ihn zurückgewiesen hatte, klang ihm wieder und wieder in den Ohren. Ihre Gestalt von hinten, als sie auf dem unbeleuchteten, ungepflasterten Weg davongestürmt war. Während er ihr im Abstand von wenigen Schritten gefolgt war, hatte er das Phantom der anderen Frau vor sich gesehen. Als sie sich dann umdrehte, ihm noch einmal ihr Gesicht zeigte und er die steilen Falten des Unmuts zwischen ihren Brauen entdeckte, hatte er Gänsehaut bekommen vor lauter Glück. Denn Masako ähnelte der Frau sehr, die Satake vor Jahren zu Tode gequält hatte. Ihr Gesicht, die Stimme, die Falten zwischen den Brauen – einfach alles.

Jene Frau war sicher zehn Jahre älter gewesen als er. Ob sie denn damals in Wahrheit gar nicht gestorben war, sondern in dieser flachen, staubigen Stadt heimlich weitergelebt hatte? Unter dem Namen Masako Katori? Außerdem schien auch Masako etwas gespürt zu haben, denn während er ihr ins Gesicht starrte, hatte sie den Satz begonnen: »Sind wir uns nicht schon einmal…« Satake war überzeugt, damit den Augenblick miterlebt zu haben, in dem ihre Enthaltsamkeit durch ihn Risse bekam. »Das ist Schicksal«, murmelte Satake.

Er erinnerte sich daran, wie er die Frau zum ersten Mal gesehen hatte, auf den Straßen von Shinjuku, im Hochsommer vor siebzehn Jahren.

Einige Prostituierte, die für Satakes Syndikat arbeiteten, waren heimlich von einer gewieften Jobagentin abgeworben worden. Gerüchten zufolge stammte diese Vermittlerin selbst aus dem Prostituiertenmilieu und hatte sich mit über dreißig zu einer tüchtigen Unternehmerin hochgearbeitet. Dieses unverschämte Weib machte den jungen Satake wütend. Um der Frau einen Denkzettel zu verpassen, setzte er viel Zeit und Energie daran, ihr raffinierte Fallen zu stellen, und sandte mehrere Mädchen als Lockvögel aus. Endlich ging ihm die Frau ins Netz. Sie hatte sich mit einem seiner Lockvögel in einem Café verabredet und erschien tatsächlich. Es war ein schwüler Abend, ein Gewitter lag in der Luft.

Satake musste sein hitziges Gemüt im Zaum halten, während er die Frau aus dem Hinterhalt heraus beobachtete. Ihre Aufmachung war billig und grell. Das ärmellose, blaue Minikleid aus lappigem Synthetikstoff klebte ihr am hageren Körper und machte den Eindruck, stickig warm zu sein. An den Zehennägeln ihrer nackten, in weißen Sandalen steckenden Füße blätterte der Nagellack ab. Sie hatte kurzes Haar und war so mager, dass aus dem Ärmelausschnitt ihres Kleides der schwarze BH hervorschaute, den sie trug. Nur die Augen verrieten ihren starken, unbeugsamen Charakter. Mit diesen Augen hatte sie Satake sofort entdeckt; sie betrat das Café erst gar nicht, sondern machte auf dem Absatz kehrt und floh.

Den Gesichtsausdruck der Frau im Moment, als sie ihn wahrnahm, hatte Satake all die Jahre nicht vergessen können. Nach einem kurzen Anflug von Verdruss darüber, dass sie getäuscht worden war, hatte sie ihn herausfordernd angeblitzt, fest entschlossen, es ihm zu zeigen, ihm zu entkommen. Dieser Blick! Als verhöhne sie ihn, obwohl sie doch mit dem Rücken zur Wand stand. Ihre Augen hatten in seinem Inneren etwas in Brand gesetzt. Er würde sie jagen, notfalls bis ans Ende der Welt. Und wenn er sie erst geschnappt hätte, würde er sie erniedrigen und quälen, er würde sie in den Tod treiben. Zuvor hatte er nicht im Entferntesten daran gedacht, sie zu töten, er hatte sie sich nur ein wenig vorknöpfen wollen, um sie einzuschüchtern, aber ihr Blick musste etwas in ihm freigesetzt haben, dessen er sich bis dahin selbst nicht bewusst gewesen war. Anders konnte er sich das nicht erklären.

Er war selbst überrascht, als es ihn mehr und mehr in Erregung versetzte, die auf dem Gehweg fieberhaft vor ihm davonrennende Frau zu jagen. Wäre er ernsthaft gelaufen, so schnell er konnte, er hätte sie sofort eingeholt. Aber das wäre fade gewesen. Er wollte sie noch ein wenig zappeln lassen, sie in Sicherheit wiegen, bevor er zupackte. Umso mehr würde sie sich ärgern, und das machte es wesentlich interessanter. Während er die Passanten rechts und links beiseite stieß und durch die schwüle Abenddämmerung rannte, in der sich kein Lüftchen regte, wurde Satake zunehmend aggressiver. Er meinte geradezu mit den Händen spüren zu können, wie es sich anfühlen würde, wenn er die Frau von hinten an den Haaren packte und zurückriss.

In letzter Verzweiflung rannte die Frau über eine rote Ampel, um den Yasukuni-Boulevard zu überqueren, und vor dem Isetan-Kaufhaus in eine der unterirdischen Ladenpassagen. Wahrscheinlich hatte sie sich ausgerechnet, dass sie Gefahr lief, einem von Satakes vielen Helfershelfern in die Arme zu laufen, solange sie in Kabuki-chō blieb. Doch Satake kannte Shinjuku wie seine Westentasche. Er tat so, als würde er sie entwischen lassen, tauchte aber sofort in das unterirdische Parkdeck ab, lief, so schnell er konnte, unter dem Oume-Highway durch, bis er auf der anderen Seite in der Ladenpassage ankam. Dann, als die Frau sich sicher war, sie habe ihn abgeschüttelt, und aus der Toilette herauskam, in der sie sich versteckt hatte, packte er von hinten ihren Arm. Nach der Hetzjagd durch die hochsommerlichen Straßen waren ihre nackten Arme nass von Schweiß. Er erinnerte sich an alles noch ganz genau, sogar daran, wie sich das angefühlt hatte. Er erwischte die Frau kalt; sie schrak entsetzt zusammen, machte aber gleich darauf aus ihrem massiven Ärger erneut keinen Hehl:

»Du hast mich reingelegt, du elender Schweinehund!«

Die Stimme der Frau goss Öl auf Satakes brennende Wut. Diese dunkle, heisere, schroffe Stimme!

»Glaub ja nicht, dass du noch mal davonkommst!«

»Versuch's doch! Versuch alles, was du willst!«

»Ich werd's dir schon zeigen!«

Satake hielt der Frau, deren Hass immer weiter anschwoll, einen Dolch in die Seite und kämpfte mit dem heftigen Verlangen, hier und jetzt zuzustoßen. Die Dolchspitze ritzte den Stoff des Kleides auf, worauf die Frau scheinbar resigniert verstummte. Auf dem ganzen Weg zu Satakes Wohnung flehte sie nicht ein einziges Mal um ihr Leben. Ihr Arm, den Satake eisern umklammerte, damit sie ihm nicht entwischen konnte, war so dürr, dass man die Umrisse des Knochens fühlen konnte. Auch ihr Gesicht war hager, die Wangen fleischlos, nur die stechenden Augen glühten aus tiefstem Grund wie die eines wilden Tieres. Diese Frau könnte er lieben. Wenn er an ihren heftigen Widerstand dachte, verspürte er sogar Freude. Satake, der niemals zuvor für eine Frau so empfunden hatte, kam aus dem Staunen über sich selbst gar nicht mehr heraus. Bisher waren Frauen für ihn nichts weiter als Lustobjekte gewesen, deshalb war er überzeugt, auf die hübschen, braven zu stehen.

Satake schleppte die Frau in seine Wohnung und stellte sofort die Klimaanlage auf die höchste Stufe. Der Raum glich einer Dampfsauna. Er zog die Vorhänge zu und machte das Licht an. Noch ehe es im Zimmer kühler wurde, hatte er das Gesicht der Frau zu Brei geschlagen. Er hatte es nicht abwarten können, so sehr hatte es ihn danach verlangt. Anstatt ihn anzuflehen, ihn um

Verzeihung zu bitten, wehrte sich die Frau immer heftiger, raste und tobte und blitzte ihn mit wütenden Augen an. Ob Hass imstande war, Schönheit zu vervielfachen, fragte sich Satake und konnte nicht aufhören, sie zu schlagen. Er fesselte die Frau, deren Gesicht mittlerweile grausam entstellt und verquollen war, ans Bett. Dann vergewaltigte er sie wieder und wieder. Im Zimmer war für ihn nur noch das Quietschen der Klimaanlage zu hören, und er vergaß die Zeit.

Schweiß vermischte sich mit Blut, und die Ledergürtel, mit denen er die Frau festgeschnürt hatte, schnitten ihr in die Handgelenke und ließen neues Blut fließen. Er schmeckte Blut, wenn er an ihren aufgequollenen Lippen sog. Blut roch nach Metall. Plötzlich hatte Satake den Dolch, den er der Frau in der Ladenpassage in die Seite gedrückt hatte, zu sich herangezogen.

Irgendwann, während er immer wieder in sie stieß, die Lippen auf ihrem Mund, schrie die Frau auf. Plötzlich war der Hass aus ihren Augen verschwunden, und sie nahm ihn in sich auf. Sehnsüchtig und ungestüm wollte Satake noch weiter in sie hinein, tiefer und tiefer in sie dringen, und ehe er sich versah, hatte er ihr den zurechtgelegten Dolch in die Seite gerammt. Er hörte ihren Schmerzensschrei, fühlte, dass sie im selben Moment kam – und Satake verging in ekstatischer Lust.

Es war die Hölle. Satake stach wieder und wieder in den Körper der Frau, überallhin, er steckte ihr die Finger in die Wunden und konnte doch nicht weit genug in sie dringen. Dies begreifen zu müssen machte ihn wahnsinnig. Wie von Sinnen vor Ungeduld presste er die Frau an sich. Sein Fleisch sollte mit dem ihren verschmelzen, er wollte eins werden mit ihr, wollte sich in ihr verkriechen. Sie sei so schön, so wunderbar, er liebe sie, murmelte er immer wieder. Für Satake wurde dieses Blutbad zum Paradies. Es war die Hölle und es war das Paradies, aber das konnten nur sie beide verstehen. Wer sonst hätte darüber richten können?

Mit diesem Erlebnis ging ihm der Mensch, der er einmal gewesen war, restlos verloren. Aber gleichzeitig hatte er ein neues Ich hinzugewonnen. In Gestalt dieser Frau hatte das Schicksal die Grenzen des Mannes Mitsuyoshi Satake gesprengt, und nie hätte er für möglich gehalten, dass er ihr je wieder lebend begegnen würde. Aber darin bestand ja genau sein Schicksal: dass es nie so lief, wie er geglaubt hatte. Das Phantom, das den schwarzen Dämon in ihm beherrschte und ihm mit eiskalten Händen den Rücken heraufgekrochen war, rutschte jetzt langsam ab. An seine Stelle trat Masako Katori, die ihn in die Hölle, ins Paradies lockte.

Er konnte sich Masako vorstellen, wie sie um diese Zeit, wo die Sterne noch am Himmel standen, in der Fabrik am Fließband stand und arbeitete. Wie sie über den kalten Betonboden hin- und herlief, als wenn nichts gewesen wäre, mit dem von Einsamkeit verkleisterten Gesicht. Wie sie sich ins Fäustchen lachte, weil es ihr gelungen war, den Augen der Gesetzeshüter zu entgehen. Die Frau, die er getötet hatte, war auch so ein gewieftes Weib gewesen, das sich köstlich darüber amüsiert hatte, die Männer zu überlisten.

Aber das konnte er sich nicht gefallen lassen. Wenn er sie erst geschnappt hatte, würde sich selbst in Masakos wachsamen Augen heftige Reue zeigen. Nach ein paar ordentlichen Schlägen würde das dünne Fleisch ihrer Wangen aufplatzen, Blut würde hervorquellen. Er sah Masakos Augen wieder genau vor sich, wie sie sich, von seiner Taschenlampe geblendet, zu Schlitzen verengt hatten. Satake wetzte seine Mordlust, sein Verlangen wie eine Messerklinge an einem nassen Schleifstein.

Es war kein Kunststück, sich vorzustellen, wie Masako, um Yayoi zu helfen, die anderen mobilisiert und die Leiche aus dem Weg geräumt hatte. Yayoi selbst war das nicht zuzutrauen, sie hätte weder den Mumm noch den Grips dazu gehabt, davon war er überzeugt. Seit er Masako gesehen hatte, war sein Interesse an Yayoi im Nu verflogen. Ihr würde er höchstens noch die Versicherungssumme abnehmen, zu mehr taugte sie nicht. Sie war eben doch nur die Frau dieses langweiligen Niemands, und es interessierte ihn nicht im Geringsten, wie und warum sie ihren Mann am Ende eines Ehestreits umgebracht und ob sie deswegen Gewissensbisse hatte oder nicht. Satake hatte für diesen Yamamoto nur Verachtung übrig gehabt, und er verachtete auch Yayoi. Kein Gefühl wirkte lähmender auf seinen Tatendrang als Verachtung.

Jetzt, da er Masako gesehen hatte, war es ihm egal geworden, weshalb und wozu er ursprünglich seinen Rachefeldzug begonnen hatte.

Satake streckte beide Arme aus und berührte das aus schlichtem Eisenrohr gefertigte Kopfteil seines Betts. Durch die Außenluft war das Metall so kalt geworden, dass seine Hände festzufrieren schienen, als er das Rohr umschloss. Die Handflächen wurden ihm taub. Er würde Masako splitternackt ausziehen und hier ans Bett fesseln. Er würde sie knebeln und bei offenem Fenster nach Herzenslust demütigen und quälen. Vor Kälte würde sie sicher Gänsehaut bekommen. Ob sich die hirseartigen Körnchen mit dem Messer abkratzen ließen? Sollte er ihr das Messer in den Bauch rammen, wenn sie sich wehrte? Sie konnte um Erbarmen flehen vor Angst, so lange sie wollte, sie konnte sich winden und krümmen vor Schmerzen, er würde sie nicht losbinden. Denn sie war eine Frau, die das aushalten konnte.

Ob sie ihm am Schluss auch, wie die Frau, die er umgebracht hatte, ins Ohr flüstern würde: »Hilf mir, hörst du … hol den Arzt, ja?« Worte der Unterwerfung und der Unnachgiebigkeit. Er dachte an seine eigene Hin- und Hergerissenheit zwischen dem Wunsch, sie nicht sterben zu lassen, und dem Verlangen, ihren Tod miterleben zu wollen. Nie hatte er sie so geliebt wie in diesen Momenten. Die Freude und die Trauer, die er bei ihrem Tod gefühlt hatte, waren Erfahrungen von so ungeheuerlicher Intensität, dass sie alles davor oder danach in den Schatten stellten. Ein Schauder durchlief ihn, als er sich an den Tonfall ihrer Stimme erinnerte. Zum ersten Mal, seit er damals aus dem Gefängnis entlassen worden war, bekam er eine Erektion. Satake zog den Reißverschluss seiner Hose herunter, nahm seinen Penis in die Hand und begann zu masturbieren. Weißer Atem stieß aus seinem Mund.

Es dämmerte.

Satake stand auf und sah mit zusammengekniffenen Augen zu, wie die violetten Umrisse der Bergkette weiß zu strahlen begannen und sich dahinter dann, mit glühend roten Wolken im Schlepptau, die Sonne erhob. Auffallend klar und majestätisch thronte über der Bergkette der Schatten des Fuji. Allmählich war es Zeit, dass Masako sich mit vor Übermüdung geschwollenen Augen auf den Heimweg machte. Er wusste alles von ihr, kannte ihr missmutiges Gesicht, die Art, wie sie eine Zigarette rauchte, oder den Klang ihrer festen, schweren Schritte auf dem Parkplatzboden – Masako schien ihm zum Greifen nah. Er wusste sogar, wie sie reagieren würde, wenn er sie in die Enge getrieben hätte. Sie würde ihn mit herausfordernden Augen anblitzen, Ärger und Feindseligkeit im Blick. Genau wie die Frau damals.

Schlaf nur, schlaf still. Bald werde ich dich töten. Bis dahin schlaf, schlaf ruhig und sanft, wünschte Satake in Richtung des Hauses, in dem Masako wohnte, und sein Wunsch war von wachsenden Gefühlen begleitet, die man ohne Zweifel zärtlich nennen konnte.

Um die Morgensonne auszusperren, die an Kraft gewann, je höher sie stieg, schloss Satake die Balkontür und zog die schwarzen, lichtundurchlässigen Vorhänge vor. Sofort war es wieder Nacht im Zimmer.

5 Die gebrochene Megaphon-Stimme eines Verkäufers, der draußen irgendwelche Waren anpries, weckte Satake auf. Er schaute auf die Armbanduhr, die er noch am Handgelenk trug. Drei Uhr nachmittags. Noch im Liegen zündete er sich eine Zigarette an und starrte an die vertäfelte Zimmerdecke. Trotz des wenigen Lichts, das durch die Ritzen der Vorhänge fiel, konnte er den braunen Fleck sehen, der sich dort oben träge ausgebreitet hatte.

Satake ließ die Vorhänge zugezogen, knipste die Nachttischlampe an und schaute zu dem Aktenberg auf dem Boden hinüber. Schriftstücke mit weißem Deckblatt stapelten sich ordentlich Ecke über Ecke auf dem fleckigen Teppich, den der Vormieter zurückgelassen hatte. Satake hatte ein Detektivbüro damit beauftragt, Nachforschungen über Yayoi, Yoshiė, Kuniko und Masako anzustellen, und dort lagen die Ergebnisse. In jüngster Zeit war noch die Akte »Jūmonji« hinzugekommen, die sich aus den Berichten über Kuniko und Masako ergeben hatte. Insgesamt schon fast zehn Millionen hatte sich Satake diese Nachforschungen kosten lassen.

Er zündete sich eine zweite Zigarette an und blätterte die Berichte noch einmal durch, die er so oft gelesen hatte, dass er sie bald auswendig kannte. Zuerst den von Yōko Morisaki, die sich bei Yayoi eingeschlichen hatte.

Angaben des ältesten Sohnes (5) der Yamamotos:

An jenem Abend (des Tages, an dem Kenji verschwand) meinte er gehört zu haben, wie sein Vater heimkehrte. Dem Jungen war außerdem so, als sei seine Mutter dem Vater dann in die Diele entgegengegangen und habe mit ihm gesprochen. Doch am nächsten Morgen habe die Mutter ihm gesagt, dass er das wohl nur geträumt habe, deshalb sei er sich nicht mehr sicher. Doch am Abend davor hätten seine Eltern gestritten, und die Mutter sei vom Vater geschlagen worden, das wisse er ganz genau, weil er aus Schock und Angst nicht mehr habe schlafen können. Außerdem habe er danach den blauen Fleck auf dem Bauch seiner Mutter gesehen, als sie zusammen im Bad waren.

Angaben des jüngeren Sohnes (3):

Vater und Mutter hätten ständig gestritten. So genau wisse er das nicht, weil er meistens schon geschlafen hätte, aber oft, wenn der Vater nach Hause gekommen sei, hätten sie sich laut angebrüllt. Dann habe er sich jedes Mal vor lauter Angst die Decke über den Kopf gezogen und so getan, als ob er schliefe. An jenen bestimmten Abend (des Tages, an dem Kenji verschwand) erinnert er sich nicht. Aber Milky, die Katze, die er so lieb hätte, sei plötzlich weggelaufen. So sehr er sie auch gerufen hätte, sie sei einfach nicht ins Haus zurückgekommen. Warum wisse er nicht.

Angaben einer Nachbarin (46):

Als sie gehört habe, dass Frau Yamamoto Nachtschicht macht, habe sie gleich vermutet, dass da ein Liebhaber dahintersteckt, wo Frau Yamamoto doch so eine Schönheit sei. Und tatsächlich habe sie das Ehepaar in der Nacht oder am frühen Morgen oft heftig und lautstark streiten hören. In der Nachbarschaft würde darüber geredet, dass Frau Yamamoto in letzter Zeit noch schöner geworden sei als vorher, was sehr verdächtig sei.

Angaben einer anderen Nachbarin (37):

Ihr sei da die merkwürdige Geschichte zu Ohren gekommen, dass die weggelaufene Katze der Yamamotos zwar in die Nähe der Kinder kommen würde, aber niemals zu Frau Yamamoto selbst. Sobald sie deren Gesicht sähe, bekäme sie Angst und nähme Reißaus. Seit jener

Nacht soll das Tier nicht mehr ins Haus zurückgekehrt sein, daher vermuteten sie alle, dass es irgendetwas Schlimmes mitangesehen hat. Da könne einem ja ganz schlecht werden bei dem Gedanken, dass sie ihn womöglich im eigenen Haus zerstückelt und sein Blut und die Eingeweide den Abfluss hinuntergespült hat.

* * *

Yayoi Yamamoto genießt nicht gerade einen guten Ruf. Als Gründe dafür werden größtenteils Dinge angeführt, die mit ihrer Verwandlung nach dem Mord an ihrem Ehemann zusammenhängen. Man munkelt, dass sie nicht gerade wie eine trauernde Witwe, sondern im Gegenteil wie befreit wirke und noch schöner geworden sei. Das erregt allgemeines Misstrauen. Tatsächlich ergaben auch meine Beobachtungen in ihrem Hause vielfältige Anhaltspunkte dafür, dass sie sich über den Tod ihres Mannes zu freuen scheint.

Ich war Zeuge eines Telefonats mit der Polizei und habe den Moment miterlebt, als man ihr mitteilte, dass der Betreiber des Spielkasinos auf der Flucht sei. Nach meinem Dafürhalten hat sie diese Nachricht eindeutig erfreut aufgenommen. Vermutlich, weil die Polizei sich nur noch für den Kasinobesitzer interessiert und maßgeblich mit der Fahndung nach ihm beschäftigt ist, benimmt sich Frau Yamamoto vollkommen unbefangen, manchmal fast so, als hätte es den Mord nie gegeben.

Ich habe sie beiläufig nach dem blauen Fleck am Bauch gefragt, von dem ich durch Aushorchen ihres ältesten Sohnes erfahren hatte. Sie hat einsilbig geantwortet, ihr Mann habe sie einmal in den Bauch geschlagen. Über Zeitpunkt oder Anlass dieses Vorfalls machte sie jedoch keinerlei Angaben.

Sie möchte die Arbeit in der Fabrik am liebsten aufgeben, vermutlich, da sich ihre wirtschaftlichen Sorgen aufgrund der in naher Zukunft erfolgenden Auszahlung der Lebensversicherung ihres Mannes erübrigt haben. Bei Anrufen von Freundinnen aus der Fabrik, insbesondere von Masako Katori, benimmt sie sich jedoch meist unterwürfig. Außerdem scheint sie aus irgendeinem Grund jeden Kontakt mit ihnen zu fürchten.

Gerüchte um eine Beziehung zu einem anderen Mann entsprechen nicht den Tatsachen.

Die Versicherungssumme wird voraussichtlich Ende November

ausgezahlt. Die gesamte Summe von fünfzig Millionen Yen soll zum festgesetzten Zeitpunkt auf Yayoi Yamamotos Bankkonto überwiesen werden.

Bericht über Masako Katori

Angaben einer Nachbarin (68):

Frau Katoris Verhältnis zu ihrem bei einer Baufirma beschäftigten Ehemann sei normal. Jedoch habe sie nicht ein einziges Mal beobachtet, dass die beiden gemeinsam ausgegangen wären. Man erzähle sich, der Sohn (17) habe plötzlich aufgehört zu sprechen. Früher habe seine laute Stereoanlage sie oft gestört, aber in letzter Zeit benehme er sich ordentlich. Er sei jedoch ein verschlossener, trauriger Junge, der nie grüße, wenn sie ihm auf der Straße begegne. Frau Katori selbst sei zwar nicht besonders umgänglich, grüße aber grundsätzlich immer. Nur mache sie den Eindruck einer eher sonderbaren Frau, die wenig auf ihr äußeres Erscheinungsbild achte.

Angaben einer angehenden Studentin (18) aus dem Haus schräg gegenüber, die sich auf das Eintrittsexamen zur Universität vorbereitet:

Frau Katori falle furchtbar auf, weil sie immer spätabends ins Auto steige, wegfahre und erst am frühen Morgen wiederkomme. Da sie das Haus der Katoris vom Schreibtisch ihres Studierzimmers aus sehen könne, starre sie manchmal rund um die Uhr darauf. An jenem Morgen (des Tages nach Kenjis Verschwinden) habe sie dort zwei Besucherinnen bemerkt. Eine sei mit dem Fahrrad, die andere in einem grünen Auto gekommen. So um die Mittagszeit seien sie wieder weggefahren, erinnere sie sich.

Angaben eines Grundeigentümers (75) aus der Nachbarschaft:

An jenem Morgen (des Tages nach Kenjis Verschwinden) sei ihm eine junge Frau aufgefallen, die aus Frau Katoris Haus gekommen sei, denn sie habe versucht, den Müll, den sie bei sich trug, einfach auf dem hiesigen Sammelplatz abzustellen. Allem Anschein nach sei es ein sehr schwerer Sack Hausmüll gewesen, gut und gerne zehn Kilo und mehr. Nachdem er ihr gehörig Bescheid gesagt habe, sei die Frau mitsamt ihrem Müll brav wieder abgezogen. Frau Katori selbst stelle ihren Müll immer vorschriftsmäßig heraus.

Angaben des Vorarbeiters (31) aus der Fabrik:

Frau Katori arbeite jetzt zwei Jahre unter ihm. Ihre Führung sei tadellos, ebenso ihre Produktivität. Sie mache ihre Sache gut. Er habe gehört, dass sie ehemals in der Finanzbranche tätig gewesen sei, deshalb denke er daran, sie zur festen Freien zu befördern. Sie besäße Führungsqualitäten und sei zu schade fürs Fließband. Verstanden habe sie sich gut mit Yoshiē Azuma, einer erfahrenen Arbeiterin, sowie mit Yayoi Yamamoto und Kuniko Jōnouchi. Die vier hätten immer im Team gearbeitet, doch nach dem Mord an Frau Yamamotos Ehemann sei die Gruppe auseinander gefallen, und nun kämen nur noch Frau Katori und Frau Azuma regelmäßig zur Arbeit.

Angaben eines ehemaligen Kollegen (35) aus der Spar- und Darlehenskasse Tanashi:

Frau Katori sei zwar bei der Arbeit durchaus fähig gewesen, habe aber ein aufsässiges Wesen gehabt. Deshalb habe sie weder das Vertrauen ihrer Vorgesetzten genossen, noch sei sie bei den Untergebenen beliebt gewesen. Darüber, wie es ihr ergangen sei, nachdem sie in der Bank aufgehört hatte, könne er nichts sagen.

* * *

Masako Katoris Ansehen in der Nachbarschaft und in ihrem derzeitigen Beschäftigungsverhältnis ist einigermaßen gut. Viele Leute haben jedoch angemerkt, sie sei eine Frau, bei der man nie wisse, was in ihrem Kopf vorginge. Über eine Beziehung zu einem anderen Mann konnte nicht das Geringste in Erfahrung gebracht werden, ihr Leben scheint in geordneten Bahnen zu verlaufen. Allerdings beteiligt sie sich grundsätzlich nicht an Verbraucherkooperativen und dergleichen und pflegt kaum Kontakt zur Nachbarschaft.

Auch bei ihrem Mann lässt nichts auf eine außereheliche Beziehung schließen. Man sagt jedoch von ihm, dass er weder Teamgeist noch Geschäftssinn besäße. Vermutlich aus diesen Gründen hat er in dem Bauunternehmen der M-Immobiliengruppe, bei dem er beschäftigt ist, keinerlei Aufstiegschancen mehr.

Ihr Sohn wurde im ersten Jahr von der Städtischen Oberschule verwiesen. Gegenwärtig jobbt er als Maurergehilfe. Zu Hause soll er kein Wort sprechen, erzählt man sich.

An einem Morgen einige Zeit nach dem Mordfall sind Yoshiё Azuma und Akira Jūmonji (eigentl.: Akira Yamada) vom »Verbraucherzentrum Million« in Masako Katoris Haus zusammengekommen. Jūmonji fuhr in einem dunkelblauen Nissan Maxima vor, trug ein größeres Gepäckstück ins Haus, belud sein Auto etwa drei Stunden später mit acht Versandpaketen und fuhr wieder davon. Über den Inhalt der Pakete war nichts herauszubekommen. Auch der Adressat konnte nicht ermittelt werden. (Die Identität Jūmonjis wurde über das Kfz-Kennzeichen des Maxima festgestellt).

Bericht über Akira Jūmonji (eigentl.: Akira Yamada)

Angaben eines ehemaligen Angestellten (25) des »Verbraucherzentrums Million«:

Der Chef sei mächtig stolz darauf, einmal Mitglied der »Para Dice«, einer Motorradgang aus dem Adachi-Bezirk, gewesen zu sein. Ständig habe er sich damit gebrüstet, dass deren Anführer jetzt einer der Jungbosse der Toyozumi-Gesellschaft sei. Sobald auch nur das Geringste vorgefallen sei, habe er ihnen diese Geschichte aufgetischt und herumgetönt, deshalb hätten sich alle vor ihm gefürchtet. Auch er selbst habe maßgeblich deshalb gekündigt. Für einen Kredithai zu arbeiten sei ja gerade noch okay, aber wenn die ehrenwerten Yakuza dahinter stünden – nein, danke.

Angaben der Beschäftigten (26) einer Spielothek in der Nachbarschaft:

Der Mann habe einen Lolita-Komplex und sei immer nur gekommen, um Oberschülerinnen aufzureißen. Sie hätten alle über ihn gelästert, von wegen, wie schäbig es doch sei, den Mädchen in einer Spielothek aufzulauern. Aber er komme ziemlich gut an mit seinem hübschen Gesicht und sei oft mit einem jungen Ding an der Seite und stolzgeschwellter Brust abgezogen. Er behaupte zwar, sein Geschäft floriere, aber sie selbst habe eher den Eindruck, dass er von der Hand in den Mund lebe. Er sei ein Wichtigtuer mit übersteigertem Geltungsbedürfnis, wie man schon an dem falschen Namen erkennen könne, den er sich zugelegt habe.

Angaben der Betreiberin (ca. 30) einer Imbissstube in unmittelbarer Nähe von Jūmonjis Wohnung:

Kürzlich sei er ins Lokal gekommen und habe furchtbaren Wind wegen irgendwelcher Sondereinnahmen gemacht, die er feiern wolle. Angeblich habe er gerade ein größeres Geschäft abgeschlossen, aber da sie wisse, dass er nur ein kleiner Geldverleiher ist, habe sie nicht viel darauf gegeben. Er sei zwar ein guter Kunde, aber auf sie wirke er wie ein kleiner Gauner ohne viel Mumm.

Aus der Fülle an Berichtsmaterial konnte man wunderschön herauslesen, was für hervorragende Arbeit Masako und ihre Freundinnen geleistet hatten. In letzter Zeit schien sie sich auch noch mit diesem Yakuza-Verschnitt namens Jūmonji zusammengetan und ein kleines Leichenentsorgungsunternehmen eröffnet zu haben. Na, wenn das kein lukrativer Nebenjob war, alle Achtung! Wieder erschien ein spöttisches Grinsen auf Satakes Gesicht.

Er war das Lesen leid und schob den Aktenstapel in eine Ecke. Durch die Ritzen der Vorhänge dröhnte immer noch das megafonverstärkte Brüllen des Verkäufers zu ihm herein. Satake schob den Vorhang eine Winzigkeit beiseite. Eine blasse, frühwinterliche Sonne sandte die letzten Strahlen des Tages aus und spielte mit dem Staub in der Zimmerluft. Noch würde sie nicht untergehen. Mit sehnsüchtigen Gefühlen betrachtete er die Bahnen tanzenden Staubs. Bis zum Dienstbeginn abends um sieben blieb noch ziemlich viel Zeit.

Da klingelte es. Hastig sprang Satake auf, stopfte die Berichte in eine Papiertüte und schleuderte sie unters Bett.

Neben dem Pfeifen des stürmischen Herbstwindes klang ihm aus der Gegensprechanlage die gekünstelte Stimme Kunikos entgegen.

»Herr Satō? Hier ist Frau Jōnouchi aus dem vierten Stock…«

Sie hatte also schon angebissen! Satake grinste von einem Ohr zum anderen, räusperte sich und sagte: »Könnten Sie sich bitte einen Moment gedulden? Ich mache Ihnen gleich auf.«

Er riss die Vorhänge auf und öffnete die Balkontür, um frische Luft ins stickige Zimmer zu lassen. Dann machte er das Bett und schaute darunter nach, ob die Tüte mit den Detektei-Berichten auch weit genug darunter verborgen lag.

»Verzeihen Sie, dass ich Sie habe warten lassen.« Im Moment, als er die Tür öffnete, blies heulend der scharfe Nordwind in die

Wohnung. Um die Nordseite der Mietskaserne pfiff immer ein kalter Wind. Für einen winzigen Augenblick stieg ihm der penetrante Duft von Kunikos Parfüm in die Nase. »Coco« von Chanel, erinnerte er sich. Anna hatte es einmal von einem Kunden geschenkt bekommen und aufgelegt, worauf er sie hatte warnen müssen, dass es zu stark sei. Schweres Parfüm brachte nur unnötigen Ärger, da die Gäste es mit nach Hause trugen.

»Entschuldigen Sie die plötzliche Störung... Huch!«, entfuhr es Kuniko, und sie hielt sich den Rock fest, während ihr Haar vom Wind zerzaust wurde.

»Aber das macht doch nichts. Bitte, treten Sie ein«, sagte Satake liebenswürdig.

»Vielen Dank.« Hocherfreut betrat Kuniko den engen Vorraum, den sie prompt mit ihrem Leibesumfang ausfüllte. Sie sah aus, als hätte sie sich zum Ausgehen fertig gemacht: schwarzes Kostüm, dazu brandneue Stiefel und um den Hals eine breite Goldkette. Aus reiner Gewohnheit hatte Satake im Nu den Gesamtwert ihrer Kleidung abgeschätzt: nachgemachte Designermode, nichts als billiges Zeug.

Sie sah ihn an, als erwarte sie, dass er sie ganz hereinbäte, und spähte dann ungeniert in die Wohnung. »Sie haben es aber sehr schön übersichtlich hier.«

»Tja, wissen Sie, meine Ex-Frau hat sämtliche Möbel mitgenommen, als sie mich verließ. Es macht mich zwar etwas verlegen, aber das da ist leider alles, was mir geblieben ist.« Satake wies auf das Bett am Fenster. Kuniko warf einen Blick darauf und schlug dann hastig die Augen nieder. Eine vulgäre Geste. Hätte sie geahnt, woran er auf diesem Bett gedacht hatte, wäre sie sicher auf der Stelle weggerannt.

»Habe ich Sie geweckt? Aber gestern Abend sind Sie gar nicht auf dem Parkplatz gewesen.«

»Nein, gestern hatte ich meinen freien Tag.«

»Ach so. Um ehrlich zu sein, Herr Satō, ich bin gekommen, um mich von Ihnen zu verabschieden.«

»Was? Wie meinen Sie das?«, fragte Satake erschrocken. Ob sie ihm doch noch entwischen sollte? Wo sie so schön in die Falle getappt war!

»Ja, also, ich habe in der Fabrik aufgehört.«

»Das ist aber schade«, sagte er mit weicher, vorgeblich enttäuschter Stimme, worauf Kuniko sich vor Freude fast überschlug:

»Ja, aber ich ziehe nicht von hier weg, das heißt, als Nachbarn werden wir uns erhalten bleiben.«

»Da bin ich aber froh! Dann auf gute Nachbarschaft!« Sofort ergriff Satake die Gelegenheit und wies in die Wohnung hinter sich. »Es ist zwar alles noch etwas trostlos bei mir, aber möchten Sie vielleicht einen Moment hereinkommen?«

Als hätte sie insgeheim längst darauf spekuliert, riss Kuniko ungeduldig die Reißverschlüsse ihrer Halbstiefel auf, deren Schäfte sich in ihre Waden fraßen.

»Setzen Sie sich doch dort aufs Bett.«

Ohne Kommentar steuerte Kuniko schnurstracks darauf zu. Den Blick auf ihren Rücken geheftet überlegte Satake, wie er weiter verfahren sollte. Das war schneller gegangen, als er erwartet hatte. Aber er durfte sich diese unverhoffte Gelegenheit nicht entgehen lassen. Es sparte ihm die Mühe, sie herzulocken, und da sie von heute an sowieso nicht mehr in der Fabrik arbeitete, würde niemand Verdacht schöpfen, wenn sie plötzlich verschwunden wäre.

»Zu meiner Schande muss ich gestehen, dass ich nicht einmal einen Tisch habe.«

»Ach, ich beneide Sie! Bei mir zu Hause ist alles hoffnungslos überfüllt.« Kuniko saß auf dem Bett und ließ ihre Augen argwöhnisch durch Satakes gähnend leere Wohnung gleiten. »Sieht aus wie in einem Büro. Wo tun Sie denn Ihre Kleidung und so hin?«

»Nun, ich besitze kaum etwas, nur das hier.« Satake deutete an sich herunter auf die Arbeitshose und die Windjacke, die er seit gestern anbehalten hatte. Da er darin geschlafen hatte, war alles verknittert. Blinzelnd betrachtete Kuniko seinen Körper.

»Als Mann kann man sich das leisten, da macht das nichts.« Kuniko griff in ihre Handtasche – ein Chanel-Imitat mit Goldkette – und nahm ihre Zigaretten heraus. Satate stellte ihr einen blitzsauberen Aschenbecher aufs Bett.

»Gleich hier in der Nähe gibt es eine nette Kneipe, wissen Sie. Hätten Sie nicht Lust auf einen Drink?«, schlug Kuniko zögerlich vor, während sie ihr Feuerzeug zückte und sich eine Zigarette anzündete.

»Um ehrlich zu sein, ich vertrage keinen Alkohol«, erwiderte Satake.

Kuniko war sichtlich enttäuscht, fing sich aber sofort wieder: »Wir können ja auch nur etwas essen gehen. Wie wäre es damit?«

»Ja, in Ordnung. Ich mache mich nur rasch fertig, warten Sie doch so lange hier.«

Satake ging ins Bad. Er putzte sich die Zähne und wusch sich durchs Gesicht. Im Spiegel sah er, dass sein Kurzhaarschnitt herausgewachsen war und er einen Stoppelbart trug. Er blickte in das Gesicht des Mannes, der das glanzvolle Leben in Kabuki-chō spurlos abgestreift und sich in einen Parkwächter mittleren Alters verwandelt hatte. Doch schon regte sich die Kreatur, die im Sumpf seiner Augen auf der Lauer gelegen hatte.

Er trocknete sich das Gesicht mit einem Handtuch ab, öffnete die Badezimmertür und sagte zu Kuniko, die sich in dem leeren Zimmer offensichtlich langweilte: »Frau Jōnouchi, was halten Sie davon, wenn wir uns einfach etwas Gutes hierher liefern lassen?«

»Was denn zum Beispiel?«

»Sushi vielleicht?«

»Einverstanden!« Kuniko strahlte übers ganze Gesicht. Aber natürlich hatte Satake zu keinem Zeitpunkt ernsthaft vor, Sushi zu bestellen, denn niemand durfte je erfahren, dass Kuniko in Apartment 412 gewesen war.

»Darf ich Ihnen einen Kaffee anbieten?«, log Satake, ließ Wasser in den Kessel laufen, stellte ihn auf den Herd und drehte den Gashahn auf. In der ganzen Wohnung gab es weder Kaffee noch irgendwelche anderen Genussmittel. Satake öffnete den leeren Küchenschrank und tat so, als müsse er einen Moment überlegen. Da spürte er etwas im Rücken und drehte sich um: Kuniko stand direkt hinter ihm. Offenbar hatte sie gesehen, dass der Schrank leer war.

»Aber Sie haben ja gar nichts da!«, lachte sie.

»Was meinen Sie?«

Angesichts Satakes finsterer Miene blieb Kuniko wie angewurzelt stehen und schaute drein, als sei sie mitten im Wald einer Schlange begegnet. »Aber ich wollte Ihnen doch nur helfen…«, beteuerte sie und wich zurück, auf das Bett zu. Dann drehte sie sich auf einmal um und wollte fliehen. Satake nutzte die Gelegenheit, legte ihr blitzschnell den linken Arm um den Hals, hielt ihr mit der rechten Hand den Mund zu und drückte sie zu Boden. Ihr dick aufgetragener Lippenstift schmierte sich in seine Handfläche und klebte. Er kümmerte sich nicht darum, sondern zog ihren schweren Körper mit aller Macht in die Höhe. Kuniko strampelte mit den Beinen, verlor aber bald durch die Zugkraft ihres eigenen Gewichts die Besinnung. Satake ließ sie zu Boden fallen und drehte langsam das nicht mehr benötigte Gas ab.

Dann zog er der erschlafften Kuniko mit geschickten Handgriffen die Kleider aus, wobei er sie wie einen Baumstamm hin- und herrollte. Als sie nackt war, legte er sie, wie er es sich im Morgengrauen vorgestellt hatte, mit dem Gesicht nach oben aufs Bett und fesselte ihre vier Gliedmaßen an die Pfosten. Das alles sollte die Generalprobe für Masako sein. Aber Kuniko ließ ihn an nichts anderes denken als an ein dickes, fettes Tier, und sein Verlangen, seine sorgfältig ausgefeilte Mordlust schwand dahin. Augenblicklich war ihm alles nur noch lästig – er knüllte ein Stück von Kunikos Unterwäsche zusammen und stopfte es ihr unsanft in den offen stehenden Mund.

Plötzlich kam Kuniko wieder zu sich. Mit weit aufgerissenen Augen schaute sie sich um und versuchte verzweifelt zu begreifen, was mit ihr geschehen war.

»Keinen Ton, kapiert?«, drohte er ihr mit leiser Stimme. Kuniko nickte aus Leibeskräften. Satake riss ihr das mit Speichelfäden durchzogene Stück Unterwäsche aus dem Mund.

»Bitte, machen Sie mich los. Ich tue alles, was Sie wollen, aber machen Sie mich los, bitte!«, flehte Kuniko mit ersterbender Stimme. Aber Satake beachtete sie nicht, sondern legte das Bett unter ihren Hüften mit mehreren Lagen Plastikmüllbeutel der größten Größe aus. Das war seine Vorkehrung gegen mögliche Harn- oder Kotinkontinenz, denn er musste schließlich in dem Bett noch schlafen.

»Was tun Sie da?« Hektisch wand Kuniko sich hin und her in dem Versuch, sich zu befreien.

»Nichts. Halt still!«

»Machen Sie mich los, bitte, hören Sie?« Kunikos kleine Augen füllten sich mit Tränen.

»Yayoi hat ihren Mann umgebracht, oder?«, fragte Satake.

Kuniko nickte bereitwillig: »Ja, das stimmt, so war es.«

»Und seine Leiche habt ihr dann zu dritt, also Masako, du und diese alte Schachtel, Yoshiē oder wie sie heißt, zerstückelt, was?«

»Ja.«

»Und Masako war eure Anführerin?«

»Natürlich.«

»Und wie viel habt ihr dafür von Yayoi bekommen?«

»Je fünfhunderttausend.«

Die paar Kröten! Satake musste lachen. Ein lächerliches, mickriges Hausfrauenverbrechen. Und deshalb war seine Vergangenheit bekannt geworden, deshalb hatte er alles verloren, was er sich aufgebaut hatte!

»Und Masako? Hat sie auch fünfhunderttausend gekriegt?«

»Nein, sie hat nichts gewollt.«

»Wieso nicht?«

»Weil sie sich für was Besseres hält«, antwortete Kuniko wie aus der Pistole geschossen. Satake grinste grimmig über die treffenden Worte. Weil sie sich für was Besseres hält!

»Wie sind sich Masako und Jūmonji über den Weg gelaufen?«

Kuniko zögerte einen Moment. Sie schien kaum glauben zu können, dass Satake das alles wusste. »Sie kennen sich offenbar noch von früher.«

»Hast du dir deshalb bei ihm Geld geliehen?«

»Nein, das war Zufall.«

»Die Geschichte klingt ja zu schön, um wahr zu sein!« Kuniko fing wieder zu weinen an. Satake hielt das für Tränen der Reue und verachtete sie dafür. »Das Weinen nützt dir jetzt auch nichts mehr – zu spät.«

»Bitte, lassen Sie mich frei!«

»Einen Moment. Wieso hat Jūmonji von dieser Sache erfahren?«

»Weil ich es ihm verraten habe.«

»Wem sonst noch?«

»Niemandem.«

»Weißt du, dass die anderen damit weitermachen?«, fragte er und zog sich dabei den breiten Ledergürtel von der Arbeitshose. Während ihre Augen seiner Handbewegung folgten, schüttelte

Kuniko verzweifelt den Kopf. Vor Angst wurde sie kreideweiß im Gesicht.

»Was denn nun: Weißt du davon oder nicht? Los, sag schon!«, drängte er sie zur Antwort, und Kuniko schrie:

»Nein, davon weiß ich nichts!«

»Natürlich nicht, weil man dir nämlich nicht trauen kann! Weil man dich nicht gebrauchen kann!«

Satake legte Kuniko den Gürtel um den Hals. Sie wollte schreien, aber heraus kam nur ein tonloses Krächzen. Ich brauche einen Knebel, dachte Satake, las ein Stück Unterwäsche vom Boden auf und drückte es ihr tief in den Hals. Als Kuniko keine Luft mehr bekam und die Augen verdrehte, nahm Satake den Gürtel überkreuz und zog fest zu. Der zweite Mord in seinem Leben langweilte ihn unsäglich.

Er band die Leiche los, ließ sie vom Bett auf den Boden fallen, wickelte sie in eine Decke und rollte sie auf den Balkon. Vorsichtig platzierte er sie dort so, dass sie genau im toten Winkel lag und von keiner anderen Wohnung aus gesehen werden konnte. Als er den Blick hob, ging hinter der Bergkette, die er am frühen Morgen betrachtet hatte, gerade die Sonne unter. Schwarz verschmolzen die Berge langsam mit der Dunkelheit.

Nachdem er die Balkontür zugezogen hatte, durchsuchte Satake den Inhalt von Kunikos Handtasche. Er zog die paar Zehntausend-Yen-Scheine heraus, die sich in ihrem Portemonnaie befanden, und nahm den Wohnungs- und den Autoschlüssel an sich. Ihre Kleidung, die Unterwäsche und die Schuhe stopfte er in eine Tragetüte. Dann steckte er sich seinen eigenen Wohnungsschlüssel und sein Portemonnaie in die Hosentasche und trat mit der Tüte in der Hand auf den Hausflur hinaus.

Draußen war es mittlerweile stockfinster, und es wehte ein noch kälterer Wind als am späten Nachmittag. Satake stieg über die Feuertreppe am Ende des Gebäudes ein Stockwerk höher und spähte den Außenflur der vierten Etage entlang. Glücklicherweise war gerade niemand da. Im Weg stehenden Dreirädern, Topfpflanzen und dergleichen ausweichend, beeilte er sich, zu Kunikos Wohnungstür zu gelangen, und schloss auf.

Drinnen herrschte ein wildes Durcheinander aus Tüten, Papier und Verpackungen von Kleidung und anderen Dingen, die sie sich offenbar gerade zugelegt hatte. Satake verstreute Kunikos Kleidungsstücke, ihre Unterwäsche und die Handtasche darunter und verließ die Wohnung wieder. Er sah sich um, vergewisserte sich, dass die Luft rein war, und schloss ab. Dann ging er mit Unschuldsmiene auf den Fahrstuhl zu.

Kunikos Wohnungsschlüssel warf er bei der Müllsammelstelle im Erdgeschoss in einen der Container. Dann ging er weiter durch bis zum Fahrradabstellplatz, suchte sein Fahrrad heraus und ließ die Mietskaserne hinter sich, um sich in den Parkwächter der Lunchpaket-Fabrik zu verwandeln.

6

Jūmonji war im siebten Himmel. Die Oberschülerin an seiner Seite trug die Uniform eines berühmten Lyzeums und war von erlesener Schönheit. Die hellbraun gefärbten Haare fielen ihr über die schneeweißen Wangen mit der zarten, reinen Haut, und ihre rosigen Lippen standen immer ein wenig offen. Die feinen Brauen hoben sich in schönen Bögen von den großen Augen ab, und die Beine, die aus dem kurzen Röckchen schauten, waren lang und schlank, kurzum, das Mädchen sah aus wie ein Fotomodell. Gegen seine Lüsternheit ankämpfend, die ihm förmlich zum Hals herauszuspringen drohte, schnurrte Jūmonji: »Und, was möchtest du jetzt tun?«

»Ist mir gleich. Alles, was du willst«, flüsterte sie. Ihre Stimme klang rau und verführerisch. Ihr Körper verströmte ein Parfüm, das Jūmonji nicht kannte, und sie trug nur Designerartikel. Welche Gegend konnte solch ein süßes Wesen hervorbringen? Welcher Mann mochte dieses Geschöpf aufgezogen haben? Für Jūmonji grenzte ihr Liebreiz an ein Wunder, und er starrte das Mädchen verzückt an. Alles an ihr verhieß Wohlerzogenheit und stand im krassen Gegensatz zu den Oberschülerinnen, die nach billiger Haarspülung rochen und in den westlichen Außenbezirken von Tōkyō in irgendeinem schmuddeligen Family-Restaurant herumlungerten. Dass er sich überhaupt mit solch einem Klasseweib in ein Hotel zurückziehen konnte, hatte er einzig und allein diesem Geld zu verdanken. Es würde ihm nicht Leid tun, der

Oberschülerin die hunderttausend Yen zu zahlen, die sie verlangt hatte.

»Gehen wir in ein Hotel?«

»Okay.«

»Wirklich? Dann bist du also einverstanden?«

»Mhm.« Das Mädchen nickte schüchtern. Er wollte sofort mit ihr verschwinden, ehe sie es sich anders überlegte, und beeilte sich, im Geiste die in Frage kommenden Hotels durchzugehen. In dem Moment klingelte das Handy in seiner Gesäßtasche.

»Einen kleinen Augenblick, ja?«, entschuldigte er sich bei ihr. In letzter Zeit hatte er sich nur noch dem Vergnügen gewidmet und den Geldverleih seiner älteren Angestellten überlassen. Vielleicht brauchte sie Rat, deshalb meldete er sich mit missmutiger Stimme: »Jūmonji. Ja bitte?«

»Akira, wo steckst du denn bloß!«, tönte ihm ein charakteristisches Leiern entgegen.

»Ach, Sie sind es, Soga-san. Nochmals vielen Dank für Ihre freundliche Unterstützung neulich!«

Als sie sah, wie unterwürfig er plötzlich wurde, wandte die Oberschülerin sich launisch ab. Aus Furcht, dass sie ihm davonlaufen könnte, griff er hastig nach ihrem Ellbogen.

»Ja, ja, schon gut. Treibst dich wohl gerade in Shibuya rum, was?«, schloss Soga treffsicher aus dem Straßenlärm im Hintergrund.

Musste ihn dieser dreiste Kerl ausgerechnet jetzt anrufen? Jūmonji runzelte die Stirn. »Mh, na ja – und wenn's so wäre?«

»Mann, was druckst du denn so rum? Weil du in Shibuya bist? Wo du doch damals schon in regenbogenfarbenen Karottenhosen dort herumstolziert bist wie ein Pfau!«

»Ja, aber …«, seufzte Jūmonji und kratzte sich am Kopf. Er hielt die Oberschülerin immer noch am Arm, aber sie machte keinen Hehl daraus, dass ihr Interesse an ihm rapide schwand, und sah sich unruhig um. Auf dem Boulevard von Shibuya wimmelte es von Männern wie Jūmonji, die nach jungen Mädchen Ausschau hielten, und es machte ihn nervös, als er sah, wie sofort einige Männer in Erwartung seines baldigen Rückzugs um sie beide herumzuscharwenzeln begannen.

»Was ist denn eigentlich aus deinem Nissan Laurel mit dem

nach oben verlängerten Auspuff geworden?«, witzelte Soga, der immer ausgelassener wurde.

»Worum geht es eigentlich, weshalb rufen Sie mich an?«

»Aha, dann bist du also mit einem Mädchen zusammen, was? Du alter Schwerenöter, einen ausgewachsenen Lolita-Komplex hast du! Total bescheuert!«

»Okay, okay, Sie haben Recht. Ich gebe alles zu und bitte um Ihr Verständnis, reicht das?«

»Ja, aber es wird leider trotzdem nichts draus.« Sogas Tonfall wurde plötzlich ernst. »Es gibt Arbeit.«

»Was sagen Sie? Einen Auftrag?« Vor Schreck ließ Jūmonji den Arm des Mädchens los. »Tja dann, bis demnächst mal«, sagte die Oberschülerin sofort und machte, dass sie wegkam. Ein paar Männer, die Jūmonji auffällig ähnlich sahen, folgten ihr. Mist, verdammter! Wehmütig blickte er dem kurzen Faltenröckchen nach, das über dem süßen Hintern des davoneilenden Schulmädchens auf- und abwippte. Aber es half alles nichts – Arbeit war Arbeit. Wenn jetzt wieder Geld hereinkäme, würde er sich problemlos zehn solcher Mädchen leisten können. Jūmonji fasste wieder neuen Mut und entschuldigte sich bei Soga: »Tut mir Leid, ich war vorhin etwas abgelenkt.«

»Sie hat dich stehen lassen, stimmt's? Sieh mal zu, dass du einen klaren Kopf bekommst, die Sache ist brenzlig!«, donnerte Soga. Jūmonji musste an seine gefährlich blitzenden Augen denken, und der kalte Schweiß trat ihm aus den Achselhöhlen.

»Ja, verzeihen Sie bitte.«

»Na, du weißt ja, ich halte große Stücke auf dich. Den letzten Auftrag hast du prima erledigt.«

»Danke.« Es wurde zu laut um ihn herum. Jūmonji floh aus dem Menschengewühl und stellte sich unter das Vordach eines Gebäudes.

»Ich verlass mich darauf, dass du diesmal genauso umsichtig vorgehst, verstanden? Der Kunde möchte das Objekt gerne heute Nacht schon übergeben.«

»Heute Nacht, sagen Sie?«, wiederholte Jūmonji, und überlegte schon im Kopf, wie er Masako am besten erreichen konnte. Er sah auf die Armbanduhr: acht Uhr abends. Um diese Zeit erwische ich sie noch zu Hause, dachte er erleichtert.

»Ja. Handelt sich schließlich um verderbliche Ware, da kann man nicht herumtrödeln!«

»Das ist wahr.«

»Treffpunkt ist der Koganei-Park, hinterer Eingang. Um genau vier Uhr morgens.«

»Verstanden.« Jūmonji prägte sich Zeit und Ort ein.

Soga fuhr mit für ihn ungewöhnlich leiser, dunkler Stimme fort: »Diesmal ist der Auftrag über eine etwas andere Schiene reingekommen als beim letzten Mal. Das macht mir ein wenig Sorge, deshalb werde ich vorsichtshalber auch dabei sein.«

»Was hat das zu bedeuten?«

»Also, da ist zum einen die Verbindung, der ich vollstes Vertrauen schenke. Der Opa vom letzten Mal ist über diese Schiene gekommen, aber diesmal war es sozusagen Laufkundschaft.«

»Laufkundschaft? Aber wir sind doch kein Marktstand!«

»Eben«, pflichtete Soga ihm bei. »Er hat immer nur hartnäckig darauf gepocht, mich über gut unterrichtete Kreise ausfindig gemacht zu haben, die er aber nicht nennen will. Deshalb habe ich vorsichtshalber den Preis in die Höhe geschraubt, aber siehe da, er war mit zehn Millionen einverstanden«, erzählte Soga ehrlich.

Als er das hörte, fragte Jūmonji vorschnell: »Heißt das, Sie kassieren eine Million mehr, Soga-san?«

»Ja, und du auch.« Soga zeigte sich großzügig. Jūmonji vergaß sogar die Oberschülerin, die ihm durch die Lappen gegangen war, und war wieder bester Laune. Wenn er diesen Überschuss alleine einstrich, ohne dass Masako etwas davon erführe, hätte er volle drei Millionen verdient.

»Vielen Dank, Soga-san.«

»Aber Vorsicht heißt die Mutter der Porzellankiste. Ich werde meine Jungs mitbringen, und du solltest auch besser wie früher dein Holzschwert schultern und die Kamikaze-Sachen aus dem Schrank holen, verstanden?«

»Seien Sie nicht albern!« Es war Jūmonji zwar aufgefallen, dass Sogas Tonfall so gar nicht nach einem Scherz geklungen hatte, aber die Vorfreude auf das hübsche Sümmchen, das ihn erwartete, ließ ihn schon zehn Zentimeter über dem Boden schweben. Sofort nahm er sein Adressbuch heraus und wählte Masakos Nummer. Falls sie es morgen früh nicht einrichten konnte, würde er womöglich einen ganzen Tag lang mit der unheimlichen Fracht im Kofferraum herumfahren müssen.

Es meldete sich Masako selbst. Sie klang verschnupft, so als sei sie erkältet.

»Um es kurz zu machen: Wir haben einen neuen Auftrag bekommen. Geht das in Ordnung?«

Sie schien nicht eben begeistert und rief ziemlich laut: »Das geht ja Schlag auf Schlag – zu schnell, wenn Sie mich fragen!«

»Es hat sich eben herumgesprochen, dass wir gute Arbeit leisten.« Auf seinen aufgeräumten Ton reagierte sie mit Schweigen. Er ahnte, dass sie es wohl mit der Angst zu tun bekommen hatte, doch er musste ihren Widerstand unter allen Umständen brechen. »Sie sind doch dabei, nicht wahr, Frau Katori?«

»Wollen wir es diesmal nicht lieber lassen?«

»Wieso denn?«

»Ich habe so ein ungutes Gefühl.«

»Beim zweiten Auftrag schon ein ungutes Gefühl? Aber das geht doch nicht!« Jūmonji ließ nicht locker. »Ich werde mein Gesicht verlieren!«

»Ich glaube, es gibt Schlimmeres, als sein Gesicht zu verlieren.« Masako sprach in Rätseln.

»Was meinen Sie damit?«

Doch er bekam keine eindeutige Antwort: »Mir ist eben irgendwie nicht wohl dabei, im Moment.«

»Es mag Ihnen ja vielleicht gerade ungelegen kommen, Frau Katori, aber das ist nicht die richtige Arbeitseinstellung.« Jūmonji versuchte weiter verzweifelt, sie zu überreden. »Ich muss schließlich auch wieder nach Kyūshū fahren, um alles zu entsorgen. Nicht nur Ihr Job ist gefährlich, das wissen Sie doch, oder?«

»Ja, das ist mir klar«, antwortete Masako leise.

Jūmonji verlor allmählich die Nerven. »Dann machen Sie also einen Rückzieher? Wenn das so ist, werde ich die Meisterin fragen. Und wenn sie auch nicht mitmacht, Kuniko. Für Geld tut diese fette Kuh doch alles!«

»Das kommt nicht in Frage! Wenn sie es vermasselt, kommen wir alle in Gefahr!«

»So ist es«, pflichtete Jūmonji ihr bei, »und deshalb machen wir alles genau so wie beim letzten Mal. Ich verlasse mich auf Sie!«

»Gut«, sagte Masako, als hätte sie sich endlich damit abgefunden. »Können Sie mir Taucherbrillen besorgen?«

»Ich werde meine Motorradbrille mitbringen. Nehmen Sie sie, wenn Sie sie gebrauchen können.«

»Okay. Ich rufe Sie an, wenn noch etwas sein sollte.«

Mit dem Gefühl, eine schwierige Geschäftsverhandlung gerade noch erfolgreich zum Abschluss gebracht zu haben, steckte Jūmonji sein Handy weg und sah auf die Uhr. Bis vier Uhr morgens blieb noch viel Zeit – zu viel. War hier nicht irgendwo noch so eine Schönheit wie vorhin aufzutreiben? Er würde jede Summe zahlen, denn der finanzielle Nachschub war ja nun gesichert. Übermütig und in Spendierlaune sah sich Jūmonji im Gedränge von Shibuya nach jungen Mädchen um und überlegte angriffslustig, welches von ihnen er beglücken sollte. Warum mochte Masako Katori nur so unwillig gewesen sein? Aber er hatte weder Zeit noch Lust, sich darüber großartig Gedanken zu machen.

Es war kurz vor vier Uhr morgens. Jūmonji parkte seinen Maxima wie verabredet vor dem Hintereingang des Koganei-Parks.

Jenseits der Leitplanke auf der einen Straßenseite lag der dunkle Park. Auf der anderen Seite der breiten Fahrbahn standen verschlafene Wohnhäuser mit fest verschlossenen Fensterläden; nichts regte sich, alles war totenstill. Es gab keine einzige Straßenlaterne in der Nähe, und in der ganzen stockdunklen Gegend war nicht das geringste Anzeichen von Leben zu spüren. Die Parkbäume wirkten wie ein finsterer Wald, und ihr Rauschen im Wind klang unheimlich. Um nicht hinsehen zu müssen, wandte Jūmonji sich ab. Da fiel ihm plötzlich wieder ein, dass doch Kuniko dort die Beutel mit den Leichenteilen weggeworfen hatte, und dieser Zufall gab ihm ein wenig zu denken.

Ihm war kalt. Schniefend versuchte Jūmonji, sich das Jackett zuzuknöpfen, stellte aber fest, dass ein Knopf fehlte. Daran war nur dieses Weib schuld, mit dem er bis eben noch zusammen gewesen war, ärgerte er sich. Er hatte sie für eine waschechte Oberschülerin gehalten, bis sich herausstellte, dass sie schon einundzwanzig war. Sie hatte heimlich sein Jackett durchsucht, während er im Bad gewesen war. Der Knopf musste abgegangen sein, als er es ihr wütend aus der Hand gerissen hatte.

Eine Pechsträhne, schoss es ihm durch den Kopf, aber Jūmonji wischte den Gedanken hastig beiseite. In wenigen Minuten würde er drei Millionen Yen bar auf die Hand bekommen. Von Pech konnte also überhaupt keine Rede sein, bemühte er sich positiv zu denken, als er von rechts ein Auto auf sich zufahren hörte, dessen Scheinwerfer auch schon die Rücklichter seines Maxima anstrahlten.

»Gut, dass du schon da bist.« Soga stieg aus dem schwarzen Gloria und hob die Hand zum Gruß. Es war noch weit vor Morgengrauen, aber er trug einen feinen Kamelhaarmantel und darunter einen schwarzen Anzug. Am Steuer des Gloria saß der blonde Jüngling; sein Kollege mit dem kahl geschorenen Schädel stieg kurz nach Soga aus und blieb ein paar Schritte hinter ihm stehen. Mit müdem Gesicht verbeugte er sich vor Jūmonji.

»Danke, dass Sie extra hergekommen sind, Soga-san.«

»Ich will wissen, mit wem wir es zu tun haben, deshalb schaue ich mir die Fresse dieses Kerls lieber mit eigenen Augen an.« Zitternd vor Kälte, schlug Soga den Mantelkragen hoch und steckte beide Hände in die Taschen.

»Ja. Was mag das wohl für einer sein? Und wie mag die Fracht aussehen, die er dabeihat?«

»Tja, ich weiß nicht recht«, murmelte Soga unsicher. »Er ist bereit, zehn Millionen auf den Tisch zu legen, da wird es wohl eine ziemliche Schweinerei sein.«

»Da könnten Sie Recht haben.«

»Willst du das Ding etwa da reintun?«, fragte Soga und zeigte auf den Maxima.

»Nun ja…«

»Da kann einem ja übel werden!« Soga verzog das Gesicht. Beim letzten Mal hatten der Blonde und der Glatzkopf ihm die Leiche und das Geld überbracht, Soga selbst hatte nur per Telefon die Anweisungen gegeben. Und dafür hatte er ganze zwei Millionen kassiert! Jūmonji reagierte ein wenig verstimmt.

»Das gehört eben zu meiner Arbeit.«

»Na, jetzt fühl dich doch nicht gleich auf den Schlips getreten«, erwiderte Soga mit feinem Gespür und gab Jūmonji einen gönnerhaft-versöhnlichen Klaps auf die Schulter.

In dem Moment bemerkten sie einen Kombiwagen, der mit zu hoch eingestelltem Abblendlicht aus der entgegengesetzten Richtung auf sie zusteuerte. Die blendenden Scheinwerfer rückten näher und näher. Im ersten Augenblick war Jūmonji zumute, als käme da ein Ungeheuer auf ihn zu.

»Das ist er!« Soga nahm die Zigarette aus dem Mund, drückte sie an der Leitplanke aus und hielt die Kippe dem nervös wirkenden Blonden hin.

Der nahm sie mit beiden Händen entgegen und fragte: »Was soll ich damit machen?«

»Blödmann! Stell dir vor, man findet sie später hier! Friss sie doch auf!«

»Ich soll sie aufessen?«

»Wie kann man nur so bescheuert sein! Mach damit, was du willst!«

Der Blonde stopfte die Kippe hastig in seine Jackentasche. Jūmonji schluckte. Von der Kälte spürte er nichts mehr.

Der Kombi hielt direkt vor ihnen. Die grellen Scheinwerfer blieben an. Sie blendeten, so dass man das Nummernschild nicht lesen konnte. Die Fahrertür ging auf, und ein Mann stieg aus. Er war relativ groß, stämmig und unauffällig gekleidet in Arbeitshose und Windjacke. Sein Gesicht konnte man nicht erkennen, da er eine Kappe trug. Aber im Moment, als er ihn sah, bekam Jūmonji am ganzen Körper Gänsehaut. Warum, wusste er nicht.

»Soga mein Name, Toyozumi-Gesellschaft«, begrüßte ihn Soga.

»Was ist denn hier los? Großer Empfang oder was?«, erwiderte der Mann mit undeutlicher, leiser Stimme.

»Nun, verzeihen Sie, aber es beschäftigt mich ehrlich gesagt ein wenig, dass Sie nicht über meine üblichen Verbindungen an mich herangetreten sind. Von wem bitte haben Sie von dieser Sache erfahren, wenn ich fragen darf?«

»Das kann Ihnen doch egal sein!«

»Hören Sie …«

»Ach, Schnauze!« Der Mann riss eine Papiertüte aus der Jackentasche und warf sie Soga entgegen. Der fing sie auf und prüfte den Inhalt. Jūmonji spähte hinüber und konnte deutlich zehn von Banderolen gehaltene Bündel mit Zehntausend-Yen-Scheinen erkennen.

Nachdem er sich von der Richtigkeit der Summe überzeugt hatte, nickte Soga und gab Jūmonji ein Zeichen mit dem Kinn. »Okay, in Ordnung. Legt los!«

Geräuschvoll zog der Mann die Heckklappe des Kombis auf. Im düsteren Wageninneren konnte Jūmonji die Umrisse eines menschlichen Körpers ausmachen, der in eine Decke gewickelt war. Ein kurzer, rundlicher, üppiger Körper. Doch nicht etwa eine Frau!, dachte Jūmonji und blieb wie angewurzelt stehen. Er hatte nie damit gerechnet, dass man ihm eine tote Frau liefern könnte.

»Mach dir nicht in die Hose!«, bellte der Mann Jūmonji scharf an und zog die Leiche aus dem Wagen. Hastig liefen der Blonde und der Glatzkopf herbei und fassten mit an. Die Leiche plumpste auf den Asphalt, und im selben Moment schlug der Mann die Heckklappe auch schon wieder zu. Ohne sich noch einmal umzusehen, stieg er wieder ins Auto und setzte in die Richtung zurück, aus der er gekommen war. Das für das Fahren im Rückwärtsgang typische, überdrehte Heulen des Motors hallte über die stockdunkle Straße. Der Kombi wurde kleiner und kleiner und verschwand schließlich in der Dunkelheit.

Alles war sehr schnell gegangen.

»Der konnte einem ganz schön Angst machen, was?«, sagte Jūmonji.

Darauf zischte Soga nur leise: »Blödmann! Die, die einen umgelegt haben, sind immer ein ganz anderes Kaliber, das ist doch klar!«

Ob dieser Mann die Frau hier selbst umgebracht hatte? Entsetzt starrte Jūmonji auf die kurze, fest in eine Decke gewickelte und mit einem Seil zu einer kompakten Rolle verschnürte Menschengestalt.

»Wieso hat er bloß das ganze Stück zurückgesetzt?«

»Bist du blöd, oder was? Natürlich, um zu verhindern, dass wir sein Nummernschild erkennen! Außerdem wollte er sichergehen, dass wir ihm nicht folgen.«

Jūmonji zitterte plötzlich wie Espenlaub. Siedend heiß hatte ihn endlich die Erkenntnis gepackt, dass er da in eine furchtbare Sache verwickelt war. Die Gänsehaut vorhin war ein Vorzeichen dafür gewesen.

»Hier, nimm das und mach, dass du wegkommst!« Soga pickte drei Banknotenbündel aus der Papiertüte und schleuderte Jūmonji den Rest vor die Brust.

»Hm.« Jūmonji stopfte sich die Tüte mit einigen Schwierigkeiten in die Jacketttasche.

Der Blonde und der Glatzkopf mühten sich ab, die Leiche in den Maxima zu laden. Wortlos stand Soga da, so als hätte er auf etwas Bitteres gebissen.

»Das ist eine Frau, nicht?«

»Scheint so.« Soga drehte sich zu ihm um. Er lächelte nicht. »Womöglich ein Schulmädchen.«

»Hören Sie auf!« Es lag nicht nur an der Kälte kurz vor Morgengrauen, dass er plötzlich fror. Mit lautem Knall fiel der Kofferraumdeckel ins Schloss. Die beiden jungen Männer streiften sich immer wieder die Hände ab, so als hätten sie etwas Schmutziges angefasst, und rümpften die Nase, als würde es stinken.

Soga gab Jūmonji noch einen Klaps auf die Schulter: »Tja, dann will ich mal wieder. Halt die Ohren steif, klar?«

»Soga-san?« Jūmonji fürchtete sich davor, allein zurückgelassen zu werden, und sah Soga in die Augen. Der fuhr sich mit der Zungenspitze über die Lippen.

»Was? Geht dir etwa der Arsch auf Grundeis?«

»Nein, nein.«

»Vermassel das hier nicht, hörst du? Das könnte verdammt gefährlich werden.« Damit gab Soga dem bei geöffneter Wagentür wartenden Glatzkopf das Zeichen zum Aufbruch. Kaum dass Soga eingestiegen war, brauste der Gloria auch schon in die Richtung davon, aus der er gekommen war – wie auf der Flucht. Sofort war die Straße wieder stockdunkel. Der allein gelassene Jūmonji ließ den Motor an, während er noch mit dem heftigen Drang kämpfte, das Auto mit allem drum und dran einfach hier stehen zu lassen und abzuhauen. Ihm war, als hätte er zum allerersten Mal im Leben richtige Angst. Als er schon eine ganze Weile gefahren war, wurde ihm endlich klar, dass nicht die Leiche in seinem Kofferraum der Grund für diese Angst war, sondern der Mann, der sie gebracht hatte.

7 Zum ersten Mal seit einer Woche fühlte sie sich wieder einigermaßen wohl, die Erkältung war abgeklungen.

Ein Blick in den Spiegel verriet ihr, dass sie zwar immer noch ein wenig mitgenommen aussah, doch ihre Wangen hatten wieder Farbe bekommen, und die Ränder unter den Augen waren fast verschwunden. Und das, obwohl sie sich gleich wieder in diese schreckliche Arbeit stürzen würde, dachte sie zynisch, während sie ihr Spiegelbild betrachtete.

Zum Glück war Yoshiki pünktlich zur Arbeit gegangen, und auch Nobuki hatte frühmorgens für seinen Aushilfsjob das Haus verlassen. Seit jenem Gespräch neulich abends hatte sich ihr Mann noch häufiger auf sein Zimmer zurückgezogen. Da sie ihm angekündigt hatte, dass sie vielleicht ausziehen würde, schottete er sich wahrscheinlich noch stärker von ihr ab, um nicht verletzt zu werden. Es war, als wären sie längst getrennt, obwohl sie unter demselben Dach lebten, und Masako konnte den Schmerz darüber nicht einfach so beiseite wischen. Nobuki wenigstens hatte allmählich wieder angefangen, den Mund aufzumachen. Das beschränkte sich zwar auf Aussprüche wie »Gibt's was zu essen?«, aber Masako war froh darüber.

Um das Bad für die Arbeit vorzubereiten, räumte Masako Seife, Shampoo und dergleichen weg und legte die Bodenfliesen mit der Plastikplane aus. Sie öffnete das Fenster weit, damit der Badedunst des gestrigen Abends abziehen konnte. Es war ein ausgesprochen warmer, schöner Spätherbsttag. Ihr körperliches Befinden, das Wetter, alles hätte kaum besser sein können, aber tief in ihrer Brust lauerte eine riesengroße Angst. Wie sollte sie das dem übermütigen Jūmonji oder Yoshiē erklären? Und wer mochte dieser unsichtbare Fremde nur sein?

Masako hatte da durchaus eine Vermutung. Darauf gekommen war sie, als sie mit der Erkältung im Bett gelegen hatte. Aber einen sicheren Beweis gab es natürlich nicht.

Sie machte das Fenster wieder zu, schloss die Badezimmertür ab und lief in die Diele, auf die Haustür zu. Sie konnte die Ankunft des Objekts kaum erwarten. Nicht, weil sie sich darauf gefreut hätte, sondern aus Angst. Denn sie wartete weniger auf den toten Körper als vielmehr auf eine wie auch immer geartete, neue Wendung der Ereignisse. Die gefährliche Ungewissheit, es einfach nur noch durchzuziehen, ohne eine Ahnung zu haben, wohin die Reise ging, versetzte Masako in eine kaum zu ertragende Rastlosigkeit.

Masako stieß ihre Füße in Nobukis große Strandsandalen auf dem Betonboden im Eingangsbereich. Sie hielt es weder länger im Haus aus, noch konnte sie vor die Tür gehen und draußen auf Jūmonji warten, also blieb sie genau dazwischen, auf dem Estrich im Eingang stehen, die Arme fest vor der Brust verschränkt, um die unerklärliche Angst in ihrem Herzen im Zaum zu halten.

»Verdammte Scheiße!«, fluchte sie, wie um sich abzureagieren. Das alles gefiel ihr nicht, ganz und gar nicht. Und am wenigsten gefiel sie sich selbst dabei. Sie war von den Umständen mitgerissen worden, bevor sie noch genügend Vorkehrungen hatte treffen können. Ob der unsichtbare Fremde genau das beabsichtigt hatte? Mittlerweile schien ihr das durchaus plausibel.

Der dunkelblaue Maxima vor ihrem Haus würde auffallen, auch wenn es für noch so kurze Zeit war. Sie hatte sich fest vorgenommen gehabt, beim nächsten Mal ihren eigenen Wagen zu nehmen, aber nun hatte die Zeit dafür nicht ausgereicht, und niemand wusste, ob es diesmal wieder gut laufen würde. Sie konnte die Last der Reue über diese riesengroße Dummheit, in der sie nun bis zum Hals steckte, und der immensen Angst, irgendwo etwas übersehen zu haben, einfach nicht abschütteln. Während sie in dem engen Eingangsbereich stand und hin- und herüberlegte, drohte das Gefühl der Verlorenheit sie beinahe zum Platzen zu bringen wie einen zu fest aufgeblasenen Luftballon, bis sie schließlich die Haustür aufmachte und ins Freie trat.

Es war ein warmer Morgen. Die Nachbarschaft wirkte wie immer ruhig und friedlich. Von einem Feld in der Ferne stieg eine Rauchsäule empor; wahrscheinlich verbrannte man welkes Laub oder dergleichen. Irgendwo am sanftblauen Himmel flog gemächlich eine Propellermaschine, und aus einem Nachbarhaus drang entferntes Klappern von Geschirr. Ein Vorstadtmorgen wie jeder andere. Masako warf einen Blick auf das freie Stück Bauland mit dem roten Lehm gegenüber. Die Frau mittleren Alters, die behauptet hatte, das Grundstück kaufen zu wollen, hatte sich seitdem nie mehr wieder blicken lassen. Nichts stach hervor, alles schien vollkommen unverändert, und doch war es ihr irgendwie unheimlich.

Eine Fahrradbremse quietschte.

»Da bin ich.« Über ihrem grauen Jersey-Anzug trug Yoshië eine alte schwarze Windjacke, die ihr offenbar Miki vermacht hatte.

Masako sah ihr in die geröteten Augen, die nach der durchgearbeiteten Nacht gegen die Helligkeit ankämpften. Sie selbst würde jetzt wohl genauso aussehen, wenn sie in der Fabrik gewesen wäre. »Geht's dir gut, Meisterin?«

»Ja, alles bestens. Ich hab's ja so gewollt, hab dich schließlich gebeten, mir Bescheid zu geben.« In Yoshiës Augen lag jetzt eine Entschlossenheit, die vorher nie da gewesen war. Die wilde Entschlossenheit, es zu Geld zu bringen.

»Komm schnell rein«, drängte Masako Yoshië, die ihr Fahrrad abstellte. Yoshië schlüpfte zur Tür herein, streifte ihre Leinenschuhe ab, die wie Kinderpantoffeln aussahen, und sah Masako besorgt an. »Wie ist es denn mit deiner Erkältung?«

An dem Regentag, als sie bei Yoshië vorbeigefahren war, hatte Masako sich eine schlimme Erkältung geholt und war seither nicht zur Arbeit gegangen.

»Viel besser.«

»Na, Gott sei Dank! Trotzdem, diese Arbeit, bei der man so viel mit kaltem Wasser hantieren muss, ist dann eigentlich noch nichts für dich!«

Sie meinte natürlich das Zerteilen einer Leiche. Beim letzten Mal war ihnen aufgefallen, dass es effektiver war, wenn man die ganze Zeit das Wasser laufen ließ und immer wieder nachspritzte.

»Ist in der Fabrik alles in Ordnung?«

»Wenn du wüsstest«, erwiderte Yoshië und senkte die Stimme: »Kuniko hat aufgehört!«

»Was! Kuniko?«

»Ja, stell dir vor. Vor drei Tagen hat sie plötzlich ihre Kündigung eingereicht. Der Vorarbeiter soll zwar pro forma noch versucht haben, es ihr auszureden, aber du weißt ja, wie das ist. Jemand wie Kuniko ist denen im Grunde egal. Seitdem ist sie nicht mehr da gewesen«, sagte Yoshië, während sie sich die Windjacke auszog und sie ordentlich zusammenfaltete.

Masako starrte abwesend auf das weiße Innenfutter aus Flanell, das abgescheuert und an vielen Stellen fadenscheinig geworden war.

»Yama-chan kommt auch nicht mehr«, fuhr Yoshië fort, »und du hast gefehlt, weil du krank warst. Ich war ganz allein. Und weil ich mich so einsam fühlte, hab ich die Bandgeschwindigkeit auf achtzehn hochgefahren. Das hättest du mal sehen sollen! Aufgescheucht wie die Hühner hab ich sie alle, und sofort hagelte es Proteste! Ach, ich bin diese ganzen Stümper leid.«

»Das kann ich mir vorstellen!«

»Und dann hat sich gestern Abend dieser Brasilianer nach dir erkundigt.«

»Der Brasilianer?«

»Na, dieser junge Mann, Miyamori heißt er, oder so ähnlich.«

»Was hat er denn gefragt?«

»Ob du aufgehört hättest. Der Arme, er scheint sich in dich verguckt zu haben.«

Masako hörte nur schweigend zu, ohne auf Yoshiës neckische Vermutung einzugehen. Sie sah Kazuos verletztes Gesicht vor sich, als er im Sommer vollkommen verloren mitten auf dem Weg stehen geblieben war. Wie weit, weit weg das alles jetzt schon war!

Yoshië hatte aufgehört zu reden und wartete eine Weile auf Masakos Reaktion. Als die ausblieb, plauderte sie weiter. »Aber der Bursche hat unglaublich gut Japanisch gelernt, wirklich, ich war bass erstaunt! Vielleicht, weil er noch jung ist, da fällt einem so was leicht.«

Vermutlich war sie aufgeregt wegen der bevorstehenden Arbeit, jedenfalls war Yoshië an diesem Morgen ausgesprochen geschwätzig. Unter dem Redeschwall, der auf sie niederprasselte, überlegte Masako, ob es vernünftig wäre, Yoshië von ihrer eigenen Angst zu erzählen oder nicht, und stand unschlüssig da, als warte sie unter einem Vordach auf eine Regenpause. Da hörten sie, wie vor der Haustür ein Auto vorfuhr.

»Das ist er!« Yoshië richtete sich auf.

»Warte!« Masako ging zur Tür und spähte vorsichtig durch den Spion nach draußen. Der dunkelblaue Maxima parkte genau vor dem Haus. Jūmonji war pünktlich.

Masako öffnete die Haustür einen Spalt, da war Jūmonji schon ausgestiegen und kam auf sie zu. Seine Gesichtshaut war fettig von der durchwachten Nacht. Er flüsterte: »Diesmal ist es ein höchst unerfreuliches Objekt, Frau Katori.«

»Wieso?«

»Es ist eine Frau«, sagte er leise.

Masako schnalzte mit der Zunge. Sie war auf einen grausigen Anblick gefasst gewesen, da schien es merkwürdig, wie sehr sie sich dagegen sträubte, einen Körper ihres eigenen Geschlechts zu zerstückeln. Jūmonji sah sich aufmerksam in der Gegend um, bevor er sachte den Kofferraum aufschloss. Masako wich unwillkürlich ein paar Schritte zurück, als sie das raupenähnliche, in eine Decke geschnürte Bündel sah. Bei dem alten Mann war es klein und schmal gewesen; dieses hier war nicht flach, sondern rundlich und wölbte sich üppig im Brustbereich.

»Was ist denn?« Plötzlich war Yoshië hinter sie getreten, schaute ihnen über die Schulter und stieß einen kleinen Schrei aus. Allein die Sorgfalt, mit der dieser menschliche Körper zu einer mit Stricken festgezurrten Rolle verpackt worden war, ließ ihn grausiger aussehen als Kenji oder die Leiche des alten Mannes, die einfach in eine Decke eingeschlagen gewesen war.

»Tragen wir sie schnell hinein!« Jūmonji streckte mit abgewandtem Gesicht die Arme danach aus, so als sei ihm jede Berührung höchst zuwider. Masako fasste mit an. Die Totenstarre hatte sich gelöst, der Körper war schlaff und bog sich, was ihn schwer machte. Zu dritt trugen sie die Leiche ins Bad, ließen sie auf die Plastikplane plumpsen und sahen sich dann fragend an.

»Ich hab vielleicht Schiss gekriegt, als ich das Ding da abgeholt hab! Ihr hättet den Mann sehen sollen, der damit ankam! Ich hab regelrecht geschlottert vor Angst!«

»Wieso?«

»Na, weil das der Kerl war, der sie umgebracht hat, das ist doch klar!«

»Woher wollen Sie das wissen? Er könnte die Leiche doch auch einfach nur geliefert haben«, sagte Yoshië mit der Hand auf der Brust, so als müsse sie ihr Herz festhalten, damit es nicht so klopfte.

»Nein, das weiß man merkwürdigerweise ganz genau!«, widersprach Jūmonji ihr lautstark. Seine Augen waren blutunterlaufen. Das stimmt vielleicht sogar, dachte Masako im Stillen, sagte aber nichts. Bei Yayoi war es auch so gewesen. Sie hatte eine ganz besondere Ausstrahlung gehabt an jenem Abend.

»Sie sind doch ein Mann, oder? Hier, schneiden Sie rasch die Stricke durch!« Yoshiē hatte es Jūmonji offenbar übel genommen, dass er sie mundtot gemacht hatte, und drückte ihm unbarmherzig die Geflügelschere in die Hand.

»Ich?«

»Natürlich Sie! Sie sind der Mann, und ein Mann muss immer mit gutem Beispiel vorangehen!« Yoshiē feuerte das Wort »Mann« wieder und wieder auf ihn ab, als wäre es ein Folterinstrument. Sie schubste ihn von hinten an, bis er widerwillig die Schere hob. Zunächst durchtrennte er nacheinander die festgezurrten Stricke, mit denen die Decke verschnürt war. Dann zog er an einem Deckenzipfel. Sofort kamen die Beine zum Vorschein. Dicke, weiße Beine, die sich an den Knöcheln nicht verjüngten und auf deren Rückseiten violette Flecken zu sehen waren. Yoshiē schrie auf und versteckte sich hinter Masakos Rücken. Als Nächstes tauchte der an keiner Stelle verletzte, schwabbelige Rumpf auf. Die Brüste, die nur aus Fett zu bestehen schienen, hingen rechts und links herunter. Der Körper war zwar fett, doch er hatte einer Frau gehört, die noch in der Blüte ihrer Jahre gestanden hatte.

Aber der Kopf wollte einfach nicht zum Vorschein kommen, so als bisse er sich verzweifelt an der Decke fest, die ihn umhüllte. Masako half Jūmonji, die Decke ganz wegzuziehen, und hielt unwillkürlich inne. Denn der Kopf steckte in einem schwarzen Plastikbeutel, der mit einer Schnur um den Hals festgebunden war, damit man ihn nicht so einfach abziehen konnte.

»Was soll das denn? Das ist ja unheimlich!« Yoshiē wich zurück, bis in den Vorraum hinein. Jūmonji sah aus, als müsse er sich gleich übergeben.

»Wahrscheinlich hat er ihr das Gesicht zertrümmert. Widerlich!«

»Moment mal. Wieso sollte man ihr so ein Ding aufsetzen? Das macht nur Sinn, wenn…?« Von einer Ahnung getrieben, griff Masako nach der Schere und schnitt hastig das schwarze Plastik auf. Dann war plötzlich alles sonnenklar. »Tatsächlich, es ist Kuniko!«

Eine stupide Fratze mit heraushängender Zunge und halb offenen Augen. Kunikos Gesicht, in dem die durchtriebenen Augen, der gierige Mund erschlafft und aus dem alles Leben gewichen war. Das Bad, das bislang nur ein Raum zur Zerstückelung irgendwelcher toter Körper gewesen war, verwandelte sich, allein dadurch, dass jetzt die Leiche einer guten Bekannten darin lag, in eine Aufbahrungsstätte. Sofort waren alle still. Dann brach Yoshië in Schluchzen aus. Jūmonji blieb, wie gelähmt vor Angst, stehen.

»Was war das für ein Kerl? Los, sagen Sie mir, was das für ein Mann war!«, fuhr Masako ihn an.

»Sein Gesicht konnte ich doch gar nicht genau sehen!« Jūmonjis Stimme überschlug sich vor Aufregung. »Er war ziemlich groß und kräftig, und er hatte eine tiefe Stimme.«

»Das trifft doch auf jeden dritten Mann zu!« Masako war außer sich.

»Aber ich weiß doch nicht mehr, auch wenn Sie noch so schreien!« Völlig verzweifelt wandte Jūmonji sein Gesicht zur Seite.

Yoshië saß im Vorraum auf dem Boden und weinte. Man hörte ihr klagendes Murmeln: »Das musste ja kommen, das ist die Strafe des Himmels, ich hab's ja gleich gesagt, so etwas darf man auch nicht tun...«

»Hör endlich auf!« Masako stürmte in den Vorraum und packte sie bei den Schultern. »Hör auf, so zu reden, dafür haben wir keine Zeit! Irgendjemand hat es auf uns abgesehen!«

Yoshië starrte sie abwesend an, so als hätte sie nicht die leiseste Ahnung, wovon Masako sprechen könnte. »Was meinst du denn damit?«

»Dass jemand uns Kuniko geschickt hat, das ist doch wohl klar!«

»Aber kann das denn nicht Zufall gewesen sein?«, wimmerte Yoshië.

»Sag mal, spinnst du, oder was!«, schrie Masako impulsiv. Vor lauter Aufregung klang ihre Stimme schrill, sie konnte sich nicht zusammenreißen. Sie kaute an den Fingernägeln, um die Fassung zurückzugewinnen.

Da sagte Jūmonji: »Ach ja, der Übergabeort für die Leiche war der Hintereingang vom Koganei-Park. Deshalb hatte ich gleich so ein komisches Gefühl.«

»Ist das wahr?« Augenblicklich standen Masako am ganzen Körper die Haare zu Berge. Er wusste es. Dieser Kerl wusste alles. Deshalb hatte er Kuniko umgebracht. Um ihnen Angst einzujagen. Aber warum? Masako schrie Kuniko an, die mit erschlafftem Gesicht vor ihr lag: »Du bescheuerte, blöde Kuh! Verrat uns sofort, was passiert ist!«

Jūmonji griff nach Masakos Arm. »Beruhigen Sie sich doch, Frau Katori!«

Yoshië starrte sie mit offenem Mund an. »Aber was hast du denn nur?«

»Ach, es ist zum Verrücktwerden!«, zischte Masako.

»Wieso?«

»Wollt ihr das wirklich wissen? Gut, ich werde es euch klipp und klar sagen.« Masako wandte sich den beiden zu. »Jemand hat es auf uns abgesehen. Dieser Jemand ist bei Yama-chan zu Hause eingedrungen und hat sie ausspioniert. Bei mir hat er auch herumgeschnüffelt. Dann hat er den Plan ausgeheckt, sich an Kuniko ranzumachen, sie zu ermorden, um sie dann von uns entsorgen zu lassen.«

»Wieso sollte jemand das tun? Wenn er Kuniko umgebracht hat, braucht er doch so was nicht zu tun! Das muss doch einfach Zufall gewesen sein!« Yoshië war wieder den Tränen nahe.

»Nein, er will uns doch gerade mitteilen, dass er alles weiß!«

»Aber warum denn nur?«

»Aus Rache.« Sobald sie dieses Wort ausgesprochen hatte, war ihr plötzlich, als habe sich das Rätsel gelöst. Genau, das war es! Der Kerl wollte sich rächen! Er hatte alles so sorgfältig und mit großem Zeitaufwand ausspioniert, um sich an ihnen rächen zu können! Am Anfang hatte sie gedacht, er habe es auf das Geld von der Versicherung abgesehen, aber das stimmte nicht. Hätte er sonst ohne mit der Wimper zu zucken eine Riesensumme für Kunikos Entsorgung investiert? Masako bekam Angst. Verzweifelt kämpfte sie gegen die Tränen.

Jūmonji runzelte die Stirn. »Aber wer sollte das sein?«

»Der Betreiber dieses Spielkasinos vielleicht. Etwas anderes kann ich mir nicht vorstellen.«

Jūmonji und Yoshiё sahen sich an. »Und wie heißt er?«

»Mitsuyoshi Satake, Alter: dreiundvierzig.« Masako hatte den Namen und so weiter in alten Zeitungen recherchiert. »Er wurde aus Mangel an Beweisen freigelassen und ist seither verschwunden.«

»War denn dieser Mann so ungefähr dreiundvierzig?«, fragte Yoshiё Jūmonji.

»Das kann ich nicht sagen. Es war dunkel, und er hatte eine Kappe auf dem Kopf. Aber vom Klang seiner Stimme her käme das Alter einigermaßen hin. Tja, das heißt dann also, dass ich der Einzige bin, der ihn je gesehen hat, nicht wahr?« Jūmonji verzog das Gesicht, als dächte er an etwas Schlimmes zurück. »Und ein weiteres Mal möchte ich ihm auf keinen Fall begegnen!«

Als sie Jūmonjis furchterfüllte Miene sah, fing Yoshiё wieder zu weinen an. »Aber was sollen wir denn jetzt machen? Sag doch, was sollen wir nur machen, um Himmels willen?«

Masako kaute immer noch an den Nägeln. »Das Geld nehmen und abhauen.«

»Aber das ist in meinem Fall doch ganz und gar unmöglich!«

»Tja, dann wirst du dich halt ungemein in Acht nehmen müssen.« Damit wandte Masako sich wieder Kunikos Leichnam zu. Was sollten sie damit machen? Das war im Moment das größte Problem. Zerstückeln? Die Mühe konnten sie sich eigentlich sparen, denn der Auftraggeber hatte sein einziges Ziel, ihnen Angst einzujagen, ja schon erreicht. Doch die Leiche einfach so wegzuwerfen war zu gefährlich. »Was machen wir mit Kuniko?«

»Lasst uns zur Polizei gehen und alles beichten«, schlug Yoshiё, die wie erschlagen neben der Waschmaschine saß, mit mattem Stimmchen vor. »Wieso müssen wir uns auf so was Verrücktes einlassen? Ich habe keine Lust, darauf zu warten, wie Kuniko ermordet zu werden!«

»Dann landen wir alle hinter Gittern. Ist dir das etwa egal?«

»Nein«, sagte Yoshiё, »aber was sollen wir denn sonst tun?«

»Schaffen wir sie doch einfach fort«, sagte Jūmonji nach einer Weile nachdenklichen Schweigens, den Blick starr auf Kunikos opulente Brüste gerichtet.

»Und wohin?«

»Irgendwohin. Und dann stellen wir uns dumm.«

»Das wäre eine Möglichkeit. Aber ich will, dass dieser Satake zur Verantwortung gezogen wird.«

»Wie soll das denn bitte gehen?«, sagte Jūmonji und schaute Masako vorwurfsvoll an.

»Das weiß ich noch nicht, aber ich will ihm zeigen, dass ich nicht etwa nur hier sitzen bleibe und vor Angst schlottere!«

»Warum denn das, um Himmels willen?«, rief Yoshië mit ungläubigem Gesicht. »Bist du denn von allen guten Geistern verlassen?«

»So kommt er wenigstens auch in Schwierigkeiten. Wenn wir nichts unternehmen, werden wir sang- und klanglos untergehen, einfach so, für immer!«

»Aber wie wollen Sie das anstellen, Frau Katori?«, fragte Jūmonji, wobei er die Augen zu Schlitzen zusammenzog und sich den Ein-Tage-Bart rieb.

»Ob wir ihm Kunikos Leiche nicht zurück ins Haus liefern können?«

»Wo wohnt er denn?« Yoshië presste völlig übermüdet die Hände auf die Augen. »Das wissen wir doch gar nicht, oder?«

»Stimmt«, gab Masako zu und verfiel ins Grübeln.

»Moment!«, rief Jūmonji und machte eine Handbewegung, als müsse er sie beide beschwichtigen. »Lasst uns mal in aller Ruhe nachdenken, das ist sehr wichtig jetzt.«

Da sah Masako, dass in Kunikos Mund ein Stück schwarzer Stoff steckte. Rasch streifte sie sich ein Paar Plastikhandschuhe über und zog daran. Zum Vorschein kam zusammengeknüllte Unterwäsche, die sich beim vorsichtigen Ausbreiten als ein spitzenbesetzter, luxuriöser Slip in Kunikos Größe entpuppte. Im Umkleideraum der Fabrik hatte sie sie immer nur in billigem Zeug gesehen, erinnerte sich Masako, demnach musste Kuniko, als sie diese Reizwäsche anlegte, wohl mit einer Gelegenheit gerechnet haben, sich auszuziehen – das hätte ihr ähnlich gesehen.

»Er hat ihr das da in den Mund gestopft und sie dann erdrosselt«, sagte Jūmonji mit mitleidigem Blick auf das breite Würgemal um Kunikos Hals.

Immer noch den Slip in der Hand, fragte Masako ihn: »Hören Sie, Jūmonji-san: Sah dieser Mann gut aus?«

»Na ja, über sein Gesicht kann ich nicht viel sagen, aber sein Körperbau war nicht schlecht.«

Er hatte sie mit seinen männlichen Reizen in die Falle gelockt. Masako überlegte, ob es einen solchen Mann in Kunikos Umfeld gegeben hatte. Aber aufgrund des Bruchs mit ihr wusste sie so gut wie nichts über ihre privaten Beziehungen in der letzten Zeit. Resigniert ließ Masako die Schultern hängen. »Wir werden sie wohl auseinander nehmen müssen. Im Moment jedenfalls sehe ich keine andere Möglichkeit.«

»Was sagst du da? Aber ich will nicht! Nein, ich werde das nicht tun«, murmelte Yoshiė. »Kuniko zerstückeln! Da muss man ja Albträume bekommen, widerlich!«

»Ach so, dann brauchst du also gar kein Geld, Meisterin? Okay, wie du willst, dann mache ich eben alles alleine und kassiere deinen Anteil mit. Und die Million, von der wir gesprochen haben, kriegst du natürlich auch nicht«, sagte Masako, und sofort fuhr Yoshiė hoch:

»Aber das kannst du nicht machen! Ich muss doch umziehen!«

»Tja, und wenn jemand auf die Idee kommt, mal kurz ein Streichholz an dein Haus zu halten, ist alles schnell vorbei«, sagte Masako gehässig, und Yoshiė ließ den Kopf hängen.

Jūmonji stand unschlüssig zwischen ihnen und wusste nicht, wie er sich verhalten sollte.

»Besorgen Sie Kartons. Und dann machen wir es wie gehabt: Sie fahren nach Kyūshū und werfen alles in die Verbrennungsanlage!«

»Wollen Sie das wirklich tun?«

»Ja. Es bleibt uns nichts anderes übrig.« Masako versuchte zu schlucken, aber der Speichel blieb ihr im Hals stecken und wollte einfach nicht herunterrutschen. Wie die Wirklichkeit, die sie nicht wahrhaben wollte.

»Na, dann fahr ich mal Kartons holen.« Jūmonji richtete sich auf, sichtlich froh darüber, von hier wegzukommen.

Masako sah ihm an, dass er sich am liebsten ganz aus dem Staub gemacht hätte. Ihn hatte längst der Mut verlassen, und er wollte sich diesem ganzen Schlamassel nur noch entziehen. Deshalb baute sie vor: »Damit wir uns richtig verstehen: Abgehauen wird erst, wenn das hier erledigt ist, kapiert?«

»Ja, klar.«

»Es gibt nämlich noch Arbeit zu tun!«

»Ja, ja«, nickte Jūmonji, etwas verstimmt über Masakos Hartnäckigkeit.

»Was ist jetzt mit dir, Meisterin?« Masako drehte sich zu Yoshië um, die immer noch zusammengesunken auf dem Boden saß und Kunikos Leiche anstarrte.

»Gut, ich mach's. Und mit dem Geld, das ich dafür kriege, zieh ich dann sofort um.«

»Das kannst du halten, wie du willst.«

»Und was wirst du danach tun? Wohin willst du fliehen?«

»Fürs Erste bleib ich hier und mach weiter wie bisher.«

»Warum denn das!«, rief Yoshië entsetzt.

Masako antwortete nicht. Beziehungsweise, sie hatte Yoshië kaum zugehört. Denn sie musste immer wieder an die Worte denken, die Jūmonji vorhin geäußert hatte: »Tja, das heißt dann also, dass ich der Einzige bin, der ihn je gesehen hat, nicht wahr?«

Hatte sie selbst diesen Satake nicht auch schon irgendwo getroffen? Diese Frage ging ihr einfach nicht mehr aus dem Kopf.

»Also, dann will ich mal. Bin bald wieder zurück.«

Nachdem Jūmonji gegangen war, band Masako sich wie gewohnt die Vinyl-Schürze um. Dann sagte sie zu Yoshië, die immer noch zusammengesunken auf dem Boden saß: »Stell das Band auf achtzehn, Meisterin!«

8

Kazuo rannte die scheppernde Eisentreppe des Wohnheims hoch. Oben angekommen blieb er auf dem Treppenabsatz stehen und sah sich in der Gegend um. Im Garten des Bauernhauses direkt unter ihm hing noch Wäsche an der Leine, die man versäumt hatte hereinzuholen und die vom kalten Wind gebeutelt wurde, dass einen fröstelte. Das bläulich weiße Licht der Straßenlaterne auf dem schmalen Weg vor dem Wohnheim fiel auf wilde Chrysanthemen, die aufrecht zu braunem Stroh verdorrt waren. In der langen Dämmerung der Tage zwischen Herbst und Winter sah alles einfach nur trostlos aus.

In São Paulo würde es jetzt bald Sommer sein. Das Heimweh versetzte Kazuo einen Stich ins Herz. Sehnsüchtig dachte er an die Sommerabende zu Hause. Choro-Klänge an jeder Straßenecke, der Duft von Blumen und vor sich hin köchelnder Feijoada, schöne Frauen in weißen Sommerkleidern, spielende Kinder in den Hintergassen, die Hölle im Fußballstadion, wenn die Santos-Fans ihre Mannschaft anfeuerten. Was machte er bloß hier in Japan, so weit weg von all dem?

Das sollte das Heimatland seines Vaters sein? Kazuo sah sich erneut in der Gegend um. Alles, was man von der in Düsternis versinkenden Landschaft noch erkennen konnte, waren Lichter von Häusern, in denen völlig fremde Menschen wohnten. Etwas weiter entfernt sah er die Lunchpaket-Fabrik, in deren Fenstern blauweißes Neonlicht aufflackerte. Das sollte der Ort sein, an den er gehörte?

Plötzlich schossen ihm Tränen in die Augen. Kazuo stützte die Ellbogen auf das schwarze Eisengeländer um den Außenflur des Wohnheims und vergrub sein Gesicht in beide Hände. Sein Zimmerkamerad war sicher schon zurück und saß vor dem Fernseher. Kazuos Privatsphäre beschränkte sich auf diesen Flur und die obere Hälfte des Etagenbetts.

Ihm fielen die beiden Vorsätze ein, die er als Prüfungen betrachtet hatte. Genau genommen waren es drei gewesen. Erstens: zwei Jahre lang hier in der Fabrik zu arbeiten, um genügend Geld für ein Auto zu sparen. Zweitens: Masako dazu zu bringen, ihm ganz und gar zu verzeihen. Und drittens: gut genug Japanisch zu lernen, um das erreichen zu können. Letzteres war der einzige Punkt, aus dem etwas zu werden schien. Aber was nutzte ihm das, wenn die Person, die er mithilfe dieser Sprache um Verzeihung bitten wollte, seit jenem Morgen nicht mehr bereit war, mit ihm zu reden? Sie ließ ihm ja nicht einmal den Hauch einer Chance, es überhaupt erneut zu versuchen.

Nein, das war nicht ganz richtig: Er würde es nie erreichen können, dass sie ihm ganz und gar verzieh – solange sie ihn nicht liebte. Und wenn das stimmte, geriet auch sein ursprüngliches Ziel, die erste Prüfung, die er sich auferlegt hatte, empfindlich ins Wanken.

Schließlich war die Sache mit Masako für ihn die schwerste Prüfung. Falsch: Es war ja nicht einmal eine Prüfung, denn mit seinem Willen konnte er dabei gar nichts ausrichten. Im Gegenteil: Die Prüfung bestand gerade darin zu ertragen, dass mit dem

Willen nichts auszurichten war. Als Kazuo das begriffen hatte, gab es für seine Tränen kein Halten mehr.

Ich fahre heim, schoss es ihm plötzlich durch den Kopf. Er hatte genug, Weihnachten würde er nach São Paulo zurückkehren. Dann konnte er sich eben kein Auto kaufen. Hier in Japan verplemperte er seine Zeit sowieso bloß mit der Herstellung dieser Lunchpakete, die ihm nicht einmal schmeckten. Den Umgang mit einem Computer würde er auch in Brasilien noch lernen können. Er hielt es hier einfach nicht mehr aus.

Sobald er den Entschluss gefasst hatte, nach Hause zurückzukehren, war die Wolke, die so bedrohlich über seinem Kopf geschwebt hatte, plötzlich wie weggeblasen. Mit ihr hatte sich auch all das, was er als Prüfung betrachtet hatte, still und leise in nichts aufgelöst. Stattdessen war nur noch ein einsamer, nichtsnutziger Mann übrig geblieben, der am Kampf mit sich selbst gescheitert war. Mit geradezu feindseligen Augen betrachtete Kazuo noch einmal die im Dämmerlicht aufragende Lunchpaket-Fabrik.

In dem Augenblick nahm er vom Weg her eine dunkle, leicht zu überhörende Frauenstimme wahr: »Herr Miyamori?«

In der Annahme, sich verhört zu haben, schaute er hinunter, doch da stand tatsächlich jemand, in Jeans und einer Männer-Daunenjacke, deren Risse im Stoff mit Klebeband geflickt worden waren. Masako. Überrascht und ungläubig, dass sie, an die er gerade noch gedacht hatte, jetzt tatsächlich vor ihm stand, blickte Kazuo sich auf dem engen Flur um, ob es sich nicht um eine Verwechslung handelte. Alles war wie im Traum.

»Herr Miyamori?«, rief Masako jetzt noch einmal deutlicher.

»Ja, ich komme!« Kazuo rannte die Treppe hinunter, dass sie bebte. Masako mied das Licht der Straßenlaterne und entfernte sich von ihm in die Dunkelheit hinein, wie um den Augen der Parterre-Bewohner zu entgehen.

Zögernd folgte ihr Kazuo, ohne zu wissen, ob er das durfte. Weshalb war sie hergekommen? Würde sie ihm nur wieder wehtun? Gerade hatte er sie aufgegeben, doch jetzt ließ ihr Erscheinen in seinem Inneren jene Prüfung wieder aufflammen, als hätte man eine glimmende Glut mit neuen Scheiten versorgt. Schnell wuchs ihm das lodernde Feuer über den Kopf, und Kazuo blieb verwirrt stehen, als er Masako eingeholt hatte.

»Ich habe eine Bitte an Sie.« Masako blickte ihm rundheraus ins Gesicht. Richtig, fiel ihm wieder auf, sie sah einen ja immer direkt an. Aus dieser Nähe betrachtet, wirkte ihr Gesicht verhärmt und hatte etwas ungemein Kompliziertes an sich, so wie ein nicht zu entwirrendes Wollknäuel. Trotzdem fand er sie schön. Wie ein Erfrierender, der im tiefsten Winter auf die wenigen Sonnenstrahlen des Tages wartet, harrte Kazuo sehnsüchtig der nächsten Worte von Masako.

»Könnten Sie das hier für mich in Ihrem Schließfach aufbewahren?« Masako griff in die schwarze Schultertasche, die Kazuo schon an ihr kannte, und holte einen Umschlag heraus. Er sah flach und schwer aus, als seien irgendwelche Papiere darin.

Kazuo starrte nur darauf, ohne ihn entgegenzunehmen. Er traute sich nicht, die Hand danach auszustrecken. »Warum?«

»Weil ich niemand anders mit einem Schließfach kenne.«

Masakos Worte enttäuschten Kazuo. Er hatte gehofft, dass sie etwas anderes sagen würde. »Wie lange?«

Masako überlegte kurz, bevor sie antwortete: »Mh, ja… bis ich es wieder brauche. Verstehen Sie eigentlich, was ich sage?«

»Das meiste ja…«, erwiderte er, obwohl ihm das alles sehr merkwürdig vorkam. Warum behielt sie den Umschlag nicht selbst? Sie konnte ihn doch zu Hause aufbewahren. Und wenn sie unbedingt ein Schließfach wollte, gab es am Bahnhof genug davon.

»Sie fragen sich sicher, warum ich Sie darum bitte, nicht wahr?«, sagte Masako, und ihre Wangen entspannten sich. »Es handelt sich um Dinge, die ich nicht zu Hause lassen kann. In der Fabrik oder im Auto auch nicht, denn da werden sie vielleicht gestohlen, und das wäre schlecht.«

Kazuo nahm das Päckchen in die Hand. Es war schwer, wie er gedacht hatte. Er fasste sich ein Herz und fragte: »Was ist der Inhalt? Ich trage die Verantwortung, wissen Sie.«

»Geld und mein Reisepass«, antwortete Masako aufrichtig, griff in die Tasche ihrer Daunenjacke, zog Feuerzeug und Zigaretten heraus und zündete sich eine an.

Als er »Geld« hörte, wunderte sich Kazuo über die Schwere des Umschlags. Wenn das stimmte, musste es sich um eine große Summe handeln. Warum wollte sie ihm so etwas anvertrauen? »Wie viel?«

»Sieben Millionen«, sagte sie klar und deutlich. Sie nannte den Betrag, wie sie in der Fabrik die Stückzahl der Portionen bekannt gab, wenn sie den Arbeitsplan aufs Band legte.

Kazuo fragte mit zitternder Stimme: »Warum bringen Sie es nicht zur Bank?«

»Das geht nicht.«

»Darf ich fragen, wieso nicht?«

»Nein«, entgegnete sie knapp, stieß Zigarettenrauch aus und wandte sich zur Seite.

Kazuo dachte nach. »Und was ist, wenn ich nicht da bin, wenn Sie es wieder brauchen?«

»Dann warte ich, bis ich Sie erreichen kann.«

»Wie denn?«

»Ich komme einfach hierher.«

»Gut. Ich wohne in Zimmer 201. Ich hole es dann aus der Fabrik.«

»Danke.«

Aber er wollte doch Weihnachten nach Hause zurück! Ob er ihr das sagen musste? Kazuo schwankte, schwieg aber letztlich. Wichtiger war jetzt herauszubekommen, ob Masako in irgendwelchen Schwierigkeiten war. »Sie sind lange nicht zur Schicht gekommen«, wagte er schließlich einen Schuss ins Blaue.

»Ja. Ich war erkältet.«

»Ach so. Ich dachte schon, sie hätten aufgehört.«

»Ich höre nicht auf.« Masako drehte sich um und blickte in das Dunkel am Ende des Weges. Wenn man die Gasse vor dem Wohnheim in diese Richtung weiterging, traf man auf die Wegkreuzung zwischen der stillgelegten und der neuen Fabrik. Angst überschattete Masakos Augen. Das sah ihr nicht ähnlich. Irgendetwas Schlimmes war im Gange, so viel stand fest. Wahrscheinlich hat es mit diesem Schlüssel zu tun, den sie in den Kanal geworfen hat, dachte Kazuo. Seine feine Empfindsamkeit war manchmal seine Waffe, manchmal auch seine Schwäche. Jetzt musste er sie als Waffe verwenden.

»Sie haben Probleme, nicht?«, fragte er beherzt, und Masako sah ihn wieder an.

»Das ist Ihnen aufgefallen?«

»Ja.« Kazuo nickte, wobei sich Masakos Angst in seinen eigenen Augen spiegelte.

»Ich stecke in Schwierigkeiten. Ich werde Ihre Hilfe nicht weiter in Anspruch nehmen, ich bitte Sie nur darum, dieses Päckchen für mich aufzubewahren, ja?«

»Was ist denn passiert?«

Doch Masako antwortete nicht, sondern presste die Lippen aufeinander. Kazuo begriff, dass er sich wohl zu weit vorgewagt hatte, und wurde im Dunkeln rot. »Entschuldigung.«

»Schon gut. Ich bin diejenige, die sich zu entschuldigen hat.«

»Nein, nein, hab schon verstanden.« Kazuo steckte Masakos Umschlag behutsam in die Innentasche seiner schwarzen Jacke und zog den Reißverschluss hoch. Masako schien ihr Auto hier irgendwo geparkt zu haben, denn sie zog klimpernd ein Schlüsselbund aus der Jackentasche.

»Dann, nochmals vielen Dank!«

»... Masako-san?«, brachte Kazuo nach einigem Zögern hervor.

»Ja?«

»Verzeihen Sie mir, was ich damals getan habe?«

»Aber natürlich!«

»Ganz und gar?«

»Ja«, antwortete Masako unumwunden und senkte den Blick. Für einen Moment begriff Kazuo überhaupt nicht, was geschehen war. Spielend leicht und im Nu hatte er die Prüfung bestanden, die er sich so schwer vorgestellt hatte. Aber gleichzeitig wurde ihm klar, dass das ja von vornherein ein Kinderspiel war, im Vergleich zu dem, worum es ihm im Kern ging: Masakos Herz zu erobern. Solange er ihr Herz nicht gewinnen konnte, war es vollkommen bedeutungslos, dass sie ihm verziehen hatte. So und nicht anders lautete die schreckliche Wahrheit.

Kazuo ließ den Kopf hängen und legte seine Hand erst auf die Stelle, wo er unter der Jacke auf bloßer Haut Masakos Schlüssel trug, und dann dorthin, wo sich die Innentasche mit dem Umschlag befand. Sie fühlte sich dick und schwer an.

»Aber ...«, murmelte Kazuo leise. Masako legte mit weiterhin gesenktem Blick den Kopf schief, als spitzte sie die Ohren. »Wieso vertrauen Sie ausgerechnet mir so etwas Wichtiges an?«

Das war es, was ihn am meisten interessierte. Masako warf die Zigarettenkippe auf den Boden und trat sie mit dem Turnschuh aus. Dann endlich hob sie das Gesicht.

»Das kann ich Ihnen auch nicht sagen ... Nur, dass ich sonst niemanden habe, den ich um so etwas bitten könnte.«

Sie sollte doch eine Familie, sie sollte Freunde haben ... Erstaunt betrachtete Kazuo die kleinen Fältchen um Masakos Mundwinkel. Jetzt erst wurde ihm bewusst, wie einsam sie sein musste, wenn sie jemandem wie ihm, einem Ausländer, den sie nicht einmal richtig kannte, solche wichtigen Sachen anvertraute.

Masako wandte sich ab, wie um sich seinem Blick zu entziehen, und trat mit der Spitze ihres Turnschuhs nach Kieselsteinen. Die Steine schlugen mit trockenem Geräusch hinter Kazuo auf. Er schluckte und wiederholte dann die japanischen Worte aus ihrem letzten Satz: »Sie haben niemanden, wirklich niemanden?«

»Nein.« Masako schüttelte den Kopf. »Ich habe niemanden, und ich weiß auch nicht, wohin. Es gibt keinen Ort, an dem ich sicher wäre und mich verstecken könnte.«

»Heißt das, Sie vertrauen niemandem?«

»So ist es.« Diesmal sah sie Kazuo wieder direkt in die Augen.

»Und mir vertrauen Sie?« Nachdem er diese Frage losgeworden war, heftete Kazuo mit angehaltenem Atem die Augen auf Masako.

Sie hielt seinem Blick stand, als sie antwortete: »Ja, ich vertraue Ihnen.« Dann drehte sie sich um und ging still auf dem inzwischen vollkommen dunklen Weg in Richtung Fabrik davon.

»Danke!« Kazuo senkte den Kopf und presste die rechte Hand auf die linke Brust. Nicht, weil dort der Umschlag war, sondern weil dort sein Herz saß.

SIEBTES KAPITEL

Der Ausweg

1 Verwundert betrachtete Yayoi den Ehering am Finger ihrer rechten Hand. Ein Platinring im Allerweltsdesign.

Sie erinnerte sich an den Tag, an dem sie ihn gekauft hatten. Es war ein Sonntag gewesen, ein warmer Tag zu Frühlingsanfang, und sie war mit Kenji ins Kaufhaus gegangen, um ihn auszusuchen. Kenji hatte die Schaukästen kurz durchgesehen und sich dann mit den Worten: »Er ist ja schließlich für ein ganzes Leben« für den teuersten Ring entschieden. Noch heute erinnerte sie sich genau an die Feierlichkeit dieses öffentlichen Akts und ihr verschämtes Glück dabei. Wo waren die Gefühle von damals geblieben, wann hatte das strahlende Paar, das sie einmal gewesen waren, seinen Glanz verloren, wann war es für immer erloschen?

Sie hatte Kenji umgebracht. Plötzlich erfüllte ein lautloser Schrei Yayois Herz. Jetzt endlich wurde ihr die Schwere der Tat bewusst, die sie begangen hatte.

Energisch stieß sie den Wohnzimmerstuhl zurück, auf dem sie gesessen hatte, und rannte ins Schlafzimmer. Sie stellte sich vor den großen Spiegel, schlug den Pullover hoch und betrachtete ihren nackten Bauch, um sich von der Ursache zu überzeugen, die in ihr den Wunsch zu töten geweckt hatte. Aber der blaue Fleck, der als Brandmal des Hasses auf ihrer Magengrube geprangt hatte, war mit der Zeit gelb geworden, mehr und mehr verblasst und mittlerweile spurlos verschwunden.

Und doch hatte sie Kenji deswegen umgebracht. Sie hatte den Mann, der ihr mit den Worten »Er ist ja schließlich für ein ganzes Leben« den teuersten Ring ausgesucht hatte, einfach ermordet. Und sie war dafür nicht einmal bestraft worden. Konnte das richtig sein? Yayoi sank in sich zusammen und blieb auf den Tatami sitzen.

Als sie nach einer Weile den Blick wieder hob, sah Kenji von seinem Foto auf dem buddhistischen Totenaltar zu ihr herüber. Von dem Foto, das sich inzwischen mit dem Geruch der Räucherstäbchen voll gesogen hatte, die die Kinder immer für ihn anzündeten. Während sie sein im Sommer auf einem Zeltplatz aufgenommenes, lachendes Gesicht betrachtete, wurde Yayoi wütend.

»Na, willst du dich etwa beschweren, passt dir vielleicht irgendwas nicht? Wo du ständig nur auf mir rumgehackt hast! Nach unten treten, immer auf die Schwächeren, das konntest du gut, das war dein wahres Gesicht! Nicht ein einziges Mal hast du dich um die Kinder gekümmert!«, murmelte Yayoi vor sich hin, während sie sich die Tränen aus den Augenwinkeln wischte. Wie eine Flutwelle baute sich der alte, unbändige Zorn wieder auf, schlug gegen den Kai und hatte das gerade erst aufgekeimte, zarte Pflänzchen der Reue im Nu zurück ins Meer gerissen.

»Es war falsch, dich umzubringen, das gebe ich zu, aber glaub ja nicht, dass ich dir deshalb verziehen habe!«, wiederholte Yayoi immer wieder laut für sich selbst. Nein, sie verzieh ihm nicht. Bloß weil sie ihn ermordet hatte, musste sie ihm doch noch lange nicht verzeihen! Nie würde sie das tun, ihr Lebtag nicht! Er war schließlich der Böse gewesen, weil er sie hintergangen hatte. Er hatte sie belogen und betrogen, obwohl sie sich kein bisschen verändert hatte, er war anders geworden, er war der Bösewicht gewesen! Niemand anderer als Kenji hatte das strahlende Paar von einst, das sich zusammen Eheringe aussuchte, zerstört!

Yayoi ging ins Wohnzimmer zurück und riss wütend die Terrassentür zum Garten auf. Ein winzig kleiner Garten, in dem ein Dreirad, eine Babyschaukel und anderes Kinderspielzeug auf engem Raum zusammengepfercht standen und den eine düstere Betonmauer vom Nachbargrundstück trennte. Yayoi zog sich den Ehering vom Finger und warf ihn mit aller Kraft weg, so weit sie konnte. Sollte er doch im Nachbargarten landen, wünschte sie sich, aber der Ring prallte in unerwartetem Winkel von der Betonmauer ab und fiel schließlich in eine Ecke des eigenen Gartens. Im Moment, als sie den Ring aus den Augen verlor, wurde Yayoi von dem Gefühl überwältigt, etwas getan zu haben, was nicht wieder rückgängig zu machen war, und sofort breitete sich mulmige Reue in ihrer Magengegend aus.

Im weißen Mittagslicht der Novembersonne betrachtete Yayoi den nackten Ringfinger ihrer rechten Hand. Wehmütig starrte sie auf den weißen Abdruck, der von ihrem Ehering übrig geblieben war: Sie hatte ihn in acht Jahren nicht ein einziges Mal abgezogen. Doch auch wenn sie über den Verlust trauerte, fühlte sie sich gleichzeitig befreit. Endlich war das alles überstanden und vorbei.

Just im Moment, als sie das dachte, klingelte es an der Haustür.

Hatte man sie womöglich gerade beobachtet? Yayoi trat mit bloßen Füßen die Stufe zum Garten hinab und stellte sich auf die Zehenspitzen, um zu sehen, wer da vor der Haustür stand. Ehrerbietig wartete dort ein relativ großer Mann im Anzug. Glücklicherweise schien er nicht zu bemerken, dass sie ihn vom Garten her beobachtete.

Yayoi ging eilig ins Haus zurück und meldete sich an der Gegensprechanlage. Mit den Sohlen ihrer Nylonstrumpfhose, an denen feuchte, schwarze Gartenerde klebte, hatte sie dunkle Flecken auf dem Fußboden hinterlassen, aber sie kümmerte sich nicht darum.

»Ja, wer ist da bitte?«

»Mein Name ist Satō, ich komme aus Shinjuku und war ein Bekannter Ihres Mannes.«

»Ah, ja?«

»Ich war in der Nähe, und da dachte ich, ich könnte vielleicht die Gelegenheit nutzen, um für ihn ein Weihrauchstäbchen anzuzünden…«

»Ja, wenn Sie möchten…« Es war ihr lästig, aber einen Beileidsbesuch konnte sie schlecht abschlagen. Mit Hausfrauenaugen inspizierte Yayoi das Wohnzimmer und das als Stätte für den Hausaltar dienende Schlafzimmer. Das muss so reichen, dachte sie und ging zum Eingang. Als sie die Haustür öffnete, verbeugte sich der stämmige Mann mit den kurz geschnittenen Haaren tief vor ihr.

»Verzeihen Sie bitte, dass ich Sie so plötzlich überfalle. Ich möchte Ihnen mein herzliches Beileid aussprechen.«

Seine Stimme klang tief, ruhig und angenehm. Während sie reflexartig seine Beileidswünsche erwiderte, beschlich Yayoi für

Sekundenbruchteile ein ungutes Gefühl. Kenji war Ende Juli gestorben. Das war schon vier Monate her. Aber da es immer noch vorkam, dass entsetzte Freunde oder Bekannte anriefen, die gerade erst von der Sache erfahren hatten, fasste sie sich wieder.

»Vielen Dank, dass Sie sich eigens herbemüht haben.«

Satō ließ seine Augen lange auf ihrem Gesicht ruhen, auf ihren Augen, ihrer Nase, ihrem Mund. Es lag nichts Anstößiges in seinem Blick, aber es behagte ihr nicht, wie er sie musterte, denn er tat es, als sei sie ihm schon sattsam bekannt und als müsse er seine Vorabinformationen nur noch mit dem realen Objekt abgleichen.

Yayoi betrachtete nun ihrerseits Satōs Gesicht und wunderte sich, woher Kenji und dieser Mann sich wohl gekannt haben mochten. Denn er strahlte ein so ganz anderes Flair aus als die Menschen in Kenjis Umfeld, das hieß, als die Firmenangestellten, denen eine gewisse Unbekümmertheit und Aufrichtigkeit eigen war. Satō hingegen machte den Eindruck, als habe er sich eine aalglatte Hülle übergestülpt, um sein wahres Gesicht zu verschleiern, obwohl er mit seinem schlichten, billigen Anzug und der nichts sagenden Krawatte genau ins Bild eines Angestellten passte.

»Dürfte ich dem Toten wohl meine Ehre erweisen?«, tat Satō seinen Willen in gewandt verhaltenem Ton kund, als hätte er ihr wachsendes Unbehagen genau gespürt.

»Bitte.« Infolge seines sanften Drucks ließ Yayoi Satō ins Haus. Während sie über den kurzen Flur vor ihm herging, fragte sie sich, mit welchem Gesichtsausdruck er ihr wohl folgen mochte, und es beschlich sie eine unbestimmte Furcht. Allmählich bereute sie, den Mann so bedenkenlos eingelassen zu haben.

»So, bitte, dort ist der Altar.« Yayoi führte ihn ins Schlafzimmer mit dem Totenaltar. Satō kniete nieder, rutschte auf den Tatami bis vor den Altar und faltete die Hände. Als Yayoi dann von der Küche aus, wo sie Tee machte, wieder einen Blick ins Schlafzimmer warf, fiel ihr verwundert auf, dass er weder einen Umschlag mit Beileidsgabe noch sonst etwas dabeihatte. Nicht, dass sie auf das Geld erpicht gewesen wäre, aber wenn er schon eigens hierher kam, gehörte es doch zum guten Ton, eine Beileidsgabe oder ein Trauergeschenk mitzubringen!

»Ich danke Ihnen vielmals. Bitte, treten Sie doch ein.« Yayoi hatte auf dem Wohnzimmertisch grünen Tee serviert. Satō nahm ungeniert Platz und sah Yayoi rundheraus an. In seinen Augen konnte sie weder Trauer um Kenji noch Mitleid mit ihr oder auch nur Neugier für den Mordfall erkennen, und das war ihr unheimlich.

Satō bedankte sich zwar, rührte aber den Tee nicht an. Sie stellte ihm einen Aschenbecher hin, aber er rauchte nicht. Seine Hände blieben fest auf den Knien liegen, ohne dass er auch nur ein einziges Mal Anstalten machte, sie zu bewegen. Ganz so, als wolle er bewusst nichts anrühren, um ja keine Beweise für seinen Besuch zu hinterlassen. Yayoi fürchtete sich immer mehr. Auf einmal bekam Masakos schon wiederholt ausgesprochene Warnung, »sich besser in Acht zu nehmen«, Dringlichkeit für sie.

»Wo haben Sie meinen Mann eigentlich kennen gelernt?«, fragte Yayoi, wobei sie versuchte, möglichst unbekümmert zu klingen und das Zittern in ihrer Stimme zu unterdrücken.

»In Shinjuku.«

»Wo denn da?«

»In Kabuki-chō.«

Erschrocken blickte Yayoi auf. Satō bemerkte ihre Furcht und lächelte milde. Doch dieses Lächeln beschränkte sich lediglich auf seine vollen Lippen, in seinen Augen war nach wie vor kein bestimmter Ausdruck zu erkennen.

»Was meinen Sie mit Kabuki-chō?«

»Aber Frau Yamamoto, nun tun Sie doch nicht so.«

»Wie bitte!« Vor Entsetzen verlor Yayoi die Fassung. Denn plötzlich hatte sie wieder Kinugasas Stimme im Ohr, der sie vor einiger Zeit angerufen und ihr mitgeteilt hatte, dass der Kasinobesitzer verschwunden sei. Aber noch hatte sie einen Funken Hoffnung, dass das doch alles nicht wahr sein konnte. »Was meinen Sie damit?«

»Ich hatte mit Ihrem Gatten eine kleine Meinungsverschiedenheit. An dem bewussten Abend …«, sagte Satō und brach ab, wie um Yayois Reaktion abzuwarten. Augenblicklich stockte Yayoi der Atem. »Das, was danach passiert ist, sollten Sie ja am besten wissen. Mich haben Sie damit in größte Schwierigkeiten gebracht. Meine Läden mussten dichtmachen, mein Geschäft ist ruiniert. Aber das können Sie sich ja nicht einmal vorstellen. Sie sitzen hier draußen in Ihrem winzigen Häuschen mit Ihren Kindern und leben weiter friedlich vor sich hin …«

»Was reden Sie da! Gehen Sie, verlassen Sie mein Haus!« Yayoi wollte aufstehen, ihr Hintern schwebte schon über der Sitzfläche des Stuhls.

»Bleiben Sie sitzen!«, befahl Satō bedrohlich leise, und Yayoi hielt in der Bewegung inne.

»Ich rufe die Polizei!«

»Bitte, aber damit schaden Sie sich nur selbst.«

»Was soll das heißen?« Yayoi ließ sich auf den Stuhl zurückfallen. »Was meinen Sie damit?«

In ihrem Hirn regierte schon die Panik. Sie war nicht mehr in der Lage, einen klaren Gedanken zu fassen, und wollte nur noch, dass dieser unheimliche Mann so schnell wie möglich aus ihrem Haus verschwand.

»Sparen Sie sich das, ich weiß alles: Sie haben Ihren Mann umgebracht.«

»Das ist eine Lüge! Was erlauben Sie sich, Sie, Sie…!«, schrie Yayoi hysterisch. »Nehmen Sie das sofort zurück!«

»Na, na, die ganze Nachbarschaft hört mit, Frau Yamamoto! In dieser Gegend sind doch die Gärten so klein. Das, was Sie hier gerade veranstalten, nennt man Überreaktion aufgrund von Schuldgefühlen, glaube ich.«

»Ich weiß absolut nicht, wovon Sie reden!« Yayoi legte ihre zitternden Hände an die Schläfen. Das heftige Zittern übertrug sich auf ihren kleinen Schädel und erschütterte ihn. Sie nahm die Hände wieder weg. Sie wusste nicht, was sie machen sollte.

Aber Satōs Worte brachten sie einstweilen zum Schweigen. Unter den Reaktionen der Nachbarschaft hatte sie in der Zeit nach dem Mord an Kenji zur Genüge gelitten. Sie wusste, dass das Verfolgungswahn war, aber sie fürchtete immer noch, was die Leute über sie reden könnten.

»Sie fragen sich sicher, wie viel ich weiß, Frau Yamamoto, nicht wahr?« Satō lachte. Diesmal war es echt. Ein hämisches Lachen. »Keine Sorge, ich weiß alles.«

»Was denn, was wissen Sie? Reden Sie nicht so sonderbar daher!« Ängstlich schaute sie zu dem Mann auf der anderen Tischseite hinüber. Sogar die naive, unerfahrene Yayoi ahnte, dass dieser Satō gefährlich war, an nichts und niemanden gebunden, und dass er eine Menge Gräuel und Freuden erlebt haben musste, die jenseits ihres eigenen Vorstellungsvermögens lagen. Ihre Wege hätten sich sicher nie zufällig gekreuzt. Der Mann kam aus einer völlig anderen Welt; da verwunderte es sogar, dass sie dieselbe Sprache sprachen. Und mit einem solchen Mann hatte Kenji sich angelegt ... Yayoi bewunderte ihren toten Ehemann schon fast dafür.

»Was glotzen Sie so?« Satō sah ihren abwesenden Blick und grinste böse.

»Wenn Sie so sonderbar daherreden ...«, wiederholte Yayoi. Satō legte die Hand ans Kinn, als müsse er überlegen, was er sagen sollte. Der Anblick seiner langen, feingliedrigen Finger war Yayoi zuwider.

»An jenem Abend ist Ihr Mann nach dem Streit mit mir nach Hause gekommen. Dann haben Sie ihm dort in der Diele still und leise den Hals umgedreht. Die Kinder haben zwar etwas davon mitbekommen, aber Sie haben ihnen eingeschärft, den Mund zu halten. Ihr ältester Sohn, wie heißt er doch gleich, ja richtig, Takashi ...«

»Woher wissen Sie das, wieso kennen Sie seinen Namen!«, schrie Yayoi entsetzt.

»Sie sind ja wirklich so naiv, wie ich gehört habe!« Sichtlich entzückt betrachtete Satō Yayois Gesicht. »Sie sind zwar schon etwas in die Jahre gekommen, aber wenn man die unschönen Spuren des Lebens nur ein wenig beseitigen würde, wären Sie sicher der Renner in jedem Etablissement, hübsch und lieb, wie Sie sind!«

»Hören Sie auf!« Yayois Stimme wurde schrill. Ihr war, als habe man ihr mit dreckigen Fingern über die Wange gestrichen. Es war eine Hostess aus dem Nachtclub dieses Mannes gewesen, die ihr Kenjis Herz gestohlen hatte, erinnerte sie sich auf einmal, und die Zornesröte schoss ihr ins Gesicht.

»Was ist?« Satō beobachtete Yayois Verwandlung. »Ist Ihnen etwas eingefallen?«

»In Ihrem Club ist meinem Mann übel mitgespielt worden!«

»Ach Gottchen«, seufzte Satō. »Sie haben ja gar keine Ahnung, was Ihr Mann da draußen gemacht hat. Sie haben sich Ihr hübsches Köpfchen doch noch nie darüber zerbrochen, wie Ihr Mann nach außen hin wirkt. Und dass Sie eine Mitschuld treffen könnte, wenn Sie davon nichts wissen, darüber haben Sie erst recht nicht nachgedacht. Tja, ja, als Hausfrau hat man's gut, da kann man sich alles schön einfach machen!«

»Aufhören!« Yayoi hielt sich die Ohren zu. Satōs Mund versprühte pausenlos Gift. Gift von einer Sorte, deren Geschmack ihr vollkommen fremd war. Gift und Galle der Außenwelt.

»Ich wiederhole mich ungern, aber wenn Sie weiter so schreien, wird man Sie draußen hören, und das wollen Sie doch sicher nicht, wo Sie ohnehin schon im Mittelpunkt des allgemeinen Interesses stehen. Sie müssen schließlich an die Zukunft Ihrer Kinder denken!«

»Woher kennen Sie den Namen meines Sohnes?«, fragte Yayoi flehentlich und mit einigermaßen gesenkter Stimme, da es um die Kinder ging.

»Ja, ist Ihnen das denn immer noch nicht klar?« Satō machte ein mitleidiges Gesicht.

Da fiel es Yayoi wie Schuppen von den Augen: »Hat womöglich … Frau Morisaki?«, fragte sie, und als sie sah, dass Satō stumm blieb, füllten sich ihre Augen mit Tränen. »Sie hat mich verraten.«

»Verraten?«, wiederholte Satō verständnislos. »Ihre Arbeit hat sie gemacht, das ist alles. Etwas anderes hatte sie sowieso nie vor.«

Ihre Arbeit! Dann hatte sie ihr das alles also nur vorgegaukelt. Yayoi erinnerte sich, dass Masako von Anfang an etwas gegen Yōko Morisaki gehabt und ihr nicht über den Weg getraut hatte. Ich bin wirklich zu gutgläubig, dachte Yayoi voller Selbstmitleid und weinte still vor sich hin.

»Das Heulen nutzt dir jetzt auch nichts mehr«, sagte Satō leise.

»Ja, aber …«

»Nichts ja aber! Jetzt ist Schluss damit!«, brüllte Satō sie an, und Yayoi hob erschrocken das verweinte Gesicht. »Ich weiß auch, dass du deine Freundinnen gebeten hast, dir deinen Mann zu zerstückeln!«

Wortlos starrte Yayoi auf den Ringfinger ihrer rechten Hand. Was war sie naiv gewesen, als sie den Ehering weggeworfen und geglaubt hatte, damit sei alles vorbei! Jetzt erst kam das wirkliche Ende, jetzt kam ihr Untergang.

»Ja, schäm dich nur, du Miststück!« Satō lachte höhnisch. »Du hast mir doch die Todesstrafe an den Hals gewünscht! Tja, da hast du leider Pech gehabt!«

»Rufen Sie schon die Polizei, ich stelle mich.«

»Das Weib ist doch wirklich zu naiv! Denkt immer nur an sich selbst!«, zischte Satō und löste mit geschickten Fingern den Knoten seiner schlichten, in der Farbe des Anzugs gehaltenen Krawatte. Yayoi starrte wie gelähmt auf das Muster – braune Linien auf grauem Grund –, das wie der Rücken einer Eidechse aussah, und dachte, dass sie nun mit dieser Krawatte erdrosselt werden würde. Sie würde genauso sterben wie Kenji, mit heraushängender Zunge und heruntertropfendem Speichel. Die Vorstellung wurde ihr unerträglich; zitternd schloss sie die Augen.

»Frau Yamamoto.« Satō war um den Tisch herumgekommen und stand neben ihr. Yayoi brachte nichts heraus und duckte sich nur.

»Frau Yamamoto!«, rief Satō noch einmal.

»Was?« Als sie ängstlich den Kopf hob, sagte Satō mit Blick auf die Digitaluhr an seinem Handgelenk:

»Wenn wir uns nicht beeilen, macht die Bank noch zu.«

Yayoi wandte sich ihm zu. »Was – wieso …?«, fragte sie und brach ab, weil sie endlich begriffen hatte, worauf er hinauswollte. »Das kann doch nicht … das Geld?«

»So ist es.«

»Aber das geht nicht, unmöglich! Wovon soll ich denn in Zukunft meine Familie ernähren?«

»Das ist mir gleich, dieses Geld ist jedenfalls für mich!«

»Nein!«

»Was denn, was denn! Willst du etwa, dass ich dir dein zartes Hälschen umdrehe?«, sagte Satō mit sanfter Stimme, packte von hinten Yayois schlanken Hals und drückte fest zu. Seine langen Finger umschlossen ihren Nacken und pressten vorne auf die Halsschlagader.

Yayoi war unfähig, sich zu bewegen – wie ein Kätzchen, das man an der Nackenfalte hochgehoben hatte. Weinend flehte sie: »Hören Sie auf, bitte, lassen Sie mich los!«

»Zahlst du, oder soll ich dir den Hals umdrehen?«

Gelähmt vor Angst, wiederholte sie nur immer wieder: »Ich zahle, ja, ich zahle!« Sie machte sich sogar in die Hose.

»Du rufst jetzt bei der Bank an und sagst Folgendes: Dein Vater sei plötzlich gestorben und du würdest in deine Heimatstadt zurückziehen, dazu bräuchtest du das Geld. Du würdest gleich mit deinem Bruder vorbeikommen und die gesamte Summe abheben, sie sollten schon mal alles vorbereiten.«

»J-ja.« Satōs Finger ließen nicht locker, auch während sie stockend mit der Bank telefonierte.

»Gut. Zieh dich um!« Als sie den Hörer auflegte, ließ Satō endlich ihren Hals los. Wimmernd vor Schmerz, fragte sie zurück: »Umziehen – wieso?«

»So, wie du aussiehst, kauft dir doch niemand auf der Bank die Geschichte ab!« Satō warf einen verächtlichen Blick auf Yayois vernoppten Pullover und den schlabbrigen, alten Rock. »So glauben die höchstens, du willst einen Kredit!« Satō packte Yayoi am Arm und riss sie vom Stuhl hoch.

»Was ist, was wollen Sie …«

Yayoi zitterte wie Espenlaub. Als sie den nassen Fleck am Gesäßteil ihres Rocks spürte, den der Urin hinterlassen hatte, verlor sie jede Eitelkeit, jeden Stolz, ja sogar die Angst, und sie begann nur noch zu funktionieren wie eine Maschine.

»Los, mach den Kleiderschrank auf!«

Yayoi trottete hinter ihm her ins Schlafzimmer und öffnete wie befohlen den ärmlichen Schrank aus furniertem Sperrholz.

»Such dir was raus!«

»Was soll ich denn anziehen?«

»Ein Kostüm oder ein Kleid, irgendwas Förmliches, je steifer, desto besser!«

»So etwas besitze ich aber nicht. Ich habe keine so guten Sachen, tut mir Leid«, entschuldigte sich Yayoi weinend. Da war dieser schreckliche Mann plötzlich in ihr Haus eingedrungen, bedrohte sie, und jetzt musste sie ihm auch noch den Inhalt ihres Kleiderschranks zeigen und sich bei ihm entschuldigen, weil sie nicht das Richtige zum Anziehen hatte! Das war so erbärmlich, dass sie nicht aufhören konnte zu weinen.

»Sieht ja wirklich armselig aus«, machte Satō sich über sie lustig, während er missmutig den Schrank durchsah, in dem größtenteils Kenjis Anzüge und Mäntel hingen. »Oh, was haben wir denn da – richtige Trauerkleidung!«

»Das soll ich anziehen?« Yayoi nahm die sommerlichen Trauersachen heraus, die noch im Plastiküberzug von der Reinigung steckten. Es war das schwarze Kostüm, das sie bei Kenjis Totenwache angehabt hatte. Ihre Mutter hatte es ihr gekauft, weil sie nicht hatte mitansehen können, dass sie so gar nichts Passendes besaß. Auf der Begräbnisfeier hatte sie dann einen geliehenen Trauerkimono getragen.

»Genau das Richtige! In Trauerkleidung werden sie sogar Mitleid mit dir haben und uns nicht dumm kommen.«

»Aber es ist doch ein Sommerkostüm.«

»Vollkommen egal!«, donnerte Satō, und Yayoi zuckte zusammen.

Eine halbe Stunde später führte man Yayoi in dem dünnen, schwarzen Kostüm zusammen mit Satō in einen Besprechungsraum der Stadtbank-Filiale nahe dem Bahnhof Tachikawa.

»Möchten Sie wirklich die gesamte Summe von fünfzig Millionen abheben?« Der Filialleiter persönlich hatte sie empfangen und war verzweifelt darum bemüht, sie von ihrem Vorhaben abzubringen. Ohne ein Wort zu sagen, starrte Yayoi auf den Teppichboden zu ihren Füßen und nickte nur immer wieder mit dem Kopf. Satō hatte ihr befohlen, den Mund zu halten und allem zuzustimmen.

»Durch das plötzliche Unglück sind wir auf das Geld angewiesen, Sie verstehen«, beharrte Satō, der sich als ihr älterer Bruder vorgestellt hatte, überheblich. Die Verantwortlichen der Bank hatten dem nichts entgegenzusetzen. Auf der Suche nach irgendeiner rettenden Idee, die Kunden doch noch umzustimmen, tauschte man nur ratlose Blicke.

»Aus Gründen der Sicherheit würden wir Ihnen das Geld lieber auf das Konto eines Kreditinstituts überweisen…«

»Das ist nicht nötig. Deshalb begleite ich meine Schwester ja.«

»Ah ja. Nun gut, wie Sie wünschen.« Der Filialleiter seufzte resigniert und sah Yayoi an. Fassungslos über die Ungeheuerlichkeit dessen, was ihr widerfuhr, saß sie nur erstarrt auf ihrem Stuhl. Sie fühlte sich erbärmlich. Als ihr ein tiefes Stöhnen der Verzweiflung entfuhr, schlugen die Bankangestellten mitleidig die Augen nieder, da sie es offenkundig als Ausdruck des Kummers über den plötzlichen Tod eines nahen Verwandten deuteten. Schließlich brachte ein Angestellter das Geld. Er legte den Betrag von fünfzig Millionen Yen in bar auf den Tisch des Besuchszimmers.

»Bitte, überzeugen Sie sich.«

Ohne viel Federlesen stopfte Satō die Geldscheinbündel in die von der Bank bereitgelegten Kuverts und tat diese wiederum in die schwarze Nylontasche, die er mitgebracht hatte. »Ich danke Ihnen«, sagte er dann, griff nach Yayois Arm und stand auf. Yayoi war willenlos wie ein Roboter, ihr Körper ohne jede Kraft. Als ihr die Beine einzuknicken drohten, stützte Satō sie mit eisernem Griff von hinten ab.

»Was ist denn los mit dir, Yayoi? Nimm dich doch zusammen, gleich fängt die Totenwache an!«

Eine großartige Vorstellung! Yayoi stolperte hinter Satō her, der ihren Arm nicht losließ und sie fortzog. Endlich hatten sie das Bankgebäude verlassen. Satō stieß Yayoi von sich. Sie taumelte, bekam aber noch das Sicherheitsgeländer des Gehwegs zu fassen. Satō winkte seelenruhig ein Taxi heran und drehte sich, bevor er einstieg, noch einmal zu ihr um.

»He, du weißt Bescheid, oder?«

»Ja«, nickte Yayoi brav. Benommen sah sie zu, wie das Taxi mit Satō davonfuhr. Da entschwanden die fünfzig Millionen. Kenjis unverhofftes Geschenk. Ein kurzer, flüchtiger Traum. Ihr zukünftiger Lebensunterhalt. Das alles war für immer dahin.

Doch obwohl sie das Geld nun abschreiben konnte, war es ein größerer Schock für Yayoi, dass sie es überhaupt mit einem so Furcht erregenden Mann wie Satō zu tun bekommen hatte. Ein Wunder, dass sie noch lebte! Ein Gefühl der Erleichterung machte sich in ihr breit. Als Satō sie beim Hals gepackt hatte, war sie felsenfest davon überzeugt gewesen, ermordet zu werden.

Yayoi schaute benommen zur Bahnhofsuhr hoch. Sie fühlte sich jeder Kraft beraubt, kein Funken Energie schien ihr mehr geblieben zu sein. Es war halb drei nachmittags. Sie fror, weil sie nicht einmal einen Mantel anhatte. Während sie die nur von dem sommerlich dünnen Stoff des Trauerkostüms bedeckten Arme um sich schlang, beschloss Yayoi, Masako, von der sie sich im Streit getrennt hatte, nichts von dieser Sache zu verraten. Denn damit konnte sie sich wenigstens eine letzten Rest eigensinnigen Stolz bewahren.

Aber wohin sollte sie jetzt gehen, was sollte sie machen, ohne Geld, ohne Arbeit, ohne die anderen und ohne Masako? Yayoi, die jeden Halt, jeden Wegweiser im Leben verloren hatte, fand darauf keine Antwort, und so irrte sie rat- und ziellos vor dem Bahnhof von Tachikawa umher.

Irgendwann wurde ihr klar, dass ausgerechnet Kenji der Halt, der Wegweiser in ihrem Leben gewesen war. Denn ihn hatte sie eigenhändig umgebracht. Seine Gesundheit, seine Launen, das Geld, das er verdiente – immer hatte sich alles nur um ihren Ehemann gedreht, und sie war auf Gedeih und Verderb von ihm abhängig gewesen. Fast musste Yayoi lachen.

Am Abend, wieder zu Hause, kam Takashi von draußen herein, wo er bis Sonnenuntergang gespielt hatte, und hielt der niedergeschlagenen Yayoi etwas hin. »Hier, Mama, das hast du verloren!«

Es war ihr Ehering, den sie weggeworfen hatte. Er hatte ein paar Kratzer abbekommen, war aber nicht einmal verbogen.

»Gut, dass ich das wieder gefunden hab, Mama, nicht, das ist doch ganz wertvoll!«

»Ja, wie gut.« Yayoi steckte sich den Ehering an den Ringfinger der rechten Hand. Wie angegossen saß er wieder in der Vertiefung im Finger.

»Für dich wird diese Sache nie zu Ende sein, dein ganzes Leben nicht, bis du stirbst!« Masakos Worte hallten ihr im Ohr. Ja, genau so war es auch. Es war nicht vorbei und würde nie vorbei sein, ihr ganzes Leben lang nicht.

Als er die Tränen in den Augen seiner Mutter sah, schaute Takashi glücklich und stolz zu ihr auf: »Wie gut, dass du den Ring jetzt wiederhast, Mama, nicht? Wie gut, dass ich ihn für dich gefunden hab!«

2

Masako erstarrte und konnte sich nicht mehr bewegen. Nein, es war lediglich ihr Bewusstsein, das nicht mehr richtig arbeitete. Ihr Bewegungsapparat funktionierte normal, ohne Stocken lenkte sie ihren Corolla bis schräg vor die angestammte Parklücke, hielt an und setzte rückwärts hinein. Es lief sogar glatter als sonst. Aber nachdem sie den Wagen vollständig zum Stillstand gebracht und die Handbremse gezogen hatte, musste sie erst einmal wieder zu Atem kommen. Mit gesenktem Kopf, ohne zur Seite zu sehen. Denn in der Parklücke nebenan stand Kunikos grüner Golf.

In der Fabrik konnte niemand außer ihr und Yoshiё wissen, dass Kuniko tot war. Aber auf dem Parkplatz stand Kunikos Wagen, so als wäre sie pünktlich zur Arbeit gekommen. Fein säuberlich an seinem angestammten Platz. Da der Golf die letzten Tage nicht dagestanden hatte, musste Satake oder sonst jemand, der etwas mit Kunikos Tod zu tun hatte, ihn hergefahren und dort abgestellt haben – eine andere Möglichkeit gab es nicht. Und sein Ziel konnte nur eines sein: Masako Angst einzujagen, denn Yoshiё kam mit dem Fahrrad und fuhr nie hier vorbei.

Satake war bereits ganz nah. Wäre es da nicht besser, sofort alles stehen und liegen zu lassen und sich aus dem Staub zu machen? Panische Angst legte sich wie ein Eisenring um Masakos Herz, und sie zögerte eine Weile, das sichere Wageninnere zu verlassen, um den dunklen Parkplatz zu betreten.

In dieser Nacht war es dort verhältnismäßig belebt. Zwei der großen weißen Laster, die die Lunchpakete an die 24-Stunden-Läden lieferten, hielten an der Einfahrt. Die beiden Fahrer – in der gleichen Hygieneschutzkleidung, die Masako und die anderen bei der Schicht tragen mussten: weißer Arbeitsanzug, weiße Haube, Mundschutz – standen rauchend vor dem Wachhäuschen und plauderten angeregt mit diesem Wachmann. Das fröhliche Gelächter, das die Männer von Zeit zu Zeit anstimmten, schallte zu ihr herüber.

Masako schöpfte Mut, stieg aus und ging um Kunikos Golf herum. Der Wagen war genauso schlampig geparkt, wie Kuniko das immer getan hatte: etwas nach rechts ausgeschwenkt und mit eingeschlagenen Vorderrädern. Fast hätte sie sich der Illusion hingegeben, Kuniko säße quietschfidel im Aufenthaltsraum der Fabrik und wartete auf sie. Obwohl sie ihr doch eigenhändig den Kopf abgesägt hatte! Wie um sich von dieser unbestreitbaren Tatsache zu überzeugen, ließ Masako den Blick auf ihre beiden Hände hinabsinken und schaute, beschämt von der eigenen Schwachheit, gleich wieder auf.

Hatte er Kuniko denn bis in diese Feinheiten hinein beobachtet? Wenn dem so war, beobachtete er jetzt wahrscheinlich auch sie von irgendwoher. Allmählich bekam sie eine Ahnung von der ungeheuren Wahrnehmungsfähigkeit und Besessenheit dieses

Mannes namens Satake, und das Blut gefror ihr in den Adern. Diesmal war es ihr Bewegungsapparat, der steif wurde vor Angst, so dass sie sich nicht rühren konnte. Die Beine versagten ihr den Dienst. Angesichts ihres jämmerlichen Zustands knirschte Masako mit den Zähnen.

In dem Moment löste der Wachmann plötzlich seinen Kopf aus dem Kreis der Männer, entdeckte Masako und grüßte sie überschwänglich. Mit dem Wissen im Hinterkopf, dass sie ihn zuvor abgewiesen hatte, als er sie begleiten wollte, konnte man meinen, er mache sich lustig über sie.

»Einen wunderschönen Guten Abend!«

Als hätten seine Worte die Wirkung von Schmieröl besessen, setzten sich ihre Beine wieder in Bewegung. Kurz entschlossen ging Masako auf den Kreis der Männer zu und fragte den Wachmann: »Können Sie mir sagen, wer mit diesem Auto da gekommen ist?«

»Mit welchem?«, fragte der Wachmann leichthin zurück.

»Mit dem grünen Golf da.« Masakos Stimme klang rau.

»Tja, woll'n wir mal sehn…« Der Wachmann holte das Registrierbuch, in dem die Kfz-Nummern aufgeführt waren, aus dem Wachhäuschen und sah im Schein seiner Taschenlampe darin nach. »Kuniko Jōnouchi steht hier. Hm, sie arbeitet in der Frühschicht, das heißt…«

Das wusste sie alles längst. Ungeduldig unterbrach Masako ihn: »Steht da nicht, dass sie aufgehört hat?«

»Ach, richtig: gekündigt. Ja, ist vermerkt. Vor sechs Tagen schon – merkwürdig.« Der Wachmann zog die Augen zu Schlitzen zusammen, um sich dieses Eintrags noch einmal zu vergewissern. Dann legte er die Hand an die Stirn und schaute zu dem Golf herüber. »Wirklich merkwürdig. Ihr Wagen steht da, eindeutig. Vielleicht hat sie hier noch etwas zu erledigen…«

»Seit wann steht der Golf da?«

»Tja…« Der Wachmann schaute die Lastwagenfahrer an. »Das haben wir wohl nicht mitbekommen. Mein Dienst beginnt um sieben Uhr abends.«

»Stand er nicht schon letzte Nacht da?«, meinte einer der Lastwagenfahrer, während er sich den Mundschutz festhielt, den er bis zum Kinn heruntergezogen hatte, um rauchen zu können.

»Nein, stand er nicht.«

»Aha. Ja dann. Wenn Sie das sagen, kann schon sein...«, erwiderte der Fahrer ein wenig beleidigt über Masakos prompte Verneinung.

»Ja, tut mir Leid.«

Kaum drei Tage waren vergangen, seit sie Kuniko zerstückelt hatten. Masakos Nerven lagen blank wie ein eingerissenes, entzündetes Nagelbett, das beim kleinsten Lufthauch schmerzte. Sie bemühte sich, die Angst zu unterdrücken, die ihren Körper ins Wanken brachte, und versuchte, die Wirklichkeit, die augenblicklich um sie herum ablief, so gut es ging zu akzeptieren. Aber die Ungeheuerlichkeit der Ereignisse traf sie ins Mark und beeinträchtigte ihr Hirn so sehr, dass sie Schwierigkeiten bekam, Realität und Traum zu unterscheiden.

Der andere Lastwagenfahrer fragte die plötzlich so still gewordene Masako: »Wieso interessiert Sie das eigentlich so?«

Masako kam wieder zu sich. »Ach, ich wundere mich nur, weil sie doch aufgehört hat in der Fabrik. Haben Sie wirklich nicht gesehen, wer hinter dem Steuer gesessen hat?«

»Aber woher denn? Ich weiß ja nicht einmal, seit wann der Wagen da steht, da werde ich Ihnen das bestimmt nicht verraten können!«, antwortete der Wachmann unwillig und blätterte immer wieder durch die Seiten des Registrierbuchs.

»Okay, vielen Dank«, sagte Masako artig und machte sich auf den Weg durch die Dunkelheit zur Fabrik. Da spürte sie eine Hand auf ihrer Schulter. Eine große, warme Hand.

»Soll ich Sie heute Abend nicht lieber begleiten?« Der Wachmann stand hinter ihr. Masako schaute auf sein Namensschild: »Satō« war darauf zu lesen.

»Ah...«

»Sie sehen aus, als wäre Ihnen nicht gut.«

Masako war zu verwirrt, um eine Antwort herauszubringen. Wenn sie ehrlich war, wollte sie zwar einerseits tatsächlich von diesem Mann begleitet werden, aber gleichzeitig auch alleine weitergehen, um nachdenken zu können.

Der Wachmann lachte. »Ich dachte nur, weil Sie es beim letzten Mal abgelehnt haben, von mir begleitet zu werden. Habe ich vielleicht etwas Unpassendes gesagt?«

»Nein. Gut, begleiten Sie mich ein Stück.«

Der Wachmann nahm die Taschenlampe ab, die er um den Hals hängen hatte, schaltete sie ein und ging vor ihr her. Nachdem sie sich einmal zum Parkplatz umgedreht hatte, um sich davon zu überzeugen, dass Kunikos Golf immer noch dort stand, folgte Masako ihm. Der Wachmann hatte einen schnellen Schritt und war schon einige Meter von ihr entfernt.

»Heute scheint es Ihnen irgendwie nicht gut zu gehen. Ist alles in Ordnung?«

Dort, wo rechter Hand die Wohnhäuser aufhörten, war das dunkelste Teilstück der Strecke. Alles, der Weg und die Gebäude in der Umgebung, verschmolz mit der Finsternis. Nur am Himmel war das schwache Leuchten zweier Sterne zu sehen. Der Wachmann blieb stehen. Im kreisrunden gelben Licht der zu Boden gerichteten Taschenlampe sah sie seine robusten schwarzen Schuhe.

»Ja.« Masako verlangsamte ebenfalls den Schritt. Sie versuchte, dem Wachmann ins Gesicht zu sehen, aber er hatte die Kappe so tief heruntergezogen, dass man kaum etwas davon erkennen konnte.

»Ist die Frau mit dem Golf eine Freundin von Ihnen?«

»Ja, schon …«

»Warum hat sie denn aufgehört?«

Seine Stimme klang tief und angenehm. Ohne zu antworten, ging Masako weiter, seitlich an ihm vorbei. Sie wollte nicht über Kuniko reden. Als sie auf gleicher Höhe mit ihm war, spürte sie, dass er sie ansah. Auf einmal war ihr, als befände sie sich in einem Magnetfeld aus starken Gefühlen, in dem die Atmosphäre zu stocken schien. Ihr Herz begann zu rasen, sie bekam keine Luft mehr. Warum, wusste sie nicht.

»Danke, das reicht, ich gehe allein weiter. Es ist in Ordnung, wirklich«, presste sie hastig mit der Luft, die sich noch in ihren Lungen befand, heraus und rannte los. Der Wachmann blieb wortlos stehen.

Satō und Satake – ähnelte sich das nicht? Hatte nicht in der Hand, die sich auf ihre Schulter gelegt hatte, eine Spur zu viel Kraft geschlummert? Wieso fragte er sie nach Kuniko? Masako war verwirrt. Sie konnte nicht einschätzen, wie dicht die Dunkelheit war, in der sie steckte. Sie besaß keinerlei Anhaltspunkt, worauf sie vertrauen durfte und was sie besser in Zweifel ziehen sollte. Da es ihr einfach nicht gelingen wollte, das vage Unbehagen, das sie befallen hatte, an konkreten Dingen festzumachen, warf sie es schließlich über Bord und rannte weiter.

Sie rannte in einem durch zur Fabrik. Dort angekommen, lief sie sofort in den Umkleideraum und suchte Yoshië. Sie war nicht da. Seit sie Kunikos Leiche zerstückelt hatten, war sie kein einziges Mal mehr in der Fabrik gewesen. Ob sie den Lohn für die Entsorgung Kunikos dazu verwendet hatte fortzuziehen? Oder war ihr etwas passiert?

Masako setzte sich allein an eine Ecke des langen Resopaltischs im Aufenthaltsraum und grübelte, während sie sich unsanft die aus dem Haarnetz hängenden Strähnen unters Kochmützchen stopfte, darüber nach, was sie nur tun sollte.

Sie zündete sich eine Zigarette an. Es war keineswegs auszuschließen, dass Satake sich in die Fabrik eingeschleust hatte, schoss es ihr durch den Kopf. Unauffällig ging sie die Männergruppen im Aufenthaltsraum durch. Aber sie konnte kein neues Gesicht darunter entdecken. Sie spürte, dass sie ungewöhnlich nervös war und sich einfach nicht zu beruhigen vermochte.

Sie nahm ihr Adressbuch und die Telefonkarte zur Hand und wählte am öffentlichen Fernsprecher im Aufenthaltsraum Jūmonjis Handy-Nummer.

»Ach, Sie sind es nur, Frau Katori!«, rief Jūmonji erleichtert.

»Wieso, was ist los?«

»Na ja, ich kriege immer so merkwürdige Anrufe. Hatte mir schon überlegt, gar nicht mehr ranzugehen.«

Masako spürte, wie eingeschüchtert Jūmonji war. »Was für Anrufe?«

»Es ist der Kerl, glaube ich. Wenn ich abnehme, sagt eine Männerstimme immer nur den einen Satz: ›Du bist der Nächste‹. Ich weiß zwar, dass er mir bloß drohen will, aber ich habe ihn schließlich leibhaftig gesehen! Ich bin völlig fertig, das können Sie mir glauben!«

»Woher hat er Ihre Nummer?«

»Ach, das ist einfach, ich verteile doch überall meine Visitenkarten.«

»Konnten Sie im Hintergrund noch etwas anderes hören?«

»Nein, nichts. Wo ich gehe und stehe, ruft er an. Klar, beim Handy ist das unvermeidlich, ich weiß, aber ich hab das Gefühl, rund um die Uhr beobachtet zu werden. Also, ich hau ab, Frau Katori, machen Sie's gut.«

»Moment, warten Sie! Ich hab noch eine Bitte«, hielt Masako ihn hastig zurück.

»Ja?«

»Kunikos Golf steht auf dem Fabrikparkplatz.«

»Was sagen Sie da?« Sie hörte die Panik in seiner Stimme. »Wieso?«

»Tja, Kuniko wird es kaum gewesen sein, also bleibt nur Satake«, sagte Masako mit gedämpfter Stimme.

»Frau Katori, mit dem ist nicht zu spaßen, das hört sich ziemlich gefährlich an. Am besten, wir machen uns so schnell wie möglich aus dem Staub!«

»Das weiß ich ja! Aber ich wäre Ihnen dankbar, wenn Sie zum Parkplatz fahren und den Golf beobachten könnten, um herauszufinden, wer ihn fährt.«

»Aber das ist doch klar! Dieser Kerl natürlich, wer denn sonst?«

»Ja, aber könnten Sie nicht in Erfahrung bringen, wo er hinfährt?«

»Sind Sie wahnsinnig? Das können Sie nicht von mir verlangen!«

Der Feigling Jūmonji war offenbar nur noch imstande, an seine eigene Sicherheit zu denken. Masako schaffte es, ihn vorerst zu beruhigen, und verabredete sich mit ihm für den kommenden Morgen um kurz nach sechs in einem *Denny's Restaurant,* das die Nacht über geöffnet hatte.

Das Telefonat hatte sie aufgehalten, nun war sie spät dran für die Schicht. Masako beeilte sich, ihre Karte in die Stechuhr zu schieben, und rannte zur Fabrik ins Erdgeschoss hinunter. Die knapp hundert Arbeiter der Frühschicht warteten schon in einer langen Schlange vor dem Tor auf den Schichtbeginn um zwölf Uhr. Masako stellte sich hinten an. Vorbei waren die Zeiten, da sie mit Yoshië, Yayoi und Kuniko ganz vorne in der Reihe gestanden hatte, um die anderen im Kampf um die besten Fließbandplätze auszustechen und sich im Team die Arbeit so weit als möglich zu erleichtern. Das alles erschien ihr jetzt wie Ereignisse aus grauer Vorzeit.

Das Tor ging auf. Die Arbeiter strömten hinein und stellten sich an den Waschplätzen direkt hinter dem Eingang an. Masako musste lange warten, bis sie endlich an die Reihe kam. Sie drückte den Wasserhahn mit dem Ellbogen auf und begann, sich die Hände zu waschen. Da rankte sich dieselbe Wahnvorstellung wieder um ihr Herz, die sie schon in den vergangenen Tagen geplagt hatte wie ein lästiger Fussel, der sich einfach nicht abschütteln ließ.

Ein weißer, ins Gelbliche spielender, fettiger Schmier klebte ihr an beiden Handflächen und war nicht wegzubekommen. Er hatte sich tief unter die Nägel gefressen und glitschte zwischen den Fingern. Kunikos Fett, an dem das Wasser abperlte und das einfach nicht abzuwaschen war, egal, wie oft sie die Hände auch einseifte, wie lange sie sie auch knetete und aneinander rieb.

Masako nahm immer wieder Seife und schrubbte ihre Handflächen wie verrückt mit der Bürste ab.

Plötzlich stand Komada, der Hygiene-Kontrolleur, hinter ihr: »Hey, Sie scheuern sich ja die Hände wund! Passen Sie auf, dass Sie damit noch arbeiten können!«, warnte er sie nach einem Blick über ihre Schulter. Wenn man auch nur den kleinsten Kratzer hatte, durfte man die Nahrungsmittel nicht berühren. Masakos Hände und Unterarme waren schon feuerrot.

»Ja stimmt, danke.«

»Sagen Sie mal, was ist denn heute bloß mit Ihnen los?«

»Entschuldigen Sie.«

Sie tauchte die Hände in Desinfektionsmittel und trocknete sie mit keimfreien Gaze-Tüchern, mit denen sie auch die Vinyl-Schürze abrieb. Beim Anblick der Schürze erinnerte sie sich wieder, wie Kunikos schwarzrotes Blut daran geklebt hatte und einfach nicht abzukriegen gewesen war. Bei dem Versuch, auch diese Vorstellung aus ihrem Hirn zu verbannen, schüttelte Masako heftig den Kopf.

»Masako-san!« Kazuo kam an ihr vorbei. Er schob schon einen Wagen mit weißem Reis vor sich her. »Ist alles in Ordnung?«

»Ja«, antwortete Masako, während sie so tat, als überlegte sie, an welches Fließband sie sich stellen sollte.

»Ich habe den Umschlag in mein Schließfach getan.«

»Ja, danke.«

Kazuo blickte sich um, und nachdem er sich vergewissert hatte, dass noch niemand auf sie beide aufmerksam geworden war, raunte er ihr zu: »Sie sehen ja heute Furcht erregend aus, Masako-san, wie der leibhaftige Tod!«

Woher kannte er bloß solche Wörter? Masako schaute zu ihm auf und betrachtete sein Profil. Heute Nacht strahlte er eine wundervoll unerschrockene Ruhe aus, eine Zuverlässigkeit, als sei aus dem Hundewelpen ein ausgewachsener Rüde geworden. Ach, hätte ich jetzt bloß seine Ruhe, seine Körperkraft, nur für diese eine Nacht, wünschte sich Masako aus tiefstem Herzen.

Schon hatten die scharfen Augen des Vorarbeiters die beiden Herumstehenden entdeckt. Nakayama kam auf sie zu: »He, was macht ihr da? Los, an die Arbeit, aber ein bisschen plötzlich!«

Masako stellte sich brav ans Band. Die Arbeit in der Fabrik glich in mancherlei Hinsicht dem Gefängnisleben: Jedes kurze Gespräch im Stehen, jedes Flüstern war verboten, ja selbst seine natürlichen körperlichen Bedürfnisse durfte man nicht gleich und ohne vorherige Erlaubnis befriedigen; die Arbeiter hatten gefälligst stillschweigend ihr Soll zu erfüllen.

»Frohes Schaffen!« Kazuos Aufmunterung legte sich wie ein wärmendes Vlies auf Masakos Rücken. Yayoi und Yoshië ließen sich nicht mehr blicken, Jūmonji gab Fersengeld, und Kuniko war tot. Sie musste ganz allein mit Satake kämpfen. Ob auch das Teil seines Intrigenspiels war? Masako spürte instinktiv, dass Satake es einzig und allein auf sie abgesehen hatte, und sann über den Grund dafür nach.

Als sie morgens um halb sechs von der Arbeit erlöst wurde, zog Masako sich rasch um und verließ die Fabrik. Draußen war es noch dunkel. Das Schlimme an der Nachtschicht im Winter war, dass sie einen in der Nacht gefangen hielt. Die Arbeit fing in tiefster Dunkelheit an und hörte auf, wenn es noch nicht wieder hell geworden war.

Masako eilte im Laufschritt zum Parkplatz. Der Golf war nicht mehr da. Wer war wann damit weggefahren? Sie blieb mitten auf dem noch finsteren Parkplatz stehen. Wahrscheinlich hatte dieser Satake vor ihrem Corolla gestanden, die Türen ausprobiert, hineingespäht, Masakos Entsetzen nachgespürt wie einem Zittern in der Luft und gelacht. Bei dieser Vorstellung wallte Zorn in ihr auf. Sie wollte sich nicht verhöhnen lassen. Sie wollte sich nicht umbringen lassen wie Kuniko.

Endlich schluckte Masako die Angst. Sie schluckte sie ganz herunter, wie bittere Medizin, ohne davon zu kosten, und jagte Kunikos Tod, Satakes Existenz, all die Realitäten, die sie nicht hatte wahrhaben wollen und die ihr im Hals stecken geblieben waren, gleich hinterher. Dann schloss sie die Autotür auf, stieg in den kalten Wagen ein und ließ den Motor an. Am östlichen Himmel waren endlich die ersten grauen Streifen der Morgendämmerung zu sehen.

Mit übernächtigtem Gesicht starrte Masako auf den schwarzen Bodensatz in ihrer Kaffeetasse.

Sie wusste sonst nichts mehr mit sich anzufangen. Sie hatte schon zu viele Zigaretten geraucht und zu viele Tassen Kaffee getrunken. Die Kellnerin zog bereits ein mürrisches Gesicht und näherte sich ihrem Tisch erst gar nicht mehr, da Masako außer Kaffee nichts bestellt hatte.

Sie saß in dem von ihr vorgeschlagenen *Denny's* und wartete auf Jūmonji. Nach sieben Uhr füllte sich das Restaurant mit Angestellten, die Frühstück orderten. Der Geruch von Pfannkuchen und Rührei mit Schinken lag in der Luft, und alles strotzte vor Geschäftigkeit und morgendlichem Tatendrang. Jūmonji war mehr als eine Stunde überfällig.

Vielleicht hatte er sich ja längst aus dem Staub gemacht. Doch als sie schon fast davon überzeugt war, kam Jūmonji zur Tür herein.

»Entschuldigen Sie, dass ich so spät bin.« Er trug eine schmuddelige, beige Wildlederjacke über einem schwarzen Pullover. Es war, als spiegele der angegriffene Zustand der Lederjacke seine Seelenlage wider.

»Ich hab mir schon Sorgen gemacht!«

»Ich kann kaum noch schlafen, und da hab ich ausgerechnet heute verschlafen.«

Masako blickte zu Jūmonji auf, in sein Gesicht, das ausgemergelt aussah wie ihr eigenes.

»Sie sind nicht zufällig doch noch auf dem Fabrikparkplatz gewesen?«

»Nein, tut mir Leid. Ich konnte einfach nicht, solchen Schiss hab ich«, entschuldigte sich Jūmonji ehrlich, holte seine Zigaretten aus der Jackentasche, steckte sich eine in den Mund und machte ein banges Gesicht.

»Schiss hab ich auch«, murmelte Masako, aber Jūmonji schien es gar nicht mitzubekommen. Er schwieg. So saßen sie beide wortlos da, schauten durch das große, bis zum Boden reichende Klarglasfenster nach draußen und sahen zu, wie ein friedlicher Frühwintertag anbrach. Die hilflos dünnen Birken, die rund um das Restaurantgebäude gepflanzt waren, leuchteten in der Morgensonne.

»Verzeihen Sie, dass ich Ihnen so wenig von Nutzen bin«, entschuldigte Jūmonji sich zum wievielten Mal und runzelte die Stirn. Sein jugendliches Fernsehstar-Gesicht verwandelte sich augenblicklich in eine gequälte, hässliche Fratze.

»Schon gut. Es kommt eh, wie es kommen muss.«

»Aber ich will nicht ermordet werden! Scheiße«, klagte Jūmonji weinerlich und schob sein Handy weit von sich an den Rand des Tisches, als sei es ihm widerwärtig. »Ich erschreck mich jedes Mal zu Tode, wenn wieder so ein Anruf kommt, obwohl ich weiß, dass es dieser Kerl ist. Es hat mir gereicht, ihm ein Mal begegnet zu sein, wirklich, so furchtbar unheimlich war das!«

»Er ruft Sie doch bloß an, weil Sie ihn gesehen haben. Reine Drohgebärde!«

»Na, ich weiß nicht…«

»Wie er nur aussehen mag…?«, dachte Masako laut nach. Ach, hätten sich die Gestalt des Mannes, den Jūmonji gesehen hatte, und das Gesicht, in das Kuniko geblickt hatte, bevor sie starb, doch auch in ihre eigene Netzhaut eingebrannt!

»Wie er aussieht, wollen Sie wissen?« Jūmonji schaute sich um, als wolle er sichergehen, dass Satake auch nicht hinter ihm saß. Das Lokal war voll mit zeitungslesenden Angestellten. »Das kann ich Ihnen mit Worten gar nicht beschreiben.«

Dann komm doch zur Fabrik und identifizier ihn für mich, hätte Masako am liebsten gesagt. Jūmonji schien so etwas zu fürchten wie die Pest, denn er blickte beharrlich zur Seite.

»Das Objekt habe ich jedenfalls entsorgt.« Jūmonji hing zusammengesunken auf dem Vinyl-Sofa, allem Anschein nach erschöpft bis ins Mark. Die Kellnerin hatte die riesige Speisekarte vorbeigebracht, doch er warf nicht einmal einen Blick darauf. »Aber eins muss ich sagen, so ein dickes Weib ist ganz schön schwer!« Als säße ihm das Gewicht jetzt noch in den Knochen, ließ Jūmonji die Schultern kreisen, wie um die Verspannung zu lösen. »Der Opa vom letzten Mal war ja leicht, aber diesmal… sie hat mindestens das Doppelte gewogen, was meinen Sie?«

Kuniko hatte sage und schreibe dreizehn Versandpakete gefüllt. Es war sicher Knochenarbeit gewesen, bis nach Fukuoka zu fahren, sie dort alle in Empfang zu nehmen, ins Auto zu laden und dann in die Verbrennungsanlage zu werfen. Anstatt zu antworten, zog Masako die Brauen zusammen und ließ ihren Blick unwillkürlich über den Restaurantparkplatz schweifen. Plötzlich verspürte sie den Drang nachzusehen, ob der grüne Golf nicht dort irgendwo stand.

»Wollen Sie nicht fliehen, Frau Katori? Haben Sie etwa immer noch vor, weiter zur Fabrik zu gehen?« Jūmonji sah Masako an.

»Vorerst ja.«

»Lassen Sie das doch, kündigen Sie!« Seine Augen blickten verständnislos. »Sie haben jetzt acht Millionen zusammen, Frau Katori – oder sind es sieben? Jedenfalls genug. Ich will ja nichts sagen, aber das dürfte mehr sein, als Sie mit der Schufterei in dieser Fabrik in fünf Jahren verdienen können, schätze ich. Reicht das denn nicht?«

Masako antwortete nicht und trank einen Schluck Wasser. Sie wusste, dass Satake sie überall aufspüren würde, wohin sie auch floh.

»Ich verschwinde jedenfalls noch heute, das können Sie mir glauben!« Die Kellnerin kam, um Jūmonjis Bestellung aufzunehmen, und er orderte ein Hamburger-Menü.

»Wo wollen Sie denn hin?«

»Wenn's irgend geht, werde ich bei Soga-san untertauchen, aber mit dem ist auch nicht gerade zu spaßen.« Jūmonji nannte einen Namen, den Masako nicht kannte. »Na ja, am besten wäre natürlich Shibuya oder so, wo es viele hübsche Frauen gibt. Ich schätze mal, nach einem Jahr wird Gras über die Sache gewachsen sein, bis dahin sollte der Kerl sich doch beruhigt haben, was meinen Sie? Schließlich habe ich ja im Grunde gar nichts mit dem Fall Yamamoto zu tun.« Jūmonji verriet sein wahres Gesicht. An seiner grenzenlosen Zuversicht erkannte sie seine Jugend. Die Entscheidungen aber, die Masako getroffen hatte, waren alle nicht wieder rückgängig zu machen. Und sie wollte auch gar nicht zurück.

»Tja, ich muss dann mal los.« Masako legte das Geld für ihren Kaffee auf den Tisch und zeigte auf Jūmonjis Handy, das verlassen auf der Ecke des Tisches lag wie ein nutzloses, lästiges Ding. »Brauchen Sie das noch?«

»Nein. Müsste sowieso erst die Nummer ändern lassen.«

»Wenn das so ist – kann ich es haben?«

»Wie Sie wollen. Aber es wird nicht mehr lange funktionieren.«

»Das ist auch nicht nötig. Ich will mir nur mal die Stimme von dem Kerl anhören.«

»Bitte, es gehört Ihnen.« Jūmonji drückte ihr das Handy in die Hand.

Sie steckte es in ihre Handtasche. »Tja – dann will ich mal.«

»Passen Sie auf sich auf, Frau Katori!«

»Ja, Sie auch!«

»Wenn wir beide heil aus der Sache herauskommen, können wir ja mal wieder Geschäfte zusammen machen!« Jūmonji hob sein Wasserglas und prostete ihr zu, bekam aber sofort wieder ein ernstes Gesicht.

Zu Hause war niemand mehr.

Yoshiki hatte seine halb ausgetrunkene Tasse Kaffee stehen lassen, an deren Rand die heruntergelaufenen Tropfen angetrocknet waren. Masako schüttete den Kaffee in die Spüle und machte sich mit der Spülbürste daran, den Tassenrand zu säubern. Auf einmal merkte sie, wie sie so heftig scheuerte, dass sie das Porzellan zu zerkratzen drohte. Wie lange würde sie noch in diesem Haus bleiben können? Masako drehte den Wasserhahn zu und ließ die Schultern sinken. Nur noch ein kleines bisschen Zeit, und sie würde einen Ausweg für sich entdeckt haben, bestimmt, aber nun war dieser Satake schon drauf und dran, sie in den Abgrund zu zerren.

Yoshiē hatte an jenem Taifunmorgen, als sie sie dazu überreden wollte, mit ihr und Jūmonji in dieses Geschäft einzusteigen, nach einigem Zögern zu ihr gesagt: »Und mit dir fahr ich sogar zur Hölle.« Ob ihre Endstation wirklich die Hölle war? Masako musste sich an der Sofalehne abstützen. Weniger die Erschöpfung als vielmehr die Vergeblichkeit all ihres Tuns ließ sie mutlos zusammenknicken.

Plötzlich klingelte Jūmonjis Handy. Masako starrte eine Zeit lang unschlüssig darauf, ehe sie sich dazu durchringen konnte abzunehmen.

Am anderen Ende der Leitung blieb es eine Weile still. Masako gab keinen Mucks von sich und lauschte.

Endlich sagte jemand: »Du bist der Nächste!«

Masako erwiderte mit dunkler Stimme: »Hallo?«

Für einen Moment schien der Mann am anderen Ende überrascht. Er schwieg.

»Satake«, nannte sie ihn kurz entschlossen beim Namen.

»Masako Katori?«, erwiderte Satake gepresst. Ein heller, fast freudiger Ton schwang in seiner Stimme mit, so als habe er nur darauf gewartet, endlich mit Masako zusammenzutreffen.

»So ist es.«

»Na, wie fühlt man sich beim Leichenzerstückeln?«

»Warum sind Sie hinter uns her?«

»Ich bin hinter dir her.«

»Weshalb?«

»Weil du ein unverschämtes Weib bist. Ich werd's dir schon zeigen! Du wirst dir noch wünschen, diese Welt verlassen zu dürfen, darauf kannst du dich gefasst machen!«

»Sparen Sie sich die Mühe!«

Satake lachte. »Du wirst die Nächste sein. Jūmonji kannst du ausrichten, ich hätte ihn um einen Platz zurückgesetzt!«

Sie hatte diese Stimme schon einmal gehört. Aber kaum dass Masako begonnen hatte, in Windeseile die Tiefen ihres Gedächtnisses zu durchforsten, legte Satake auf.

3 Sie hatte die Stimme noch im Ohr. Sie musste sie vor ganz kurzer Zeit und in unmittelbarer Nähe gehört haben. Masako sprang auf. Sie schnappte sich die Daunenjacke, die auf dem Sofa lag, warf sich die Handtasche um

die Schulter und rannte aus dem Haus. Der Motor ihres Wagens war noch warm.

Sie hatte Satake schon mehrfach getroffen, davon war sie überzeugt, aber es fehlte ein sicherer Beweis, und den wollte sie sich beschaffen. Und zwar, während dieser Kerl noch schlief.

Satō, der Wachmann. Wenn er Satake war, wurde alles plausibel: Er hatte Kuniko unauffällig kennen lernen und auch mit ihr ins Gespräch kommen können, während er sie zur Fabrik begleitete. Außerdem war es genau die richtige Arbeit, um Masako selbst beobachten zu können.

Sie erinnerte sich daran, wie Satō sie am Anfang auf dem Parkplatz so lange mit der Taschenlampe angeleuchtet hatte. Damit hatte er sich ihr Gesicht einprägen wollen. An die Feindseligkeit in seinen Augen, als sie auf dem Gehweg zur Fabrik abrupt zu ihm herumgefahren war und sie sich für einen Moment gegenübergestanden hatten. An das Gefühl, als er ihr in der vergangenen Nacht so fest die Hand auf die Schulter gelegt hatte. Jedes Mal hatte sie dieses Unbehagen gespürt.

Es gab keinen Zweifel mehr. Aber eben diese Gewissheit konnte leicht in Angst umschlagen, falls ihre Entschlossenheit ins Wanken geriet. Dann würde ihr Kampfgeist zusammenbrechen, und sie wäre dazu verdammt, kriechend das Weite zu suchen. Masako hatte sich entschlossen, Satake zu töten, um sich selbst sicher davonmachen zu können. Aber war sie überhaupt fähig zu solch einer tollkühnen Tat? Nein, es ging nicht, sie würde unmöglich einen Menschen umbringen können. Aber sie wollte auch nicht erdrosselt werden wie Kuniko. Angst blähte sich in ihr auf und drohte zu explodieren; unwillkürlich schoss Kraft in ihren Fuß auf dem Gaspedal, so dass sie fast auf den Lastwagen aufgefahren wäre, der vor ihr die Straße versperrte.

Satō, der Wachmann, war Satake. Masako sah seine dunklen Augen vor sich und erinnerte sich lebhaft an den Alptraum, den sie Wochen zuvor gehabt hatte. Der Traum, in dem sie ekstatische Lust verspürt hatte, während ihr jemand von hinten die Kehle zudrückte. Sie begriff, dass das eine Vorahnung gewesen war, und entdeckte zu ihrer eigenen Verwunderung in einem Winkel ihres Herzens ein Gefühl, das es Satake gestatten würde, sie umzubringen. Sie musste an das Magnetfeld denken, das in der vergangenen Nacht auf dem dunklen Weg für einen winzigen Augenblick zwischen ihnen beiden entstanden war – vielleicht hatte sie da schon unbewusst gespürt, dass Satō Satake war.

Auf den Straßen hatte der allmorgendliche Stau eingesetzt, und während sie nur langsam vorankam, kreisten Masakos Gedanken von der Vergangenheit in die Zukunft und zurück. Jagte sie oder wurde sie gejagt? Würde sie ihn töten, oder würde sie getötet werden? »Weil du ein unverschämtes Weib bist«, hörte sie Satake wieder sagen. Heftiger Zorn stieg in ihr auf, und unmissverständlich wurde ihr klar, dass sie sich längst im erbitterten Zweikampf mit Satake befand.

Sie fuhr den gewohnten Weg zurück zur Fabrik. Der Parkplatz war schon fast voll mit den Autos der Arbeiter der Tagesschicht. Sie sah auf die Uhr: halb neun. Schichtbeginn war um neun, das hieß, es würden mit Sicherheit noch mehr Wagen mit Leuten kommen, die zur Arbeit wollten. Masako setzte in den Weg hinein, der zur stillgelegten Fabrik führte, stellte ihren Corolla dort am Rand ab und ging dann zum Wachhäuschen zurück. Satō war schon von einem älteren Mann mit Lesebrille abgelöst worden, der in dem kaum eine halbe Matte großen Häuschen saß und seine klein gefaltete Tageszeitung so hielt, als wolle er sie ablecken.

»Guten Morgen!«, grüßte sie ihn unmittelbar ins Ohr, aber der Wachmann erwiderte nichts, sondern sah ihr nur in die vor Übernächtigung rot unterlaufenen Augen und in das leichenblasse, blutleere Gesicht. »Ich bin von der Frühschicht. Könnten Sie mir bitte die Adresse von Herrn Satō geben, der hier ab sieben Uhr abends arbeitet?« Masako kam direkt zum Punkt.

»Ach ja, Herr Satō von der Nachtschicht. Ich kenne ihn gar nicht persönlich, da ich immer nur bis sechs hier bin. Fragen Sie doch lieber im Büro nach!«

»Aber er ist doch von einer Zeitarbeitsfirma, nicht wahr? Ob man mir da in der Fabrikverwaltung weiterhelfen kann …?«

»Verstehe, aber ich habe auch nichts mit ihm zu tun, ich bin von einer anderen Firma. Hier, rufen Sie doch da an.« Der Mann hielt ihr ohne Vorbehalt eine Visitenkarte für Werbezwecke hin: *Yamato Wachdienst & Gebäudesicherung* stand da.

Masako steckte sie in die Tasche ihrer Jeans. »Vielen Dank!«

»Wieso wollen Sie denn die Adresse von Herrn Satō überhaupt wissen?«, fragte der ältere Mann mit verschmitztem Lächeln.

Masako antwortete ernst: »Weil ich mich mit ihm verabreden möchte.«

»O-ho«, brummte der Mann und schaute Masako bedeutungsvoll an. Ihr Gesicht musste völlig verbissen wirken und konnte unmöglich mit romantischen Gefühlen in Verbindung gebracht werden, davon war sie überzeugt. Doch für diesen Mann schien das der Ausdruck von Verliebtheit zu sein.

»Na, so was, ich beneide euch jungen Leute!«

Über das Wörtchen »jung« musste Masako müde lächeln. Dann fasste sie vorsichtshalber noch einmal nach: »Meinen Sie denn, dass man mir bei der Firma auch tatsächlich Auskunft geben wird?«

»Das werden Sie dann ja sehen.« Der Mann widmete sich wieder seiner Zeitung.

Mit Jūmonjis Handy rief Masako vom Auto aus gleich dort an: »Hallo, ist da die Firma Yamato Wachdienst und Gebäudesicherung?«

»Ja, da sind Sie richtig«, kam eine gemächliche, ältere Stimme zurück.

»Mein Name ist Kuniko Jōnouchi. Ich arbeite in der Miki Foods Lunchpaket-Fabrik. Herr Satō von der Nachtschicht auf dem Parkplatz hat etwas wieder gefunden, das ich verloren hatte, und nun möchte ich mich gern erkenntlich zeigen und ihm ein kleines Dankeschön zusenden...«

»Ah, ja...?«

»Könnten Sie mir seinen vollen Namen und seine Adresse geben?«

»Die Adresse hier oder seine Privatadresse?«

»Die Privatadresse, wenn's geht.«

»Einen Moment bitte.«

Das schienen ja geruhsame Pöstchen zu sein in dieser Firma, wahrscheinlich zum großen Teil mit Rentnern besetzt. Bei dem Sicherheitspersonal des Geldtransporter-Dienstes, der damals für die Spar- und Darlehenskasse gearbeitet hatte, wäre ein solches Verhalten undenkbar gewesen.

»Also: Satō, Yoshio. Kodaira-City, Wohnkomplex Kodaira, Block T, Nummer 412.«

»Ich danke Ihnen.« Masako legte auf und stellte sofort die Heizung höher, denn ihr fröstelte. Nie wäre sie auf den Gedanken gekommen, dass Satake in derselben Mietskaserne wohnte wie Kuniko. Er hatte ihr nach einem schlau und mit großem Zeitaufwand eingefädelten Plan eine Falle gestellt. Angesichts dieser akribischen Umsicht Satakes erschrak Masako. Ehe sie sich's versahen, würden sie ihm alle ins Netz gehen, wie geschickt in die Enge getriebene Fische. Nach Kuniko war nun sie selbst an der Reihe. Die Heizungsluft trieb Masako den Schweiß auf die Stirn. Er war erstaunlich kalt, als sie mit der Hand daran fasste.

Besorgt dachte sie an Yayoi, von der sie sich vor ein paar Wochen im Streit getrennt hatte. Ob sie ihr etwas verschwieg? Sie wählte Yayois Nummer.

»Ja bitte, bei Yamamoto?«, meldete sich Yayoi mit leicht affektierter Stimme.

»Ich bin's.«

»Ach, Masako-san! Lange nichts von dir gehört!«

»Ist bei dir irgendetwas Ungewöhnliches vorgefallen?«

»Nein, gar nicht. Die Kinder sind im Hort, und ich lebe in den Tag hinein und lasse es mir gut gehen, oder wie man so sagt. Alles in Ordnung.« Im Gegensatz zu der angespannten Masako hörte sich Yayoi betont unbekümmert an. »Wieso fragst du?«

»Ich wollte nur sichergehen. Wenn nichts passiert ist, bin ich beruhigt.«

»Ich habe mich übrigens entschlossen, noch in diesem Jahr zu meinen Eltern zu ziehen.«

»Umso besser!«

»Und wie geht es euch? Gut? Was macht die Meisterin?«

»Sie war schon länger nicht in der Fabrik.«

»Was? Das ist aber merkwürdig. Und Kuniko?«

»Kuniko ist tot.«

Yayoi stieß einen kurzen Schrei aus und verstummte. Masako wartete ab. Endlich machte Yayoi den Mund wieder auf und benutzte das bewusste Wort: »Ist sie ermordet worden?«

»Wieso glaubst du das?«

»Ich weiß auch nicht. Ich dachte nur irgendwie.«

Sie machte ihr etwas vor. Yayoi war doch etwas zugestoßen, das spürte Masako. »Kuniko ist jedenfalls gestorben.«

»Wann?«

»Weiß ich nicht.«

»Woran ist sie gestorben?«

»Weiß ich nicht. Ich hab nur ihre Leiche gesehen.« Von dem grässlichen, breiten Würgemal um Kunikos Hals verriet Masako nichts.

»Du hast wirklich ihre Leiche gesehen?« Yayoi klang verzweifelt.

»Ja.«

»Was hat das nur alles zu bedeuten, Masako, weißt du das?«, fragte Yayoi hastig, fast schon panisch. »Hör doch, Masako, was hat das zu bedeuten?«

»Sieht ganz so aus, als hätten wir ein schreckliches Ungeheuer geweckt.«

»Hat dieser Mann sie ermordet?« Wieder gebrauchte sie dieses Wort. Außerdem schien sie sofort zu wissen, um wen es ging, als Masako von Ungeheuer sprach. Das erhärtete den Verdacht, dass Yayoi Satake schon begegnet war.

»Dieser Mann, sagst du? Kennst du ihn denn?«

Yayoi schwieg. Im Hintergrund war das Geplärre von irgendeinem Boulevardmagazin im Fernsehen zu hören.

»Nun sag schon, wenn etwas sein sollte, hörst du? Wir sind alle in Lebensgefahr, begreifst du das denn nicht! Heraus mit der Sprache!« Vor Ungeduld war ihre Stimme laut angeschwollen und hallte im Wageninneren nach. Während Yayoi hartnäckig weiterschwieg, starrte Masako fuchsteufelswild auf den von Zigarettenstummeln überquellenden Aschenbecher.

Endlich antwortete Yayoi: »Es ist aber nichts.«

»Gut, wie du willst. Pass in Zukunft auf dich selbst auf!«

»Masako-san«, fragte Yayoi atemlos, wie um Masakos Worte zu überdecken, »denkst du, dass das alles meine Schuld ist?«

»Nein.«

»Wirklich nicht?«

»Nein, wirklich nicht«, antwortete Masako und legte auf. Kein einziges Mal hatte sie gedacht, Yayoi sei an allem schuld. Aber dass sie selbst schuld sein könnte, daran hatte sie sehr wohl schon gedacht. Trotzdem stand ihr jetzt der Sinn weder nach Reue noch danach, die anderen deswegen um Verzeihung zu bitten. Sie konnte nur an eines denken: dass ihr der Ausweg, der gerade erst in Sicht gekommen war, verbaut zu werden drohte. Damit blieb ihr nichts anderes übrig, als sich dagegenzustemmen und durchzubrechen. Sie wusste, dass keine von den anderen diesen Weg mitgehen würde, selbst wenn sie ihnen von ihrem Entschluss erzählte. Und Masako wollte auch niemanden dabeihaben.

Sie starrte auf ihre sehnigen Hände, bis sie damit schließlich ihr Gesicht bedeckte, weil sie sie für die einzige Wärmequelle hielt. Sie traute nur sich selbst. Keinem anderen, nur sich selbst. Sie erinnerte sich, wie sie damals im Sommer noch einmal in die Berge zu dem Platz gefahren war, an dem Kenjis Kopf vergraben lag – an die eigene Entschlossenheit, an die eigene Einsamkeit. Inzwischen war die Luft im Wagen warm und schwer geworden. Jähe Schläfrigkeit überfiel sie. Masako schloss bei laufendem Motor die Augen.

Nach etwa einer halben Stunde wurde sie wieder wach. Nichts um sie herum hatte sich verändert, vor ihr lag nach wie vor nur der verlassene Weg zur Fabrik. Die Gräser an seinen Rändern hatte der Raureif, der jetzt morgens und abends fiel, gelb und welk werden lassen. Sogar von hier aus konnte sie den Kanaldeckel sehen, den Kazuo verschoben hatte und der nun aufklaffte wie ein geöffneter Sarkophag. Und in weniger als zehn Stunden würde Satake in Uniform und mit Unschuldsmiene diesen Weg entlanggehen.

Der Bahnhofsvorplatz von Higashi-Yamato war so öde wie immer, und auf dem von Unkraut überwucherten Baustellengelände wirbelte der Wind sandigen Staub auf.

Im Eisstadion gab es wohl irgendeine Veranstaltung, denn eine große Menge von Grundschülern in bunter Kleidung hatte sich in langen Reihen davor aufgestellt. Masako parkte an einer unauffälligen Stelle der Straße hinter dem Bahnhof, bahnte sich einen Weg durch die Schülerschlangen und überquerte eilig die Straße. Sie verschwand in einer Nebengasse. Eine kleine Kneipe reihte sich neben die andere, es stank nach Abfall, alles war trist und menschenleer. Vielleicht kam sie schon zu spät. Unwillkürlich beschleunigte sie ihren Schritt.

Neben dem Sushi-Laden, an dessen Außenwand ein Anschlag von der Schließung des Geschäfts kündete, rannte sie die Treppe zum »Verbraucherzentrum Million« im ersten Stock hinauf. Das billige Baumaterial ächzte unter ihren Füßen. Hinter der dünnen Sperrholztür am Ende der Treppe tat sich nichts, kein Geräusch war zu hören. Sie blieb eine Weile davor stehen und lauschte, bis sie plötzlich das Gefühl hatte, ein Mensch habe sich leise dahinter bewegt.

»Jūmonji-san, ich bin's, Masako Katori, machen Sie auf!«

Jūmonji, noch in denselben Sachen wie am Morgen, als sie auseinander gegangen waren, erschien mit erschrockenem Gesicht. Er schwitzte. Im Büro deutete alles darauf hin, dass er gerade dabei war, heimlich seine Flucht vorzubereiten, denn die Laden des einzigen Aktenschranks und des Schreibtischs standen offen. Wie sie ihn kannte, hatte er vor, alle Schriftstücke zusammenzusuchen, aus denen noch irgendwie Geld zu machen war, und damit zu verschwinden. Sollten doch seine Angestellten sehen, wo sie blieben.

»Ach Sie, Frau Katori!«

»Hab ich Ihnen Angst gemacht?«

Jūmonji antwortete nicht, sondern lächelte nur verlegen. Von seinen Angestellten war niemand da.

»Haben Ihre Mitarbeiter alle gekündigt?«

»Die eine kommt ab nachmittags, um das Telefon und den Laden zu hüten. Die wird sich wundern«, sagte Jūmonji mit hämischem Grinsen und ließ Masako ein. »Was ist denn los? Wir haben uns doch gerade erst verabschiedet.«

»Gut, dass ich Sie noch erwische! Ich möchte nämlich alles über Kunikos Schuldenverhältnisse wissen. Das fragen Sie doch ab, wenn Sie Geld verleihen, oder?«

»Ja, aber … Wozu denn?«

Masako blickte in Jūmonjis Gesicht, das längst jeden Anflug von Geistesgegenwart verloren hatte.

»Ich weiß, wer Satake ist.«

»Ja?« Jūmonji zog die Augenbrauen hoch.

»Der Wächter auf dem Parkplatz der Fabrik, der sich Satō nennt.«

»So was! Genial!«, rief Jūmonji voller Bewunderung, wobei nicht klar war, ob sie Satake galt, der sich als Parkplatzwächter ausgegeben hatte, oder Masako, die seine Maskerade aufgedeckt hatte. »Ist das auch wirklich sicher?«

»Ja, und außerdem wohnt er in Kunikos Mietskaserne.«

»Also, in meiner Zeit bei der Motorradgang in Adachi hab ich ja schon einige Schurken erlebt, aber jemand, der so gründlich zu Werke geht, ist mir noch nie untergekommen. Wirklich ein ganz anderes Kaliber«, murmelte Jūmonji beeindruckt, zog aber dann die Stirn in Falten, so als erinnere er sich wieder daran, wie er Kunikos Leiche abgeholt hatte, und strich sich über die Mundwinkel. Als gäbe es dort etwas abzustreifen.

Masako sah sich in Jūmonjis Büro um, das gähnend leer und heruntergekommen wirkte. »Die Geschäfte sind im Moment wohl ziemlich mau, was?«

»Selbst wenn sie besser liefen, ich wäre sowieso bald bankrott«, gab Jūmonji offen zu und deutete mit dem Finger auf den Aktenschrank: »Da drin finden Sie alles, was ich über Kuniko habe. Bitte, bedienen Sie sich, obwohl mir nicht klar ist, was Sie damit anstellen wollen …«

Masako sah im Aktenschrank nach. Wie sie erwartet hatte, war Jūmonjis Kundschaft nicht groß: unter J gab es nur drei Personen. Sie zog das in seiner schludrigen Handschrift gekritzelte Protokoll über Kunikos Kreditsituation heraus und überflog es rasch, auf der Suche nach irgendetwas, das möglichst große Probleme bei Zahlungsverzug versprach.

»Jetzt verraten Sie mir doch, was Sie damit anstellen wollen, Frau Katori«, wiederholte Jūmonji. Sein Interesse schien geweckt; er zog die an Kragen und Ellbogen speckig gewordene Wildlederjacke aus und stand im schwarzen Rollkragenpulli da.

»Ich suche etwas, das ich gebrauchen kann.«

»Wenn Sie mir jetzt noch sagen würden, wozu …?«

»Ich will Satake das Leben schwer machen«, antwortete Masako, und Jūmonji erwiderte mit bedrückter Stimme:

»Aber das können wir nicht, Frau Katori, lassen Sie uns doch lieber schleunigst abhauen!«

Masako betrachtete die Kopie von Kunikos Führerschein. Das Foto zeigte eine dick geschminkte Kuniko. Was für ein armes, dumpfes, düsteres Gesicht.

»Jūmonji-san.«

»Ja?«

»Was muss man noch mal tun, um einen Offenbarungseid zu leisten?«

»Das ist einfach. Man braucht nur beim Amtsgericht vorstellig zu werden.«

»Man muss also unbedingt persönlich erscheinen… tja, dann kann man das wohl vergessen, ich würde unmöglich als Kuniko durchgehen.« Masako schnipste die Führerscheinkopie mit den Fingern beiseite. Yayoi zu bitten hatte ebenso wenig Sinn, sie sah Kuniko überhaupt nicht ähnlich.

»Was haben Sie vor, Frau Katori?« Jūmonji sah sie fragend an.

»Nun, meine Idee war, für Kuniko den Offenbarungseid zu leisten und Satake als ihren Bürgen mit Solidarhaftung anzugeben.«

»Ah, so langsam fange ich an zu begreifen…« Jūmonji bekam einen Lachkrampf. »Aber dann machen wir doch einfach Folgendes, Frau Katori: Ein Offenbarungseid ist gar nicht nötig, wir brauchen nur zu sagen, dass Kuniko verschwunden ist, nachdem wir den Kerl zu ihrem selbstschuldnerischen Bürgen erklärt haben, und das kriege ich hin, kein Problem. Heutzutage hat man ja schon eine Bürgschaft am Hals, wenn man telefonisch sein Einverständnis gegeben hat. Ich brauche mich nur an ein paar von meinen feinen Kollegen zu wenden. In der Branche gibt es Leute, die für Geld alles tun.«

»Sie würden es also schaffen, es so aussehen zu lassen, als hätte Kuniko sich Geld geliehen und Satake dafür selbstschuldnerisch gebürgt?«

»Ja. Einen Bürgschaftsvertrag brauchen Sie doch nicht, oder? Dann ist das wirklich keine große Sache. Eine Zahlungspflicht allerdings besteht so natürlich nicht.«

»Das ist auch nicht nötig. Wenn ich ihn nur ordentlich in Schwierigkeiten bringen kann, das reicht. Dann sorgen Sie mal dafür, dass Kuniko als verschwunden gilt.«

»Wird gemacht. Die Nachricht werde ich als kleine Aufmerksamkeit gleich mit unter die Leute bringen.«

»Sie haben doch sicher eine Auswahl von unbeglaubigten Namensstempeln da. Stellen wir doch erst mal einen falschen Kreditvertrag aus und setzen in die Sparte ›Bürge mit Solidarhaftung‹ einen Stempel mit seinem Namen.«

Sofort bekam Jūmonji das Gesicht eines Jungen, der einen Streich plant, griff in die Tiefen einer der offen stehenden Schubladen und holte eine alte Keksdose heraus, in der sich eine Menge Namensstempel befanden.

»Das hat er jetzt davon, dass er sich so einen Allerweltsnamen wie Satō ausgesucht hat!« Auf Anhieb kamen drei Stempel mit diesem Namen zum Vorschein.

»Warten Sie noch, bis diese Arbeit hier erledigt ist, bevor Sie untertauchen, ja?«

»Ach, das kostet mich höchstens einen halben Tag!«, beteuerte Jūmonji großspurig. Im Handumdrehen hatte sich seine Stimmung merklich gebessert.

»Na warte, ich werde es schon schaffen, diesen Kerl aus seinem Mauseloch zu treiben!« Ein kleines Lächeln erschien auf Masakos Gesicht, als sie sich Satake vorstellte, der wahrscheinlich gerade ahnungslos im Bett lag und schlief.

4

Wie langweilig, wenn sie sich einfach nur einschüchtern und verschrecken ließe!

Satake befand sich auf der Dachterrasse des Supermarkts in der Nähe des Bahnhofs. Ob es am trüben, feuchtkalten Wetter lag oder am Niedergang der kleinen Kaufhäuser im Kampf mit den Großen, die ihnen die Kunden wegnahmen – hier oben war jedenfalls nichts los. Außer einer Mutter mit Kleinkind und einem Oberschülerpärchen auf der Suche nach einem unbeobachteten Platz zum Schmusen war niemand da.

Satake starrte schon seit geraumer Zeit auf den kümmerlichen Verkaufsstand einer Tierhandlung, der provisorisch neben der Spielothek aufgebaut worden war. Fünf ungepflegte Käfige hatte man nach draußen vor den Stand gestellt. Darin saßen Katzenjunge und Hundewelpen, die üblichen Rassen: überzüchtete American Shorthair, schmuddelige Chinchillas, immermüde Shibas. Die Tiere hatten sich allesamt in die hinterste Ecke ihrer Käfige verkrochen und schauten Satake mit furchtsamen Augen an.

Er erinnerte sich daran, wie Anna ihn unter Tränen gefragt hatte, ob sie denn für ihn nichts weiter gewesen sei als so ein Hündchen aus der Tierhandlung. Wehmütig dachte er an sie zurück, sah wieder ihre glatte Haut, ihr vollkommenes Gesicht vor sich. Anna, die Nummer eins des »Mika«, die er aus ihr gemacht hatte. Die Spitzenzüchtung einer Tierhandlung.

Jetzt, da Anna diese Wahrheit einmal durchschaut hatte, stand fest, dass sie nie mehr die Nummer eins sein würde, sosehr sie sich auch anstrengte. Das war der Lauf der Dinge. Nur weil ihr die Wahrheit nicht bewusst gewesen war, hatte sie so stolz sein können auf ihre ungeheure Popularität. Jetzt würde sich ein Schatten auf sie legen, der nicht wieder verschwinden würde, bis zu ihrem Tod. Für einen Mann, der bereit war, eine Frau von Herzen zu lieben, war so etwas unverzichtbar, aber Männer, die Frauen kaufen wollten, mochten es nicht. Die Kunden wollten ein reines, unbeflecktes Wesen, ein Geschenk des Himmels, weil sie wussten, wie schwer so etwas zu finden war. Genau aus diesem Grund hatte er Anna auf Händen getragen und verhätschelt, damit sie die Wahrheit nicht durchschaute. Was für ein unglückseliges Pech, dass sie ausgerechnet durch die Liebe zu ihm erwachsen geworden war.

Auch im »Mato« würde sie sich höchstens noch ein halbes Jahr an der Spitze halten können. Anna tat ihm Leid. Aber dieses Gefühl unterschied sich kaum von dem Mitleid, das er für die Hunde und Katzen empfand, die er gerade vor sich hatte. Satake steckte seinen langen Zeigefinger durch die Gitterstäbe eines Käfigs. Das Shiba-Hündchen darin wich zurück, schaute Satake in die Augen und begann zu zittern.

»Hab doch keine Angst!«, sagte er zu dem Hund.

Wenn so ein Tier aus lauter Angst lernte, Mitleid zu heischen, wurde es schnell langweilig. Aber wenn es gar keine Angst kannte, war es dumm. Kurzum: Zahme, kokette Schoßhündchen waren langweilig und dumm. Schlagartig erkaltete Satakes Interesse. Er entfernte sich von der Tierhandlung und schlenderte, nachdem er kurz nebenan in die gähnend leere Spielothek mit den billigen Laserstrahlern gespäht hatte, ziellos über die enge Dachfläche.

Er schaute von oben auf die flache, graue Stadt hinab, die sich behäbig bis zu den Tama-Hügeln erstreckte. Diese elende, verkommene Stadt! Angewidert spuckte Satake auf den mit Kunstrasen ausgelegten Boden. Als er den Blick hob, sah er noch, wie die Mutter mit Kind und das Liebespärchen ängstlich zu ihm herüberschauten.

Vier Tage waren vergangen, seit Masako Katori nicht mehr in

der Fabrik gewesen war. Seit er sie auf dem Parkplatz mit Kunikos Golf überrascht hatte. Hatte sie denn etwa schon klein beigegeben?

Wie fade! Er hatte sich so auf eine Frau mit Mumm in den Knochen gefreut, und jetzt sollte dieses bisschen sie schon verschreckt haben? Ob sie denn auch einfach bloß Angst vor ihm hatte? War es nur Einbildung gewesen, als er auf dem Parkplatz geglaubt hatte, sie hätte sein Verlangen nach ihr ganz genau gespürt?

Satake drehte sich zur Tierhandlung um. Die Hunde und Katzen blickten ihn mit traurigen Augen an. Er spürte, dass seine Stimmung zu kippen drohte, und rannte die Treppe in der Ecke des Dachs hinunter. Er gönnte seinen Beinen keine Ruhe, bis ihm das Herz endlich bis zum Halse schlug. Er holte sich die Hochspannung jenes Sommerabends zurück, als er die Frau durch die Dämmerung von Shinjuku gejagt hatte. Dieser Blick, mit dem sie ihn wahnsinnig gemacht hatte! Satake war maßlos enttäuscht von Masako, er war wütend auf sie. Es konnte doch nicht sein, dass sie ihn dazu verdammte, ihr einfach so den Hals umdrehen zu müssen wie diesem fetten Weib!

War es denn falsch gewesen zu glauben, es sei sein unausweichliches Schicksal gewesen, Masako Katori begegnet zu sein? Satake ballte beide Fäuste, die in den Taschen seiner Windjacke steckten.

In einer Pachinko-Halle am Bahnhof knackte er dreimal den Jackpot. Danach ließ man ihn nicht weiterspielen. Satake trat gegen den Automaten und stürmte hinaus. Ein Angestellter kam hinter ihm her.

»He, Sie!«

»Was!« Satake drehte sich zu ihm um. Beim Anblick seiner drohenden Augen blieb der Angestellte stehen. Satake riss drei Zehntausend-Yen-Scheine aus der Tasche und schleuderte sie vor sich auf die Straße. »Da, reicht das?« Er warf dem Angestellten, der laut mit der Zunge schnalzte und das Geld vom Boden aufsammelte, noch einen verächtlichen Blick zu und ging dann weiter. Von Yayoi hatte er so viel Geld einkassiert, dass er damit um sich werfen konnte. Als ob er wegen des Geldes spielte!

Satake raste vor Wut. Erstaunlich, dass es überhaupt noch eine

Steigerung des Gefühls der Raserei geben konnte, wenn man schon einen Menschen umgebracht hatte. Sosehr Satake sich auch bemühte, der Trieb war kaum noch zu halten und bahnte sich einen Weg nach draußen; er besaß die wilde, unbändige Zerstörungskraft eines reißenden Stroms, der über die Ufer trat und alles mit sich fortschwemmte. Gleichzeitig jedoch blieb Satake in der Lage, mit kühlem Kopf daran zu denken, dass ihn dieses Gefühl, sollte es noch heftiger werden, in den Wahnsinn treiben würde.

In der Einkaufsstraße waren die nagelneuen Gebäude klapprig dünn wie Attrappen und sahen allesamt gleich aus, die alten wirkten düster, verdreckt und heruntergekommen. Mit hängenden Schultern und übler Laune lief Satake durch die abgewirtschafteten Geschäftsarkaden. Er verspürte Hunger, hatte aber keine Lust zu essen. Auch heute Abend würde ihm nichts anderes übrig bleiben, als Kunikos Golf auf dem Fabrikparkplatz abzustellen und auf Masako Katori zu warten.

Er kehrte zum Parkplatz des Supermarkts mit der Tierhandlung zurück und öffnete die Tür des grünen Golfs. Darin war noch alles so, wie Kuniko es hinterlassen hatte: Überall lagen Musikkassetten, Schuhe und anderer Kram herum. Hasserfüllt starrte er auf die ausgetretenen Ballerinas, die auf dem Boden vor dem Beifahrersitz lagen und ihn an Kuniko erinnerten. Nur den Aschenbecher füllten jetzt die akribisch ausgedrückten Zigarettenstummel seiner eigenen Marke.

Wenn er weiter so durch die Straßen fuhr, würde er vielleicht irgendwann auf Masako treffen. Er freute sich schon auf das Gesicht, das sie dann machen würde. Wenn sie nicht mehr zur Fabrik kam, blieb ihm keine andere Wahl, als sie auf diese Weise aufzuspüren. Von ganzem Herzen verschrieb er sich dem Tanz auf dem Vulkan.

Masakos Gesichtsausdruck kam ihm wieder in den Sinn, als sie in ihrem Corolla auf den Fabrikparkplatz gefahren war und Kunikos Golf bemerkt hatte. Ihre Züge waren erstarrt, um bald darauf ausdruckslos zu werden, so als sei nichts geschehen. Nur die zusammengepressten Lippen hatten sich vor Angst verzerrt. Vom Wachhäuschen aus entging Satake nichts von dieser sekundenschnellen Verwandlung. Dann war Masako ausgestiegen und um den Golf herumgegangen. Dass er Kunikos Parkweise genau nachgeahmt hatte, musste sie noch mehr entsetzt haben. Wie zum Beweis dafür konnte sie das Zittern in der Stimme kaum verbergen, als sie zu ihm kam, um ihn auszufragen. Wunderbar, das geschah ihr recht! Satake erinnerte sich an den Klang ihrer Stimme und lachte tonlos auf. Aber sie sollte sich nicht so einfach einschüchtern lassen, bloß das nicht! Angst haben konnte sie ruhig, aber sie sollte bitte nicht anfangen, unterwürfig um Mitleid zu heischen! Satake dachte an den Shiba-Hund aus der Tierhandlung und an Kuniko, die so kläglich und plump um ihr Leben gewinselt hatte. Angewidert warf er Kunikos Schuhe aus dem Autofenster. Beim Aufschlagen sprangen sie rechts und links auseinander, bevor sie auf dem schmierigen, fleckigen Betonboden liegen blieben.

Er stellte den Golf auf Kunikos Parkplatz ab und wollte gerade die Autotür abschließen, als eine junge Frau auf ihn zugelaufen kam, die ihm offenbar aufgelauert hatte. Er kannte sie nicht, aber ihrer Aufmachung nach zu urteilen – Schlappen an den Füßen und eine Schürze umgebunden – musste es sich um eine Mitbewohnerin der Mietskaserne handeln. Sie trug nicht den Hauch von Makeup, hatte aber ihren dauergewellten Wuschelkopf mit Wet Gel bearbeitet, was ihn über ihrem Gesicht schweben ließ wie eine Perücke. Satake hasste diese Art von Unausgewogenheit.

»Kennen Sie zufällig Frau Jōnouchi, der dieses Auto gehört?«

»Natürlich kenne ich sie! Ich habe mir schließlich ihren Wagen ausgeliehen!« Satake spielte den Unschuldigen. Er hatte damit rechnen müssen, dass ihm früher oder später solche Fragen gestellt würden, wenn er mit dem Auto Kunikos in der Mietskaserne ein- und ausfuhr.

»So habe ich das doch nicht gemeint«, beteuerte die Frau errötend, als könne sie sich schon vorstellen, in welcher Beziehung Satake zu Kuniko stand. »Ich wollte mich nur erkundigen, was mit ihr los ist, da ich sie so lange nicht mehr gesehen habe.«

»Tja, wo sie genau hin ist, weiß ich leider auch nicht.«

»Aber Sie haben sich doch ihren Wagen ausgeliehen…« Die Frau sah Satake an, als wolle sie noch hinzufügen: ›Wenn das nicht verdächtig ist!‹

»Ja, schon. Sehen Sie, ich arbeite als Wächter in der Lunchpaket-Fabrik. Als wir zufällig festgestellt haben, dass wir im selben Mietshaus wohnen, hat sie mir freundlicherweise angeboten, ihr Auto zu nutzen, solange sie fort ist«, sagte Satake und wedelte der Frau mit dem Autoschlüssel, an dem ein Anhänger mit dem Großbuchstaben K befestigt war, vor der Nase herum.

»Das mag ja sein, aber was ist mit Frau Jōnouchi, wo steckt sie nur?«

»Sie ist momentan nicht da, wie ich schon sagte. Kein Grund, sich Sorgen zu machen.«

»Aber sie kommt nicht einmal abends nach Hause, und den Mülldienst hat sie auch nicht gemacht, obwohl sie an der Reihe war. Bescheid gesagt, dass sie verhindert ist, hat sie auch nicht, und wenn ich anrufe, ist nie jemand da. Ihren Mann habe ich schon seit längerem nicht mehr gesehen...«

»In der Fabrik hat sie gekündigt. Vielleicht ist sie ja nach Hause zu ihren Eltern gefahren.«

»Und Sie dürfen die ganze Zeit ihr Auto haben?« Die Frau legte den Kopf schief und sah Satake misstrauisch an.

»Ich zahle ihr ja was dafür.«

»Ach so.« Sobald sie hörte, dass Geld im Spiel war, verlor die Frau plötzlich das Interesse. Als sei ihr das Geben und Nehmen von Geld im privaten Bereich widerwärtig, wo sie doch selbst ganz offensichtlich von dem Geld lebte, das ihr Ehemann verdiente, höhnte Satake im Stillen.

»Verzeihen Sie, aber ich habe es eilig«, sagte Satake und schob die Frau beiseite. In Zukunft würde er sich zurückhalten, Kunikos Auto zu benutzen, wenn er nicht gerade zur Fabrik fuhr, beschloss er reumütig, als ihm ein Mann mittleren Alters auffiel, der einsam und verlassen in einem nagelneuen Trenchcoat vor den Briefkästen im Hauseingang stand. Ein Bulle vielleicht. Satake ging weiter, als habe er ihn nicht bemerkt, behielt ihn aber unauffällig im Auge. Nein, sein Blick sah nicht nach Bulle aus. Ob es ein Vertreter war? Er starrte jedenfalls die ganze Zeit auf die Briefkästen. Als seine Augen in der Nähe der Nummer 412 zu verweilen schienen, verschwand Satake schnell im Aufzug.

Dritter Stock, die Tür ging auf. Satake vergewisserte sich, dass der Fahrstuhl nicht ins Erdgeschoss zurückfuhr, und machte sich dann gemächlich auf den Weg über den Außenflur zu seiner Wohnung an der Ecke des Gebäudes. Wie immer pfiff ihm der eisige Nordwind um die Ohren. Satake zog seinen Wohnungsschlüssel aus der Arbeitshose.

Da sah er den Mann vor seiner Tür stehen. Er trug eine weiß glänzende Daunenjacke und eine violette Hose. Es war ein junger Mann mit auffällig rotbraun gefärbten Haaren. Als er Satake kommen sah, steckte er gerade etwas, das wie ein Handy aussah, in die Jackentasche zurück. Satake bekam ein ungutes Gefühl.

»Herr Satō, nehme ich an?« Der Mann sah ihn mit einem Ausdruck an, den er nur zu gut kannte. Das war kein Bullenblick – es waren die mürrischen Augen eines Yakuza. Während er überlegte, was der Mann unten im Trenchcoat wohl mit diesem hier zu tun haben könnte, versuchte Satake seine Wohnungstür aufzuschließen, wobei er absichtlich keine Anstalten machte zu antworten. Da bemerkte er das Stück schwarzen Stoff, das am Türknauf hing. Wortlos, aber mit dem für einen Yakuza typischen gepressten Lachen schaute der Mann ihm dabei zu.

»Was soll das denn sein!«

»Wie wär's, wenn Sie mal genauer hinsehen würden?«

Augenblicklich spürte Satake, wie ihm das Blut zu Kopfe schoss. Es war Kunikos Unterwäsche. Der schwarze Slip, den er ihr in den Mund gestopft hatte, bevor er sie ermordet hatte.

»Du elender Hund…!« Satake packte den Mann mit beiden Händen beim Kragen seiner Daunenjacke. Aber der Mann schien an so etwas gewöhnt zu sein. Er ließ Satake gewähren und die Hände in den Jackentaschen, reckte sein Kinn nach oben und grinste dreckig.

»Du irrst dich, das hing schon da, als ich kam!«

»Scheißdreck!« Masako. Das musste Masako gewesen sein! Satake ließ den Mann los, riss den Slip vom Türknauf und stopfte ihn sich in die Tasche.

»Damit hab ich nichts zu tun!«, wiederholte der Mann und stieß, ohne seine Hände aus den Jackentaschen zu nehmen, Satake mit Wucht den Ellbogen in den Bauch. »Also benimm dich gefälligst, Scheißkerl!«

Satake zahlte es ihm durch einen mächtigen Hieb auf die Brust heim: »Und was willst du von mir, he!«

»Nur das hier.« Der Mann zog ein Blatt Papier aus seiner Tasche und hielt es ihm vor die Nase. »Kreditvertrag« hieß es da. Satake riss ihm das Blatt aus der Hand. Ein Kredit über zwei Millionen Yen auf den Namen »Kuniko Jōnouchi«. Als Kreditgeber war eine Firma mit dem dubiosen Namen *Grünes Licht* aufgeführt.

»Und? Was soll ich damit?«

»Das Weib da ist anscheinend untergetaucht. Und du hast für sie gebürgt, und zwar selbstschuldnerisch …«

»Ich weiß von nichts.« Satake stellte sich dumm. Und dachte im Stillen: Jetzt hat sie mich erwischt! Das Ganze war ein abgekartetes Spiel, das war eindeutig, denn kein Kredithai würde Kuniko zwei Millionen leihen. Aber Yakuza-Grünschnäbel mit nicht viel Grips im Kopf wie der, den er hier vor sich hatte, stürzten sich liebend gerne darauf und würden ihm die Hölle heiß machen. Wenn sich solche Typen bei ihm die Klinke in die Hand gaben, säße er schnell wie auf dem Präsentierteller. Schöne Scheiße, dachte Satake bitter.

»Was? Du willst also behaupten, du wüsstest von nichts?«, brüllte der Mann. Die Frau aus der Wohnung zwei Türen weiter trat auf den Flur und schaute ängstlich herüber. Genau das hatte der Mann beabsichtigt. »Und was ist das hier, he?!«

Der Mann hielt ihm erneut das Blatt Papier unter die Nase und deutete mit dem Finger auf die Spalte »Bürge mit Solidarhaftung«. Dort war der Name »Yoshio Satō« eingetragen, nebst Stempel und Unterschrift. Satake lachte auf.

»Das habe ich nicht unterzeichnet.«

»Wer denn dann?«

»Weiß ich doch nicht!«

Der Aufzug hielt, und der Mann mittleren Alters im Trenchcoat, der vorhin unten bei den Briefkästen gestanden hatte, kam auf sie zu. Es war klar, dass er mit dem Grünschnabel in der Daunenjacke gemeinsame Sache machte.

»Verzeihen Sie, mein Name ist Miyata. Ich komme von der *East Credit*. Frau Jōnouchi ist mit den Ratenzahlungen für ihr Auto in Verzug geraten, und nun ist uns zu Ohren gekommen, dass sie spurlos verschwunden sei …«

»Soll ich auch bei Ihnen ihr Bürge sein?«

»Nun ja, es tut mir furchtbar Leid, wir scheinen Ihren Stempel auch gerade erst erhalten zu haben, aber …«

Satake schnalzte mit der Zunge. Wer weiß, wie viele da noch auftauchen würden – das konnte ewig so weitergehen! Jūmonji und Masako hatten sich offenbar mit ein paar Kredithaien unter Jūmonjis Bekannten zusammengetan und Schriftstücke präpariert, die ihn unter dem Namen Satō als Bürge mit Solidarhaftung auswiesen. Dann hatten sie die Nachricht von Kunikos Verschwinden in der Branche lanciert und so dafür gesorgt, dass man sich an seine Fersen heftete.

»Verstehe. Da wird mir wohl nichts anderes übrig bleiben, als zu zahlen. Lassen Sie mir nur die Unterlagen da, ich werde sehen, was sich machen lässt.«

Sein vorgeblicher Sinneswandel schien die beiden Männer zufrieden zu stellen, und sie reichten ihm die Kopien der Schriftstücke.

»Und wann gedenkst du zu zahlen?«, fragte der Grünschnabel von oben herab.

»Ich werde es in einer Woche überweisen, verlassen Sie sich darauf.«

»Abgemacht. Aber falls du dich nicht daran halten solltest, werden wir wiederkommen, Freundchen, und zwar mit Verstärkung. Dann kannst du dein Leben als rechtschaffener Bürger hier vergessen, ist das klar?«

Dass sie ihm von Anfang an so scharf drohten, war ebenfalls unüblich. Jūmonji hatte sich da wohl ein paar besonders schlimme Vertreter seiner Zunft ausgesucht, um sie ihm auf den Hals zu hetzen. Satake senkte den Kopf und sagte kleinlaut: »Ja, ich werde daran denken, entschuldigen Sie.«

Denn inzwischen hatten sich etliche Bewohner der Mietskaserne auf dem Flur versammelt und starrten aus sicherer Entfernung zu ihnen herüber. Die beiden Männer stellten es mit Genugtuung in ihren Mienen fest, da sie damit offenbar ihren Auftrag, Satake in Verlegenheit zu bringen, für erledigt ansahen.

»Wir möchten dringend darum gebeten haben!«

Während er auf Miyatas Worte hin noch bereitwillig nickte, schloss Satake die Tür auf und schlüpfte in die Wohnung. Um zu vermeiden, dass der Grünschnabel ungeniert hineinspähte, schlug er die Tür hinter sich zu, bevor er Licht machte. Dann schaute er durch den Spion hinaus und sah, dass die Männer verschwunden waren. Er zog Kunikos Slip aus der Hosentasche und warf ihn auf den Boden. Dort sah er aus wie Müll. »Scheiße!«, schrie Satake und versetzte ihm einen Tritt.

Die Kerle würden ihn sicher bis auf weiteres beobachten, was seine Pläne reichlich behinderte. Und im Haus selbst war er jetzt schon aufgefallen. Bestimmt war auch die Hausfrau von vorhin nur deshalb so aufdringlich gewesen, weil die Männer sie zuvor ausgefragt und verunsichert hatten. Falls es mit den paar Millionen getan wäre, würde er sie ohne weiteres bezahlen, aber sobald er einmal aufgefallen war, würde er hier sowieso nicht mehr bleiben können. Wenn er das Geld nach einer Woche nicht überwiesen hatte, würden sie ihn auch noch an seinem Arbeitsplatz behelligen, das stand fest. Und dann würde er sein Hauptziel nicht mehr verfolgen können: Masako in Angst und Schrecken zu versetzen.

Satake öffnete den Wandschrank und nahm die schwarze Nylontasche heraus, mit der er aus der Wohnung in Shinjuku hierher gezogen war. Dann tat er das Päckchen mit dem Geld und den dicken Stapel von Detektei-Berichten hinein. Nach kurzer Überlegung warf er auch Kunikos Slip dazu. Satake ließ seinen Blick noch einmal durch die leere Wohnung schweifen. An dem Bett beim Fenster blieb er hängen. Er hatte sich so schön ausgemalt, wie er Masako daran fesseln, demütigen und quälen würde. Vorbei, aus der Traum!

Doch dann musste Satake plötzlich grinsen. Sie war wieder da! Er verspürte wieder dieselbe Freude, die er bei seiner ersten Begegnung mit Masako empfunden hatte, sogar stärker als zuvor. Seine Freude war viel größer als das, was er damals auf den Straßen von Shinjuku beim Anblick der Frau empfunden hatte. Masako umzubringen würde ihm vielleicht noch unvorstellbar mehr Freude bereiten. Und das wäre für ihn das höchste Glück auf Erden.

Satake ließ das Licht brennen und trat mit der Nylontasche in der Hand auf den Außenflur hinaus. Er vergewisserte sich, dass niemand da war, und schlich auf leisen Sohlen die Feuertreppe hinab. Als er unten im Erdgeschoss angekommen war und sich vorsichtig in der Gegend umsah, entdeckte er den Grünschnabel in der Daunenjacke, wie er, vor Kälte zitternd, draußen vor der Mietskaserne stand und zu Satakes Fenster hochblickte. Das brennende Licht wiegte ihn wohl in Sicherheit. Von einem Bein auf das andere tretend, schaute er immer wieder jungen weiblichen Firmenangestellten nach, die nach Hause zurückkehrten.

Satake wartete einen günstigen Augenblick ab und rannte hinten herum durch den Müllsammelplatz, an Hecke und Begrünung vorbei auf die Straße. Die nächsten Tage würde er in einem Businesshotel am Bahnhof übernachten. Er wusste nicht, wie viel Zeit ihm noch blieb, bis die Kerle herausfanden, dass er abgehauen war, und ihm in der Fabrik auf den Pelz rückten.

In jener Nacht fuhr Satake in einem Massenfabrikat vom Autoverleih zur Arbeit.

Er war fest davon überzeugt, dass Masako heute kommen würde. Inzwischen dürfte sie erfahren haben, dass er ihr in die Falle gegangen war, und bestimmt würde sie sein Gesicht sehen wollen. So eine Frau war sie. Sie war wie er. Er war schon auf die Miene gespannt, mit der sie hier aufkreuzen würde. Satake setzte sich ins Wachhäuschen auf dem Fabrikparkplatz, rauchte in aller Ruhe ein paar Zigaretten und wartete auf den roten Corolla.

Um kurz vor halb elf, genau zu ihrer üblichen Zeit, kam Masako. Satake hob den Kopf und starrte auf ihr Gesicht, das im Widerschein der Scheinwerfer nur undeutlich zu sehen war. Mit gleichgültiger Miene fuhr Masako an dem Wachhäuschen vorbei, in dem Satake saß. Sie würdigte ihn keines Blickes. Satake kochte vor Wut. Du hältst dich wohl für was Besseres, was? Bildest dir wunders was darauf ein, wie prima du mich reingelegt hättest – na, warte! Hass verquickte sich mit grenzenloser Bewunderung dafür, dass sie ihn so weit gebracht hatte, sie so sehr zu hassen, und dieses explosive Gefühlsgemisch wühlte sein Innerstes auf, es berauschte ihn.

Er hörte, wie eine Autotür zugeschlagen wurde. Dann kam Masako festen Schrittes über den dunklen Parkplatz auf ihn zu. Satake trat aus dem Wachhäuschen und baute sich vor ihr auf.

»Guten Abend!«

»Danke gleichfalls.« Masako sah ihn geradeheraus an. Das schulterlange Haar fiel ihr lässig auf die zerschlissene Daunenjacke, und auf ihrem Gesicht mit den hohlen Wangen erschien ein Lächeln. Es war siegesgewiss und voller Selbstvertrauen, Satakes wahre Identität durchschaut und ihn aus der Wohnung getrieben zu haben.

Satake unterdrückte seinen Zorn und fragte ruhig: »Soll ich Sie begleiten?«

»Nicht nötig.«

»Aber der Weg ist gefährlich im Dunkeln.«

Masako zögerte einen winzigen Augenblick, bevor sie spöttisch konterte: »Gefährlich sind ja wohl ausschließlich Sie!«

»Ich weiß nicht, wovon Sie reden.«

»Ach, mach mir doch nichts vor, Satake!«

Nicht das heftige Herzklopfen und die Hochspannung wie damals bei der Verfolgungsjagd in den Straßen von Shinjuku, sondern eine stille, verhaltene Erregung kreiste durch seinen Körper auf der Suche nach einem Ventil. Warte noch, bald gibt es ein großes Feuerwerk, da werde ich dich erlösen, vertröstete er sie, und das schenkte ihm eine Freude, ja, ein Gefühl der Glückseligkeit, das er nie zuvor in seinem Leben empfunden hatte.

»Bist du wirklich so mutig, oder tust du nur so?«

Masako kümmerte sich nicht um ihn, sondern ging einfach weiter. Sie hatte tatsächlich den Nerv davonzustolzieren! Obwohl sie ihn abgewiesen hatte, folgte Satake ihr in einigen Metern Abstand. Vor Angst musste ihr Herz rasen, als stünde es kurz vorm Platzen. Ihre Schultern waren steif vor Anspannung, das sah er. Doch sie schritt weiter durch die Dunkelheit, ohne sich auch nur das Geringste anmerken zu lassen. Satake schaltete die Taschenlampe ein und leuchtete ihr den Weg.

»Hab ich dir nicht gesagt, du sollst mich in Ruhe lassen!« Masako fuhr mit unerschrockener, finsterer Miene herum. »Hier will ich nämlich nicht unbedingt von dir ermordet werden!«

Ihr Temperament entzückte ihn. Ein stürmisches, leidenschaftliches Gefühl wallte in ihm auf, das die bezaubernde Anna niemals in ihm hätte wecken können. Der wilde Hass auf Masako und das süße Verlangen nach ihr kündeten von einer Gefahr, die mit dem eigenen Untergang verbunden war. Sollte er sie jetzt gleich von hinten in den Würgegriff nehmen, bis sie bewusstlos war, und sie dann in der stillgelegten Fabrik erledigen? Für einen

Augenblick schoss ihm dieser Gedanke durch den Kopf, aber dann besann er sich: Nein, das wäre viel zu fade.

Als könnte sie seine Gedanken lesen, sagte Masako: »Aber hier würde es dir ohnehin selbst nicht gefallen, was? Du willst mich doch sicher quälen, bevor du mich umbringst, stimmt's? Wieso hast du…« Masako wollte noch weiterreden, aber da hörten sie hinter sich das Quietschen eines Fahrrads. Satake und Masako drehten sich gleichzeitig um.

»Guten Morgen!«

Es war Yoshië. Die Anwesenheit des Wachmanns schien sie erschreckt zu haben, denn sie ließ ihn nicht aus den Augen, während sie abstieg und sich mit dem Fahrrad neben Masako stellte.

»Was machst du denn hier, Meisterin?«

»Ich wollte dich treffen, deshalb bin ich heute extra hier herum gekommen. Gut, dass ich dich noch einhole!«

Satake leuchtete Yoshië mit der Taschenlampe ins Gesicht. Geblendet verzog sie es zu einer hässlichen Fratze. Außerhalb des Lichtkreises konnte er flüchtig erkennen, dass Masako grinste.

5

Das war knapp gewesen! Masako atmete kaum merklich auf, als sie Yoshiës Gesicht erblickte.

Auf dem dunklen Weg war ihr vor Angst beinahe die Luft weggeblieben, da sie jeden Moment damit rechnen musste, von hinten in den Würgegriff genommen zu werden. Ihr war außerdem klar gewesen, dass Satake sie sofort angreifen würde, wenn sie sich die Angst anmerken ließe. Die Situation war den Erfahrungen mit wilden Hunden nicht unähnlich, die sie als Kind gemacht hatte: Sobald man ihnen in die Augen sah, nahmen sie die Verfolgung auf. Masako bemühte sich, wieder ruhig durchzuatmen.

Wenn der Hass im Innern dieses Mannes einmal den Siedepunkt erreicht hatte, konnte es leicht zur Explosion kommen. Auf dem Weg dorthin kostete Satake jede einzelne Station weidlich aus. Innerhalb von Sekundenbruchteilen hatte Masako ihm an den Augen abgelesen, dass er die Situation genoss und Katz und Maus mit ihr spielte. Satake war kaputt. Und allein durch ihre Existenz reizte Masako alles Kaputte in ihm und verführte ihn dazu, in die Luft zu gehen, so viel stand fest. Aber auch in ihr gab es etwas, das sich von Satake provozieren ließ: den Teil, der es ihm insgeheim gestatten würde, sie umzubringen.

Nie und nimmer hätte sie sich träumen lassen, dass sie einmal ein solches Schicksal erwartete – bis sie Kenjis Leiche zerstückelt hatte. Masako schaute zur stillgelegten Fabrik hinüber, die sich düster vor ihr erhob. Das leere Gebäude kam ihr wie ein Symbol der eigenen Finsternis vor, ihrer eigenen Kaputtheit. Musste sie dreiundvierzig Jahre lang leben, um letztendlich festzustellen, wie verkorkst sie selbst war? Masako konnte ihre Augen nicht von der stillgelegten Fabrik lösen.

»Wer war denn der Mann da?«, fragte Yoshiё und drehte sich mit ängstlich-misstrauischer Miene zum Parkplatz um, während sie ihr Fahrrad weiter mühsam neben sich herschob, immer geschickt darauf bedacht, die Schlaglöcher im Boden zu umfahren.

»Der Wächter«, antwortete Masako nur. Satake stand neben dem Wachhäuschen, das sein Licht einsam wie ein Leuchtturm durch die Dunkelheit sandte, und starrte Masako nach. Er würde dort auf ihre Rückkehr warten.

»Er ist unheimlich, findest du nicht?«

»Ja? Inwiefern?« Masako schaute in Yoshiës weißes Gesicht, das noch kleiner geworden zu sein schien.

»Ach, irgendwie.« Als wäre ihr das Erklären lästig, sagte Yoshiё nichts weiter. Da sie ihr Fahrrad schob, leuchtete ihnen das schwache, flackernde Trafolicht ein paar Schritte den Weg.

»Was wolltest du denn von mir, Meisterin?«

»Ach so, ja, entschuldige. Es ist so einiges vorgefallen.« Yoshiё seufzte schwer, als sei sie völlig am Ende. Auch an diesem Abend hatte sie die Windjacke an, die sie im Winter immer trug. Masako fiel das Flanellfutter wieder ein, das so fadenscheinig geworden war, dass es zu reißen drohte. Würde Yoshiё nicht irgendwann genauso durchgescheuert sein?

»Was denn?« Sie konnte sich kaum vorstellen, dass Satake Yoshiё etwas angetan haben sollte. Sein Interesse galt ausschließlich ihr selbst, das wusste sie.

»Also, die Sache ist die: Miki ist von zu Hause weggelaufen. Genau an dem Tag, an dem ich das Geld eingenommen hab, seitdem ist sie verschwunden. Ich habe mir ja schon immer Sorgen um sie gemacht, weil ihre Schwester so ein schlechtes Beispiel abgegeben hat. Aber nie hätte ich für möglich gehalten, dass sie es ihr tatsächlich gleichtut und auch noch abhaut! Jetzt bin ich ganz allein. Ach, ich kann einfach nicht mehr!«

Masako hörte schweigend zu. Yoshiё fand keinen Ausweg aus ihrer Situation.

»Sie war wohl fest davon überzeugt, dass sie nun nicht mehr aufs College könnte. Dabei hab ich doch das Geld! Ach, bei mir läuft wirklich alles schief im Leben!«

»Sie wird zurückkommen, bestimmt.«

»Nein. Sie ist genau wie meine Älteste. Sicher ist sie auch nur irgend so einem nichtsnutzigen Kerl hinterhergerannt. Meine Töchter sind wirklich zu blöd. Deshalb hat ja doch alles keinen Zweck mehr, nein, es hat alles keinen Zweck«, wiederholte Yoshiё immer wieder, während sie weiterging. Es klang wie eine Rechtfertigung, aber Masako wusste nicht, für was.

Die stillgelegte Fabrik lag hinter ihnen, und sie kamen an der geschlossenen Bowlingbahn und einigen Wohnhäusern vorbei, bis sie schließlich auf die breite Straße trafen, die von der langen Mauer des Automobilwerks gesäumt wurde. Gleich rechts lag die Lunchpaket-Fabrik.

»Großer Gott!« Yoshiё klopfte sich aufs Kreuz und streckte sich. Das durchgedrückte Kreuz machte ihren Rücken krumm und schief, so dass sie wirkte wie eine alte Frau. »Tja, das wär's dann wohl.«

»Was?«

»Mit der Nachtschicht und dem Lunchpakete Packen.«

»Wieso, hörst du auf?«

»Ja. Mir ist einfach die Lust vergangen, hier zu arbeiten.«

Masako sagte nicht, dass es ihr genauso ging. Für sie sollte heute Nacht ebenfalls Schluss sein. Sie wollte die Kündigungsformalitäten erledigen und bei Kazuo das hinterlegte Geld und ihren Reisepass abholen. Wenn sie die heutige Nacht unversehrt überstand, könnte sie Satake vielleicht glücklich entkommen.

»Deshalb bin ich auch heute extra hier herum gekommen. Ich wollte noch ein wenig mit dir reden.«

Aber das hätten sie doch nach der Schicht in aller Ruhe im Aufenthaltsraum tun können! Was redete sie da bloß? Ohne Yoshiёs Verhalten zu verstehen, wartete Masako vor der Außentreppe, während die Meisterin ihr Fahrrad abstellen ging. Es war eine vollkommen sternlose Nacht, in der einem die Wolken dick und schwer über dem Kopf zu hängen schienen. Aber auch von den Wolken war nichts zu sehen. Mit dem beklemmenden Gefühl, erdrückt zu werden, sah Masako an dem Gebäude der Lunchpaket-Fabrik hoch, das sich drohend vor ihr erhob.

Da ging die Eingangstür im ersten Stock auf. »Frau Katori!«, rief jemand. Es war Komada, der Hygiene-Kontrolleur.

»Was ist?«

»Wissen Sie, ob Frau Azuma heute gekommen ist?«

»Ja, sie stellt gerade noch ihr Fahrrad ab.«

Als er das hörte, kam Komada die Treppe heruntergerannt. In der Hand hielt er noch den Kleberoller. Als er unten war, kam Yoshië gerade zurück.

»Frau Azuma!«, rief er mit aufgeregter Stimme. »Fahren Sie sofort wieder zurück, es ist etwas Schreckliches geschehen!«

»Was ist denn los?«, fragte Yoshië.

»Ihr Haus steht in Flammen! Man hat uns gerade angerufen!«

»Verstehe.« Aus Yoshiës Gesicht wich zusehends die Farbe, bis es vollkommen blutleer war. Komadas Miene verzerrte sich vor Mitleid.

»Nun fahren Sie schon, fahren Sie schnell nach Hause zurück!«

»Es ist ja sowieso alles zu spät«, meinte Yoshië apathisch.

»Sagen Sie doch so was nicht! Fahren Sie, los, schnell!«, drängte Komada. Aber Yoshië schlich nur träge zum Fahrradabstellplatz zurück. Da gerade mehrere Teilzeitkräfte eintrafen und die Arbeit auf ihn wartete, stieg Komada die Treppe wieder hinauf.

»Herr Komada«, rief Masako ihm nach, »wissen Sie, was mit Frau Azumas Schwiegermutter ist?«

»Nein, aber es hieß, das Haus sei vollkommen abgebrannt.« Komada schien es offenkundig zu bereuen, so etwas Grässliches ausgesprochen zu haben, denn wie um die Worte gleich wieder abzuschütteln, verzog er sich daraufhin unverzüglich in die Fabrik. Masako wartete draußen alleine auf Yoshië, die unglaublich lange brauchte, bis sie endlich zurückkam, das Fahrrad neben sich herschiebend, als müsse sie sich erst noch rüsten für die Realität, der sie sich nun zu stellen hatte.

Masako blickte fest in ihr müdes Gesicht. »Entschuldige, dass ich nicht mitkomme, um dir zu helfen.«

»Ich weiß. Das hatte ich mir schon gedacht, deshalb bin ich ja gekommen, um mich von dir zu verabschieden.«

»Hast du eine Feuerversicherung?«

»Ja, zwar keine große Summe, aber ich habe eine.«

»Gut. Pass auf dich auf.«

»Mach ich. Danke für alles«, sagte Yoshië, verbeugte sich und fuhr los, in die entgegengesetzte Richtung des Weges, den sie gekommen waren. Langsam entfernte sich der matte Schein ihrer Fahrradlampe. Masako sah ihr nach, bis sie verschwunden war, und blickte dann zum Horizont jenseits der Autofabrik. Die unzähligen Lichter der ausladenden Metropole überzogen den Nachthimmel mit einem Hauch von Pink. Weit, weit hinten erschien ihr plötzlich Yoshiës altes Haus, das lichterloh und Funken sprühend in Flammen stand. Sie hatte also doch einen Ausweg gefunden. Als auch noch die letzte Tochter von zu Hause fortgegangen war, hatte sie vor lauter Verzweiflung wohl nicht einmal mehr gezögert. Und wer hatte ihr von hinten einen Schubs gegeben? Niemand anderes als Masako selbst. Mit einem Mal wurde ihr bewusst, dass sie Yoshië damals womöglich erst durch die Anspielung auf Satakes Rache auf die Idee gebracht hatte, und sie konnte ihre Augen eine ganze Weile nicht von der Vision des brennenden Hauses am Himmel lösen.

Schließlich stieg Masako die Treppe hinauf und betrat die Eingangshalle der Fabrik. Komada war erstaunt, sie zu sehen.

»Frau Katori – ja, wollen Sie Frau Azuma denn nicht begleiten?«

»Nein.«

Komada machte ein missbilligendes Gesicht, als wolle er sie zurechtweisen, da sie doch mit Yoshië befreundet war, und fuhr ihr ruppig mit dem Kleberoller über den Rücken.

Der Schichtbeginn rückte näher. Masako ging in den Aufenthaltsraum und sah sich nach Kazuo um, konnte ihn aber nirgends entdecken, weder in der Ecke, wo die brasilianischen Arbeiter für gewöhnlich zusammensaßen, noch im Umkleideraum. Sie trat ans Brett mit den Stechkarten und sah, dass heute offenbar sein freier Tag war. Ohne sich um Komada zu kümmern, der sie aufhalten wollte, schlüpfte Masako in ihre Schuhe und rannte nach draußen.

Plötzlich schien der Tag gekommen, an dem sich alles ändern würde. Vielleicht geschah das sogar schon in dieser Nacht. Masako machte sich über die dunkle Straße auf den Weg zu Kazuos Wohnheim.

Dort hinten wartete Satake auf sie. Während sich ihre Augen noch angestrengt und in höchster Alarmbereitschaft auf die Finsternis hefteten, in der der Dämon lauerte, bog sie links in den Weg ein, der an einzelnen Bauern- und Einfamilienhäusern vorbei zu dem Gebäude führte, in dem Kazuo wohnte. Sie hob den Blick und sah nur in dem Fenster an der Ecke im ersten Stock Licht brennen – Kazuos Zimmer. Vorsichtig, um keinen Lärm zu machen, stieg Masako die Eisentreppe hinauf. Sie klopfte an, und die Antwort kam prompt auf Portugiesisch. Dann ging die Tür auf, und Kazuo stand in Jeans und T-Shirt und mit erstauntem Gesicht vor ihr. Im Hintergrund flimmerten irgendwelche Bilder über den Fernsehbildschirm.

»Masako-san!«

»Sind Sie allein?«

»Ja.« Kazuo ließ Masako hinein. In der Zimmerluft hingen Gerüche nach fremdländischen Gewürzen, die Masako nicht identifizieren konnte. Am Fenster stand ein Etagenbett, und der japanische Wandschrank für die Futons war zum offenen Abstellplatz umfunktioniert worden. Auf den Tatami stand ein kleiner, rechteckiger Tisch mit Resopalplatte. Im Fernsehen lief ein Fußballspiel. Kazuo stellte das Gerät ab und wandte sich Masako wieder zu. »Das Geld?«

»Ja, entschuldigen Sie, aber könnten Sie es mir noch heute Nacht holen gehen? Ich wusste nicht, dass Sie heute frei haben.«

»Ja, in Ordnung.« Kazuo schaute sie besorgt an. Masako wich seinem Blick aus, holte ihre Zigaretten heraus und sah sich nach einem Aschenbecher um. Kazuo steckte sich ebenfalls eine Zigarette zwischen die Lippen und stellte einen Blechascher mit dem Emblem von Coca Cola auf den Tisch.

»Ich gehe gleich. Warten Sie hier.«

»Ja, verzeihen Sie.« Masako sah sich in dem engen Zimmer um, das ihr wie der einzig sichere Ort auf Erden vorkam. Kazuos Mitbewohner schien zur Nachtschicht gegangen zu sein, das untere Bett war ordentlich gemacht.

»Was ist passiert? Erzählen Sie es mir ruhig, wenn Sie möchten«, fragte Kazuo sie vorsichtig, so als fürchte er, Masako wäre sofort auf und davon, wenn er die Dinge überstürzte.

»Ich bin auf der Flucht vor einem bestimmten Mann.« Wie Eis, das bei Zimmertemperatur leise taute, fing Masako zögerlich zu erzählen an. »Warum, kann ich Ihnen nicht sagen. Deshalb habe ich vor, mich mit dem Geld in irgendein anderes Land abzusetzen.«

Kazuo blickte zu Boden und dachte eine Weile nach. Er stieß den Rauch seiner Zigarette aus, hob dann wieder den Kopf mit dem dunkelhäutigen Gesicht. »Wohin? Leicht hat man es nirgendwo.«

»Ja, das mag sein. Wohin ist mir gleich, wenn ich es nur irgendwie schaffe, hier herauszukommen.«

Kazuo fasste sich mit der Hand an die Stirn, wie um ihr zu sagen, sie bräuchte ihm nicht zu erklären, dass ihr Leben auf dem Spiel stand, das könne er ihr ansehen.

»Was ist mit Ihrer Familie?«

»Mein Mann kommt alleine zurecht. Er hat sich sowieso von der Gesellschaft zurückgezogen. So wie es eben seine Art ist. Er lässt einfach niemanden an sich heran. Und mein Sohn ist groß genug, dass er sich auch ohne mich durchschlagen kann.« Wieso erzählte sie ihm das alles bloß, Dinge, die sie noch keiner Menschenseele anvertraut hatte? Das Gefühl, dass er wahrscheinlich ohnehin nicht genug Japanisch verstand, öffnete ihr das Herz. Als es heraus war, traten ihr wider Erwarten Tränen in die Augen. Sie wischte sie mit den Handrücken weg.

»Sie sind ganz allein, nicht wahr?«

»Ja, sieht so aus. Früher sind wir einmal eine Familie gewesen, drei, die sich prima verstanden haben. Aber irgendwann ist es einfach in die Brüche gegangen, ohne dass jemand etwas dafür könnte. Aber ich glaube, so richtig kaputtgemacht hab ich erst alles.«

»Wieso?«

»Weil ich sie im Stich lasse, weil ich alleine weggehe. Weil ich frei sein will.«

Kazuos Augen hatten sich nun ebenfalls mit Tränen gefüllt. Sie fielen in dicken Tropfen auf die Tatami. »Bedeutet denn alleine sein frei zu sein?«

»Ja, im Moment heißt es das für mich.« Sie wollte raus, weg von hier. Aber wovor floh sie eigentlich, und wohin wollte sie? Sie wusste es nicht.

Kazuo murmelte: »Das ist zu traurig. Sie tun mir Leid.«

»Ja, aber«, sagte Masako, schüttelte den Kopf und umschlang ihre beiden Knie, »ich brauche Ihnen doch nicht Leid zu tun. Ich wollte ja frei sein. Deshalb ist es gut so.«

»Wenn Sie glauben…«

»Ja, es ist gut so, auch wenn ich dabei draufgehen sollte. Denn vorher war ich hoffnungslos verzweifelt.«

Schlagartig verdunkelte sich Kazuos Miene. »Woran denn?«

»Am Leben.«

Kazuo fing wieder zu weinen an. Masako betrachtete diesen jungen Mann aus der Fremde, der da wegen ihrer Worte Tränen vergoss. Sein Schluchzen wollte und wollte nicht enden.

»Wieso weinen Sie?«

»Weil Sie mit mir über so etwas Wichtiges gesprochen haben. Sie waren so weit weg, so unerreichbar für mich.«

Masako lächelte. Kazuo schwieg und wischte sich mit seinen kräftigen Armen die Tränen ab. Masako betrachtete die gelbgrüne brasilianische Flagge, die anstelle von Vorhängen vor dem Fenster hing.

»Sagen Sie, welches Land wäre denn ganz gut? Ich war noch nie im Ausland.«

Kazuo schaute auf und sah sie an. Seine großen, lackschwarzen Augen waren vom Weinen gerötet. »Gehen Sie doch nach Brasilien.«

»Wie ist es denn da so?«

Kazuo überlegte und lachte dann verlegen: »Das kann ich schlecht beschreiben. Aber Brasilien ist schön, ehrlich, wunderschön. Jetzt ist gerade Sommer.«

Sommer. Masako schloss die Augen, als träume sie. Der letzte Sommer hatte ihr Schicksal verändert. Der Duft von blühenden Gardenien. Das Dickicht aus Wiesengras am Parkplatz. Das Rauschen des Wassers im Kanal, sein kurzes Glitzern. Plötzlich spürte sie eine Bewegung, machte die Augen auf und sah, dass sich Kazuo bereitmachte zu gehen. Er hatte die schwarze Jacke über sein T-Shirt gezogen und seine Kappe aufgesetzt.

»Ich gehe dann.«

»Herr Miyamori, könnte ich bitte bis drei Uhr hier bei Ihnen bleiben?«

Kazuo nickte und wiederholte mehrmals, dass er nichts dagegen hätte. Noch drei Stunden. Dann würde Satake nach Hause gehen. Masako stützte die Ellbogen auf den Tisch und schloss die Augen. Sie hatte das Gefühl, eine kleine Verschnaufpause errungen zu haben.

Von den Geräuschen, mit denen Kazuo zur Tür hereinkam, wachte sie auf. Er schien draußen noch etwas Zeit totgeschlagen zu haben, denn es war bereits zwei Uhr morgens. Kazuo, dessen ganzer Körper den Geruch der kalten Außenluft verströmte, griff in die Innentasche seiner Jacke und zog den Umschlag heraus.

»Bitte.«

»Danke.« Masako nahm den Umschlag entgegen, der warm war von Kazuos Körpertemperatur. Sie schaute hinein. Ihr neuer Reisepass und sieben banderolierte Bündel Zehntausend-Yen-Scheine. Damit würde sie sich aufmachen, dem Ausweg entgegen. Sie zog ein Bündel Banknoten heraus und legte es auf den Tisch. »Hier, nehmen Sie das. Als Entschädigung dafür, dass Sie die Sachen für mich aufbewahrt haben.«

»Das ist nicht nötig, ich brauche nichts. Ich bin glücklich, dass ich Ihnen nützlich sein konnte.«

»Aber Sie müssen doch noch über ein Jahr hier bleiben und schuften!«

Kazuo zog die Jacke aus und biss sich auf die Lippen. »Ich kehre noch vor Weihnachten nach Hause zurück.«

»So?«

»Ja. Es hat keinen Zweck mehr, hier zu bleiben.« Kazuo, der im Schneidersitz dasaß, ließ seinen Blick einmal durch das enge Zimmer gleiten und schaute dann auf die Nationalflagge am Fenster. In seinen Augen entdeckte Masako Sehnsucht und Frieden, und sie beneidete ihn darum. »Ich wollte Ihnen helfen. Ihre Schwierigkeiten, haben die etwas hiermit zu tun?« Kazuo zog den Schlüssel, der an der Kette um seinen Hals hing, unter dem T-Shirt hervor.

»Ja«, nickte Masako.

»Muss ich ihn Ihnen nicht zurückgeben?«

»Nein.«

Erleichtert lächelte Kazuo. Kenjis Hausschlüssel. Er erinnerte sie daran, wie alles angefangen hatte, und sie starrte eine ganze Weile auf den Schlüssel in Kazuos Hand. Doch der Ursprung von dem, was geschehen war, lag ganz allein in ihr selbst. Einzig ihre Verzweiflung und ihr Verlangen nach Freiheit hatten sie hierher gebracht.

Masako tat den Umschlag in ihre Umhängetasche und stand auf. Kazuo versuchte, ihr das Bündel Geldscheine zurückzugeben, das auf dem Tisch lag.

»Nein, behalten Sie es, als Zeichen meiner Dankbarkeit.«

»Aber es ist zu viel.« Kazuo wollte ihr das Bündel in die Handtasche stecken.

»Verbrauchen Sie es. Dazu ist Geld von dieser Sorte da.«

Als Kazuo diese Worte hörte, hielt er in der Bewegung inne und verzog das Gesicht. Wahrscheinlich widersprach es seinem übertriebenen Gerechtigkeitssinn, schmutziges Geld anzunehmen.

»Geben Sie es mir nicht zurück. Sie haben schließlich die ganze Zeit hart geschuftet in der Fabrik, geben Sie es aus! Den Unterschied zwischen sauberem und schmutzigem Geld gibt es sowieso nicht!«

Daraufhin seufzte Kazuo schwer und legte das Geld resigniert auf den Tisch zurück. Vor den Kopf stoßen wollte er Masako wohl auch nicht.

»Tja, dann gehe ich jetzt. Danke noch mal für alles!«

Da nahm Kazuo sie behutsam in die Arme. Es war das erste Mal, dass sie von dem Körper eines Mannes umfangen wurde, seit Kazuo sie damals vor der stillgelegten Fabrik an sich gedrückt hatte. Ein Gefühl, das sie all die Jahre nicht erlebt hatte. Es fühlte sich sehnsüchtig vertraut und zärtlich an, und ihr war, als würde sich ein hartnäckiger Knoten in ihrem Herzen ganz langsam auflösen. Masako schmiegte sich eine Weile an Kazuos Brust. Wieder stiegen ihr Tränen in die Augen, aber diesmal ließ sie ihnen keinen Lauf.

»Ich muss gehen.« Als sie sich von ihm löste, zog Kazuo einen kleinen Zettel aus der Tasche und drückte ihn ihr in die Hand.

»Was ist das?«

»Meine Adresse in São Paulo.«

»Danke.« Masako faltete den Zettel ordentlich zusammen und steckte ihn sich in die Jeanstasche.

»Kommen Sie dorthin, auf jeden Fall, bitte! Kommen Sie zu Weihnachten! Ich warte auf Sie. Versprechen Sie es mir!«

»Ich verspreche es«, sagte Masako und band sich in dem winzigen Eingang die ausgetretenen Turnschuhe zu. Durch den Türspalt blies kalter Wind herein. Kazuo biss sich auf die Lippen und ließ den Kopf hängen. Masako machte die Tür auf, wandte sich ihm noch einmal zu und sagte: »Sayōnara.«

»Sayonara.« Kazuo sprach den japanischen Abschiedsgruß aus wie das traurigste Wort der Welt.

Geräuschlos, wie sie gekommen war, stieg Masako die Treppe des Wohnheims hinunter. Um sie herum war alles still, die Häuser hatten die Regenläden fest verschlossen. Außer den in großen Abständen postierten Straßenlaternen gab es kein Licht.

Masako zog den Reißverschluss ihrer Daunenjacke hoch und ging auf den Parkplatz zu. Auf dem Weg dorthin hörte sie nichts als den Hall ihrer eigenen Schritte. Sie fühlte sich schrecklich einsam. Als sie bei der stillgelegten Fabrik vorbeikam, zögerte sie eine Weile, bevor sie schließlich doch den Zettel mit Kazuos Heimatadresse in kleine Stücke riss und durch den offen stehenden Deckel in den Abwasserkanal warf.

Wenn sie glücklich entkommen könnte, wäre alles gut, doch sie musste sich ebenso darauf gefasst machen zu sterben. Kazuos Zuneigung hatte sie für kurze Zeit aufgewärmt. Aber hinter der Tür, die sie selbst aufgestoßen hatte, wartete ein unbarmherziges Schicksal auf sie.

Sie näherte sich dem Parkplatz. Das Licht im Wachhäuschen war aus. Zwischen drei und sechs sollte es unbesetzt sein. Selbst wenn Satake am liebsten gewartet hätte, bis ihre Schicht zu Ende war – am Morgen müsste er mit weitaus mehr möglichen Zeugen rechnen als in der Nacht. So kühn sollte doch nicht einmal Satake sein. Bevor sie den Parkplatz betrat, suchte sie ihn mit den Augen ab. Es war niemand zu sehen. Erleichtert trat sie auf den Kies, der an einigen Stellen über den harten Lehmboden verstreut worden war. Da sah sie etwas am rechten Außenspiegel ihres Corolla hängen. Sie nahm es in die Hand und stieß einen kurzen Schrei aus. Es war Kunikos schwarzer Slip. Damit wollte ihr Satake offenbar heimzahlen, dass sie ihm das Ding an die Wohnungstür gehängt hatte. Der Slip kam ihr entsetzlich schmutzig vor, und Masako schmiss ihn zu Boden.

In dem Moment spürte sie, wie sich von hinten ein langer Arm um ihren Hals schlang, doch zum Schreien blieb ihr keine Zeit. Sie wand sich und zappelte, um freizukommen, aber Satakes Arm war wie aus Stahl und ließ nicht locker. Warme Finger drückten sich gegen ihr Kinn, und ein in der blauen Wächteruniform steckender Arm schob sich unter ihren Hals. Sie bekam keine Luft. Doch Angst verspürte sie nicht. Auch keine Lust, wie in dem Traum. Eigenartigerweise nur ein Gefühl der Erleichterung, dorthin zurückgekehrt zu sein, wo sie hingehörte.

6 Er wollte mit der Nacht verschmelzen. Satake hatte das Autofenster offen stehen und wartete darauf, dass die Nachtluft ihn vollständig einhüllte. Das würde ihn beruhigen. Während der Zeit im Gefängnis hatte er nur eine einzige Sache wirklich vermisst: das Wetter direkt auf der Haut spüren zu können.

In der kalten Luft wurden ihm die Glieder steif, und selbst sein Rumpf begann zu zittern. Das Blut geriet einem nicht in Wallung wie im Hochsommer, man konnte einen klaren Kopf bewahren. Eingehüllt von der Dunkelheit, konnte man sogar die Luft selbst, ihre tagsüber kaum merkliche Dichte und Schwere am eigenen Leib spüren. Satake saß auf dem Fahrersitz, streckte seine langen Arme aus und ruderte damit durch die Luft. In die reglose Kälte kam Bewegung.

Satake hatte die Wächteruniform anbehalten und wartete im Auto auf Masako. Den Leihwagen hatte er genau vor Masakos Parklücke abgestellt, in der düsteren, hinteren Ecke an der rechten Seite des Parkplatzes. Er hatte vor, bis sechs Uhr morgens hier zu warten. Wie würde Masako reagieren, wenn sie müde und ausgelaugt von der Schicht kam und Kunikos Slip vorfand, den er ihr im Gegenzug ans Auto drapiert hatte? Das wollte er sich unbedingt anschauen. Er wollte die Ränder unter ihren Augen, ihr aufgelöstes Haar sehen.

Als er sich gerade eine Zigarette anzünden wollte, hörte er ein regelmäßiges Knirschen – Schritte auf dem Kies des Parkplatzes. Die leichten Schritte einer Frau. Hastig steckte er die Zigaretten in die Tasche zurück und hielt den Atem an. Masako! Sie kam tatsächlich schon zurück! Sie sah sich in der Gegend um, wähnte sich in Sicherheit, als sie ihn nicht entdecken konnte, und ging unbekümmert auf ihren Wagen zu. Ihre Schritte verrieten keinerlei Wachsamkeit. Satake öffnete geräuschlos die Autotür und schlich sich hinaus.

Masako stieß einen kurzen Schrei aus, als sie seinen kleinen Racheakt entdeckte. Im Moment, da er erkannte, was für eine perfekte Gelegenheit sich ihm da bot, folgte er schon dem Impuls, Masako von hinten anzufallen. Als er seinen Arm um ihren Hals schlang, teilte ihre animalische Angst sich ihm wie elektromagnetische Wellen mit, die seinen ganzen Körper durchliefen, und er liebte sie dafür.

»Keinen Mucks, ist das klar!«

Aber Masako wehrte sich aus Leibeskräften. Satake nahm ihren mageren Hals in den Würgegriff und versuchte mit der Rechten ihre Arme festzuhalten. Doch Masakos Nägel bohrten sich so tief in seinen Arm, dass sie den Synthetikstoff der Uniform zu durchstoßen drohten, und ihre Füße, mit denen sie ausschlug, trafen ihn bis zwischen die Beine. Unter Einsatz seines ganzen Körpers musste Satake sie in den eisernen Griff bekommen und gewaltsam bewusstlos machen.

Er hatte sie doch tatsächlich geschnappt! Satake warf sich die zusammengesunkene Masako über die Schulter, ging zum Auto zurück und holte ein Seil und die schwarze Tasche heraus. Wohin sollte er sie schleppen, um sie zu töten – jetzt, da ihm Apartment 412 verwehrt war? Ihm fiel kein geeigneter Ort ein, und er hatte keine Zeit mehr, danach zu suchen. Also ging Satake auf die stillgelegte Fabrik zu.

Mit Masako über der Schulter überquerte er den Abwasserkanal, wobei er den Weg vor seinen Füßen vorsichtig mit der Taschenlampe nach Löchern in der Betondecke oder verschobenen Kanaldeckeln ausleuchtete. Das schwarze Wasser glitzerte in der Dunkelheit. Ein Deckel wackelte bedenklich unter ihrer beider Gewicht, und Satake erschrak. Mit Mühe überquerte er den Kanal und warf Masako in das verdorrte Gras. Er untersuchte das verrostete Rolltor. Als er sich von unten mit aller Kraft dagegenstemmte, ließ es sich unter ohrenbetäubendem Quietschen anheben. In dem Moment hörte er Masako vor Schmerzen aufstöhnen, und er beeilte sich. Er öffnete das Rolltor so weit, dass man gebückt darunter durchkriechen konnte, und zog Masako hastig hinter sich her.

Drinnen war es stockdunkel und eiskalt, es roch nach feuchtem Schimmel. Satake leuchtete mit der Taschenlampe in die Runde und sah sich um. Das Gebäude wirkte wie ein riesengroßer, leerer Sarg aus Beton. Doch da entdeckte er unterhalb der Decke eine ganze Reihe Oberlichter. Wenn die Sonne erst aufgegangen war, sollte es hier drinnen auch einigermaßen hell werden.

Von der ehemaligen Lunchpaket-Fabrik waren die Stahlunterbauten der Fließbänder und die Theke vor der Laderampe für die Lastwagen übrig geblieben. Wenn er Masako auf einen dieser Stahltische band, dürfte ihr ganz schön kalt werden. Bei dieser Vorstellung erschien ein hämisches Grinsen auf Satakes Gesicht.

Masako war noch ohne Bewusstsein, ihr Mund stand ein wenig offen. Satake hob sie auf einen der langen Tische mit einer Spur in der Mitte, in der früher das Fließband gelaufen war. Wehrlos lag sie da, wie ein narkotisierter Patient vor der Operation.

Er zog ihr die Daunenjacke aus, riss ihr das Sweatshirt vom Leib, warf die Turnschuhe zu Boden, und als er ihr gerade Strümpfe und Jeans ausgezogen hatte, kam Masako durch die Kälte des Stahltischs, die sie direkt auf der Haut spürte, zu sich. Aber sie schien nicht zu begreifen, wo sie war und was mit ihr geschah, denn sie blieb auf dem Rücken liegen und blickte verwundert um sich.

»Masako Katori!«, rief Satake sie beim Namen. Er hielt ihr die Taschenlampe ins Gesicht. Geblendet wandte sie die Augen ab und versuchte Satake außerhalb des Lichtkegels auszumachen.

»Scheiße!«

»Falsch, es heißt: ›Du hast mich reingelegt, du elender Schweinehund!‹ Los, sag es!« Satake packte beide Arme der sich erst träge wehrenden Masako und presste sie gegen den Stahltisch. Einen Augenblick hielt sie in der Bewegung inne und schaute verwundert.

»Wieso?«

»Egal, sag es!«

Da versetzte Masako dem einen Moment lang unachtsamen Satake plötzlich mit dem nackten Fuß einen Tritt in den Bauch. Ihre Ferse bohrte sich empfindlich in seinen Unterleib, so dass er aufheulte vor Schmerz. Blitzschnell nutzte Masako die Gelegenheit, warf sich zur Seite und sprang vom Stahltisch. Sie war unglaublich wendig für eine Frau ihren Alters. Sie schlüpfte unter seinen Armen, die sie zu fassen versuchten, durch und rannte auf eine Ecke der Fabrikhalle zu, wo sie in der Dunkelheit verschwand.

»Glaub ja nicht, dass du mir entkommen kannst!«

Satake versuchte ihr mit dem Strahl der Taschenlampe zu folgen, aber das zu schwache Licht verlor sich in dem enormen Raum. Wo er auch hinleuchtete, Masako blieb verschwunden. Satake baute sich vor dem Rolltor an der Einfahrt auf. Solange er ihr den Ausweg versperrte, saß Masako in der Falle wie die Katze im Sack. Die Situation gefiel ihm irgendwie, es machte alles noch aufregender. Ja, bring mich nur richtig in Fahrt! Je mehr Satake seine widerspenstige Beute bewunderte, desto stärker wurde sein Hass.

»Gib auf, Masako!« Seine Stimme hallte durch die leere Fabrik. Nach einer Weile antwortete Masako. Sie schien irgendwo weit hinten am anderen Ende der Halle zu sein.

»Ich denk ja nicht dran! Verrat mir lieber, warum du dich unbedingt an mir rächen willst!«

»Das ist der Preis für das, was du mir angetan hast. Reine Wiedergutmachung.«

»Und wieso verlangst du die nicht von Yayoi Yamamoto?«

»Hab ich längst getan.«

»Wie denn?« Vor Kälte oder vor Angst zitterte Masakos Stimme. Sie war barfuß und hatte nichts als ein T-Shirt und Unterwäsche an. Sie musste frieren. Leise, damit Masako nichts merkte, schlich er sich zum Fließbandtisch zurück und schob ihre Kleidung zu einem Haufen in der Ecke zusammen, um zu verhindern, dass sie sie sich zurückholte. Masako redete aus der Dunkelheit weiter auf ihn ein.

»Du hast ihr das Versicherungsgeld abgenommen, stimmt's? Aber warum gibst du dich damit nicht zufrieden? Warum konzentriert sich dein Hass allein auf mich?«

»Tja, warum wohl?«, murmelte Satake in die Richtung, wo Masako sich verborgen hielt. »Das weiß ich selbst nicht.«

»Weil ich dir dein Geschäft ruiniert habe?«

»Darum auch, ja.« Er kannte den wahren Mitsuyoshi Satake. Er hatte ihn lange genug sorgfältig weggeschlossen. Und sie hatte ihm mir nichts, dir nichts die schützende Außenhaut vom Leib gerissen! Darum.

»Aber das ist es nicht allein«, sagte Masako kühl. »Du interessierst dich für mich.«

Satake antwortete nicht, sondern arbeitete sich langsam in die Richtung vor, aus der ihre Stimme kam.

»Das ist lächerlich. Ich bin dreiundvierzig, nicht mehr in dem Alter, in dem einem die Männer hinterherpfeifen, außerdem gehöre ich sowieso nicht zu dieser Sorte Frauen. Es muss also irgendeinen anderen Grund geben.«

Satake, der feste Sicherheitsschuhe trug, stieß mit dem Fuß gegen eine Aluminiumdose, die einen Höllenlärm machte. Danach blieb Masako still. Ob sie ihm entwischt war? Satake spitzte die Ohren.

Hinter sich hörte er ein leises Geräusch. Flink wie ein Tier wandte er sich dorthin. Sie hatte das Rolltor über der Laderampe für LKWs hochgestemmt und versuchte zu fliehen! Ein paar Augenblicke später, und sie wäre ihm entwischt. Satake rannte auf sie zu und erwischte sie gerade noch, als sie mit dem Oberkörper schon draußen war.

Er packte sie an den Beinen, zog sie zurück und schlug ihr hart mit der flachen Hand ins Gesicht. Masako überschlug sich und blieb auf dem dreckigen, müllübersäten Boden liegen. Um sich das anzusehen, richtete er die Taschenlampe auf sie. Masako warf ihr wirres Haar zurück und blitzte ihn wütend an. Genau wie damals, es war genau wie damals! Satake packte sie an den Haaren und zog ihr Gesicht zu sich heran.

»Du bist wirklich ein elender Schweinehund!«, spie Masako ihm entgegen.

»Ganz recht«, sagte Satake und blickte tief in Masakos schmerzverzerrtes Gesicht. »Aber ich bin froh, dich endlich gefunden zu haben.«

Masako schaute, als hätte ihr jemand einen Eimer Wasser über den Kopf geschüttet. Mit fester Stimme sagte sie: »Du träumst doch!«

»Ganz im Gegenteil.« Satake studierte Masakos Gesicht. Sie hatte nichts von dem Antlitz jener Frau, das wie eine scharfe Schwertspitze gewirkt hatte. Es war ganz und gar Masako Katori, die ihn da wutentbrannt und feindselig anblitzte. Die Züge der beiden Frauen ähnelten sich nicht. Masako hatte asketischere, dünnere Lippen als die Frau von damals. Aber sie hatte genau den gleichen Blick. Vor freudiger Erwartung schwoll Satakes Herz an wie das Meer bei Flut. Wie viel Lust würde Masako ihm schenken? Ob ihm die Freuden, die er siebzehn Jahre lang tief unten in seinem Herzen verschlossen hatte, noch einmal vergönnt waren? Würde er dadurch endlich begreifen, wozu diese Erfahrung überhaupt gut gewesen war?

Er riss ihr brutal das T-Shirt vom Leib. Masako, jetzt nur noch in Unterhose und einem einfachen weißen BH, hielt den Blick immer noch fest auf Satake geheftet.

»Lass das. Bring mich schon um!«

Satake hörte gar nicht hin, sondern riss ihr die Unterwäsche herunter. Sobald sie vollkommen nackt war, fing sie wieder an, sich zu wehren. Satake hielt ihr beide Arme fest, hob sie auf den Stahltisch und legte sich mit seinem ganzen Gewicht auf sie, um sie ruhig zu stellen. Masako ächzte unter seinem mächtigen Körper und rang nach Luft. Bevor ihr der Atem wegblieb, fesselte er ihr die kraftlosen Arme über dem Kopf und band den Strick am Tisch fest.

»Ich friere!«, schrie Masako immer wieder und wand sich auf dem eiskalten Tisch hin und her. Satake richtete die Taschenlampe auf sie und betrachtete eine Weile ihren Körper. Wie vertrocknet sah sie aus, so dünn. Sogar ihre Brüste waren abgemagert. Langsam legte Satake seine Kleider ab.

»Schrei nur. Hierher kommt sowieso niemand.«

»Pah, das weißt du nur nicht. Gleich nebenan reißen sie doch gerade was ab.«

»Erzähl mir keine Märchen!« Er schlug ihr noch einmal mit der flachen Hand ins Gesicht. Diesmal hatte er nicht so fest zuschlagen wollen, aber ihr Kopf knickte abrupt zur Seite. Wenn er sich nicht mäßigte, würde sie ihm viel zu schnell wegsterben.

Und wenn sie das Bewusstsein verlor, wurde es langweilig. Satake fürchtete, sie könnte ohnmächtig geworden sein. Aber da schaute sie ihn schon wieder gelassen an, ein Rinnsal Blut floss ihr aus der Lippe.

»Los, bring mich schon um!«

Die Frau damals hatte sich ebenfalls keinen Deut gebeugt, während er sie verprügelt hatte, sondern ihn immer nur angeschrien: »Mach schon, bring mich um!« Masako und jene Frau, Traum und Wirklichkeit kamen und gingen, als führen sie in einem Paternoster rasend schnell vor ihm auf und ab. Seine Erregung wuchs. Er legte sich auf Masako und biss ihr in die blutenden Lippen. Er hörte sie zwischen zusammengebissenen Zähnen fluchen und spreizte ihr roh die Beine.

»Du bist ja nicht mal feucht!«

»Scheißkerl!«

Masako wehrte sich mit aller Kraft, bäumte sich auf und versuchte, die Beine zusammenzupressen. Er riss sie ihr gewaltsam auseinander und drang in sie ein. Es war erstaunlich heiß in ihr. Sie schrie, es täte weh, wahrscheinlich war sie nicht nass genug. Er sah, wie sie sich gebärdete, sah den hilflosen Ausdruck in ihrem Gesicht und wusste sofort, dass ihre sexuellen Erfahrungen verschwindend gering waren. Er bewegte sich langsam. Es war das erste Mal seit jenem Ereignis vor siebzehn Jahren, dass er mit einer realen Frau zusammen war. Der schwarze Dämon. Das Ungetüm, das auf dem Grunde seiner Seele kauerte, hatte sich erhoben und war wieder in die reale Welt getreten. Nun sollte es ihn führen. In die Hölle und ins Paradies. Das, was die Kluft dazwischen aufheben würde, lag am Ende des Geschlechtsakts zwischen ihm und Masako, daran glaubte Satake. Deshalb war er auf die Welt gekommen. Und dafür würde er sterben. Doch dieser erste Geschlechtsakt nach all den Jahren war unverhofft rasch zu Ende.

»Du perverses Schwein!«

Masako spuckte dem keuchenden Satake ins Gesicht. Satake wischte sich mit der Hand den blutvermischten Speichel ab und schmierte ihn ihr ins Gesicht. Zur Strafe biss er ihr heftig in die Brustwarzen. Masako brüllte irgendetwas, aber es war nicht zu verstehen, denn ihr klapperten vor Kälte die Zähne. Draußen graute kaum merklich der Morgen.

Mit der aufgehenden Sonne fiel mehr und mehr Licht herein: im Nu war es hell, und die Fabrikhalle offenbarte ihre Details. Die Wandverkleidung war zur Gänze abgebröckelt, man sah nur noch den rohen Beton. Die Mauern zur ehemaligen Großküche und den Toiletten waren eingerissen worden; lediglich die Kloschüsseln und die Wasserhähne hatte man dort zurückgelassen. Auf dem Betonboden lagen überall Ölkanister, Plastikeimer und dergleichen herum, und in die Einfahrt hatte man von außen lauter leere Flaschen und Getränkedosen geworfen. Ein verwüsteter Sarg aus Beton. Satake hörte ein leises Geräusch und drehte sich um: Eine Straßenkatze hatte sich hereingeschlichen und nahm sofort Reißaus, als sie Satake sah. Ratten konnten dann auch nicht weit sein.

Satake setzte sich im Schneidersitz auf den Boden und zündete sich eine Zigarette an. Er betrachtete die an den Edelstahlunterbau gefesselte Masako, die vor Kälte am ganzen Leibe schlotterte und sich hin- und herwand. Noch etwa eine Stunde, dann würde die Morgensonne auch den Stahltisch erreicht haben. Und wenn sie erst darauf fiele, würde er Masako ansehen können, während er sie vergewaltigte. Darauf wartete Satake.

»Kalt, was?«

»Natürlich, was denn sonst!«

»Warte nur, bald ist es so weit.«

»Was?«

»Bald steht die Sonne hoch genug.«

»Ich will nicht warten. Ich friere!«, presste Masako zornig hervor.

Sie klapperte mit den Zähnen, dass man kaum ein Wort verstand. Die Wange, auf die er sie geschlagen hatte, war verquollen, und auch die Unterlippe war dick angeschwollen. Selbst aus dieser Entfernung konnte er sehen, dass sie am ganzen Körper Gänsehaut hatte. Er erinnerte sich an seine Fantasie, diese hirseartigen Körnchen mit dem Messer abzukratzen. Aber das Messer musste noch warten, dafür war es noch zu früh, das kam erst ganz am Schluss.

Satake stellte sich den Augenblick vor, da die dünne, scharfe Klingenspitze Masakos Seite durchbohren würde. Ob ihm dabei noch einmal dieselbe Wonne vergönnt sein würde wie vor siebzehn Jahren? Das brächte ihm endlich den Nachweis seiner Existenz, der Existenz des Mannes Mitsuyoshi Satake seit dem Zusammentreffen mit jener Frau bis zum heutigen Tag. Er wollte so schnell wie möglich dem Satake von damals wiederbegegnen. Er nahm den in einer Scheide aus schwarzem Leder steckenden Dolch aus der Tasche und legte ihn sacht auf den Boden.

Endlich fiel das Morgenlicht auf Masakos Körper. Er konnte sehen, wie die Sonne sich Stück für Stück vortastete und ihrer vor Kälte blassblau angelaufenen Haut langsam wieder Leben einhauchte, als taute sie sie auf. Masakos Verkrampfung löste sich. Satake näherte sich ihr.

»Auf so einem Tisch packst du sonst Lunchpakete, was?«

Masako machte den Mund nicht auf, sondern funkelte ihn nur böse an. Satake packte sie unsanft am Kinn: »Na los, antworte!«

»Und wenn schon, was soll das!« Blanke Wut sprach aus ihrem Mund, der vor Kälte noch unbeweglich war.

»Hast sicher nicht im Traum damit gerechnet, einmal selbst gefesselt und wehrlos dazuliegen, wie?«

Masako drehte ihr Gesicht zur Seite.

»Hey! Verrat mir, wie du die Leichen zerstückelt hast! So vielleicht?« Er packte sie an der Kehle und tat so, als würde er sie ihr mit dem Finger durchschneiden. Dann fuhr er ihr in einer geraden Linie vom Hals bis zum Schambein hinab, als würde er sie aufschlitzen. Der kräftige Druck seines Fingers hinterließ einen blasslila Strich auf ihrer kalten Haut. »Wie bist du ausgerechnet auf Zerstückeln gekommen, he, wie bist du auf die Idee gekommen? Wie hast du dich dabei gefühlt?«

»Das kann dir doch egal sein!«

»Du bist genau wie ich. Genau wie ich hast du einen Weg eingeschlagen, auf dem es kein Zurück mehr gibt.«

Masako sah ihm in die Augen. »Und was war es bei dir?«

»Los, mach die Beine breit!«, befahl Satake, ohne zu antworten.

»Nein!« Widerspenstig presste Masako die Beine zusammen und trat ihm ins Gesicht, als er sie ihr gewaltsam auseinander drücken wollte. Dass sie mir immer noch eins auswischen kann, dachte Satake erfreut. Er warf sich auf sie und drang ein zweites Mal gewaltsam in sie ein. Die Wintersonne fiel auf ihr Gesicht und ließ es leuchten. Da sah er, dass sie die Zähne aufeinander biss und die Augen fest zusammenkniff. Mit den Fingern versuchte er, ihr die Lider hochzuschieben.

»Sieh mich gefälligst an!«

»Nein, ich will nicht!«

»Willst du, dass ich sie dir zerquetsche?« Satake presste beide Daumen fest auf Masakos Lider.

»Mach doch, dann brauch ich dich wenigstens nie mehr zu sehen!«

Als er die Daumen wegnahm, machte Masako absichtlich die Augen einen Spaltbreit auf. Sie blitzten vor Zorn.

»Ja, sieh mich nur weiter so böse an!«

»Wieso?«, entgegnete ihm Masako, als wäre sie plötzlich zur Besinnung gekommen.

»Na, du hasst mich doch! Genauso wie ich dich hasse.«

»Wieso hasst du mich?«

»Weil du eine Frau bist!«

»Na, dann bring mich doch endlich um!«, schrie Masako.

Ja, hatte sie denn immer noch nicht begriffen? Die Frau damals hatte ihn verstanden. Aufgebracht schlug er ihr ein paar Mal mit der flachen Hand ins Gesicht.

»Du bist ja total kaputt!«, schrie Masako wieder.

»So ist es! Und du bist genauso kaputt. Das weiß ich, seit ich dich das erste Mal gesehen habe.« Satake strich ihr sanft übers Haar. Masako schwieg und sah ihn hasserfüllt an. Diesmal war es echter Hass. Er sog zum ersten Mal an ihren Lippen. Sie schmeckten bitter-salzig nach Blut. Das Seil, mit dem sie gefesselt war, hatte sich in ihre Handgelenke gefressen und war blutdurchtränkt. Genau wie damals.

Satake streckte seinen Arm nach dem Dolch aus, den er auf dem Boden unter dem Stahltisch bereitgelegt hatte, und hob ihn auf. Er zog mit der anderen Hand die Scheide ab und legte den Dolch neben Masakos Kopf. Sie schrie auf, als spürte sie die Kälte und Gefährlichkeit der Klinge unmittelbar an ihrem Gesicht.

»Na, hast du Angst?«

Masako sagte nichts, sondern schloss leise zitternd die Augen. Satake riss sie ihr mit den Fingern wieder auf. Gab es darin keine Angst, gab es darin keinen Hass, der die Angst überwand? Er stieß Masako hinein und presste sie verzweifelt an sich, als müsse er Innerstes durchwühlen. Nach was? Nach jener Frau damals? h Masako? Oder vielleicht nach sich selbst? War das, was er suchte, ein Phantom, oder war es wirklich existent? Er vergaß die Zeit und hatte zuletzt sogar das Gefühl, der Körper der Frau, mit der er da verkehrte, sei Teil seiner selbst. Ihre Lust wurde zu seiner und seine Lust zu ihrer. Dann würde er selbst vergehen. Aber das war egal, er brauchte nicht länger auf dieser Welt zu sein. Er war sowieso nie darin zurechtgekommen.

Satake sehnte sich nach der vollkommenen Verschmelzung mit Masako, danach, eins zu werden mit ihr. Während er heftig an ihren Lippen sog, bemerkte er, dass sie ihn ebenso ansah wie er sie. Er verging fast vor Lust und fragte sie zärtlich: »Gefällt es dir?«

Statt zu antworten, stöhnte Masako laut auf. Jetzt war es echt, jetzt vereinigten sie sich wirklich miteinander. Als er ihren Höhepunkt nahen fühlte, nahm er langsam den Dolch neben sich in die Hand. Er würde noch mehr in sie eindringen. Er würde in ihren Gedärmen wühlen und ihre innerste Wärme am ganzen Körper spüren. Und dann würden sie zusammen der wahren Wonne entgegensteigen.

»Bitte«, flüsterte Masako.

»Was?«

»Schneid mir die Fesseln durch.«

»Nichts da.«

»Aber so kann ich nicht kommen. Ich will mit dir zusammen kommen«, bettelte Masako mit heiserer Stimme. Er würde ihn so oder so in sie stoßen, sagte sich Satake und schnitt ihr den Strick, der ihre Handgelenke fesselte, mit dem Dolch durch. Masako schlang die befreiten Arme um Satakes Schultern und klammerte sich fest an ihn. Satake schob seine Arme unter sie durch und bettete ihren Kopf in seine Hände. Das tat er zum ersten Mal. Ihre Nägel krallten sich in seinen Rücken, ihre Körper wurden eins. Satake war kurz davor zu kommen. Er stöhnte auf. Ihm war, als hätte er den Hass endlich überwunden. Seine Hand tastete nach dem Dolch.

Da sah er aus den Augenwinkeln irgendwo hinter sich die Klinge im Sonnenlicht aufblitzen. Der Dolch, der neben ihrem Kopf gelegen hatte, war urplötzlich in Masakos Hand und drohte auf ihn herabzusausen. Mit aller Kraft hielt er ihren Arm fest, schüttelte das Messer zu Boden und versetzte ihr einen gewaltigen Faustschlag ins Gesicht.

Masako barg ihr Gesicht in die Hände, drehte sich zur Seite und verharrte so.

Satake löste sich von ihr und brüllte, heftig keuchend und außer sich vor Zorn: »Du blöde Kuh! Jetzt müssen wir wieder von vorn anfangen!«

Viel gewaltiger als der Ärger, dass Masako ihn beinahe umgebracht hätte, war seine Wut darüber, dass sie ihm das Erreichen des Grenzzustandes verdorben hatte, dem er schon so nahe gewesen war. Und gleichzeitig machte es ihn unsagbar traurig, dass Masako nicht ebenso empfunden hatte wie er.

Masako war ohnmächtig geworden. Er berührte ihre Wange dort, wo er sie geschlagen hatte. Auf einmal empfand er Mitleid – für sie, aber auch für sich, und er trauerte um sich selbst, diesen kaputten Menschen, der den Gipfel der Lust nicht erreichen konnte, ohne die Frau, die er liebte, zu töten. Kein Zweifel, sie hatte Recht: Er war kaputt. Ein Wrack. Dieses Gefühl überkam ihn zum ersten Mal, und er barg seinen Kopf in den Händen.

Nach einer Weile öffnete Masako die Augen. »Ich muss aufs Klo«, sagte sie matt mit immer noch abgewandtem Gesicht. Sie zitterte wie Espenlaub. Er hatte zu fest zugeschlagen; wenn er sie weiter so verschliss, würde sie ihm womöglich noch wegsterben, bevor sie die größte Wonne auskosten konnten.

»Geh«, erlaubte er.

»Mir ist kalt.« Taumelnd stieg Masako auf den Betonboden herab und zog sich schwerfällig die heruntergefallene Daunenjacke über den nackten Körper. Satake folgte ihr, als sie sich zu den Toiletten in der Ecke der Fabrikhalle schleppte.

Es gab dort weder Wände noch Pfeiler, nur noch drei westliche Kloschüsseln standen da, wie aus dem Boden gewachsen. Sie waren grau von Staub und Schmutz, und man konnte nicht erkennen, ob die Spülung noch funktionierte. Aber Masako, die den Eindruck machte, als wäre sie zu keinem Gedanken mehr fähig, setzte sich auf die vorderste der Schüsseln und urinierte, ohne sich darum zu scheren, dass Satake zusah.

»Mach schnell!«

Mit trägen Bewegungen stand Masako auf und kam auf ihn zu. Sie torkelte, geriet über einen Ölkanister ins Straucheln und schlug mit beiden Händen auf dem Boden auf. Satake stürzte auf sie zu, packte sie am Kragen der Daunenjacke und zog sie wieder hoch. Masako steckte die Hände in die Jackentaschen und blieb benommen stehen.

»Na, wird's bald, los!«

Er hatte die Hand schon zu einem neuerlichen Schlag erhoben, da fuhr ihm etwas Kaltes übers Gesicht. Als hätten ihm eiskalte Frauenfinger über die Wange gestrichen. Die Finger jener Frau damals? Ihm war, als hätte ihn ein Geist berührt. Er blickte ins Leere und fasste sich dann mit der Hand an die Wange. Das Fleisch seiner rechten Gesichtshälfte klaffte auf, Ströme von Blut quollen hervor.

7

Masako lag frierend in der Kälte. Anders als beim Aufwachen am Morgen war ihr Körper schon hellwach, nur ihr Bewusstsein schien für immer in diesem benommenen, untätigen Zustand der Unwissenheit bleiben zu wollen. Warum nur?

Entschlossen schlug sie die Augen auf und fand sich von Dunkelheit umgeben wieder. Dunkelheit, die einen großen, leeren Raum erahnen ließ. Sie steckte in einem kalten, dunklen Loch. Oben war es eine Spur heller, man konnte durch ein kleines Fenster den Nachthimmel sehen. Ihr fiel wieder ein, wie sie vergangene Nacht in den sternlosen Himmel geblickt hatte.

Ihr Geruchssinn meldete sich zurück. Es roch vertraut. Nach kaltem Beton und dem Wasser, womit er ständig abgespritzt worden war. Und es roch, als ob beides Fäulnis und Schimmel angesetzt hatte. Sie brauchte noch eine Weile, um zu begreifen, dass es die stillgelegte Fabrik war, in der sie lag.

Wieso waren ihre Beine nackt? Masako fuhr mit der Hand an ihrem Körper entlang, der nur in T-Shirt und Unterwäsche steckte. Die eigene Haut kam ihr vor, als gehörte sie nicht zu ihr, so kalt und spröde fühlte sie sich an, wie aus Stein. Ihr war entsetzlich kalt. Ein grelles Licht schien ihr ins Gesicht. Geblendet kniff sie die Augen zu und hielt sich die Hand davor.

»Masako Katori!«, hörte sie Satakes Stimme.

Er hatte sie erwischt! Masako stieß einen langen Seufzer der Verzweiflung aus, als sie sich wieder daran erinnerte, wie er sie vorhin auf dem Parkplatz von hinten geschnappt und in den Würgegriff genommen hatte. Jetzt war sie sein Spielzeug, bis er sie töten würde. Die Angst davor hatte sie so lange im Dämmerzustand der Illusion festgehalten. Ausgerechnet jetzt, wo sie den Ausweg schon vor Augen gehabt hatte. Maßlos wütend über den kleinen Moment der Unachtsamkeit, der ihr unterlaufen war, brüllte Masako in Richtung Lichtquelle:

»Scheiße!«

Daraufhin befahl Satake ihr etwas Eigenartiges: »Sag: Du hast mich reingelegt, du elender Schweinehund!«

Sie begriff, dass er irgendetwas aus seiner Vergangenheit zu reproduzieren versuchte, das ihn nicht losließ. Ihr Schrecken kannte keine Grenzen, als sie diesen Gedanken weiterspann und schließlich erkannte, dass nicht die Folgen des Mords an Kenji, sondern dieses Ereignis in der Vergangenheit Satakes Seele gefangen hielt und für den Rachefeldzug gegen sie verantwortlich war. »Wir haben ein Ungeheuer geweckt«, hatte sie zu Yayoi gesagt und nicht geahnt, wie Recht sie damit hatte.

Sie trat Satake in den Unterleib, wich seinen Armen aus, und während sie in die Dunkelheit floh, wünschte sie sich nichts sehnlicher, als sich auf der Stelle in Luft auflösen und für immer vor ihm verstecken zu können. Seine Gegenwart löste eine so tiefe Urangst in ihr aus, dass sie sich wie ein Säugling vorkam, der bei Einbruch der Nacht aus Furcht vor der Finsternis zu schreien anfängt. Die Nacht vermochte aber auch wundersame Kräfte zu wecken, die über den normalen Menschenverstand hinausgingen. Und genauso schien Satake bei ihr Dinge wachzurufen, die bisher nur unbewusst in ihr geschlummert hatten. Masako war nicht nur auf der Flucht vor Satake, sondern auch vor diesem anderen, unbekannten Selbst.

Alles Mögliche stach ihr in die nackten Fußsohlen, klebte daran oder verfing sich zwischen den Zehen. Von bröckeligem Betonschutt, Eisenspänen und Plastiktüten bis hin zu irgendwelchem undefinierbaren Müll, der sich beim Drauftreten weich und wabbelig anfühlte. Sie kümmerte sich nicht darum und suchte weiter fieberhaft einen Weg nach draußen, während sie von einer Dunkelheit in die nächste floh, die Satakes Taschenlampe nicht zu durchdringen vermochte.

»Gib auf, Masako!«, hörte sie Satakes Stimme vom Bereich der Toreinfahrt her. »Ich denk ja nicht dran!«, entgegnete sie ihm.

Auf die Frage, die sie an ihn hatte, würde Satake ihr so ohne weiteres keine Antwort geben wollen, aber für Masako stand längst fest, dass es sich hierbei nicht um bloße Rache handelte. Sie wollte genau wissen, was es an ihr war, das ihn so provozierte. Immer, wenn seine Stimme die feuchtkalte Luft erschütterte und durch die Dunkelheit zu ihr drang, versuchte sie, sich seinen Gesichtsausdruck dazu vorzustellen.

Instinktiv fühlte sie, dass er sich auf sie zubewegte. Mithilfe ihrer Stimme als Wegweiser schlich er sich an sie heran. Sie versuchte, auf die ehemalige Laderampe für LKWs zuzukriechen, ohne dass er es merkte, denn dort musste es ein weiteres verrostetes Rolltor geben. Ob es nicht irgendwie aufzustemmen war? Satake richtete das Licht seiner Taschenlampe inzwischen hierhin und dorthin, als freute er sich darauf zu entdecken, zu was Masako noch alles fähig sein würde.

Endlich hatte sie die Laderampe erreicht. Sie kletterte auf das breite, etwa achtzig Zentimeter hohe Podest aus Beton und stemmte das kleine Rolltor hoch. Sie kümmerte sich nicht um den Lärm, den sie dabei machte. Dreißig, vierzig Zentimeter würden ausreichen, um hindurchschlüpfen zu können. Sie musste nur schnell genug sein. Mit letzter Kraft schaffte sie es, das Rolltor anzuheben und mit dem Oberkörper hinauszukriechen. Die Außenluft, die sie für einen kurzen Moment einatmete, roch nach dem fauligen Schlamm des Abwasserkanals, und doch unglaublich süß.

Deshalb nahm sie die körperlichen Schmerzen kaum mehr wahr, als sie von Satake in die Dunkelheit zurückgezerrt, geschlagen und zu Boden gestoßen wurde. Gleich da vorne lag doch die Freiheit, die sie vielleicht nie mehr wieder zu fassen bekäme! Dabei war sie ihr schon so verdammt nahe gekommen! Die Bitterkeit darüber verwandelte sich in einen überwältigenden seelischen Schmerz, der sie niederschmetterte. Und es trieb sie fast in den Wahnsinn, dass sie sich immer noch keinen Reim darauf machen konnte, warum Satake es einzig und allein auf sie abgesehen hatte.

Masako war an einen eiskalten Stahltisch gefesselt. Die metallene Oberfläche nahm zwar die Wärme ihres Körpers auf, gab sie aber augenblicklich nach unten und an die Seiten ab. Nie zuvor hatte sie eine solche Kälte erlebt. Aber Masako dachte nicht daran, hier zu erfrieren. Sie hatte immer noch nicht aufgegeben. Solange sie am Leben war, sollte ihr Körper gegen diesen Stahltisch ankämpfen, der ihm jede Wärme raubte. Sie wand sich hin und her, um durch Bewegung Hitze zu erzeugen, denn sonst hätte der Tisch sie im Nu mit seiner stählernen Kälte einverleibt.

Satake schlug ihr wieder ins Gesicht. Während sie vor Schmerzen aufstöhnte, suchte sie in seinen Augen fieberhaft nach Anzeichen des Wahnsinns. Sollte er geisteskrank sein, würde sie aufgeben. Aber Satake war nicht wahnsinnig. Hier ging es weder um perverse Spielchen noch um sadistische Erniedrigung. Indem er sie prügelte, versuchte Satake ihren Hass auf ihn zum Kochen zu bringen. Masako begriff, dass er von ihr zutiefst gehasst werden wollte. Er goss immer weiter Öl ins Feuer, bis ihr Hass den Siedepunkt erreicht hatte, und dann würde er sie töten.

Als er in sie eindrang, fühlte sie sich grenzenlos gedemütigt: ihr erster Geschlechtsverkehr seit Jahren eine Vergewaltigung, und das in ihrem Alter. Als sie eben von Kazuo umarmt worden war, hatte sie diese Berührung als heilenden Trost empfunden, aber für Satake fühlte sie nur blanken Hass. Genau wie er sie als Frau hasste, hasste sie in diesem Moment den Mann Satake. Tatsächlich, der Geschlechtsakt konnte eine Quelle des Hasses sein.

Satake ist in einem Traum, dachte Masako, während sie vergewaltigt wurde. In einem endlosen Traum, den nur er selbst sah und in dem Masako, das spürte sie, nichts als die Rolle eines lebendigen Werkzeugs spielte. Sie sollte besser aufhören, darüber nachzudenken, wie sie dem Traum eines anderen Menschen entfliehen konnte, das führte zu nichts. Sie musste versuchen, ihn zu verstehen. Und dadurch herausbekommen, wie es weitergehen würde – einen anderen Weg gab es nicht. Wenn ihr das nicht gelänge, würde sie nur sinnlos leiden. Sie wollte wissen, welchem Ereignis in seiner Vergangenheit Satake so sehr nachhing. Masako blickte ins Leere, während sie das Gewicht des auf ihr liegenden Mannes ertrug. Gleich hinter seinem Rücken lag die Freiheit.

Als es vorbei war, verfluchte sie ihn aus lauter bitterer Wut als perverses Schwein, obwohl sie wusste, dass das nicht stimmte. Satake war weder pervers noch wahnsinnig. Er irrte nur umher, auf der verzweifelten Suche nach etwas, nach dem er sich verzehrte. Wenn er glaubt, dass ich es besitze, dachte sie, werde ich ihm so viel er will davon geben. Wenn sie so ihr Leben retten könnte, warum nicht?

Masako wartete sehnsüchtig darauf, dass die Sonne endlich in die Fabrikhalle fallen und die Temperatur auch nur um eine Winzigkeit anheben mochte. Sie konnte diese Kälte einfach nicht mehr länger ertragen. Sie hatte nicht gewusst, dass Frieren solche schlimmen Schmerzen verursachte. Wie sehr sie sich auch bewegte, um sich warm zu halten, ihr Körper verfiel immer wieder automatisch in heftiges, krampfartiges Zittern, dem nicht Herr zu werden war.

Aber wahrscheinlich würde sich die ausgekühlte Luft in der Halle sowieso nicht erwärmen, bevor die Sonne nicht ihren höchsten Stand erreicht hatte. So lange reichten ihre Kräfte nicht. Sie wollte nicht aufgeben, aber sie wusste auch, dass sie erfrieren würde, wenn es so weiterginge. Während sie den Zitterkrämpfen standhielt, die sie in immer kürzeren Abständen überfielen, sah sie sich in der Halle um. Die Ruine einer Fabrik. Ein Sarg aus Beton. An einem ebensolchen Ort habe ich in den letzten zwei Jahren die Nächte durchgeschuftet, dachte sie und konnte nicht umhin, es als Schicksal zu begreifen, hier vielleicht auch sterben zu müssen. War das das unbarmherzige Schicksal, das sie hinter jener Tür erwartete, die sie aufgestoßen hatte? Hilf mir, murmelte Masako tief in ihrem Herzen. Aber es war weder Yoshiki noch Kazuo, von dem sie sich Hilfe erhoffte. Sie wollte Hilfe von dem Mann, der sie hier gerade quälte.

Vorsichtig drehte sie den Kopf und suchte Satake. Etwas entfernt von dem Fließbandunterbau, auf dem sie lag, saß er im Schneidersitz auf dem Boden und beobachtete, wie sie zitterte. Nicht, als weidete er sich an ihrem Leiden, sondern als würde er auf etwas warten.

Aber worauf? Masako versuchte durch die Dunkelheit in sein Gesicht zu schauen. Er sah immer wieder zu den Oberlichtern hoch. Vielleicht wartete er auf den Sonnenaufgang. Ebenso wie sie zitterte er vor Kälte, aber ihm schien das Frieren wenig auszumachen, denn er war immer noch vollkommen nackt.

Er spürte ihren Blick und sah sie an. Sie merkte, wie sich ihre Augen im Dämmerlicht trafen. Gereizt zündete er sein Feuerzeug, hielt es einen Moment in ihre Richtung und machte sich dann eine Zigarette an. Er sah sie forschend an, und plötzlich wusste Masako, was er so heftig herbeisehnte. Er wartete darauf, dass es endlich hell wurde. Wenn es erst hell war, würde er das, was er von ihr begehrte, zur Genüge betrachten können, darauf harrte er. Und wenn er gefunden hatte, wonach er suchte, würde er sie umbringen. Masako schloss die Lider.

Sie spürte einen Lufthauch und machte die Augen wieder auf. Satake war aufgestanden. Sie sah, wie er etwas aus seiner Tasche nahm, ein längliches, schwarzes Futteral. Offensichtlich ein Messer in der Scheide. Ob er sie damit aufschlitzen wollte? Die Kälte des Metalls unter ihrem nackten Rücken bohrte sich noch beißender in ihr Fleisch, und die entsetzliche Vorstellung, die ihr die Eingeweide umdrehte, beschleunigte einmal mehr das heftige Zittern. Die Angst verstärkte die Schüttelkrämpfe. Aber sie wollte Satake unter allen Umständen in dem Glauben lassen, das sei alles nur, weil sie so fror. Damit er sie nicht durchschaute, wandte sie ihr Gesicht ab.

Endlich fiel die Sonne auf sie.

Masako spürte, wie ihre vor Kälte steife, spröde Haut regelrecht aufatmete und sich die fest verschlossenen Poren öffneten. Nur noch ein wenig aufwärmen, dann werde ich endlich in Schlaf fallen, dachte sie, erinnerte sich aber gleich darauf an das Messer, das Satake hervorgeholt hatte, und musste über die eigene Dummheit lachen. Daraus konnte leider nichts mehr werden, da sie ja sowieso umgebracht würde.

Für gewöhnlich kam sie um die Zeit wie jetzt, da die Sonne aufging, von der Fabrik nach Hause zurück, machte das Frühstück und ließ die Waschmaschine laufen. Wenn die Sonne hoch am Himmel stand, war Schlafenszeit. Was Yoshiki und Nobuki wohl von ihr denken würden, wenn sie nie wieder heimkam? Aber ganz gleich, ob sie hier ermordet werden würde oder mit dem Leben davonkommen konnte – von ihrer Familie hatte sie sich ohnehin schon zu weit entfernt. Yoshiki würde wahrscheinlich nicht einmal nach ihr suchen, das hatte er gesagt. Dieser Gedanke erleichterte Masako. Sie hatte das Gefühl, schon weit, weit weg zu sein.

In der Fabrikhalle war es jetzt hell genug. Satake kam auf sie zu.

»Auf so einem Tisch packst du sonst Lunchpakete, was?«

Das schien ihm zu gefallen: Masako auf dem Fließband wie ein Stück Fleisch zur Weiterverarbeitung. Sie versuchte, ihre Anspannung zu verbergen. Genau wie er sagte, hatte sie nicht im Traum damit gerechnet, einmal selbst gefesselt auf einem Fabrikfließband zu liegen. Die Meisterin fiel ihr ein, die die Bandgeschwindigkeit bestimmte. Yoshiës Ausweg. Der eigene Ausweg schien ihr jetzt verwehrt – dieser Mann hier war dabei, ihn ihr zu versperren.

»Hey! Verrat mir, wie du die Leichen zerstückelt hast! So?« Satake fuhr ihr mit seiner schlanken Fingerspitze einmal quer über den Hals. Dann beschrieb er eine Linie von unterhalb des Kinns bis zum Schambein hinab, wie bei einer imaginären Obduktion. Sein Finger grub sich in die vor Kälte bereits wie tausend Nadeln stechende Haut. Es schmerzte so sehr, dass sie aufschrie.

»Wie bist du ausgerechnet auf Zerstückeln gekommen, he, wie bist du auf die Idee gekommen? Wie hast du dich dabei gefühlt?«

Instinktiv begriff Masako, dass er ihren Hass schüren wollte.

»Du bist genau wie ich. Genau wie ich hast du einen Weg eingeschlagen, auf dem es kein Zurück mehr gibt.«

Das stimmte, sie konnte nicht zurück. Wie oft hatte sie Türen hinter sich zuschlagen hören. Die erste an dem Tag, als sie Kenji zerstückelt hatten. Aber was war es bei Satake, was war ihm passiert? Sie fragte ihn danach, doch er gab keine Antwort. Im grauen Morgenlicht sah sie ihm in die Augen. Sie meinte in einen weiten Sumpf, nein, in eine große Leere zu blicken.

Masako schrie auf, denn Satake hatte ihr plötzlich seine kalten Finger zwischen die Beine geschoben. Als er ein zweites Mal in sie eindrang, überraschte sie seine Wärme. Dankbar nahm ihr ausgekühlter Körper diese Wärme an, die so viel einfacher und schneller zu haben war als die Kraft der Sonne. Das heiße, harte Ding in ihr taute sie von der Leibesmitte her auf. Dort, wo sie beide miteinander verbunden waren, musste die heißeste Stelle im ganzen Raum sein. Es verwirrte sie, wie einfach es doch war, Lust zu verspüren. Er schlug sie, um ihren Hass zu schüren. Auf gar keinen Fall sollte Satake erfahren, dass ihr Körper ihn willkommen hieß. Als sie die Augen schloss, damit er es ihr nicht ansehen konnte, schien Satake das unter allen Umständen verhindern zu wollen.

»Sieh mich gefälligst an!«, verlangte er.

Als sie sich weigerte, drohte er, ihr die Augen mit den Daumen einzudrücken. Soll er doch, dachte Masako. Immer noch besser, als wenn er erführe, dass sie ihn froh und willig in sich aufnahm! Sie hasste ihn, aus tiefster Seele. Nur würde dieses Gefühl gegenwärtig kaum in ihren Augen aufscheinen, so bitter das auch war.

Satake sagte, er hasse sie, weil sie eine Frau sei. Wenn er sie so sehr hasste, warum schlief er dann mit ihr, warum brachte er sie nicht einfach um? Er schlug sie, um ihren Hass zu schüren. Auf einmal tat ihr Satake Leid, der keine Freude erleben konnte, ohne zu hassen und gehasst zu werden. Langsam bekam sie eine vage Vorstellung von seiner Vergangenheit.

»Du bist ja total kaputt!«

»So ist es! Und du bist genauso kaputt. Das weiß ich, seit ich dich das erste Mal gesehen habe.«

Ihre eigene Kaputtheit war es, die sie zu Satake hinzog, gleich vom ersten Tag ihrer Begegnung an. Der Gedanke an diese rätselhafte Verbundenheit zwischen ihnen nährte in ihr einen weit stärkeren, willentlichen Hass auf den sich in ihr bewegenden Satake. Er saugte an ihren Lippen. Die Leidenschaft, mit der er das tat, verriet ihr, wie sehr er sich nach ihr verzehrte. Satake zog den Dolch aus der Scheide und legte ihn neben Masakos Kopf.

Das Messer gleich neben ihrem Gesicht strahlte eine bedrohliche Kälte aus, die sie erschreckte. Instinktive Angst überfiel sie, und sie kniff die Augen zu. Gewaltsam riss er sie ihr wieder auf und versenkte seinen Blick darin. Masako erwiderte seinen Blick. Sie wollte diesen Mann mit der Klinge durchbohren, genau so, wie er gerade in sie stieß.

Die Sonne eroberte die letzten Winkel der stillgelegten Fabrik, die Halle war nun hell erleuchtet. Gleichzeitig legte sich über den Sumpf in Satakes Augen ein mysteriöser Glanz. Er nahm sie wahr, erkannte sie, wollte gut zu ihr sein. Aber nicht, um etwas daraus entstehen zu lassen. Auf dieselbe Weise, wie ihr Gefühl es ihm gestattete, sie umzubringen, wollte er, dass sie ihn vernichtete. Plötzlich verstand Masako Satake… und liebte ihn.

Im selben Moment, als sie das dachte, spürte sie, wie sich der Traum, in dem er gefangen gewesen war, auflöste und Satake in die Wirklichkeit zurückkehrte. Sie sahen sich an und wurden eins. In seinen Augen war jetzt nichts als der Widerschein ihrer selbst zu sehen. Eine Welle unglaublicher Wollust drohte Masako mit sich fortzureißen. Es war ihr gleich, so zu sterben. In dem Moment blitzte die Klinge neben ihrem Gesicht im Sonnenlicht auf und holte sie brutal in die Wirklichkeit zurück.

Satake hatte Masako bewusstlos geschlagen.

Nach einer Weile brachte sie der Schmerz wieder zur Besinnung. Ihr Kiefer tat so höllisch weh, dass sie den Mund nicht aufbekam. Sie hatte das Gefühl, sich übergeben zu müssen.

Satake sah aufgebracht zu ihr herüber. Er war kurz vor dem Ziel gewesen – fast wäre er dort angelangt, wo er sich so sehr hinwünschte –, und sie hatte ihm alles verdorben. Seine Wut war mit den Händen zu greifen. Sie bat darum, aufs Klo gehen zu dürfen.

Er erlaubte es ihr. Sie stieg auf den Boden herunter. Wie viele Stunden war es her, dass ihre Hände frei von Fesseln waren, wie lange hatte sie keinen Schritt mehr getan? Sobald sie mit den Füßen auf dem Boden stand, begann das Blut zu zirkulieren. Die Kälte wurde zu quälenden Stichen, die ihr durch den ganzen Körper jagten. Unwillkürlich brüllte Masako vor Schmerz.

Sie zog sich die am Boden liegende Daunenjacke über. Mit geschlossenen Augen wartete sie geduldig ab, bis sich ihre völlig verfrorene Haut an den kühlen Nylonstoff gewöhnt hatte. Satake beobachtete sie dabei, sagte aber nichts.

In der Ecke der Fabrikhalle waren die Klobecken. Sie ging darauf zu. Unsicher schlackerten ihre Beine, sie konnte kaum laufen. Sie trat auf etwas Spitzes, und ihre Fußsohlen bluteten, aber der Schmerz drang noch nicht durch. Sie setzte sich auf die verdreckte Klobrille und urinierte. Sie wusste, dass Satake ihr dabei zusah, aber es störte sie nicht. Sie ließ sich den Urin über beide Hände laufen. Es tat höllisch weh, als die vor Kälte steifen Finger so plötzlich mit der heißen Flüssigkeit in Kontakt kamen. Masako verbiss sich ein Stöhnen. Die Spülung tat es sowieso nicht mehr, dachte sie, stand einfach auf und ging wieder auf Satake zu, wobei sie die Hände in die Jackentaschen steckte.

»Mach schnell!«

Sie stolperte über einen Ölkanister und fiel hin. Ihr Körper hatte den Gleichgewichtssinn verloren, sie schaffte es nicht, aufzustehen. Satake kam auf sie zugerannt, packte sie roh am Kragen der Daunenjacke, als wäre sie ein Katzenjunges, und riss sie hoch. Seine Augen blitzten vor Ungeduld, er konnte es kaum erwarten weiterzumachen. Masako steckte ihre beiden Hände wieder in die Jackentaschen, um sie aufzuwärmen. Ihre Finger bewegten sich immer noch nicht so, wie sie wollte.

»Na, wird's bald, los!«

Masako rieb ihre Finger am Innenfutter der Taschen. Als Satake drohend die Hand hob, um zum Schlag auszuholen, schlitzte sie sein Gesicht mit dem OP-Skalpell auf, das in ihrer Jackentasche gesteckt hatte. Für einen Augenblick schien er nicht zu begreifen, was passiert war, denn er starrte ins Leere; dann fasste er sich an die Wange. Masako hielt den Atem an und beobachtete ihn. Mit ungläubigem Gesicht nahm er wahr, wie ihm das Blut aus der Wange in die Hand schoss. Das haarscharfe Skalpell hatte das Fleisch seiner linken Gesichtshälfte bis auf den Knochen tief durchtrennt. Vom Augenwinkel bis unters Kinn.

8

Satake ging rückwärts zu Boden und blieb auf seinem Hintern sitzen. Zwischen den Fingern seiner Hand, die er auf die Wange presste, quoll frisches Blut hervor.

Bei dem Anblick musste Masako unwillkürlich laut schreien. Was sie schrie, wusste sie nicht. Das Gefühl der Unwiederbringlichkeit, das Wissen, etwas getan zu haben, das nicht rückgängig zu machen war, ließ sie einfach wie versteinert dastehen und schreien.

»Hast mich erwischt«, murmelte Satake, während er das viele Blut ausspuckte, das sich in seiner Mundhöhle gesammelt hatte.

»Du hast versucht, mich umzubringen.«

»Ja.« Satake löste die linke Hand von seinem Gesicht und betrachtete den über und über mit eigenem Blut verklebten Handteller.

»Ich hab auf die Kehle gezielt. Aber meine Finger waren so steif, dass ich danebengetroffen hab.« Masako hatte die Fassung verloren. Sie wusste nicht mehr, was sie da redete. Sie merkte, dass ihre linke Hand immer noch das Skalpell umklammert hielt, und warf es von sich. Klirrend sprang es auf dem Betonboden weg. Bevor sie aus dem Haus gegangen war, hatte sie einen Weinkorken auf die Klinge gespießt und es sich in die Jackentasche gesteckt.

»Du bist eine fabelhafte Frau. Vorhin hätte ich mich von dir umbringen lassen sollen, dann wäre es wenigstens ein schönes Gefühl gewesen«, brachte Satake mühsam hervor. Das Sprechen fiel ihm schwer. Die Luft entwich ihm dabei aus der Mundhöhle, da ihr Schnitt die Wange offenbar komplett durchtrennt hatte.

»Wolltest du mich umbringen?«

»Ich weiß es nicht…« Satake schüttelte den Kopf und sah zur Hallendecke auf.

Die Morgensonne stand mittlerweile direkt auf den Oberlichtern und durchflutete den Raum mit gleißendem, blendenden Licht. Wie Theaterscheinwerfer verbanden Staubstreifen die viereckigen Fenster mit dem verdreckten Betonboden. Von Satake angesteckt, schaute auch Masako zitternd zu den Oberlichtern hoch. Das Zittern kam nicht von der Kälte. Sie schauderte vor Entsetzen über die Vorahnung, dass sie Satake durch das, was sie getan hatte, vielleicht für immer verlieren würde.

Jenseits der Fenster erstreckte sich ein blassblauer Himmel. Ein friedvoller Wintertag brach an, als hätte es die erbitterten Kampfszenen der vergangenen Nacht nie gegeben. Den Blick auf die Lache am Boden gerichtet, in der sich sein Blut sammelte, antwortete Satake: »Ich wollte dich nicht umbringen. Aber ich wollte sehen, wie du stirbst – das schon.«

»Warum?«

»Weil ich dich dann von ganzem Herzen lieben kann, vielleicht.«

»Und anders kannst du das nicht?«

Satake sah Masako in die Augen. »Nein, vermutlich nicht.«

»Stirb nicht«, sagte Masako leise zu dem stöhnenden Satake. Überrascht schaute er sie an. Das Blut, das ihm aus der Wange floss, färbte seinen Körper nach und nach rot.

»Ich habe Kuniko ermordet. Und davor hab ich auch schon eine umgebracht. Sie war genau wie du. Ich glaube, damals bin ich schon einmal gestorben. Als ich dich das erste Mal sah, hab ich mir gewünscht, noch einmal so sterben zu können…«

»Aber ich lebe. Deshalb stirb nicht.« Masako ließ die Daunenjacke, die sie auf der nackten Haut spürte, zu Boden fallen. Weil sie ihr im Weg war, wenn sie Satake in den Arm nehmen wollte. Von den Schlägen war ihr Gesicht dick geschwollen und schwer. Ihre Züge mussten so entstellt sein, dass ihr Spiegelbild sie sicher erschrecken würde. Aber das war ihr egal.

»Ich fürchte, es geht zu Ende mit mir«, sagte Satake fast erleichtert. Er schien zu frieren, denn er zitterte. Masako rückte näher an ihn heran und untersuchte die klaffende Wunde in seinem Gesicht. Ein sauberer, tiefer Schnitt. Um das Blut zu stillen, drückte sie die Wunde mit allen zehn Fingern fest zusammen.

»Lass, das ist zwecklos. Sicher ist die Halsschlagader getroffen, nicht wahr?«

Aber Masako ließ nicht los.

Satake lag im Sterben.

Sie fragte sich, ob sie diesem Mann vielleicht nur begegnet war, um diesen Augenblick mit ihm zu teilen, und sah sich noch einmal in der Fabrikhalle um: ein riesiger Sarg, wie geschaffen, damit sie beide hier zusammentreffen, sich gegenseitig verstehen lernen und wieder auseinander gehen konnten.

»Gibst du mir eine Zigarette?«, bat Satake sie schwerfällig. Er konnte den Mund kaum noch bewegen. Sie nahm die Schachtel aus der Tasche seiner Hose, die am Boden lag, zündete eine Zigarette an und schob sie ihm zwischen die Lippen. Im Nu war sie voller Blut. Aber das kümmerte Satake nicht. Er stieß feinen Rauch aus. Masako kniete sich vor ihn hin und schaute ihm direkt ins Gesicht.

»Hör zu, lass uns ins Krankenhaus fahren, oder ich hole einen Arzt, ja?«

»Einen Arzt…« Satake schien zu lachen. Wahrscheinlich war eine Sehne durchtrennt, denn das Lachen lockerte nur die eine, unblutige Gesichtshälfte. »Die Frau, die ich umgebracht habe, hat auch von einem Arzt gesprochen, bevor sie starb. Sieht aus, als sterbe ich jetzt genau wie sie. Das nenne ich Schicksal…« Die Zigarette fiel ihm aus dem Mund. Die kaum angerauchte Kippe landete in der Blutlache und erlosch. Satake schloss die Lider, als hätte er aufgegeben.

»Lass uns trotzdem hinfahren, hörst du!«

»Dann werden sie uns beide einsperren.«

Masako packte Satake, der jetzt heftig zitterte, bei den Schultern. Satake zog sie an seine Brust. Als sie sich an ihn schmiegte, spürte sie, dass seine Haut bereits kälter war als ihre. Satakes frisches Blut verteilte sich über ihre beiden Körper.

»Das ist mir gleich, ich will, dass du weiterlebst.«

»Warum?«, fragte Satake sie leise. »Nach all dem, was ich dir angetan habe.«

»Weil es wie mein eigener Tod wäre, wenn du stirbst. Mit dieser traurigen Erinnerung könnte ich nicht weiterleben.«

»Das habe ich aber getan.« Satake schloss die Augen. Dann blieb er eine Weile stumm.

»Aber keine Sorge, ich lasse dich nicht sterben.« Ich muss die Wunde irgendwie schließen, ich muss das Blut stillen, dachte Masako fieberhaft.

Satakes Bewusstsein schien sich immer mehr zu entfernen. Er öffnete die Augen einen Spalt, sah sie an und fragte noch einmal: »Warum willst du, dass ich weiterlebe?«

»Weil ich dich jetzt verstehe. Ich bin vom selben Schlag wie du. Deshalb, lass uns zusammen weiterleben!« Sie wollte ihn auf die Lippen küssen, aber alles war voller Blut. Nur seine dunklen, traurigen Augen strahlten plötzlich und sahen sie an.

»Es ist das erste Mal, dass ich an so was denke… Wir hätten die fünfzig Millionen, immerhin. Wenn wir nach Narita zum Flughafen führen… Dann könnten wir es sogar irgendwie schaffen«, formulierte er stockend, so, als könne er sich mit Hoffnung nicht so recht anfreunden.

»Brasilien soll ganz schön sein, hab ich gehört.«

»Nimm mich mit.«

»Ja, in Ordnung. Ich kann sowieso nicht mehr zurück.«

»Wir können beide nicht zurück – vielleicht weder vor noch zurück… Also auf in die Freiheit«, murmelte er.

»Ja.«

Satake streckte die Hand aus und berührte sanft Masakos Wange. Seine Fingerspitzen waren eiskalt.

»Du blutest nicht mehr. Die Wunde scheint gestillt zu sein.«

Satake nickte nur leise, als wüsste er, dass das eine Lüge war.

9 Masako lief durch eine Unterführung am Bahnhof Shinjuku. Ihr war nicht bewusst, dass sie lief, sie setzte nur immer wieder einen Fuß vor den anderen, den linken vor den rechten, den rechten vor den linken und so fort. In der Unterführung herrschte ein natürlicher Menschenstrom, der sie mitzog und irgendwann nach draußen vor die Sperre spülte.

Sie bahnte sich einen Weg durch das Gedränge und bog in eine der unterirdischen Ladenpassagen ein. Der Spiegel in einem Schuhgeschäft warf ihr Bild zurück. Sie sah sich selbst, die verquollenen Augen hinter einer Sonnenbrille versteckt, den Reißverschluss der Daunenjacke bis obenhin zugezogen, aus Angst, das Zittern ihres Herzens könnte nach außen dringen. Masako blieb stehen, nahm die Sonnenbrille ab und betrachtete ihr Gesicht. Die Wange, auf die Satake sie geschlagen hatte, war noch ein wenig geschwollen, aber es fiel kaum mehr auf. Die verquollenen Augen jedoch waren nicht zu übersehen. Sie hatte furchtbar geweint.

Sie setzte die Sonnenbrille wieder auf. Ihr Blick fiel auf den Aufzug des Bahnhofsgebäudes direkt vor ihr. Ohne zu zögern stieg sie ein und drückte auf den Knopf für das oberste Stockwerk. Sie wusste nicht wohin.

Der oberste Stock war die Restaurantetage. Hier würde sie sich bestimmt eine Weile unbeobachtet aufhalten können. Masako setzte sich auf eine Bank an der Wand und umfasste die schwarze Nylontasche auf ihren Knien. Darin waren die fünfzig Millionen Bargeld von Satake und die eigenen sechs Millionen.

Masako nahm ihre Zigaretten heraus und schob sich eine zwischen die Lippen. Sie erinnerte sich daran, wie Satake den letzten Zug seines Lebens genommen hatte, und die Augen hinter der Sonnenbrille verschwammen ihr vor Trauer und Einsamkeit. Plötzlich verlor sie die Lust zu rauchen und warf die kaum angezündete Zigarette in den Ascher aus Edelstahl, der vor ihr stand. Sie fiel hinunter in den Wasserbehälter und erlosch mit einem Zischen. Ein ähnliches Geräusch hatte Satakes Zigarette gemacht, als sie ihm aus dem Mund geglitten und in die Blutlache gefallen war.

Plötzlich konnte sie nicht mehr stillsitzen, nahm die Nylontasche und stand auf. Durch das große Glasfenster schaute sie auf die Straßen von Shinjuku hinab. Jenseits des Yasukuni-Boulevards erstreckte sich Kabuki-chō. Masako legte eine Hand ans Fenster und betrachtete andächtig die Straßenzüge des Vergnügungsviertels. Im Licht der schwachen Sonnenstrahlen dieses Winternachmittags wirkten die noch ausgeschalteten Neonschilder und die schreienden Werbetafeln müde und blass. Wie eine schlafende Bestie lag das Viertel jetzt da – lässig, kraftlos. Doch sobald es erwacht war, würde es mit wilder, unverhohlener Brutalität seine Beute jagen. Das war Satakes Welt: verkommen und unanständig, gefräßig und niederträchtig, voll geiler Lust. Die Türen, die sie seit der Entscheidung für die Nachtschicht in der Lunchpaket-Fabrik aufgemacht hatte, führten sie also letztlich hierher, in Satakes Welt, in die sie bislang nie einen Fuß gesetzt hatte.

Ihr kam die Idee, jetzt gleich dorthin zu gehen und sich den Ort anzusehen, wo einmal Satakes Spielkasino gewesen war. Der Gedanke wühlte das Gefühlschaos in ihr auf, und plötzlich kam alles wieder hoch: die Leere und die trostlose Trauer, die sie aushalten musste, während sie sich zwei Tage lang, ohne einen Bissen zu essen, in einem Hotelzimmerbett hin- und hergewälzt hatte. Sie würde Satake nie mehr wiedersehen. Tief im Inneren spürte sie die Berührung seines Körpers, und sie stieß einen leisen Schrei aus, der einem Stöhnen glich. Sie wollte diesen Mann so gerne wiedersehen.

Da drüben in Kabuki-chō würde sie die Luft einatmen, die er geatmet hatte, würde die Bilder und Szenen sehen, die er tagtäglich vor Augen gehabt hatte. Und dann würde sie sich einen Mann wie ihn suchen und Satakes Traum nachjagen. In Masako keimte neue, längst verloren geglaubte Hoffnung auf.

Sie drehte sich auf dem Absatz um und wollte losrennen. Aber auf dem gewachsten, sorgfältig gebohnerten Fliesenboden rieben sich die für ihr Alter und ihr Vorhaben unpassenden Turnschuhe, dass es ohrenbetäubend quietschte. Erschrocken über das Geräusch, blieb Masako stehen. Sie drehte sich zum Fenster um. Für einen Augenblick meinte sie dort draußen in die Finsternis der stillgelegten Fabrik zu blicken.

Lass es sein, sagte sie sich.

Sie würde nur die Gefangene Satakes werden, so wie er in seinem Traum aus der Vergangenheit gefangen gewesen war. So konnte und wollte sie nicht weiterleben. Vielleicht war nur ein außergewöhnlicher Mann wie Satake überhaupt in der Lage, eine solche Vorstellung aufrechtzuerhalten. Ihm, der weder vor noch zurück konnte, war nichts anderes übrig geblieben, als sich immer tiefer in sein eigenes Herz zu graben. Es war der Traum eines Mannes, der sich mit jener Frau in der Vergangenheit eingeschlossen hatte und dort die Freiheit seiner Seele fand.

Aber was wurde dann aus ihr, was wurde aus der Frau, die sie bisher gewesen war? Sie betrachtete ihre Fingernägel, die so kurz geschnitten waren, dass nur noch das Nagelbett zu sehen war. Wegen der Arbeit in der Lunchpaket-Fabrik hatte sie sie in den vergangenen zwei Jahren nicht ein einziges Mal wachsen lassen. Ihre blassblauen Hände waren rau und rissig durch den übermäßigen Gebrauch von Desinfektionsmittel. Die zwanzig Jahre Plackerei in der Bank. Die Geburt des Kindes, die Hausarbeit, das Familienleben. Was sollte das alles, was sollten all die Tage, Monate, Jahre? Sie hatten auf ihrem Körper Spuren hinterlassen, hatten sie geprägt und unverkennbar zu dem gemacht, was sie war: Masako Katori, und niemand anders. Satake hatte in einem leeren Traum gelebt, sie lebte in der Wirklichkeit, die sie von einem Winkel zum anderen auskostete. Masako begriff, dass die Freiheit, die sie haben wollte, eine andere war als die, nach der Satake verlangt hatte.

Ruhigen Schrittes ging Masako zum Fahrstuhl und drückte entschlossen den Abwärtsknopf. Sie würde sich ein Flugticket kaufen. Irgendwo musste es ihre eigene Freiheit geben, die anders war als die von Satake, als die von Yoshië oder Yayoi, ganz bestimmt. Wenn die Türen hinter ihr ins Schloss gefallen waren, blieb ihr eben nichts weiter übrig, als neue Türen zu finden, die sie aufmachen konnte. Gleich neben sich hörte sie den Aufzug heraufkommen. Das Geräusch ähnelte dem Heulen des Windes.